**1840 से 1910 के दरमियान भारत और चीन**

तीन परिवार तीन ख़्वाब

# बिसात पर जुगनू

# बिसात पर जुगनू

वन्दना राग

राजकमल प्रकाशन

ISBN : 978-93-89598-25-4

**मूल्य : ₹**899



**पहला संस्करण** : 2020

**प्रकाशक :** राजकमल प्रकाशन प्रा. लि.
1-बी, नेताजी सुभाष मार्ग, दरियागंज
नई दिल्ली-110 002
**शाखाएँ :** अशोक राजपथ, साइंस कॉलेज़ के सामने, पटना-800 006
पहली मंज़िल, दरबारी बिल्डिंग, महात्मा गांधी मार्ग, इलाहाबाद-211 001
36 ए, शेक्सपियर सरणी, कोलकाता-700 017
वेबसाइट : www.rajkamalprakashan.com
ई.मेल : info@rajkamalprakashan.com

**मुद्रक :** यश प्रिंटोग्राफिक्स
नोएडा-201 301 (उत्तर प्रदेश)

BISAT PAR JUGNU
*Novel* by Vandana Rag

यह किताब बेटा बीहू और मित्र संजीव कुमार (तक्षशिला परिवार) को समर्पित है, जिन्होंने अपने बने-बनाए खाँचों को तोड़ आगे निकलने को उकसाया। दोनों ने ख़ूब प्यार से पिछले तीन वर्षों में बहुत-बहुत बार डाँट भी लगाई, इतनी कि—यह उपन्यास मुकम्मल हुआ।

# पहली किताब

*आईना आईना तैरता कोई अक्स*
*और हर ख़्वाब में दूसरा ख़्वाब है*

**—अतीकुल्लाह 'आईना'**

## पहला पन्ना

### फ़तेह अली ख़ान का रोज़नामचा

*सुना है, ऐसे ही शुरुआत करते हैं लोग अपनी आपबीती दर्ज करते वक़्त। तो इसे यूँ लिखा जाए...*

### संक्रांति-1840, दीवान मोहल्ला, पटना

यह मेरा रोज़नामचा है। रोज़नामचे में सच का इक़बाल होता है। वैसे भी मुझे सच ही कहने की आदत है। जिनके पास खोने को कुछ नहीं उन्हें कोई डर नहीं सताता। वे सच ही फ़रमाते हैं। मेरे पास भी खोने को कुछ नहीं। मुझे भी कोई डर नहीं सताता है। मैं यह जानता हूँ कि कभी किसी और सदी में जब कोई हौसलामन्द इस रोज़नामचे में दर्ज, मेरी बातों से दो-चार होगा तो इनकी बदौलत ज़रूर समझेगा मेरे वक़्त की बात। मेरे वक़्त के लोगों की बात।

आज लिखते वक़्त मेरी क़लम नाचती है शोख़ी से, क्या 'तुज़्क-ए फ़तेह अली' कह दिया जाए इस इक़रारनामे को? मैं चौंकता हूँ—'तुज़्क-ए फ़तेह अली' और इक़रारनामा? क्या कहती हो क़लम? मैं कोई शहंशाह थोड़े हूँ? और इस रोज़नामचे को तुमने इक़रारनामा किस बिला पर कहा? क़लम संजीदा हो कहती है—इक़रार ही तो है सब। सच्चा और बख़ुद। तुम करो या कोई और।

यक़ीनन! मैं क़लम से सुलह कर लेता हूँ। क़लम और मैं एक हो जाते हैं।

क़लम इठलाकर कहती है—हाँ तो अब यही हुआ ना—'तुज़्क-ए

फ़तेह अली' 'तुज़्क-ए बाबरी' की तर्ज़ पर?

हा...हा मज़ाहिया बात है सब! मन की शरारत और क़लम की शोख़ी। मैं जो चन्द अदना सफ़हे लिख लूँ अपने अकेलेपन को काटने का सबब समझ, बस इतनी ही ख़्वाहिश है मेरी। मैं कोई शहंशाह नहीं। मैं तो आला ख़ानदान वाला कोई मुग़ल भी नहीं। मैं तो यहीं का हूँ बस। इसी मिट्टी का। अज़ीमाबाद का या आसपास का। इतना ही पक्के से पता है मुझे।

कहते हैं ख़ुद के बारे में बात करने से पहले अपनी वल्दगी की बात होनी चाहिए। अपनी पुश्तों की बात होनी चाहिए। क्या कहूँ अपनी वल्दगी के बारे में? कौन थे वालिदैन मेरे? काश जान पाता! फ़िलवक़्त दर्ज करते वक़्त तो अपनी वल्दगी के सुने-सुनाये क़िस्से ही हैं मेरे पास।

जब से होश सँभाला ख़ुद को यतीमख़ाने में पाया। वहीं उस्तादों से पढ़ना-लिखना सीखा और बचपन से अपने बारे में उस्तादों को यही कहते सुना 'लड़के के पास ग़ज़ब की याददाश्त है।'

हाँ तो वाक़ई याददाश्त अच्छी है मेरी और उस याददाश्त के दायरे में अनगिनत वाक़िये हैं। लेकिन वालिदैन कहीं नहीं हैं उनमें। एक बार उस्ताद से बहुत जिरह की—बताइए ना, कौन हूँ मैं? मेरे बाप कौन थे? मेरी माँ कौन थी? तब उस्ताद ने बताया था कि मैं लोदी कटरा मोहल्ले के पास एक खेत में पाया गया था। शायद दो ख़ानदानों की रंजिश में खेत हुई फ़सल के बीच, भूले से छूट गया ज़िन्दगी का एक क़तरा था मैं। दुश्मन देख नहीं पाया और मैं क़त्ल होने से बच गया।

"एक मुलायम ख़ूबसूरत फूल सरीखे, खेतों के बीच पड़े मिले थे तुम। कहाँ से ढूँढ़ते ख़ानदान तुम्हारा? जाने तुम अज़ीमाबाद के थे भी कि नहीं?"

उस्ताद ने फिर बहुत सोचते हुए कहा था, "समझो यही मिट्टी, यही खेत तुम्हारे वालिदैन हैं।"

उस रोज़ से अपनी जड़ों को लेकर दरयाफ़्त करने की ख़्वाहिश जाती रही।

मेरे बचपन में यह शहर अज़ीमाबाद ही था। लेकिन मैं इसे अपने रोज़नामचे में पटना कहूँगा।

फ़िरंगी के गिरजा के बहुत नज़दीक ही वह यतीमख़ाना था जहाँ मैं बड़ा हुआ। मैंने सोते-जागते फ़िरंगियों को देखा है। उनके करतबों के ब्योरे सुने हैं। बचपन से देखा और समझा है कि फ़िरंगी का सब कुछ कितना साफ़-सुथरा हुआ करता था। उसका रख-रखाव, उसका इरादा और उसके इरादों की तामील।

कभी, कहीं, कोई शुबहा नहीं।

बचपन में बड़ों को बात करते सुना था उस क़त्लेआम के बारे में जो नवाब सिराजुद्दौला के वक़्त में हुआ था। वह नवाब जिसका बड़ा रुतबा था। अवाम के दिल में उसके लिए बड़ी मुहब्बत थी। फ़िरंगियों की पलटन उससे हार गई थी और नवाब के लश्कर ने उन्हें झुंडों में मार दिया था।

लेकिन फिर उसके बाद क्या हुआ? सारी बाज़ी पलट गई।

अपने बड़े होने के समय से मैं देखता आया हूँ...फ़िरंगी बढ़ते गए हैं। उनका रसूख बढ़ता गया है। वे मेरे मोहल्ले में घोड़े पर सवार हो बेख़ौफ़ घूमा करते हैं। उनके गिरजे की घंटी पूरे मोहल्ले को सुनाई पड़ती है। नमाज़ी हों या मन्दिर के पुजारी, अपनी नमाज़ और पूजा भूल फ़िरंगियों को देखने में जुट जाते हैं। वे चुम्बकीय हैं। उनकी ज़िन्दगी का ढर्रा हम देसियों से अलहदा है। वे चुस्ती से अपना काम करते हैं। कहीं कोई ढील नहीं।

उनके बनाए मकतबों की पढ़ाई आला है। बचपन में मैं दूर से देखा करता था। उनके मकतब में जाते बच्चे कितनी ख़ुशदिली से वहाँ पढ़ा करते थे। मैंने यतीमख़ाने के पास के उस मकतब को मेहँदी की झाड़ी के पीछे से छिपकर देखा था। उस मकतब का नाम था—'माँ मरियम की छाँव में'। कितना ख़ूबसूरत नाम था। कितना राहत भरा। लगता था उस छाँव में दुलार के बादल बरसते होंगे। उस दुलार को पाने की हसरत बढ़ती जाती थी।

अपने मदरसे के उस्ताद से ज़िद कर मैं वहाँ पढ़ने गया था। पढ़ानेवाले पादरी ने मुझे एक कोने में बैठने की इजाज़त दे दी थी। इतिहास और भूगोल मेरी ज़िन्दगी को साफ़ करने लगा और जाने कैसे उनको पढ़ते-पढ़ते मैं नक़्शों में उलझ गया। नक़्शों की भाषा मुझ पर इस तरह तारी हुई कि मैं डूबकर उतरा गया हमेशा-हमेशा के लिए।

उस्ताद ने कल ही कहा है मुझसे—"अपनी याददाश्त को मज़बूत बनाए रखना। नक़्शों को भूलना मत। अज़ीमाबाद का नक़्शा। इस मोहल्ले का नक़्शा। अपने जहान का नक़्शा। नए देखना, नए जानना लेकिन पुराने को भुलाना मत।"

"सलाम फ़तेह अली ख़ान! गर लौटकर आना तो इस यतीमख़ाने को देखने ज़रूर आना।"

वे थोड़े उदास थे, क्योंकि अब मैं चाँदपुर जा रहा हूँ। चाँदपुर रियासत के राजा दिग्विजय सिंह ने मुझे अपने जहाज़ 'सूर्य दरबार' पर बतौर नक़्शानवीस, नौकर रख लिया है। अब पहले चाँदपुर जाऊँगा फिर

कलकत्ता। देखा तो नहीं है मैंने, लेकिन सुना है कि चाँदपुर जैसी ख़ूबसूरत जगह पूरब में कहीं नहीं। सुना है, हरे खेतों और शीशम के जंगलों से घिरा है चाँदपुर। वहाँ का पानी मीठा है। शफ़्फ़ाफ़ और मीठा। वहाँ की हवा मस्ती भरी और उमंग जगानेवाली। लेकिन जाने कितने दिन रह पाऊँगा वहाँ? जाना तो है वहाँ से दूर। बहुत दूर। 'सूर्य दरबार' पर। फिर 'सूर्य दरबार' से समन्दर ही समन्दर की सैर। देश और दुनिया की सैर। चीन की सैर। गोकि चीन ही है वह मुल्क जिसकी समुन्दरी सरहद को छूता है 'सूर्य दरबार'। चीन जहाँ सुना है बसते हैं अजर, अमर, बादशाह, जन्नती बादशाहतों में।

नए रिश्तों को बनाने का वक़्त फ़र्ज़ हो रहा है। नई दुनिया मुझे मुबारक। मैं ख़ुश हूँ। बहुत-बहुत ख़ुश।

आज सूर्य उत्तरायण हो रहे हैं। यह सूर्य की महिमा है कि आज त्योहार मनाया जा रहा है। आज तिल संक्रांत का त्योहार मनाया जा रहा है। पटना के लोग खिचड़ी खा रहे हैं। नए अनाज की खिचड़ी। तिलवा, लाई और गुड़ की मिठाई के संग। आज ही मैंने तय किया है कि रोज़नामचा बाक़ायदा लिखा करूँगा। जहाज़ पर जाने से पहले ही यही हस्बे मामूल हो जाए तो बेहतर। नई शुरुआत हो जाए तो बेहतर। सूरज अब दिशा बदल रहा है मेरी भी नई दिशा बन जाए तो बहुत बेहतर। मेरी ज़िन्दगी की नई तारीख़ आज से ही मानी जाएगी।

**फ़. अ. ख़ान**

## इन्दिरा गांधी अन्तर्राष्ट्रीय हवाई अड्डा, दिल्ली, फ़रवरी 2001

दुनिया के बीसवें आश्चर्य जैसा आश्चर्य था, ली-ना का पुलिस द्वारा पकड़ा जाना। दरोगा ने उससे बस इतना ही पूछा, "फ्रॉम केंटन?" उसने कहा, "येस" और दरोगा ने धीरे से महिला पुलिसकर्मी को बुला उसके हाथ से सामान ज़ब्त कर लिया और पूछताछ के लिए एक कमरे में ले चला। वह जब तक कुछ समझती,

दरोगा उसे सामने बिठा ऊपर से नीचे तक घूरने लगा था। ऐसा लग रहा था, दरोगा यह निश्चित करना चाहता है कि उसके अन्दर ठीक से प्रवेश किया जा सकता है या नहीं। वह औरत है या औरत के शरीर में कोई लड़का? दरोगा उसके स्तन के उभार भी ठीक से नहीं देख पा रहा था। उसके दिमाग़ तक पहुँचने का तो सवाल ही नहीं था।

वह कैसे समझाती दरोगा को कि भाई, देह नहीं ज़रूरी मेरी, मेरा काम... मेरा काम ज़रूरी है। मेरे मन का काम। बहुत-बहुत ज़रूरी है। अगर मन के काम की सज़ा जेल है तो डाल दो...डाल दो न जेल में। लेकिन यहाँ इस तरह बैठाकर वक़्त ज़ाया ना करो।

ली-ना के हाथों में बेड़ियाँ हैं। वह समझ रही है कि सामने बैठा यह इंडियन पुलिस महकमे का दरोगा बेमुरव्वत है। उतना ही जितना उसके देश का दरोगा या दुनिया के किसी भी देश का दरोगा होगा। उसने अपनी केंटन की मिश्रित हिन्दी और अंग्रेज़ी भाषा में समझाने की कोशिश की, "ज़रूर कोई ग़लतफ़हमी हो रही है दरोगा जी! शायद आप मुझे वह समझ रहे हैं जो मैं नहीं हूँ। आई एम, इन इंडिया फॉर रिसर्च।"

लेकिन जब उसने सर उठाकर दरोगा की ओर जवाब की आशा में देखा तो लगा जैसे दरोगा के कान बन्द हो गए थे और आँखों में अडिग अश्लीलता तिरने लगी थी। वह किसी भी सूरत में ली-ना की बात सुनने को राजी नहीं हो रहा था।

जब बहुत बार समझाने पर भी वह नहीं माना तो उसे अजीब सी शर्मिन्दगी ने घेर लिया और वह चुपचाप अपने हाथों में पड़ी बेड़ियों को देख सोचने लगी, देश, काल और अपने समय की बातें। कितने ऐसे सफ़र किए हैं उसने। कभी इस तरह की धर-पकड़ नहीं हुई उसके साथ।

सैकड़ों बार, किसी जहाज़ के सफ़र में, हवा और समुद्र के रास्ते, नक़्शों की बिसात में उलझती वह धीरे से मन के अन्दर से कुछ नक़्शों की रेखाएँ मिटाती, फिर नई रेखाओं पर निशान लगाती रही है और तिआनमन स्क्वायर पर मारी गई अपनी माँ से किए गए वादे की बात को दुहराती रही है।

उसने वादा किया है कि वह अपने इन सफ़र के सिलसिलों को कभी ख़त्म नहीं करेगी। वह खोज निकालेगी दुनिया का ऐसा नक़्शा जो उसकी प्यारी माँ ने कभी उसे इशारों में बताया था। उसकी प्यारी माँ जो दुनिया के लिए हक़ की बात करती थी। उसकी प्यारी माँ जो अपनी सुन्दर आँखों की चमक से तिआनमन स्क्वायर को रोशन कर रही थी। जो आज़ादी और हक़ूक के सुन्दर गानों को अपनी मीठी आवाज़ में गा रही थी। वह आवाज़ जो टैंक के बारूद से ज़्यादा बारूदी थी। वह आवाज़ जिसका धमाका पूरी दुनिया में गूँजा था। वह आवाज़ जो बारूद की राख बनकर भी चुप नहीं हुई थी।

वह आवाज़ फिर चिड़ियों ने अपनी बोली के रूप में अपना ली थी और उसे रोज़ सुनाकर बड़ा और बहादुर करती रही थीं। उसकी ये सुन्दर रंग-बिरंगी चिड़िया माँएँ उसके घर के इर्द-गिर्द पेड़ों पर रहती थीं और आकर उसे ज़िन्दगी के गीत सुनाती थीं। वे उससे कहती थीं—*दुनिया और प्रकृति को ख़त्म करने के लिए हर युग में कुछ सनकी जन्म लेते हैं। उन्हें लगता है उनकी उँगलियों पर नाचनेवाली, दुनिया की नई व्यवस्था हमें मिटाकर बनेगी...बिटिया रानी। लेकिन ऐसा नहीं होगा। हमेशा याद रखना...वे हमें मारेंगे तो भी हम ख़त्म नहीं होंगे...हम भी हर युग में उन्हीं की तरह पैदा होंगे और अपने गीत गाएँगे। प्यारी बिटिया देखो हमारी ओर...गाओ हमारे संग...।*

वह गाती थी और उन्हें देखा करती थी—कभी पेड़ के हरे पत्तों के बीच झुंड में बैठा तो कभी नानी की बिल्डिंग के पार्क में, नानी के फेंके चावल के दानों को चुगते। तिआनमन से केंटन तक समूचे आकाश में उड़ती उसकी चिड़िया माँएँ कभी काली कलगी वाली किंगफ़िशर बन जातीं, कभी पेड़ गौरैया तो कभी आसमान से डाइव लगाते बाज़। वे उसे हौसला देतीं, पढ़ाती-लिखातीं और ज़िन्दगी के रहस्यों के महीन धागों से उसके लिए घोंसला बुनतीं और उसे गरमाई से सेतीं।

ली-ना ने मन-ही-मन हौसला बनाए रखा और अपनी सुन्दर माँओं को याद किया।

दोबारा अपनी केंटन की भाषा जैसी अंग्रेज़ी में उसने दरोगा को समझाने की कोशिश की, "मैं गाँव से भागी हुई लड़की नहीं हूँ जो किसी के झाँसे में आ ग़ैरक़ानूनी ढंग से यात्रा कर यहाँ आई हूँ। मैं तो बस कुछ खोजने आई हूँ यहाँ। अपनी माँ और नानी से किया वादा पूरा करने आई हूँ। नक़्शों की नई कहानी लिखने आई हूँ। वही नई कहानी जो डेढ़ सौ साल से भी पुरानी है। लोग भूल गए हैं जिसे, इसीलिए आज इक्कीसवीं सदी में उसका लिखा जाना ज़रूरी है।"

लेकिन दरोगा कुछ भी नहीं समझा और अपने सहकर्मियों से बात करने लगा, उसके काग़ज़ातों को उलटने-पलटने लगा।

वह मन-ही-मन बुदबुदाई, अगर लैपटॉप खोलने की इजाज़त मिल जाती, तो मैं सभी लोगों को दिखलाकर साबित कर देती कि मैं कौन हूँ? मुल्कों की जिस साझा कहानी को हम वहम मानते हैं न, दरअसल वही सच है और सारे नक़्शे वहम!

खोजोगे तो जानोगे। जानोगे तो पाओगे, सारी गुत्थियों के हल...और फिर सुन पाओगे युगों से गाये जानेवाले, सुन्दर माँओं के सुन्दर गीत, उनकी मीठी आवाज़ में!

## रोज़नामचा

**आषाढ़ की नीली रात, 1840**

राजा दिग्विजय सिंह जिन्हें सभी लोग इज़्ज़त से बड़े राजा कहते हैं, वही जो मेरे मालिक होनेवाले हैं, उन्हीं मालिक ने टमटम भेजी है ख़ास चाँदपुर से। मुझे चाँदपुर ले जाने के लिए। उनका ख़त लेकर एक मशालची भी आया है साथ। बड़े राजा ने लिखा है कि जल्दी आकर मुलाक़ात कर लूँ उनसे।

मैं तो पालकी से जाने का मन बना चुका था। लेकिन बड़े राजा समझ गए कि पालकी से आने-जाने में देर होगी, तीन रोज़ लग जाएँगे। बड़े राजा के ख़त में मुझे उथल-पुथल का डर भी नज़र आया। सचमुच हालात अच्छे नहीं। फ़िरंगियों ने सभी के व्यापार को तबाह कर दिया है। पटना में उनकी घुसपैठ के तरीक़ों को सब देख रहे हैं। वे इमारतें बना रहे हैं, सेठों की हवेलियाँ ख़रीद रहे हैं। बग़ीचों पर क़ब्ज़ा कर रहे हैं। समूची फ़िज़ा बदल रहे हैं।

कपड़े बनाने से लेकर, अफ़ीम उगाने से लेकर, उसे कारखानों में व्यापार के लिए तैयार करने से लेकर और फिर उन्हें गंगा किनारे के गोदामों में रखने से लेकर, फ़िरंगी चीन और हिन्दुस्तान पर अपनी बढ़ती ताक़त को दिखला रहे हैं। अफ़वाह तो यह भी उड़ रही है कि चीन ने फ़िरंगियों के ख़िलाफ़ जंग छेड़ दी है और हिन्दुस्तान के जहाज़ दक्षिण सागर पर खड़े कर दिए गए हैं। जाने 'सूर्य दरबार' कहाँ है? और अगर कलकत्ता के बन्दरगाह पर जाने को तैयार खड़ा है तो जाएगा कैसे? जंग की ख़बर सच्ची है या झूठी? ख़त में बड़े राजा ने इस बाबत कुछ नहीं लिखा है।

*—ख़त मिलते ही चल दें की गुज़ारिश कर, ख़त ख़त्म कर दिया है।*

'सूर्य दरबार' पर मेरा सफ़र कब शुरू होगा?

चाँदपुर में बड़े राजा से मुलाक़ात कर तो वापस पटना ही लौटना होगा। यहीं से स्टीमर पकड़ फिर कलकत्ता की ओर जाना होगा। और फिर...वहीं से चीन...! सोचते वक़्त एक अनजाना डर धमका रहा है...

लेकिन मुझे यक़ीन है यह सिर्फ़ रोमांच की सरसराहट है, कुछ और नहीं।

टमटम के होने से बड़ी सुविधा हो गई। वक़्त की बचत और थकन भी कम।

मैं पहली बार टमटम पर चढ़ूँगा। अभी तक हर जगह पैदल ही जाता रहा। पटना में देखे हैं, बड़े लोगों के पास टमटम।...सिर्फ़ देखे हैं, चढ़ूँगा आज पहली ही बार...बड़े लोगों की तरह। लेकिन उनकी तरह बैठना आएगा क्या? बैठने-उठने के तौर-तरीक़े, हर जगह और माहौल के मुताबिक़, अलहदा और मुआफ़िक़ होने चाहिए, इतना इल्म है मुझे।

ओह कितना सीखना है मुझे!

वैसे तो शाम से पहले पहुँच जाऊँगा लेकिन यदि नहीं पहुँचा तो यह बेचारा मशालची दौड़ेगा मेरी सवारी के आगे राह दिखाता हुआ। इसी से पता चला है कि चाँदपुर के बड़े राजा बहुत सख़्त जान हैं। ख़ादिम कहता है सख़्त जान हैं तो सख़्त ही होंगे। बुलंद और सख़्त कहता है ख़ादिम, इज़्ज़त से। मैंने देखा है बुलंदगी की इज़्ज़त आम है। ख़ूब समझता हूँ।

उनका बेटा लेकिन वैसा नहीं। ख़ादिम कहता है, बहुत मोहब्बत से। कुछ कच्चे दिल का राजकुमार ठहरा। कच्चे दिलवालों को मोहब्बत मिलना भी आम है। मेरा हमउम्र है शायद। जो वाक़ई कच्चे दिल का हुआ, तो मुझे भी उससे मोहब्बत हो जाएगी। कच्चे दिलवाले रोब नहीं जमाते। उनसे गले मिलने पर उनके दिल की धड़कन साफ़ सुनाई पड़ती है। लगता है अपना ही दिल धड़क रहा है। ख़ुद सा लगता है। ख़ुदा सा लगता है!

मशालची ने भोजपुरी में कहा था पूछने पर...दुबले-पतले, नाज़ुक मिज़ाज हैं छोटे राजा, अपने में रहनेवाले। मैं जानता हूँ यह सब, मैंने मशालची को बताया। मालकिन का नाम पार्वती देवी और बेटे का नाम सुमेर सिंह है। नौकर होने के पहले मैंने सब पता लगा लिया है, यह मैंने उसे नहीं बताया।

बाबू, रउआ जैसन नहीं...न रउआ जैसन लम्बा न...कुछ कहते-कहते सकुचा गया ख़ादिम। शायद ख़ादिम ज़्यादा बात नहीं करते। गढ़ी में रहनेवालों की तो क़तई नहीं।

मेरी तुलना जो मशालची ने सुमेर सिंह से की, तो एक बार आईने में ख़ुद को देखा था मैंने। कैसा दिखता हूँ मैं? ख़ुद को इस तरह दूसरे की नज़र से देख हैरत हुई, लगा पहली बार देख रहा हूँ ख़ुद को। मेरा क़द कैसे इतना लम्बा हो गया? मेरी मांसपेशियाँ इतनी उभरी और तनी

हुई कैसे हैं? मैंने अपनी इकलौती अचकन को ठीक किया। 'अचकन के साथ सर पर टोपी भी पहनना,' उस्ताद ने फ़रमाया है सो वह भी पहन ली है। एक दुशाला भी रख लिया है। टमटम में हवा लगेगी तो ओढ़ लूँगा।

लिखते वक़्त यही सोच रहा हूँ कि मशालची मेरे सामने कैसे झुककर बात कर रहा था। उसके अन्दर निरीहता के अलावा कोई बोध ही नहीं है जैसे। उसके सर पर की पगड़ी कितनी झीनी हो गई है बरसों के इस्तेमाल से, शरीर पर की सूती सदरी और नीचे मौसम की मार से ज़र्द हुई धोती कितनी मैली हो रही है। इस इलाक़े के ग़रीबों की यही पोशाक है क्या मैं जानता नहीं..., फिर यह सब नया क्यों लग रहा है मुझे? शायद इसलिए कि गढ़ी के नौकर मुझ यतीमख़ाने में परवरिश पानेवाले बच्चों से बेहतर कपड़े पहनते होंगे, ऐसा मैं सोचा करता था। लेकिन नहीं, मेरा ख़याल ग़लत था। मुझे रियासतों को क़रीब से अब देखने का मौक़ा मिलेगा। अब ज़िन्दगी से मेरी नई पहचान होगी।

मुझे ख़ादिम से सीख लेनी चाहिए। नौकर के ढब की सीख, मुझे झुककर पेश आना होगा। झुकने को अपनी आदत बना लेना होगा। राजाओं के सामने नौकरों को ऊँचा नहीं नज़र आना चाहिए। भले ही क़ुदरत ने उन्हें ऊँचाई से नवाज़ा हो।

**फ़. अ. ख़ान**

## चाँदपुर

बाबू सुमेर सिंह ने अलस भरी अँगड़ाई ली और छत पर नज़र घुमा दी। तिकोनी छत के बीचोबीच अटकाए और नफ़ासत से सजाए छोटे से गोल काँच के भीतर से सूरज तल्ख़ी से झाँक रहा था। छत सफ़ेद थी और काँच पारदर्शी। चारों ओर चमकीले उजास की चादर बिछी नज़र आती थी। पलंग पर लटकी उस मच्छरदानी का रंग भी सफ़ेद था जो पलंग के ऊँचे डंडों पर हलके से चँदोवे की शक्ल में

कसी गई थी। पलंग शीशम का था। कमरे में शीशम की लकड़ी से बनी कुछ और बारीक़ नक्काशी वाली कुर्सियाँ और तिपाइयाँ क़रीने से रखी थीं। पलंग के ठीक सामने एक आदमकद आईना ठाठ से इतरा रहा था। उसमें हर वक़्त और हर कोण से अपने को ख़ूब निहारा जा सकता था। बाबू को आशनाई के वक़्त अपनी प्रेमिकाओं की अदा बग़लगीर हो देखने के बजाय, आईने में देखना ज़्यादा पसन्द आता था। उसने कहीं सुन लिया था कि यूरोप में राजा-महाराजा अपने शयनकक्ष में ठीक पलंग के सामने आईना लगवाते हैं।

बाबू सुमेर सिंह भी अपने पिता की ज़मींदारी की जगह चाँदपुर को किसी यूरोपीय राजा के दरबार से कम नहीं आँकता था। गढ़ी के बाहर खेतों और जंगलों के विस्तार के बीचोबीच चमकते शीशों के टुकड़ों के पहाड़ थे। धूप में झिलमिलाते। आँखों को चुँधियाते, गढ़ी को चमकाते। छज्जों से नज़र आते वे चमचमाते झूले थे, जिसमें से किसी पर किसी दिन बैठकर सुमेर सिंह को आकाश और पाताल नापने थे। सचमुच चाँदपुर की छटा ही निराली थी। ऐसी गढ़ी जहाँ का सब कुछ ही मिथकों की बसाहट की सुगन्ध फैलाता था। चाँदपुर के नज़दीकी इलाक़े के सारे लोग इस बात को जानते थे। सब आपस में कहा करते थे कि देवताओं के बनाए से बनी है यह भूमि, वरना ऐसी छटा कैसे पनपती? लोग सुमेर सिंह के पुरखों के बारे में भी ऐसी ही बातें करते थे। उनका मानना था कि सुमेर सिंह के पुरखे सीधे आग से धरती पर अवतरित हुए थे।

सुमेर सिंह अग्नि देवता के वंशज थे।

गढ़ी छोटी थी तो क्या हुआ, मामूली नहीं थी। इतना तो आसपास के राजा लोग भी समझते थे।

और रिआया? वह तो नतमस्तक थी। हमेशा ही। वह तो पीढ़ी दर पीढ़ी सुमेर सिंह के पिता बड़े राजा को अपना सब कुछ समझती आई थी—बाप, भाई और मालिक। सब। कहीं कोई गुंजाइश ही नहीं किसी और तेवर की। माई-बाप सब चाँदपुर के बड़े राजा और उनकी नतमस्तक सन्तानें रिआया।

'मेरी प्यारी रिआया!' बड़े राजा होली के अवसर पर सबको अपनी गढ़ी पर शाम को बुला अपनी खदानों से निकले शुद्ध अबरक भरे गुलाल का माथे पर टीका कर कहते थे। बड़े राजा का स्पर्श, माथे पर गुलाबी गुलाल और उसके बीच चमकदार अबरक के टुकड़ों का करिश्माई असर होता था और रिआया सुख से भर जाती थी। इतनी कि कुछ लोगों की आँखों से आँसू निकल पड़ते थे छलछलाकर। राजा का स्पर्श पाकर।

रिआया और बड़े राजा के रिश्ते से परे एक रिश्ता था सुमेर सिंह का भी रिआया से।

रिआया का सुमेर सिंह से।

सुमेर सिंह का अपने आप से।

एक रिश्ता जो उसने अपने लिए सोचा और एक जो उसे मिला।

सच तो यह है कि पूरे होशोहवास के साथ, सुमेर सिंह की ज़िन्दगी का ख़ाका उसकी पैदाइश से ही तय कर दिया गया था। जब वह पैदा हुआ तो आसमान में बादल छा गए थे। चारों ओर अनुष्ठान हो रहा था। गढ़ी के मैदान में पंडित हवन कर रहे थे। जैसे ही बादल छाये पंडितों ने डरकर मंत्रोच्चारण तेज़ कर दिया। इस बार कोई विघ्न नहीं पैदा होना चाहिए। समय बहुत ख़राब चल रहा था—और चाँदपुर के अस्तित्व पर काले बादलों का मँडराना ख़राब शगुन था। लेकिन यह क़ुदरत का करिश्मा ही तो था कि जैसे ही सुमेर सिंह पैदा हुआ, आसमान से बादल सरपट भाग निकले। चटक धूप खिल गई। गढ़ी के इर्द-गिर्द सब कुछ चमक उठा।

बहुत वारिसों के किसी पैदाइशी रोग से ख़त्म हो जाने के बाद पैदा हुआ सुमेर सिंह। लिहाज़ा वह पैदाइश पर ज़िन्दा बचे रहने की एवज़ में ही राजा हो गया। बड़े राजा के दिमाग़ में और रिआया के मन में। उसने ज़िन्दगी हर्फ़ों में नहीं नापी। वह धीरे-धीरे बड़ा नहीं हुआ। उसका बचपन औचक सिमट गया और बचपन में ही जवानी का उसके भीतर दस्तक दे चुपके से क़ब्ज़ा जमाना लोगों को कभी अजीब नहीं लगा...

रिआया को अपने मालिकों से मर्दपने के शबाब की ही उम्मीद रहती थी और वही उनके देखने की आदत में शामिल था। यह देखना अपने मुस्तक़बिल को जायज़ ठहराना भी था। यही उन्हें जिलाए रखता था। वे खेतों, जंगलों और चाँदपुर की खदानों में रहते थे। वहीं खाते और पीते थे। वहीं मरते और पैदा होते थे।

गढ़ी बुरी आत्माओं के बुरे श्रापों से रक्षा करनेवाली उनकी छतरी थी, जो उनके रहने की जगहों से दूर एक ऊँची टेकरी पर मुस्तैद खड़ी रहती थी। नज़र उठाने पर दिखलाई पड़ती—जैसे बाप की छाती, देवता का हाथ और माँ की लोरी। अपनी झुकी पीठों, पिचके पेट और भटकौहाँ आँखों के साथ चाँदपुर के वंशजों की शान में, वे मन और तन के रक्त में सराबोर विरुदावलियाँ गाया करते थे।

सुमेर सिंह ने दिन के पाँचों पहर गढ़ी के सहन में गीत गानेवालियों और बाजा बजानेवालों को सोते-जागते सुना था।

ख़ूब गाते सुना था।

उसकी शिराओं में ये गीत अब बासी बकवास की हैसियत रखते थे। वो बड़ी जल्दी ऊब जाता था। बड़ी जल्दी कट जाता था। रिश्ते से, दृश्य से और ख़ुद से भी।

लेकिन जब वह पाँच साल का सहमा हुआ सा, मलमल के सुन्दर कुरते और चौड़े पायँचे वाले पाजामे पहननेवाला अम्मा का लाड़ला था, तब कुछ अलग क़िस्म

का था। उसके सपने भी अलग क़िस्म के थे। वह यूँ कट नहीं जाया करता था, बल्कि शामिल रहता था हर उस गुफ़्तगू में जो ज़नानख़ाने में हुआ करती थी। अपने में गुम्मा, जब मौक़ा मिलता था तभी, ज़नानख़ाने में जनानियों की साड़ी के पल्लू में छिपकर गढ़ी के रहस्यों के रेशे उघड़ते देखता, सुनता था और कच्ची उम्र में बहुत कुछ अबूझ अपने भीतर भरता जाता था। गढ़ी के रहस्य समझने में उसे दिलचस्पी नहीं थी लेकिन उनका हिस्सा होना उसे सुकून देता था। वह उन रहस्यों के साथ ऐसे रच-बस गया था, जैसे काई की परत के नीचे ठोस ज़मीन।

उसकी परवरिश का क़िस्सा अनूठा था। उसकी ज़िन्दगी की सीढ़ियाँ अलग ढब से तय होनी थीं।

उसके खेल दूसरों से अलग थे। उसे सबके साथ मिलकर जब लुका-छिपी खेलना होता था, तो वह अक्सर छिप जाया करता था और देर तक छिपा रहता था। उसे लोगों को ढूँढ़ने में मज़ा नहीं आता था न ख़ुद ढूँढ़ लिया जाना पसन्द था। अपने छिपे इलाक़ों में उसने मन के काल्पनिक मीत बना रखे थे। वे मीत उससे बहुत प्यार से बातें करते थे और उसे नई बातें सिखाते थे। उसने उनसे एक नई भाषा में बात करना सीख लिया था। कभी उस भाषा में सीटी बजती थी, कभी गाने झूम-झूमकर गाये जाते थे और कभी आड़ी-तिरछी रेखाओं से तरह-तरह के सन्देशों का आदान-प्रदान होता था। उन जगहों और साथियों का राज़दार उसके अलावा सिर्फ़ हरिया ही था। हरिया उसे गोदी में लिये हर उस जगह पहुँचता था जहाँ सुमेर सिंह को अच्छा लगता था। जहाँ से बाक़ी दुनिया दिखलाई नहीं पड़ती थी। जहाँ सिर्फ़ मन की दुनिया बसती थी। उस दुनिया के अलावा बाक़ी बची दुनिया में बड़े रोड़े-पत्थर थे, जिन पर गिरने पर खरोंच आती थी और ख़ून निकलता था।

उसे ख़ून की कहानी समझ में नहीं आती थी। वह जानना चाहता था कभी-कभी लेकिन फिर अपनी आँखें मूँद लेता था और मन के मीतों से आकाश और इन्द्रधनुष की बातें करने लगता था। उसके मन की दुनिया पर मोटा पर्दा था इसीलिए बड़े राजा को उसकी झलक भी दिखलाई नहीं पड़ती थी। एक बार बड़े राजा की ज़िद पर शिकार के लिए तैयार होते हुए उसने अम्मा को घूँघट के भीतर से दाँत पीसते हुए कहते सुना था—

"अक्ल पर पर्दा है, जाने क्या-क्या गँवाना चाहते हैं?"

उधर बड़े राजा उत्साह से भरे बोल रहे थे, "हरिया, बाबू को जल्दी लाया जाए आज कुछ हासिल करना है।"

माँ-बाप का नज़रिया पाने और खोने को लेकर कितना अलग था, यह जानना अजीब लगा था सुमेर सिंह को, लेकिन वह माँ का मुलायम हाथ अपने सर से परे सरका चल दिया था बड़े राजा के साथ शिकार पर, उस दिन।

चाँदपुर के जंगल में, शिकार चिड़ियों का होता था। कबूतर और बघेड़ी। नसीब अच्छा रहा तो मोर भी। ख़रगोश और जंगली सूअर भी अक्सर चपेटे में आते थे। उस दिन धीमे-धीमे चलते घोड़े पर बैठे हुए सुमेर ने पूरे होशोहवास से देखा था कि ठीक उसकी निगाहों के सामने, एक सफ़ेद रुई का गोला तेज़ी से कुलाँचें भर भागता रहा था और दिखलाई दिया था दूर तलक। शान्त निविड़ में हाँफता हुआ उत्तेजना का बिन्दु। वह कितना सुन्दर था! सुमेर सिंह का जी किया घोड़े पर से कूद जाए और उस रुई के गोले के साथ लुढ़कता चला जाए। दूर किसी अनजाने सफ़र पर। तभी बड़े राजा ने हरिया को इशारा किया था, यह शिकार सुमेर बाबू की बन्दूक से ही मारा जाना चाहिए। हरिया ने सुमेर बाबू की बन्दूक अपने हाथ में पकड़ रखी थी। उसने ठीक से बन्दूक को निशाने पर साधा और बाबू की आँखें अपने दूसरे हाथ से बन्द की, बाबू के हाथ की उँगलियों के बीच बन्दूक का घोड़ा फँसाया और कहा, "अपने मीतों को याद करो बाबू, खेलो बाबू, मन-मन खेलो बाबू..."

और बाबू मन-ही-मन खेलने लगा था। फिर जब बाबू की आँखों से हरिया के हाथों का पर्दा हटा था तो सामने सफ़ेद रुई का नर्म गोला ख़ून की उछलती धार के बीच लोट रहा था। बाबू हतप्रभ रह गया था! उसने यह देख फिर से तुरन्त अपनी आँखें बन्द कर ली थीं। गले के भीतर की घुटी सिसकियों के बीच इशारे वाली भाषा में दूर कहीं सो रहे अपने मन के मीतों से पूछा था, *इस वक़्त तुम लोग क्या कर रहे हो? मैं तो यहाँ एक ख़रगोश को अपनी गोदी में ले पुचकार रहा हूँ। अब वह भी हमारी टोली में शामिल हो जाएगा। ठीक है न? मन के मीतों ने ख़ुशी से भरकर कहा था, बहुत स्वागत है।*

घोड़े के आगे दौड़नेवाले नौकरों ने झट से ज़मीन पर बल खाते ख़रगोश को एक डलिये में बन्द कर उठा लिया था और बहँगी के सहारे शिकार की कोई धुन गाते हुए आगे बढ़ चले थे। डलिये के छेदों से ख़ून रिस रहा था जिससे चलनेवाली राह पर एक लम्बी लाल रेखा खिंचती चली गई थी। उसी रेखा पर सब लोग चल रहे थे, नौकर और घोड़े सब। धीरे-धीरे लाल रेखा मिट्टी के रंग में रँग गई थी।

जंगल में चारों ओर बाँस, बरगद और शीशम के घने पेड़ थे। एक जंगली घास भी चारों ओर जाल बना रहस्य रच रही थी। जंगल बड़े राजा का ही था और चाँदपुर गाँव से लगा हुआ था। वहाँ से गढ़ी पहुँचने में बहुत कम वक़्त लगता था। सुमेर सिंह यह बात जानता था लेकिन फिर भी वह ख़ुद पर ज़ब्त न कर पाया। लगा देह फट पड़ेगी और फूले पेट में भरा हुआ पानी यहीं घोड़े पर ही चू जाएगा। उसने हरिया के कान में अपनी दिक़्क़त बयान की और हरिया ने ज़ोर से चिल्लाकर कहा—

"मालिक...! बाबू..."

बड़े राजा ने अपने घोड़े की लगाम खींच ली। घोड़ा हिनहिनाकर अपने दोनों अगले पैर हवा में उठाकर एकदम स्थिर हो गया। आसपास के सब लोग जहाँ थे वहीं रुक गए। हरिया सुमेर सिंह को ले नीचे उतरा और घास के पीछे चला गया। बाबू का इज़ारबन्द खोलते वक़्त वह ममता भरी हँसी हँसा फिर बाबू को पेशाब करने के लिए बिठा दिया। इसके बाद उसने बाबू को साफ़ किया, पाजामा दुबारा पहनाया और गोदी में भींचकर कान में जाने कौन सा मंत्र फूँक दिया कि सुमेर सिंह को दुनिया हरी-हरी लगने लगी। डरावनी और भयावह नहीं, सुन्दर और चमकीली। हरी, एकदम हरी।

'नर्म सफ़ेद, उस रुई के फाहे-से सफ़ेद गोले को, उस भागते हुए ख़रगोश को, जो मरवाया गया सुमेर सिंह के हाथों से, उसे मरवाया जाना ही चाहिए था, यूँ ही। बिलकुल यूँ ही। इसी सलीक़े से। फिर चाहे सुमेर सिंह को पेशाब आए चाहे उलटी। इस तरह ख़ून करने का बड़ा रिश्ता मर्द होने से है, शास्त्र कहते हैं और बड़े राजा जानते हैं यक़ीन से।

निशाना सीख रहे हैं सुमेर सिंह, शिकार कर रहे हैं। कल होनेवाले युद्ध लड़ने की यह छोटी सी तैयारी है, और निस्सन्देह यह सभी के लिए इस कठिन समय में, दिलासे की बात है। *गढ़ी के सारे लोग इस तैयारी के इन्तज़ार में हैं और आज ज़रूर यह ख़बर पाकर हर्षित होंगे।* बड़े राजा मन-ही-मन गुनते हैं।

इधर दोबारा घोड़े पर सवार करवाए जाने के बाद सुमेर सिंह की निगाह के आगे एक अद्‌भुत नज़ारा नाच उठा था।

आसमान पर कुछ देर पहले छाये बादल झूमकर जंगलों पर गिरने लगे थे और जंगल आसमान पर पहुँच नाच रहे थे। हरिया ने हमेशा की तरह सुमेर सिंह के कानों में मंत्र फूँकने के साथ-साथ बाबू के मुँह में कुछ प्रसाद-सा भी घोंटा दिया था जो मुँह में अब धीरे-धीरे घुलता जाता था और सुमेर सिंह का जी बेकाबू होने लगा था। उनका जी अब करता था कि जो लाल रंग मिट्टी में मिल गया है, उसे एक बार छूकर ज़रूर देखना चाहिए, आख़िर सचमुच में वह होता कैसा है? फ़क़त पानी की तरह बहनेवाला पतला और ठंडा या शहद की तरह गाढ़ा और गर्मी से भरा हुआ?

"हरिया, बताओ हमें वह कैसा होता है? चलो बताओ, नहीं...उसे छूने दो हमें, छूने दो...छूने दो..." सुमेर उतावली ज़िद पर उतर आया।

"ना न...न न बाबू!"

"यह ज़िद अच्छी नहीं। ख़ून कोई खिलौना नहीं। तुम तो हमेशा ख़ून देख आँख बन्द कर लेते हो फिर अभी इसे छूने की हसरत कैसी?"

"जैसे तुम लोगों की यूँ ठूँ...ठूँ...ठाँ की," सुमेर सिंह ने बन्दूक का घोड़ा

पकड़ा और कहने लगा। उसकी तेज़ी से लाल होती आँखों में हँसी की लपटें मचलने लगीं।

हरिया आगे आनेवाले समय के सिरफिरे, जवान, सुमेर सिंह का अक्स देख सहम गया और उसकी पीठ पर दिलासे का हाथ फेरने लगा। जैसे, ऐसा करने से वह सुमेर सिंह को जवान होने की बदगुमानी से रोक लेगा।

"बताओ हरिया, वह जो सामने बहकर निकला है, वह क्या है? कैसा है? उसकी कहानी सुनाओ ना हरिया।" सुमेर सिंह ने आँखों को उलटते पूछा था मानो किसी और जहान में वह था और किसी दूसरे जहान में हरिया। और अब सब कुछ उलटे-पुलटे हुए ही, धँसे-धँसे ही, तलब करना होगा। तभी सवालों के जवाब हासिल होंगे।

हरिया के अन्दर गहरी आत्मदया ने दस्तक दी। वह मुस्कुराया।

"बाबू..." उसने फिर कोई नया मंत्र पढ़ा और थोड़ा सा रस्मी प्रसाद ख़ुद अपने दाँतों के बीच दबा लिया। इसी की ताक़त से भर वह जवाब दे पाता था।

"बाबू...!! मेरे प्यारे बाबू...देखो आसमान में हम कैसे डेग से डेग मिलाकर चल रहे हैं साथ-साथ।"

सचमुच अब दोनों, एक जहान में साथ बैठे थे।

सुमेर सिंह और हरिया।

एक क़तार में साथ-साथ।

यह देख आसमान में उड़ते फ़रिश्तों ने ईश्वर को अफ़वाहें नज़र करनी शुरू कर दीं—

*एक ही सफ में खड़े हैं महमूदो अयाज़,*
*न कोई बन्दा है, न कोई बन्दा नवाज़!*

"बाबू," वह बुलंदी से सुमेर सिंह से मुख़ातिब हुआ, "याद रखना, ताज़ा ख़ून छूने पर हमेशा गर्म होता है फिर चाहे वह जानवर का हो चाहे आदमी का। बहता लेकिन वह पानी की तरह ही है! ही-ही-ही...समझ रहे हो न?"

सुमेर सिंह को हरिया की छाती से निकलती गर्मी के समान, एक आगाह कर देनेवाली बात की तरह, यह बात भी ताज़िन्दगी याद रह गई थी।

कितनी अनोखी बात थी कि बातें सारी याद रह गईं सुमेर सिंह को, बस मुँह में घुलते प्रसाद का ज़ायक़ा याद नहीं रहा कभी। ज़ायक़े से ज़्यादा गन्धों का शौक़ीन हुआ सुमेर सिंह अपने बचपने से जवानी तक के सफ़र में।

जंगल में, घोड़ों और नौकरों के क़ाफ़िले के टक-बक की अनुगूँज से जंगल की

ज़मीन पटती जा रही थी। जानवर अपने ठिकानों में छिपे बैठे थे और जंगल में काम करनेवाले मज़दूर क़ाफ़िले का सामना करने को सचेत हुए जा रहे थे। वे झुंडों में खड़े हो गए थे और जैसे-जैसे बड़े राजा के क़ाफ़िले से रू-ब-रू हो रहे थे, कोर्निश करते जा रहे थे और घोड़ों के आगे बढ़ जाने पर एक सुर में गाते जा रहे थे।

उन तक यह बात पहुँच चुकी थी कि बाबू सुमेर सिंह ने आज अपना पहला शिकार किया है और यह उनके लिए आशा दिलानेवाली बात थी। इधर कुछ सालों से उनके जंगलों पर भी दुश्मनों की नज़र पड़ गई थी। गाँव से ख़बर लेकर आए उनके टोले के लोगों ने ख़बर दी थी—'दुश्मन की शक्लें अजीब हैं। वे कन्द की तरह उजले और सरकंडों की तरह ऊँचे और तने हुए हैं। वे सात समन्दर पार कर आए हैं। उनके दिल में ज़रा भी माया-ममता नहीं है। वे जल्लाद हैं।'

जंगल में रहनेवाला भीमा बुज़ुर्ग बताता था, "यह कोई नई बात नहीं है। जल्लादों का ख़ूब सामना किया है हमने अपने बाप-दादाओं के ज़माने से। ज़हरीले तीर-कमानों से कई जल्लाद डाकुओं को अपने जंगलों से मार भगाया है।"

लेकिन फिर भीमा बुज़ुर्ग अचानक सहमकर कह उठा था, "पर का कहें।...इस फ़िरंगी जल्लाद की बात कुछ और है। इनमें तो इतनी ताक़त है कि चाँदपुर के राजा समेत जाने कितने इलाक़ों के राजाओं को भी एक साथ तबाह कर दें!"

वैसे तो जंगल वालों के लिए, उनका जंगल बहुत प्यारा था और वे किसी बाहरी को उसमें आने नहीं देना चाहते थे, वे तो बड़े राजा से भी बहुत वास्ता नहीं रखना चाहते थे। लेकिन वे भीमा बुज़ुर्ग के कहे में थे, जो कहता था, "इस वक़्त राजा साहब का साथ देना ही होगा, कम से कम उनका व्यवहार उस फ़िरंगी से तो अच्छा है। बाद में देखा जाएगा किसके साथ रहना है किसके साथ नहीं।"

फ़िरंगी को सब लोग इंगलिस्तान का बताते थे। उसकी भाषा भी न समझ में आनेवाली थी। रहन-सहन, खान-पान भी सब। उसके पास बड़ी बन्दूकें थीं और बहुत सारी रक़म। जंगल में रहनेवालों के तीर और भाले अब अँधेरे में दागी जानेवाली गोली के आगे बेअसर हो रहे थे। ऐसे में बड़े राजा का बाप-सा, सर पर हाथ ही एक सचमुच का आसरा था। और आसरे की निरन्तरता बनी रहे उसी वजह से अब सुमेर सिंह को भी समय से पहले जवान होकर उनकी रक्षा करनी होगी। उनका साथ देना होगा।

फ़िरंगियों के मसले को कैसे सुलझाना है इसके लिए आजकल रोज़ भीमा बुज़ुर्ग सभा कर रहे थे। सभा रात को जिस जगह पर लगती थी, वहाँ बाँस के झुरमुट थे। घनी हरियाली का विस्तार था। रात को बमुश्किल हाथ को हाथ सूझे।

भीमा बुज़ुर्ग बड़े राजा की सवारी को रोक, बड़े राजा को हाल की घटना

से वाक़िफ़ करा रहा था, "हुज़ूर, सभा के ऐन बीच, चार दिन पहले दो फ़िरंगी घुड़सवार घात करने आ पहुँचे थे। फ़िरंगी के हाथों में चकमक बिजली थी, मशाल नहीं। मशाल तो आगे दौड़नेवाले नौकरों के हाथ में थी। जो दौड़ते जाते थे तेज़ी से कनकनाती सर्दी में कि कुछ गर्मी पैदा हो। पीछे से फ़िरंगी उन पर अपनी भाषा में चिल्लाते भी चलते थे। उस रात हमारी सभा में शामिल सारे लोग फ़िरंगी की निगाह में आते-आते बचे थे। जल्लाद फ़िरंगी देख लेता तो मज़ाल है छोड़ देता? सारे के सारे पकड़े जाते। वो तो भला हो उस जंगली घास के जालों का, बाँस के अँधियारे का और हमारे इशारा भाषा का।

'सावधान...सावधान' उलूक ध्वनि से कहा जाता था!

"हुज़ूर उस दिन जब 'सावधान-सावधान' की आवाज़ जंगल के कोनों में गूँजने लगी थी और हम सब घास में लुक-छिपकर ख़ुद रहस्य हो गए थे, तो फ़िरंगी इधर-उधर देखता रहा था ग़ौर से, शीशम की लकड़ी की ताक में पेड़ों को गिनता रहा था, ग़नीमत थी हुज़ूर कि अन्धकार की दीवार को भेद नहीं पाया। चिढ़ गया था। खीजकर चलता बना था...।

"हुज़ूर, हम तो कोशिश कर रहे हैं। तैयारी चल रह रही है। लेकिन हमारे हथियार उनके गोला-बारूद के सामने देर तक नहीं टिक पाएँगे। भीमा ने चिन्ता में सर डोलाया।

"अब आप ही बताएँ हम क्या करें? हम आपके साथ हैं आप ही की ओर आस से देख रहे हैं।" इसके बाद उसने बड़े राजा के नाम का जयकारा लगाया,

'बड़े राजा अमर रहें!'

लोगों ने भीमा दादा के साथ जयकारा लगाते हुए उसकी बातों को याद किया, जो उसने कही थीं, उस सर्द रात को, घास के परदे से निकल—"सावधान रहना होगा, सबको सावधान रहना होगा। सब सावधान रहो। आज फ़िरंगियों की आवाज़ में प्रेतों की चिल्लाहट थी। मत भूलो प्रेत लौट-लौटकर आते हैं। सावधान रहो मेरे बच्चो!" उसके बाद से इस जंगल के लोग कभी सोये नहीं। वे खड़े-खड़े ही, पेड़ पर चढ़े-चढ़े ही, कन्द-मूल बटोरते हुए ही, शिकार करते हुए ही सो लेते हैं। जागी आँखों से सोते हैं और बन्द आँखों से जागते हैं।

'उनकी डरी हुई सटकी हुई साँस में, आशीष के गीत कितने शोकाकुल लगते हैं!' बड़े राजा को सर्द आभास हो रहा है। वे और चिन्तित हो जाते हैं, और मन-ही-मन प्रण करते हैं कि अब जो हो सो हो, सिर्फ़ आशंकित होने से काम नहीं चलेगा, अपना जंगल, अपना खलिहान और अपना चाँदपुर बचाना ही होगा। इस बार कुँवर सिंह बाबू का न्योता कुबूलना ही होगा। जगदीशपुर जाना ही होगा।

कोर्निश में झुकी पीठों में से गीत का सोता फूटता है :

*सुख के राज लेहले अइयो हो बबुआ/फ़िरंगी सब लूट लेहले बा हो बबुआ/जियो हो बबुआ...।*

सुमेर सिंह गीत सुनता है और सुनता है मीठी तान। गीत के बोलों से उसका कोई रिश्ता बन नहीं पाता है। उसकी समझ से परे हैं बोल। अभी छोटी उम्र भी है, लेकिन मीठी तान में आशीष के बोल हैं, इतना तो उसे भी समझ में आता है। और मज़े की बात तो यह है कि वह मीठी तान कभी मन्द नहीं होती, कभी पीछे नहीं छूटती, क्योंकि कोर्निश की पीठों के पीछे छूट जाने के बाद हरिया अपनी फटी हुई आवाज़ में उसी छूट गई तान को पकड़ लेता है और हवा में रोपता रहता है लगातार, "बाबू बढ़िया हैं न...जियो बाबू...अब बड़े राजा के नाम रोसन करो।"

सुमेर सिंह उन्हीं गीतों से चुनकर, बहादुर बने रहने के भावों को अपनी छाती से चिपका लेता था और मानता था कि वह बहादुर जन्मा है और रहेगा। लेकिन ये फ़िरंगी कौन है, जो गाँव, जंगल और बड़े राजा जैसे लोगों को यूँ डरा रहा था? कई बार उसने देखा है बड़े राजा को, फ़िरंगी के नाम पर धप्प से बैठ जाते हुए, खड़े-खड़े ही गिर जाते हों ज्यों।

क्या इतना डरावना है फ़िरंगी?

जब सुमेर सिंह को भी बड़े राजा अपने पास एक अलग कुर्सी पर बैठाने लगे थे, यह कहते हुए, "आसपास के राजा आ रहे हैं भविष्य के बारे में बात करने और आगे तो सुमेर बाबू आपको ही सब सँभालना है, इसीलिए आपका बैठना ज़रूरी है सबके बीच," तो सुमेर बहुत सकुचाकर बैठ जाता था, एक अलग कुर्सी पर।

एक बार राजा अबीरपुर भी आए थे और सबने बात की थी, "क्या अब आपसी रंजिशों को भूलकर साझे हितों की बात सोच, संगठित होने का समय नहीं आ गया? क्योंकि जिस तरह से फ़िरंगी घात लगा रहे हैं उसमें तो न सिर्फ़ राजपाट चला जाएगा बल्कि इज़्ज़त भी स्वाहा हो जाएगी..."

"अगर इज़्ज़त की रक्षा करनी है और राजपाट बचाना है तो फ़िरंगियों से लड़ना ही होगा। लाट ने तो लगान हाथ में लेकर सभी के पेट पर लात मारने की ही नहीं ठानी है बल्कि गाँव-देहातों की छोटी जातियों को उठकर मुख़ालिफ़त भी सिखाई है। चमार टोला के लोग, दुसाध, मेहतर, फ़िरंगी सिपाही की लाल पोशाकों में हमारे सामने अब तनकर चलते हैं। सब छिन्न-भिन्न करने पर तुल गया है फ़िरंगी।" बड़े राजा ने चिन्ता जताई थी।

"कैसे होगा सब कुछ...कैसे?" किसी के यह पूछने पर चारों ओर एक चुप्पी पसर गई थी। किसी को समझ में नहीं आता था कि अपने पास की, इतनी

छोटी-छोटी सैनिक टुकड़ियों के साथ कैसे फ़िरंगियों की ताक़त से लोहा लिया जा सकता है?

*फ़िरंगी फ़िरंगी फ़िरंगी...!*

और इस तरह फ़िरंगी एक बड़े सवाल की तरह सुमेर बाबू के ज़ेहन में खुभ गए थे और गाहे-बगाहे उन्हें बहुत तंग करते थे।

*फ़िरंगी कौन है?* सुमेर सिंह ने अपने मन के मीतों से पूछा था एक दिन।

मन के मीतों ने आपस में सलाह कर कहा था,

*घोड़े पर सवार सिपहिया है फ़िरंगी, लाल कपड़े पहननेवाला जल्लाद है फ़िरंगी।...*और हँस दिए थे।

*न...ना, घोड़े पर तो कई लोग सवार होते हैं, वे लोग तो फ़िरंगी नहीं। हम भी तो मीत घोड़े पर सवार हो चलते हैं...*

मीत फिर हँसे थे, एक सुन्दर समझदार हँसी। *घोड़े पर सवार लोग अलग दुनिया से आते हैं सुमेर सिंह।*

मीतों ने चारों ओर से सुमेर सिंह को गले से लगाते हुए कहा था—*तुम जैसे लोग मीत, तुम जैसे घोड़े पर सवार लोग लोगों को डराते हैं...लेकिन तुम परवाह मत करो। तुम उनमें से नहीं हो। तुम तो हमारी तरह हो।*

*अरे! क्या सचमुच?* सुमेर सिंह विस्मृत और अतृप्त ही रह गए थे।

ऐसा जाने कितनी ही बार हुआ। सवालों की तादाद बढ़ती जाती थी और जवाब मिलते नहीं थे। मन के मीतों की हँसी और पुचकार साथ-साथ कौंधती रही हमेशा से ही। और ऐन उसी बीच हर वक़्त हरिया का प्रकट हो जाना यक़ीनन कोई क़ुदरती प्रपंच मालूम देता था। जब मन के मीत सुमेर सिंह से लाड़ कर रहे होते वह आता और कहता, "बाबू, अब चलो यहाँ से, बिस्तर पर चलकर आराम करो, बहुत थक गए लगते हो, इस तरह कोना-कोनी में काहे घुसे रहते हो? किससे बतियाते रहते हो?" सुमेर सिंह उसके अज्ञान पर हैरान रह जाता, लेकिन कहता कुछ नहीं। कितनी बार तो हरिया को बता चुका है अपने मन के मीतों के बारे में उसे अपने शरीर को हरिया के हाथों में सौंप दिया सुमेर ने। यह ठीक है कि हरिया उसकी बहुत बातें नहीं समझता था लेकिन हरिया के देह की गर्मी और उसके पसीने की गन्ध की आत्मीयता उसे हमेशा महफ़ूज़ होने का एहसास कराती थी। इतना कि उसी के इलहाम में वह ज़िन्दगी बसर करता चला गया।

हरिया अपने नन्हे बाबू के नाज़ुक हलके शरीर को प्यार से गोद में उठा लेता और मालकिन के पास पहुँचा देता एहतियात से।

# चाँदपुर

ए परगासो कौन हो तुम?

ओह हो! नई-नई दुनिया में खिले नए-नए फूल के मानिन्द तुम नई ख़ुशबू लेकर आई हो।

परगासो को उसकी माँ ने चमेली का तेल मल जना था। जब दर्द के दौरान दाई अम्मा पेट मलने लगी थी तो उसे ज़बर्दस्त हूक मची थी—"आह आह...अम्मा तनिक चमेली का तेल सुँघा दो...राहत मिल जाएगी।"

दाई ने अविश्वास से सर हिलाया था...दुसाधन के जाने कौन जन्म की बची हुई इच्छा है जो इस जानलेवा दरद के समय भी चमेली की ख़ुशबू खोज रही है। लेकिन परगासो की माँ चिल्लाती रही।

"चमेली का तेल आही दादा न्हीईईईईईई मिल रहा क्या?...अच्छा चमेली का फूल ही सुँघा दो। बड़े...राजा की बगिया में खिला है। उईईईईईईईईईईईई। अम्मा... मर जाएब...बचा लो...लाओ। कोई लाओ एक फूल ही सुँघा दो।" अड़ोस-पड़ोस की औरतों ने देखा था और ढूँढ़ने लगी थीं चमेली का तेल। एक टूटी-फूटी लोहे की बक्सिया में मिला था चमेली का तेल। दुसाधन के घर चाँदी तारों से बुने कपड़े में लिपटी रखी थी चमेली तेल की आधी भरी शीशी।

"इस दुसाधन के पास कैसे आया यह कपड़ा?"

"चुप...हरामिन सब..." दाई चिल्लाई। "तनी अपना घर-दुआर के हाल भी बताओ कभी। इस बेचारी मुसमात पर ही आँख टिका रखी है? कहीं से भी आया हो इसके पास सामान! इस बखत सिकायत के दंस काहे कसती हो?"

इस पर अड़ोसी-पड़ोसी चुप।

एकदम चुप, जैसे चुप।

हवा भी चुप।

बस बच्चा जननेवाली औरत दर्द से कराहती रही।

दाई उसके पेट पर चमेली का तेल मलने लगी। हवा भी अब बोलने लगी चमेली के तेल की भाषा। तब तक एक पड़ोसन दौड़कर बड़े राजा की फुलवारी में पहुँच चुकी थी। माली को आवाज़ देने लगी। "चाचा, चमेली के फूल दे दो अँजुरी भर।...एक बच्चा जननेवाली औरत को सुँघाना है।" माली चाचा समझ गया किसे सुँघाना है। उसकी जाई जैसी बेटी को औलाद होनेवाली है। उसकी

पड़ोसन है। माली चाचा भी उस दुसाधन के पड़ोसी हैं। वे सब *गोराया* के भक्त हैं, उसी की पूजा करते हैं। उनके गाँव का द्वारपाल है *गोराया।* उनका रक्षक। भगत बोलता है, "हमारे देवता बाबू साहब लोगों के देवता से अलग हैं। वे सबसे शक्तिशाली हैं। वे जैसा इशारा कर दें समूचा गाँव वैसी चाल चलने लगे। महीन चाल। मोटी चाल। बाबू साहब लोगों की चाल और...दूर से पास आती हुई... दिनोंदिन पास आती हुई गोरे फ़िरंगी की पेचदार चाल।"

भगत कहता है, "तैयार रहो, हक़ के लिए जो चाल सही लगेगी देवता इशारा कर बताएगा। समय की आहट सुनो, वरना धरती से ग़ायब हो जाओगे।" भगत भी इन्तज़ार में है मोहल्ले के और लोगों की तरह बच्चे की पैदाइश की ख़बर सुनने को।

माली चाचा, बच्चा जननेवाली दुसाधन के लिए अँजुरी भर फूल दे देता है। पड़ोसन दौड़ते हुए जब बच्चा जननेवाली औरत के घर पहुँचती है तो देखकर आश्चर्य से रोने लग जाती है। एक चाँदी के तारों-सा सुन्दर बच्चा दाई के हाथों में मचल रहा है।

"चन्दा मामा...?"

"ना रे," दाई राहत से भर कहती है—"रख दे फूल इसके बिछौने पर। देख तो कितनी उजली है यह...।"

पड़ोसन बावरी हुई जा रही थी। उमंग और उत्सुकता से।

इस पर बच्चा जननेवाली दुसाधन ने कहा ममता से भर, "चन्दा मामा नाही है...यह तो हमारी परगासो है।"

"परगासो दुसाधन!"

**रोज़नामचा**

**आषाढ़ की सुबह का सफ़र, 1840**

यह एक मन्दिर है। मैं यहाँ लिखने बैठ गया हूँ।

मशालची ने कहा है कि वे सब यहीं रुककर पानी पिएँगे, सुस्ताएँगे और घोड़े को भी पानी पिलाएँगे। मैं अभी इस मन्दिर की सीढ़ियों पर बैठ गया हूँ। यह मन्दिर पत्थर का है। पुराने क़िस्म का। इसका नक़्शा

लगता है, भागते हुए लोगों ने बनाया है। जैसे वे सभी हमारी तरह रुके थे यहाँ सुस्ताने। उन्होंने मिट्टी के पिंड को स्थापित कर भक्तिभाव से माथा टेका, उस पर सिन्दूर का टीका लगाया और कहा, 'हे देवी, हमारी रक्षा करना' और फिर चले गए किसी दूसरे क़िले को फतह करने या जान बचाने। बाद में गाँववालों ने इसे देखा और देवी स्थान के ऊपर छत डाली गई। छत कच्ची है। एक फूस की झोंपड़ी के नक़्शे पर बनाया गया है यह मन्दिर...।

अभी-अभी एक पुजारी चलकर आया था मेरे पास। बैठा और गुड़ के साथ एक लोटा पानी पेश किया। मैंने गुड़ खाकर, पानी पिया और राहत महसूस की।

उससे मैंने जब कहा, "पानी मीठा है," तो वह बोला, "हाँ बहुत। कुएँ का है। राजपूतों का बनवाया है। बाहर से आए थे और कहीं चले गए।"

"बाहर?" मैं नहीं समझा, तो उसने तफ़सील दी, "शायद दूर के किसी गढ़ से आए थे। कोई गढ़ जो विन्ध्याचल में था, कई साल पहले। अब उनकी पुश्तें आसपास के कई गाँवों में बसी हैं। कई तो सिपाही हो गए फ़िरंगियों की फ़ौज में भी।" मैं हैरत से भर गया। पुजारी की बातें सुन। यह कैसा पुजारी है? क्या कोई पुजारी होकर इतना कुछ जान सकता है? और जिन राजपूतों की शौर्य की कहानियाँ सुनकर मैं बड़ा हुआ था क्या वे भी फ़िरंगियों की फ़ौज में भर्ती हो रहे थे अब? क्यों?

"राजपूत हों, ब्राह्मण हों या नान-जात, सब फ़िरंगियों की फ़ौज में भर्ती हो रहे हैं।" वह रौ में कहता जा रहा था। "कहते हैं फ़िरंगियों की फ़ौज में रुपिया-कौड़ी अच्छा मिलता है। भूखे पेट मरने से तो अच्छा ही है कि आदमी शास्त्रों का नियम छोड़ दे। कुछ भी करे। यह कोई शिकायत की बात नहीं। अपना-अपना नज़रिया है।" यह बोलते वक़्त वह एतमाद से भरा नज़र आया था।

मैंने उससे सवाल किया था, "फ़िरंगी तो सबको तबाह कर रहे हैं, पटना में हर जगह उनके बारे में यही सुनने को मिलता है। उनके साथ कोई देशी कैसे हो सकता है?"

"हाँ," वह गहरी साँस ले बोला था, "सब नहीं जाते बाबू, कुछ झूठी शान से भर नहीं जाते और कुछ अपने धर्म, अपने घर, अपनी इज़्ज़त पर मान करते हैं और भुखमरी और तबाही के रास्ते चलते हैं। वे भी नहीं जाते फ़िरंगी के पास! लेकिन तुम देखना जो गए हैं वे सब भी लौटकर आएँगे एक दिन। वे सब भी तबाही का रास्ता अपनाएँगे।"

उसका एतमाद अब उसकी नसों से टपककर चारों ओर नूरानी हल्हा

की शक्ल अख़्तियार कर रहा था। मैं उसकी हर बात और हर बात के तर्क को समझ मुत्तफ़िक़ हो रहा था।

आख़िर रोज़ी-रोटी का सवाल कितना ज़रूरी है, यह मुझसे बेहतर कौन जान पाएगा? और यह भी सही है कुछ लोगों के लिए रोज़ी-रोटी से बढ़कर उनकी आन-बान होती है। मैं उसे देखता हुआ ज़िन्दगी के मायने को मन के पलड़ों पर तौल रहा था।

यह पुजारी कितना जानकार है। एक फ़लसफ़ी जैसा। पढ़ा-लिखा और आम समझ-बूझ से भी भरा हुआ। यह महज़ पुजारी न रहा अब तो ज्ञानी पंडित हो गया है। अपने हालातों को समझता-बूझता ज्ञानी। मैं समझ रहा था इसके ज्ञान के इज़ाफ़े में राहगीरों का बड़ा हाथ रहा होगा। वे जो अक्सर उसके मन्दिर पर रुक सुस्ताते होंगे और अपनी बातें उससे बाँटते होंगे।

"आप चाँदपुर जा रहे हैं बाबू? मन में राजी-खुसी लेकर जाइएगा। बहुत अच्छे हैं बड़े राजा। अपने मातहतों का बहुत ख़याल रखते हैं। हमें इस मन्दिर के रख-रखाव के लिए बहुत दान देते हैं।" मैं सुन रहा था और मुझे बहुत अच्छा लग रहा था यह सब सुनकर।

जब मैंने उससे पूछा, "क्या यह गाँव बड़े राजा का ही है?" तो वह बोला था, "नहीं, इस गाँव के लोग नवाब राघवपुर को लगान देते हैं। नवाब साहब के लगान का हिस्सा अब फ़िरंगी लेता है। हालत ख़राब है नवाब साहब की। फ़िरंगी नवाब साहब को अब धान नहीं उगाने देता है, धान के बदले...इसके बाद वह चुप हो गया था। खो गया हो मानो कहीं।

मैंने उसे थोड़ी देर खोने दिया फिर जब पूछा था, "धान के बदले क्या बोया जाता है अब यहाँ?" तो उसने कोई जवाब नहीं दिया था और चुपचाप मन्दिर के पीछे ले गया था, जहाँ से मुलायम सफ़ेद मिट्टी में हरे मझोले पौधे खड़े दिखलाई पड़ते थे। उन पौधों से कुछ ही रोज़ पहले बीत गए बसन्त के दिनों में खिलकर फट गए सफ़ेद और गुलाबी फूल आज ज़मींदोज़ हो अपने इन्कलाबी तेवरों की कहानी बयान कर रहे थे। उन पौधों की टहनियों से लगे गोल फल अब तोड़े जाने के इन्तज़ार में थे। पुजारी यह सब मुझे दिखाता हुआ दोबारा कहीं खो गया था।

थोड़ी देर बाद वह मन्दिर के पीछे के हिस्से में बैठ गया था और बोला था, "नवाब साहब फटेहाल हो रहे हैं। बाबू कुँवर सिंह के साथ उठना-बैठना कर रहे हैं। मशालची बता रहा था आप बड़े राजा के जहाज़ पर नौकरी करने जा रहे हैं। मुझे मालूम है उनका जहाज़ कहाँ जाता है। उसी देश के लिए ये फ़सल तैयार हो रही है। हमारे प्यारे नवाब साहब की तबाही की फ़सल, सबके लिए तबाही की फ़सल साबित होगी एक दिन देख लेना।"

यह बात वह नजूमियों की तरह बोला था।

"बरसों से इस मन्दिर के सरपरस्त नवाब साहब के पुरखे रहे हैं। लेकिन अब...क्या करें नवाब साहब हमारे? क्या करें बेचारे...? फिर उसकी आवाज़ में छल से उगा मातम पसर गया था।

ग़मगीन हो लेकिन उस वक़्त वह चुप नहीं हुआ था, हमें आगाह करता रहा था। धूप उतर रही है। अब आप लोगों को निकलना चाहिए। शाम से पहले पहुँचना ज़रूरी है। आजकल रास्ते में पुराने क़िस्म के चोर-डाकुओं के अलावा फ़िरंगी भी कब किस कोने से निकलकर हमला कर दे, मालूम नहीं। फ़िरंगी की जात न समझ में आनेवाली जात है। जो उनकी बात नहीं मानता उनको पेड़ों पर लटका देते हैं।"

ऐसा लगा वह किसी पेड़ पर लटकी लाश को याद कर सिहर उठा है, बार-बार ऐसे ही सिहरने लगा था।

फिर सँभलकर बोला था, "बारिश आने का ख़तरा भी है। जाइए!"

मैं उसे देर तक देखता रहा था। यह कैसा रहस्यमयी शख़्स था!

मैं उसके पास और बैठकर इस जगह के बारे में जानना चाहता था लेकिन वह हो न सका। उसकी बातें कितनी दिलचस्प थीं। लेकिन अब वह और बात करना नहीं चाहता था। उसने हमें विदा कर दिया था और फिर वह मन्दिर के पिछले हिस्से में चटाई बिछाकर सो गया था या सोने का नाटक कर रहा था।

मशालची ने आवाज़ लगाई थी, "आ जाईं मालिक।"

हमारा सफ़र सामने था। मैं टमटम में बैठा और अपने सवालों से बेचैन हो मशालची से पूछ बैठा था, "यह कैसा पुजारी है?"

"ख़बरदार...ख़बरदार।" मशालची टमटम के आगे दौड़ने लगा था, और साँसों की हँफनी के बीच बोला था।

"सिर्फ़ पुजारी नहीं है हुज़ूर...मुख़बिर भी है...।"

"मुख़बिर?"

मेरी हैरत अब सरपट दौड़ने लगी थी, मशालची के साथ।

"समझ जाइएगा हुज़ूर...हम चाकर लोग अब का कहें...?" वह होंठ भींचकर बोला था।

इसके बाद दुशाला ओढ़कर टमटम में ऊँघते रहने के सिवाय क्या उपाय था मेरे पास?

वही किया मैंने!

**फ़. अ. ख़ान**

## चाँदपुर

एक थी परगासो। एक है परगासो। उजली और चमकदार। खाने को बहुत कम। पहनने-ओढ़ने को गढ़ी की उतरन। भगत जी की बेटी। सारे दुसाधों की बेटी। माँ को जल्दी थी, देवता के देश जाने की, सो गई। मिलकर पाली गई। मिलकर पोसी गई। टोले के सब दुसाध माँ-बाप हो गए उसके। रहती लेकिन माँ की छोड़ी गई झोंपड़ी में अकेली थी। उसके कुछ बड़े होने तक कभी टोले की कोई चाची सो जाती उसके पास रात को, कभी कोई...

माली चाचा और भगत जी की झोंपड़ियाँ नज़दीक थीं। माली चाचा ने उसे गोद ले लिया और अपने साथ मिट्टी खनवाने लगा। उसे मिट्टी छूना अच्छा लगने लगा। मिट्टी से नया रिश्ता जोड़ लिया उसने। वह मिट्टी की दुनिया में रच-बस गई। माली चाचा की शागिर्द हो गई...उसने मिट्टी में हाथ डालकर ख़ुशबू पैदा करने का काम चुना और ख़ुद नायाब ढंग से महकने लगी। मिट्टी के अन्दर से ही फूल खिलते हैं। मिट्टी के अन्दर ही पुरखे हैं। मिट्टी के अन्दर ही माई की हड्डियों का चूरा है।

ख़ुद उसने देखा था—लोगों ने उसकी माई की राख झोंपड़ी के पीछे ही दफ़न की थी।

"यह तेरी माई के सोने की जगह है। माई यहीं रहेगी अब से, देवता के पास।"

"और देवता तो रहता है आसमान में न, भगत जी? आपने कहा था कि देवता तो आसमान में रहता है और कहा कि माई तो गई देवता पास?" उसने समझदार हो पूछा...तो भगत हटपट करने लगा था,

"यहाँ भी रहता है। देवता मिट्टी के अन्दर भी रहता है। हमारा देवता हर जगह रहता है।" वह झूठे आत्मविश्वास से बोला था।

जब वह थोड़ी बड़ी हुई थी तब उसने एक बार रात को अँधेरा होने पर मिट्टी कोड़ी थी और माई को नींद से जगाने की कोशिश की थी। लेकिन माई की हड्डी की राख, जिससे माई बनी थी, उसे कहीं नज़र नहीं आई और तो और अँधेरे में ढूँढ़ने पर देवता भी कहीं नहीं दिखा। उस दिन से उसने मन से देवता को नकार दिया था और मान लिया था कि माई सोई-वोई नहीं है, मर गई है।

अब कभी नहीं लौटेगी!

एक दिन भगत जी ने पीपल के पेड़ के नीचे बैठ टोले के दुसाधों को इकट्ठा किया और कहानी कहने लगे, "हमारा वक़्त पलट रहा है। अब पासबाँ सिर्फ़ दूसरों का पासबाँ बनकर नहीं रहेगा। वह अपना पासबाँ होगा। अपने बीच के राजाओं का पासबाँ। अपना पासबाँ। जल्द आनेवाला है हमारा वक़्त।"

भगत जी के घर के बाहर एक छोटी सी झोंपड़ी में स्थापित था *गोराया* देवता। उसका खड्ग अँधेरी रात में बिजली की तरह चमकता था। भगत जी ने फिर कहा,

"देवता ने कल रात सपने में दर्शन दिए हैं और कहा है...यह जो परगासो है न, यही अपनी बेटी परगासो, यही करेगी अपने टोले का नाम ऊँचा! सब लोग इस बात को गाँठ बाँध लो।" भगत जी की बात सबने मोहब्बत से सुनी और अपने काम पर चल दिए। परगासो के सर पर आशीर्वाद देने को कुछ ने हाथ रखा। कुछ ने उसे उत्सुकता से देखा, अपने दुख की हँड़िया को उसके चरण तले कब बहा पाएँगे, इसकी कल्पना की, फिर कृतज्ञता से भर भगत जी के आगे सीधा भी रख दिया।

इधर परगासो चाचा के साथ जाने लगी हर उस जगह जहाँ से फूल पत्तों की सुगन्ध मदमाती थी। टोलों में, गाँवों में, खेतों में और जंगलों में। एक दिन चाचा ने कहा, "जा आँकुरी-बाँकुरी की पौध ले आ जंगल से। इन्हीं जंगली फूलों से मेंड़ बनेगी अब गढ़ी की।" परगासो चल दी। वही अपनी मस्त चाल से। रास्ते में मिले भगत जी, "कहाँ चली बिटिया?" परगासो ने मसखरी की, "बाँकुरी बनने..."

क्या जानती थी जीभ पर बात ठहर जाएगी और कभी अपनी जगह छोड़कर नहीं जाएगी।

बाँकुरी!

शीशम के जंगल के भीतर ही रहते थे भीमा दादा और उसके कई सारे बच्चे। एक बार उसने उनसे पूछा था, "तुम्हारे इतने सारे बच्चे कैसे दादा...हमरे गाँव-टोले में तो किसी के नहीं इतने?" भीमा दादा हो...हो...हो कर हँसा था। ऐसा लगा था आसमान तक उसकी हँसी पहुँच गई थी। वह क्या बताता इस नन्ही बच्ची को कि सारे जंगल के बच्चों का वह दादा क्यों है? दादा की औरत के पेट से नहीं जन्मे जंगल के सारे बच्चे, लेकिन वे सन्तान हैं उसकी। जंगल देवता ने ये कह रखा है उसे, 'तू रक्षक है जंगल में रहनेवाली अपनी सन्तानों का!'

दादा उसे ख़ूब पहचानता था। ख़ूब दुलराता था। माँ-बाप बिन बच्ची प्यारी! माली चाचा के साथ अकसर आया करती थी फूल पत्ती, खोजने, ढूँढ़ने, खानने। भीमा दादा के बच्चे तीर-कमान से खेलते थे। उनके भाले फेंकने पर, दूर पेड़ में गड़ जाते थे। जब चाचा भीमा दादा से बातों में उलझा होता, परगासो भीमा दादा के बच्चों के साथ खेलती। उनके साथ खेलते-खेलते, वह नाज़ुक परगासो मुनिया

नहीं रहती थी। वह बहादुर भाला फेंक लड़ाका हो जाती थी। ख़ून भल-भल दौड़ने लगता था उसका। बच्चे उसका रक्तिम आभा से चमकता चेहरा देख हँसते थे।

"ए दुसाधन, आज जीत गई कल हारेगी...ज़रूर।" वे उसे चिढ़ाते थे।

वो भी हँसती हुई कहती थी, "ना...ना...यह कभी नहीं होगा।"

और हार और जीत को साबित करने का दिन भी जल्द आ पहुँचा!

उस दिन जब वह घूमती-फिरती आँकुरी-बाँकुरी तक चली गई थी और देर तक बैठकर फूलों की छटा निहारती रही थी, उसी दिन की बात है—सर पर की धूप पत्तों की छन्नी से बूँद-बूँद झर रही थी, वनस्पति की तीखी गन्ध नाक में तेज़ी से बसती जा रही थी। उसने धीरे से गैंती रख दी और फूलों के झुरमुट से एक फूल तोड़कर गोद में रख लिया। इसमें कितनी सुन्दर गन्ध है, सोचते-सोचते उसने अपनी आँखें बन्द कर लीं। तभी सरसराहट की आवाज़ हुई और जब तक वह अपनी आँख खोल पाती उसकी आँखों को कसकर कपड़े से बाँध दिया गया। वह ज़ोर से चिल्लाई, "कौन?"

पीछे से भीमा दादा के बच्चों की शैतान हँसी गूँजी, "हम!"

इस पर वह फिर चिल्लाई, "तो क्या? आँख पर पट्टी क्यों बाँधी?"

वे बोले, "ताकि आज तुम्हारी सही परीक्षा हो। अब भाला फेंको अपने ठीक सामने। सामने तुम्हारा सबसे प्यारा साथी सुरजु शीशम के पेड़ के आगे खड़ा है। लो।" उन्होंने उसके हाथ में भाला पकड़ा दिया।

एक बार मन में आया परगासो के, अरे ये तो मेरी परीक्षा लेने पर उतर आए? अगर कहीं ग़लती से सुरजु को भाला लग गया तो? फिर मन में आया जब छल से उसे घेरकर चुनौती दी जा रही है, तो वो कैसे पीछे हट जाए? ये नहीं होगा। उसने सुरजु को आवाज़ दी, "सुरजु...!" जंगल में आवाज़ दौड़कर गई और उसके पास लौट आई। उसने मन-ही-मन अनुमान लगाया पलों का और दूरी नापी मन-ही-मन। सुरजु को भी मज़ा आया अपने को पुकारा जाना और वह भी जवाब में चिल्लाया, "परगासो...!"

फिर आवाज़ दौड़ी और उस तक पहुँची। वही वह क्षण था जब परगासो ने भाला फेंक दिया। उस दिन सुरजु यदि ऐन वक़्त पर नहीं झुकता तो भाला उसके सीने के पार हो जाता। बच्चों की हँसी एक ख़ौफ़नाक जानवर की तरह घात लगाकर कहीं लोप हो गई। हाँफते हुए सुरजु ने परगासो की आँखों से गमछा खोल दिया।

"तू आज हमको ख़त्म कर दी थी..."

"छल काहे किया?"

"हम लोग तो परीक्षा ले रहे थे तेरी।"

"इस तरह?" फिर ख़ूब हँसी परगासो।

बच्चे उसके पीछे ऐसे चल दिए जैसे उसने उनके भीतर अभी-अभी घुस गए जंगली जानवर को अपने बस में कर लिया है और उसे रस्सी से बाँधकर अपने साथ ले जा रही थी। उस दिन आँकुरी-बाँकुरी तो नहीं आ पाई गाँव, लेकिन एक दुबली-पतली रणबाँकुरी अपनी गैंती जंगल में भूल लौट आई थी अपने गाँव।

फिर अपने बड़े होने के दिनों में जो मिल जाता उससे अक्षर बनाना भी सीखने लगी थी परगासो। भगत जी के मना करने के बावजूद। वे कहते, "पढ़ना-लिखना सीखकर क्या करेगी? तुझे तो मेरी आसनी पर बैठना है। लोगों के दुख-दरद दूर करने हैं!"

वह मन-ही-मन ख़ूब हँसती।

*'ऐसा कभी नहीं होगा भगत जी, मुझे यह सब नहीं रुचता, मुझे जो रुचता है मैं वही करूँगी।'*

वह रात को चुपके से भगत जी की नज़र बचा, *गोराया* का खड्ग हाथ में ले छूती ही नहीं बल्कि उसे तलवार की तरह अँधेरे में ऐसे भाँजती मानो जंगली जानवर को घायल करने का स्वाँग कर रही हो। उसे इसमें बहुत मज़ा आने लगा था। और धीरे-धीरे, कभी-कभार वाला खेल अब रोज़ाना की आदत बन चुका था।

भादों के दिन थे।

लगता था सारा क़हर इस बरस चाँदपुर पर ही बरपा होगा। आसमान फटकर नीचे गिरने को आमादा हो जैसे, वैसे ही धुआँधार बरस रहा था। दुसाध टोला अपनी फूस की छप्परों को उड़ने से बचाने की कोशिश में जूझ रहा था, तभी हल्ला मच उठा, "भागो, दौड़ो छिपो...लालमुँहे आ गए...।"

परगासो अब बड़ी होती बच्ची नहीं रही थी। समय से पहले ही बड़ी हो गई थी। पूरा टोला उसकी ओर तकता था और भगत जी से जिरह करता था, "कब दिखाएगी करिश्मा परगासो?" भगत जी अपनी मुंडी ज़ोर-ज़ोर से घुमा कहते थे, "बहुत जल्दी...बहुत जल्दी...!"

लोग परगासो के पैरों में छिपकर अक्षत-चावल यूँ ही सरका देते थे कि अब करिश्मा हो ही जाए। उनके नज़रों के सामने से हटने के बाद परगासो अपने पैरों की ठोकर से सब बिखेर देती थी। 'हट्ट इससे कोई करिश्मा होगा? करिश्मा तो गैंती को तलवार की तरह भाँजने से होगा। लाठी को हाँकने से होगा। भाले को दुश्मन के पेट में हलाने से होगा। *गोराया* के खड्ग से किसी का सर धड़ से अलग कर देने से होगा।'

यही सीख मिली थी उसे खेल-खेल में भीमा बुज़ुर्ग की सन्तानों से जंगल में

और भगत जी के घर में चौकसी करते *गोराया* से। उसे बस अब अपने इन खेलों में तीर-कमान चलाने की विद्या को शामिल करना था। बच्चे उसे अपने तीर नहीं देते थे। कहते थे, "कम हैं, दादा ने कम ही दिए। कहा है—बर्बाद नहीं करना इन्हें। अब तुझे दे देंगे तो हम शिकार कैसे करेंगे?" जंगल में रहनेवाले हर बच्चे को सीखना होता था शिकार करना। वे परगासो से कहते थे, "कर दे हमारे लिए शिकार तब देंगे तीर तुझे!" वह परगासो को मंज़ूर नहीं था। वह तो सारी विद्या सीख भीमा दादा जैसी होना चाहती थी और उन्हीं की तरह दुश्मन मारना चाहती थी, जानवर नहीं।

लेकिन कौन था दुश्मन? कैसा दीखता था?

भादों मास के उसी दिन जब आसमान ने गाँव से कुछ ही दूर फटकर बिजली गिराई थी, उसकी भेंट हो गई थी दुश्मन से। वह अपनी फूस की झोंपड़ी में, अपने घाघरे की सलवटों को समेटती बैठी थी, एक मोटी सी घास की चटाई पर, एक कोने में बने चूल्हे को बुझाकर अपने ही हाथ का पकाया भात और बैंगन की सब्ज़ी खाती हुई, तभी पड़ोस से चाची चिल्लाई थी, "दरवाजिया बन्द कलेअ, लुकाआ जा...लालमुँहा तहरे घर में ढुकअ ता..."

खाते-खाते हाथ रुक गए उसके...सन्न से दिल में दुश्मन की साफ़ सी तस्वीर खुभ गई। उसने जूठे हाथों में अपनी गैंती उठा ली और काठ के कमज़ोर दरवाज़े के पीछे लुक गई। उसने देखा, सचमुच का एक फ़िरंगी भीगने से बचने के लिए इस झोंपड़ी को लावारिस समझ, बदहवास चाल से झोंपड़ी में घुसा चला आया था। फ़िरंगी ने चारों ओर नज़र घुमाई और किसी को ना पा, इत्मीनान से झोंपड़ी में बिछी चटाई पर बैठ गया और पास ही रखी परगासो की चोली के ऊपर पहननेवाली चादर को उठा अपनी देह पोंछने लगा। परगासो ने फ़िरंगी का झोंपड़ी में घुसना, चटाई पर बैठना, खाने की थाली को पैर से खिसकाना, सब बर्दाश्त कर लिया, पर उसका अपनी चादर से देह पोंछना बर्दाश्त ना कर पाई। उसके मन के भीतर एक आग प्रज्वलित होने लगी।

जाने कितनी देर तक वह दम साधे छिपी रही। और फिर जब आसमान साफ़ हुआ, वह फ़िरंगी ऊँघते हुए उठा और बाहर निकलने लगा तो परगासो ने पीछे से चीते की तरह उछलकर गैंती से फ़िरंगी के शरीर पर कितने ही घाव कर दिए और तेज़ी से जंगल की ओर भागती चली गई। जैसे-जैसे वह जंगल के अन्दर समाती गई उसे फ़िरंगी की चीख़ें कम सुनाई पड़ने लगीं और जब तक वह भीमा दादा तक पहुँचती, जंगल अपनी आवाज़ में उसका स्वागत कर रहा था। "आओ बाँकुरी...ख़ूब पारंगत हुई तुम तो, जंगल की विद्याओं में...अब किसी का क्या भय लड़की...?"

इस बीच फ़िरंगी को गाँववालों ने डरते-डराते गाँव से बाहर की मुख्य सड़क पर उठाकर पटक दिया और अपने ऊपर होनेवाले सन्देहों को भी वहीं बहुत ठीक

से कुचल दिया। अब उसे ढूँढ़ने आनेवाले फ़िरंगी कभी ना जान पाएँगे कि इस फ़िरंगी को किसी जंगली जानवर ने नहीं मारा है...।

दुसाध टोला की परगासो दुसाधन तो... ग़ज़ब की निकली, देवता!

जब वह और बड़ी हुई, तो माली चाचा ने उसकी सिफ़ारिश मालकिन से कर दी, "मालकिन नौकर रख लीजिए इसे। हुनरमन्द है, बिन माँ-बाप की बच्ची है।" मालकिन को कोई एतराज़ नहीं हुआ, बस वादा ले लिया, परगासो नहीं घुसेगी घर के अन्दर। नहीं छुएगी बर्तन। नहीं छुएगी सामान। बाहर—सिर्फ़ बाहर फूल उगाएगी और गढ़ी को ख़ुशनुमा, ख़ुशबूदार रखेगी।

"परगासो बेटी, मत पार करना चौखट...तुम्हारे छू लेने से सब हो जाएगा... तितर-बितर...उलटा-पुलटा।" चाचा...कहते नहीं थकता था। परगासो कुछ जवाब नहीं देती थी।

चुपचाप गैंती ले मिट्टी खनती रहती थी।

**रोज़नामचा**

**गढ़ी चाँदपुर, आषाढ़ की गुफ़्तगू भरी रात, 1840**

गढ़ी पुराने क़िस्म की है। बीच का आँगन बड़ा है।

चारों ओर कई कोठरियाँ बनी हैं। एक महल से दूसरे महल के बीच लम्बा फ़ासला है। मुझे सामनेवाले बाहरी हिस्से में एक ख़ादिम ने पहुँचा दिया है। अँधेरा होनेवाला है। मैंने गुसल के बाद पलंग पर ही बैठकर लिखना तय किया है, खिड़की के पास। सूर्य की लौटती रोशनी में अपनी क़लम के हर्फ़ों को रोशन कर लूँ। एक बेहद मीठी और मादक महक खिड़की के रास्ते मेरे कमरे में आ रही है। उचककर देखता हूँ, चम्पा का पेड़ है, फूलों से लदा हुआ। बिस्तर साफ़ और नरम है। चम्पा की महक और बिस्तर की मुलायमियत मुझे मदहोश करने पर उतारू है।

तभी एक ख़ादिम कमरे में आवाज़ देता आता है और मेरे रंगीन ख़्वाबों में ख़लल पैदा कर देता है।

"मालिक..., बड़े राजा ने कहा है कि वे सुबह मुलाक़ात करेंगे। आप अब खाना खाकर आराम करें।"

मैंने इस पर चुपचाप अपना राज़ीनामा पेश कर दिया है।

खाने में निहायत लज़ीज़ गोश्त के साथ गरम भात, सीधे तवे की रोटियाँ, परवल की सूखी सब्ज़ी, करेले का सालन और बड़े-फुलौरे थे, धनिया, लहसुन की चटनी के साथ। और उसके बाद जो गाढ़ा दही मिला, वही जिसकी मलाई खाकर मैं कुछ भी करने लायक़ न बचा तो मैंने भी सब संकोच छोड़ अपने को यूँ ही तमाम होने दिया।

मेरी आँखें माहौल और खाने के नशे से बोझिल हो जल्द ही झिप गईं।

सुबह बड़े राजा मिले मोहब्बत से। ख़ूबसूरत और लम्बे, फ़ुर्तीले। उनकी पगड़ी में एक पंख भी था जिसमें कोई रत्न जड़ा हुआ था। ऐसा लगा मेरे लिए किताबों से निकलकर कोई तस्वीर बाहर आ गई हो। मैं उन्हें कुछ पल यूँ ही निहारता रहा।

उन्होंने मुझे पान का बीड़ा पकड़ाया और मुस्कुराकर खाने को कहा। मैं भी उनकी इस पेशकश पर थोड़ा हिम्मतवर हुआ और खुलकर बात करने लगा। मैंने अपनी पढ़ाई-लिखाई की बात उनसे बताई। अपने यतीमख़ाने में रहने की बात। अपने यतीमख़ाने से उसी मदरसे में पढ़ने जाने की भी बात जिसमें बंगाल के नामचीन भले आदमी राजा राममोहन राय ने आकर फ़ारसी और अरबी की तालीम हासिल की थी। "तुम्हें यह कैसे पता?" उन्होंने अविश्वास से चौंककर कहा था। मैंने अपने उस्ताद को याद किया और अपने कान के लवों को छूकर कहा था, "यह मेरे उस्ताद उस्मान अली ने बताया है, वे हमेशा मेरा हौसला बढ़ाते थे और हज़रत राजा राममोहन राय की मिसाल देते थे। कहा करते थे, ख़ूब पढ़ो और उनकी तरह बनो। वे आज इस देश में सुधार के लिए कितना बड़ा काम कर रहे हैं।"

यह सुन बड़े राजा खिड़की के बाहर देखने लगे। ऐसा लगा जैसे उन्हें मेरी बात कुछ कम पसन्द आई। मैंने तो उन्हें ख़ुश करने के लिए राजा राममोहन राय का हवाला दिया था...फिर?

"हुज़ूर क्या कोई गुस्ताख़ी हुई मुझसे?" मैंने डरते हुए पूछा था। हालाँकि उनकी पेशानी पर बल पड़ा हुआ था, लेकिन वे ग़ुस्से में नहीं लगे थे। उन्होंने मुझे समझाते हुए कहा था, "राजा राममोहन राय बड़े आदमी थे, लेकिन वे कम्पनी बहादुर के साथ काम करते थे। उस दौर

में यह बात कई लोगों को ज़रूरी लगती थी कि सुधार कार्यक्रमों में फ़िरंगियों की मदद ली जाए, लेकिन राजा राममोहन राय ने हिन्दुओं की कुछ...ख़ैर जाने दीजिए।" बड़े राजा इतना बोल चुप हो गए थे। उन्होंने कोई तफ़सील नहीं दी। आधी-अधूरी बात कही। इससे न मैं उनका मन ठीक-ठीक समझ पाया न उनके ख़याल। हाँ, इतना समझ में ज़रूर आया कि शायद एक वक़्त में बड़े राजा भी फ़िरंगियों से मुतास्सिर थे लेकिन आज नहीं हैं।

मेरे उस्ताद ने भी इन बातों की पेचीदगियों से मुझे रू-ब-रू नहीं करवाया था लिहाज़ा अब खिड़की से बाहर देखने की बारी मेरी थी। मन बेचैन होने लगा था। तभी खिड़की के बाहर एक सजीला, नाज़ुक इनसान दिखलाई पड़ा। वह कुछ सोचता सा हमारे कमरे में आया। मुझे यक़ीन हो गया यही सुमेर सिंह है।

"फ़तेह अली ख़ान सलाम।" सुमेर सिंह ने गर्मजोशी से कहा। सुमेर सिंह जैसा सोचा था वैसा नहीं लगा। चुप्पा तो बिलकुल ही नहीं लगा। क़द में छोटा और काठी का नाज़ुक होने के बावजूद बेहद-बेहद ख़ूबसूरत लगा। अन्दर किसी ग़म को पाले बैठा है, ऐसा ज़रूर लगा।

"फ़तेह अली ख़ान...सूर्य दरबार के नक़्शानवीस," बोल सुमेर सिंह एक रोमांचित हँसी हँस दिया था। "बड़ा अच्छा लग रहा है आपसे मिलकर फ़तेह अली ख़ान।" "जी," मैंने उसके हाथों को अपने हाथों में ले चूमा और आँखों से लगाया था। इस गर्मजोशी वाली मुलाक़ात के दरमियान ही बड़े राजा संजीदा होकर बोले, "देखिए, चारों ओर से हम राजाओं और व्यापारियों पर अचानक ही कितना ख़तरा मँडराने लगा है! हमारे जहाज़ को दक्षिणी सागर पर खड़ा कर दिया गया है...जल्द लौटकर आने के और फिर जाने के आसार नहीं दीखते। चीनियों ने फ़िरंगियों के ख़िलाफ़ जंग छेड़ दी है। मैं अभी कलकत्ता से ही लौटा हूँ फ़तेह अली ख़ान। कलकत्ता की हवा इन ख़बरों से भारी हो गई है। जैसे ही जंग ख़त्म होगी आपको ख़बर दूँगा आप कलकत्ता चले जाइएगा।"

"जी हुज़ूर," कह, मैंने इज़्ज़त से सर झुका दिया था। जब बड़े राजा ने चिन्ता से पूछा था, "वैसे यह बताएँ, आपके चलते समय पटना की क्या ख़बर थी?" मैंने समझदारी से जवाब दिया था—"हुज़ूर, गोदामों के क़ब्ज़े को लेकर सबसे बड़ी ख़बर उड़ रही थी। फ़िरंगियों ने सारे गोदामों को अपने हाथों में ले लिया है और उसमें अनाज के बजाय अपने धन्धे का माल भर रहे हैं। ऊपर से तो अभी चुप्पी नज़र आती है लेकिन अन्दर ही अन्दर व्यापारी, कारीगर और कामगार हाथ

से व्यापार और रोज़गार छिन जाने पर काफी नाराज़ लगते हैं। फ़िज़ा में ख़बर फैल गई है गुपचुप तरीक़े से कि जैसे ही इन लोगों का ग़ुस्सा भड़केगा, ये फ़िरंगियों को नहीं छोड़ेंगे। जंग होकर रहेगी।

जंग सुन, सुमेर सिंह ने एक हैरतज़दा हिरन की तरह मेरी ओर देखा था और मैने अपनी आँखें झुका ली थीं।

शायद मुझे कम बोलना चाहिए था।

बड़े राजा इस पर एकदम उठकर खड़े हो गए और बुदबुदाते हुए कमरे से बाहर चले गए थे—"जंग तो अब हमें भी लड़नी होगी। ऐसा ही लग रहा है।"

ओह! वक़्त जाने कैसी-कैसी आज़माइश करवाने का मन बना रहा था हमसे।

सुमेर सिंह अलबत्ता इस बीच बिना किसी उथल-पुथल के शान्त बैठा रहा था और थोड़ी देर बाद उसने मुझे गढ़ी और गाँव दिखाने की दावत दे डाली थी—"कल सुबह चलिए न, आपको चाँदपुर के गाँव, बग़ीचे दिखला लाएँ...।"

"जी...जी...ज़हेनसीब!" बोलता हुआ मैं पीछे बाअदब चल पड़ा था।

**फ़. अ. ख़ान**

**रोज़नामचा**

**गढ़ी चाँदपुर में आषाढ़ की उमस भरी अगली सुबह, 1840**

टमटम में सवार होकर सुमेर सिंह ने अपनी जायदाद और ज़मीनें दिखलाईं।

फिर लौटकर मेरी कोठरी के दरवाज़े पर ठिठककर बोला,

"आपको हमारी नाप के कपड़े नहीं आएँगे। वरना मैं अपने ही कई नए जोड़े भिजवा देता। अब तो बस एक ही उपाय है, आज ही ख़ादिम से कहकर बनवाने होंगे। दूर देश जाने पर ज़्यादा जोड़ी कपड़ों की दरकार होती है फ़तेह अली ख़ान।" कह वह बहुत प्यार से मुस्कराया।

मैंने शर्मसार हो ज़मीन में नज़रें गड़ा लीं। मेरी मुफलिसी की कहानी ख़ुद-ब-ख़ुद बयाँ हो गई थी। मेरे मन की हालत को पहचान गया सुमेर सिंह और बोला,

"फ़तेह अली ख़ान आप बुरा न मानें यह मैंने दोस्ताने में कहा है। मैं आपको भेंट दूँगा तो ख़ुद भी लूँगा...अब यह बताइए आप चीन जाएँगे तो मेरे लिए क्या लाएँगे?"

निरे बच्चों सी फ़रमाइश कर बैठा वह।

प्यारा आदमी। भोला इनसान।

**फ़. अ. ख़ान**

## मुसव्विरख़ाना

## मोहल्ला लोदी कटरा, पटना, 1840

शंकर लाल बाबू ने चौकीदार को आवाज़ लगाई,

"कमरा खोलें।"

चौकीदार कमरों की सफ़ाई कर, खिड़कियाँ-दरवाज़े खोल चुका था और बाहरी बरामदे के सामने फूलों के बग़ीचे में बैठ धूप सेंक रहा था। हड्डियों को छील देनेवाली ठंड हो रही थी आजकल। धूप निकलती भी थी तो हलकी और कमज़ोर। ठंड की वजह से लोगों ने मुसव्विरख़ाना आना कम कर दिया था। फिर भी शंकर बाबू की ज़िद थी कि कमरे हर दिन साफ़ हुआ करें और उन्हें धूप दिखाई जाए। कमरों में रखे रंग और काग़ज़ ठंडक से कहीं सील न जाएँ, कूँचियाँ कहीं पड़े-पड़े अकड़ न जाएँ। उनका कहना था कि अगर एक भी सीखनेवाला भारी ठंड के बावजूद यहाँ पहुँचेगा तो वे ज़रूर उसे कूँची-क़लम पकड़ने और रंगों की दास्तानगोई का सलीक़ा सिखाएँगे। चौकीदार उनके मिज़ाज को ख़ूब समझता था। बहुत धीमे से अपनी हर बात कहने की उनकी आदत को, उनके दुख के भाव को और उनकी ख़ुशी की इंतहा को भी। सब रंगों की तरह ही खुलते थे। पीला, धूसर और लाल। उनकी ख़ुशी का पैमाना आनेवाले शागिर्दों की तादाद थी। उसे भी वे सिर्फ़ हलके से मुस्कुराकर ज़ाहिर करते थे।

उनके चन्द मुस्तक़िल शागिर्द थे जो इस ठंड में भी अपनी मोटी दुशालाओं से लदे-फँदे, आँखों की पुतलियों में अस्फुट-सी चमक भरे, कमरे में रोज़ाना आया करते थे और धीरे-धीरे अपनी जगहें तलाश, फ़र्श पर बिछी मोटी कालीनों पर बैठ जाते थे। शागिर्दों के सामने छोटी तिपाइयाँ रखी होती थीं जिन पर उनका काम पसरा रहता था। पिछले दिन का काम। पिछले दिन का वह काम जिस पर काम करना बाक़ी होता था और जो धीरे-धीरे कई आकारों में बनता था, जैसे—एक सौदा करता तम्बाकूफ़रोश, लोहे को पीटता अर्धनग्न लोहार, जाने कौन से गाँव जाती सलोनी नई दुल्हन की पालकी ढोते थके कहार और बेगिनती रोज़-ब-रोज़ टकरानेवाले रँगीले किरदार, कहानियों से भरे सादा वाक़िये और धूम उड़ाते त्योहार। रंगों की दिलचस्प ईजाद।

लाह का लाल रंग जिससे नइकी दुल्हन की साड़ी रंगी जाती थी। पियरी मिट्टी से पीला और गाय को खिलाई हल्दी के बाद, उसके पेशाब से निकलनेवाला और गाढ़ा पीला, तेल की फुलिया से काला, सीप जलाकर बना सफ़ेद, नील से नीला और फिर कितने अद्भुत संयोजन से बन जाता था नीले आसमान में पीले रंग की आभा से उगता धीमे-धीमे गहरा नारंगी होता सूरज। जब हाथी दाँत पर इस तरह की महीन कलाकृतियाँ साकार होतीं तो लगता, इन्हें तो किसी सुल्तान के ताज़ में सजा दिया जाना चाहिए।

शंकर लाल की बड़ी तमन्ना थी कि और प्रयोग किए जाएँ और काँच और काग़ज़ के अलावा भी अन्य माध्यमों में भी इन प्राकृतिक रंगों की छटा देखी जाए। बरसात के दिनों में रंगों को तैयार करने की मेहनत, हमेशा चौकस रहने की ज़रूरत कि हवा की नमी में ही ये काम अंजाम किए जाएँ। नहीं तो ख़तरा रहता था कि धूल के कण समा न जाएँ रंगों में। एक चित्र के साकार होने की एक मेहनतकश मोहब्बत से भरी यात्रा थी—चित्रकला की यह शैली।

वे अपने शागिर्दों को आज़माइश के लिए उकसाते थे। "हमेशा कोशिश करनी चाहिए कि हम बनी-बनाई राहों से अलग राह बनाएँ। ख़तरे उठाना ही असली चित्रकार बनना है। नया गढ़ना ही अपनी नुमाइंदगी को दर्ज करते हुए, अपने समय की इबारत लिखना है। और क़ुदरत से तो तालमेल बनाकर ही चलना है हमें क्योंकि वही तो देती है हमें रंग और जीवन।"

उनकी बातें सभी शागिर्दों को प्रिय थीं। उनकी दुनिया में शान्ति थी। वे शान्त चित्त के थे। जबकि आसपास चारों ओर की दुनिया में उथल-पुथल मची हुई थी। ग़ज़ब की उथल-पुथल! लेकिन चित्रकला के इस दीवाने के सपनों में अपनी चित्रकला की सर्वोच्च कृतियों का अनावरण ही अहम् था, जिसे नींद से जागने पर साधने की कोशिश में ही जीवन की सार्थकता महसूस होती थी। बाक़ी जीवन के कोई मायने नहीं थे। बाक़ी जीवन वैसे भी क्या था? एक बेढब, बेहिसाब साँसों का खेल ही तो!

उन्हें नहीं मालूम था कि उनके शागिर्द उन्हें पीठ पीछे रमता जोगी पुकारा करते थे। बहुत-बहुत प्यार से। बहुत-बहुत आदर से। बहुत-बहुत आत्मीयता से।

उन्हें अपने सभी शागिर्द प्रिय थे, लेकिन विलियम स्टोन उन्हें दूसरों से अधिक प्रतिभाशाली लगता था। वह कलकत्ता से कम्पनी बहादुर की नौकरी छोड़ चला आया था। इस मासूम गोरे का मन इसी चित्रकला का आशिक़ हो गया था। जब वह इस मुसव्विरख़ाना में उनका शागिर्द बनने आया था तो लोगों के बीच ख़ूब कानाफूसी हुई थी।

'ख़ुफ़ियागिरी करने आया है'...लोगों ने दबी ज़बानों में उनसे कहने की कोशिश की थी।

शंकर लाल ने यह मानने से साफ़ इनकार कर दिया था। कोई फ़िरंगी अपनी नौकरी छोड़, अपना इलाक़ा छोड़, इस छोटे से मोहल्ले में आकर क्यों रहने को तैयार होगा? एक मुसव्विरख़ाना की ख़ुफ़ियागिरी कर क्या हासिल? उससे पहले भी तो आए थे फ़िरंगी। इस चित्रकला को आगे ले जाने में कम्पनी बहादुर का योगदान था। वे विदेश तक इस कला को पहुँचाने के ख़्वाहिशमन्द थे।

कम्पनी की शैली का असर इस शैली को एक नया आयाम देता था, क्या इस सच से इनकार किया जा सकता था? वे समझते थे कि दूर-दूर से आए शागिर्दों के अपने-अपने शुबहा थे। डर थे। ग़ैर महफ़ूज़ महसूस करने की अपनी-अपनी वजहें थीं, लेकिन इस शैली ने सबको अपने अन्दर समाहित कर लिया था। वे दूसरों की कही बातों में आने के बजाय अपने अन्दर की आवाज़ों पर भरोसा करते थे। वे जो उन्हें बताया करती थीं—शागिर्द के इंतहाई ख़ुलूस की बातें।

विलियम स्टोन इस शैली का जाहिद था। वह सबसे अलहदा था और इस नाते उसका काम भी यकता था...एकदम बेमिसाल। वह देशी धूम-धड़ाके वाले त्योहारों के रंग-बिरंगे चित्रों में भी अपने वतन की संजीदगी भर देता था, बेहिचक और बिला लाग-लपेट। सादे और ईमानदार ढंग से। उसकी यह साफ़गोई और उसका नए ढंग का तेवर उन्हें बहुत पसन्द था। उनकी आँखों में उसके बनाए मुहर्रम के चित्र बैठ गए हैं अपनी सच्ची धमक के साथ। मुहर्रम की संजीदगी और विलियम के सोच की संजीदगी में कोई फ़र्क़ नहीं। तभी उसका बनाया वह चित्र इतना सच्चा बन पड़ा है।

मुर्शिदाबाद से आए रुकुनुद्दीन का ध्यान ख़ुशमिज़ाज मछली बेचनेवालों पर रहता था। उसे शायद अपने इलाक़े की पद्मा नदी याद आती थी और उसमें तैरती बेहतरीन मछलियाँ। वह क्यों और कैसे इस मुसव्विरख़ाने में चला आया था कभी बताता नहीं था। उसका व्यक्तित्व रहस्यमय था। कम्पनी बहादुर ने मुर्शिदाबाद में जो नींव रखी थी उस रसूख का दायरा बढ़ता ही जाता था, शायद उसी के असर से उसमें शक की चुप्पा सी नदी बहती थी। विलियम के ख़ुफ़ियागिरी करने की बात उसी ने सबसे पुख़्तगी से की थी। कम्पनी बहादुर का ज़िक्र छिड़ने पर वह चुप लगा जाता था। एकदम चुप। शंकर लाल सोचा करते थे—रुकुनुद्दीन की बनाई तस्वीरों

में धँसी आँखों वाला मोल-तौल करता वह बेहद दुबला आदमी, रुकुनुद्दीन का ही कोई रिश्तेदार तो नहीं था, जो वहीं बंगाल में कभी मर गया था? फिर सोचते, यह व्यक्ति कहीं उसका बाप तो नहीं, जो मछली बेचते हुए रोज़-ब-रोज़ ख़ुद ही ठगा जा रहा था?

कौन जाने क्या सच था उसका?

रुकुनुद्दीन की आँखें भी ऐसी ही थीं एकदम अन्दर की ओर धँसी हुईं। हर वक़्त डुबकी लग जाए ऐसे भरे तालाबों सी। इस नए शहर में बिलकुल अकेला था वह। विलियम भी उतना ही अकेला था, और यह कितने ग़ज़ब की बात थी कि शुरुआती दौर की विलियम के ख़िलाफ़ की शिकायत के बाद, रुकुनुद्दीन ने विलियम से दोस्ती कर ली थी और अब दोनों हर वक़्त साथ पाए जाते थे। इनके अलावा भी कुछ हुनरमन्द शागिर्द थे। रामस्वरूप जो इलाहाबाद से आया था, अमीर चन्द जो पटना के थे और उम्र में उनसे बहुत बड़े थे, मुसव्विरख़ाना में कम हाज़िर रहते थे लेकिन देश-दुनिया घूमते-फिरते हुए, शंकर लाल की दी हुई तालीम से ही अपनी कला को निखार रहे थे। कुछ बड़े होते हुए बच्चे भी आते थे, जिनको शंकर लाल कूँची सही तरीक़े से कैसे पकड़ी जाए इसकी तालीम दे रहे थे। रंग कैसे बनते हैं यह सिखा रहे थे। चित्र बनाना तो बहुत बाद में शुरू होना था उनका।

वे सबके लिए अपने मुसव्विरख़ाना को खुला रखने को तैयार थे। क्या पता कभी, जाने कब, कोई नया शागिर्द उनके सामने आकर खड़ा हो जाए और कहे, 'उस्ताद मैं भी चित्रकार होना चाहता हूँ। मुझे अपनी शागिर्दी में ले लें।' शंकर लाल को पता है, पूरा पता है, ऐसे में वे इस शख़्स से कहेंगे बहुत मोहब्बत से, जैसे हर सीखने आनेवाले को कहते हैं—'आइए-आइए इस मुसव्विरख़ाने में जगह लीजिए अपनी।'

उनको किसी से कोई शिकायत नहीं थी। कोई आए तो ठीक, ना आए तो भी ठीक। उन्हें वहीं बने रहना था। मौजूद रहना था सबके लिए। रंगों की दास्तानगोई की परतों में डूबना-उतराना था। और बस!

उनके पिता उनके गुरु थे लेकिन अब वे नहीं थे इस जहान में। माँ भी नहीं। शादी भी नहीं की है अभी तक उन्होंने। लेकिन जहान वीरान क़तई नहीं उनका। कला...कला और सिर्फ़ कला से भरा-पूरा समृद्ध जहान है उनका।

उनका सपना था कि दुनिया भर में उनकी इस कला को जाना जाए। उनका मानना था—यह अपने आप में अनूठी कला थी। कितने अलग तरह के लोगों के बीच इसका लालन-पालन हो रहा था। लोग जो कितनी सरहदें पार कर, अपने इलाक़ों से चित्रकला की कितनी ही भंगिमाएँ लेकर आए थे। राजस्थानी शैली, पहाड़ी शैली, मुग़ल शैली और कम्पनी शैली का कैसा अद्भुत मेल था इस कला में। लेकिन अफ़सोस अभी तक इसका नाम मशहूर नहीं हुआ था। होता भी कैसे, किसी ने अभी तक इस कला को नाम दिया ही कहाँ था?

इसका एक सुन्दर सा नाम होना चाहिए! आनेवाले वक़्त में यहाँ से निकलकर देश-विदेश तक इन चित्रों का सफ़र जब शुरू होगा तब लोग क्या कहेंगे इनके बारे में? वे अक्सर तसव्वुर करते—जब इन्हें जहाज़ से उतारकर विदेशों के कला बाज़ारों में ले जाया जाएगा, जब कला पारखी उन चित्रों के दाम तय करेंगे, उस देश के धनिक-बनिक उन्हें ख़रीदेंगे और दूर देश के राजा के दरबार में उसे बतौर नज़राना पेश करेंगे। जब दूर देश का राजा नज़राना देनेवालों से पूछेगा,

"यह कहाँ से आया है?"

जवाब देनेवाला कहेगा—"हिन्दुस्तान से, जहाँपनाह।"

"हिन्दुस्तान में कहाँ से?"

जवाब देनेवाला कहेगा—"पटना से जहाँपनाह।"

"इसे खोलकर दिखाया जाए।"

दरबारी नज़राना देनेवाले के हाथ से, नज़राना लेकर उसके ऊपर लगे मलमल के कपड़े को धीरे से खोल देंगे और एक काग़ज़, काँच या हाथी दाँत पर बनी आकृति को पूरा खोलकर राजा और वहाँ मौजूद उसके दरबार को दिखाएँगे, तो लोगों की आँखें कैसे खुली की खुली रह जाएँगी! पूरा दरबार अपने हाथ को हवा में उठा-उठा लहरा-लहरा कर कहेगा,

"वाह! वाह-वाह! वाह!"

और काग़ज़ पर बनाए परिन्दे इस शोर से घबराकर उड़ जाएँगे, पालकी में बैठी नई दुल्हन शरमाकर दोनों हाथों से अपनी आँखें बन्द कर लेगी, मुहर्रम पर शमशीर चलाने का स्वाँग करते युवकों के हाथों से सचमुच वार हो जाएगा।

ऐसा...हाँ, ऐसा ही नज़ारा पेश हो जाएगा जब पटना से ले जाए गए इन चित्रों को दुनिया के सामने पेश किया जाएगा।

इन चित्रों को क्या कहा जाए? जब राजा पूछेगा तो क्या कहेंगे उसे ले जानेवाले?

ये क़लम का कमाल है जहाँपनाह...

लेकिन उसके बाद...?

शंकर बाबू समझ नहीं पाए आगे क्या जवाब दे पाएगा इस बेमिसाल चीज़ को दुनिया के सामने पेश करनेवाला शख़्स। क्या हाथ बाँध बेचारगी से चुप लगा जाएगा? क्या उसके बाद इस कला शैली की अहमियत में कुछ कमी की जाएगी?

नाम ज़रूरी है। नाम पहचान होता है। नाम वजूद को पुख़्तगी से साबित करता है। इस कला का अपना नाम होना बेहद ज़रूरी है।

वे देंगे इसे एक नाम।

## रोज़नामचा

**गढ़ी चाँदपुर में आषाढ़ के तीसरे दिन की रात, 1840**

आज मुझे निकलकर वापस पटना जाना है।

अन्तिम बिदाई के वक़्त मुझे जहाज़ और अपनी नौकरी के मुताल्लिक़ बहुत सारे काग़ज़ात पकड़ाए बड़े राजा ने। रानी पार्वती देवी भी आई थीं और सौगातों से लाद दिया था उन्होंने मुझे। उस वक़्त सुमेर सिंह के चेहरे पर एक भोली शरारत से भरी मुस्कान खेलने लगी थी। ऐसा लग रहा था उसने ही अपनी माँ से ज़िद कर ये सौगातें मुझे दिलवाई थीं।

मेरी आँखें भर आई थीं। यतीम को माँ का आशीर्वाद पहली बार मिल रहा था।

मैं उनके सामने झुका रहा। मुझ पर बड़े राजा की नज़र लगातार बनी हुई थी।

मैं कोई ग़लतफ़हमी नहीं पालना चाहता हूँ।

मैं किसी का बेटा कैसे हो सकता हूँ?

मैं नौकर बहाल हुआ हूँ, नौकर ही बना रहना चाहता हूँ।

मुझे चीन जाना है। मैं कोई गुस्ताख़ी नहीं कर सकता।

पटना के गोदामों में ईस्ट इंडिया कम्पनी ने व्यापार का जो माल छिपाया है वह लाखों की अफ़ीम है, जिसे वे जंग के बाद फिर चीन ले जाएँगे अपने जहाज़ों में भर। बड़े राजा ने भी इशारों में बताया है कि 'सूर्य दरबार' अफ़ीम का व्यापार नहीं करता है लेकिन..., कह वह इधर-उधर देखने लगे थे। कुछ समय पहले तक बड़े राजा के खदानों का अबरक और सूती कपड़े का व्यापार बहुत लाभ देता था लेकिन जबसे चीन में अफ़ीम की माँग बढ़ी है, ईस्ट इंडिया कम्पनी सिर्फ़ उसी का व्यापार करने लगी है और बाक़ी सब व्यापार को ठप करवा दिया है। सभी देशी व्यापारियों को घाटा झेलना पड़ रहा है।

बड़े राजा ने खुलकर कुछ नहीं बताया।

लेकिन उनके असमंजस को भाँप मैं ख़ुद यह सोचने पर मजबूर हो

गया हूँ कि क्या बड़े राजा को भी अफ़ीम का व्यापार करना चाहिए? क्या रियासत में इतना दम बाक़ी बचा है कि वह लम्बे वक़्त तक 'सूर्य दरबार' जैसे व्यापारी जहाज़ को चला सके? क्या व्यापार में ईस्ट इंडिया कम्पनी से होड़ कर पाएँगे देशी व्यापारी? क्या बच पाएगा देशी व्यापार इस मुश्किल वक़्त में? क्या सबको अफ़ीम का ही सहारा लेना होगा अपने ज़िन्दा रहने के लिए...

और...?

पूछ नहीं पाया...

वक़्त हो रहा है, रात का दूसरा पहर है शायद। रोशनी बुझा देनी चाहिए। सुबह तड़के निकलना भी है। अब इस रोज़नामचे को रेशम के खोल में लपेट रखने की बारी है। आज महसूस हो रहा है अज़ीज़ सिर्फ़ इनसान नहीं होते, एक रोज़नामचा भी हो सकता है। रोज़नामचा—एक सच्चा साथी। सच्ची दौलत। अब इसे अपने बहुत क़रीब रखना होगा, सँभालकर।

रोज़नामचा—राज़ को महफ़ूज़ रखनेवाली बेशक़ीमती किताब है। मेरी किताब है।

**फ़. अ. ख़ान**

## कलकत्ता जर्नल अख़बार

## शनिवार, 20 जून, 1840

चीनी-सम्राट दाओगुआंग के आदेश से इंगलिस्तान की महारानी विक्टोरिया को लिन ज़ेक्स्कु ने ख़त लिखा है कि—अफ़ीम का व्यापार पूरी तरह बन्द किया जाए क्योंकि उससे चीन की क़ौम बर्बाद हो रही है। पहले सिर्फ़ अमीर रिआया इसकी गर्द में डूबी, लेकिन अब सरकारी अफ़सर, कारीगर नौकर-चाकर, व्यापारी, औरतें, बौद्ध योगी-योगिनियाँ और ताओ पुजारी सब के सब इस ज़हर की ज़द में जकड़ चुके हैं। जब देश के लोग ही होश में नहीं रहेंगे तो देश कैसे ज़िन्दा रहेगा? और हम आपसे व्यापार का रिश्ता कैसे रख पाएँगे? महारानी से गुज़ारिश है कि व्यापारियों को कड़ी चेतावनी देकर इस व्यापार को बन्द करने का फ़रमान ज़ारी करें। कलकत्ता जर्नल अख़बार को पता चला

है कि इस ख़त के बाद इंगलिस्तान ने सख़्त क़दम उठाए हैं। लेकिन इधर चीन ने नाराज़ होकर गुपचुप चलनेवाली मकफ़ी जंग को अब खुले तौर पर लड़ने का फ़ैसला ले लिया है।

चीनी अफ़सर लिन, जिनकी शोहरत एक बेहद ईमानदार अफ़सर की है और जिन्हें 'साफ़ आसमानों वाला लिन' कहा जाता है, के फ़रमान के तहत अफ़ीम से भरे हज़ारों सन्दूकों को बर्बाद कर दिया गया है। कई सन्दूक समन्दर में डुबा दिए गए हैं और कई जला दिए गए हैं। इंगलिस्तान के अफ़सरों और कम्पनी बहादुर का कहना है कि चीन का यह रवैया उकसानेवाला है और एवज़ में उसे इस क़दम के लिए भारी नुकसान उठाना पड़ सकता है।

ग़ौरतलब है कि कलकत्ता से गए कई जहाज़ों को चीनी अफ़सरानों ने केंटन पहुँचने से पहले समन्दर की हद पर रोक दिया है और व्यापार बन्द कर दिया गया है। इंगलिस्तान ने चीन की इस शोख़ी का वाजिब जवाब दिया है और इंगलिस्तान का शाही खेड़ा अब चीन की समुद्री सरहदों पर पहुँच चुका है। दोनों ओर से गोलाबारी ज़ारी है। जंग लम्बी चल सकती है।

*लॉन्ग लिव द क्वीन*

**इन्दिरा गांधी अन्तर्राष्ट्रीय हवाई अड्डा, फ़रवरी, 2001**

दरोगा ने टेबल पर अपनी तलहत्थी से एक ज़ोर का वार किया और लाल आँखों से देखता हुआ पूछा,

"अब सच बोलो, केंटन से इधर क्यों आया?"

उसने अपनी खिचड़ी भाषा में, टूटे-फूटे लफ़्ज़ों में कुछ समझाने की कोशिश की। फिर अपने बँधे हाथ खोलने की गुज़ारिश की। दरोगा ने चिकोटी की चींटियाँ उसके हाथों पर सरसरा दीं और हाथ खोल दिए।

उसने बहुत नफ़ासत से अपने हाथों को झटका और अपनी कलाइयों पर हथकड़ी

की वजह से उग आए लाल निशानों को देखा। फिर दोनों हाथ ऊपर कर जोड़ दिए।

"नमस्ते।" बहुत विनीत और मीठी थी यह आवाज़।

दरोगा इस मसखरी पर और नाराज़ हो गया। वह उसकी टीशर्ट के बीच उसके स्तन फिर ढूँढ़ने लगा। वह फिर टुकड़ा हो रही थी। उसे इसकी आदत थी। बहुत सारे देशों के मर्दों का यही रवैया था। लेकिन वह थकने के बावजूद कड़वी नहीं हो पा रही थी। उसकी नसों में दौड़नेवाले जुनून का रंग स्याह के बजाय इन्द्रधनुषी था।

दरोगा को ख़ुफ़िया विभाग से निर्देश मिले थे कि चीन से देह व्यापार के लिए कुछ लड़कियाँ लाई जा रही हैं, उन्हें हिरासत में लेना है। उसके हाथों में एक लम्बी लिस्ट थी। उसमें लिखे नामों को पढ़ना शुरू कर दिया उसने।

ली-ना ने फिर अपनी आँखों में नमस्ते का चश्मा पहन लिया। दरोगा की खीज बढ़ने लगी। वह उत्तर प्रदेश के जौनपुर ज़िले का था। अवध की मिट्टी का सपूत। बचपन में बहुत मार खाई थी उसने। छप्पर की झोंपड़ी से बरसात में बहुत पानी टपकता था। मार, पानी और चाहतों की आग ने उसे एक हाइब्रिड आदमी बना दिया था। मन स्कूल की किताब में बने फ से फल वाले केला, अंगूर और सेब खाने का करता था, फ़ से फ़िल्म का अमिताभ बच्चन-रॉबिन हुड, बनना चाहता था, लेकिन होता हमेशा उलटा ही था। खाने को मिलता था रोटी-प्याज़ और असर हुआ ड से डर फ़िल्म के शाहरुख़ ख़ान का, लिहाज़ा हर चीज़ के लिए मन तरसता ही रहा और तरसते-तरसते ही वह कब बड़ा हो गया उसे भी ख़बर नहीं हुई। अलबत्ता नौकरी पाने के बाद उसने पेट भर फल खाए, इतने कि उसे अब फलों से नफ़रत है। उसे उन चोरों-बदमाशों से भी नफ़रत है जो पकड़ लिए जाते हैं, छोटे-मोटे जुर्म करते। अमिताभ बच्चन उर्फ़ रॉबिन हुड उन्हें मुस्कुराकर छोड़ नहीं देता है बल्कि उन्हें ख़ूब मारता है...दे लाठी, दे बेल्ट, लात और घूँसे भी। ये छोटे-मोटे बदमाश उसे अपने गाँव में ग़रीब और छोटा-मोटा होने का एहसास दिलाते हैं, इसीलिए उनको पीटा जाना ज़रूरी है।

लेकिन फ़िलहाल उसका मन कर रहा था सामने बैठी इस रंडी...को एक धक्का मार बाहर निकाल दे। न ढंग के कपड़े पहने थी, न औरत होने का कोई सुबूत दिख रहा था। सपाट सीनेवाली और मिची आँखों वाली औरत जिसका रंग अच्छा था लेकिन क्या करे कोई रंग लेकर? भाषा भी नहीं समझती, चाउ माओ...करनेवाली!

मादर...इसका दल्ला भाग गया और इस सरदर्द को छोड़ गया।

"सर," ली-ना ने अपने गले में उठते सूखे शब्दों के गोलों को गटका और टेबल पर रखे पानी के गिलास की ओर इशारा किया। दरोगा ने अपना पानी से भरा गिलास उसकी ओर सरका दिया। उसने बड़ी मुश्किल से अपनी नाज़ुक कलाइयों में दम भरा और गिलास उठा गटागट पानी पी गई। उसकी चमड़ी इतनी पारदर्शी थी कि गले के भीतर से उतरते पानी को देखा जा सकता था।

शायद नज़ाकत पर ही कुछ लोग रीझ जाते हैं, और कुछ...

दरोगा के सुन्दरता के पैमाने में पुराने ज़माने की हिन्दी फ़िल्मों की हीरोइन पद्मिनी थी। उसे अपने ज़माने की हीरोइनें बिलकुल पसन्द नहीं आती थीं। सबकी सब एक-दूसरे से दुबली होने की होड़ में लगी हुई थीं। अरे...जब हाथ में कुछ आए ही नहीं, जिसे मसला जाए तो कैसी सुन्दरता और कैसा प्यार? इस लिहाज़ से उसके बाप के ज़माने की हीरोइन ही सही थी। वही पद्मिनी। गोश्त से भरी मादक!

"अब ठीक-ठीक जो पूछूँ बताओ।"

"जी सर, आपने जो नाम पढ़े उनमें से मैं किसी को नहीं जानती। और देखिए मेरा नाम भी कहाँ है इनमें?" उसने इस बार अंग्रेज़ी में बोला।

"तो फिर तुम्हारा नाम क्या है?"

"ली-ना"

"क्या?"

दरोगा को इन लोगों की किसी बात पर भरोसा नहीं होता था, अब नाम भी इंडियन!

"लीना!" वह तल्ख़ी से बोला।

हरारत से वह गिरती जा रही थी, इसीलिए एक फीकी हँसी हँसकर बोली, "हाँ, हमारे यहाँ भी होता है, लेकिन हिन्दुस्तान से थोरा अलग।"

"थोरा हिन्दी जानती हूँ। आप यक़ीन कीजिए रिसर्च कर रही हूँ। पटना... बिहार जाना है।"

यह सुन दरोगा को इतना ग़ुस्सा आया कि लगा माथे की नसें फट जाएँगी।

साली रंडी...रिसर्च करेगी??? रंडियों का धन्धा अच्छा चल रहा है इंडिया में आजकल। विदेशी रंडियाँ—रूसी, गोरी, चीनी सब यहाँ खप जाती हैं। किसी ने उसे भी एक पता दिया था, जहाँ ये सब धन्धे चला करते थे। सुन्दर नगर, इलाक़े में एक हाई-फाई गेस्ट हाउस का पता है उसके पास। जब भी सोचता है कि जाए, ज़िन्दगी का कुछ लुत्फ़ उठाए, तभी थाने पर कोई बवाल का केस आ जाता है। बवाल का केस सुलझाते वक़्त कभी-कभी ऐसा माथा फटता है कि लगता है, जो सामने है उसे ठोंक दे बाक़ायदा, रिवाल्वर से। फिर लगता है इन ग़ैर मुल्की औरतों पर क़हर बरपा दे। बेहूदगी की सारी हद पार कर देती हैं। कपड़े बित्ते भर की पहनेंगी। सब दिखाती चलेंगी। ऐसे में इस देश की बहू-बेटियों पर क्या असर पड़ेगा?

इस साली के नखरे देखो, कहती है रिसर्च कर रही है। सब जानता है वह, इनके चोंचले और चालाकियाँ।

"मैडम वेअर इज योर एजेंट? मैं जिन लोगों के नाम गिना रहा हूँ वे सारे कहाँ-कहाँ गए?"

वह बिलकुल नहीं घबराई। बहुत ठीक-ठीक अंग्रेज़ी में बोलने लगी,

"आपसे ग़लती हुई है। फिर से पता कीजिए। न मेरा कोई एजेंट है, न मेरा नाम आपकी लिस्ट में। मैं तो पहली बार इंडिया आई हूँ। अकेली। बिलकुल अकेली। एम्बेसी में भी पता कर लीजिए। मेरा लैपटॉप वापस कीजिए मैं आपको अपने रिसर्च की चीज़ें दिखाती हूँ। अच्छा...फ़ोन ही दे दीजिए...।"

दरोगा उसकी हिम्मत देख हैरान होता जा रहा था। इतनी बहादुरी से उसके थाने में कम ही लोग बात कर पाते थे। उसने फ़ोन उठाया और देने से पहले टटोलकर देखने लगा। चीनी माल नहीं था। साले चीनी पूरी दुनिया में अपना माल ठेल रहे थे लेकिन ख़ुद अमरीकी फ़ोन इस्तेमाल कर रहे थे। फ़ोन तो उसके पास भी विदेशी ही था क्योंकि उसे इंडिया के फ़ोनों पर भरोसा नहीं था। इंडिया के फ़ोन बाहर कहाँ बिकते थे? उनकी कोई औकात नहीं थी।

झुट्ठे...चालाक, दोगले, धन्धेबाज़ लोग।

उसने ली-ना को फ़ोन नहीं दिया। अपने हाथ में रख मसलता रहा...इंडिया को बर्बाद करनेवाली क़ौम।

"सुनिए..." वह अब हिन्दी बोलने लगी थी..." मैं थोरा जल्दी में हूँ, आप प्लीज़ फ़ोन दे दीजिए। या आप ख़ुद पटना में इस नम्बर पर फ़ोन कर लीजिए। आपको प्रूफ़ मिल जाएगा। आपको पता चल जाएगा कि मैं कौन हूँ। जिस प्रोफ़ेसर से मिलना है वो बता देगा। बिहार सरकार ने भी परमिशन दे दी है। मेरे पास सब काग़ज़ हैं। आप काग़ज़ और पासपोर्ट की तस्दीक करवा लीजिए।"

दरोगा ने अपने मातहत को बुलवाकर उसका लैपटॉप खुलवा दिया और ली-ना ने अपने रिसर्च वाला पन्ना खोलकर उसे दिखला दिया। दरोगा रिसर्च की सिनॉप्सिस पढ़ हैरानी से अपना सर खुजाने लगा।

यह रंडी तो क़तई नहीं थी! वाक़ई नहीं थी!

माफ़ी माँगने की नौबत आ गई।

ली-ना ने अपना सामान समेटा और दरोगा से कहा।

"मैं अब कुछ दिन यहीं रहूँगी। पटना...में।"

दरोगा ने सर झुकाकर सारी काग़ज़ी कार्यवाही पूरी की और उसे जाने दिया।

## रोज़नामचा

**सावन की भीगी शाम, 1842**

बड़े राजा ने रुक्का भेजकर कलकत्ता जाने का आदेश दिया है। उनका कहना है कि जहाज़ कलकत्ता के बन्दरगाह पर लौट आया है, सही-सलामत। अब चन्द महीनों बाद दोबारा जहाज़ चीन के लिए चल देगा और उम्मीद है कि जब तक जहाज़ चीन पहुँचेगा सुलहनामा पर फ़िरंगी चीनियों से अपनी शर्तों पर दस्तख़त करवा चुके होंगे। ख़बर आ रही है कि चीन को इस जंग में शिकस्त मिली है। बड़े राजा ने यह भी लिखा है कि उनको यह ख़बर उनके बंगाली डॉक्टर साथी ने भिजवाई है, जिसके ताल्लुक़ात बहुत सारे फ़िरंगियों से हैं। मतलब यह ख़बर फ़िरंगियों की तरफ़ से मिली है ज़ाहिर है सही ही होगी...अब कलकत्ता जाने की तैयारी करनी होगी। कलेजे में धुक-धुक मची है। लेकिन जब राह चुन ली, तो चुन ली।

ख़ुदा मालिक है।

**फ़. अ. ख़ान**

## कलकत्ता जर्नल अख़बार

## मंगलवार, 30 अगस्त, 1842

चीन से ख़बर मिली है कि चीन और ईस्ट इंडिया कम्पनी के बीच समझौता हो गया है। चीन ने व्यापार की शर्तें उठा ली हैं।

चीनियों को इस तरह का सबक सिखाना कम्पनी का फ़र्ज़ है। नानकिंग समझौता, महारानी विक्टोरिया और चीन के सम्राट के बीच किया जा रहा है। चीन की हरकतें ठीक नहीं। सायमीन को यह पता होगा कि चीन अभी तक ग़ैर बराबरी का

व्यापार कर रहा था और इंगलिस्तान अपनी चाँदी उनसे मोल लिए गए सामानों के एवज़ में गँवा रहा था। इंगलिस्तान घाटे में नहीं रह सकता। ईस्ट इंडिया कम्पनी ने यह बात महारानी के सामने रखी है और महारानी ने आदेश दिए हैं कि चीनियों को इंगलिस्तान का इतना नुकसान करने की सज़ा भुगतनी पड़ेगी। अख़बार जल्द ही आपसे समझौते के बारे में ख़बर साझा करेगा।

*लॉन्ग लिव द क्वीन*

**रोज़नामचा**

**जेठ में सफ़र, 1842**

पटना से जब स्टीमर में चढ़ा तो दूर घाट पर क़िस्म-क़िस्म के लोग दिखलाई पड़े। मैं जा रहा हूँ यह ख़याल बोझ की तरह कन्धों पर सवार हो गया। पहली बार इन घाटों को छोड़ने पर एक उदासी मन में घिरने लगी।

मैं मन बहलाने के लिए दूसरे स्टीमर से उतरती गोरी मेमों को देखने लगा, ठीक वैसे ही कौतूहल से जैसे बचपन में गंगा घाट के किनारे देखा करता था। उस वक़्त वे तादाद में कम हुआ करती थीं। इक्का-दुक्का सी। अब तो रोज़-ब-रोज़ एक-दो कलकत्ता से चली आती हैं। अपनी फैली हुई, लम्बी रेशमी फ्राकों को सँभालती, नज़ाकत से।

पटना की धूप में उतरते ही ख़ादिम गोल छतरियाँ ताने हुए उन्हें घेर लेते हैं। उनका चेहरा थोड़ी भी धूप सहन नहीं कर पाता है और लाल भभूका हो जाता है। वे चारों ओर देख ऐसे ख़ुश होती हैं, मानो तिलिस्मी रँगीली दुनिया में आ गई हों।

सचमुच यह रँगीली दुनिया है। ये मेरा शहर पटना!

मुझे लगा मैं भी गोरी मेम हो गया हूँ और इस रँगीली दुनिया को पहली बार देख रहा हूँ। लेकिन उनकी तरह ख़ुश होकर नहीं। दुख से। इस जानी-पहचानी रँगीली दुनिया को छूटता हुआ जो देख रहा हूँ।

दूर सब्ज़ी वाली औरतें मोल-तोल करती नज़र आ रही थीं। धोबी, रँगरेज़, मछुआरे, छोटी नावों में चढ़े ग़रीब, सब हिस्सों में मेरी दुनिया की तस्वीर में समा रहे थे। स्टीमर के भोंपू और पानी काटते छ...छाग...ग की आवाज़ में गुम होती जा रही थीं दीवान मोहल्ला की आवाज़ें, दूर से एक बिन्दु की तरह नज़र आ रहे थे लोदी कटरा के मुसव्विरख़ाने के रंग और बुलंदी से खड़े किए गए गोलाकार गोदाम भी जिन्हें अनाज रखने के लिए बनवाया गया था, लेकिन अब उनमें जाने कितने मन अफ़ीम भर दिया गया है।

अफ़ीम की यह कैसी दुनिया थी?

बड़े राजा, फ़िरंगी और व्यापार से कैसा अबूझ नाता था अफ़ीम का?

नक़्शे की सूइयाँ सब चीन की ओर क्यों मुड़ जाती थीं? ऐसा क्या है चीन में? ऐसा क्या है इस व्यापार में जो बड़े राजा जंग के दरमियाँ भी अपने जहाज़ को चीन भेजने पर आमादा हैं? मैं फिर शुबहे से घिर जाता हूँ। लेकिन अब क़दम वापस खींच लेने की विलासिता मुझे मयस्सर नहीं।

लिहाज़ा मैंने अपनी छूटती दुनिया का बेशक़ीमती हिस्सा, क़लम की शोख़ी 'तुज़्के फ़तेह अली ख़ान' को सहेजकर अपने सीने के नज़दीक रख लिया था और थोड़ा फैलकर बैठ गया था। गंगा नदी की विशालता में मेरा स्टीमर एक छोटा खिलौना बन चुका था और गंगा की गोद में गुड़-मुड़ होकर कलकत्ता के रास्ते चल पड़ा था। मुझे कृष्ण को टोकरी में उठाए वासुदेव याद आए। बचपन से ही मेरा मन नक़्शों पर लकीरें खींचते वक़्त कृष्ण की बाँसुरी बनने लगता था। जाने क्यों एक नाता सा था कृष्ण की ज़िन्दगानी से। शायद यतीमख़ाने के उस्ताद ने मुझे आगरा में रहनेवाले शायर नज़ीर अकबराबादी की एक ग़ज़ल जो बार-बार सुनाई थी, वही ज़ेहन में आकार पाती थी।

*है सबका ख़ुदा, सब तुझपे फ़िदा।*<br>
*अल्लाहो गनी, अल्लाहो गनी!*<br>
*हे कृष्ण कन्हैया, नन्द लला!*<br>
*अल्लाहो गनी, अल्लाहो गनी।*

वे इस ग़ज़ल को बहुत डूबकर गाते थे। और मुझे कृष्ण की दुनिया में ले जाते थे।

जब मैं चाँदपुर गया था तो मैंने अपने मन की चोरी को अंजाम दिया था। मैं चुपके से मालकिन के पूजा घर में पहुँच गया था और वहाँ उनके ठाकुर जी को जो देखा, तो झूमकर ग़ज़ल गाने लगा था, अपनी बेसुरी आवाज़ में...'ओ कृष्ण कन्हैया...' कृष्ण कन्हैया ने मुझसे हँसकर कहा

था—ऐ फ़तेह अली ख़ान, तुम नक़्शानवीस बनने के लिए पैदा हुए हो, इससे ज़्यादा आगे बढ़े, तो कुछ तस्वीरें बना लोगे। लेकिन, गाना—न ना यह तुम्हारे बस की बात नहीं!

कन्हैया की इस प्यारी बात सुन मैं भी हँस दिया था।

सही फ़रमाते हो कन्हैया। तुम्हें हाथ जोड़कर प्रणाम।

—जाओ फ़तेह अली ख़ान मैं रहूँगा तुम्हारे साथ। हमेशा।

देखो हज़रत कन्हैया आज फिर अपने नए सफ़र पर तुम्हारी याद आई! बिसरा मत देना मुझे।

मेरी आँख लग चुकी थी जब मैं कलकत्ता पहुँचा तभी उठा।

**फ़. अ. ख़ान**

## मुसव्विरख़ाना

जैसे-जैसे धूप चढ़ती जा रही थी, मुसव्विरख़ाना के कमरे हौले-हौले गरमाने लगे थे। शंकर बाबू ने कमरे का मुआयना करना शुरू कर दिया। बहुत मोहब्बत भरा मुआयना। तिपाइयों पर एहतियात से रखे अधबने चित्रों को देखते हुए मन-ही-मन दर्ज करते जा रहे थे—किस चित्र में क्या कमी रह गई है, शागिर्दों को क्या बताना है। तभी खिड़की के पास पड़ी तिपाई पर धूप की किरणों से रोशन होते एक चित्र को देखा और ठिठक गए। ठिठक ही गए। एकदम।

"चौकीदार!" उनकी आवाज़ में बुलंदी के साथ एक अबूझ व्यग्रता थी।

"जी मालिक।" वह दौड़ता चला आया। मालिक की आवाज़ के हर सुर को अच्छी तरह पहचाननेवाला।

पूरा वाक़िफ़।

"यहाँ कौन बैठता है? ये किसने बनाया है?"

चौकीदार ने आँखें नीचे कर लीं। पहले घबराकर, फिर चित्र पर ग़ौर से आँख टिकाकर। यह कैसा तिलिस्माती चित्र था!

गंगाजी का चित्र था।

गंगाजी की लहरों पर बादल नाच रहे थे। ऐसी गंगाजी कभी चित्रों में नहीं देखी पहले। ये तो साक्षात् गंगाजी हैं। ठीक वैसी जैसी दिखलाई देती हैं। दियारा पर से देखने पर। क्या कोई दियारा पर का आदमी है जो यह चित्र बना रहा है...? क्योंकि यह दृश्य और ऐसी गंगाजी और कहाँ? चौकीदार दिमाग़ दौड़ाने लगा—कौन रहता है उस ओर? कौन-सा शागिर्द? लेकिन बहुत सोचने पर भी कोई शागिर्द याद ही नहीं पड़ा। उसका मन ख़राब होने लगा। मालिक को वह किसी भी सूरत में परेशान नहीं देख सकता था।

"अरे, हमारे सवाल का जवाब क्यों नहीं देते तुम?"

चौकीदार के पास जवाब कहाँ थे? वह नज़रें नीचे झुकाए रहा।

पहली बार जीवन में क्रोध आया हो जैसे, वैसा ही रूप चौकीदार ने देखा उस दिन मालिक के अन्दर। यह क्रोध खीज से उपजा था और नाकामी की निराशा में परवान चढ़ रहा था।

चौकीदार ने फिर दिमाग़ दौड़ाया। उसे कुछ याद आया। ज़िन्दगी में इस तरह कुछ याद आना, जो नाकामी की गर्त से एकाएक उबार लेता है, जिससे ज़िन्दगियों में साँसें बढ़ जाती हैं—वैसे ही याद आया चौकीदार को।

यानी मरने के ठीक पहले जो बच जाते हैं, वैसे ही बच गया सब कुछ। बच गया एक हुनरमन्द जीवन। कला को देख बच जाना, निराशा से उबर जाना, होड़ से परे एक ऐसे संसार में चले जाना, जहाँ पहुँच सिर्फ़ अभिभूत हुआ जा सकता है, वैसे ही अभिभूत हो, बच गए शंकर लाल। नहीं समझ आ रहा है तो ना सही!

क्यों मरे कोई किसी की बला से?

मरे तो अपने को साधते हुए मरे। किसी कूँची से किसी चित्र में रंग भरते हुए मरे...काले में लाल मिलाकर कुछ नया सा...पीले में नीला मिलाकर कुछ और करते हुए मरे।

कला होड़ नहीं!

ईर्ष्या और द्वेष भी नहीं। इसीलिए...सिर्फ़ इसीलिए कहते रहते हैं शंकर लाल, ये कला कितनों के सहमेल से बनी है...इनसानों में फ़र्क़ नहीं करती...कितना ऊँचा तो दर्जा है उसका, सभी शागिर्द याद रखें! शंकर लाल मन-ही-मन कला की ऊँचाइयों को गुनते रहे।

इधर चौकीदार भी याद करने में मगन था। उसका याद करने में दौड़ता दिमाग़ अचानक दियारा की ओर से आते और लौटते इनसान का ख़याल कर रुक गया। ठक से उस इनसान की तस्वीर नाच गई आँखों के सामने—डरकर काँपते हुए बोला, "मालिक याद आया, ठीक-ठीक नहीं जानते उनको, लेकिन एक छोटे क़द के आदमी हैं, हमेशा मुँह ढककर सबके जाने के बाद आते हैं, शायद गूँगे हैं, सिर्फ़ इशारों में बात करते हैं, लेकिन हम नहीं जानते मालिक उनको।

"आप ही तो कहते हैं शागिर्दों के लिए ये कमरे कभी बन्द नहीं होंगे, तो हमने भी उनसे कभी कुछ नहीं पूछा और उनके दरख़्वास्त करने पर मुसव्विरख़ाना खोल दिया उनके लिए। आने दिया उन्हें यहाँ पर। बैठने दिया मालिक।"

धम से ज़मीन पर बिछी मोटी कालीन पर बैठ गए शंकर बाबू। लगता था क्रोध उनकी धमनियों से निकल अब पसीने की शर्मिन्दगी को प्राप्त कर रहा था। उनके अन्दर उत्सुकता का चीत्कार फैल रहा था। कौन है उनका यह शागिर्द, रहस्य से भरा जो उनके सामने नहीं आया था अभी तक? उनका शागिर्द था भी वह? या यूँ ही इस जगह का इस्तेमाल कर अपना हित साध रहा था?

"कितने दिनों से आ रहे हैं ये शख़्स?"

"छह महीने हुए हैं मालिक।" चौकीदार ने आँखें फिर झुका लीं। वह भोला नहीं जानता था कि बाबू को इस वक़्त क्या लग रहा है। वह यह भी नहीं समझ पा रहा था कि उसने ठीक किया था या ग़लत बातें बताकर? छिपाकर? या दोनों से इतर कुछ और करके? या कुछ नहीं करके उसने कुछ कर ही दिया था?

थोड़ी देर बाद शंकर बाबू उठे और कमरे के बाहर चले गए। बाहर बहुत तरह के फूल खिले थे, कुछ देसी क़िस्म के और कुछ कम्पनी के सिपाहियों के द्वारा लाए हुए थे। कम्पनी के सिपाही कभी यूँ ही टहलते हुए आते थे, चित्रों को बनते हुए देखते थे, शंकर लाल से बातें करते थे, बग़ल की मिठाई की दुकान से मँगवाई गई रसदार जलेबी और मलाई की खुरचन खाते थे और ख़ुश हो लौट जाते थे। अपनी इस ख़ुशी के बदले वे कभी ख़ुद, कभी किसी मोहल्ले के लड़के के हाथों साहब बहादुरों के बग़ीचे में लगे पौधों के बीज और उनके रोपनेवाले हिस्से की ख़ुशी लाते और भिजवाते थे। इससे मोहल्ले के बीचोबीच एक सरसब्ज़-सा बन गया था जो सबके दिल को लुभाता था। मुसव्विरख़ाना और उसका यह सुन्दर बग़ीचा कोई मृगमरीचिका नहीं, एक सच था। ख़ालिस सोने-सा सच। उथल-पुथल होते और होने जा रहे समय में, एक रस भरे टापू का सच।

पहाड़ों से दीवारों पर चढ़नेवाली लतर की अनोखी क़िस्म, क्यारियों में सलीक़े से उगाए गए बौने सफ़ेद, बैजनी, पीले और लाल फूलों की यूरोपीय छटा, इंगलिस्तानी गुलाब और कुछ ख़ुशबू से भरे देसी गुलाब भी मुसव्विरख़ाना के बग़ीचे में जलवाआरा थे। फूलों की विदेशी क़िस्में कम्पनी के क्लर्कों की बीबियाँ बड़े जतन से अपने देशों से लाती थीं और जहाँ कम्पनी की तैनाती होती थी वहीं उसे लगा देती थीं। ये हैरतअंगेज़ बात नहीं तो और क्या थी कि बलुई भूरी मिट्टी में ये पौधे पनप रहे थे, जीने के नए ढब से लैस। ठीक लाई गई फ़िरंगी बीबियों के समान। नए तरीक़े से नई जड़ों के साथ। वरना कुछ सालों पहले तक कोई सोच भी सकता था कि ऐसा होगा?

इन देशी-विदेशी फूलों के बीच, इस छोटे से बग़ीचे में एक विशाल नीम का

पेड़ भी था। बरसों से खड़ा हुआ, गर्मी के दिनों का अभिन्न साथी। सबको छाँह देता। बहुत सारी अनमोल कलाकृतियों का पीढ़ियों तक साथ देनेवाला चुप्पा गवाह।

मुसव्विरख़ाना के आसपास रहनेवाले लोग ग़रीब-गुरबा थे, कुछ दुकानदार और कुछ किरानी। इन्हीं में से कई लोगों के घर शंकर लाल के शागिर्द किराया देकर रहा करते थे। दूर से आए हुए वे लोग धीरे-धीरे यहीं रमते जाते थे, यहीं बसते जाते थे। यहीं के होते चले जा रहे थे। फिर भी मोहल्ले में बहुत कम लोग रहा करते थे। इतने कम कि उनका भीड़ बन अनचीन्हा रह जाना सम्भव था ही नहीं।

फिर ये कौन था जो बचा रह गया था उनकी नज़रों से?

शंकर लाल का मन नहीं माना, बेचैनी बढ़ती जाती थी। उन्होंने तय किया कि वे सैर पर निकल जाएँ। गंगा घाट की ओर। गंगा को देख उनका मन सुकून से भर जाता था। गंगा उन्हें मान और श्रद्धा से ज़्यादा एक ऐश्वर्य से भरी-पूरी औरत लगती थी जिसकी हर एक लहर में कई कहानियाँ थीं। उनका जी करता था उन कहानियों को समेट लें, अपनी क़लम से उस ख़ास यूरोपीय काग़ज़ पर जो उनके विदेशी और देशी मित्र दूर देशों की व्यापार यात्राओं के दौरान लाया करते थे सिर्फ़ उनके लिए। बहुत प्यार और एहतिराम के साथ।

गंगा घाट की ओर चार क़दम चलने के बाद उन्हें एहसास हुआ कि चित्र बनानेवाले काग़ज़ और कूँचियाँ वे अपने साथ लाना भूल गए हैं। वे वापस लौटकर मुसव्विरख़ाना गए और अपने कमरे से अपना सामान उठाया। काग़ज़, रंग और दो तरह की कूँचियाँ—गिलहरी के पूँछ से बनी बारीक़ काम को अंजाम देने के लिए और भैंसे की पूँछ के बालों से बनी बड़ी कूँची जो मोटी आकृतियाँ बनाने के काम आती थी। कबूतर का पंख तो चित्र बनाने के लिए अनिवार्य क़लम का काम करता था। वे रास्ते में बेसुध हो झोले में अपना सामान लटकाए चलते जा रहे थे। जिन लोगों ने उनको जाते हुए देखा उन्होंने मन-ही-मन सोचा होगा—देखो एक योगी जा रहा है। वे सचमुच योगी लग रहे थे।

असलियत में वे नहीं जानते थे कि उनके शागिर्द उन्हें रमता योगी ही पुकारा करते हैं उनके पीठ पीछे!

कितनी सुन्दर छवि है।

सुन्दरता, स्वास्थ्य और उदारता से भरी हुई छवि। ऐसी, कि अगर टोक दो कभी, तो अपने झोले में से सुख का आशीर्वाद निकालकर थमा देगा टोकनेवालों की हथेलियों में रमता जोगी। मानो उगकर खिल जाएँगे इच्छाओं और इरादों के फूल फिर उसी हथेली में!

ओ...सुखदाता कहाँ चले? धूप पूछने लगी, हवाएँ बहकने लगीं।

सुखदाता...शान्त दिखता मगर अन्दर से ख़ासा उद्विग्न, किसी रहस्य का जवाब तलाशने चलता रहा गंगा की ओर।

## पटना, फ़रवरी, 2001

प्रोफ़ेसर समर्थ लाल पटना में अपने क़दमकुआँ वाले, विशाल दो तल्ला वाले मकान के खुले आँगन में बैठे, ठंड की दुबली ओझल होती धूप को अपने पक्ष में करने की निरर्थक क़वायद में जुटे थे। जिस ओर धूप अपना रास्ता बनाती थी, प्रोफ़ेसर साहब उसके साथ चल पड़ते थे मय अपनी कुर्सी संग। संगीता उनकी पत्नी उनके इस करतब को अपने कमरे की खिड़की से देख अपनी हँसी नहीं रोक पा रही थी। एक बार सिर्फ़ एक बार उसने खिड़की से चिल्लाकर कहा था, "अरे अन्दर आ जाओ आज धूप का यही हाल बना रहेगा, इससे गरम तो रज़ाई है।"

समर्थ लाल का कार्यक्षेत्र उनकी रगों में इस क़दर घुला-मिला था कि कई बार उनकी पत्नी को शक होता था कि वे उसे भी अपनी क्लास की छात्रा समझते थे। उनसे ठिठोली करना अनचाही बहस और ग़ुस्से को बढ़ावा देना था लेकिन संगीता फिर भी जाने क्यों बाज नहीं आती थी। समर्थ लाल भी समझते थे कि पत्नी का यही स्वभाव है फिर भी चिढ़ जाते थे। 25 साल के दाम्पत्य ने उन्हें बहुत कुछ सिखाया लेकिन हँसी-ठिठोली में मज़ा है वह यह न सीख पाए।

समर्थ ने इस बार जो धूप का पीछा किया तो वह उन्हें छकाती हुई उसी कमरे में दबंग घुसपैठिये की तरह घुस गई जिसमें संगीता लेटी हुई थी। अब कुर्सी समेत समर्थ कमरे के अन्दर थे और धूप उनकी पत्नी के बग़ल में पसरी उन्हें उकसा रही थी। उन्होंने चिढ़कर अपना चश्मा बिस्तर पर फेंका, कुर्सी को अनावश्यक बोझे की तरह पटका और कूदकर पत्नी की बग़ल में पसर गए। पत्नी ने अपनी ठिठोली को और बहादुर किया और समर्थ की नाक पकड़ अपने नज़दीक खींच लिया। फिर अपनी रज़ाई से उन्हें भी ढाँप दिया।

इसके पहले कि समर्थ कोई जवाबी करतब दिखाते, उनके मोबाइल की घंटी बज गई और उस पर एक कमसिन ख़ूबसूरत चीनी लड़की की तस्वीर कौंध गई।

ली-ना???

वे तनाव से भर बुदबुदाए और उठकर बैठ गए। संगीता भी अचानक सावधान की मुद्रा में आ गई।

अररे!!! वह भी बुदबुदाई।

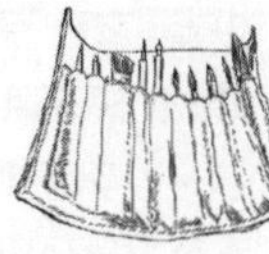

## पटना, 1842

बलुई मिट्टी में पैर धँसते ही हैं सो धँसते गए शंकर लाल के भी। दक्षिण की ओर दियारा में कुछ सब्ज़ियाँ उगी थीं। औरतें दूर से नज़र आती थीं उन्हें तोड़ते हुए, बतियाते हुए। सामने कोई धोबी कपड़े फींच रहा था। पंडितों का एक समूह थोड़ी जगह घेरे किसी क़िस्म का धार्मिक अनुष्ठान पूरा कर रहा था। कहीं कौए बालू में अपनी चोंच गाड़े कुछ ढूँढ़ रहे थे और कहीं बच्चे लोट रहे थे। एक खेल में निमग्न थी समूची प्रकृति, जानवर, इनसान, पशु-पक्षी और गंगा का पानी। सब मिला-जुलाकर एक ऐसा मंच तैयार कर रहे थे जो रंगों और कूँची का मोहताज़ नहीं था। बस उसे एक नई भाषा देनी थी। इस इलाक़े का दुनिया के दूसरे दूर-दराज़ के इलाक़ों से मेल करवाना था। कला और जीवन जब तहज़ीबों से घुलना-मिलना सीखेंगी तभी वे दुनिया को नई राह पर लिए चलेंगी। उन्होंने याद किया इन दृश्यों पर कितना काम हो चुका था उनके आने से पहले जा चुकी पीढ़ियों द्वारा। अभी भी उनके कुछ शागिर्द इन दृश्यों को पुरानी परम्परा के हिसाब से ही उकेर रहे थे।

अच्छा था सब कुछ लेकिन उन्हें ये दृश्य सुन्दर लगने के बावजूद उकसाते नहीं थे। उनके मन के भीतर नहीं उतरते थे। वे अपने करने के लिए कुछ नया खोज रहे थे। वे प्रकृति को ऐसे उकेरना चाहते थे जैसी वह थी। कोई घालमेल नहीं। सब निर्मल। शाश्वत सच की तरह सुन्दर। ख़ालिस प्रकृति।

चलते-चलते वे कुछ और आगे बढ़े और वहीं पूरी तरह धँसते-धँसते बचे। यहाँ रेत जाने कैसे बहुत ज़्यादा मुलायम ढंग से बैठ रही थी। वे झटके से उठे और फिर बैठ गए। इस बार बहुत ठीक से। अपनी चटाई निकाली। उस पर अपनी चीज़ें फैला दीं और बहुत इत्मीनान से दृश्यों को निहारने लगे। दोबारा। तिबारा।

फिर पीछे देखा तो थोड़ा अकबका गए। जिस जगह को उन्होंने निर्जन समझकर अपने लिए चुना था वह जगह निर्जन नहीं थी। उस जगह वे अकेले नहीं थे। उनके ठीक पीछे कोई और भी बैठा था। वह जो कोई और था, वह भी गंगा की धार परखने में मग्न था। उन्हीं की तरह उन्हीं की आँखों के समान आँखों से देखनेवाला यह कौन था?

कोई जो उन्हीं की तरह सोचता था गंगा के बारे में? कोई जिसका दिल भी

ख़ालिस था? कोई जो उनकी तरह ही ख़ालिस चीज़ें उकेरना चाहता था? कोई जो इस शैली का उन्हीं की तरह का समर्पित उपासक था?

उस शख़्स का क़द छोटा था। उसने अपना मुँह और सर ढक रखा था एक बड़ी सी चादर से। बाक़ी कहीं से कुछ दिखलाई नहीं पड़ रहा था। वह बालू में धँसकर ऐसे बैठा था मानो समाधिस्थ हो। उसके सामने एक गमछा बिछा था जिस पर क़ीमती नापसन काग़ज़ पसरा हुआ था। काग़ज़ पर इतनी दूर से भी काले बादलों से भरा आसमान दिखलाई पड़ता था। नीचे युगलबन्दी में गंगा नदी प्रतीक्षारत अपनी लहरों समेत कल-कल कर रही थी। क़ुदरत का अनोखा नृत्य था वह। जैसे संस्कृत नाटकों की, चपल, चंचल और बेलौस नायिका नृत्य कर रही हो। वे चमत्कृत रह गए थे और फिर रुक नहीं पाए थे। उनके क़दम उस शख़्स की ओर मुड़ गए थे।

तभी एक बच्चा सर पर खीरे की टोकरी उठाए दौड़ता चला आया था और उनसे लगभग टकरा गया था। शंकर लाल को देखकर उसकी बोलती बन्द हो गई थी, लेकिन बोलती बन्द होने से पहले उसने जो कहा था उसे सुनकर वे सन्न रह गए थे। अपनी जगह पर जमना और फिर होश में न आना—ऐसे सन्न। फिर तो होश में न आना और सामने देखते जाना दो अलग क्रियाएँ नहीं रह गई थीं। दोनों एक हो गई थीं। एक ही तरह की क्रियाएँ और प्रतिक्रियाएँ। किसी अनजान बच्चे की बोली सुनने पर जो हुईं। बच्चा जो सामने बैठे उस शख़्स से मुख़ातिब था और कह रहा था,

"ख़दीजा बेगम...ख़दीजा बेगम...अब जाकर अपनी दुकान सँभालो हमसे अब नहीं होगा...इतनी देर से वहीं बैठे हैं।"

'ख़दीजा बेगम...ख़दीजा बेगम...'

अब क्या कोई पर्दा हो सकता था? जब ख़ुदा निगहबान ने ही कह दिया पर्दा नहीं...

यह सुन सामने बैठा शख़्स चोला बदलने लगा। या यूँ कहें अपने असल चोले में आने लगा। इसके बाद कोई कहीं से भी नहीं हिला। बच्चा अपनी जगह, गंगा अपनी जगह और शंकर लाल अपनी ही जगह। स्थिर। सभी अपनी-अपनी जगहों में अपनी ज़मीनों में धँसे।

इस थमे हुए दृश्य में मुख्य पात्र के चेहरे से चादर हटा दी गई।

और इतना भर, कर देने से ही ख़दीजा बेगम सामने आ गईं।

चुस्त चूड़ीदार पाजामे और घुटने से कुछ ऊपर की कुर्ती पहने, छोटे क़द की कुछ गदबदी-सी औरत। गोल सँवलाया चेहरा। नाक में तीखी लौंग। और बड़ी-बड़ी पानीदार आँखों में क़ातिल सुरमा। आदाब का तरीक़ा ग़ैर सलीक़ेदार और पीछे से लहराती लम्बी चोटी एकदम नागिन।

क़ातिल और क़त्ल, नागिन और डसना। फ़ितरती एक से सबब। इस सबब

के बाद, एक बार मर जाने के बाद जी उठने की परम्परा की कहानी, नहीं जानते थे शंकर लाल।

कला ऐसे रूपों में भी मौजूद होती है क्या समझता रमता जोगी?

उन्होंने गंगा की ओर देखा और कहा, "जो अभी देखा है उससे बेहतर नहीं बना पाऊँगा तुम्हें। ख़ालिस क़ुदरत। इतना बड़ा सच अब शायद कोई नहीं बना पाएगा इस सृष्टि पर। क्योंकि आनेवाली पीढ़ियाँ कभी नहीं देख पाएँगी तुम्हें ऐसे ऐश्वर्य से भरपूर जैसा आज मैं देख चुका हूँ तुम्हें।" इतना बोल उन्होंने उदासी से अपना सामान समेटना शुरू कर दिया। जो अभी उन्हें कोई इस तरह देखता तो कहता—देखो उस जोगी को...कैसा उदास लग रहा है!

सारे बन्धनों से रहित बन्धन में बँध-सा गया जोगी!

उदास जोगी!

बार-बार अपना सर एक नकार में हिलाते जाते थे शंकर लाल और उदास हो जाते थे।

धीरे-धीरे चलने लगे वापस मुसव्विरख़ाना की ओर।

मन नहीं मानता था। क़दम बोझिल-से हो गए थे। विवशता से भर एक बार मुड़कर दक्षिण की ओर देखा। दियारा पर औरतें शोर मचा रही थीं। सब्ज़ियाँ तोड़ रही थीं। हँसी-मज़ाक़ में मुब्तला थीं।

अचानक उदासी जाकर गंगाजी में बुड़ा गई। एक चोर-सी हँसी आकर होंठों का रस पीने लगी। नकार में हिलता सर उछलकर ख़दीजा बेगम कुँजड़न के बनाए गंगाजी के चित्र से होता हुआ नागिन चोटी और क़ातिल सुरमे से की गई अपनी हत्या पर टिक गया। वे अपने को देख रहे थे। अपने अन्दर के शंकर लाल को देख रहे थे।

अन्तस ही ब्राह्म अहि।

अहम् ब्रह्मास्मि।

बड़ा सुकून महसूस हुआ। रहस्य न सुलझा पाने की उद्विग्नता जाती रही।

शागिर्द पाजी भी हो सकते हैं। शरारती और दिव्य भी।

दिव्य हुनर से नवाज़े हुए।

शागिर्द एकलव्य भी था। शागिर्द ख़दीजा बेगम भी थी।

कला कैसे सबको एक बराबर कर सकती है यह सोच उनका मन हुलस गया। वे यदि एकलव्य के गुरु होते तो द्रोणाचार्य क़तई नहीं कहलाते। वे शंकर लाल ही होते।

एकलव्य के शंकर लाल।

ख़दीजा बेगम के शंकर लाल।

## रोज़नामचा

### जेठ की दोपहर, 1842

गंगा और हुगली कब एक हो गए पता ही नहीं चला। फिर कलकत्ता और समन्दर दोनों एक ही जैसे। दूर तक पसरा हुआ शहर। बन्दरगाह पर कई जहाज़ खड़े थे। ज़्यादा ईस्ट इंडिया कम्पनी के थे। इतनी तादाद में थे फ़िरंगी कि डर अन्दर दुबक के बैठ गया। कैसे उस शख़्स ने इनके साथ काम किया होगा? उस देशी शख़्स ने? राजा राममोहन राय ने? बिना डरे? चलने से पहले जो दोबारा उस्ताद से मिल बड़े राजा की बात का ज़िक्र किया था तो उस्ताद ने दुआ में हाथ उठाकर कहा था, "फ़तेह अली ख़ान, उसने कई बच्चियों को मरने से बचाया है...सती..." बोलकर वे चुप हो गए थे।

"क्या हुआ जो यह पाक काम उन्होंने फ़िरंगियों की मदद से किया? तुमने भी तो फ़िरंगियों के मकतब में कुछ सीखा-पढ़ा है न? क्या वह सब फ़ुज़ूल था? नहीं न? एक ही मसले पर हमें कई तरह से सोचना चाहिए। दिमाग़ को हमेशा खुला रखो, सीखो, जज़्ब करो और ख़ुद से सवाल-जवाब कर आगे बढ़ो। बड़े राजा के मसले अलग हैं तुम्हारे अलग होंगे। तुम उनके मुलाज़िम हो। उनकी बातें ज़रूर सुनो, लेकिन यह किसी ख़ुदाई किताब में भी नहीं लिखा है कि इनसान को सभी की सब बातें मानना ज़रूरी हैं।"

फिर उस्ताद एक शफ़्फ़ाफ़ हँसी हँसकर बोले, "प्यारे शागिर्द अब जाओ और नई दुनिया को खोजो, जानो।"

अचानक ख़याल आया कि सारी बातें सोच रहा हूँ और यह सोच ही नहीं रहा हूँ कि स्टीमर से उतरकर जाऊँगा कहाँ? कैसे जाऊँगा? बड़े राजा ने कहा था हुगली पर ही इमामबाड़ा मिलेगा जहाँ से मुझे बड़े राजा के कारिन्दे लेकर चल देंगे कहीं। शायद किसी सराय में ठहरने का इन्तज़ाम होगा। वहीं अगले दिन जहाज़ का कप्तान मिलेगा। कुछ काग़ज़ी कार्यवाही भी करवाएगा। क्या होगा? कैसे होगा? सच तो यह है कि अपनी सारी शेरदिली के बावजूद मैं घबरा रहा हूँ।

स्टीमर से उतरने पर जो सबसे पहले महसूस किया वह मेरे चारों ओर फैला तमाम तरह का शोर था और दिल में धड़कन। मुझे लगा मेरे पैर काम

नहीं कर रहे हैं, स्टीमर से उतरते वक़्त पैर अजीब ढंग से काँपने लगे थे।

उतरने के बाद जो चीज़ सबसे पहले नज़र आई उसे सब विलियम का क़िला कह रहे थे। वह फ़िरंगियों का क़िला था। बेहद मज़बूत और ऊँचा। कलकत्ता में उतरते ही, जो उसे देखता हक्का-बक्का रह जाता। मैं भी रह गया।

सोचने लगा, उसके अन्दर क्या कभी जा पाऊँगा? अपनी देशी मुलाज़िम की हैसियत के बावजूद, उस इमारत को देखने की हसरत कुलबुलाने लगी।

सख़्त पहरा था। तरह-तरह के फ़िरंगी उसके इर्द-गिर्द मँडरा रहे थे। मैं उनकी बड़ी बन्दूकें देख और डर गया। मैंने धीरे से एक आदमी से पूछा, "यह इमामबाड़ा कहाँ पड़ेगा?" उसने हाथ दिखाकर राह बता दी और मैं अपने माल-असबाब को सँभालता हुआ इमामबाड़े की ओर चल दिया।

बड़े राजा के कलकत्ता वाले जो कारिन्दे मुझे लेने आए थे, वे बंगाली ज़रूर थे लेकिन मेरी जुबाँ समझ रहे थे। उन्होंने मुझे एक अच्छे सराय में रुकने को कहा, जिसे वे 'भालो बाड़ी' कह रहे थे। मैं उनके बोले हुए कुछ लफ़्ज़ों को समझ रहा था। पटना में बंगाली व्यापारी आया करते थे। 'भालो बाड़ी' का मतलब मैं अच्छा घर समझा। सचमुच वह अच्छा घर था। एक चौकी पर बुर्राक सफ़ेद चादर बिछी थी, पीने को ठंडा पानी था, जिसे एक साफ़ सुराही से लेना होता था। मैं बहुत आराम महसूस कर रहा था। कारिन्दे इस बीच मेरे लिए कहीं से भात और मछली ले आए। कुछ छेने की मिठाई भी थी। अलग क़िस्म का खाना था स्वाद और बनावट में भी। लेकिन मुझे पसन्द आया। मैं सोचने लगा, यह तो पहला पड़ाव है, आगे चीन में तो और कितना कुछ बदल जाएगा और उस बदलाव को अपनाने के अलावा मेरे पास क्या चारा रहेगा? इसीलिए मुझे हर निवाले के लिए शुक्रगुज़ार होना चाहिए।

मैंने गुसल किया और कारिन्दों को जाने को कहा।

जब मैं सराय के उस साफ़-सुथरे बिस्तर पर लेटा तो मेरा मन फिर से भर आया। सामने विलियम का क़िला था और चारों ओर फ़िरंगी। अच्छी सजीली पोशाकों में। खाते-पीते तन्दुरुस्त, चमकते हुए। उनके मुक़ाबले देसी लोग, बहुत दीन-हीन लग रहे थे और सिर्फ़ हम्माली करते नज़र आ रहे थे। कुछ डच और फ्रांसीसी भी रहे होंगे जैसे पटना में थे लेकिन गोरों में फ़र्क़ करना बेहद मुश्किल काम था। सब एक जैसे थे।

मैं क्या कर रहा हूँ? एक अजनबी शहर में एक अजनबी ठिकाने पर इतने सारे अजनबियों के बीच...? मैं तो पटना को ही इतना बड़ा शहर समझता था और वहाँ देखे फ़िरंगियों के रुतबे को बड़ा रुतबा... लेकिन यहाँ कलकत्ते में तो दूर-दूर तक सिर्फ़ इन्हीं का क़ब्ज़ा दिखलाई देता है। चारों ओर सफ़ेद दूधिया संगमरमरी इमारतें थीं या लाल रंग से पुती ईंटों की इमारतें। यानी एक में फ़िरंगियों की रहनवारी थी और दूसरे में जंग की तैयारी का माहौल।

फ़िरंगी का हौसला कितना बुलंद है!

अगले दिन कारिन्दे आए और मुझे लिए चले एस्पलेनैड की ओर। बड़े राजा ने ख़त में समझाया था मुझे फ़तेह अली ख़ान आपको टाउन हॉल नाम की एक इमारत में जाना है, जहाँ आपको सूर्य दरबार का कप्तान मिलेगा, जो आपकी काग़ज़ी कार्यवाही में मदद करेगा और जहाज़ पर जाने की पूरी तैयारी भी करवा देगा। पहली बार पूरी तैयारी ज़रूरी है फ़तेह अली ख़ान, जहाज़ पर और पानी की सरहदों पर दुश्वारी न हो इसीलिए।

बड़े राजा ने मेरा ख़याल रखा। वे अच्छे मालिक हैं।

शुक्रगुज़ार हूँ!

**फ़. अ. ख़ान**

## पटना हवाई अड्डा, फ़रवरी, 2001

ली-ना के पास कन्वेयर बेल्ट से उठाने के लिए कोई बैगेज नहीं था। जो थोड़ा-बहुत लगेज था वह उसकी नाज़ुक पीठ पर एक नाव की शक्ल में बँधा हुआ था। उसे देख ऐसा लगता था, अपनी नाव लेकर नाविक चल पड़ा है अपनी नदी खोजने। उस नदी को खोजने जो खो गई थी कहीं। किसी डूब गई सभ्यता के साथ। किसी मोहनजोदड़ो को डुबाकर ख़ुद आत्महत्या कर ली हो जिसने लेकिन जिसे वापस जायज़ हक़ की तरह बरामद करना होगा एक नई सभ्यता बनाने के लिए। सिरफिरे राजाओं, सिरफिरी सरकारों और सिरफिरे नक़्शानवीसों के आदेशों की अवहेलना

कर, सरहदों से परे जाकर अपनी नदियाँ, अपनी धरती, अपने गीत, अपने बोल नए सिरे से पाने होंगे ली-ना को।

माँ तो गाती रही आज़ादी के ऐसे ही गीत हमेशा, जिसमें सरहद के मायने बन्धन थे, जिनसे आज़ाद हो खुली हवा में साँस लेना हर इनसान का हक़ होता है। उसकी माँ ने उसके बचपन के दिनों में ही, ये बातें जन्मघुट्टी की तरह उसके हलक के नीचे उतारी थीं। उसकी मांस-मज्जा में घुला हुआ है यह सब। नहीं समझतीं सरकारें ये सब तो न समझें। नहीं समझते मद में चूर पुलिसवाले तो न समझें। नहीं समझते आम लोग तो वे भी न समझें।

वह तो समझती है और समझती रहेगी। इसी रास्ते चलेगी और अपने काम करती जाएगी।

इतिहास में कभी मुस्कुराती उसकी नानी माँ की नानी। कभी बहुत सारे आँसुओं के साथ रोती उसकी नानी माँ की नानी, जो कहती थी कहानी उसकी अपनी नानी माँ की ज़ुबानी, "मेरी जुड़वाँ बहन ली-ना, देखो न खो गई है कहीं। वह बहन जिसके साथ मैंने मछुआ टोली में समुद्र के उत्सव के गीत गाये, वसन्त मनाया, फ़ू य्वू खाया, लालटेन उत्सव में भाग लिया, लालटेनों पर क़िस्म-क़िस्म के चित्र बनाए।"

"जानती हो, ख़रगोश बनाना मुझे बहुत पसन्द था और उसको...चमकता सूर्य।

"और वह जो मिंग राजा था न, जिसे सपना आया था प्रेम के सन्देश को फैलाने का, उसी ने तिनज़ुक (हिन्दू/सिन्धु) भेजा अपने दूत को यहाँ के धार्मिक सन्देशों को दुनिया भर में पहुँचाने और बुद्ध की वाणी के ओज को, वहाँ से ला हमेशा के लिए अपना बनाने। अपने देश में लालटेनों की मार्फ़त उसका उजाला फैलाने। वह उजाला कहाँ गया फिर? ओह कहाँ गया?"

नानी माँ की नानी की जुड़वाँ बहन उस उजाले से अपने दिमाग़ को रोशन कर, कहीं और चली गई रोशनी फैलाने।

"जुड़वाँ बहन यू-यान, बहुत रोशन ख़याल थी शुरू से, उसके यूँ कहीं चले जाने के पहले, हम दोनों जुड़वाँ बहनों ने अपने माँ-बाप के साथ नावों पर बैठ दूर समन्दर की यात्रा की, मछली पकड़ना सीखा और फिर...।"

"नानी माँ क्या नाम था उनका?" नन्ही ली-ना ने अपनी चमकती काली आँखों से पूछा था।

"'यू-यान नाम था, मो-चाओ की बहन का, ली-ना...उनका नाम यू-यान था।" बोलकर चुप हो गई थी उसकी नानी।

उसे उसी दिन पता चला था कि नानी की भी माँ होती है और उसकी भी एक माँ। और उन सबका भी नाम होता है। उसकी नानी माँ की नानी का नाम था मो-चाओ और उनकी जो जुड़वाँ बहन थी उसका नाम था यू-यान।

मो-चाओ ने कई बार सोचा था कि बहन यू-यान को बसन्त का गीत कैसे खींचकर ले गया था किसी जंग के मैदान में? कैसे पल्म के खिलते फूलों की ख़ुशबू ने बहन के अन्दर ऐसी मज़बूती पैदा कर दी कि उसकी नज़ाकत ठंड की कठोरता में बदल गई? 'पल्म फूलों की ख़ुशबू जाड़ों की कठोरता और कड़वाहट में छिपी है।' इस कहावत से सब वाक़िफ़ थे। बहन यू-यान, पल्म की ख़ुशबू हो गई थी। उस्ताद कोंग्ज़ी जिसे दुनिया कन्फ़्युशिअस के नाम से जानती थी, उन्हीं के सुझाए पसन्दीदा फूलों में से आर्किड के बरअक्स बहन ने पल्म ही बनना क्यों पसन्द किया?

आज ली-ना ने सोचा, माँ भी ख़ुशबूदार कैमेलिया का फूल होकर क्यों नहीं ख़ुश रही? मोतिया नदी के पास बने घरों में, बग़ीचों में कैसे खिलता है कैमेलिया? झूम-झूमकर नाचते बादलों की तरह। माँ ने क्यों नहीं चुना कैमेलिया होना? या चुना क्या कैमेलिया होना? माँ से हमेशा सुगन्ध ही तो आती थी। उसी सुगन्ध को उसने तिआनमन स्क्वायर में ऐसा फैलाया मानो कोई आसमानी शै ऊपर से ख़ुशबू की बारिश कर रही हो।

'आज़ादी की ख़ुशबू होती है, जाओ उस अनंत में और उसे महसूस करो', उसकी चिड़िया माँएँ अपने घरों को लौटते वक़्त हर शाम उसे बताया करती थीं। 'हम हमेशा उसे महसूस करते हैं। तुम्हारी माँ ने हमारी उड़ान में वह ख़ुशबू बाँध दी है। लो उसे अपनी आत्मा में भर लो।' इसके बाद वे उसके कन्धों पर बैठ जाती थीं और अपनी मुलायम देह से उसके गाल सहलाती थीं। तब वह टैंक के पहिये के नीचे रौंद दी गई माँ की आवाज़ भूल जाती थी और फिर ख़ुश होकर अपनी चिड़िया माँओं के साथ उनकी आवाज़ में वही गीत गाने लगती थी जो उसने अन्तिम बार माँ को गाते हुए सुना था।

## रोज़नामचा

**जेठ की बीतती दोपहर, कलकत्ता, 1842**

टाउन हॉल कितनी शानदार इमारत थी ठीक से तो नहीं समझ में आया लेकिन दो मंज़िली ज़रूर थी। मुझे कारिन्दों ने नीचे ही रोक दिया था। मैं

दुबककर एक कोने में बैठ गया था एक छोटी सी बेंच पर, फिर देखा मुझ जैसे कुछ लोग कमरों में अपनी बैठने की जगहों से उठ-उठकर, दीवारों पर एक सीध में क़रीने से लगी बेहद उम्दा रंग-बिरंगी तस्वीरों को निहार रहे हैं। कुछ बुत भी थे सुन्दर ढंग से तराशे हुए। यह जो फ़िरंगी क़ौम थी यह अच्छी कलाकार भी थी। पटना के लोदी कटरा मोहल्ले और बाबू शंकर लाल के मुसव्विरख़ाने की याद आई। वहाँ भी इससे कम उम्दा काम नहीं होता था लेकिन अभी उसका इतना दबदबा क़ायम नहीं हुआ था।

जब तक कप्तान मुझे लेने नहीं आया तब तक मैंने ख़ूब लुत्फ़ उठाया तस्वीरों का और दोबारा वादा किया ख़ुद से कि एक दिन मैं भी एक तस्वीर बनाऊँगा।

कप्तान ने आते ही मेरी पीठ पर धौल जमाया और कहा था, "ए नोबाब जामा बदलना होगा...फ़िरंगी की तरह...मेरी तरह कुछ पहनना होगा...ये पतलून जैसा और ये कोट जैसा...कुछ। यह सुनते ही मैं शरमा गया था। कप्तान ने मुझे नवाब कहा था...शायद यह जानता नहीं कि मैं यतीमख़ाने में पला हूँ और फिर कप्तान जैसे कपड़े पहनने का कभी कोई ख़याल भी नहीं आया। उफ़।...

...लेकिन जहाज़ पर जाने की तैयारी के दौरान मुझे अपनी ज़िन्दगी को नए तरीक़े से साधने का हुनर भी सीखना पड़ा। ख़ासा मुश्किल तो था, लेकिन मैं सीख गया।

जब जहाज़ ने अपना लंगर आज़ाद किया तो मुझे समझ में आया कि एक जहाज़ सचमुच कैसा होता है और मुझे जहाज़ पर कहाँ तैनात रहना है। मेरी जगह ज़्यादा देर तक कप्तान के साथ ही तय थी। लिहाज़ा मैंने ख़ासी राहत महसूस की। जहाज़ पर चढ़ते ही कुछ मील आगे जाने पर समन्दर की हवा से सबसे पहले वास्ता पड़ा।

नमकीन और नम हवा से।

मैंने जल्द ही उसे गले से लगा लिया।

कलकत्ता की सरहद छोड़ने के बाद हर वक़्त कप्तान के बग़ल में बैठता हूँ और नक़्शे मेज़ पर खुले रहते हैं। कप्तान बंगाली भाषा बोलता है और कुछ टूटी-फूटी हिन्दी, फ़ारसी के कुछ शब्द और बढ़िया अंग्रेज़ी भी। मुझे उसकी बातें अच्छी लग रही हैं। फ़ारसी के शब्द वह बंगाली अन्दाज़ में बोलता है...मुझे नोबाब कहता है और जहाज़ को 'आमार

शुर्यो'। उस पर हमेशा फुर्ती तारी रहती है। मेरी तरह बहुत सोच-विचार में उलझा नहीं दीखता। शायद उसका काम ही ऐसा है। उसे हमेशा चौकस रहना है। मुझे उम्मीद है उससे अच्छी जमेगी।

जहाज़ में कुछ कारिन्दे हैं, कुछ बंगाली और कुछ पटना के आसपास के भी। एक शिवाजी महान को माननेवाला मराठा भी है, कहीं दूर से भागकर आया है। कहता है, उसे नहीं जाना वापस अपने गाँव। लगता है, भगोड़ा है। जाने कौन सा अपराध कर भागा है। बार-बार किसी लड़ाई की बात करता है, मुझसे थोड़ा खिंचा रहता है। एक दिन मराठी और फ़ारसी मिलाकर कहने लगा था, "तुमि पठान नी मुग़ल नी...?" मैं उसे औचक देखता रह गया।

मेरी ज़िन्दगी क्या कभी बता पाई है कि मैं क्या हूँ? क्या जैसा आदमी दिखलाई पड़ता है वैसा ही होता है? क्या पहचानें कहीं से बनकर आती हैं या जब हम इस दुनिया में पैदा होते हैं उसके बाद ही अपनी पहचान गढ़ते हैं? सब मुझे मेरी शक्लोसूरत और कपड़ों से आँकते हैं लेकिन मैं ख़ुद क्या हूँ कोई नहीं समझता, न जानता, न जानना चाहता है। यहाँ पर कोई जानता ही नहीं कि मैं यतीम हूँ...मेरी वल्दगी का तो पता नहीं। क्या पता क्या जात है मेरी? फिर क्या जवाब दिया जाए किसी को? चुप रहने में ही बेहतरी है। समझ जाएँगे एक दिन अपने आप ही लोग।

एक चाँदपुर के पास का नाविक भी है। बलिया का। पैंतीस बरस का ख़ूबसूरत नौजवान, सिर्फ़ भोजपुरी बोलता है और फिर भी सब उसकी बात समझ जाते हैं। बड़े राजा के लिए ख़बरची का भी काम बख़ूबी करता है। कभी-कभी जब जहाज़ पर नहीं होता है तो हरकारा भी बन जाता है। वह मुझे बहुत ख़ुश होकर देखता है, जब भी मैं उससे कहता हूँ कि मैं पटना का हूँ। जब भी मैं कहता हूँ चाँदपुर सुन्दर है। जब भी मैं कहता हूँ मैं नक़्शानवीस हूँ।

उसे एक दिन अपने कमरे में बुलाऊँगा और मन की बातें करूँगा। सफ़र लम्बा है। चीन पहुँचने की मियाद मौसम पर टिकी है। लगभग साढ़े तीन हज़ार मील की दूरी है, तय करने में वक़्त लगेगा। वैसे अभी हवाओं का रुख़ सफ़र के साथ है। इंशाअल्लाह सब सही रहे।

मुझे पढ़ने का ख़ूब मौक़ा मिला रहा है। कप्तान हैरान है कि मुझे एक बार भी हिचकोले खाने के बावजूद उलटी नहीं हुई। न सर घूमा मेरा। अब मैं उसे क्या बतलाता कि झुलसाते बचपन की, ग़ुरबत और फ़ाक़ाकशी के दिनों के बाद मुझे यह आरामदायक ठिकाना मिला है इससे मुझे तकलीफ़ क्योंकर होगी?

उलटे यह समुद्री हवा तो मुझे कितनी अपनी सी लग रही है। मैंने इसे अपने गले से लगा लिया है। इस समुन्दर ने मुझे चारों ओर से छेंककर पनाह दी है। यह मेरा मुहाफ़िज़ है। और मैं इसके घेरे में राहत से भरा एक ख़ुश-दिल इनसान बन गया हूँ। लगता है तुम जहाज़ के लिए ही बने हो—कप्तान ने ठहाका लगाया था। मैंने भी मान लिया था कि हाँ, शायद सचमुच मैं जहाज़ के लिए ही बना हूँ।

कितना मुख़्तलिफ़ है जहाज़ पर होना स्टीमर पर होने से।

कलकत्ता में होना पटना में होने से।

क्या इतना ही मुख़्तलिफ़ होगा केंटन में होना हिन्दुस्तान में होने से?

केंटन शहर बस अब चन्द दिनों में यह नक़्शानवीस तुम्हारी धरती पर होगा।

**फ़. अ. ख़ान**

## पटना, फ़रवरी, 2001

पटना हवाई अड्डे पर लोग उसे बेतरह घूर रहे थे। दिल्ली के थाने की ज़िल्लत के बाद ये एक मासूम सा क़स्बाई कौतूहल लगा उसे। वह हवाई अड्डे से बाहर निकलकर सामने खड़े लाल दम्पती को देखते ही हुलसकर आगे बढ़ी और उन दोनों ने उसे अपने अन्दर खींचकर ऐसे समेट लिया जैसे विशाल पक्षी के डैने के भीतर उसके नन्हे बच्चे समा जाते हैं। उसने ऐसी ठंडक महसूस की, इतनी अधिक ऊर्जा कि उसकी आँखों में आँसू आ गए। समर्थ लाल ने उसके कन्धे से उसका सामान उतार लिया और अपनी गाड़ी के पीछे डिक्कीनुमा जगह पर रख दिया। गाड़ी की पिछली सीट पर बैठी ली-ना दिल्ली के दरोगा की हरकतें सुनाने लगी और समर्थ लाल ग़ुस्से और निराशा से भर बोले,

"यह देश अब रहने लायक़ नहीं रहा।"

ली-ना बोली।

"मैं भी अपने देश के बारे में ऐसा ही सोचती हूँ।"

और फिर हँसी के ठहाकों ने यह साबित कर दिया कि दोनों में से कोई भी अपना देश छोड़कर कहीं नहीं जा पाएगा। देशों के मायने इसी तरह वजूदों से चिपके होते हैं भले ही ली-ना की चिड़िया माँओं ने उसे अनंत में उड़ने और सरहद बिन दुनिया रचने की ताक़ीद की हो लेकिन अन्ततः ली-ना चीनी ही रहेगी और समर्थ लाल हिन्दुस्तानी।

**रोज़नामचा**

**सूर्य दरबार पर आषाढ़ की रातें, 1842**

दुनिया इतने रंगों से भरी है, क्या उस यतीमख़ाने में बड़े होने के दिनों में समझ आया था? इस जहाज़ पर बैठा, जब सोचने बैठा हूँ तो याद आ रहा है कि कितना पीछे रह गया है सब। आज मेरे सामने मीलों तक पसरा समन्दर है और ज़मीन के छोटे से टुकड़े के भी दीदार मयस्सर नहीं। पानी की कहानी क्या कभी इतनी गहराई से सोच पाया था मैं? जो लोग ज़मीन पर रहते हैं उन्हें कहाँ पता होता है कि तीन महीने पानी पर बिताना, अपने इर्द-गिर्द सिर्फ़ जहाज़ के कामगारों, कारिन्दों को देखना और अकेले कप्तान से बातें कर पाना, ज़िन्दगी को कैसे महदूद कर देता है? मुझे भी कहाँ पता था। मैं तो नक़्शों की उलझन सुलझाने की कोशिश में जहाज़ पर आ गया हूँ।

सीख रहा हूँ। जान रहा हूँ।

नक़्शे देश बनाते हैं।

जहाज़ पर मेरा कमरा सुविधाओं से भरा है। यतीमख़ाने के उस्ताद देखें तो गश खा जाएँ। एक लकड़ी का तख़्त जिस पर मुलायम गद्दा बिछा है और उस पर रेशमी चादर। कोने में एक मेज़ रखी है और एक कुर्सी। इतनी आरामदेह कि बैठकर मैं घंटों बिना थके अपना काम कर सकूँ।

मैं ज़्यादा वक़्त कप्तान के साथ बिताता हूँ। काम ज़रूरी है।

आज कप्तान और मैंने दक्षिण चीन की समुद्री हदों पर देर तक

गुफ़्तगू की। कप्तान बहुत मज़ाहिरा फ़ितरत का है। दिन-रात ज़ोर से बोलता और हँसता है। उसका कमरा मेरे कमरे से भी ज़्यादा शानदार है। कमरे के बाहर कप्तान का कमरा अंग्रेज़ी में ख़ुदा हुआ है। उसके कमरे में चीनी मिट्टी की रकाबियों में खाना रखा रहता है जिसे वह देर तक मज़े ले-ले खाता है। वह उम्दा शराब भी पीता है। बड़े राजा का मुरीद है। देखने पर बड़े राजा का नौकर नहीं लगता। सुना रहा था कि कैसे बड़े राजा ने उसे ढूँढ़ निकाला था। सूर्य दरबार पर आने से पहले, वह एक डच जहाज़ पर नौकर था। "चाँदपुर के बड़े राजा कलकत्ते आए थे एक जलसे में शिरकत करने, उसी टाउन हॉल में नोबाब, जिसमें तुम मुझसे मिले थे। उसी में बड़े राजा के बंगाली डॉक्टर साथी की बेटी की शादी का जश्न मनाया जा रहा था। तुम यह तो समझ ही गए होगे कि वहाँ हिन्दुस्तानियों को आसानी से आने नहीं दिया जाता है। वो डॉक्टर तो इंगलिस्तान से पढ़कर आया है और कई यूरोपीय उसके मरीज़ हैं, फ़िरंगी सबसे ज़्यादा इसीलिए उसके गाढ़े सम्बन्ध कई फ़िरंगियों और डच लोगों से हैं। और इसी बिला पर वह उस टाउन हॉल का मेम्बर था। शादी के भोज तो डॉक्टर ने अपनी कोठी पर बहुत सारे किए लेकिन अपने फ़िरंगी दोस्तों को उसने अलग से टाउन हॉल में भोज दिया। ख़ालिस फ़िरंगी अन्दाज़ का। उसी भोज में एक बीमार बदहाल डच ने बड़े राजा से बहुत बेचारगी से खुसफुस आवाज़ में पेशकश की थी 'वतन लौटना चाहता हूँ, बड़ा जहाज़ है मेरा, चीन से रेशम और पोर्सिलेन के व्यापार में लगा हुआ हूँ, लेकिन ये फ़िरंगी उस पर नज़रें गड़ाए बैठे हैं। ये उससे ग़लीज़ व्यापार करना चाहते हैं...लेकिन मैं जाने कितने दिन जीऊँगा? मैं अपने क़ब्र की मिट्टी ख़राब नहीं कर सकता, सीने पर बोझ लेकर नहीं मरना चाहता, वतन लौट जाऊँगा और ख़ुदा के क़दमों में दम तोड़ दूँगा। फ़िरंगियों को बेचना नहीं चाहता जहाज़ अपना, आँख गड़ाए बैठे हैं... लेकिन...नहीं बेचना चाहता, नहीं बेचूँगा। बड़े राजा को उस डच की बातें सुन न जाने क्या हुआ, वे एकदम से उठ खड़े हुए और लाचारी से भीगे हुए आदमी को गले से लगा लिया।'

"उसी जलसे में यह तय हो गया है कि डच भाषा का 'जॉन रेचत्बंक' 'सूर्य दरबार' जहाज़ हो जाएगा जिसके मालिक अपने बड़े राजा, दिग्विजय सिंह होंगे—अब नोबाब तुम पूछोगे मैं कैसे जान पाया ये सब? तो सुनो, मैं वहीं था, दरवाज़े पर खड़ा सब देखता-सुनता हुआ। वह डच मेरा मालिक था। मैं उसके जहाज़ पर नौकर था। और फिर उस डच मालिक-कप्तान से ऐसा मिज़ाज मिला कि उस भले इनसान

ने मुझे नौकर से अपना शागिर्द बना लिया और जहाज़ को चलानेवाले जीवन-चक्र को घुमाना सिखाने लगा मुझे। बाद में उसकी तबीयत बहुत ज़्यादा ख़राब रहने की वजह से मैं अक्सर जहाज़ की बागडोर सँभाले रखता था। जहाज़ मेरी बात मानने लगा था और एक दिन मेरे कान में किसी ने जादुई ढंग से कहा था, 'अरे, तुम तो नौकर नहीं अब कप्तान हो।' और तभी से तुम्हारे जहाज़ के इस कप्तान का जन्म हो गया। सूर्य दरबार के साथ, अपने प्यारे डच मालिक के बड़े राजा को दिए दहेज़ समान, मैं भी बड़े राजा की ज़िन्दगी में शामिल हो गया।"

इतना कह कप्तान ठहाके लगाने लगा था।

है ना मज़ेदार वाक़या! वाक़ई। वाक़ई मेरे हैरत का पारावार नहीं था।

तीन महीने पहले तक मैं सोच भी नहीं सकता था कि जहाज़ की भी कोई दास्ताँ हो सकती है। एक जहाज़ की दास्ताँ। सूर्य दरबार की दास्ताँ। डच का 'जॉन रेचत्बंक' हिन्दुस्तानी ज़ुबान में बड़े राजा का 'सूर्य दरबार' हो गया और उसकी हिन्दुस्तानी कहानी शुरू हो गई।

कप्तान को जहाज़ पर सब मास्टर कहते हैं। अब मैं भी उसे मास्टर कहने लगा हूँ।

मास्टर आज नक़्शों पर मुझे झुका देख गीत गाने लगा था। कह रहा था उसके बंगाल में सारे नाविक इस गीत को गाते हैं। मेरी क़लम से खिंचती रेखाओं को देख वह रुक गया था। मैंने जब पूछा, अरे गीत क्यों रोक दिया मास्टर? तो कहने लगा था, तुम्हारा हाथ कितना साफ़ है। चाकू की तरह। काग़ज़ पर फिसलता है। कितने सुन्दर नक़्शे बना लेते हो तुम? क्या तस्वीर भी बनाते हो?

नहीं,...मैं शरमा गया था जैसे मेरी चोरी पकड़ी गई हो।

यह तो मेरी ख़्वाहिश रही थी। दिली ख़्वाहिश। मास्टर ने कैसे आज उसे समझ मुझे कुरेद दिया था।

मुझे याद आने लगा कैसे एक दिन भटकते हुए मैं लोदी कटरा मोहल्ला चला गया था। एक फ़िरंगी का पीछा करता हुआ। वह फ़िरंगी जो गिरजा में इबादत करने आया था। उसी गिरजा में जिसके पास मेरा यतीमख़ाना हुआ करता था। वह शख़्स बड़ा अजीब था। उसने देशी लोगों की तरह कपड़े पहने हुए थे और उनमें वह बहुत ख़ूबसूरत लग रहा था। मैं उसके पीछे खिंचा चला गया था।

वह जिस जगह गया था वह एक ख़्वाबगाह जैसी थी। फूलों-सी खिली हुई। खपरैल से छवाई छत पर मधुकामिनी की लतर पसरी हुई थी, जैसे मोहब्बत में कोई माशूक़ा अपने आशिक़ से लिपटी हुई हो। उस

घर के दरवाज़े काठ के थे जो खुले हुए थे। ऐसा लगता था उस दरवाज़े से अन्दर जाने पर कोई पाबन्दी नहीं थी। जैसे अन्दर किसी नई जादुई दुनिया से सामना होता हो। फ़िरंगी उसी दरवाज़े से अन्दर चला गया। मैं भी उसके पीछे-पीछे। अन्दर कमरे में लोग झुके हुए अपनी चौकियों पर तस्वीरें बना रहे थे। ऐसे झुके जैसे इबादत में लीन हों। फ़िरंगी चुपचाप जाकर अपनी जगह पर बैठ गया।

हिम्मत नहीं हुई सबकी तस्वीरों को ग़ौर से पास जाकर देख लूँ। किसी की इबादत कैसे भंग कर दूँ? उलटे पाँव लौट आया। मन में भारी कसक लिये। कितने सुन्दर रंग थे वहाँ काग़ज़ों पर फैले? कितनी सुन्दर लकीरें? क्या कभी ऐसे रंगों, ऐसी लकीरों से सजी तस्वीरें भी बना पाऊँगा मैं? यूँ ही अपनी चौकी पर सर झुकाए तल्लीन, इबादत में खोया हुआ?

मास्टर मुझे यूँ यादों में खोया देख ठठाकर हँस पड़ा था और ए नक़्शानवीस मेरा चित्र बना न...कहे जा रहा था।

उसकी बात सुन मेरा जी धक से रह गया।

कसक आज़ाद होने को उतारू हो गई।

लौटूँगा तो जाऊँगा उस ख़्वाबगाह में एक बार वहाँ के उस्ताद से भी शागिर्दी की दरख़्वास्त करने। फिर एक दिन एक ऐसी तस्वीर बनाऊँगा जिसे दुनिया में आनेवाली नस्लें ज़रूर याद रखेंगी। कुछ ज़्यादा शेखी वाली बात कर दी मैंने शायद...लेकिन...इसे शेखी न कहकर हौसला समझा जाए। समन्दर सबको ऐसा ही हौसलामन्द बना देता है।

मास्टर मुझे ख़यालों में छोड़, दोबारा समन्दर को देख गाने लगा था—*ए मेरी रानी मैं आऊँगा लौटकर तेरे ही पास/तू इन्तज़ार करना मेरा। पानी की लहरों पर नाव मेरी अब पार लगने ही वाली है। ए मेरी रानी।*

यह दर्ज करते वक़्त मन भारी हो रहा है। मास्टर की आवाज़ में कैसी तड़प थी। जहाज़ से ऊपर की ओर नज़र घुमाता हूँ तो देखता हूँ, आसमान का सबसे चमकता सितारा अपनी जगह ले चुका है।

क़लम अब रुक जाओ।

अब सोने का वक़्त।

**फ़. अ. ख़ान**

## चाँदपुर

सुमेर सिंह को बहुत काम सुपुर्द नहीं किए थे बड़े राजा ने। सुमेर की राज-काज के कामों में कोई दिलचस्पी नहीं थी। बड़े राजा समझते थे। सुमेर सिंह को लगान वसूल करना बहुत मुश्किल लगता था। इसीलिए बड़े राजा ने उन्हें सूर्य दरबार से जुड़े काम और इलाक़े में नई इमारतें, कुएँ और सराय बनवाने की ज़िम्मेदारी सौंपी थी।

अपने सारे कामकाज, सुमेर सिंह बाहरी दालान से जुड़े लकड़ी से बने कमरे में करते थे। वहाँ शाह बलूत की लकड़ी से बना एक बड़ा टेबुल था, जिसके ऊपर हरे शनील का कपड़ा मढ़ा हुआ था और उसमें हलकी पच्चीकारी की गई थी। वह टेबुल कलकत्ते से आया था। बड़े राजा ने उसे एक ख़ास फ़्रांसीसी व्यापारी से मँगवाया था फ़्रांस से। बड़े राजा कलकत्ते जाते थे अक्सर तब सुना करते थे कि फ़्रांस बेहतरीन और बारीक़ चीज़ें बनानेवाला देश है और बेहतरीन चीज़ों से प्यार करना फ़्रांसीसियों की सिफ़त है। कई फ़्रांसीसी व्यापारियों से यारी भी हो गई थी।

वे सुमेर के बचपने से ही सोचा करते थे कि सुमेर को फ़्रांस भेजेंगे जिससे सुमेर आधुनिक हुनर और गोरों के सलीक़े सीख, गोरों जैसे चुस्त हो जाएँगे। बड़े राजा की ख़ुद अपनी, विदेश जाने की हसरत पूरी होती हुई दिख नहीं रही थी अब इस जनम में। क्योंकि हर बार कलकत्ता से वापस लौटने पर पार्वती देवी उन्हें गोरों के साथ उठने-बैठने की सज़ा देती थीं। वे न सिर्फ़ उन्हें गंगाजल से स्नान करवाती थीं बल्कि शुद्धिकरण के सारे दस्तूरों पर अमल करवा डालती थीं जिसमें व्रत, उपवास और ठाकुर पूजा सब शामिल था। पहले के मुक़ाबले बड़े राजा भी सब बातें चुपचाप मानने लगे थे आजकल। वे गोरों और अपने लोगों के बीच की खाई को महसूस करने लगे थे और ठीक से 'हिन्दुस्तानी कि फ़िरंगी कौन बेहतर है' के नतीजे पर नहीं पहुँच पा रहे थे। उन्हें गोरों का साहसिक होना खींचता था। लेकिन सच तो अब नज़र आने लगा था कि कैसे धीरे-धीरे, गोरों की वही साहसिकता बड़े राजा के लिए नासूर बनती जा रही थी। गोरे अपनी साहसिकता अब उन पर ही आज़माने लगे थे। उनके इलाक़ों में घुसकर ज़ुल्म ढाने लगे थे और उनकी ज़मीनें हथियाने लगे थे।

इस तरह क्या होना चाहिए और क्या नहीं के बीच झूलते बड़े राजा, आजकल त्रिशंकु होकर रह गए थे।

तिस पर सुमेर सिंह का भोलापन!

अजीब ही था। बड़े राजा जितना चाहते कि सुमेर का भोलापन कहीं दूर चला जाए उतना ही वो लौट-लौट आता था। एक कभी ख़त्म न होनेवाले आशीर्वाद की तरह फलता और फूलता था। सुमेर सिंह अलबत्ता, बड़े राजा की इन चिन्ताओं से अनजान रहता था।

जब बचपन में शिकार खेलने जाता था और फ़ाख़्ताओं का शिकार करना सीख रहा था तो नहीं जानता था कि ख़्वाबों की तामीर के लिए सिर्फ़ ख़्वाबों के संग कुछ घटनाओं का, कुछ तक़दीर का साथ होना ही ज़रूरी नहीं होता है, उसे बरक़रार रखने के लिए इनसान को हर वक़्त जूझना भी पड़ता है। एक बार शिकार का पीछा करते-करते खेतों में चला गया था सुमेर। घोड़े की थाप की आवाज़ पर बड़े राजा के खेतों में काम करनेवाला एक जाहिल किसान घबरा के उठ खड़ा हुआ था और हाथ जोड़कर मिनमिनाते हुए सुमेर से कहा था उसने, "केतना जुलुम होई बबुआ हमनीसन पर? का कुच्छो न बुझाला तोहरा सब के? देखो हो बाबू, खेत उसठ हो गइल सब...लोग कहेला कि कौनो फ़िरंगी हई जे मंतर फूँकलेए बा...तालेए ई चिड़िया कुली के मार के, का होई? मार दअ बाबू फ़िरंगी सब के मार दअ नाआ अब ई राछस सब के नासस करअ। नाही तो...के बाक़ी रही? न तू ना हम! सबही के एक दिन ख़तम होखे के लिखल बा...।"

पूरा सुना और आधा समझा था सुमेर ने इन बातों को। और बचपन में सुनी हुई यह बात दिल के कोने में एक डर की धमक जैसी बैठी और ताज़िन्दगी बैठी रही। कभी कोई उस बीती बात को कुरेदता तो दिल बेतहाशा लोटने लगता सुमेर सिंह का धरती और आकाश पर। बारी-बारी और एक साथ। इतना कि प्राण निकल जाएँ जैसे। साँस बन्द, आस बन्द। सब गुम हो जाए जैसे।

कभी-कभी अकेले में हरिया को अपने पास पाकर, राजा बाबू के मुँह से निकलता था, "फ़ाख़्ता की तरह कोई परिन्दा है क्या फ़िरंगी जो उस दिन उस किसान ने वह बात कही हमसे?"

इस पर हरिया अपने ज़र्द चेहरे से थकन मिटाता हुआ कहता, "हाँ बाबू, परिन्दा ही तो है, दूर देश से आया है, और जैसा सब कहते हैं न वैसा ही करना है आपको। आप ही को उसे मार गिराना है। जैसे फ़ाख़्ता को मार गिराते हैं।"

राजा बाबू को खुली आँखों से सपना दिखता फिर फ़ाख़्ता के बदले फ़िरंगी दिखलाई पड़ता जो उनकी बन्दूक की गोली से धराशायी हो ज़मीन पर पड़ा तड़प रहा होता था लेकिन तभी राजा बाबू की इस दुनिया में ढेर सारे बादल आ जाते,

उन पर एक राक्षसी आवाज़ तारी हो जाती। राक्षस ज़ोर से अट्टहास करता हुआ अपना मुँह खोलकर उन्हें निगलने की कोशिश करता और राजा बाबू सोचते ही रह जाते, अरे!...अभी तो यह फ़िरंगी फ़ाख़्ता था और अब यह एकदम से राक्षस कैसे लगने लगा है? यही चिन्ता करते-करते वक़्त गुज़र जाता। मन के मीत चौकड़ी जमाए मिलते, *आओ सुमेर शतरंज खेलें। सब मुझे हराने की साज़िश है क्या? नहीं सुमेर, तुम तो हमारे मीत हो। हमारे साथ खेलते वक़्त तो तुम हमेशा ही जीतते हो... आओ आओ ना।* और सुमेर खेल में शामिल हो जाता।

उस दिन शिकार से लौटने पर अम्मा मिली थीं ज़नानख़ाने में सुस्तातीं। उनके कान में नाउन कुछ फुसफुसा रही थी। राजा बाबू को सिर्फ़ सुनाई दिया।..."मालकिन फ़िरंगी सब अब इसी देश में ही रहेगा...लौटेगा नहीं अपने देश...टोला के लोग कह रहे थे, अब वही सबका मालिक बनेगा।" यह कहते हुए वह सुबकने लगी थी। मालकिन को उसका रोना, पगले सियारों का अपशकुनी हुआँ...हुआँ लगा। वे थरथरा गईं।

"चुप नान जात...! क्या कहती है? मालिक कोई और क्यों होगा? मालिक हमारे बबुआ जी होंगे...कुछ ही दिनों की बात है। फ़िरंगी-उरंगी की नौटंकी ज़्यादा दिन नहीं चलेगी। देख लेना। जल्दी ही सब पुराने जैसा हो जाएगा।"

यह सुन नाउन अपने आँचल से आँसू पोंछ, दोबारा बड़े मनोयोग से मालकिन के पैर दबाने लगी थी। और सुमेर चुपचाप जाकर माँ के पल्लू में अपना सर छिपाकर सुकून से भर सोचने लगा था, राक्षसी होगा तो होगा फ़िरंगी, लेकिन माँ के आँचल के नीचे तो सुमेर मालिक भी है और माँ का दुलारा बबुआ भी। उससे यहाँ क्या डर? एक दिन भाग जाएगा ख़ुद ही फ़िरंगी। भला पराए देश में कोई कैसे इतने दिन रह सकता है? और जब भाग ही जाएगा तो फिर उसे मारने-वारने की सब बातें अपने आप फ़ुज़ूल हो जाएँगी। सुमेर को कोई तंग नहीं करेगा फिर यह कहता, 'इसे मारो, उसे मारो।...फ़िरंगी को मारो।'

बड़े होने के बाद भी यह बात बहुत बार सताती थी सुमेर को। क्योंकि फ़िरंगी परिन्दे की तरह उड़कर अपने पुराने ठिकाने की ओर लौटा नहीं कभी। यहीं, इसी मिट्टी में, अपना नया ठिकाना बना लिया उसने। जिस मिट्टी में सुमेर के बचपन के दिनों का कुबोल बोलनेवाला जाहिल किसान मरकर मिट्टी बन चुका था।

## कलकत्ता, 1843

बड़े राजा की तबीयत इधर कुछ नासाज़ रहने लगी थी। आजकल बोलते-बोलते उनका दम फूलने लगा था। चलते-चलते वे हाँफने लगे थे। शिकार भी बन्द था। घोड़े पर बैठते ही लगता था बेहोश हो जाएँगे। साँस आनी बन्द हो जाती थी घोड़े पर ऊपर-नीचे करते। कलकत्ता जाकर अपने डॉक्टर साथी को दिखा भी आए थे। उसने कहा था, "दमा है। चिन्ता-फ़िक्र छोड़ दीजिए और आराम किया कीजिए। अगर आप जैसे राजा लोग भी फ़िक्र करने लगे तो हुगली पर उतरनेवाला मज़दूर क्या करेगा? जाइए कुछ मौज-मज़ा कीजिए। नाच-गाना देख आइए। कलकत्ता की बाई जी जैसी बाई जी कहीं नहीं। ऐसा दादरा-ठुमरी बनारस में भी मुश्किल से मिलेगा। जाइए एक बार सुनके आइए। और यह भी मन को न भाये तो, सब कुछ छोड़ रेलगाड़ी देख आइए। जी रेलगाड़ी...एक्सप्रेस नाम की रेलगाड़ी, जो छुकछुक चलती है। ठीक वैसी जैसी इंगलिस्तान में चलती है। फ़िरंगी कितना अद्‌भुत प्राणी है! कितना तरक़्क़ीपसन्द! बताइए यहाँ आया और यहाँ भी रेल डाल दी। सुना है और बहुत सारी डालेगा। फिर क्या उत्तर क्या दक्षिण, क्या जहाज़ का सफ़र! पूरी दुनिया ही बदल जाएगी।"

बंगाली डॉक्टर कितना ख़ुश था फ़िरंगियों की तरक़्क़ी की बात कर। इतनी तसल्ली थी उसके मिज़ाज में कि यह फ़िरंगी जो आया है इस देश पर क़ब्ज़ा जमाने, वह अब इस देश को भी इंगलिस्तान बनाकर रहेगा। उसे दिखाई ही नहीं देता था कि जिस चिन्ता-फ़िक्र को छोड़ने का सुझाव वह बड़े राजा को दे रहा है, वह तो उन्हीं फ़िरंगियों ने पैदा की थी।

डॉक्टर को कुछ पता ही नहीं था। या वह पता करना ही नहीं चाहता था कि चाँदपुर जैसी रियासत के गाँवों का आजकल क्या हाल हो रहा है? चाँदपुर जैसी रियासतों के जंगलों तक को नहीं छोड़ा फ़िरंगियों ने। जिस रेल की यह डॉक्टर बात कर रहा है उसमें बैठने की कुर्सियों और बिस्तरों के तख़्तों के लिए फ़िरंगी काट रहे हैं जंगल। उनके ही जंगल। और तो और, गाँव में निचली जात वालों को भड़काकर, लठैती करवा-करवा कर उनके बरसों से चले आ रहे समाज को नष्ट कर रहे हैं फ़िरंगी! वे भी दबी ज़ुबाँ से अपने हिस्से की बात करने लगे हैं। कानपुर के कर्नल ब्रूस ने हम जैसे लोगों को दबाने के लिए मेहतरों से बना एक पुलिस महकमा ही खड़ा कर दिया है! कैसा युग आ गया है? ख़ुद तो रियासतों से सब

छीनने की मुहिम पर है फ़िरंगी और हमें कहता है कि हम क़ायदे में नहीं रहते और वह क़ायदा, उसका बनाया क़ायदा है।

मालकिन कहती हैं उत्साह से, "यही कलयुग है, देखिए ना यह इस किताब में लिखा है।" वह एक लाल जिल्द वाली किताब खोलकर वह पन्ना दिखलाती हैं, जिसमें कहा गया है कि 'अब धरती के उलट-पलट होने का समय आ पहुँचा है। इसीलिए अब हम लोगों को यदि अपने आप को बचाना है तो अपने धर्म की रक्षा करनी होगी।' बड़े राजा न चाहते हुए भी किताब पर नज़र फिरा लेते हैं। एक समय था जब मालकिन की ऐसी बातों पर क्रोधित हो जाते थे लेकिन अब जबसे सब कुछ खोने का डर समा गया है भीतर कहीं, तबसे मालकिन के साथ बैठकर धर्म-कर्म पर भी बातचीत करने लगे हैं अब अक्सर। मालकिन ख़ुश रहती हैं। मालकिन चाँदपुर और आसपास में रहनेवाले ब्राह्मण देवताओं से कहती हैं, "धर्म की रक्षा के रास्ते पर अब बड़े राजा चल पड़े हैं। अब डरने की कोई बात नहीं। फ़िरंगियों की जात-धर्म भ्रष्ट करने की कोशिश बेजा जाएगी। बड़े राजा के साथ-साथ अब सभी राजा चौकस हो रहे हैं। धर्म बचकर रहेगा।"

बड़े राजा मालकिन के साथ अपने को इस तरह मिलजुल कर दिखलाई पड़ने पर, अपने से निराश हो जाते, सर झुका लेते और गढ़ी से बाहर हो लेते। इस तरह की धर्म और अधर्म की बातों से क्या वास्ता था उनका? ये सब घर की औरतों और ब्राह्मणों की ज़िम्मेदारी थी...लेकिन अब उन्हें यह भी बर्दाश्त करना पड़ रहा है।

डॉक्टर की बात सुन बड़े राजा उसके बारे में भी तप्त हो सोचने लगे—कुछ लोग सिर्फ़ अपने बारे में सोच कितने निष्फ़िक्र रहते हैं। कितने ख़ुश, मानो चारों ओर ख़ुशी का बाजा बज रहा हो। बाजा तो बड़े राजा के कानों में भी बज रहा था। लेकिन वह शुभमंगल की शहनाई नहीं थी, वह तो युद्ध का आह्वान करता बिगुल था। ओह! कैसे ज़ेहनी उलझाव का समय आ गया है कि एक ही जगह पर बैठे दो लोगों को अलग-अलग संगीत सुनाई दे रहा था?

आज इसी डॉक्टर से दवा कराने आए हैं वे। फ़िरंगियों के देश में पढ़े डॉक्टर से! क्या फ़िरंगी में कोई बात नहीं? कुछ तो बात होगी ही जो देश-विदेश और दुनिया पर वह अपना राज क़ायम कर रहा है। वे जो कह रहे हैं डॉक्टर को सोचना चाहिए तो सोचना किसके लिए चाहिए डॉक्टर को? वे ख़ुद किसके लिए सोचते आए हैं अब तक? क्या दिल्ली है उनकी फ़िक्र में? क्या दिल्ली का बादशाह...? क्या गाँव के लोग? नहीं-नहीं कोई नहीं है, इस वक़्त उनकी फ़िक्र के दायरे में। कोई भी नहीं! उन्हें फ़िक्र है तो सिर्फ़ अपने प्यारे चाँदपुर की। चाँदपुर... उनकी सत्ता का गढ़, उनकी पगड़ी...उनकी शान। वे उसे पीढ़ी-दर-पीढ़ी बचाना

चाहते हैं...सौंपना चाहते हैं बतौर विरासत ख़ानदान की आनेवाली सन्तानों को।

सबसे पहले सुमेर सिंह को।

उसके बाद उसकी सन्तानों को।

फिर वे इस बंगाली डॉक्टर पर ख़ुदग़र्ज़ होने का इलज़ाम कैसे लगा रहे हैं? उसे ग़लत कैसे कह रहे हैं? उफ़ कैसी दुनिया हो गई है? ग़लत-सही के फ़लसफ़े ही बदल गए हैं! लेकिन फिर भी उन्हें इस नए की फ़िराक़ में अपने पुराने को नहीं खोना है। ज़रूरी हुआ तो मय दमे के वे युद्ध के मैदान में कूद पड़ेंगे...बाबूजी के साथ...बाबू कुँवर सिंह के साथ। अठहत्तर बरस के बाबूजी। कितनी हिम्मत है उनमें, तो क्या बड़े राजा उतनी हिम्मत नहीं कर सकते? आह...ज़िन्दा रहें बाबूजी... शतायु हों। जब चारों ओर बात चल निकली है तो बात पूरी भी होगी। फ़िरंगियों को अपने इलाक़े से उखाड़ फेंकेंगे हम। रियासतें फिर फलेंगी-फूलेंगी। दिल्ली में एक मज़बूत बादशाह होगा, ठीक पहले की तरह! काश कि सुमेर भी उनका साथ देते और चाँदपुर की मर्दाना तरीक़े से फ़िक्र करते। फिर किसकी मज़ाल होती कि चाँदपुर की ओर आँख उठाकर भी देखता?

**रोज़नामचा**

### कार्तिक की हड्डी गलानेवाली सुबह में चीन

लंगर डल गया है। हम चीन के बन्दरगाह में हैं। यहीं से चीन की धरती की सीमा शुरू हो जाती है। यहाँ पर जहाज़ को छोड़कर हमें आगे जाना है। मास्टर ने मुझे धीरे से जहाज़ पर से माल उतरने पर देख लेने को कहा है।

वह मेरे कमरे तक चला आया था। मुझे लिखता देख कहने लगा था, अब बन्द करो नोबाब बन्द करो। अब तुम तो यहीं रहोगे, लिखते रहना। और तुम मास्टर? क्या तुम नहीं रहोगे मेरे साथ? मुझे हैरत हुई थी।

हमेशा की तरह उसने ठहाका लगाया था और कहा था, हा हा हा...रहूँगा यहीं रहूँगा। मसरूफ़ रहूँगा। कभी जहाज़ के रख-रखाव में, कभी व्यापारियों से माल-टाल बेचने की बात करने में। इधर-उधर जाने में। पुराने लोगों से

मिलने में। लेकिन चिन्ता मत करो तुम्हें अकेला नहीं छोड़ूँगा।

मैं चुप रहा था।

मुझे तो अभी सब देखना और सीखना है। पराए देश में मास्टर ही मेरा उस्ताद है। वह जो कहेगा मुझे करना ही होगा। हालाँकि शहरे-केंटन का नक़्शा मेरे सामने पसरा है और मैं उसमें अपनी क़लम से उसमें पहचान के निशान बना रहा हूँ।

**फ़. अ. ख़ान**

## पटना, फ़रवरी, 2001

ली-ना ने समर्थ लाल की लाइब्रेरी में घूमते हुए नयेपन में कुछ पुराने की ख़ुशबू महसूस की। नई किताबों के बीच झाँकती कुछ सीपी या पन्नों की किताबें। कुछ हाथों के बीच आकर टूट जाने की हद तक नाज़ुक हो चुके पन्ने। वहीं दीवारों पर टँगी तस्वीरें। ली-ना जैसे मंत्रबिद्ध हो उन्हें देख रही है। एक-एक तस्वीर को रुक-रुककर...ठहर-ठहर। 1840, 1855, 1830, 1843, 1860...

उसे मछली बेचनेवाला बहुत भाता है। उसकी आँखें...अद्‌भुत आँखें हैं। लेकिन सभी तस्वीरों की तरह एक चीज़ इसमें भी गड़बड़ है। दरअसल चित्रकारों के नाम नहीं हैं कहीं भी। जैसे ही समर्थ लाल वहाँ आते हैं वह विचलित हो इस कमी का ज़िक्र करती है। समर्थ लाल हँसकर कहते हैं, "वह ज़माना और था ली-ना। कहाँ किसी को इस बात की फ़िक्र होती थी कि उसके बनाए चित्रों का उसके इस दुनिया से चले जाने के बाद क्या होगा? कुछ कलाकार कला की साधना में ख़र्च हो जाते थे तो कुछ अपने हुनर को पहचान ही नहीं पाते थे।"

"ना...ना," अविश्वास से ली-ना सर हिलाती है, "ये कैसे हो सकता है?"

ली-ना समझती है कि दोनों देशों की परम्पराएँ अलग-अलग हैं। कला को लेकर भी दोनों के नज़रिये अलग-अलग हैं। फिर भी समझ नहीं पाती है कि कैसी दुर्दशा के दिन देखे हैं पटना क़लम ने अठारह सौ साठ के बाद? यह सवाल कोई क्यों नहीं उठाता है कि उस दौर की सारी तस्वीरें कहाँ चली गई हैं? और यदि

बची हैं तो कौन था वह जिसने जमाकर सहेजा है इन नायाब तस्वीरों को? अपने शोध के दौरान उसने जिस मुसव्विरख़ाना के रंगसाजों की तस्वीरों को देखा था, उससे अन्दाज़ा लगता था कि वह जगह अपने आप में अनूठी थी! फिर उस ज़माने का वह शानदार मुसव्विरख़ाना आज ढूँढ़े से क्यों नहीं मिलता? उसकी इमारत तो दूर की बात है ढूँढ़े से उसकी टूटी-फूटी दीवार तक नहीं मिलती कहीं। कितनी बार कहा ली-ना ने समर्थ लाल को, "चलिए सर, कुछ तो मिलेगा? ढूँढ़ने चलते हैं।"

वे नहीं समझा पाते हैं इस भोली चीनी लड़की को, उसकी ज़िद को बहला नहीं पाते हैं। कोशिश करते हैं और प्यार से बस कह देते हैं, "क्यों नाहक ज़िद करती हो? तीन से चार पीढ़ियों पहले के पते तक ख़ाक में मिल गए। सारी पुरानी ख़ानदानी इमारतें नेस्तनाबूद हो गईं। फिर मुसव्विरख़ाना की क्या बिसात? उसका रखवाला कौन होता?"

"उस ज़माने के अज़ीम मुसव्विरख़ाना की गलियों में अब सीमेंट और कंक्रीट के ढेर हैं। गन्दी नालियाँ हैं। फ़र्ज़ी पढ़ाई कराते स्कूल हैं। स्कूटर की चें-पें है। गालियाँ हैं। शोर है। निराशा है और उम्मीद की नकली तस्वीरें हैं। क्या करोगी वहाँ जाकर बच्ची?"

संगीता भूजा बना लाई है, नाश्ते के लिए। चना, मुरमुरा, चावल और मकई के दानों में कच्चा सरसों तेल, प्याज़, हरी मिर्च और नमक मिलाकर बना चटपटा नाश्ता। साथ में गरमागरम चाय। उनींदी धूप शाम में ढलती हुई, एक सीली हवा बहती हुई और इसके दरमियान चटपटी-सी चुहलबाज़ी करती हुई संगीता।

सबकी संगीता!

बातचीत का सिलसिला बीच में रुक गया।

"मैं चाय पीऊँगी इंडियन स्टाइल की, जैसी आप लोग पी रहे हैं।" ली-ना ने कहा।

संगीता हँस पड़ी। "बहुत ख़ूब। क्या हिन्दुस्तानी रंग चढ़ा है।"

हाँ। ली-ना ने मन-ही-मन कहा, उन्हीं रंगों को तो ढूँढ़ने आई हूँ। वे जो मेरे भी वजूद का हिस्सा हैं। देशों और सरहदों के परे जाकर। प्यारी माँ जो तिअनामन स्क्वायर जाने से पहले कहती रही 'जो मेरा है वह मेरी जाति कहाँ? वही तो सबका है। वही जाति, वही सियासी। वही सच। हम सबका सच। हमारी गढ़न का सच। इसीलिए ज़रूरी है तिअनामन पर जाकर हक़ों के लिए आवाज़ उठाते साथियों का साथ देना। और ऐसा हर उस देश में करना, जहाँ आवाज़ों को घोंटकर मार दिया जाता है।' ली-ना माँ से नहीं पूछ पाई बाद में, माँ, क्या तुम्हें पता था कि तुम टैंक के पहिये के नीचे रौंद दी जाओगी? फिर भी तुम गईं आवाज़ उठाने? ली-ना जानती है उसकी माँ कहती, 'आवाज़ उठाने पर ख़तरे तो नज़दीक आएँगे ही मेरी बच्ची।'

इसीलिए तो चली आई ली-ना, यहाँ, इतनी मुश्किलात के बाद भी। हक़ की कुछ बातों को ढूँढ़ने, कुछ लिखने, कुछ बोलने।

"बहुत बहादुर हो तुम ली-ना," संगीता उसे दूध और चीनी वाली इंडियन चाय का कप पकड़ाते हुए कहती है, "अपनी माँ की बातों को साकार करती दिखती हो, धुन की पक्की लड़की। आवाज़ उठाना निहायत ज़रूरी है।"

ली-ना के दिल में हुड़क उठी अरे...मैं भी तो अभी यही सोच रही थी! यही तो माँ की भी भाषा थी! एक-सी भाषा। दुनिया में सारे माँ जैसे लोग एक-से ही विचार रखते हैं। सब तैयार रहते हैं तोड़नेवाली ताक़तों का सामना करने को। फिर चाहे अंजाम कुछ भी हो। यह माँ के सिखाए बोलों के मुताबिक़ बात हुई। यह तो मन के मुताबिक़ बात हुई। इस सच को जान-पहचानकर उसके अन्दर आशा के साथ आत्मविश्वास का दिया जगमगाने लगा।

उसने संगीता का हाथ प्यार से अपनी मुट्ठियों में भींच लिया और चिड़िया माँओं की गरमाहट को महसूस किया। समर्थ लाल इस बीच चुपचाप दीवार पर लगाई उन्हीं तस्वीरों को ग़ौर से देखने लगे थे जिन्हें देखते हुए ली-ना उनसे उन्नीसवीं सदी के उस मुसव्विरख़ाने को देखने की ज़िद करने लगी थी, जिससे उसका पीढ़ियों पुराना नाता था और जिस नाते की खोज में वह यहाँ चली आई थी।

"सर?"

"हम्मम...!"

"ली, तुम कुछ भी नहीं पाओगी वहाँ। मान जाओ मेरी बात। इन तस्वीरों को देख रही हो न? ये उस दौर की बनी तस्वीरों का एक छटाँक भर का हिस्सा होगा बस। इनके अलावा कुछ तस्वीरें मेरे छत की बरसाती में रखी हैं। कुछ होंगी किसी प्राइवेट कलेक्टर के पास। कुछ दिल्ली या इंग्लैंड में और कुछ पटना म्यूज़ियम में, कुछ पटना ख़ुदाबख़्श लाइब्रेरी में और कुछ आर्ट कॉलेज में हैं। ले चलूँगा बारी-बारी से हर जगह, देखकर तसल्ली कर लेना।"

अचानक सीली हवा में और गीलापन छा गया जिसे संगीता ने सबसे ज़्यादा महसूस किया। उसने जाकर एयर कंडीशनर का बटन ऑन कर दिया। कुछ आनेवाली बातचीत का अन्देशा हो गया था उसे।

"मैंने ली, अपने बचपन में, पिता से उन अज़ीम गलियों की कुछ कहानियाँ सुनी थीं। वे मुझे कभी नहीं बताते थे उन गलियों में रहनेवालों का पता। कभी नहीं ले जाते थे उन गलियों में। पिता कहते थे रोज़ी-रोटी पहले है, फिर कला। कला किसी को रोज़ी-रोटी नहीं देती। तुम पढ़ाई-लिखाई में मन लगाओ फिर ऊँची नौकरी करो। पिता अपने नज़रिए को लेकर बेहद सख़्त थे। ग़ुस्से में पिता ने ये तस्वीरें किराये पर किसी गोदाम में रखवा दी थीं एक दिन।"

इतना बोलते ही गला भर आया और आँसू के क़तरे को कोरों में टँगे रहने दिया समर्थ लाल ने। उनका दुख अलग क़िस्म का था और वे अमूमन उसे किसी से बाँटते नहीं थे। वो तो ली-ना की ज़िद ने कुछ निहायत निजी बातों को आज खोल दिया। वरना तो सिर्फ़ संगीता ही जानती थी सब कुछ।

अपने दुख को अलफ़ाज़ न देने की ज़िद भी उनके चुप्पा स्वभाव का कारण थी। उन्होंने अपने आपको समेट लिया था। इज़्ज़तदार नफ़ासत के खोल में। फ़िलहाल ली-ना जिस मक़सद से उन तक आई है, उसे पूरा करने में उसकी मदद करनी होगी। अपने दुखों को तो फिर कभी याद किया जाएगा। और सच पूछो तो याद करने की ज़रूरत ही क्या है? वे दुख तो उनकी मज्जा का हिस्सा हैं। कहाँ कभी अलग हो पाते हैं उनसे?

ली-ना ने तो अभी सारी तस्वीरें नहीं देखी हैं।

कुछ दिनों बाद इसे म्यूज़ियम, लाइब्रेरी और आर्ट कॉलेज ले जाना होगा। फिर बरसाती में एहतियात से बाँधकर रखी गई तस्वीरें भी एक-एक कर दिखानी होंगी। जो समय की मार से बच गई हैं बस उन्हें ही तो देख पाएगी यह लड़की। बाक़ी जो खो गईं और बर्बाद हो गई हैं, कहीं उनमें हो इसकी आस की तस्वीर तो लड़की को टूटे हुए दिल से लौट जाना होगा अपने वतन।

ख़ाली हाथ!

हम सबकी नियति। जीवन की गति। अन्तिम परिचय। ख़ाली हाथ।

इसीलिए पीढ़ियों पर यह ज़िम्मेदारी डाली गई है कि वे अपनी विरासतों को सँभालकर रखें।

वरना गुम हो जाएगा इतिहास, उसकी सीखें, अच्छे-बुरे की पहचान।

कैसे बताएँ समर्थ लाल इस लड़की को उन्हें कैसा लगता है यह सब सोच-सोचकर। कैसे उनका कलेजा छलनी होता है एक आत्मकेन्द्रित समाज में रहते हुए? जहाँ सब अपने मोह में ही ज़िन्दगी काट देते हैं। जहाँ प्यार से अधिक मूल्य, मोह का है।

एक वह वक़्त था जब शंकर लाल जैसे लोग हुआ करते थे।

शंकर लाल जैसे उस्ताद।

शंकर लाल जैसे पितामह के पिता।

उनके पूर्वज।

कितना बड़ा दिल था उनका!

पिता तो शंकर लाल के ही वंशज थे। फिर पिता क्यों न हुए अपने पूर्वज जैसे?

## रोज़नामचा

**कार्तिक की सर्द चीनी सुबह, 1843**
**बन्दरगाह के पास का एक गाँव**

जहाज़ से उतरने के बाद मैंने इस नई दुनिया को ऐसे देखा, जैसे एक नया पैदा बच्चा अपनी आँखों को खोल पहली बार दुनिया देखता है। उसके रंग देखता है। उसकी आवाज़ें सुनता है।

कैसी जगह है ये? यहाँ के लोग कैसे हैं? पीले गंदुमी। नाज़ुक। मिची आँखों वाले। मास्टर ने मुझे एक गाँववाले के घर पर बैठा दिया था। घर का मालिक, वह गाँववाला मुझे देख मुस्कुराता रहा। दाँतों के बीच अपने होंठ भींच-भींचकर। मास्टर यहाँ के अधिकारियों को काग़ज़-पत्तर दिखा रहा है। मास्टर को मैन्डरिन आती है। मास्टर को केंटन की ज़बान भी आती है। उसने मुझे मैन्डरिन और केंटन की ज़बान में बातचीत करने लायक़ हर्फ़ जहाज़ पर सिखा दिए हैं। मैं अब टूटे-फूटे बोल, बोल लेता हूँ। थोड़ा कुछ लिख-पढ़ भी लेता हूँ। यह बड़ा अच्छा हुआ है। मास्टर ने गाँववाले से केंटन की ज़बान में कह दिया था—यह यहीं बैठेगा और लिखेगा इसे जगह दे दो, खिला-पिला दो।

फिर वह हमेशा की तरह हँसा और झुककर घर के मालिक को कोर्निश कर हाथ जोड़कर सलाम करने लगा। चीनी ने भी ऐसा ही किया। चीनी के चेहरे पर मेरे लिए मादरी मोहब्बत है। मैं हैरान हूँ। मैं तो इसे नहीं जानता। फिर यह मुझसे मोहब्बत कैसे कर सकता है? फिर उसने मुझे इशारों में बताया...आता हूँ तुम्हारे लिए कुछ खाने को लेकर।

अपनी ख़ातिर तवज्जो से यह तो मेरा दिल जीत रहा है! क्या सारे चीनी ऐसे ही होते हैं? इतनी ही मोहब्बत से भरे?

मैं अपने आसपास नज़र दौड़ाता हूँ। चारों ओर ख़ूब हरियाली है। क़िस्म-क़िस्म के फूल भी खिले हैं। लोगों के कपड़े अपने देश के लोगों के कपड़ों से एकदम अलग हैं। उन्होंने सर पर बाँस की खपच्चियों से बनी टोपी पहनी हुई है। वे छोटे क़द के दुबले-पतले और चुस्त हैं। दौड़कर काम कर रहे हैं।

मैं मास्टर का इन्तज़ार कर रहा हूँ।

**फ़. अ. ख़ान**

**रोज़नामचा**

**चीनी बन्दरगाह के पास के गाँव में कार्तिक की रात, 1843**

मुझे झपकी आ गई थी लगता है। पन्ने पर ही सर रखकर सो गया था।

मास्टर ने आकर जगाया और हमने खाना खाया। बतख़ का गोश्त और कुछ चावल। साथ में कुछ हरी फली और किसी क़िस्म का साग। अलग तो था खाना मगर बुरा नहीं था। खा लूँगा आगे भी जी लूँगा यही सब खाकर।

मास्टर ने कहा है कि हमें नाव से कल सुबह केंटन जाना होगा। असल व्यापार का गढ़ वही है। सारे आयात घर, चुंगी घर सब वहीं हैं।

मास्टर ने मुझे बताया, "नोबाब, तुम देखोगे तो दंग रह जाओगे। डच, फ्रांसीसी और फ़िरंगी सबने वहाँ अपनी इमारतें खड़ी कर ली हैं। मोतिया नदी पर बसा शमियन (केंटन का इलाक़ा) इमारतों से भरा हुआ है। चीनियों का शीकू क़िला भी है। हा-हा-हा...जाओगे तो देखोगे ही। तुम्हें तो पता ही है, बहुत लड़ाई हुई है अभी हाल ही में वहाँ...लेकिन कहते हैं समझौते के बाद हालात बेहतर हैं, इसीलिए डर की कोई बात नहीं। तुम सुकून से सो जाओ। और सोने से पहले एक ख़त ज़रूर लिख देना बड़े राजा को अपनी ख़ैरियत बताते। यहाँ अभी बहुत सारे कम्पनी बहादुर के बड़े जहाज़ लंगर डाले हुए हैं, जो जल्द देश लौटेंगे। उन्हीं जहाज़ों में से किसी एक नौकर के साथ चला जाएगा ख़त। ऐसे ही कभी वे भेजते हैं ख़त कभी उनकी मदद से हम। और हाँ, कल सुबह पहले हमें नान्हाई मन्दिर भी जाना है। बहुत सुबह। इसीलिए बेहतर होगा कि तुम अब ठीक से आराम करो। वैसे भी इतने दिन पानी पर रहने के बाद ज़मीन पर होना आसान नहीं। कुछ दिन लगेंगे।"

नान्हाई?

यह सच है रास्ते में मास्टर मुझे चीन की बहुत सारी बातें बताता

हुआ लाया है लेकिन यह नाम मैं पहली बार सुन रहा था।

मेरी उत्सुकता बढ़ती जाती थी, मैंने पूछा, "नान्हाई क्या?"

"अरे नोबाब, सब अभी जान लोगे क्या?" मास्टर जाने को हुआ फिर मेरे चेहरे पर की मायूसी देख ठहर गया और बताने लगा, "नान्हाई, चौदह सौ साल पुराना मन्दिर है। व्यापार के लिए कोई भी चीन के भीतर जाने से पहले, सभी को नान्हाई मन्दिर में देवता के सामने हाथ जोड़ने होते हैं।"

यह मेरे लिए अद्‌भुत ख़बर थी। मैं उत्साहित हो गया—देश की तरह यहाँ भी देवी-देवता हैं?

मास्टर ने आगे बताया, "नान्हाई समन्दर का देवता है। उसके आशीर्वाद से ही मोतिया नदी के पार जा पाएँगे हम। ऐसी ही मान्यता है यहाँ।" फिर समझाया, "नोबाब, जहाँ व्यापारी जाता है उसे उस देश के रिवाजों के हिसाब से चलना पड़ता है। सो हमें भी चलना होगा, जाओ अब सो जाओ...रात गहरा रही है।"

मैं समझ गया...बहुत कुछ।

यह गाँव हमारे देश के गाँवों की तरह नहीं। बहुत दिलचस्प है देखना कि यहाँ के घर सब एक ही तरीक़े से बने हैं। गाँववालों के घरों से उनकी ग़रीबी-अमीरी का पता नहीं लगाया जा सकता है। सारी छतें एक तरह से छवाई गई हैं। ईंटों की बनावट एक-सी। दीवारें भी एक तरह की। तंग पगडंडियों के दोनों तरफ़ मकान हैं। घर के अन्दर से लालटेनों की रोशनी छोटी खिड़कियों से बाहर छितराकर अन्दर के रहस्यों को जानने की उत्सुकता बढ़ा रही हैं। केंटन डेढ़ घंटे की दूरी पर है। कल नाव से केंटन पहुँचेंगे। मोतिया नदी पर तिरते हुए।

यह सब सुन-देख गंगा याद आ गई। जैसे पटना से गंगा पर चलनेवाले स्टीमर में बैठ कलकत्ता आया और फिर सूर्य दरबार में समन्दर। ठीक वैसे ही कल का सफ़र होगा। एक तरह के दृश्य कैसे हो सकते हैं एक दूसरे देश में भी? देश में रहते हुए तो सोचा करता था कि गंगा जैसी नदी पूरी दुनिया में कहीं नहीं हो सकती है। वह देश की ज़िन्दगी की लकीर है। ऐसी लकीरें हो नहीं सकतीं कहीं और। किसी और देश में। लेकिन हैं।

लगता है, मैं लकीरों का उस्ताद नहीं हो सकूँगा कभी। जैसे-जैसे दुनिया पसरती जाएगी मेरे सामने लकीरों की नई दुनिया का शागिर्द ही होना होगा मुझे।

ओह गंगा! तुम्हारी बहुत याद आ रही है।

**फ़. अ. ख़ान**

## फ़तेह अली ख़ान का ख़त, 1843
## राजा दिग्विजय सिंह के नाम, गढ़ी चाँदपुर

*हुज़ूर को मेरा सलाम पहुँचे।*

*मैं यहाँ ख़ैरियत से पहुँच गया हूँ। नई चीज़ें देख रहा हूँ और समझ रहा हूँ। कल हम लोग केंटन के लिए चल देंगे।*

*कप्तान ने कहा है कि वे आपको इत्तला देंगे व्यापार के बारे में। मेरा इरादा यहाँ दूसरे नक़्शानवीसों से मिलकर और रास्तों के बारे में जानना है। कुछ मील सफ़र में कम किए जा सकते हैं ऐसा लगा। लेकिन अभी उस राह को तलाशने में वक़्त लगेगा। यहाँ की बोली ठीक से सीखना भी निहायत ज़रूरी है।*

*यह दुनिया दिलचस्प लग रही है। बहुत कुछ सीखना और समझना है। मन में उमंग है इसीलिए ज़रूर सीख लूँगा कुछ दिन यहाँ रहकर। आपने मुझे मुलाज़िम रखा, मुझ पर भरोसा किया, यहाँ तक भेजा, ज़हेनसीब!*

*इसका मोल मैं कभी नहीं उतार पाऊँगा।*

*बस अल्लाह से दुआ करूँगा कि आपको हर वक़्त ख़ुश रखे।*

*आपकी शोहरत परवान चढ़े।*

*ख़ुदा हाफ़िज़*

*आपका वफ़ादार मुलाज़िम*

**फ़. अ. ख़ान**

**रोज़नामचा**

### चीनी बन्दरगाह के गाँव में कार्तिक की सुबह, 1843

मुझे एक बिस्तर दे दिया गया था। एक चटाई और उस पर एक चादर। मैंने अपने ओढ़ने का दुशाला निकाला और लालटेन, जिसे मास्टर देंग्लोंग

कह रहा था, धीमा कर दिया। लेकिन मुझे नींद नहीं आई। शायद पहले ही बेवक़्त झपकी आ गई थी इसलिए।

मैं बेचैन करवटें बदलता रहा। जब रात गहराने लगी तो बाहर की आवाज़ें साफ़-साफ़ सुनाई पड़ने लगीं। मास्टर के हँसने की आवाज़। चीनी अधेड़ के इसरार की आवाज़। फिर मास्टर के हँसने की आवाज़ और फिर दोनों के हँसने की आवाज़।

सुबह-सुबह जब मास्टर मेरे पास आया तो मेरी आँखें लाल थीं। मैंने देखा मास्टर की आँखें भी लाल हैं। मास्टर मुझे देख लाड़ से मुस्कुराया और एक प्याली में लाल रंग की पानीदार चीज़ को मेरे हाथ में पकड़ाकर बोला—"पी जाओ।"

मेरे यह कहने पर, "यह क्या है? मैं शराब नहीं पीता।" मास्टर ज़ोर से हँसा था—"यह शराब नहीं है। यह शराब से बढ़कर है। पियो। अभी हमारा सफ़र शुरू हुआ है।" जी गवारा नहीं किया तो फिर पूछा मैंने, "लेकिन यह है क्या?"

"चाय!" मास्टर ने बहुत नाटकीय अन्दाज़ में बताया। मानो अब इस चाय के नाटक से मैं कभी निजात नहीं पाऊँगा।

सचमुच चाय एक बेहतरीन पीने की चीज़ है। चीन से शायद बँध जाऊँगा हमेशा के लिए इसकी मार्फ़त!

मैं जब अपना सामान बाँधकर उस चीनी को कोर्निश कर सलाम कर रहा था, जिसने रात भर मेरी ख़ातिर-तवज्जो की, तो मैंने देखा उसकी भी आँखें बेतरह लाल थीं।

मैंने और भी देखा...जहाँ मास्टर और चीनी ने रात गुज़ारी थी उस बाहर के गलियारे में कुछ बच गई खाने-पीने की चीज़ों के साथ, एक रेशम की छोटी पोटली भी लापरवाही से छोड़ दी गई थी। उस रेशम की पोटली को मैं पहचानता था। वह उन तमाम पोटलियों में से एक थी जिसमें बेशक़ीमती सामान भरा गया था और जिसे काठ के बक्से में एहतियात से देश से लाया गया था, व्यापार के लिए। लाल आँखों का राज़ उसी में बन्द था।

"ओ नान्हाई देवता मेरी रक्षा करना।"

**फ़. अ. ख़ान**

## सुमेर सिंह का ख़त, 1843

## जहाज़ सूर्य दरबार

*फ़तेह अली ख़ान, सलाम आपको।*

*उम्मीद है सफ़र ठीक रहा होगा और आप सलामती से केंटन में होंगे। बड़े राजा को आपका ख़त मिला। उन्होंने कहा कि मैं आपको जवाब लिख दूँ। कैसा लगा हमारा सूर्य दरबार आपको? और हमारा ख़ुशदिल मास्टर?*

*व्यापार की क्या ख़बर? और चीन की? अख़बारों से ख़बर लगी है कि जंग ख़त्म हुई। लेकिन क्या अब शान्ति बहाल हो गई पूरी तरह?*

*चाँदपुर से रुख़सत होते वक़्त मैंने आपसे एक छोटी सी फ़रमाइश की थी। मास्टर हर बार चीन जाने पर लौटकर मेरे लिए कुछ लाता रहा है। लेकिन उन सब सौगातों से मेरा जी नहीं बहलता। अगर मेरे मन के हालात समझते हों तो उसी मिज़ाज की चीज़ ज़रूर लाइएगा मेरे लिए।*

*बाक़ी सारी ख़बर तफ़सील से लिख भेजें।*

*इन्तज़ार में, आपका सुमेर सिंह।*

*गढ़ी चाँदपुर*

## चाँदपुर

आज रात कौन सोया था उसकी बग़ल में? कैसी महक थी ये? छि...छि...कटहल के कोओं जैसी। जी मिचलाने लगा सुमेर सिंह का। औरतों की महक कितने क़िस्म की होती हैं? सबसे वाक़िफ़ हो चुका था वह। कुछ यूँ ही जी मिचलानेवाली हुआ करती थीं और कुछ इत्र की महक-सी मदहोश।

दुनिया की बेहतरीन चीजें चख लेने के बाद भी जो अन्दर एक तरस बच जाती है कुछ वैसी ही तरस टीसती थी उसे। बेचैन करती थी। इतनी कि बचपन को पीछे छोड़ने के बाद भी मन के मीत नहीं छूटे थे उसके मन से। उन्हीं से हाले दिल कहता रहता था।

क्या ढूँढ़ रहे हैं हम? मन की तरस क्यों बरकरार रहती है सब कुछ होने के बाद भी? क्यों लगता है कुछ बाक़ी है? कोई महक ऐसी जो अब तक आई नहीं ज़िन्दगी

में। ऐसी महक जिसे पहने-ओढ़े रहता हमेशा। आशनाई के वक़्त के आलिंगन में पी लेता उसे भर गले तक। जान का सबब। जीने की टीस भरी ललक से कसमस महक जो उसे हर चुम्बन के बाद और जगाती। कोई ऐसी महक वाली औरत जो उसे बाँध लेती कसकर हमेशा के लिए। जिसे लेकर जब वो सोता तो उसी के साथ जागता अलस्सुबह मदहोश और ताज़ादम भी। ऐसी गन्ध की तासीर। ऐसी औरत देह की गन्ध। वह जिससे उसका मन कभी नहीं उकताए। ढूँढ़ता ही रहता है सुमेर। ढूँढ़ता ही रहता है मन।

पटना गया। अल्लाहरक्खी के डेरे पर। कितना अद्भुत गाती हैं बाईजी! जब ठुमरी की तान छेड़ी उन्होंने तो लगा कि उसके मन की बात समझ गई हैं और मन से मन मिल रहे हैं।

*नज़रिया लागे नहीं कहीं और/तुम तो बलमा जैसे तारों में चन्दा...*

सुमेर सिंह अल्लाहरक्खी के बेजोड़ फ़न से मुतास्सिर हो, पुरबिया अंग के रस में डूब गया। लेकिन फिर थोड़ी ही देर में जाने कैसी खलबली मची कि बेचैन हो उठ गया। नाचनेवालियाँ आकर उसके इर्द-गिर्द घुमेर लगाने लगीं। वह बिना पिए लड़खड़ाने लगा और उनकी गिरफ़्त से भागने की कोशिश करने लगा। ऐन उसी वक़्त थोड़ी दूरी पर परदे के पीछे खड़ा हुआ हरिया नमूदार हो गया और बाबू को थाम, बग्घी पर बिठाकर पटना के उस सरायनुमा डेरे पर लिये चला गया, जिसके बग़ीचे के पीछे एक भारी-भरकम गोदाम था। जिसमें धुएँ की जागीर पनाह ले रही थी।

यह सुमेर सिंह की जानी-पहचानी दुनिया थी जिसमें आकर वो आज़ाद महसूस करता था। हरिया सब जानता था। उसने इस आज़ादी के रास्ते पर चलने में बचपन से सुमेर सिंह की मदद की थी। इस राह पर जैसे ही सुमेर क़दम रखता था, मन के मीत, फ़रिश्तों समान आकर उसकी बग़ल में बैठ जाते थे। उस रात भी वही हुआ। सुमेर के मन के मीतों ने उसे घेर लिया और सुमेर उनसे अल्लाहरक्खी की जादुई गायकी के बारे में बात करता हुआ सो गया था।

अगले दिन तड़के ही बग्घी चाँदपुर के लिए रवाना हो गई थी।

### सुमेर सिंह का ख़त, 1844

### जहाज़ सूर्य दरबार के लिए

*मेरे दिल अज़ीज़, फ़तेह अली ख़ान।*

*सलाम।*

*उम्मीद है मज़े में होंगे।*

*केंटन कैसा है? कुछ नई बात पता चले तो तस्वीर बना लाइएगा। अपने नक़्शानवीसी के फ़न से भरी तस्वीर। इस बार नक़्शों को ठीक-ठीक पढ़ना भी सीखूँगा। आपसे। आपकी ख़ैरियत के ख़त मिले थे।*

*बड़े राजा आजकल परेशाँ हाल हैं। आपको तो मालूम ही है मुझे राज-काज और जंग की बातों से सरोकार नहीं। देश में जंग की अफ़वाह परवान चढ़ रही है। जाने अफ़वाह है या सच? अक्सर गढ़ी पर लोग जमा हो रहे हैं और मशविरा कर रहे हैं। लेकिन मेरा किसी बात में जी नहीं रमता।*

*आपके ख़तों का इन्तज़ार रहता है।*
*अपना वादा याद है न?*
*नायाब चीज़ लाने का वादा?*
*आपका मंगल हो।*

*सुमेर सिंह*
*गढ़ी चाँदपुर*

**रोज़नामचा**

**फाल्गुन में केंटन, 1847**

होरी गाने का रिवाज कैसा अलहदा है।

'श्याम संग खेलो होरी'

श्याम करे ठिठोली हर वक़्त। कभी कृष्ण कन्हैया बन, कभी ठाकुर जी बन।

क्या छूट लेते थे लोग एक-दूसरे से होली पर। औरतें भी शामिल रहती थीं।

ख़ूब रंगो-गुलाल मला जाता था मेरे मोहल्ले में।

उस्ताद ने यतीमख़ाने में होली खेलने की पूरी छूट दी थी। बस शराब और भाँग की मनाही थी।

उस्ताद कहते थे मुग़ल बादशाहों को भी इश्क़ था होली से।

बादशाह सलामत शाहजहाँ ने तो मोहब्बत से ईद-ए-गुलाबी कहा था होली को।

लेकिन आब-ए पाशी, रंगों की बौछार मन में धँस गई है मेरे।

इस बरस होली पर चीन में रहूँगा मैं, धरती पर फूलों की बौछार और लालटेनों की झिलमिल देखूँगा। होली जैसा ही होगा सब कुछ ऐसा इतने बरसों में यहाँ आते-आते समझ रहा हूँ, लेकिन फिर भी वह देशी होली नहीं होगी...

आह! होली नहीं खेल पाऊँगा इस बरस!

**फ़. अ. ख़ान**

## फ़तेह अली ख़ान का ख़त, 1845
## सुमेर सिंह के लिए, गढ़ी चाँदपुर

*प्यारे सुमेर,*

*मुझे आपकी फ़रमाइश ख़ूब याद है। मैं उन्हें पूरी करने की कोशिश में हूँ।*

*अभी ठीक-ठीक शहर देख रहा हूँ। हम मोतिया नदी के किनारे तम्बुओं में रहते हैं। आप तो जानते ही हैं, मास्टर यहाँ के सभी व्यापारियों को जानता है। साल दर साल आने की वजह से सभी व्यापारी एक-दूसरे को जानते हैं। डच लोगों की बनाई बहुत बड़ी इमारत के पास ही हमारा डेरा है। डच और फ्रांसीसियों से लोग यहाँ प्यार से मिलते हैं। अपने देश के लोगों से भी मोहब्बत से पेश आते हैं। हमें यहाँ बहुत अजीब नहीं मानते। फ़िरंगियों से चिढ़ते हैं मगर। फ़िरंगी यहाँ...*

*ख़ैर जाने दीजिए...*

*यहाँ मोतिया नदी के किनारे इतने फूल खिल उठे हैं कि क्या बयाँ करूँ। पानी में यहाँ के कमल भी इस वक़्त ऐसे ही ख़ूब खिले हैं, फूलों की चादर बिछ गई हो जैसे।*

*यहाँ के लोग बता रहे थे कि उनका नया साल लगनेवाला है। उसी की तैयारी में सब लगे हैं।*

*वे उसे फूलों का बसन्त और लालटेनों का त्योहार कहते हैं। यह सब सुन मुझे भी अपना देश याद आया। जनतरी में देखा तो पता चला आज वहाँ होली खेली जा रही होगी।*

*चाँदपुर की होली तो मशहूर है। बड़े राजा उस दिन अपनी रिआया से कितने ख़ुलूस से मिलते हैं, सब ओर इसकी चर्चा रहती है। सोच रहा हूँ चाँदपुर में कितनी*

*चहल-पहल होगी आज। मैं जानता हूँ जब तक आपको ख़त मिलेगा, होली बीत चुकी होगी, फिर भी जी नहीं माना और आपको आज मुबारक देने के लिए ख़त लिख बैठा।*

*आपको होली बहुत मुबारक।*

*ख़ुदा हाफ़िज़*

*आपका अपना,*

**फ़. अ. ख़ान**

## मुसव्विरख़ाना

रुकुनुद्दीन से आज होली बन ही नहीं रही थी। जबकि होली कल ही बीती थी और मुसव्विरख़ाने में भी धूम से मनाई गई थी। ख़ूब फाग गाया गया था। भंग की मस्ती सर चढ़कर बोली थी। विलियम के सफ़ेद कुरते-पाजामे पर टेसू का रंग ऐसे खिला था मानो चाँदी के थाल में सजाए गए मोहब्बत के लाल फूल किसी की छुअन के लिए उतावले हो रहे हों। रुकुनुद्दीन के दिमाग़ में वे अटक गए थे। वो उन फूलों की छुअन बनना चाहता था। उन्हें ही अपने मन के काग़ज़ पर उतारना चाहता था। वह बार-बार कोशिश कर रहा था।

उसने एक बार जो बनाया तो रंग फैल गए काग़ज़ पर। धीरे से काग़ज़ अपनी तिपाई पर से हटाकर नीम के पेड़ के नीचे बने चबूतरे पर रख आया। चौकीदार उसी चबूतरे पर बैठा ऊँघ रहा था। दूसरे दिनों की बात होती तो रुकुनुद्दीन ऊँघते हुए चौकीदार के साथ कोई शरारत कर बैठता। मासूम-सी शरारत। बच्चों जैसी शरारत। मसलन, एक खरिका उसकी नाक में घुसाने-सी शरारत। लेकिन आज उसे चौकीदार की कुछ न करने, उद्वेलित न होने की सुविधा को देख ग़ुस्सा आने लगा। कुछ लोग कितनी सुविधा से ज़िन्दगी जीते हैं। पैदा हुए, कुछ पकाया-खाया, कुछ कमाया, बच्चे पैदा किए और एक दिन उम्र होने पर यूँ ही ऊँघते-ऊँघते मर गए। ज़िन्दगी न उन्हें किसी अलहदा क़िस्म का मक़सद मुहैया कराती है न वे ही कोई मक़सद तलाशते हैं। मक़सद कितनी बड़ी चीज़ होती है और उसे हासिल करने की कशमकश कितनी जानलेवा।

उफ़! रुकुनुद्दीन का माथा फटने लगा। क्यों इस भले से आदमी, चौकीदार को कुछ नहीं करना होता है? क्यों इसे होली के रंगों का खिलवाड़ तंग नहीं करता?

क्यों भंग के नशे के बावजूद विलियम स्टोन के कपड़ों पर उग आए मोहब्बत के लाल फूल इसे दिखलाई नहीं पड़ते? क्या इसकी ज़िन्दगी में विलियम स्टोन जैसा कोई होगा जिसके रंगों को वह कबूतर के पंख पकड़ सलीक़े से उकेर दे? देखो किस क़दर अलमस्त ऊँघता है और साफ़-सफ़ाई करता है बस। जीने की तमीज़ में इसके क्यों कोई रंग शामिल नहीं?

बेबुनियाद और वाहियात सवाल सारे।

लेकिन उठ रहे हैं, माथा फट रहा है।

ग़ुस्सा बढ़ने लगा और रुकुनुद्दीन ने उसी ग़ुस्से से भर चौकीदार की धोती ज़ोर से खींच दी। चौकीदार चबूतरे से नीचे गिरते-गिरते बचा।

"क्या बाबू? क्या करते हो?"

"तुम्हारा क्या नाम है?"

चौकीदार को लगा शायद होली के भंग की छूट गई ख़ुराक आज बाबू ने हलक से नीचे उतार ली है। उन्हें नहीं पहचानता वह इस रूप में। वे भी नहीं पहचान रहे उसे।

बहुत डरते हुए वह बोला—"चौकीदार।"

"हहह्हाह।" रुकुनुद्दीन वहशी हँसी हँसा और ग़ुस्से में बोला,

"यह नाम हुआ तुम्हारा? बोलो, नाम नहीं है तुम्हारा...इसीलिए ज़िन्दगी भर यहीं बैठोगे, ऐसे ही काम करते?"

रुकुनुद्दीन की हँसी उलझन में डाल देने की ताक़त से हँसी गई हँसी थी। मुसव्विरख़ाने के अन्दर तीन और लोग अभी काम कर रहे थे। उन्होंने परेशान हो अपने सर नीम के पेड़ तले मोड़ दिए।

वे सब परेशान हो सोचने लगे, कुछ दिनों से ये क्या हो रहा था रुकुनुद्दीन को?

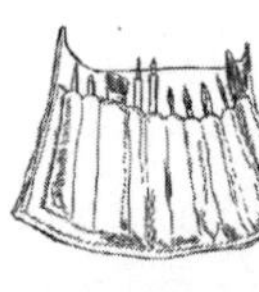

**मुसव्विरख़ाना**

रुकुनुद्दीन का चौकीदार को कहा गया अन्तिम वाक्य शंकर लाल को तीर की तरह चुभ गया और विलियम स्टोन से तो सब्र ही नहीं हुआ। वह अपना काम छोड़ बाहर नीम तले चला आया। अपने दिलवर को देखने। उसे एहसासों की पेचीदगियों से निजात दिलाने।

"रुकुनुद्दीन मियाँ...! मियाँ रुकुनुद्दीन!! क्या हो गया है आपको?"

रुकुनुद्दीन ने पलटकर देखा और चुप हो गया।

कि इतना सुन्दर है यह। अपनी बेहिस परेशानी में और भी पुरकशिश।

गोरा। फ़िरंगी।

मेरे लिए मोहब्बत से भरा।

चौकीदार सर झुकाए खड़ा था। विलियम ने उसे थपकाकर हौसला दिया। फिर रुकुनुद्दीन को मुसव्विरख़ाना से बाहर की ओर ले चला और उसे धीरे-धीरे सहलाने लगा। रुकुनुद्दीन ठंडा पड़ने लगा। उसे विलियम की बातों और छुअन से गहरी तसल्ली मिलती थी। शुक्राने में उसकी आँखें मुँदने लगीं और उसे समझ में नहीं आया कैसे वह चलकर अपनी टाँगों की बदौलत अपने कमरे तक चला आया और अपने बिस्तर पर गिर गया।

कुछ वक़्त तो ज़रूर बीता होगा जिसके बाद रुकुनुद्दीन ने अपनी आँखें खोलीं और विलियम को माथा सहलाते अपने सिरहाने पाया। वह फिर और शुक्राने से भर गया और विलियम का हाथ खींच उसे चूम लिया। विलियम की आँखें भर आईं।

वह रुकुनुद्दीन से मोहब्बत करता था।

बेहिसाब मोहब्बत। बेमिसाल मोहब्बत।

विलियम ने उसका दिल बहलाने के लिए बातचीत शुरू कर दी।

"कल सोनपुर मेले का चित्र बनाना है। इस बार तुर्किस्तान और अफ़ग़ानिस्तान के अलावा चीन से भी ख़रीदार आए थे मेले में।"

"चीन से भी? क्या ख़रीदा उन्होंने?"

"घोड़े।"

"अरेरे...यहाँ के घोड़े?"

"हाँ और हाथी भी।"

"मेले की तस्वीर में पूरे चाँद की रात के वक़्त मैं चीनी ख़रीदार को घोड़े ख़रीदता दिखाना चाहता हूँ। मुझे वही सबसे नए किरदार मालूम देते हैं।"

"चीनी?"

"हाँ रुक्नु चीनी। चाय और रेशम के देनदार चीनी। गोरे और काले नहीं... पीली रंगत वाले चीनी। उस रंग को ढालना मुश्किल होगा। आज तक बनाए नहीं हमने। है न?"

रुकुनुद्दीन सोच में पड़ गया। चाय के बारे में अभी अफ़वाहें थीं। आज तक पी नहीं रुक्नु ने। लेकिन विलियम ने ज़रूर पी होगी, उसके बारे में सब जानता है ये। चाय की शराबी रंगत के बारे में भी और फ़िरंगियों के उसके प्रति सम्मोहन के

बारे में भी। वह सोनपुर मेले के बारे में भी सोचने लगा। अगली बार वह भी जुलूस की तस्वीर बनाएगा। ख़्वाहमख़्वाह होली के रंगों में उलझ गया। इस बार नवाब की सवारी और उसके जुलूस की तस्वीर को बनाया जाएगा। ऐसा जैसा मरहूम दादा ने बताया था। दादा के अपने बचपने की देखी बात।

जब, "ए रुक्नु।...रुक्नु," बोल दादा उसे अपनी छाती से चिपटा लेते थे और सुनाते थे देश-दुनिया की बात सब।

तभी नवाब सिराजुद्दौला के जुलूस का क़िस्सा भी चला था।

"नवाब सिराजुद्दौला को हराया हरामियों ने। शुनछो रुक्नु? सुन रहे हो ना रुक्नु?"

हरामी???

छाती से चिपके रुक्नु ने समझा हरामी उनके पड़ोसी का नाम है, जिससे दादा झगड़ा करता है। जिन पड़ोसियों से दादा बात ही नहीं करना चाहता था, रुक्नु जानता था कि वे पड़ोसी उनके घर के सामने उगे सब्ज़ियों के बाग़ान से कभी बैगन और कभी भिंडी चुरा ले जाते थे। दादा को ग़ुस्सा आता था और वो उन्हें गाली देता था। जब रुक्नु उनका मतलब पूछता था तो वो कहता था, हरामी। इसीलिए रुक्नु ने अपनी तरफ़ से हरामी का मतलब यही जाना—हरामी यानी पड़ोसी।

लेकिन इस कहानी में हरामियों का ज़िक्र करते वक़्त बाबा दुख से भर उठा था। उसकी आँखों में आँसू आ गए थे।

जब रुक्नु ने पूछा था पसोपेश में पड़कर, "फिर ये कोई दूसरे हरामी हैं क्या? पड़ोसी से अलग?"

तब दादा रुक्नु की आँखों में आँखें डालकर बोला था, "हाँ, ये उससे बहुत बड़े हारामी थे। जिन्होंने अपने ज़मीर को बेच खाया।" उस वक़्त तक भी रुक्नु को न हरामी का सही मतलब मालूम चल पाया था न ज़मीर का।

दादा बोलता रहा, "हरामियों को ख़रीदा कम्पनी बहादुर ने। कम्पनी बहादुर ने किया तहस-नहस। सब कुछ तहस-नहस। माँ...गो...।"

फिर एक घुटी हुई सिसकी को छाती से चिपके रुक्नु ने, दादा के दिल की धक-धक में महसूस किया था।

"मोअलमल।...मलमल जानो तुमि?" दादा जाने क्यों उससे ऐसे सवाल पूछ रहे थे? कितने सारे नए बोल, बोल रहे थे जिन्हें वह नहीं समझ पा रहा था। रुक्नु सर हिलाता रहा। मलमल, दादा का खेत। पटसन और धान। दादा का पोखर और उसकी रंग-बिरंगी चुस्त मछलियाँ। सबकी बेगिनती कहानियाँ थीं। सिर्फ़ कहानियाँ। रुक्नु ने ख़ुद कुछ नहीं देखा था कभी। जो देखा, दादा की आँखों में देखा। उनकी आँखों से देखा।

"आमार मिष्टि छेले, आमार रुक्नु, शुनछो ना। ए रुक्नु सुन रहे हो न? चला था नवाब सिराजुद्दौला अपने हाथी पर सवार। क्या मंज़र था!"

"दादा तुम भी थे जुलूस में क्या?"

"हाँ रुक्नु, मैं भी जुलूस में चल रहा था, सिराज के...! छीलो न एकटा मोनेर शुल्तान, आमार सिराजुद्दौला...! हमारा सिराजुद्दौला रुक्नु! कितना शानदार। अज़ीम सुल्तान। हमारे बंगाल का ताज था।"

"गोरे, कम्पनी बहादुर बेदिल। बेदर्दी।"

उफ़...ज़ार-ज़ार रोता था दादा।

"सब छीन लिया। कम्पनी बहादुर ने, जाने कौन से काग़ज़ों का मुचलका किया कि सब चला गया। सिराज तो गया ही हम भी चले गए। लुट गए। सिराज के परिवार के क़ब्रों के बीच हमारा ऐश्वर्य भी दफ़न हो गया। हमारी ज़िन्दा आत्माएँ उन क़ब्रों के भीतर ही सोती हैं।"

रुक्नु चुप। पत्थर-सा चुप।

"देख न फिर क्या हुआ रुक्नु? तेरे दादा को नदी के पाट पर जाकर मछली बेचनी पड़ी। तेरा बाबा मछली पकड़नेवाले का, मछली बेचनेवाले का बेटा हुआ। पद्मा नदी के उस पार तक जो खेत कभी तेरे हो सकते थे, उन पर लाल कपड़े पहने, घोड़े पर बैठा फ़िरंगी अब हल चलवाया करता है।"

"माँ!...ओ माँ..." फिर आँसू से रोता उसका बुड्ढा दादा।

"तेरी माँ भी देख न कैसे मर गई तुझे जन्म देते ही। मज़दूरी करती थी। तुझे पेट में लिये खटती रही। फिर मर गई खटते-खटते। तेरी दादी के पास रखी थीं कुछ उसकी शादी के समय की मलमल की साड़ियाँ। दुर्दिन आए तो बेचा शौब। बेचा उसके पास का मलमल, कौड़ियों के मोल उसी कम्पनी बहादुर के सिपाहियों को जिन्होंने कुटिलता से छीन ही लिया था सब कुछ पहले। जो मिला उसी गोरे से उसी फ़िरंगी से। बाक़ी लोग तो ख़रीद सकें कुछ भी, ऐसी हैसियत के ही नहीं रहे थे।

"एक जगत सेठ था। घूमता था अपने फिटन में। सुनते थे गोरों को भी क़र्ज़ देने की हैसियत थी उसकी। लेकिन हमको कहाँ लगाता वो। हमारी ओर नज़र पड़ जाती तो मुँह फेर लेता था।"

"जगत सेठ!"

"पटना से आया था सेठ। रे रुक्नु...ओई पाटना...जे अज़ीमाबाद छीलो तो आगे..."

पटना से? नहीं वह कोई और था शायद कहीं और से आया हुआ कोई शख़्स! जगत सेठ एक मायावी नाम था। उसकी जड़ें कहीं भी हो सकती थीं।

लेकिन रुक्नु के दिल में यह बात लग गई। पटना के किस इलाक़े से गया होगा

वह शख़्स...पूछता फिरता था रुक्नु सबसे बाद में, तबसे, जबसे पटना आया था और रहने लगा था इसी दीवान मोहल्ले में। वह पूछता था...लेकिन कोई ठीक-ठीक बता नहीं पाया था। कुछ तो इस सवाल पर उसे हिकारत से भी देखते थे। क्या जानना है? आज की परेशानियाँ कम थीं क्या जो वक़्त को पलटाकर ये नौजवान सवाल पूछता फिर रहा था?

एक दिन लेकिन अजब वाक़िया हुआ था। रुक्नु जब एक राहगीर से यही सवाल पूछ रहा था तो सड़क के कोने पर बैठा एक भिखमंगा पागल चिल्ला उठा था, "मैं जानता हूँ उसे। हाँ, उसे ही जिसे तू ढूँढ़ रहा है...देख मेरे शरीर का सारा ख़ून चूस गया वो पिशाच की तरह और...और भाग गया...कलकत्ता। कलकत्ता भाग गया है...कलकत्ता! बेरहम संगदिल...इसी गली में रहता था...न। ना...ना उस गली में। उसमें या उसमें। याद नहीं आ रहा है। घर याद नहीं आ रहा है...।"

रुक्नु तड़प उठा था और उस पागल के पीछे कई दिन तरह-तरह की गलियों में भटका था।

हुआँ-हुआँ सियार की तरह कलपते एक पागल के पीछे, जो अपने आपको जगत सेठ का बाप कह अट्टहास करता था। फिर कई दिन बाद, बड़ी मुश्किल से उसका पीछा करने की लत छोड़ पाया था रुक्नु। एक दिन तो पागल को नाले की पुलिया पर खड़ा कर धक्का दे देने का जी किया था उसका कि मामला ख़त्म हो उसके अपने पागलपन का भी इस हरकत से! लेकिन फिर थककर वह बैठ गया था उसी पुलिया पर और पागल को पकड़कर ख़ूब रोया था। पागल चुप हो गया था। एकदम पत्थर। शायद अपने से बड़े पागल को देख जो बार-बार आँसुओं के सैलाब के बीच से मिनमिनाता था 'अब कोई उपाय नहीं...अब मैं क्या करूँ...कितना मजबूर हूँ मैं...।'

पागल इस बड़े पागल से अपना फटा कम्बल और अपनी जटाओं को अलग कर चलता बना था...किसी ताँगेवाले के रास्ते में आ उससे भद्दी गालियाँ खाने।

रुक्नु अपने प्रलाप को सीने में दबाए लौट आया था और ख़ामोशी से दोबारा उसी प्रलाप को स्वर देने लगा था।

अरे मगरूर गोरे! शिराज़ के साथ ऐसा बर्ताव किया तुमने और उस ख़ूनी जगत सेठ से ऐसी नातेदारी का बर्ताव?

"लूट-खसोट और पैसा ही दोनों को मिलाता रहा। रुक्नु सुन रहा है न?" बाबा की कभी न चुप होनेवाली आवाज़ उसके कानों में गूँजती रही थी।

गोरा...मगरूर। हत्यारा। और यह याद आते ही एक चकनाचूर हो जानेवाली, टूटकर गिरने की आवाज़ सुनाई पड़ती थी कहीं दूर से आती हुई...दिल ही था क्या वह रुकुनुद्दीन का, जो टूटकर यूँ बिखर गया था?

"अरे...!" रुकुनुद्दीन जैसे जागा हो बेसुधी से। उन्मत्त हो ताकने लगा इधर-उधर।

विलियम घबरा गया, "क्या? क्या हुआ? रुकुनुद्दीन क्या हुआ? तुम ठीक तो हो? होश में आओ। होश में आओ मेरी जान। ओह मेरे प्यारे...!"

"हाँ! हाँ! हाँ-हाँ! होश...होश में ही आना होगा...।" रुकुनुद्दीन शर्मिन्दा हुआ।

विलियम की मोहब्बत से। उसकी मुलायमियत देखकर।

"सब ठीक है विलियम। नहीं है तो हो जाएगा जल्द ही। अब हमें काम करना है। जल्दी से। अच्छा काम। विलियम तुम सोनपुर वाली तस्वीर पर काम करो। बहुत अच्छा तसव्वुर है उसका। और मैं...मैं।...मैं भी अब होली नहीं बनाऊँगा...अब मैं एक जुलूस बनाऊँगा। एक शानदार जुलूस...हाथी-घोड़े...नौकर-चाकर...बाजा-गाजा सबके साथ चलते एक शानदार नवाब और एक ख़ूबसूरत जवान की तस्वीर।"

"वाह! वाह..." ख़ुश हो गया विलियम। आँखें चमक उठीं उसकी। उसका यार बड़े सपने देख रहा है। उसने इस वक़्त पूछना क़तई मुनासिब नहीं समझा कि यह जुलूस किस शानदार नवाब का होगा और वह ख़ास जवान कौन होगा जिसके बारे में ख़ास तौर से रुक्नु को बोलने की ज़रूरत पड़ी? वह तो रुक्नु की इस कल्पना को तबीयत ठीक होने की ओर बढ़ता एक क़दम मान रहा था। अब जल्द तबीयत दुरुस्त हो जाएगी इसकी। विलियम ने अपनी चमकती आँखें रुक्नु जान के चेहरे पर जमा दीं और फ़लसफ़ी बन गया,

"ठीक है रुकुनुद्दीन अब, हमारी ज़िन्दगियों को हमारी कला ने एक साथ बाँध दिया है, अटूट बन्धन में। दुनिया में घटनेवाली, यह सबसे ख़ूबसूरत बात है। अब किसी और बन्धन की दरकार नहीं हमें। क्या करेंगे हम और किसी भी बन्धन के साथ? बोझा होगा। ढो-ढो कर क्या जिएँगे ज़िन्दगी? नहीं जान, अब तो इसी में डूबेंगे और उतराएँगे। रुकुनुद्दीन मेरी मोहब्बत। हमारी तस्वीरें हमारी मोहब्बत की तस्दीक करेंगी और सोचो, हम उसे लेकर जब देश-विदेश साथ जाएँगे तब कैसे चमक उठेगी हमारी कला...बोलो रुक्नु बोलो तो...इससे बढ़कर और कोई कैसी मोहब्बत कर सकेगा? ऐसी, जैसी हमारी है और होती चली जाएगी...तब तक जब तक हम सुपुर्दे-ख़ाक नहीं हो जाएँगे और वहाँ भी मेरी जान हम एक ही तो रहेंगे। तुम मिट्टी। मैं मिट्टी। हम मिट्टी।"

विलियम ने रुकुनुद्दीन को कसकर अपनी बाँहों में भींच गले से लगा लिया।

"क्या अब चलें? दिन अभी ढला नहीं है। मुसव्विरख़ाना में उस्ताद इन्तज़ार कर रहे होंगे। परेशाँ भी होंगे।" रुकुनुद्दीन फिर शर्मिन्दा हुआ। उस्ताद को परेशाँ नहीं करना उसे। चौकीदार से भी माफ़ी माँगनी है। अपनी हरकत पर ख़ुद ही बेहद-बेहद शर्मिन्दा है वह।

"हाँ चलो।" उसने एहसानमन्द हो, धीमी सी आवाज़ में कहा।

## रोज़नामचा

### केंटन, मोतिया नदी के किनारे डेरे पर फाल्गुन, 1850

जितना देखता हूँ उतना समझता हूँ।

चीन की दुनिया हमारी तरह तो नहीं, लेकिन ग़ुलाम जैसी ही है। ईस्ट इंडिया कम्पनी के जहाज़ों का बोलबाला बढ़ता जाता है। यूँ ही शमियन (मोतिया नदी किनारे की जगह) पर बैठे-बैठे और यहाँ चीनी लोगों से बात करते-करते कितनी नई बातों का पता चला है। फ़िरंगियों के कितने अफ़सरान यहाँ बस गए हैं। अब अमरीका से भी कुछ लोग यहाँ आने लगे हैं। ऐसा यहाँ के लोग बताते हैं कि ज़ॉर्ज मकार्टनी वह पहला हिन्दुस्तानी फ़िरंगी हुआ है, जो आज से पचास-साठ साल पहले ही अपने जहाज़ पर ले गया था हिन्दुस्तान से जाने कितनों को अपने साथ। ज़ॉर्ज स्टूअटन और उसके ग्यारह साल के अनोखे बच्चे के बारे में भी लोग बात करते हैं। बच्चे ने पूरी-की-पूरी चीनी भाषा सीख ली थी और बाक़ायदा दुभाषिये का किरदार अदा करता था। विलियम अलेक्जेंडर के बारे में सुन मैं रोमांचित हो गया था। वह एक ज़हीन चित्रकार था। उसकी तस्वीरों ने अंग्रेज़ों को चीन के उन कमज़ोर इलाक़ों से वाक़िफ़ कराया। जिनमें फ़िरंगियों ने नशे की बोरियों को भर दिया और आज तक भरते आ रहे हैं।

नक़्शानवीस, ज़ुबानों के उस्ताद और कारीगर। सब के सब जहाज़ों में छिपाते बैठे रहते हैं उन ढेर सारे लकड़ी के बक्सों को जिनमें धुआँ सागरे मीना की तरह चीन पहुँचता है। ठीक वैसा धुआँ जैसा सुमेर सिंह के हरम में मीठा-मीठा गमकता है।

नक़्शे में अब फ़िरंगी ने बहुत फेर-बदल कर दिया है। मीठा ज़हर चीनियों को ख़त्म करने की कगार पर है। देख रहा हूँ नानकिंग के समझौते के बाद भी जंग ज़ारी रही है और एक समझौते के तहत अब शमियन इन्हीं लोगों में बाँट दिया गया है। फ़िरंगी ने जंग छेड़कर इस शानदार मध्य साम्राज्य को दबा दिया और घुटने टेकने पर मजबूर कर दिया है। उसके साथ फ़्रांसीसी भी शामिल हो गए हैं।

कई बार शिद्दत से लगता है, पटना में बैठा जो आड़े-तिरछे नक़्शे बनानेवाला एक लड़का था कैसे उन्हीं लकीरों को जीने के लिए चल दिया समन्दर पार! जैसे मेरी तक़दीर ने धक्का दिया हो मुझे—जा फ़तेह अली...अब बना नई दुनिया। अपनी लकीरों से कर माथा-पच्ची!

देश लौटने का वक़्त नज़दीक आ रहा है। चाँदपुर में कुछ बदलने की सुगबुगाहट जहाज़ के कारिन्दे ने दी है मुझे। वह इस बार किसी दूसरे जहाज़ के एक नाविक से मिल के आया है, जिसने कलकत्ता के टाउन हॉल में कुछ अफ़वाहें सुनी थीं। सुनते हैं किसी जंग की तैयारी वहाँ पर भी हो रही है। मन में अजीब तरह का खटका हो रहा है। चीन में जाने कितनी तरह की जंगों में अवाम उलझा हुआ है, उस पर इन फ़िरंगियों की ज़्यादती। क्या देश में भी...

ओ मेरे मौला सही-सलामत पहुँचा दे मुझे देश।

**फ़. अ. ख़ान**

## सुमेर सिंह का ख़त, 1851
## सूर्य दरबार जहाज़ के लिए

*फ़तेह अली ख़ान, मेरे अज़ीज़,*

*चीन की नई बातें बताता हुआ आपका ख़त मिला। इस अँधियारे में जैसे चन्द किरणें दूर देश से चली आई हों। मन में उजास खिलने लगा।*

*मैं आपके साथ अपने मन की बातें बाँट लेता हूँ, आप इसे एक साथी की बातें साझा करने की ख़्वाहिश के तौर पर अपना लीजिएगा। गुज़ारिश है इसे किसी तरह का दबाव न समझिएगा। आपके साथ से मैं ज़िन्दगी के मायने समझ रहा हूँ। इसका हमेशा शुक्रगुज़ार रहूँगा।*

*इस बार आइए तो रहिए कुछ दिन और चलिए दोबारा पहली बार की तरह अपनी खदानों को देखने। गाँव के कुछ टोलों को देखने। उन टोलों को जिनको किसी न किसी वजह से गढ़ी के नज़दीक आने से रोक दिया गया, कई पीढ़ियों पहले। मुझे नहीं मालूम मेरे बाप-दादाओं की क्या मजबूरी रही होगी...लेकिन मेरा मन रमता है वहाँ। आइएगा तो चलेंगे।*

*क्या केंटन में किसी नए शख़्स से मुलाक़ात हुई? कोई ऐसा जो व्यापारी नहीं...? लिखिएगा ज़रूर।*

*आपका सुमेर सिंह*

*गढ़ी चाँदपुर*

**रोज़नामचा**

**केंटन में फाल्गुन की दोपहर, 1851**

कितना अजीब है सुमेर का यह कहना कि मैं उसका अज़ीज़ हूँ। कितनी बार मिले हैं हम? मुश्किल से बीस बार। वह भी कुछ दिनों के लिए और शायद उसमें भी कुछ घंटों के लिए।

कितना अकेला है सुमेर! कितना-कितना अकेला और कितना मासूम!

उसे यह भी नहीं मालूम कि उसके बाप-दादाओं ने गढ़ी से दूर कुछ टोलों को क्यों बसाया है। उनसे यूँ बचाकर रखा गया कि वह उन लोगों से मिले-जुले नहीं। उसके ख़ून की पाक़ीज़गी आबाद रहे।

आज उसका ख़त पढ़ रहा हूँ। घबरा रहा हूँ उसके साथ कुछ अनहोनी न हो जाए। उसके ख़ून की पाक़ीज़गी बरक़रार रहे, मेरे मौला!

आमीन।

**फ़. अ. ख़ान**

**चाँदपुर**

चारों ओर बदहाली के बावजूद, चाँदपुर का रास्ता अभी भी मोहक है। फ़तेह अली ख़ान देख रहे हैं, खेतों के पार रंगीन छींट की धोती पहने औरतें घरों में सतुआनी

के गीत गा रही हैं। आज विक्रम संवत् का नया साल लगा है। आम के बौराए मंजरों ने अब टिकोरों की शक्ल अख़्तियार कर ली है। उसे ही पीसकर आज चटनी बनाई जाएगी जिसे पाँच तरह के सत्तू के साथ खाया जाएगा। उनके मुँह में जौ के सत्तू का स्वाद घुलने लगा और चरपराती तीखी चटनी का भी। देश तो फिर देश होता है। दुनिया-जहान से घूमकर लौटने के बाद सुकून से भरे माँ के आँचल-सा।

मालकिन के आँचल-सा।

हर बार वही मोहब्बत और ख़ुलूस का पुरसुकून एहसास मिलता है फ़तेह अली ख़ान को गढ़ी चाँदपुर जाने पर। जो कुछ बचपन में नहीं मिला आज कैसे बरसता है, फ़तेह अली ख़ान पर। नेमतों की बारिश में भीगते हैं वे।

पटना से चलनेवाले टमटम को उसी मन्दिर पर हर बार की तरह खोला जाता है, घोड़े को पानी पिलाने के वास्ते, गाड़ीवान के सुस्ताने के वास्ते, जिसे पहली बार देखने पर वे चमत्कृत हो गए थे। वे भी वहीं उतरकर हाथ-पैर सीधे करते हैं। मन्दिर के उसी जाने-पहचाने हुए पुजारी को ढूँढ़ते हैं जो हर बार, जो पिछली बार से ज़्यादा रहस्यों से भरा नज़र आता है।

इस बार अपने अबूझ रहस्य की तरह ग़ायब है पुजारी।

और इस बार कोई मशालची नहीं, सिर्फ़ गाड़ीवान है फ़तेह अली ख़ान के साथ। वे उससे ही पूछते हैं, "क्या पुजारी नज़र आ रहा है तुम्हें?"

"नहीं उस्ताद, मन्दिर तो ख़ाली लग रहा है।"

फ़तेह अली ख़ान मन्दिर को ठीक से घूमकर देखते हैं। बदहाली के निशाँ यहाँ भी मौजूद हैं। एक ओर का छप्पर गिरने-गिरने को है। पीछे के बरामदे पर एक फूस का बिस्तर डला है। एक कुत्ता उस पर सो रहा है। गुड़ी-मुड़ी होकर। ऐसा लगता नहीं कि हाल-फ़िलहाल में कोई इनसान यहाँ सोया होगा। सचमुच पुजारी शायद कई दिनों से यहाँ नहीं आया है। वे गाड़ीवान से कहते नहीं, लेकिन मन-ही-मन सोचते हैं, मुख़बिरी के किस मर्तबे में शामिल होगा अभी पुजारी?

गिरी हुई छप्पर वाली जगह पर काग़ज़ के अधजले टुकड़े हवा में चिन्दी-चिन्दी हो उड़ रहे हैं। फ़तेह अली ख़ान कुछ चिन्दियों को मुट्ठी में पकड़ने की कोशिश करते हैं तो धूल हाथ आती है। यह कुछ हर्फ़ों की धूल है, जिसे कैथी लिपि में लिखा गया है। इतनी सारी धूल उन्हें किसी ज़लज़ले की आमद का इशारा लगती है। जब बात नागरी, फ़ारसी से होती हुई कैथी तक पहुँच जाए तो समझना चाहिए कि इस नए साल में इलाक़े की साँसों में बग़ावत की आँच घुल चुकी है।

फ़तेह अली ख़ान फिर देखते हैं कि जिस फ़सल के बारे में पुजारी ने उन्हें पहली बार इशारों में बताया था और जिसका नाम लेने पर उस वक़्त कुफ़्र का एहसास होता था, लेकिन आज जिससे वे गहराई से वाक़िफ़ हो गए थे—खेतों में निडर खड़ी थी।

अब कैथी की आँच ही उसे ललकारने की क़ुव्वत रखती थी शायद।

जब फ़तेह अली ख़ान वापस जाने के लिए टमटम की ओर चले तो हवा की वीरानी को तहस-नहस करता टमटम चालक का गीत उन तक पहुँचा :

*सर से गुसल किया बनाई*
*चनन लगउलन आठों अंग*
*वर्दी पेटी ले मँगाओ*
*झालम झार ले मँगाओ*
*ऐ बाबू ने ज़ोर किया*
*पंडित जी को लिये बुलाए*
*सुनो पंडित जी मेरी बात*
*सगुन दो विचार*

**रोज़नामचा**

**गढ़ी चाँदपुर, 1852**
**बैसाख के ख़ुशनुमा दिन**

ज़िन्दगी का नक़्शा कहीं और से बनकर आता है। यह एक देश का नक़्शा नहीं जो सरहदों की रेखा खींच दूँ। ये तो अंग्रेज़ों की चाल है। चालों के नक़्शे कैसे बनें?

बाबू सुमेर सिंह इस बात को नहीं समझते हैं।

उनकी दुनिया धुएँ और धुन्ध की दुनिया है। वे चाहते हैं कि मैं उन्हें सरहदों की मानिन्द सब कुछ काग़ज़ के नक़्शे पर खींचकर बता दूँ।

यही इसरार बार-बार कर रहे थे।

कैसे बताऊँ उन्हें कि इतने बरसों में सूर्य दरबार पर जो सफ़र किए हैं, मैंने जो दुनिया देखी है, वह कितनी ही सारी दीगर दुनियाओं की रेखाओं, ज़मीन की मिट्टी, नदियों, पहाड़ों और पठारों की ऊँचाइयों से बनती है।

मेरी दुनिया में हक़ीक़ी जंग है। मैंने अपनी आँखों से देखा है जिसे।

मार-काट और नक़्शों के उलटफेर, राजाओं के गिरने और उठने की कहानियाँ। इनसानों की बसाहट और ज़मीनों से उनके उखड़ने और उखाड़े जाने की कहानियाँ। कितने ऐसे किरदारों को अब जान गया हूँ मैं। चीन में ऐसे किरदार भरे हुए हैं।

अब केंटन से लौट जब यह लिख रहा हूँ तो याद आ रही हैं क़ुदरत की कहानियाँ भी। पहाड़ जो ढहकर पठार बन गए। ऊँचाइयों से फिसलकर बर्फ़ जो गिरकर नदी बन गई। नदियाँ जो तहज़ीब की गोद थीं अब मिट्टी से पटकर अपनी पहचान खो चुकी हैं। क़ुदरत के इरादे नक़्शों से बेहतर कहाँ दिखलाई पड़ते हैं? इनसान की हवस के नमूने भी हैं नक़्शे।

सुमेर सिंह आज बार-बार पूछ रहे थे—बताओ आगे क्या होगा? क्या इंगलिस्तान के नक़्शे के भीतर ही हिन्दुस्तान और चीन दोनों समा जाएँगे?

मैं फिर कहना चाहता हूँ, 'चालों के नक़्शे नहीं होते सुमेर सिंह उनके नतीजों के नक़्शे होते हैं।'

"फ़िरंगी क्या यहीं बसने आए हैं? वे कब जाएँगे यहाँ से? बताओ फ़तेह अली ख़ान? अच्छा यह बताओ तुम्हारा चीन के बारे में क्या ख़याल है? क्या तुम चीन को मेरे पास ला सकते हो?" सुमेर सिंह बेताब हो पूछते चले जाते हैं।

मेरे पास जवाब नहीं। देना चाहता हूँ लेकिन दे नहीं सकता। दे नहीं पाता हूँ। सच बोलना चाहता हूँ लेकिन बोल नहीं पाता। बर्दाश्त नहीं होगा सुमेर सिंह से, नाज़ुक दिलोदिमाग़ के हैं। कैसे दूँ दिलासा भोले सुमेर सिंह को? कैसे कहूँ सुमेर सिंह 'आगे क्या होगा यह मैं कैसे जान जाऊँ? आगे होनेवाली या हो सकनेवाली बातें बतानेवाला नजूमी नहीं मैं, फ़क़त एक अदना-सा नक़्शानवीस हूँ।'

हवा में तैरते जिस्मों, ख़्वाबों और मोहब्बत की लपटों से मेरा कोई वास्ता नहीं रहा है और आगे होगा इसकी कोई गुंजाइश बची नहीं। सुमेर सिंह, मैं तुम्हारी तरह धुएँ से भरे तसव्वुर में चीनी-चाय की ख़ुशबू से भरी किसी औरत की जाँघों पर सर रखकर नहीं लेटता यह सोचते हुए कि दुनिया कितनी ख़ूबसूरत है और फिर अगले ही पल, किसी और दुनिया में नहीं लौटता यह सोचते हुए कि दुनिया से ख़ूबसूरती कहाँ ग़ायब हो गई?

मेरी दुनिया की पैमाइश में कोई औरत नहीं। हो भी कैसे सकती है? कौन सी औरत ऐसी होगी जो जहाज़ पर जीनेवाले के लिए ज़मीन पर राह तकती बैठेगी। इन्तज़ार की झुलसाती लौ के बीच आँखों में राहत के बादलों को ठौर देगी। किसी अनजान गाँव या शहर में बिलकुल अकेली बैठी एक प्यारी औरत क्या सबकी निगाह का काँटा न बन जाएगी? सच तो यह है कि जब ज़िन्दगी का कोई ठिकाना नहीं तो ठिकाने की ज़िन्दगी का वास्ता किसे दूँ?

किसे समझाऊँ कि अब, मेरे दुख और सुख जहाज़ पर के हैं। पानी की कहानी मेरी ही कहानी है। पानी का आकार मेरा आकार है। पानी से जहाज़ का रिश्ता मेरी धड़कनों का रिश्ता है। जब समुद्र हिचकोले भरता है और जहाज़ उसी लय में अपने अन्दर बैठे इनसानों और चूहों को उठाकर पटक रहा होता है, पानी की ऐसी गहराई में फेंकने को आमादा, जहाँ से लौटना हो पाएगा कि नहीं इसका पता नहीं, तो कैसे समझा दूँ किसी को अपने होने और न होने की बात? कैसे कह दूँ कि 'लोगो, मेरा इन्तज़ार करना, आज नहीं तो कल मैं लौटकर आऊँगा?' मैं मास्टर की तरह किसी इन्तज़ार करती औरत के लिए गीत गाने की सलाहियत भी नहीं रखता।

जहाज़ के हिचकोलों के दरमियान तो मैं कब चूहे में बदल जाता हूँ और कब चूहे मुझे अपने गुट में शामिल कर जहाज़ के ढके, छुपे, फटे-पुराने कोनों में अपने साथ लिये चलते हैं, मुझे यह भी नहीं मालूम होता। बिला शक चूहों को भी मेरा साथ अटपटा नहीं लगता होगा, तभी ऐसे वक़्त में वे कभी मेरी नाक पर होते हैं अपनी रस्सी पूँछ को मेरी नाक पर लपेटे या मेरे साफ़े के बेतरतीब घुमेरों में। उस वक़्त आँखों का बन्द होकर खुल जाना ही अपने आप में बड़ी जीत हुआ करती है।

गोकि यह सच है, अब मैं जहाज़ पर इतनी बार चढ़कर चीन गया हूँ कि मैं चीन का समुद्री रास्ता जान गया हूँ, वहाँ की सरहदों और उसके अन्दर बसनेवालों की कहानियों से वाबस्ता हो गया हूँ। मैं जान गया हूँ कि चीन की औरतें और बच्चे अन्दरूनी जंगों और गोरों की दोहरी मार सह कैसे बदहाल हो चुके हैं। मैं जानता हूँ कि सुमेर सिंह की धुन्ध वाली दुनिया जैसी वहाँ कितनी ही दुनियाएँ बस गई हैं। अफ़रा-तफ़री का आलम है लेकिन लोगों के पैरों में बेड़ियाँ हैं और वे भाग नहीं पा रहे हैं।

चीन को 'ज़्होंग गूऊर' कहते हैं चीनी।

'मध्य साम्राज्य' दुनिया की सबसे पुरानी सभ्यता कहते हैं ख़ुद को गुरूर से। इनका सम्राट 'जन्नत का बेटा' कहलाता है। आसान नहीं उससे मिलना।

और भोले सुमेर सिंह की इस फ़रमाइश का क्या करूँ मैं?

"चीन का टुकड़ा ही ला दो हमारे लिए, जैसे कोई यादगार सौगात फ़तेह अली ख़ान।"

कैसे पूरी हो यह फ़रमाइश? कैसे मैं चीन को सुमेर सिंह के पास ले आऊँ? चीन का टुकड़ा चाहिए इन्हें!

"जन्नत के बेटे के राज्य का टुकड़ा चाहिए इन्हें?"

रौ में कितनी ही बार कहा है, रेशम लाओ, नफ़ीस चीनी के बर्तन लाओ! और ख़ुदाया चाय...! उसकी ललक तो कभी ख़त्म ही नहीं होती है। इतने तरह की ले आया फिर भी उनके जी को नहीं भाती...इतनी बार ख़ास इनके लिए बर्तन ले आया लेकिन सुमेर सिंह ने लाई गई उन चीनी रकाबियों में कभी सालन नहीं खाया। रेशम के थान पड़े सड़ते हैं गढ़ी में। मज़ाल है जो कभी उससे एक अचकन या कुरता सिलवाया होगा। बाँट दिया नौकरों में। चाय के साथ भी ऐसा ही बर्ताव करते हैं। ताँबे की प्यालियों में पड़ी ठंडाती रहती है। अलबत्ता कोठरियाँ उसकी ख़ुशबू से नम और सुकून भरी बनी रहती हैं। हमेशा। सुमेर सिंह को यही रास आता है। पहनने-ओढ़ने के जो शौक़ थे वे भी जाने कहाँ ग़र्क़ कर दिए। अपने लिए सिर्फ़ निचाट अकेलापन और पीली धूप-सी उदासी इकट्ठी कर ली है इसने।

इतने बरसों में देख लिया और जान लिया कि स्वाद से कोई मतलब नहीं सुमेर सिंह को, सिर्फ़ ख़ुशबुओं और रंगों के दीवाने हैं। चीनी चमेली चाय की ख़ुशबू की तलाश में सूँघते रहते हैं, हर औरत को, मर्द को, जगह को। हर बार की भटकन। भूलभुलैया में घूमते सुमेर सिंह बेसबब एक अबूझ तलाश में जुटे नज़र आते हैं। अब कुछ दिनों से ज़िद पर अड़े हैं तो नक़्शे खोलकर दिखाने होंगे।

अच्छा ही है, शायद उनका जी कुछ अच्छा हो जाए इस शगल से। दिखलाऊँगा जल्द।

**फ़. अ. ख़ान**

## चाँदपुर

बैठक में आरामदेह कुर्सियाँ हैं लेकिन वहाँ बैठना मुनासिब नहीं होगा। एक बड़ी सी तिपाई पर नक़्शे फैलाने होंगे। नक़्शे जगह घेरते हैं। उनका मिज़ाज ही है जगह घेरना। फ़तेह अली ख़ान तिपाई पर फैला देते हैं नक़्शे और सुमेर सिंह को बहलाने लगते हैं। बहलाना एक तरह की मन की भोली ढिठाई को सहलाना भी है, जिसकी सुमेर को ज़रूरत है। वे जब सोचते हैं सुमेर के मुताल्लिक कुछ भी, ख़ुद-ब-ख़ुद प्यार छलक उठता है।

"मैं कोई नई बात नहीं बता रहा, आप सब जानते हैं।"

"फिर भी बताओ फ़तेह अली ख़ान, किताबों और अख़बारों में पढ़े हुए मजमून से अलहदा होता है किसी अज़ीज़ से उन्हीं बातों को दोबारा सुनना।"

फ़तेह अली ख़ान इस दलील के आगे झुक जाते हैं।

बहुत नर्म लहज़े में बताने लगते हैं, "यह जो समुद्र का किनारा है, यहीं से शुरू हुआ था इनसानी सफ़र। दो देशों के बीच का सफ़र। बहुत सारी गरमाहट का सफ़र जो लेने और देने का रास्ता भी तय करता रहा है। हम दोस्त नहीं रहे कभी तो दुश्मन भी नहीं रहे। व्यापार तो वैसे भी एक व्यवहार है। उस व्यवहार के सलीक़े चारों ओर फैले हुए हैं। हमें अख़्तियार है हम अपनी पसन्द के सलीक़े खोज लें और उसे सुख और दुख में तब्दील कर लें।"

इस तरह एक अनजान लेकिन क़रीबी दुनिया बुन दी थी फ़तेह अली ख़ान ने चारों ओर और अब मोहब्बत से उसके मायने समझाने लगे थे सुमेर सिंह को।

"देखिए...यहाँ देखिए।"

सुमेर ने नक़्शा देखा और उन्हें नज़र आए अलग-अलग रंग, नीले पानी के, हरे जंगलों के, कुछ भूरे, कुछ लाल और बहुत सारा पीला भी।

"ये तो सिर्फ़ रंग भरी लकीरें हैं। लोग कहाँ हैं फ़तेह अली ख़ान? यहाँ के लोग?"

सुमेर सिंह ने सुन रखा था और देखा था अपनी आँखों से रेशमी लम्बे चोगे पहने चीनी व्यापारियों को जब वे हुगली के बन्दरगाह पर उतरते थे अपने दुभाषियों के साथ। वे उनको ही ढूँढ़ने लगे नक़्शे में।

"केंटन शहर की बात बताइए।"

कौतूहल से भरे बच्चे-सा मुँह बनाकर बैठ गए सुमेर सिंह। मानो एक सुद्धू बच्चा मिठाई के इन्तज़ार में बैठ गया हो। ये कितने नाज़ुक मिज़ाज हैं सचमुच इनसे

सच कहना, मतलब इन्हें थोड़ा सा मार देना है। फ़तेह अली ख़ान की पेशानी पर फ़िक्र नाचने लगी।

"अब दुनिया बदल रही है बाबू सुमेर सिंह लेकिन मैं आपको कैसे बताऊँ यह सब? आप क्या समझ पाएँगे? चीन की दुनिया और हमारी दुनिया। सबकी दुनिया बदल रही है। सबके नसीब में लगता है जैसे लिखी हो ग़ुलामी, चाकर हम सब बाबू। फ़िरंगी के चाकर, हम सब। अब तो बस सबको चीन में भी यहाँ की तरह लगता है, अदावत की भाषा कैसे ईजाद हो? लगभग दो करोड़ लोग मारे गए इस बीच लड़ाइयों में!

कमरे में मौत की चुप्पी पसर गई।

जीवन को फिर झकझोर के जगाया फ़तेह अली ख़ान ने,

"हिन्दुस्तान के पूरबी हिस्से की लकीरों को देखिए। यहीं पर कुछ दूरी से शुरू हो जाता है पानी। दक्षिणी चीनी समन्दर...हम इसी पर महीनों रहते हैं। आप तो यह सब जानते हैं। देखकर समझ ही रहे हैं न। इसी सुन्दर शहर का नाम केंटन है। जिस पर आपकी उँगली है। उँगली हटा लीजिए। वह उस मोहल्ले को ढक रही है जहाँ मैं रहता हूँ जब वहाँ जाता हूँ।" सुमेर ने उँगली हटा दी, लेकिन उसे फ़तेह अली ख़ान का डेरा दिखलाई नहीं पड़ा।

फ़तेह अली ख़ान सुमेर के अचरज को भाँप रहे थे लेकिन उन्होंने अपना बोलना ज़ारी रखा, सोचा समझा देंगे सुमेर को बाद में कभी। "समन्दर यहाँ सुन्दर बादलों की चादर नहीं। बच्चों का फेनिल स्वर्ग भी नहीं। आदमी दीखते नहीं, जवान लड़के समन्दर पर मछली पकड़ने नहीं जाते। चारों ओर भुखमरी और अजल का माहौल है। लड़के सब चले गए। लापता या फ़ौत कोई नहीं जानता। जवान लड़कियाँ भी ग़ायब हैं। वहाँ अब सिर्फ़ बूढ़ी औरतें और कुछ जवान माँएँ दिखलाई पड़ती हैं, जो अपने छोटे बच्चों को छाती से चिपकाए भटकती रहती हैं, दर-बदर। कुछ अफ़ीम युद्धों की भेंट चढ़ गए और कुछ ताइपिंग विद्रोह की...!

फ़तेह अली ख़ान ने सोचा हो गया शगल अब नक़्शे समेट लिये जाएँ तभी आवाज़ आई,

"कहाँ?"

फ़तेह अली ख़ान ने देखा, सुमेर सिंह का हुक्का थोड़ी देर को गोल हुए होंठों से हटा और चारों ओर धुएँ के गुबार के बीच से सरकती हुई वह आवाज़ दीवारों पर चिपकने लगी।

फ़तेह अली ने हाथ में पकड़े नाज़ुक पीले काग़ज़ों को चमड़े के खोल पर रख जैसे ही लपेटकर बन्द करने की कोशिश की, दीवारों से सुमेर सिंह की आवाज़ भूतों की तरह उछलकर नीचे गिरने लगी और फ़तेह अली के हाथ पर

जम गई। फ़तेह अली ख़ान रुककर नक़्शे को दुबारा उलटा खोलने लगे। सुमेर की आँख उस वक़्त रुई के फाहों के बीच नन्ही काली पुतलियाँ लग रही थीं। उनमें किसी भी क़िस्म का कोई जज़्बात नहीं झलक रहा था। फ़तेह अली ख़ान का दिल ममता से भर गया।

उन्होंने दोबारा नक़्शा खोलकर बड़ी मेज़ पर फैला दिया। मेज़ कमरे की एक छोर पर टिकाई गई थी। उसकी लकड़ी बेशक़ीमती थी। उस पर की गई नक्काशी विदेशी कारीगरी का बेहतरीन नमूना थी। सामने सुमेर सिंह कुछ दूरी पर बड़े फूलदार रेशमी कपड़े से मढ़ी कुर्सी पर बैठे थे। दो घंटे से कुछ ऊपर तो ज़रूर हो ही गए होंगे जबसे सुमेर सिंह इस कमरे में यूँ आकर बैठ गए थे। और दो घंटे से कुछ ऊपर ही तो ज़रूर हो गए होंगे जबसे फ़तेह अली मेज़ पर कभी झुक, कभी चुप, कभी बोलते हुए, इन नक़्शों को पढ़ते जा रहे थे। नक़्शों की भाषा उनकी अपनी कहानी की भाषा थी एक ख़ब्त की माफ़िक़ जिसका इन्तिख़ाब उन्होंने ख़ुद किया है।

## पूरब

ब्रितानिया एक राज है। फ़िरंगी उसकी सन्तानें। विक्टोरिया उस देश की महारानी।

गाँव-गाँव में यह चर्चा आम हो चुकी है।

बाबू सुमेर सिंह को फ़िरंगी का रुतबा बहुत पसन्द था। उन्हें मालूम था कि बार-बार कलकत्ता जाने की उनकी ख़्वाहिश को उनके पिता बड़े राजा अब बहुत सन्देह की नज़रों से देखने लगे थे। जबकि बड़े राजा ख़ुद न जाने कितनी ही बार कलकत्ता जाते थे। कलकत्ता में बाज़ार था, जुआ घर था, चकले थे, बंगाल का जादू था और एक भद्रलोक का समाज था जिसमें बड़े राजा का उठना-बैठना था।

और सच तो यह है कि पहले कभी बड़े राजा ने सुमेर के कलकत्ता जाने के बारे में जानना भी ज़रूरी नहीं समझा था। लेकिन इधर बड़े राजा सुमेर के कलकत्ता जाने की बाबत, कई बार एतराज़ जताने लगे थे। बड़े राजा अब कलकत्ता के भद्रलोक समाज को नकली मानने लगे थे। भद्रलोक अंग्रेज़ों के प्रभाव में आकर आजकल झूठ की रवायत पैदा कर रहा था जो सबके लिए आगे चलकर ख़तरनाक होनेवाली थी। बात सिर्फ़ अंग्रेज़ी बोलने-चालने की नहीं

थी। बहुत सारी और बातें थीं। वकील अपने ही लोगों के ख़िलाफ़ खड़े हो रहे थे। सिपाहियों को अपने ही लोगों को गोली मारने के आदेश दिए गए थे, जिसे वे अंजाम भी देते थे और इस पर भद्रलोक का समाज चुप्पी साध लेता था। कलकत्ता के नाटकों और संगीत पर भी फ़िरंगियों का असर दिखलाई पड़ता था। उनका बंगाली डॉक्टर दोस्त उन्हें कहता रहता था, "इस बार बड़े राजा माइकल मधुसूदन दत्त का नाटक देखने मेरे साथ चलिए।" बड़े राजा को इस शख़्स के नाम पर ही क्रोध आ गया था। पुराने ढब के नाटक और गान भी अब जब बदल रहे हैं कलकत्ता में, तो कोई क्यों जाए वहाँ? ऐसा लगता था कुलीन सारे, इन बदलावों के स्वागत में हाथ पसारे खड़े हैं।

उन्हें यह बहुत नागवार गुज़रता था। ऐसा नहीं कि वे बन्द दिमाग़ थे। उन्होंने ख़ुद कोशिश की थी कि सुमेर सिंह को एक से ज़्यादा ज़बानों की तालीम दिलवाएँ। अंग्रेज़ी सीखना ज़रूरी था, न सिर्फ़ व्यापार की वजह से बल्कि मालगुज़ारी के बदलते क़ानूनों को सीखने के लिए भी। फ़ारसी और संस्कृत तो इल्म की ज़बानें थीं। उन्हें तो सभी सीखते थे। भोजपुरी इलाक़े की ज़बान थी और अब रेख़्ता चारों ओर फुसफुसाहट की ज़बान बनती जा रही थी।

गड़बड़ किसी ज़बान में नहीं ज़बान से जुड़े मंज़िले मक़सूद में थी। अंग्रेज़ी ज़बान के बोलनेवालों के दिल दिन-ब-दिन काले होते जा रहे थे। बड़े राजा जब फ़िरंगियों से मिला करते थे ज़मीन और कोतवाली के काम को लेकर, तो लगान के कई ऐसे मसले हुआ करते थे जिस पर उनको अपमान सहना पड़ता था। उन्होंने देखा था, उन्हीं का खा-पी कर भी फ़िरंगी कभी मुतमईन नहीं होता था। इधर इलाक़े के सारे राजा लोग, हाल ही में बाबू कुँवर सिंह से हुई मुलाक़ात के बाद फ़िरंगियों के ख़िलाफ़ धीरे-धीरे लामबन्द हो रहे थे। सबके मन में एक बात बर्फ़ की तरह जमने लगी थी कि फ़िरंगियों की जमात किसी को बराबरी का दर्जा कभी नहीं देगी, चाहे देसी लोग उसकी ज़बान सीख लें, अशुद्ध रूप से उनके शौच का तरीक़ा अपना लें या फिर छुरी-काँटे से खाना शुरू कर दें। फ़िरंगी उन्हें कभी भी अपनों में नहीं शामिल करेगा।

बाबू कुँवर सिंह ने सभी से कहा था, "दिल्ली से लेकर बिहार तक फ़िरंगियों के ख़िलाफ़ ग़ुस्सा बढ़ता जा रहा है। आप सब अपने इलाक़ों में असलाह और आदमियों को इकट्ठा कर तैयारी शुरू कर दें।"

सभी राजाओं का कहना था, अगर अपनी जागीर बचानी है तो ज़माने के चलन पर कड़ी नज़र रखनी होगी और ज़माना फ़िलवक़्त बाबू कुँवर सिंह का था। हवा में फुसफुसाहटों के दरमियान अब नया जुमला चल पड़ा था,

*लड़बे न ता करिबे, भाइन के हँसइबे।*

यह वजूद की लड़ाई थी। यह इज़्ज़त की लड़ाई थी। और इसे लड़ना हर देशी का फ़र्ज़ था। धान के खेतों से उठती गन्धों में अब सहलाने की ताक़त के बजाय डराने की धमकियाँ होती थीं। हवा अब सिर्फ़ मैदाने-जंग के अन्देशों को बयाँ करती थी।

उधर दूर-दराज़ के इलाक़ों में उनकी रिआया ने भी छोटी-छोटी बग़ावतों का बिगुल बजा दिया था। दुसाधों के बीच कोई सरदार पैदा हो गया था। कहीं किसी छावनी में रहकर आया था कुछ दिन और फ़िरंगियों के साथ राजाओं की मुख़ालफ़त की कुछ अधकचरी बातें फैलाने लगा था। पुराना ज़माना होता तो इन कीड़ों को बड़े राजा देख लेते लेकिन आज के माहौल में, मन मसोसकर रह जाने के अलावा कोई चारा नहीं था।

बड़े राजा इसीलिए चाहते थे कि सुमेर सिंह दूर देश कलकत्ता जाकर किसी झगड़े-झंझट में न पड़ें। माहौल मुताबिक़ नहीं लग रहा था। इतनी जागीर पड़ी थी यहीं चाँदपुर में कि अगर इस उमड़-घुमड़, कसमसाते समय में वे कुछ ज़िम्मेदारियाँ सँभाल लेते और बड़े राजा को छोड़ देते इलाक़े के लोगों से मिल-बैठकर तैयारी करने में तो कितनी राहत हो जाती। यह समय दोहरी ज़िम्मेदारी का था, जिसे दोनों मिलकर ही सँभाल सकते थे।

जितनी जल्दी सब मिलकर इस उथल-पुथल को रोकेंगे, उतनी ही जल्दी सब कुछ पहले सा हो जाएगा।

पुश्तैनी ज़मीन-जायदाद को तो ठीक से सँभालना ही होगा। उसकी देखभाल ठीक से करनी ही होगी और यदि उसकी देखभाल सही तरीक़े से हो जाए तो उनके ख़ानदान की सात पुश्तों का कुछ नहीं बिगड़नेवाला। सुमेर सिंह के लिए बड़े राजा की फ़िक्र दिनोंदिन बढ़ती जाती थी।

उन्होंने एक बार सुमेर सिंह को सफ़र में जाते-जाते रोक लिया था। सुमेर अपनी बग्घी में एक ही पैर रख पाए थे—चारों ओर पके आमों की ख़ुशबू तिर रही थी—ये वक़्त बाग़ानों की मालगुज़ारी के काम देखने का था और सुमेर सिंह जा रहे थे कलकत्ता। क्यों?

वे ऊपर ज़नानख़ाने में थे। वहीं की खिड़की से आम की मादकता को महसूस करते हुए उन्होंने शुद्धता से भीगी, गीली साड़ी में लिपटी पूजा-पाठ को जाती अपनी पत्नी से पूछा था, "फिर कहाँ जा रहे हैं आपके कलेजे के टुकड़े?"

लाज, संकोच और दिन के उजाले में अधनंगी पकड़े जाने की ग्लानि से भरी पार्वती देवी ने घुटे हुए स्वर में सिर्फ़ एक शब्द कहा था 'कलकत्ता' और दिन के उजाले में अपने पति की नज़रों से भागकर अपने पूजा के कमरे में छिप गई थीं। वहाँ पहुँच उन्हें अपने पति के सामने हुई अपनी बेशर्म उपस्थिति पर ख़ूब रुलाई आई थी।

और बड़े राजा का पारा चढ़ गया था। वे भागते हुए सीढ़ियाँ उतर गए थे और

बग्घी में चढ़ते सुमेर सिंह का कन्धा पकड़कर क्रोध से पूछा था,

"फिर कलकत्ता?"

..."क्यों?"

...!!!

## कलकत्ता

कलकत्ता हसरतों का शहर था।

सुमेर सिंह अक्सर चाँदपुर से कलकत्ता अपनी हसरतें पूरी करने जाते थे। बड़े राजा के अपने डेरे में, जिसमें बड़े राजा भी जाकर रुका करते थे। सुमेर सिंह साल के कुछ महीने वहाँ बिताते थे। ख़ूबसूरत मौसम में कलकत्ता की सुबह उमंग से भरी थी। उस दिन जब सुमेर सिंह ने सुबह, 2 फ़रवरी, 1853 का 'हिन्दुस्तानी तस्वीर' अख़बार खोला तो देखा कि पहले पन्ने पर मलिका विक्टोरिया की शानदार तस्वीर छपी है। साथ में थे हिन्दुस्तान के फ़िरंगी व्यापारियों के सरदार लॉर्ड डलहौजी। नीचे रपट थी। 'ईस्ट इंडिया कम्पनी' के चीन से व्यापार के फ़ायदे। साथ में कुछ व्यापार के आँकड़े भी दिए गए थे।

रेशम, पोर्सिलेन...सभी के बारे में तफ़सील से लिखा गया था। फ़ायदे और नुकसान की सब बातें अख़बार में दर्ज थीं। चीन से क्या आ रहा है उसकी पूरी जानकारी थी, चीन को क्या जा रहा है इसकी जानकारी नदारद थी। लेकिन सुमेर सिंह इस तरफ़ के व्यापार से बख़ूबी वाक़िफ़ थे। उनके अपने जहाज़ 'सूर्य दरबार' से भी उसी तरह की चीज़ें चीन जा रही थीं, जैसी ईस्ट इंडिया कम्पनी के जहाज़ों से। अख़बार पढ़ने का मक़सद कम्पनी राज के सरदार और जहाज़ और व्यापार से ज़्यादा मलिका विक्टोरिया को ग़ौर से अपने दिल में उतार लेना था क्योंकि वही थी जो सबसे बड़ी मल्लिका थी। दुनिया को चलानेवाली मल्लिका। सुमेर ने मन के मीतों से कहा था, *'अगर किसी दिन मल्लिका विक्टोरिया मेरी बग़लगीर हो जाए तो? मन के मीतों ने हँसकर कहा था, 'नहीं-नहीं, वह तुम्हारे लायक़ नहीं...।'*

इस पर बहुत ख़ुश हो गया सुमेर सिंह। उसने चुस्ती से अख़बार सहेजकर मेज़ पर रख दिया और हरिया को आवाज़ लगाई,

"बग्घी तैयार करवाओ हरिया। हम बन्दरगाह तक जाएँगे। आज 'सूर्य दरबार' के लंगर डालने की ख़बर है।"

"आपको कैसे पता बाबू?" हरिया मेज़ पर रखे अख़बार को पलटने लगा। उसे लगा क्या ये ख़बर अख़बार में छपी है, जिसको पढ़ सुमेर सिंह एकदम बन्दरगाह जाने को तैयार हो गए?

"हमें पता है...जहाज़ पर से ख़त आया है। फ़तेह अली ख़ान का।" और फिर चुप्पी छा गई।

**फ़तेह अली ख़ान का ख़त**

**माघ, 1853**

*सुमेर सिंह मेरे रहनुमा तुम्हें मेरा सलाम पहुँचे।*

*मैं केंटन से ठीक 15 दिन बाद निकलूँगा। यह ख़त ईस्ट इंडिया कम्पनी के जहाज़ में मुलाज़िम के हाथों भिजवा रहा हूँ। यह पटना के दीवान मोहल्ले का निकला, डेरे के पास किसी फ़िरंगी की चिट्ठी लेकर डेरेदार के पास आया था। जहाज़ पर मामूली नौकर है। फ़िरंगियों के जूते चमकाता है। बातचीत के दौरान पता चला उसका जहाज़ हमसे पहले वतन वापसी कर रहा है। इस बीच मेरे साथ भी यहाँ इतना कुछ घटा, कुछ मन में, कुछ आसपास कि मैं ख़त लिखने से ख़ुद को रोक नहीं पाया।*

*ख़त पढ़ने के बाद उसे आँख बन्द कर एक बार सूँघ लीजिएगा। यह मेरी गुज़ारिश है। इसमें चमेली के चाय की ख़ुशबू है। जब मैं आज ख़त लिखने बैठा हूँ समन्दर के पास अपने इस डेरे में, जिसे नक़्शे में एक बार मैंने आपको दिखलाया था, तो मुझे लग रहा है कि यहाँ की हवा में जो कई तरह की ख़ुशबुएँ हैं, उनमें से जो आपको पसन्द है उसे मैं चुरा लूँ और इस ख़त के ज़रिये आप तक भिजवा दूँ। मैंने वही किया है। मैंने इस काग़ज़ पर चमेली की तरंग को फूँक दिया है। ठीक दम किए गए पानी सा। यह आप तक ज़रूर पहुँचेगी।*

*जहाँ तक व्यापार की ख़बर है फ़िरंगियों के मुक़ाबले तो नहीं लेकिन फ़ायदे में ही रहे हैं हम। लोग सूर्य दरबार से उतारे माल की खोज करते रहते हैं। अपनी खदानों के लाल अबरक की भी इस बार बिक्री अच्छी हुई है। चीन के अबरक से आला है हमारे यहाँ का अबरक, लेकिन अब जब सब व्यापार के नियम बदल रहे हैं तो चीनी हमारे यहाँ के अबरक को ज़्यादा तवज्जो नहीं दे रहे हैं। सुना है अब हम ज़्यादा दिन यहाँ खुला व्यापार भी नहीं कर पाएँगे...।*

*.ख़ैर इन सारी बातों को आने पर ठीक से कहूँगा। फ़िलहाल .ख़बर यह है कि मैं आपके लिए चाय ला रहा हूँ, बहुत ढूँढ़कर। इस बार आप देखेंगे कि इसमें अलग ही तरह की बात होगी।*

*इन्तज़ार करें।*

**फ़. अ. ख़ान**

## सूर्य दरबार

'सूर्य दरबार' बड़ा जहाज़ नहीं था।

लेकिन बचपन से सुमेर को बहुत अच्छा लगता था। चाँदपुर से पटना, फिर कलकत्ता और फिर बन्दरगाह तक की सवारी। सब बचपन से ही बहुत-बहुत अच्छा लगता था। उनकी माँ उन्हें जहाज़ पर चढ़ने से मना नहीं करती थीं। धर्म का कोई वास्ता नहीं देती थीं। धर्म उनके लिए था और अब उनके पति के लिए। सुमेर को उन्होंने धर्म के सभी बन्धनों से आज़ाद रखा था। जब बड़े राजा ने जहाज़ ख़रीदा था तो उन्होंने बड़े राजा से क़सम ली थी, "जहाज़ तो ख़रीद रहे हैं मालिक लेकिन उस पर चढ़कर समन्दर पार नहीं करेंगे आप। मलेच्छ नहीं होंगे आप। यदि ऐसा किया तो मेरा मरना निश्चित है क्योंकि उसके बाद मैं आपका मुँह नहीं देखूँगी और यदि अपने मालिक का मुँह नहीं देखूँगी तो ज़िन्दा कैसे रहूँगी?"

बड़े राजा ने बहुत सोच-विचार कर जहाज़ तो ख़रीदा नहीं था, लेकिन जब ख़रीद ही लिया था, तो ज़मीनों की बेज़ारी के समय में व्यापार से कुछ धन जोड़ने की ललक ज़रूर पैदा हो गई थी। मास्टर बहुत भरोसे लायक़ इनसान था और अब फ़तेह अली ख़ान भी मुलाज़िम से ज़्यादा गढ़ी का सच्चा ख़ैरख़्वाह बन गया था। उम्मीद थी कि चीन से बढ़ते हुए व्यापार से जहाज़ की ख़रीदी की लागत के पैसे वापस आ जाएँगे...।

चीन को वे दो-तीन तरह का ही माल भेजते थे। सबसे पुराने समय से वे अपनी खदानों से निकला शुद्ध अबरक भेजते रहे थे। वैसा शुद्ध और स्लेट की आकार का अबरक चीन में नहीं होता था। इसीलिए उसकी माँग घटती नहीं थी। इसके अलावा घरेलू करघों के ताने-बाने वाले सूती कपड़े चीन जाते थे, जिनकी माँग भी नहीं घटती थी। लेकिन जिस माल को वे पहले तौलकर भेजा करते थे, वह उनके खेत का ही उम्दा माल था। और दिनोंदिन जैसे-जैसे चीन में माल की माँग बढ़ती जाती थी वैसे-वैसे उनके खेतों में उस हरे पौधे की पैदावार बढ़ती जाती थी। खेतों

में हरे पौधों पर उगे सफ़ेद, लाल फूल खिलते ही जाते थे। उनकी मांसल गोलियों से बीज झरते ही जाते थे। उनकी अहमियत बड़े राजा, व्यापारियों और फ़िरंगियों के मन में सबसे ज़्यादा हौसला भरती थी। बड़े राजा के खेतों से बने माल में ग़ज़ब की तासीर थी। वैद्य गुणीजन युगों से उन पौधों को आनन्द का पौधा बताते रहे थे जिसमें रोगनिवारक गुण भी होते हैं।

लेकिन इधर चीन में फ़िरंगियों ने उसमें भी अड़ंगा लगाना शुरू कर दिया था। वे अपने अलावा हर दूसरे के व्यापार को ख़त्म करने की साज़िश में जुटे थे। लोग उनके हथियारों और बारूद के चमत्कार से डरने भी लगे थे। अफ़वाह तो यह तक थी कि समुद्री डाकू के वेश में फ़िरंगी ही हिन्दुस्तानियों के जहाज़ों पर हमला कर लूट-पाट मचाने लगे थे। उनका इरादा व्यापार में इजारेदारी का था। 'आनन्द के पौधे' के बीजों के व्यापार ने चीन में भी कैसा भयानक युद्ध छेड़ दिया था। फ़िरंगी ने चीन के ग़रूर को मटियामेट करने में कोई कसर नहीं छोड़ी थी। 'आनन्द का पौधा' कब 'युद्ध के पौधे' में तब्दील हो गया था बड़े राजा कैसे जानें? वे तो अब बहुत डरकर जीते थे। व्यापार कम होता जा रहा था, अबरक के खदानों पर कई तरह के महसूल लगा दिए गए थे और इधर खेत जो थे सब सूखते जा रहे थे।

इसीलिए उन्होंने सुमेर सिंह को 'सूर्य दरबार' की ज़िम्मेदारी सौंप दी थी। यह ज़रूरी था। सुमेर सिंह के लिए ज़िन्दगी के दाँव-पेच सिखानेवाला काम था व्यापार।

फ़ायदा और नुकसान सिखानेवाला।

सुमेर सिंह अपनी इस ज़िम्मेदारी से ख़ुश थे।

दूर से 'सूर्य दरबार' का पीला मस्तूल दिख रहा था। उसकी पताका पर बने हुए ओजस्वी सूर्य देवता का चित्र बहुत ग़ौर से देखने पर वह सुमेर सिंह के रूप की ही प्रतिकृति लगता था। दोनों कितने सुन्दर! हवा में उड़ते-फड़फड़ाते हुए। जहाज़ के लौटकर देश आने की पदचाप अनूठी थी। जब जहाज़ बन्दरगाह पर पहुँचने का बिगुल बजाता था, सुमेर सिंह का दिल चाँदपुर में रहने पर भी उछलने लगता था। उन्हें मालूम हो जाता था कि पानी को तेज़ी से काटते हुए 'सूर्य दरबार' के पंखे अब चीन की कितनी ही गन्धों को अपने में समेटकर ला रहे होंगे उनके लिए। अनगिनत कहानियों के संग।

उन्होंने फ़तेह अली ख़ान को कह रखा था सब कुछ।

फ़तेह अली ख़ान जो अब उनका अज़ीज़ हो चुका था।

## केंटन—चीन

चारों ओर फ़िरंगी अपने खूँटे गाड़े बैठे हैं। केंटन के किनारे बहुत से गोरे हैं, डच, पुर्तगाली, फ्रांसीसी भी। सब गोरे। लेकिन फ़िरंगी सबसे बड़ी तादाद में। गोया सबसे बड़े जल्लाद। चीन को बार-बार शिकस्त दे रहे थे फ़िरंगी। और अब चीन भी कराहने लगा था...'मत बर्बाद कर ए ज़ुल्मी हमारी नस्लों को, यह नशे का व्यापार उठा ले।' इसी कराह का मखौल उड़ाते, एक नामाकूल फ़िरंगी कवि ने दर्ज किया, वहीं केंटन के किनारे एक चीनी घर में बैठे हुए, एक नाज़ुक चीनी औरत से अपनी देह दबवाते हुए :

*ये नशे के गुबार हैं।*
*यह नई दुनिया का परचम है*
*और—*
*हम फ़िरंगी मालिक,*
*तुम अफ़ीमची ग़ुलाम हो।*

उस फ़िरंगी को फ़तेह अली ख़ान जानते थे। बेहद मगरूर था। मगरूर और चालाक। चीनी व्यापारियों से भिड़ गया था। वह भी उस जहाज़ पर था जिसकी चाँदी को ज़ब्त कर लिया था चीनी अफ़सरान ने। और फिर...

उसकी कविता बहुत मशहूर हुई, और जहाँ एक ओर फ़िरंगी उसे मोतिया नदी के किनारे ज़ोर से गाते मिल जाते थे वहीं चीनी उसे सुन शर्मिन्दा हो सर झुका लेते थे।

जेठ की दुपहरी हिन्दुस्तान की तरह चीन में भी अब सताती थी। जहाज़ पर माल लादने के बाद मास्टर अक्सर केंटन के गाँवों और पहाड़ी इलाक़ों से लाए फल रखवा लेता था—डूरियन, साधू फल और लीची...।

खट्टे-मीठे और प्यारे फल। चीन की तरह ही अपने और पराए स्वादों से भरे। एक कहानी मशहूर थी चीन में—एक चीनी राजा सैकड़ों साल पहले अपनी माशूक़ा को इज़हारे इश्क़ करता था केंटन से लीची मँगा-मँगा, खिला-खिला के।

लेकिन कहाँ जानता था चीन में बिताए अपने पहले जेठ से पहले कि लीची इस क़दर उसकी अपनी है। इसी महीने में फलों के राजा आम की भी आमद होती थी, जो फ़तेह अली ख़ान को बेहिसाब पसन्द थे। लेकिन फ़तेह अली ख़ान अब बरस-दर-बरस अपने वतन के आमों को बग़ीचों में छोड़ बड़े राजा के हुकुम पर आते रहते हैं, चीन की गर्मियों से नाता जोड़ने।

इस वक़्त भी ज़रूर आम के बग़ीचे लदे पड़े होंगे, उस पके पीले फल से। जिसे जाने क्यों 'आम' कहते हैं लोग, होता जो है लेकिन कितना 'ख़ास'। वतन सा ही ख़ास। सोचा फ़तेह अली ख़ान ने।

चूँकि फ़तेह अली ख़ान ने फ़िरंगियों की सारी कारगुज़ारियाँ देखी हैं बरसों से तो अब वे इस नतीजे पर पहुँच चुके हैं कि जेठ अब ऐसा मौसम नहीं रहा था जो आकर गुज़र जाता था, एक मौसम की तरह। फिर चाहे वह चीन में हो या हिन्दुस्तान में...

दिन और रात तपते थे अब बिना राहत के। फिर बेचारे फलों की क्या औक़ात कि वे जेठ की नुमाइंदगी करें?

## कलकत्ता

कलकत्ता के डेरे में अपनी देह की तकलीफ़ों से ऊबता, ऊँघता, गिरता-पड़ता हरिया अब समझ गया कि बाबू कुछ भी नहीं बताएँगे। उनके चाल की तेज़ी, उनकी चुस्ती किसी आनेवाले सुख के इन्तज़ार में बौराई हुई फरहर होती जाती थी। फ़तेह अली ख़ान का बाबू से पक्का याराना हो गया था। फ़तेह अली ख़ान बाबू के ख़ास मक़सदों को पूरा करने उनके जहाज़ पर जाता था। यह बात अब सब समझते थे। लेकिन वे मक़सद क्या थे ये कोई नहीं जानता था।

हरिया को सब मालूम है कैसे शुरू में बड़े राजा ने ही उन्हें नौकरी पर रखा था। लेकिन धीरे-धीरे वे सुमेर बाबू के नज़दीक आ गए थे। बड़े राजा को भी उनकी यह दोस्ती पसन्द थी। उन्हें लगता था फ़तेह अली जैसे पढ़े-लिखे आदमी की सोहबत में सुमेर सिंह कुछ और तमीज़दार हो जाएँगे। दुनिया-जहान के क़िस्सों से मुठभेड़ होगी और वे नई दुनिया की अलामत को पहचानेंगे। ऐसी नई दुनिया जिसमें उनके पुरखों की शान खदानों के अबरक की तरह ही चमकेगी भरपूर। रात-दिन के फ़र्क़ के बिना। हमेशा ही।

बड़े राजा की मुहर लग चुकी थी इस दोस्ती पर। इसीलिए हरिया की क्या औक़ात कि ज़बान लड़ाता या बाबू के कान में कोई मंत्र फूँकता। वैसे भी वह देख रहा था सुमेर बाबू का बड़ा होना। अपनी बाँहों के झूले से बाबू का धीरे से नीचे उतर, धरती पर डगमगाते क़दमों से चलना और फिर उसे बार-बार पीछे धकेल देना,

आँखों से डपटना और बिना कहे कहना, 'दूर रहो हरिया अब हम बड़े हो गए हैं।'

वह अपनी औक़ात जानता था। उस औक़ात में शालीनतापूर्वक रहना भी जानता था। ज़िन्दगी के लिए मुग़ालता ख़तरनाक था। हरिया की उम्र हो रही थी। लेकिन अभी मरने का उसका कोई इरादा नहीं था। इसीलिए उम्र-दर-उम्र वह अपनी औक़ात के स्तर को समझ उसे माँजता रहता था और किसी को उससे कभी कोई शिकायत नहीं होती थी।

'सूर्य दरबार' चीन से ही व्यापार के लिए हर छह महीने पर समन्दर के दक्षिणी रास्ते से होता हुआ केंटन पहुँचता था। सुमेर सिंह इधर लगातार अख़बारों में पढ़ रहा था कि चीन को 'ऐयाशों का देश' कहा जा रहा है। ऐसा देश जहाँ की लड़कियाँ बहुत ख़ूबसूरत हैं। बेहद नाज़ुक और मर्दों की बन्दगी करनेवाली। चीनी लड़कियों की बनावट के बहुत क़िस्से पढ़ने में आते थे। कैसे उनके पैरों को पैदा होते ही बाँध दिया जाता था, जिससे वे पदचापों के शोर की दोषी न हों बस शान्ति से, फुर्ती से चलें और मालिकों की सेवा करें। फ़िरंगी हलकों के लिए यह अनूठी परम्परा थी और फ़िरंगी फ़िलवक़्त चीन को ले मतवाला हुआ जा रहा था। फ़तेह अली ख़ान ने इन सारी बातों की तस्दीक की थी।

हरिया एक टाँग पर फुदकता हुआ कोचवान को आवाज़ लगाने चल दिया।

थोड़ी देर में हरिया ने देखा बाबू घर से बाहर निकले। बुर्राक धोती और सफ़ेद कुरते में। मूँछों की पैनी रेखाओं ने उनके रुतबे को बढ़ा दिया था। उस सुन्दर मुखड़े पर बस दो आँखें थीं जो रहस्यों की दीवारों के पीछे लुकाई हुई लगती थीं। उनमें गझिन बुनाई के रेशमी डोरे थे। बाबू को निस्सन्देह दुनिया हरी लग रही होगी इस वक़्त। जोम में दिख रहे हैं बाबू। हरिया ने यह सब देखा और सोचा—आज बाबू के साथ मुझे भी जाना होगा। बन्दरगाह पर आजकल ठग भिखमंगों का भेस बनाए घूमते हैं। कहीं लूट ना लें मेरे बाबू के गले से ज़ेवर।

जब हरिया सुमेर सिंह को बग्घी में बिठाकर ख़ुद भी अपनी धोती को सावधानी से समेटते हुए बग्घी में बैठने लगा तो सुमेर सिंह ने ख़ुशमिज़ाजी से हँसकर कहा,

"कहाँ?"

"तुम्हारे साथ बाबू।"

"ना...ना...आज नहीं। आज तुम यहीं रुको। हमें फ़तेह अली ख़ान से बहुत सारी बातें करनी हैं, जहाज़ से उतरते माल को गोदाम में जाने से पहले देखना-परखना है।"

"लेकिन बाबू...आप क्यों? किरानी बाबू तो हैं ही इस काम के लिए।"

"हाँ हैं...लेकिन आज फ़तेह अली से हम वहीं मुलाक़ात करना चाहते हैं। तुम उतर ही जाओ हरिया। हम फ़तेह अली ख़ान को ले यहीं डेरे पर चले आएँगे। तुम इन्तज़ाम में लगो। उनकी पसन्द की रोटी बनवाओ और गोश्त में मिर्च ज़्यादा

रखना। वे पटना के हैं...हाहाहा कहा करते हैं। उनके यहाँ के सालन में मिर्च ज़्यादा पड़ती है, इससे उनके यहाँ का ज़ायक़ा बेहतरीन होता है।"

हरिया को बाबू का मिज़ाज समझ में नहीं आया। जब हर बार की तरह फ़तेह अली ख़ान से बातचीत यहीं डेरे पर होनी है, लौटकर, फिर आज बाबू का यह उतावलापन क्यों?

आज बाबू की आँखों में उसे साथ न ले जाने की ज़िद सवार है। वो बिना हुज्जत किए बग्घी से उतर गया। इसके बाद उसने गाड़ीवान को इशारा किया कि वह बाबू का ख़याल रखे। गाड़ीवान ने हरिया को इशारों में यक़ीन दिलाया कि वह चौकस रहेगा और सुमेर सिंह का ख़याल रखेगा।

ख़ुशनुमा बहार की आहट से हवा गमक रही थी। उमंगों के दिन फूलों के मानिन्द शाख़ों से खिलने लगे थे। सुमेर सिंह ने चैन से अपनी शॉल को कन्धे पर जमाया और बग्घी की सीट पर सर टिका बग्घी के राग में रमते हुए चल दिए, बन्दरगाह की ओर...अलबत्ता एस्पलेनैड की ओर जाते हुए उसका दिल मचलने लगा। सामने ख़ूबसूरत सफ़ेद बँगले बने हुए थे। अपनी बन्द आँखों से उसने देखा कि फ़िरंगियों के इन सफ़ेद बँगलों से उठकर अभी-अभी मल्लिका विक्टोरिया उसकी बग़ल में आकर बैठ गई हैं—

और अब दुनिया उनकी मुट्ठी में है।

## मुसव्विरख़ाना

शंकर लाल बग़ीचे में टहल रहे थे। दिन कितना अजीब गुज़र रहा था। रुकुनुद्दीन का यह अकस्मात् सा ग़ुस्सा डरानेवाला था। क्या हुआ जो चित्र अच्छा नहीं बना किसी से कभी? और वह पहचान वाली बात? चौकीदार की पहचान पर इतनी उत्तेजना? क्या ख़ुद पहचान की दिक़्क़त है इसे? कभी खुलकर कुछ नहीं बताता है। किसी तरह जानना होगा उसके मन का रहस्य।

जब रुकुनुद्दीन चौकीदार के गले लग रहा था तो उन्होंने देख लिया था और उन्हें राहत महसूस हुई थी। फिर वह शंकर लाल की तिपाई तक चलकर आया था और बिना कुछ कहे सर झुकाकर बैठ गया था। उन्होंने उसकी पीठ पर हाथ रखा था और बस।

इसके बाद न रुकुनुद्दीन कुछ बोला न शंकर लाल ने उससे कुछ पूछा। बात फिर किसी अनजाने अधर में अटक गई थी।

अगले दिन सही वक़्त पर सारे शागिर्द अपनी तिपाइयों पर सर झुकाए अपने काम में जुटे हुए थे। रुकुनुद्दीन ने नए काग़ज़ पर काम शुरू किया था और खोया-खोया सा लग रहा था। जैसे अभी उसे बिलकुल समझ में नहीं आ रहा था कि वह बनाना क्या चाहता है? शंकर लाल ने उससे कुछ भी नहीं कहा। वे जानते थे कि हर चित्रकार की ज़िन्दगी में कुछ ऐसे पल आते हैं जब वह निहत्था और बेख़बर हो जाता है। जानता ही नहीं उसे क्या करना है। अन्दर की दास्तानगोई, रंगों में कैसे खिलेगी इसी जुगत में हैरान होता रहता है। शायद रुकुनुद्दीन की फ़िलहाल यही हालत है। हो जाएगी ठीक।

कुछ ही दिनों की बात है।

चौकीदार ने जब एक बेपर्दा औरत को मुसव्विरख़ाने में आते देखा तो उसके बदन पर ख़ौफ़ की चींटियाँ सरसराने लगीं। उसने आज तक अपनी साठ साल की उम्र में पैंतालीस बरस की नौकरी में, किसी औरत को यहाँ आते नहीं देखा था। सुना था बाबूजी से कि कुछ औरतें भी अपने घर की सरहदों में बैठ चित्रकारी करती हैं, लेकिन ऐसे बेपर्दा होकर हिम्मत करना? सरासर बदतमीज़ी थी नाक़ाबिले-बर्दाश्त बदतमीज़ी! वह दौड़कर कमरों में जाने से पहले शीशम से बने काठ के दरवाज़े पर खड़ा हो गया, अन्दर जाने का रास्ता छेंककर—

औरत उसकी मुद्रा देख ठठाकर हँस पड़ी।

"इतने दिन तो जाने दिया आज अचानक दरवाज़ा रोककर खड़े हो? अपने बाबू के कहे नियम तोड़ दोगे क्या?"

चौकीदार भौचक!

"कौन है यह? इतनी ढिठाई?"

फिर हँस पड़ी औरत।

"महतो जी?"

अब चौकीदार को काटो तो ख़ून नहीं। उसका पुश्तैनी नाम किसे याद है? वह तो सिर्फ़ यही जानता है कि वह चौकीदार है।

महतो जी?

"रमेसर महतो चाचा?"

चौकीदार को ख़ुद से रू-ब-रू होना तकलीफ़देह बात लगी। यह उसकी गोपनीयता पर हमला था।

उसे बहुत दर्द महसूस हुआ। लगा किसी ने आत्मा पर घाव कर दिया है।

आँख में आँसू आने को हुए। फिर अचानक लगा कि ना-ना यह ठीक नहीं, वह चौकीदार जी, छड़ीदार जी सुनकर ही राहत महसूस करता था।

तनकर खड़ा हो गया।

"औरतों को अन्दर जाना मना है। तुम कोई भी हो।"

"मैं कोई भी नहीं रमेसर चाचा, मैं शागिर्द हूँ। पिछले कई महीनों से यहाँ आ रही हूँ। आप ही मेरे यहाँ रहने पर कितनी देर तक जाग-जाग पहरा देते रहे हैं।"

"शागिर्द?"

चौकीदार को अब इस औरत का छल समझ में आने लगा। यह वही मुँह ढककर आनेवाला लड़का था जो सचमुच में लड़का नहीं है। यह तो लड़के के वेष में औरत निकली। पहले ही आत्मा छलनी कर चुकी औरत के इस छल ने तो उसे भहरा ही दिया। वो धप्प से ज़मीन पर बैठ गया और मालिक-मालिक जपने लगा।

"अब मैं अपने मालिक को कैसे मुँह दिखाऊँगा? यह तो पाप हो गया मुझसे।"

ख़दीजा बेगम फिर हँस पड़ी और बोली,

"चाचा मैं तुम्हारी पड़ोसन हूँ, फिर भी तुम मुझे नहीं पहचानते? अपने मालिक की चिन्ता मत करो, वह तुम्हारा पाप अपने ऊपर ले लेंगे। मैं शागिर्द हूँ। मालिक शागिर्दों से बहुत मोहब्बत करते हैं।"

ऐसा आहत था चौकीदार कि इस बदतमीज़ी को भी तवज्जो नहीं दे पाया। मालिक...ओहो...मालिक रटता रहा। मोहब्बत लफ़्ज़ ने उसका दिमाग़ और छलनी कर दिया। ख़दीजा बेगम हँसती रही—बेलौस और चमकदार ढंग से। उसकी आँखें सुरमे भरे कटोरदान-सी रस छलकाती रहीं। उसकी गदबदी देह उसके छोटे क़द पर किसी चाबुक-सी लहराती रही और चौकीदार को समझ में भी न आया कि कब ख़दीजा बेगम एक ज़हीन शागिर्द, मुसव्विरख़ाने के अन्दर अपनी चुनी हुई तिपाई पर जाकर बैठ गईं। उन्होंने बड़े एहतियात से कबूतर का पंख निकाला, और एक पीले सुन्दर काग़ज़ पर लिखा—ख़दीजा बेगम, शागिर्द—शंकर लाल-, मुसव्विरख़ाना—मोहल्ला लोदी कटरा-पटना, ताकि सनद रहे की शंकर लाल जैसे उस्ताद भी इतिहास में हुए हैं जिनके लिए इनसानियत से बड़ा धर्म न था और कला से बड़ा कर्म न था। इसके बाद उसने अब तक बने चित्रों की परम्परा से अलग जाकर काग़ज़ पर कुछ ऐसे रंग भरने शुरू कर दिए जिनका अर्थ भविष्य में आनेवाली कला दुनिया के ताखों में सुरक्षित रख दिया गया। कोई पूछता ख़दीजा बेगम से—तुम क्या बना रही हो? तो वह ज़रूर कहती—मोहब्बत।

मोहब्बत का नाम उसने रखा—पोर्ट्रेट—शंकर लाल।

रमेसर चाचा उर्फ़ रमेसर महतो उर्फ़ चौकीदार को पड़ोस की नन्ही बच्ची

यकबयक याद आ गई जिसे वह प्यार से ए...ख़दीजा, कहा करता था। जिसकी कुँजड़न माँ, बाँस की टोकरी में लौकी, तुरई बेचती हुई चलती थी। जिसके घर से हमेशा फूहड़ों की तरह हँसी की आवाज़ फूटती रहती थी। कहीं किसी शऊर का मुग़ालता न था। फिर उस घर में ऐसी लड़की कैसे पैदा हो गई? कैसे फिर लड़की बड़ी हो गई, ऐसी बड़ी कि शागिर्द होने का माद्दा रखने लगी? बीच बाज़ार में इसकी माँ कई टोकरियों के साथ बैठ कद्दू, लौकी, तुरई, करेले की बिक्री के गीत गाती थी और ग्राहकों से मोलभाव करते हुए हाथ नचा-नचाकर झगड़ा भी कर लेती थी।

यह उसी माँ की लड़की है? इस मुसव्विरख़ाने में तो उसके देखने में सिर्फ़ ज़हीन लोग ही आते थे। यह फिर कैसे आई? क्या यह भी कुछ अलग क़िस्म की है? ज़हीन है? वह जितना जान रहा था और जितना समझ रहा था उतना उलझता जा रहा था और अपनी उलझन में मालिक...मालिक रटता जा रहा था लगातार। इस मन:स्थिति में उसे पता भी नहीं चला कब एक नई घटना ने इतिहास के पन्नों पर अपनी जगह बना ली थी—उस दिन, जब मुसव्विरख़ाना के शागिर्दों ने अपने बीच एक बेपर्दा औरत को तन्मयता से चित्र बनाते साथी शागिर्द के रूप में स्वीकार किया था। मुसव्विरख़ाना का यह सुनहरा दौर था। और कला बाज़ारों के कानों में कोई मुसाफ़िर चुपके से कह रहा था, यह मानीखेज़ सच।

सादगी के हुनर की उम्र नहीं होती। बिना पेचीदगियों, रेखाओं के सादे चित्र। रंगों से बने सादे चित्र। ज़िन्दगी की नुमाइंदगी करते सादे चित्र। ज़िन्दगी जीते जाते आम इनसानों के सच्चे चित्र। साफ़ कोरे काग़ज़ सी ज़िन्दगी को बयाँ करता कोई जीवनोत्सव। कोई मेला। कोई रोज़गार। बुनियाद की ही सारी बातें। बुनियादी बातें। जिनके ऊपर तोताचश्मी का रंग न चढ़ा हो। जिन चित्रों को देखते ही लगे आहा...ऐसा ही तो देखा है मैंने उस इनसान को आज बाज़ार में। आज घर में। आज बाग़ में देखा था केला यूँ ही घौदों में फला हुआ था। आज यूँ ही तो मेले में लोग अपना माल सजाए हुए थे। यूँ ही तो एक भिश्ती भी पानी का थैला काँधे पर लटकाए राहगीरों की प्यास बुझा रहा था, उड़ती धूल को पानी के छींटों से पाट रहा था। सबके चित्र थे। सबके भीतर-बाहर के चित्र थे। और यही कला थी।

यही कला दुनिया के लिए थी। यही कला हर उस इनसान के लिए भी थी जो सीखना चाहे उससे जुड़ना चाहे। कला आम जन के लिए। यही कला विलियम स्टोन के लिए। यही कला रुकुनुद्दीन के लिए और यही कला ख़दीजा बेगम के लिए भी। पटना के लोदी कटरा मोहल्ले में बैठे शंकर लाल का, कला को ले यही फ़लसफ़ा क़ायम रहा, हमेशा के लिए।

इस कला—पटना की इस कला का दुनिया के नाम यही सन्देश होगा—बकौल शंकर लाल।

## चाँदपुर

गढ़ी के पिछले हिस्से में सुमेर सिंह ख़ुश थे उसके मन के मीत भी घर के पिछले हिस्से में ही रहते थे।

गढ़ी के पिछले हिस्से की फुलवारी को सींचती थी परगासो। रंग-बिरंगे फूल खिलाती थी। जैसे माली चाचा ने बताया था ठीक वैसे ही। सारे नियमों का पालन करती थी। घर की चौखट पार न हो जाए इसका ख़याल रखती थी। भगत जी कहते थे वह उलटी-पलटी है लेकिन उसने कभी चौखट के अन्दर जाकर गढ़ी को उलटा-पलटा करने की नहीं सोची। दिखने में दुबली नज़र आती थी और अक्सर उसके सूती छींट के घाघरे के ऊपर पहनी हुई कसी सी चोली उसके चादर जैसे लम्बे दुपट्टे से ढकी रहती थी, लेकिन जब कभी दुपट्टा सरकता और परगासो झुकती तो उसकी कसी हुई पुष्ट छातियाँ झलक जातीं। फिर तो बग़ीचे में एक नशा तारी हो जाता। जिससे फूल-पत्तियाँ वाक़िफ़ थीं लेकिन लोग अभी तक अनजान थे।

परगासो सुमेर सिंह के हिस्से की फुलवरिया को सींचती थी। सुमेर सिंह गन्धों की भाषा के दीवाने। परगासो ख़ुशबुओं को उगाती दीवानी। उलटी-पलटी सी। मालन और लड़ाका। नाज़ुक और दमदार। उजली और चमकदार। दुबली और पुष्ट।

जब पहली बार सुमेर सिंह ने परगासो को देखा था तो सुबह का कोई पहर रहा होगा। आसमान था बैंजनी, नारंगी या पीला सा कुछ। उसमें रोशनी का एक क़तरा ठिठककर फूलों पर बिखर गया था। क्या सुबह इतनी सुन्दर होती है? सुमेर ने मन-ही-मन ख़ुद से सवाल किया था। बरसों से देखा ही नहीं यह मंज़र। जाना ही नहीं। इधर के बरसों में जब आँख खुली दोपहरी की तल्ख़ी से ही वास्ता रहा। अचानक इतनी मृदुता देख वो अचंभित हो गया और मंत्रबिद्ध-सा चमेली के लतरों की ओर खिंचता चला गया। लतर फूलों के बोझ से दुहरी हो रही थी। नाज़ुक पतली हरी कलाइयों के बीच भारी चाँदी के फूल हों जैसे। चाँदनी की छिटकी बुंदकियाँ जो आज दिन के उजाले में नज़र आ रही थीं।

परगासो का घूमकर पीछे मुड़ना और घबराकर सुमेर सिंह की कोर्निश में झुक जाना, सुमेर सिंह का उसे देखना और फिर उसकी छाती से गिरते हुए दुपट्टे को देखना एक साथ यूँ हुआ मानो कोई काला जादू। काला जादू जो सारी ताक़ीदों के ख़िलाफ़ रच दिया गया हो। सुमेर सिंह का चक्कर खाकर गिर जाना और परगासो प्यारी का उसे सँभालना, नज़ाकत का नाज़ से रगड़ खाना और करिश्मे का आग

की तरह उजागर होकर सबको अपनी लपट में स्वाहा करना, सब की सब कहीं ऊपर से तय हुई शै थी, जिसे ही आज पेश किया जा रहा था।

प्यारी परगासो ने सुमेर सिंह को सँभालकर सोचा कि घर के अन्दर ले जाए और उनके पलंग पर लिटा दे। लेकिन फिर उसे चौखट के अन्दर क़दम न रखने की बात याद आई। 'उलटी-पलटी हूँ लेकिन गढ़ी को उलटा-पलटा नहीं करूँगी।' फुलवारी के एक किनारे रस्सी की बुनी हुई खाट पड़ी थी। ठीक कनेर के पेड़ तले। ठीक चमेली के फूलों के नज़दीक। वहीं, ठीक वहीं, लिटा दिया सुमेर सिंह को और दुपट्टे से पंखा करने लगी। सुमेर सिंह का कलेजा अजीब ढंग से धड़धड़ा रहा था। आँखें बन्द होकर खुल जा रही थीं। उसका जी कर रहा था कि वो इस जादू में बँधा रहे हमेशा-हमेशा के लिए। उसने इस न समझ में आनेवाली घड़ी में मन के मीतों को याद किया—*ये क्या हो रहा है मीत? मीतों ने उसे घेर लिया और उस पर फूल बरसाने लगे...*चारों ओर *रंग फैल गया, ख़ुशबू फैल गई। मीतों ने हँसकर कहा स्वागत के गीत गाओ मीत...*

*कौन है ये?*

*तुम्हारे तन-मन की मीत...हमारी टोली में शामिल होगी...स्वागत करो...*बहुत *स्वागत...*

"कौन?"

"कौन हो तुम?"

"परगासो!"

"हुज़ूर हम परगासो...परगासो दुसाधन।"

"परगासो...परगासो। यहाँ नहीं...अन्दर ले चलो हमें। सहारा दो।"

"हुज़ूर हम परगासो दुसाधन हैं।" प्यारी परगासो ने बातें साफ़ करनी चाही।

सुमेर सिंह भोले और भले। नाज़ुक और सपनेबाज़। मन के राही। मन के यार। मन के मीतों के यारों के यार। ज़िदिया गए—

"परगासो...ए परगासो अन्दर ले चल, इस खटिया की रस्सी से छिलता है हमारा बदन।"

प्यारी परगासो यह सुन शर्मिन्दा हो गई। सुमेर सिंह। छोटे राजा हमारे। सुला दिया हमने उनको अपनी खाट पर।

उफ़, भगत जी तुम ठीक ही कहते हो—हम हैं ही उलटे-पलटे।

"हुज़ूर लिये चलती हूँ।"

इतना बोल उसने सुमेर सिंह को अपना कन्धा दिया।

जैसे ही सुमेर सिंह ने अपना भार उस पर डाला उसका दुपट्टा सरकता हुआ नीचे गिर गया।

अब क्या उपाय था।

दोनों के लिए?

सुमेर सिंह ने ऐसी सुन्दर छातियाँ नहीं देखी थीं।

ऐसी देह नहीं देखी थी।

ऐसी ख़ुशबू नहीं पाई थी।

अब उपाय क्या था...सिर्फ़ देखने के अलावा। बार-बार देखने के अलावा?

प्यारी परगासो के पास भी क्या उपाय था?

नाज़ से सहारा देने के अलावा?

भगत जी, चाचा और रानी जी की तरकीबों को उलटा-पलटा करने के अलावा?

देह और मन की गर्मी महसूस करने के अलावा?

छोटे राजा का सहारा बनने के अलावा?

सुमेर सिंह के मन के मीतों की टोली में शामिल होने के अलावा?

तन को मन से न्योछावर कर देने के अलावा?

और आत्मा से न्योछावर हो जाने के अलावा भी कोई उपाय था क्या?

काला जादू शबाब पर था...और दूर कहीं किसी पिछली सदी में एक नायक—नाम जहाँगीर, मुग़ल सल्तनत का बड़ा बादशाह, यह कहते हुए अपने भरे-पूरे दरबार से इजाज़त ले रहा था, "हमें तो बस कुछ लज़ीज़ कबाब और शराब देकर रुख़सत करो, लोगो! माफ़ करो हमें...बख़्श दो इस इंसाफ-नाइंसाफ की पेचीदा दुनिया से, हुकूमत करने की ग़ुलामी से। आज से हमारी महबूबा, हमारी नूरजहाँ की हुई ये सल्तनत। हमारा सब कुछ इनका। हम ही ये और ये ही हम।"

सब कुछ ख़त्म होकर भी नहीं होता है ख़त्म। असल में तो, कुछ ख़त्म होकर ही कुछ पैदा होता है। लिहाज़ा काला जादू अपने होशरुबा अन्दाज़ में भी उस सदी से इस सदी तक चलता हुआ दीवारों को पार कर कमरों में दाख़िल हो गया। इस सदी में जहाँगीर का नाम हुआ सुमेर सिंह और नूरजहाँ तो वही—परगासो दुसाधन निकली।

संस्कृत पढ़ानेवाले पंडित ने सुमेर सिंह को बहुत बचपने में घोर असमंजस के दौरान एक श्लोक का अर्थ बताया था,

*सृष्टि से पहले सत नहीं था/असत भी नहीं। अन्तरिक्ष भी नहीं/आकाश भी नहीं था। छिपा था क्या कहाँ/किसने ढका था/उस पल तो/अगम अटल जल भी कहाँ था/सृष्टि का कौन है कर्ता?/कर्ता है या है विकर्ता?/ऊँचे आकाश में रहता/सदा अध्यक्ष बना रहता/वही सचमुच में जानता/है किसी को नहीं पता/नहीं है पता/नहीं है पता*

*ऐसे किस देवता की उपासना करें हम हवि देकर?/ऋग्वेद हिरण्य गर्भ सूक्त (सृष्टि के प्रारम्भ)*

लिहाज़ा चौखट पार की गई उस दिन और एक नई इबारत दर्ज की गई। सृष्टि ने करवट ली और शेषशय्या पर लेटे विष्णु कुछ कसमसाए।

नूरजहाँ ने बादशाह जहाँगीर को मुलायम बिछौने पर बहुत एहतियात से लिटाते हुए कहा—

"देवता तो मर गया है हुज़ूर।"

"क्या?" अरे इसे मेरे मन में उठनेवाले देवता के ख़याल का भी अन्दाज़ा है। कैसे?

सलीम को चारों ओर नाचती परियाँ दिखीं। और दिखा रास। और दिखी कलेजे को फाड़कर निकलनेवाली ख़ुशी। झर-झर बहनेवाली ख़ुशी।

"हुज़ूर देवता तो कब का मर गया। मैंने अपनी आँखों से देखा है, उसे मरते हुए। वह कहीं नहीं अब।" बहुत सधी हुई आवाज़ में बोली परगासो और सिरहाने बैठ सुमेर सिंह का माथा सहलाने लगी।

"अब कोई डर नहीं। हुज़ूर देवता मर गया है।"

सुमेर सिंह ने पहली बार सुकून से आँखें बन्द कर लीं।

लोगों ने ठीक से दर्ज नहीं की हैं उस सदी की बातें। उस सदी की नायिका थी नूरजहाँ। इतिहास की इबारतों में ख़्वाहमख़्वाह नस्लों को जहाँगीर के हवाले से बढ़ा दिया गया। दरअसल तो, मुग़ल सल्तनत की शहंशाह थी नूरजहाँ!

हरिया को लगा बाबू के कमरे से कुछ अजीब-सी आवाज़ें आ रही हैं।

वह अपनी दिनोंदिन ख़त्म होती तेज़ चाल से डेगता उनके कमरे तक पहुँचा।

उसकी आँखें फट जानी चाहिए थीं। लेकिन काला जादू ऐसा था कि आँखें फटते-फटते रह गईं और गले में ऐसी घिर्र-घिर्र मची कि वह परगासो का नाम भूल गया, जबकि रोज़ ही पुकारता था उसे।

बोला..."दुसाधन!!!!"

परगासो ने उँगली होंठों पर रख चुप होने का आदेश दिया हरिया को। हरिया से रहा नहीं गया दौड़कर सामने की फुलवारी से चाचा को पकड़ लाया यह मंज़र दिखाने। काले जादू का मंज़र दिखाने।

माली चाचा के गले में आवाज़ रुलाई की शक्ल लेकर उभरी। उसने चौखट की ओर देखा फिर परगासो की ओर—और ज़ार-ज़ार रोने लगा। उसकी आँखों में दुख और अन्देशे के बजाय लौटती सी ख़ुशी थी। परगासो ने उसे भी आदेश दिया कि वह चला जाए। इस तरह दो अधेड़ धीरे-धीरे चौखट पार कर घर के बाहर चले गए।

गढ़ी की दुनिया के तितर-बितर होने की शुरुआत काले जादू से हो गई थी।

## रोज़नामचा, 1855

### सूर्य दरबार पर सावन के गीत गाता मास्टर

"ए मास्टर सुनाओ न कोई सावन का गीत," मैंने इसरार किया था।

वो हँसकर बोला था, "कलकत्ता में नहीं कोई बारिश का रोमांच। बारिश तो नोबाब, रेगिस्तान में रहनेवालों को तरसाती है और तर भी करती है...हम बंगाली तो बेशी पानी देखते हैं। चलो आज एक रेगिस्तानी गान सुनो," और वह गाने लगा था,

"म्हारे साजन..."

वह झूम-झूम के मल्हार गाने लगा। फिर हमेशा की तरह उसका मल्हार, विरह राग में बदल गया था और जहाज़ को बारिश परीछने लगी थी। राग मल्हार का विरह के साथ जुड़ जाना दुख के साथ आँसुओं का घुल-मिलकर लिपटना लगा मुझे। समझ नहीं पा रहा हूँ, क्या वक़्त सबका इम्तिहान ले रहा है?

इस बार देश से 'कलकत्ता समाचार' अख़बार के कई शुमारे ले आया हूँ। जहाज़ पर सुकून से पढ़ूँगा उन्हें। देश-विदेश की ख़बरें हैं। इन अख़बारों से देश की ख़ुशबू आती है। अपनाइत से भरी ख़ुशबू।

पटना की कई ख़बरें हैं।

एक ख़बर पटना के अफ़ीम एजेंट चार्ल्स डी आयली की भी है।

मेरे बचपन के दिनों में वह एक मशहूर चित्रकार हुआ करता था। मुझे याद आ रहा है बचपन में एक जवान फ़िरंगी का पीछा करते हुए जो मैं एक जन्नत से मुसव्विरख़ाने में पहुँचा था, वहीं यह फ़िरंगी एजेंट भी चित्र बनाया करता था। ऐसा लिखा है अख़बार में कि वह अब किसी लिथोग्राफ प्रेस में भी चित्रों को प्रकाशित करता है। लिथो प्रेस क्या होती है, जानने की बड़ी ख़्वाहिश है। इस बार लौटने पर जाऊँगा देखने। अख़बार में यह भी ख़बर छपी है कि कम्पनी बहादुर के कलाकारों के जुड़ने की वजह से, इस कला की पूछ-परख अब यूरोप में भी होने लगी है...।

अपने पिछले केंटन के दौरे में मुझसे एक चीनी व्यापारी हिन्दुस्तान में

बनाए चित्रों की माँग करने लगा था। "दरबार में पटना के बनाए चित्रों की माँग है," वह ख़ुश होकर कह रहा था। "अगली बार जाओ तो कुछ लाना ज़रूर।" अगली बार जब मैं उतरूँगा सूर्य दरबार से और पटना के लिए स्टीमर पर चढ़ूँगा तो उतरकर चाँदपुर नहीं भाग जाऊँगा। अबकी बार लौटूँगा लोदी कटरा और मिलूँगा उस्ताद से, पूछूँगा—क्या कुछ ऐसे चित्र हैं आपके पास जिन्हें लेकर चीन लौटूँ। चीन में माँग है इस कला की।

**फ़. अ. ख़ान**

## मुसव्विरख़ाना

विलियम स्टोन का चीनी ग्राहक ख़ूबसूरत था। घोड़े की लगाम घोड़े के मालिक के हाथ से लेता हुआ वह बेहद ख़ुश नज़र आता था। उसकी पीली चमड़ी पर कंचे जैसी चमकती काली आँखों में किसी दिली चीज़ को हासिल करने के बाद का उत्साह उछल-उछलकर बाहर आ रहा था। विलियम ने बहुत ही कुशलता से चीनी ग्राहक की पीली चमड़ी का रंग एकदम असल बना लिया था। शंकर लाल विलियम की लगन को देख अचंभित थे। ये एकदम नई बात थी। चीनी किरदार उनके यहाँ के शागिर्दों के बीच पहली बार आया था। और जितना वो विलियम का काम देखते थे उतना सोचते थे 'क्या ख़ूब आया है', वे अन्दर से इतनी ख़ुशी का एहसास करते थे लेकिन दिखलाते नहीं थे। उन्हें दूसरे शागिर्दों की परवाह होती थी। कहीं इसके हुनर का रश्क किसी की ईर्ष्या में न तब्दील हो जाए। रश्क बेहतरी को उकसाता है, लेकिन ईर्ष्या ज़हर बनकर कलाकार को ही लील लेती है। वे जानते थे, ऐसे ऐतिहासिक सन्दर्भों को। ऐसी वारदातों से अटा पड़ा था संसार।

इस चित्र को देख उनके अन्दर की कला का उपासक महत्त्वाकांक्षी हो गया था। अब विलियम के इस चित्र को चीन पहुँचाना होगा। अच्छे दामों की उम्मीद है इससे। दो देशों के सम्बन्धों की कथा है इसमें। दुनिया कितनी मिली-जुली है। हम सब एक ही तो हैं। मनुष्य की प्रजातियाँ। कला हमें एक सूत्र में बाँध देती है। कला हमें एक विस्तार देती है। एक ऐसा फ़लक जहाँ रंजिशों की कोई जगह नहीं।

सिर्फ़ रचने का जुनून होता है। जहाँ रंग समाये रहते हैं पलकों की कोरों में। जिससे सारी दुनिया ही बच्चों की तरह मासूम बन जाती है। कौतूहल की पवित्रता से भरी।

विलियम स्टोन को शंकर लाल ने कह दिया था—"सोनपुर मेले में घोड़े ख़रीदता उसका चीनी ख़रीदार जाएगा तो चीन ही। अपना मनपसन्द घोड़ा ख़रीदकर।"

"इसे तो चीन के सम्राट तक पहुँचाना होगा।"

चीन के सम्राट तक तो और भी बहुत कुछ भेजना है—विलियम सोच रहा था। उनके साथ काम करनेवाला वह ठिंगना-सा शख़्स, जो अचानक कुछ दिनों से अपनी नकाब हटाकर बैठने लगा था और तभी यह रहस्य भी खुला था कि वह शख़्स तो एक लड़की थी! उनके मुसव्विरख़ाने में आनेवाली पहली लड़की। उस्ताद उसकी ओर देख जाने कैसे जज्बातों से भरने लगे थे। कभी आँखों में शर्म का गुलाबी रंग तैर जाता था तो कभी वे उसके भी सख़्त से उस्ताद हो जाया करते थे और बार-बार उससे एक ही चित्र को बनवाते थे।

वह लड़की जिसका नाम ख़दीजा बेगम था इससे कभी भी परेशान नहीं होती थी। उस्ताद के चेहरे पर सुकून आने तक चित्र बनाती चली जाती थी। दिन का कोई पहर उसके लिए मुश्किल न था। सबके चले जाने के बाद भी वह कई बार रुक जाती थी और रात के अँधेरे को चीरते हुए एक लालटेन की रोशनी दिखाते चौकीदार के साथ बेख़ौफ़ घर लौट जाती थी। शायद चौकीदार की पड़ोसन थी तभी उससे इतनी घुली-मिली थी। उसी ने उस्ताद का एक चित्र बनाया था। विलियम की दिली इच्छा थी कि वह चित्र भी चीन जाए या इंग्लैंड। दुनिया जाने तो सही इस मुसव्विरख़ाने के उस्ताद को, जो कला की एक परम्परा को ज़िन्दा रखने के लिए अपने चैन को भुला चुके हैं।

बहुत देर तक विलियम उन्हें आदर से देखता रहा था। अपने उस्ताद की निष्ठा को सराहता रहा था। क़लम की निष्ठा, उस्ताद की निष्ठा। उसके जी में आया कह दे उस्ताद से—'उस्ताद इस शैली को एक नाम दे दिया जाए। पटना क़लम कैसा रहेगा? मुग़ल, पहाड़ी और कम्पनी शैली मिलकर एक ख़ूबसूरत-सी अलहदा-सी शैली है यह।'

'सादा दिल और पाक-सी पटना क़लम की शैली?' लेकिन फ़िलहाल वह इस बात को लेकर चुप ही रहा। अपने मन की बात को बाहर लाना किसी अगले वक़्त के लिए मुल्तवी कर दिया उसने।

"विलियम क्या आप कलकत्ते चलेंगे? सुना है चाँदपुर रियासत का जहाज़ 'सूर्य दरबार' जल्द आपके घोड़े के ख़रीदार के देश जानेवाला है। क्या ख़रीदार को हम उसके देश नहीं भेजेंगे? 'सूर्य दरबार' के नक़्शानवीस आए थे हमारे पास। याद है आपको? ख़ुद शौक़ रखते हैं चित्रकारी का। चलकर देखा जाए कुछ चीन

का काम लाएँ हों शायद? कुछ अदला-बदली हो। हमारी कला को और लोग जानें हम उनसे कुछ सीखें।"

विलियम चुपचाप खड़ा रहा। चीन जाना उसके कुछ देखे गए सपनों में शुमार था। लेकिन फिर अगले ही पल उसे रुकुनुद्दीन की आँखें याद आने लगीं। उसे यहीं छोड़कर कलकत्ता कैसे जा सकता है वह? उन आँखों का अकेलापन कितना बढ़ जाएगा उसके यूँ चले जाने से?

नहीं! वह रुकुनुद्दीन को छोड़कर अभी कहीं नहीं जा पाएगा। पहले रुकुनुद्दीन ठीक हो जाए फिर चीन भी जाएगा वह। पहले उसकी मोहब्बत के नर्गिसी रंग खिल जाएँ दोबारा फिर वह बिना देरी किए चला जाएगा। कलकत्ता और फिर चीन। मोहब्बत के बाद ही है, सफ़र। चाहे समन्दर पार जाओ जहाज़ पर चढ़कर, चाहे यहीं कमरे में अपने माशूक़ को चूमकर पार कर लो समन्दर। फ़िलवक़्त उसके माशूक़ को उसकी ज़रूरत है।

"आप चले जाएँ उस्ताद, मुझे अपने अगले चित्र पर अभी बहुत काम करना है।" उसने बहुत इज़्ज़त से कहा।

शंकर लाल ने कुछ समझा और कुछ नहीं समझा। जो समझा उससे वे थोड़े परेशान हो गए। वे लोगों की निजी ज़िन्दगी में झाँककर निजता की पवित्र स्वतंत्रता को ख़त्म नहीं करना चाहते थे। इसलिए अपनी परेशानी को गटक गए और मुस्कुराते हुए हौसलाअफ़ज़ाई करने लगे, "मुझे तुम पर गुमान है विलियम स्टोन। तुम्हारे जैसा शागिर्द ढूँढ़ने से नहीं मिलता। तुम तो ऊपरवाले की नियामत हो। जब काम हो जाए तभी चलेंगे हम सब। साथ-साथ।"

इसके बाद विलियम चुपचाप अपनी जगह पर बैठ गया और अपने काम में तल्लीन हो गया।

इधर लोदी कटरा मोहल्ला में फुसफुसाहटें बढ़ गई थीं। गोरों के ख़िलाफ़ नफ़रत बढ़ती जाती थी। कम्पनी बहादुर की दरिंदगियों की ख़बर थी। शंकर लाल अन्दर ही अन्दर उलझते जा रहे थे। उनका नज़रिया मानवता की ओर झुकता था। उन्हें विलियम स्टोन की फ़िक्र सताती थी। कला की दुनिया में इनसानों का फ़र्क़ नहीं था। कलाकारों की जमात एक अलग दुनिया की जमात होती है। लेकिन उन्माद से भरे अवाम को समझाना आसान काम नहीं था। अगर अवाम भड़ककर उन तक आ पहुँची तो वे कैसे बचा पाएँगे विलियम को?

और इस सच से भी तो इनकार नहीं था कि धीरे-धीरे कम्पनी बहादुर यहीं के लोगों की चीज़ें हड़प रही थी...जाने कैसे उसको क़ानून बनाने का हक़ मिल रहा था? उन्होंने जितना अपने समय को जाना और समझा था उसमें यही बात बार-बार

उभरकर आती थी कि दिल्ली में बैठा मुग़ल बादशाह अब कमज़ोर पड़ता जा रहा था। अवध से, कानपुर से और झाँसी से भी ख़बरें आ रही थीं। फ़िरंगी का रंग, दमन का रंग बन चुका था। पटना और आसपास की रियासतें भी बहुत त्रस्त हो गई थीं। बाबू कुँवर सिंह को इस इलाक़े के लोगों ने मन-ही-मन अपना नेता मान लिया था और कुछ कर गुज़रने के इन्तज़ार में तैनात हो गए थे।

इन तब्दीलियों को लेकर कभी-कभी शंकर लाल के दिल में डर पैदा हो जाता था। लेकिन फिर जैसे ही वे मुसव्विरख़ाना के कमरे में अपनी कलाकृतियों पर काम करते अपने शागिर्दों को देखते थे, उनका डर अपने आप भाग खड़ा होता था।

कला के आगे, सारे भेद बेमानी थे। जात-पाँत, रंग, धर्म और सरहद। सब बेमानी।

अपने शागिर्दों को देख उनका गला भर जाता था। सीने में प्राणवायु वेग से बहने लगती थी और वे दुनिया के लिए मोहब्बत से भर जाते थे।

## पूरब

"बाबू कुँवर सिंह के जिगर के पार कटार भी नहीं जा सकती है। वे अमर पैदा हुए हैं। सब लोगन जान लो ई बात को और दिल में रोशन कर लो।"

सुमेर सिंह जहाँ भी जाता वहाँ यही बात सुनता। परगासो के उसके पास बसे होने के बाद से उसे किसी की परवाह नहीं रही थी। अब ज़नानख़ाने में भी वह कम ही जाता था। माँ का दिल ललकता था उसे देखने को तो दाई-नौकर डर के मारे हाथ जोड़ देते थे। बड़े राजा का फ़रमान कौन लाँघे? बड़े राजा जिन्होंने कह दिया था कि सुमेर सिंह को उसके किए की सज़ा जल्द मिलेगी। और उस घुसपैठिया लड़की की तो अब तक चमड़ी उधेड़ दी गई होती, लेकिन इस नाज़ुक समय में जब जंग की बड़ी तैयारी करनी है तब—इन बातों के लिए इन्तज़ार करना होगा। हाँ, गढ़ी के मुलाज़िमों को यह बात इत्तिला कर दी गई थी, 'ख़बरदार जो गढ़ी के पिछले हिस्से में गए। और उस दुसाधन की चाकरी की तो ख़ैर नहीं रहेगी।'

लिहाज़ा गढ़ी पर ख़ौफ़ तारी था, बदस्तूर और दोहरा। फ़िरंगियों का और बड़े राजा का। अन्दरूनी और बाहरी बग़ावत एक ही तराज़ू पर थे। सज़ा सबके लिए मुक़र्रर थी।

लेकिन सुमेर सिंह के लिए परगासो का आना दुनिया में नए रंगों का आना

था। मीठी नींद से बेधड़क जाग एक चाय जैसी ख़ुशबू वाली लड़की को छूकर, टटोलकर आश्वस्त होना भी था। इससे माँ की गोद की गरमाहट के मायने बदल रहे थे बहुत चुपके-चुपके।

परगासो तो फिर परगासो थी। महल के पिछले हिस्से में अब सिर्फ़ उसकी हुकूमत चलती थी। हरिया हो या माली चाचा उसे देखकर नज़रें नीची कर लेते थे। उन्हें अपनी हैसियत पता चल गई थी। चाचा तो हरिया को देख कभी-कभी दुष्टता से मुस्कुराता भी था। उसके पड़ोस की लड़की कैसे रानी बनी बैठी है! बिन माँ-बाप की बच्ची को देखो।

परगासो दुसाधन।

परगासो पासवान।

परगासो पासवाँ अपनी और सुमेर सिंह की।

सुमेर सिंह के मन के मीतों ने आदर से उसे अपने बीच जगह दी। परगासो देवता नहीं मानती। भूत-प्रेत नहीं मानती। कोई अलौकिक दुनिया नहीं मानती। लेकिन मानती है बस प्यारे सुमेर सिंह के मन के मीतों को। उनकी दुनिया अति सुन्दर है। परगासो सुमेर सिंह के सर पर हाथ रख कहती है, "जानते हैं, मन के मीतों ने कल मुझसे क्या कहा?"

चमेली वाली चाय की ख़ुशबू वाली लड़की उनके इतने पास थी। सुमेर का नशा आजकल उतरता ही न था।

उन्होंने बन्द आँखों से ही पूछा, "क्या? अब हमें यहाँ से चले जाना होगा? फ़िरंगी आ रहे हैं?"

"नहीं, उन्होंने कहा कि अब हम सब एक हैं और हमारी ताक़त बड़ी है, फ़िरंगी-उरंगी से अब क्या डरना?"

परगासो का दिमाग़, होशियार दिमाग़ अब सही राह पकड़ चुका था। उसे याद आ रहा था, अपना आस-पड़ोस, भगत जी और माई। उसे याद आ रहा था सच और झूठ का घेरेदार गोला जिसमें से उसके जैसे लोगों को झूठ की ओर धकेलकर फ़रमान ज़ारी कर दिया जाता था—दूर रहो अछूतो!

सच की ओर ये सब थे...हरिया और उनका बाबू, बड़े राजा और उनकी पत्नी। इन्हें किसी ने नहीं धकेला था सच की ओर, इन्होंने हथिया लिया था शुद्धि का सच बाक़ी सबसे। क़ायदे से उसे घनघोर नफ़रत होनी चाहिए थी इन सबसे। थी भी। बस सुमेर सिंह से एक गुमराह-सी मोहब्बत हो गई थी।

कोई इनसान किसी को इतनी ऊँचाई पर रख उससे कैसे मोहब्बत कर सकता है?

लेकिन ऐसी ही मोहब्बत उसने की। प्यारे सुमेर सिंह ने की ऐसी मोहब्बत उसके साथ!

उसका कुछ देय बनता है इसके लिए।

उसे धुन्ध की दुनिया से जीवन की धड़कन के बीच ले आने का देय तो बनता ही है परगासो का।

वह सीखती जाती है राजकाज की बातें तब से, जिस दिन बड़े राजा की आँखों में उतरा डर देखा था उसने। उसके इस भोले पिया ने कहा था उस दिन बड़े राजा का तमतमाता चेहरा देख, उनकी जिरह के जवाब में, "हमें माफ़ करें और बख़्श दें। अब हम नहीं, ज़मींदारी के काग़ज़ात तो परगासो ही देखेगी।"

आप डरे बड़े राजा, बहुत-बहुत डरे न?

अब रियासत का क्या होगा?

इस बाबू को तो फाँस लिया है इस दुसाधन ने! एक अनपढ़, नाक़ाबिल औरत ने!

ना बड़े राजा ना! डरिए मत, न तो परगासो अनपढ़ है न उसने आपके बाबू पर कोई जाल फेंका है। बाबू ने मोहब्बत की है उससे। और आप तो देवता-वेवता मानते हैं न? उसकी भक्ति में तो जान हलकान किए रहते हैं। मोहब्बत किसी भक्ति से कम है क्या? तो समझ लीजिए सुमेर सिंह की इस भक्ति ने परगासो को बदल दिया। परगासो जान रही है, समझ रही है सब बातें। अब तो अलख लग गई है। सुमेर सिंह को उतरना है मैदान में, बड़े राजा। वह उतरेगा पूरी तैयारी से। मैं उसकी ढाल बनूँगी। वह भला मानुस है। उसके दिल में कोई पाप नहीं। उसके लिए तो मैं अब जान भी देने को राजी।

और एक अन्तिम बात परगासो को अँगूठा लगाने की ज़रूरत नहीं। वह पढ़ना-लिखना जानती है। बहुत सुन्दरता से अक्षर बनाती है कैथी लिपि के। वह लिख रही है लगातार। लिखकर सीख रही है लगातार। वह पढ़ती भी है। अब जब सुमेर सिंह जाते हैं कलकत्ता तो वह उनसे कहती है कि देश-दुनिया की ख़बर के बारे में जहाँ से पता चले वैसा कोई परचा उठा लाइए। सुमेर सिंह कलकत्ता जाते तो कभी 'द इंग्लिश मैन' तो कभी 'द टेलीग्राफ' तो कभी 'हिन्दुस्तानी तस्वीर' अख़बार की प्रतियाँ ले आते। फिर उन्हें परगासो के साथ बैठ बाँचते हैं। परगासो मंत्रमुग्ध हो सुनती है...।

सुमेर सिंह के अख़बारों से वह जान गई थी कि फ़िरंगियों का एक देश है इंगलिस्तान जो बहुत ताक़तवर है। बचपन में जिसे वह ललमुँहा कहती थी। टोले वाले जिससे डरा करते थे और उसे डराया करते थे। बचपन में जिसे उसने घायल किया था वही ललमुँहा फ़िरंगी ज़बरदस्ती आज सबका शासक बन गया था।

"चाँदपुर की खदानों पर भी क़ब्ज़ा करने की जुगत में हैं फ़िरंगी। चाँदपुर के जंगलों में तो वे जाने कितनी बार घुसपैठ कर चुके हैं। लेकिन वहाँ रहनेवाले जंगल के लोगों से डरते हैं," सुमेर सिंह बताने लगे थे।

"हुज़ूर यह हम भी जानते हैं, एक-दो बार टोले में ज़िक्र चला भी था कि फ़िरंगियों के जंगल में घुसने पर जंगल के लोगों ने ऐसे ज़हर से लिपटे तीर चलाए कि निशाना चूकने पर पेड़ उसी क्षण जलकर भस्म हो गए या चरमराकर वहीं खड़े-खड़े गिर गए।" परगासो के मुँह पर बात आते-आते रह गई—हुज़ूर कुछ तीर हमने भी चलाए हैं। पेड़ों की आड़ से, छिपकर, अँधेरे में भी लड़ना आता है हमें... जंगल हमारा दूसरा घर हुआ करता था!

"यह ख़बर सही है...फ़िरंगी यह दृश्य देख भाग खड़े हुए थे...उस जंगल में बहादुर भीमा बुज़ुर्ग की बात सब सुनते हैं। वे अपने भाई-बन्दों को फ़िरंगियों से लड़ने को तैयार करते हैं। जंगल के लोग हमारे भी भाई-बन्द ही हैं। भीमा बुज़ुर्ग ने बचपन में हमें गोद में खिलाया है। उनके मन की आस हैं हम। अब तुम भी हो गई हो मेरी रानी, सबके मन की आस!"

सुमेर सिंह के यह बताते ही परगासो का चेहरा हीरे की चमक-सा दीप्त होने लगा था। वह होशियार थी। बहुत-बहुत होशियार। उसने त्वरा से सुमेर सिंह का माथा चूमकर कहा था, "फ़िरंगियों की महारानी का ताज तो आपके सर पर होना चाहिए था।"

सुमेर सिंह मुस्कुराया था और ख़्वाबों में खो गया था।

लेकिन उस एक पहली बार के बाद वह कभी नहीं खोया ख़्वाबों में। उसके बाद अख़बारों की ख़बर पढ़ और महारानी विक्टोरिया की बात चलने पर वह त्वरा से परगासो का माथा चूमने लगा था और कहने लगा था, "मेरी महारानी तो तुम हो। तुम बनोगी एक दिन महारानी विक्टोरिया। देखना, ये सब राजपाट तुम्हारा होगा। तुम्हें ही सँभालना होगा सब कुछ।"

"ना...ना।" परगासो संकोच से भर कहती, "हुज़ूर आपके रहते, यह कभी नहीं होगा। मैं आपकी छाया, आप ही की ढाल।"

"हाँ," सुमेर सिंह तरंग में आ जाता, "मेरे रहते और मेरे न रहने के बाद भी! यह सब तुम्हारा—मैं तुम्हारी छाया, मैं तुम्हारी ढाल।"

परगासो तड़प उठती।

कहाँ तो वो सुमेर सिंह को जगाने की कोशिश कर रही है। कहाँ सुमेर सिंह मरने-वरने की बातें करते रहते हैं? उसके कोमल, अकेले मन में एक सपना पलने लगा था। धीरे-धीरे एक लौ रोशन होने लगी थी। फ़िरंगियों को इस देश से भगाने का सपना वह भी देखने लगी थी। कुछ दिनों पहले माली चाचा ने हिम्मत कर उसे बग़ीचे में बुलाया था और उसका हाल वैसे ही लिया था, जैसे वे उन पुराने दिनों में लिया करते थे जब वह उनकी पड़ोसन हुआ करती थी।

"तू जानती है ना मैं बहुत ख़ुश हूँ कि तू यहाँ तक पहुँची है?"

"हाँ, लेकिन चाचा मैं अभी तक कहीं पहुँची नहीं हूँ। अभी मुझे बहुत आगे जाकर लड़ाई लड़नी है?"

"किससे लड़ेगी लड़ाई?" चाचा ने भौचक हो पूछा।

"फ़िरंगी से, अभी मुझे वहाँ पहुँचना है चाचा।"

"कल भगत चाचा आए थे उन्होंने बताया कि कुँवर सिंह महाराज की सेना में कोई सिपाही शामिल हुआ है जो फ़िरंगी की सेना छोड़कर आया है। वह कह रहा था कि 'सेना में देशी लोग फ़िरंगियों से बहुत नाराज़ हैं। कुछ लोग तो पक्के तौर पर बग़ावत पर उतारू हैं। ऊँची जात वाले हिन्दू और मुसलमान दोनों को धर्मभ्रष्ट होने का ख़तरा पैदा हो गया है। सूअर के मांस की चर्बी बन्दूक के सिरे में लगाई जा रही है जिसे मुँह से छीलकर ही बन्दूक चलानी पड़ती है। बहुत मुश्किल समय है। अब क्या बताएँ चाचा,' वह रौ में बकता ही जाता था, 'हमको तो कोई फरक पड़ता नहीं। इहाँ गाँव में तो कई लोग सूअर खाते हैं। बड़े लोग हमसे कितनी नफ़रत करते हैं, इसी सूअर खाने की वजह से। लेकिन हमारी सेना की टुकड़ी में जात-पाँत नहीं माना जाता है। हम तो राजी-खुसी से थे। देश-दुनिया में घूमे हैं। वहीं ऐसा-ऐसा ज्ञान मिला हमको कि क्या कहें? लेकिन अब सेना के साथी लोगों का धर्म भ्रष्ट हो, कम्पनी बहादुर हमारे साथियों पर इतना अत्याचार करे यह नहीं सहन होता। इसीलिए भाग आए। बाग़ियों में शामिल हो गए।'"

परगासो का जी मचलने लगा।

अब तो भगत चाचा के पास जाना ही होगा। इस भगोड़े सिपाही से भी मिलना होगा।

ज्ञान की बातें जितनी जानो उतनी अधूरी।

देश-दुनिया की बात...सुमेर सिंह की बात के अलावा भी बहुत सारी बातें होंगी।

फ़तेह अली ख़ान का भी शिद्दत से इन्तज़ार है।

वह तो समुद्र पार की कहानी लाते हैं।

इधर बड़े राजा की बैठकें।

कुँवर सिंह के क़द का जादू।

दिल धकधकाने लगा ज़ोर-ज़ोर से परगासो का...

सुमेर सिंह जायदाद के अपने हिस्से के कामों को समझ रहे थे। मुंशी भी था। वे दोनों छोटी-छोटी टीप बना रहे थे। ऐसी टीप जिन्हें पढ़कर परगासो को राजकाज सँभालने का काम सिखाया जाए।

परगासो तब तक अपने लिए ख़ुद टीप बना रही थी।

सबसे पहले उसने आज के काम लिखे—

1. भगत चाचा से मिलना।
2. भगोड़े सिपाही से मिलना।

3. सुमेर सिंह की टीप को समझना।

4. शाम को राजाओं की बैठक में शामिल होना।

अपनी टीप देख वह ख़ुद ही चौंक गई। क्या इतने सारे काम एक ही दिन में सम्भव हैं?

क्या वह सब साध पाएगी?

इससे पहले कि उसकी हिम्मत डगमगाती, उसने सुमेर सिंह की आँखों की चमक को याद किया और रोशनी में नहा गई। भरोसा उन देवताओं से बड़ा ईश्वर था, जिनके गीत भगत चाचा गाता था और जिन्हें बचपन में ही दफ़न कर दिया था उसने। सुमेर सिंह का भरोसा ही उसका ईश्वर है।

उसकी अनमोल थाती।

उसकी बेजोड़ ताक़त।

उसकी इन्क़लाबी हिम्मत।

कुँवर सिंह बाबा समझ जाएँगे कि मोहब्बत में दो कैसे एक हो जाते हैं। एक सोचता है तो दूसरा उसे अंजाम देता है। सुमेर सिंह नाज़ुक हैं। उससे अधिक बुद्धि वाले। वे सोचा करते हैं। उनकी दुनिया बचपन से सोच वाली रही। परगासो ने एक तरफ़ जंगल की लड़ाई सीखी है तो दूसरी तरफ़ उसने मिट्टी खोदी है, बचपन से। पौधे उगाए हैं। जीवन को पनपते देखा है। खुरदरी मिट्टी से एक-एक कोमल हरे पत्ते का निकलना देखा है। वह दोनों की तासीर जानती है।

वह अंजाम देनेवाली है।

## चाँदपुर

परगासो ने माली चाचा को और हरिया को बुला भेजा।

हरिया अब परगासो के बुलाने पर कोई प्रतिक्रिया नहीं दिखलाता था।

वह समझ गया था कि अब बाबू परगासो के बस में है।

वह समझ गया था कि इस गढ़ी की दीवारों का भविष्य अब ज़्यादा दिन नहीं टिकनेवाला।

यह जो बड़े राजा ने कहीं दूर-दराज़ के इलाक़े से मँगाकर फ़र्श पर सफ़ेद

संगमरमर बिछवाया है वही बनेगी क़ब्र इस गढ़ी के बाशिन्दों की। वैसी ही क़ब्र जैसी वह कलकत्ता में देखकर आया था। अमीर मुसलमानों की क़ब्र। फ़िरंगियों की क़ब्र। उसे तो यह सफ़ेद पत्थर भाता ही नहीं था। जब कई बरस पहले हुकुम हुआ था कि गढ़ी की फ़र्श सफ़ेद पत्थर से छवा दी जाएगी तब वह लगभग बेहोश होते-होते बचा था। लगा था जिन्न-परेत भी उन पत्थरों के साथ गढ़ी में चले आए थे। लोगों ने तब बहुत हँसी उड़ाई थी उसकी।

लेकिन उसका वहम ही ठीक निकला। सुमेर बाबू के बाद बड़े राजा को कोई औलाद नहीं ठहरी। फ़िरंगी उनके गाँव तक चला आया। सुमेर सिंह एक दुसाधन के चक्कर में पड़ गए और बड़े राजा कहते हैं, "अब कुँवर सिंह महाराज का साथ देना होगा।" यानी लड़ाई होगी। वह भी फ़िरंगियों के साथ। कलकत्ता जाकर बाबू के साथ कई बार देख चुका है फ़िरंगियों का जलवा। कैसे बाबू जैसे राजाओं को भी उनके इलाक़े में जाने की इजाज़त नहीं। वे कैसे हमें देखकर हँसते हैं। कैसे खेला-खेली में बन्दूक हमारी ओर तान देते हैं। ज़ोर से डपटते हैं अपनी भाषा में। कुछ समझ में नहीं आता कि वे क्या बोल रहे हैं। लेकिन नफ़रत और हिकारत समझाने के लिए भाषा से ज़्यादा नज़र की समझदारी ज़रूरी है। जो हरिया के पास है।

'है हमारे पास वह नज़र जो पहचान गई है कि अब बाबू कभी न बनेंगे इस गढ़ी के मालिक। उन्होंने तो परगासो दुसाधन के हाथ में दे दी है कमान जो इस गढ़ी का भाग्य लिखाकर आई है दुनिया में। भाग्य नहीं हो हरियाआ आआअ...दुर्भाग्य!'

अब किसके बस में क्या?

मालकिन पूजा-पाठ के हवाले हो गईं। बड़े मालिक कुँवर सिंह के और गढ़ी दुर्भाग्य के। कोई नहीं बचा पाएगा अब किसी को।

हरिया इस ज्ञान के ताप में भस्म होता जा रहा था, उसकी चमड़ी झूलकर स्याह पड़ती जा रही थी। उसकी टूटी टाँग के बढ़ते दर्द ने उसके शरीर से सारा ख़ून चूस लिया था। और वह बस बिना शर्त सिर्फ़ हुकुम बजा लाने को ज़िन्दा था।

सुमेर सिंह की बग्घी अब दुसाधों के मोहल्ले में जाएगी! दुर्दिन अब यह नहीं तो क्या है?

वह अभी तक परगासो को मालकिन नहीं कह पाया था।

"अरे बग्घी तैयार करो...'वह' जाएगी अपने टोले।"

बग्घी लगते देखना तक तो ठीक था लेकिन बग्घी में उसे चढ़ते देखना अपनी नज़रों में गिर जाना था। शर्मनाक और अपमानजनक। वह वहाँ से भाग खड़ा हुआ।

इधर परगासो माली चाचा को कह रही थी, "तुम भी चलो चाचा। वहीं

पहुँचो। भगत चाचा से कहो उस सिपाही को बुला लें अपने ही दालान में। हमारे पास समय बहुत कम है और काम बहुत ज़्यादा।"

माली चाचा अपनी पड़ोसन की बेटी का यह रुतबा देख अन्दर ही अन्दर हरस रहा था। आहा...पड़ोसन देखती गर तू अपनी पूतनी के करतूत तो आज पूरे गाँव में इतराकर चलती। तेरी बेटी तो राजरानी नहीं राजा हो गई है। हम सबका राजा रे... इसने तो भेद ही ख़त्म कर दिया पूत और पूतनी का!

"हाँ-हाँ," कह वह तत्परता से भागा। उसे परगासो से पहले गाँव पहुँचकर इन्तज़ाम के लिए बात करना था।

परगासो ने धीरे से सुमेर सिंह का कन्धा थपथपाया और कान में कहा, "हम जा रहे हैं ज़रा भगत चाचा के पास। ज़रूरी है। कोई भगोड़ा सिपाही हमारे टोले में भागकर छिपने आया है। कुछ भेद दे-दे हवा का तो आज की बैठक में आप कुछ अपनी तरफ़ से बात रख दीजिएगा। यदि लड़ाई ही होनी है तो फ़िरंगियों के धन-बल का ठीक-ठीक ज्ञान ज़रूरी है।

सुमेर सिंह अपनी प्रियतमा की व्यावहारिकता पर रीझ गए। हर वक़्त कारामाद रहती है।

यह उनकी मोहब्बत है।

यह उनकी परगासो है।

"जाओ!" उन्होंने सिर्फ़ आँखों में देखते हुए कहा। नज़र हटती ही नहीं थी इससे।

मुंशी अकबकाया हुआ दोनों को देखता रहा।

नान जात नहीं रही अब यह, उसने सोचा। राजरानी हो गई है। सब पर राज करनेवाली रानी। उस पर भी राज करनेवाली। उसने अपने माथे पर पीछे की ओर बाँधी हुई चोटी को छुआ और शुद्धि का कोई मंत्र बुदबुदाया। क्या दुनिया वाक़ई उलट-पलट हो जाएगी? फ़िरंगियों के लिए मन में ग़ुस्से का गुबार फूट पड़ा। इनके आने से ही हौसले बुलंद हुए इन लोगों के। इधर से उधर हो गया समाज...।

बग्घी जब भगत चाचा के दुआर पर रुकी तो दालान के आगे भीड़ जमा होने लगी। सब परगासो की ठसक देखने आए थे। बहुत नफ़ासत से वह बग्घी से उतरी।

बहुत नफ़ासत से दालान में भगत चाचा और सिपाही के बग़ल में बिछी चौकी पर बैठ गई। बहुत बेबाक़ी से सिपाही की ओर देखा और कहा, "तुम बातबीर हो या करमबीर?"

सिपाही को दिखने में ख़ूबसूरत, लेकिन दुबली क़द-काठी की, एक औरत

से इस तरह के सवाल की उम्मीद नहीं थी, वह तनकर बोला, "करमबीर! आज़मा लीजिए।"

परगासो हँसकर बोली, "अब तो ज़रूर आज़माएँगे। कहो और जगह की ख़बर। फ़िरंगी से लड़ने की ख़बर। फ़िरंगी के ताक़त की ख़बर। फ़िरंगी के अलावे की ख़बर...सब कहो।"

सिपाही समझ गया यह आम औरत नहीं, जिगर वाली है।

अक्ल वाली भी है।

उसे अच्छा लगा अपनी जात में एक औरत ऐसी है।

वह कुछ दिन पहले पुणे शहर में था। वहाँ फ़िरंगियों की सेना की टुकड़ी, मराठों की ख़बर लेने पहुँची थी। वहाँ छावनी में उसे उसकी जात वालों ने किसी सावित्री बाई फुले नाम की औरत की बहुत कहानियाँ सुनाई थी। जो लड़कियों के लिए पढ़ने-लिखने की शाला चला रही थी। उस औरत की बड़ी इज़्ज़त थी मराठवाड़ा में। वो अपने ही जात समान जात की थी। वे सब अपने को बहादुर *माँग* कहते थे, *गोराया* नहीं था उनका देवता बल्कि कोई *माई* थी, जो *गोराया* का काम करती थी। उसी के बीच से निकली थी सावित्री बाई। कितनी बड़ी बात थी।

ऐसा नहीं था कि सावित्री बाई को तंग नहीं किया लोगों ने...कहते हैं उसके ऊपर विष्ठा भी फेंका कि वह सहमकर घर बैठ जाए, पढ़ने न जाए, लेकिन बाई नहीं हारी। वह पढ़ती रही फिर लोगों ने उसे मान ही लिया।

मराठा देश के लोग अलग हैं।

इस देश में, उसके इलाक़े में, उसके अपने टोले में घर से बाहर निकलनेवाली ऐसी औरत को लोग छिनाल कहते।

अगर वह ख़ुद कम्पनी बहादुर की सेना में नहीं गया होता, देश-दुनिया नहीं घूमा होता तो वह भी ऐसी औरतों को यही कहता। लेकिन अब वह अलग तरह से सोचने लगा है।

सावित्री बाई फुले! इज़्ज़तदार उस्तानी।

हज़रत महल! बाग़ी नेता बेगम।

लक्ष्मीबाई! बाग़ी नेता रानी।

वह सेना में घूमते-घूमते इन नामों के बारे में सब जान गया है। बहुत सारे दूसरे लोग भी इन नामों को जान गए हैं। इनके कामों को भी जान गए हैं। छावनी में रहने के कारण अलग-अलग जगहों से आए हुए लोग अपने देश में चल रही बातों को एक-दूसरे से बाँटते थे।

उसके मन में इस औरत को लेकर भी कुछ वैसा तसव्वुर खड़ा होने लगा। अब वह भी कह सकेगा, उसने एक और बहादुर औरत को देखा है, अपने टोले में।

परगासो को।

परगासो दुसाधन को।

"क्या तुम लिखना-पढ़ना जानती हो?"

"हाँ!" परगासो ने बहुत सधे हुए ढंग से जवाब दिया।

"तुम यहाँ पुणे की उस औरत की तरह काम करो ना, इससे समाज का बड़ा भला होगा।"

"किस औरत की तरह?"

"सावित्री बाई।"

"बाई...?"

"हाँ, उस देश में औरतों को इज़्ज़त से बाई कहते हैं। उनकी भाषा में।"

परगासो फिर हँस दी। एक धीमी सी हँसी।

"कितने कोस दूर है ऐसी जगह जहाँ इज़्ज़त से औरत को बाई कहा जाता है? कैसी अनोखी बात बताई तुमने। अनोखी और बहुत अच्छी।" उसने माथा झुकाकर, अनदेखी उस दूसरी ज्ञान का दिया उज्ज्वल करनेवाली योद्धा को प्रणाम किया और फिर तनकर दोबारा बोलने लगी,

"मन में तो बहुत कुछ है भाई, लेकिन अभी तुरन्त हम यह काम शुरू नहीं कर सकते। हमको अभी उसके लिए बहुत तैयारी करनी होगी। इसीलिए अभी हमको लगता है—जो काम आता है, वही करने में समझदारी है। देख तो रहे हो, देश पर ख़तरे का बादल कैसे मँडरा रहा है। अभी तो हमको कुँवर सिंह बाबा का साथ देना है। अपने बड़े राजा का साथ देना है। लड़ाई लड़ना है। जैसे तुम लड़ते हो। हमको वही एक काम आता है—भाला फेंकना और तीर चलाना। हाँ, जब शान्ति हो जाएगी, ख़ुशहाली आ जाएगी तो हम और पढ़ना-लिखना सीखेंगे और सिर्फ़ अपने टोले की लड़कियों को नहीं, पूरे चाँदपुर की लड़कियों को पढ़ाएँगे। अगर हम लड़ाई जीत गए भाई तो सावित्री बाई से भी मिलने जाएँगे। उनसे सीखेंगे कैसे स्कूल चलाया जाए। कैसे लड़कियों को अच्छे ढंग से पढ़ाया जाए।"

"लेकिन अभी तो तुम बताओ फ़िरंगी की सेना लड़ाई कैसे करती है? उनकी आपस में क्या बात होती है? हमें और असलाह कैसे मिलेगा?"

सिपाही भौचक देख रहा था। उसके सामने कोई औरत नहीं बैठी थी। वह तो अपनी तरह के एक सिपाही के आगे बैठा था। एक ऐसा सिपाही जिसका जन्म औरत बिरादरी में हुआ था। जिन बाग़ी रानियों के बारे में उसने सुना था, यह औरत उसकी जात की होकर भी उनके बराबर खड़ी थी।

सामने भगत जी भी एकदम चुप थे। जिस बच्ची को उन्होंने देवता के नाम पर बहलाने की कोशिश की थी वह तो कभी भोली-भाली बच्ची थी ही नहीं। वह तो पैदाइशी योद्धा थी।

सच्ची पासबान!

हमारी पासबान!

उनका माथा गुमान से और तन गया। गाँववाले दालान के बाहर मिट्टी में उकड़ूँ बैठे थे और दालान पर तीन अक्लमन्द लोगों के बीच हो रही बात को समझने की कोशिश कर रहे थे।

सिपाही ने बहुत इज़्ज़त से परगासो से कहा, "बहुत सिपाही लोगन से हमारा सम्पर्क क़ायम है, कुछ पैसों का इन्तज़ाम करने पर वे लोग पुलिस थानों से और कम्पनी बहादुर के असलाहघर से बन्दूकें और बारूद ऊपर कर सकते हैं। सब बात यहाँ नहीं हो सकती है। सब बात कहने के लिए हमको आपके साथ गढ़ी चलना होगा...।"

परगासो ने अगले दिन बुलवाने की बात कही। थोड़ी दूर पर खड़े माली चाचा को इशारा किया और भगत जी को प्रणाम करते बोली, "फ़िरंगी अभी जंगल-जंगल घूमकर तैयारी कर रहा है। जंगल वाले कई बरसों से तंगहाल हैं। उनके बल्लम-भाले फ़िरंगियों के गोला-बारूद का मुक़ाबला नहीं कर पा रहे हैं। भीमा दादा को भी ख़बर कीजिए आकर गढ़ी में मिलें हमसे, हमें उनके लिए भी अब कुछ बन्दूकें जुटानी होंगी। आप तो जानते ही हैं—अबरक के खदानों को फ़िरंगी हथिया चुका है। समूचा गाँव बर्बाद कर चुका है...गाँव का गाँव ख़त्म हो चुका है...लेकिन अब अलख लगा है—अपना यही देस बचाना है। जान लीजिए कुँवर सिंह बाबा का साथ देना है।"

फिर थोड़ी तेज़ आवाज़ में सबको सुनाते हुए बोली,

"जागो कि अलख लगी है!!!"

उसके ऐसा बोलते ही, औरतें, बूढ़े, बच्चे, जवान, सब मुस्तैदी से खड़े हो गए और सुर-में-सुर मिलाकर गाने लगे,

*गाँव चलेगा, टोला चलेगा,*
*टोला चलेगा, मोहल्ला चलेगा,*
*सब बाबू कुँवर सिंह के साथ चलेंगे,*
*लड़ेंगे, मरेंगे अब न सर झुकाएँगे,*
*फ़िरंगी को इस देश से मार कर भगाएँगे।*

जब परगासो की बग्घी गढ़ी के भीतर आ गई तो मालकिन ने खिड़की से देखा और सीधी, गर्वीली चाल चलती, मक़सद की मस्ती से लबरेज़ औरत को आँखों ही आँखों से भरपूर आशीष दे दिया,

'बहुत कुछ सँभाल लिया दुसाधन...'

पीछे से उनकी ख़ास नौकरानी दाँत पीसकर मन-ही-मन कह रही थी, "यही है वह डायन जो इस गढ़ी को खा गई।"

मालकिन आँखें बन्द कर, परगासो को तब तक आशीषती रहीं, जब तक उसकी छरहरी बिजली-सी चपल काया गढ़ी के पिछले हिस्से में ओझल नहीं हो गई।

सुमेर सिंह ने एक-एक कर काग़ज़ पर लिखी बातें दोहरानी शुरू कर दी हैं। परगासो सुन रही है पूरी तन्मयता से। माथे पर न कोई शिकन न आँखों में कोई विचलन। शान्त चित्त।

सुमेर बात ख़त्म कर उसका माथा चूमते हैं। परगासो अपने होंठ आगे कर देती है। सुमेर उन पर अपने होंठ रख देते हैं। परगासो की गन्ध में अब एक ऐसी नशीली गन्ध और समा गई है जिसमें आज़ादी की कशिश शामिल है। वह आग जैसी उत्तेजक है। होंठ पर होंठ आग की तासीर से भभक उठते हैं। ऐसा लगता है सुमेर अपने कोमल शरीर और मन की सारी गर्मी ऊर्जा में तब्दील कर परगासो के भीतर उँडेल देंगे। परगासो और उनमें कोई फ़र्क़ नहीं।

प्यार की पारी खेल परगासो बड़े राजा के पास चल दी। आसपास के कुछ राजा लोग पधार चुके थे और आपस में बातचीत कर रहे थे। वह भी धीरे से जाकर अपनी नियत जगह पर बैठ गई। अब लोगों को उसे यूँ बेपर्दा सबके बीच बैठा देख हैरत नहीं होती थी। वह उनकी तरह ऊँची जात की नहीं, यह भी लोग नज़रअन्दाज़ कर चुके थे। सब लोगों की हालत इतनी ख़राब थी कि वे करते भी तो क्या करते?

वह तो भला हो राजा कुँवर सिंह का जिन्होंने लड़ाई का बिगुल बजाकर दिल्ली के बादशाह के साथ खड़े होने का ऐलान किया। ऐसी लाचारी पैदा हो गई थी कि मरने-मारने के अलावा कोई रास्ता बचा ही नहीं था। यदि कम्पनी बहादुर को समझाने का या एक-चौथाई लगान देने से बचने का कोई रास्ता निकलता तो कुछ बाबू लोग पहल करने को इच्छुक थे। लेकिन फिर जब से इश्तहारनामा चारों ओर फैलाया गया तब से बातें बदलने लगीं। लोगों ने मन बना लिया—अब कम्पनी बहादुर की ताबेदारी नहीं करेंगे।

सभी राजाओं के बीच में बैठे बड़े राजा ने गले में असमय उठ आए बगूले को मुश्किल से गटका।

'कैसे बुरे दिन आ गए, क़िस्मत लिखनेवाले क़िस्मत लिखवाए जाने के मोहताज हो गए हैं।'

एक बन्दिश याद आने लगी उन्हें...जिसे कभी-कभी रज्जो बीबी के डेरे पर जाकर सुना करते थे।

*हमरी अटरिया पे आजा रे सँवरिया/देखादेखी तनिक होइ जावे।* बस वही एक क्षण होता था जब उन्हें लगता था कि ज़िन्दगी का मतलब रज्जो बीबी का गला और जवानी की खो गई या जानबूझकर भुला दी गई मोहब्बत होती है। लेकिन वह बस उनके मन का कोई कमज़ोर पल होता था। वरना मोहब्बत की क्या औक़ात उनके सामने? उन्होंने तो अपनी मायावी मोहब्बत को चार कहारों की पालकी में बिठा किसी दूर गाँव की मिट्टी में दफ़नवा दिया था। मोहब्बत की मोहलत उन्होंने ख़ुद को नहीं दी थी। कुछ अनजाने में हो गया कभी किसी के साथ तो उसका क्या मोल? उस जज़्बे की क़दर नहीं की कभी उन्होंने। मालकिन ने भी सिर्फ़ बेटा पैदा किया।

बेटे को भी सिर्फ़ पैदा किया।

मालकिन से भी मोहब्बत नहीं की।

मोहब्बत की तो ख़ुद से।

ख़ुद के अक्स से।

अक्स जो उनकी रिआया की कोर्निश में चमकता था।

अक्स जो उनके जहाज़ 'सूर्य दरबार' की पताका पर फहराता था।

अक्स जो राजा कुँवर सिंह की बग़ल की कुर्सी पर अपनी रौनक फैलाता था।

उसी से मोहब्बत थी उन्हें। उसी पर हमला हो रहा था आज। उसे ही बचाने के लिए अपने धर्म को जगाया था उन्होंने। क्षत्रिय धर्म के तहत तलवार उठा ली थी।

सुमेर सिंह के लिए भी पहले-पहल अपनी ही तरह सोचा उन्होंने। अफ़सोस वह उन जैसा नहीं हुआ। और फिर जाने कैसे, सुमेर सिंह के ज़िन्दगी के ऊबड़-खाबड़ नक़्शे पर आकर बैठ गई परगासो दुसाधन...!

सोच-सोच उनका दिल बैठने लगा...सारी भुला दी गईं, दफ़न कर दी गईं बातों को नए तेवरों के साथ गढ़ी में ज़िन्दा देखना...क्या यह सब कुछ उनके किसी की न समझ में आए या बेदर्दी से न माने गए पाप का नतीजा है?

परगासो?

दुसाधन?

फिर-फिर दुसाधन...?

कितनी पीढ़ियों तक यह पाप प्रायश्चित्त और पुण्य की बिसात खेली जाएगी?

क़िस्मत? हाय री क़िस्मत?

सिर्फ़ देश के नक़्शे नहीं बदल रहे...गढ़ी के नक़्शे भी बदल गए हैं।

ओह! फ़तेह अली ख़ान तुम्हारा इन्तज़ार है।

आओ ज़रा और इस बार हमें भी समझाओ इन नक़्शों के यूँ बदलने की दास्ताँ को। ठीक-ठीक।

**रोज़नामचा**

**सावन के झूलों से महरूम सावन, 1856**

चाँदपुर पहुँचने पर अपना स्वागत देखकर हैरान हो जाता हूँ।

ऐसा लगता है कि मैं कोई बाहरी नहीं इसी घर का बाशिन्दा हूँ। गढ़ी की दीवारों की नक्काशियाँ मुझे गढ़ी की कहानी कहती हैं और बेहद मोहब्बत की फुसफुसाहटें मेरे कानों को भर देती हैं।

अपने आने के थोड़ी देर बाद ही मैं समझ गया हूँ कि अब गढ़ी की आबोहवा पहले जैसे नहीं रही। हरिया का रुतबा बहुत सिमट गया लगता है। अब वह सुमेर वाले हिस्से में नहीं रहता, बल्कि घर के बाहरी हिस्से और पीछे के हिस्से के बीच में ज़िन्दा है कहीं। दिखलाई पड़ता है और नहीं भी दिखलाई पड़ता है। मालकिन बहुत ख़ुश नज़र आईं। इस बार वे ही सबसे पहले मिलने आईं।

आते ही बहुत आशीर्वाद दिया।

उनके हाथों में हज़रत कन्हैया के सामने जलाई गई धूपबत्तियों की महक थी। मन में पाक़ीज़गी उतर गई। "सुमेर और परगासो को इत्तिला कर दी है। वे भी मिलने आ रहे होंगे," उन्होंने प्यार से कहा।

जी! मैंने सर झुका लिया था। यह सचमुच गढ़ी में बदलते वक़्त की शुरुआत है। परगासो तो बहूरानी हुई, वह क्या बेपर्दा हो इस नक़्शानवीस से मिलने आएगी? और यह बात, मालकिन मुझे बिला शर्मिन्दगी और हीले-हवाले के बता रही हैं?

मालकिन मुझे नाश्ता करने को कहकर चली गई थीं।

इस बीच मैं इन्तज़ार में अकड़ गया था। उसके बाद ही वे दोनों मेरे पास आए। सुमेर सिंह और परगासो। मेरा अज़ीज़ और उसकी महबूबा।

उसे देखते ही मैं समझ गया क्यों सुमेर सिंह ने इधर मुझसे चीन से कुछ नायाब लाने की फ़रमाइश बन्द कर दी थी?

नायाब हुस्न की मल्लिका है परगासो। उसकी चाल में इतनी ख़ुद्दारी है और आँखों में ऐसी बुलंदी की चमक कि कोई भी उससे देर तक आँख में आँख डालकर बात करने के लायक़ ज़िन्दा बच पाएगा या नहीं यह शुबहे की बात हो सकती है। सुमेर उसके पीछे था। ढाल बना हुआ सा और वह उसकी ढाल बनी हुई सी। ऐसा करिश्माई मंज़र भी होता है क्या?

मैं उन्हें देखते ही खड़ा हो गया था। दोनों ने मुझे बहुत लिहाज़ से बैठ जाने को कहा।

फिर हमने देर तक देश और दुनिया की बात की। मैंने अपने ढेर सारे यादगार पल उन्हें बताए। मेरी लाई हुई उम्दा चीनी चाय के बारे में हमने तफ़सील से बातचीत की।

फ़तेह अली ख़ान, सिर्फ़ पीने के बारे में बताइए नहीं, दिखलाइए भी, दोनों ने इसरार किया।

ख़ादिमों के चाय और चीनी प्यालियों को लाने के बाद मैंने उन्हें बाक़ायदा चाय बनाकर पिलाई। ठीक वैसे ही जैसे चीनी पीते हैं।

"चीन कितना अपना सा लगता है, इसने मुझे अपने से बाँध लिया है फ़तेह अली," सुमेर ने परगासो को देखते हुए कहा था, मानो वही तो वह चीन थी, जिसकी तलाश में वे अब तक भटकते रहे थे।

परगासो ने भी उन्हें मोहब्बत से देखा और बोली थी—"मन की मुरादें पूरी होती ही हैं, बस मन मज़बूत रखना चाहिए। फ़तेह अली ख़ान जी आप अब आराम कीजिए। अगर हो सके तो कल चलिए हमारे साथ, हम अपने गाँवों में जा-जाकर अलख जगा रहे हैं, जैसा बाबू कुँवर सिंह का आदेश हुआ है। आपकी बातें सुनकर लगा है कि फ़िरंगी किसी का नहीं हो सकता है। चीन में भी तबाही मचा दी उसने। और हम सोचते थे हम ही सबसे ज़्यादा दुर्भाग्य भोग रहे हैं।"

मैं फ़तेह अली ख़ान यह दर्ज करते हुए फ़ख़्र महसूस कर रहा हूँ कि आज मैंने एक ऐसी औरत के दर्शन किए हैं जो इस दुनिया को बदलने का माद्दा रखती है। ऐसी पाक और पुरख़ुलूस औरत को ए मौला शोहरत और ख़ुशी अता फ़रमा।

मैं ताज़िन्दगी इसका साथ दूँगा।

इसने गढ़ी में नई जान डाली है। इसने मेरे अज़ीज़ सुमेर को धुन्ध की दुनिया से आज़ाद किया है। हो सकता है यह गढ़ी को फ़िरंगियों के

अज़ाब से भी आज़ाद कर दे।

ए गढ़ी में रहनेवाले हज़रत कन्हैया इन सबकी देखभाल करना।

अगले दिन बड़े राजा ने मुझे बेशुमार कामों में उलझा लिया। जहाज़ की बाबत कई सवाल थे उनके। व्यापार बन्द होने की कगार पर था, उन्होंने यह बात बहुत उदास होकर बताई।

मैंने उन्हें दिलासा दिया, "जब तक मैं हूँ और मास्टर हैं तब तक आपका व्यापार रुकेगा नहीं!"

"नहीं फ़तेह अली ख़ान," उन्होंने निराशा से भर कहा, "यह सब तुम्हारे चाहने न चाहने पर नहीं, अब जल्द ही यहाँ भी जंग होगी तुम देख लेना। फिर हमारे पास बचेगा क्या व्यापार करने को?"

मैं भी सोच में पड़ गया।

तभी किसी ने कहा, "हुज़ूर पंडित बाबा आए हैं!"

बड़े राजा ने उसे वहीं बुला लिया, उसी दालान में जहाँ हम बैठकर बात कर रहे थे। आनेवाले को देख मैं हैरत में पड़ गया। यह वही शख़्स था जो चाँदपुर आने के रास्ते में पहली बार मिला था और फिर कभी नहीं मिला उसके बाद, जबकि रास्ते के उस मन्दिर पर रुककर मैंने पहली ही बार की तरह, हर बार पानी पिया था। उसने आकर बड़े राजा को एक रुक्का पकड़ा दिया और ऐसे खड़ा हो गया जैसे उसने मुझे देखा ही नहीं हो कभी।

बड़े राजा ने रुक्के को देखते ही कहा, "इसे राजा डुमरी, बंधू सिंह, तक भी पहुँचा दिया जाए।" यह सुनते ही पुजारी बिना एक शब्द बोले उलटे पाँव चला गया। मुझे अचानक उस मशालची की बात याद पड़ी जिसने पहली बार मुझे चाँदपुर लाते वक़्त पुजारी के बारे में कहा था,

"मुख़बिर है।"

यानी पुजारी इन रियासतों के लिए मुख़बिरी कर रहा है, आज समझ पाया हूँ। और यह बात भी समझ में आ रही है कि कुछ-न-कुछ तो गुपचुप तैयारी चल रही है।

हुकुम हुआ है कल सुबह ही कलकत्ता के लिए निकल जाऊँ, चूँकि अब चीन में शान्ति है, तो जो भी बचा-खुचा व्यापार है उसे निभाना होगा!

**फ़. अ. ख़ान**

## चाँदपुर

परगासो समझती है कैसे देवता का डर जगाकर शुद्धता की बात कर, लोग मुलाज़िम को मुलाज़िम ही बने रहने पर मजबूर कर देते हैं। पीढ़ियाँ मुलाज़मत में खप गईं। उसने देखा था अपने टोले में। कोई बड़ा आदमी नहीं बनता था। तीरो-तलवार का जबर भी जंगल से शिकार पकड़ पेट भरने के लिए होता था। किसी राजा-महाराजा से लड़ने या बराबरी की बात करने का ख़याल भी नहीं आता था किसी को उस टोले में। सब जैसे अपने छोटेपन में और सिमटकर रह गए थे। कुछ लोग भागकर गए थे इसी कम्पनी के चक्कर में फँसा, नौकर बनने या सिपाही बनने। लेकिन क्या हुआ उससे? ग़ुलाम रहे, हमेशा-हमेशा के लिए ग़ुलाम।

परगासो को बचपन से कोफ़्त होती रही कि टोले में क्यों उसके सवालों का जवाब देनेवाला कोई नहीं। बस जब भी टोले के लोगों से सवाल करती, वे भगत के सामने उसे ले जाकर खड़ा कर देते। और भगत का क्या, कहता था, 'देवता ही जवाब देंगे एक दिन।' वह तो बस देवता को पकड़, उसकी चाकरी कर, टोले वालों और दूर-दराज़ से आए परेशान लोगों को शान्त कर देता था लेकिन परगासो को कभी कोई जवाब नहीं मिला। इसीलिए बहुत बचपन में उसने भगत जी के झूठ को पकड़ हमेशा के लिए देवता का दामन छोड़ दिया था। वह अपनी मालिक ख़ुद बन गई थी। अपना मालिक हो जाने में कितनी आज़ादी थी इसका सुख टोले वाले नहीं जानते थे न जानने की ललक उनमें दिखती थी। ओह कितने बरसों से वे ऐसे ही रह गए थे, लेकिन अब मौक़ा आ चुका है...।

मोहब्बत में आरास्ता हो सुमेर सिंह उससे कहा करते थे—'मेरी चाय...मेरी नूरजहाँ...।'

वह तो बहुत बाद में उसे चाय का मतलब समझ में आया था।

चाय और चीन का।

चाय और सूर्य दरबार का।

चाय और व्यापार का।

चाय और कम्पनी बहादुर का।

चाय और लालच का।

चाय और धुन्ध का।

चाय और अफ़ीम का।

अफ़ीम और ग़ुलाम का।

चीनी क़ौम के नशे में डूब जाने की दास्तानों का, जो फ़तेह अली ख़ान के मार्फ़त उस तक पहुँची।

और सुमेर सिंह की ग़ुलामी का भी, जो धुन्ध में उभर गए बचपन के उनके मीतों के मार्फ़त उस तक पहुँची और जिसे धीरे-धीरे साफ़ करने की क़वायद में वह बहुत शिद्दत से जुटी हुई थी। ठीक तबसे, जबसे उसने सुमेर सिंह के सोना जैसे खरे मन को जान उनकी छाती पर अपना माथा रखा था और फिर खदबदाती उत्तेजना के समन्दर को हेलती हुई उनके होंठों तक पहुँची थी।

और फिर जाने कितने भूगोल नापते हुए वह लम्बी साँस ले पलट गई थी उन अनमोल बची हुई साँसों को सदा के लिए अपने दिल में बसा लेने के लिए क्योंकि ऐसे परम क्षणों का मोल तो बिरलों को ही मिलता होगा, उसे अपनी अनुभवहीन जवानी के बावजूद यह यक़ीन हो गया था। एक पुख़्ता और मज़बूत यक़ीन कि ऐसे क्षण जहाँ उत्तेजना का समागम लबालब भरे मोहब्बत के सागर में होता है, वहाँ उसके बाद दुनिया में और कुछ हासिल करना बचा नहीं रह जाता है, बल्कि जो हासिल है उसे बचाने में एक ज़िन्दगी खप भी जाए तो भी कुछ उज्र कभी नहीं होता।

कभी कोई ग़म नहीं होता।

ऐसा भरोसा। ऐसा ही यक़ीन जिसे न फानी ताक़तें डोला सकती थीं न ग़ैर फानी। और वैसे भी यह फानी क्षण था। वह फानी औरत थी। ग़ैर फानी के मसले पर वह कोई राय नहीं रखती थी क्योंकि वह उन्हें मानती ही नहीं थी।

उसी दिन वह समझ गई थी कि सुमेर सिंह को गन्ध क्यों पसन्द है?

सुमेर सिंह को चाय की गन्ध क्यों पसन्द है?

उसी दिन वह यह भी समझ गई थी कि सुमेर सिंह उन पचास-सौ औरतों में क्या ढूँढ़ते रहे थे जिनके साथ वे हर रात सोते थे और फिर भी कुछ नहीं पाते थे।

चाय और चीन। चाय और सागर की लहरें।

चाय और मासूमियत। चाय और जन्नत।

चाय और अलहदगी।

चुपके से आनेवाली।

चीन से चुपके से आनेवाली।

रेशमी कपड़ों और महफूज़ डब्बों में आनेवाली।

थोड़ी और बहुत थोड़ी आनेवाली।

एक नायाब गन्ध। एक नायाब स्वाद। एक नायाब चस्का। नायाब चस्के की ख़्वाहिश। जिसे इस देश में अभी बन्द मुट्ठियों और ज़बानों की गिरफ़्त में रखा गया था।

इसी के लालच में 'सूर्य दरबार' को पीछे छोड़ने पर आमादा थे फ़िरंगी। उन्हें

भी यह नायाब चस्का लग चुका था फ़तेह अली ख़ान ने इस चस्के के बदले सफ़ेद ज़हर के क़हर को चीन में फैलते अपनी आँखों से देखा है। फ़िरंगी का गुनाह सिर्फ़ यह नहीं था। चीन के ज़्यादा मर्द उस ज़हर की आगोश में जान देने को उतारू थे। उन्हें अब लड़ना-भिड़ना नहीं आ रहा था। उनकी दुनिया धुन्ध की दुनिया हो चुकी थी। अफ़सोस वहाँ कोई परगासो नहीं थी और कई सुमेर सिंह रह गए थे जिन्हें रौंदकर फ़िरंगी बहुत कुछ अपने देश में भेज रहे थे। चाय और रेशम पर उनकी गिद्ध निगाहें थीं और वे नोचने में बहुत उस्ताद थे।

चश्मदीद हैं फ़तेह अली ख़ान उस गुनाह के जिसे फ़िरंगी चीन में अंजाम दे रहा है। चीन, जहाँ के लोग प्यारे हैं। मिची आँखोंवाले। मुलायम बालोंवाले। मेहनतकश और ईमानदार। उनके गालों पर पीले माखन-सी आभा है। फ़तेह अली ख़ान की इन बातों को अपने ज़ेहन में बसा चुकी थी परगासो और अपने दूर देश में बसे हमक़दमों से एक ज़हनी रिश्ता भी जोड़ चुकी थी।

"वहाँ युद्ध करने वाले कौन हैं, कैसे रहे?"

फ़तेह अली ख़ान ने बहुत सोचकर जवाब दिया था, "हुए हैं बीबी, ऐसे लोग भी हुए हैं वहाँ जो अब हारे हुए और दर-बदर हैं।"

इसके बाद फ़तेह अली ख़ान एकाएक चुप हो गए थे, जैसे देखी गई तकलीफ़ों को महसूस कर रहे हों।

## कलकत्ता जर्नल अख़बार

## बृहस्पतिवार, 9 अप्रैल, 1857

8 अप्रैल, 1857 को 34वीं बंगाल इन्फेंट्री बैरकपुर के बाग़ी सिपाही मंगल पांडेय को फाँसी दे दी गई है...ख़बर मिल रही है कि मंगल पांडेय के अंग्रेज़ अफ़सर को गोली से उड़ा देने के बाद, देश के बहुत सारे हिस्सों में बदमाशी से बग़ावत फैला दी गई है। कम्पनी के सिपाहियों ने महारानी विक्टोरिया को सारी बातों की जानकारी दे दी है।

पुलिस सुपिरिंटेंडेंट ने बयान दिया है कि जल्द ही बाक़ी बाग़ियों को पकड़कर सज़ा दी जाएगी।

*लॉन्ग लिव द क्वीन*

## कलकत्ता जर्नल अख़बार

## सोमवार, 11 मई, 1857

10 मई को मेरठ के सदर कोतवाली में तैनात कोतवाल धनसिंह गुर्जर ने बग़ावत की है। मेरठ की शहरी जनता, आसपास के गाँव के लोग, सिपाही, किसान और पुलिस भी शामिल हो गए हैं। उनका मक़ाम फ़िरंगी को हताहत करना है।

हालात बहुत तेज़ी से ख़राब हो रहे हैं। मेरठ जेल से कई सौ क़ैदियों को भी बाग़ियों ने छुड़ा लिया है। आगजनी और भगदड़ चारों ओर है और जंगल में आग की तरह बग़ावत फैलती ही जा रही है। झाँसी, कानपुर, अवध और भोजपुर के कई इलाक़े, बग़ावत की गिरफ़्त में आ गए हैं। हालाँकि सिख रेजिमेंट अपने सिपाहियों को कम्पनी के सैनिकों के साथ मिलकर लड़ने को भेज रही है फिर भी कब हालात और बिगड़ जाएँ पता नहीं चल रहा है। इसलिए प्रशासन को जल्द से जल्द सख़्त क़दम उठाने की ज़रूरत है।

लंदन में हाउस ऑफ़ कॉमन्स में इस मुद्दे पर गहरी चिन्ता जतलाई गई है और कम्पनी बहादुर प्रशासन को हिन्दुस्तान में रह रहे अंग्रेज़ों की हिफ़ाज़त के उपाय करने को कहा गया है।

*लॉन्ग लिव द क्वीन*

**रोज़नामचा**

**आसिन भी बरसा सा है, 1857**

आज हवा में कुछ अजीब सी खुनकी है। बारिश का मौसम तो ख़त्म हुआ। और ठंड भी फ़िलहाल दूर है। फिर ऐसी रहस्य से भरी खुनकी क्यों?

चाँदपुर में अजीब चुप्पी पसरी हुई है। जंगल, खेत-खलिहान में भी

कोई हलचल नहीं। मैं अभी कुछ देर पहले गढ़ी पहुँचा हूँ। हरिया ने मुझे मेहमानख़ाने तक पहुँचा दिया है। वह और लँगड़ा रहा था। कह रहा था वात ने उसको तोड़ दिया है। उसकी आँखें ख़ाली हैं। कहता रहा था—"हुज़ूर चारों ओर विषैली हवा फैल गई है। ऐसे में मुझ पर यह आफ़त तो आनी ही थी।" उसकी आँखों में न चाहते हुए भी मैं परगासो बीबी का अक्स देख लेता हूँ। वही विषैला ज़हर है उसके लिए जिसने उसे बाबू से अलग कर दिया। हरिया एक ऐसी माँ है जिसे बेटे का छिन जाने का ग़म है। एक जलन-सी भरी माँ है वह। अपनी हर तरह की कमतरी का इल्ज़ाम परगासो बीबी पर लगाता है।

मैं भी यह देख और समझ रहा हूँ, लोग मानें या न मानें परगासो बीबी ने गढ़ी को बदल दिया है। ऐसे वक़्त में वह गढ़ी आई जब सब टूटकर गिर जाने को था। उस नाज़ुक जान ने सब थाम लिया। एक वह दिन भी था जब मालकिन ने बड़े राजा को उसे अपनी तरह ही मान जाने के लिए कहा था, जिस पर बड़े राजा ने अपनी तलवार निकाल कहा था—इस दुसाधन का ख़ून इस राजपूत के माथे।

सुमेर सिंह यह देख ज़रा भी नहीं घबराया था और इत्मीनान से परगासो का हाथ पकड़ अपने कमरे की ओर चल दिया था। मालकिन ने ज़ोर से चिल्लाकर अपना घूँघट और बड़ा कर लिया था मानो इस बेपर्द तमाशे को ढक रही हों।

बड़े राजा कुर्सी पर भहरा गए थे।

सबका आँखों देखा हाल है मेरे पास।

और फिर आया इश्तिहार जो लखनऊ से जारी हुआ था। जिसमें अवध की बेगम का पैग़ाम छपा था। लोग कहते थे उसमें दिल्ली के बादशाह का भी हवाला था। उसकी मर्ज़ी थी। सबने मिलकर कम्पनी बहादुर के ख़िलाफ़ जंग करने की ठानी थी। कानपुर में पेशवा और झाँसी में रानी लक्ष्मीबाई। और जगदीशपुर में बाबू कुँवर सिंह। सब साथ हो चुके थे। ज़ोर से ऐलान पर मनाही थी। सब इशारों में गुपचुप चल रहा था। बड़े राजा का भी शामिल होना लाज़िमी था...ऐसे में कौन साथ देता उनका? परगासो बीबी ही काम आईं बड़े राजा के।

मैं फ़तेह अली ख़ान अपने होशोहवास में दर्ज करता हूँ कि इस इलाक़े में बग़ावत की कमान बीबी परगासो के हाथों में है। वे हाथ महारथी हाथ हैं। उन्हें कोई ललकारे नहीं। सुमेर सिंह भी बदल रहे हैं। यह बहुत

अन्दरूनी बात है लेकिन लगता है सुमेर सिंह को चाय-सी औरत मिल गई है। नूरजहाँ को मुक़म्मल जहाँगीर मिल गया है। एक ज़हीन कलाकार मन को एक ज़हीन नाज़िम मिल गया है।

कल सुबह मुलाक़ात का वक़्त मुक़र्रर है।

ख़ुदा परगासो बीबी का इक़बाल बुलंद रखे।

**फ़. अ. ख़ान**

## चाँदपुर

लेकिन दुनिया जान रही है और जान जाएगी। भगत जी उसके कान में बुदबुदाते हैं। वह टोले के लोगों को उकसाने आई है। बचने का और उठने का एक ही उपाय है। तोड़ दो ज़ंजीरें। उठाओ अपने हथियार। ख़बर आई है। बग़ावत हो चुकी कलकत्ता में। दानापुर, पटना तक उसकी आँच उठ आई है। इश्तेहार में ख़बर थी पीर अली ने हमला बोल दिया है। बाबू कुँवर सिंह भी चल पड़े हैं मोर्चा लेने। अब हमारे बड़े राजा की बारी है। अब हमारी बारी है।

उठो। जागो। लड़ो।

टोले में जादू पसर गया है। जंगल से भीमा बुज़ुर्ग के साथ और बड़े बुज़ुर्ग भी आ गए हैं। सब सुन रहे हैं साँस रोके। तनाव से सबकी मांसपेशियाँ तन गई हैं। हाथों में हथियार पकड़कर इस्तेमाल करने की इच्छा धड़कने लगी है। गाँव के दूसरे ग़रीब राजपूत और ब्राह्मण भी अपनी औरतों से अन्तिम बिदाई लेकर आ गए हैं। परगासो दुसाधन ने बीड़ा सँभाला है। वही उन्हें बताएगी आगे कैसे चलना है। जंगलों में कैसे छिपना है। पहाड़ियों को ओट कब बनाना है। कौन से सिपाहियों पर हमला करना है और कौन से सिपाहियों को छोड़ देना है।

परगासो बचने नहीं, बचाने आई है। अपने लोगों को बचाने आई है।

ज़िल्लत से, कमज़र्फ़ी से, हक़ीर ज़िन्दगी से...उठाकर ताज पहनाने आई है।

परगासो की आँखों में ममता का पानी गंगा सागर की तरह हिलोर रहा है। वह देख रही है—ये उसके टोले के लोग हैं।

ये गाँव के बाहर बसनेवाले टोले के लोग हैं जिनके बीच में वह रहा करती थी। फिर दरमियान की कई दीवारों को फलाँगते हुए वह जाने कैसे एक ख़ूब मज़बूत क़िलेनुमा घर में पहुँच गई थी। और वहीं बैठे-बैठे उसने दरमियान की सारी मोटी दीवारों को गिरा दिया था एक जादूगरनी की माफ़िक़ चाय की गर्म भाप की फूँक से। हवा में गन्ध फैली थी। ख़ूबसूरत नशीली गन्ध और आर-पार के फ़ासले मिट गए थे। सुमेर सिंह बग़ावत की दुंदुभि सुनाई पड़ने के बाद अपने घोड़े को उसके घोड़े के साथ दौड़ाते हुए साथ चले आए थे इसी टोले में, जिसकी छाया से कभी दूषित होने का कैसा गहरा डर था उनके भीतर।

सुमेर सिंह ही नहीं अब तो बड़े राजा भी खेत-खलिहान, जंगल और खदान तक अपना घोड़ा दौड़ाते हैं। घोड़े के थकने पर गढ़ी के बाहर के टोलों के कुएँ का पानी भी पी जाते हैं। लोग उन्हें देखकर सर झुका देते हैं फिर भी दिखलाई तो पड़ ही जाता है कनखी से बड़े राजा साहब कितनी ऊँची क़द-काठी के सुन्दर इनसान हैं और उनके देखने पर मलिन नहीं पड़ते। वरना पीढ़ियों पहले तो यह भी कहावत टोले में मशहूर की गई थी की दीवारों के बाहर रहनेवालों के देखने भर से राजाओं का रंग काला पड़ जाता है इसीलिए उन्हें देखा ना जाए।

लेकिन आज गाँववाले इन्हीं के साथ बैठकर इनकी बातों को सुन रहे हैं...। बातें कैसे बदल गई हैं? उसका टोला...उसकी माँ का टोला...उसके पूर्वजों का टोला...छूत से भरा टोला...कैसे करवट ले रहा है?

क्या विपत्ति छूत-अछूत ख़त्म कर देती है?। वक़्त ज़ोर-ज़ोर से दस्तक दे रहा है...उस टोले के सिवान पर। फ़िरंगी को भगा, भगत जी और बड़े राजा के आतंक से भी आज़ाद होना है उसके टोले को।

चाँदपुर का मोर्चा परगासो के ज़िम्मे है।

बेगम हज़रत महल ने अवध से ऐलान किया है—"अब सब साथ हैं। हमारा सरपरस्त, दिल्ली का बादशाह है। हमें उसकी बादशाहत मंज़ूर है लेकिन कम्पनी बहादुर की हरगिज़ नहीं।"

परगासो चल दी है मोर्चे के मुआयने पर। सुमेर सिंह उसके बग़ल में एक सिपाही की तरह, साथ-साथ हैं। बड़े राजा अलग मोर्चे पर हैं। हमले का वक़्त बेहद क़रीब आ चुका है। परगासो चाँदपुर की हवा है। ताक़तवर हवा। उसका बहना अब नहीं रुक सकता। वह कोई छाया नहीं। असल है। वह किसी प्रेत की भी छाया नहीं जिसे मंतर पढ़कर उड़ा दिया जाए।

ज़िन्दगी अगर आगे रही, सारे तीरो-तलवार के वारों के बावजूद तो परगासो को ही मानना होगा इस सल्तनत की नूरजहाँ। अब तो देना होगा हिसाब इतिहास को भी। क्यों इस क़दर चुप रहा अपनी नूरजहाँ को लेकर?

परगासो, जगदीशपुर जाकर कुँवर सिंह से मिल रणनीति तय करना चाहती

थी। उनसे असलाह के इन्तज़ाम की पूरी ख़बर बाँटना चाहती थी, लेकिन वक़्त ने इसकी इजाज़त नहीं दी।

## इश्तिहार

### बेगम हज़रत महल का फ़रमान

मुख़बिर ने जैसे ही काग़ज़ का टुकड़ा बड़े राजा के हाथ में दिया उन्होंने उसे परगासो की ओर बढ़ा दिया। पुजारी को और जगहों पर इश्तिहार ले जाना था इसीलिए वह उलटे पाँव लौट गया।

परगासो ने सबको इश्तिहार पढ़कर सुनाया।

*हमने लखनऊ रेजिडेंसी को चारों ओर से घेर लिया है। हो सकता है जंग लम्बी खिंचे। फ़िरंगियों ने अपने तीन हज़ार औरत-मर्दों को रेजिडेंसी में छिपा दिया है। उनके पास तोपें हैं तो हमारे पास भी हैं और बन्दूक़ों का इन्तज़ाम किया जा रहा है। हमने उनके दो हज़ार के ऊपर सैनिकों को मार गिराया है।*

*यह ख़बर आपको हिम्मत दिलाने के लिए भेजी जा रही है। इसे ज़्यादा से ज़्यादा हलक़ों में फैलाएँ। अब पीछे हटने की बात नहीं रही।*

*हम सबको बढ़े चलना है और फ़िरंगियों को इस देश से निकाल बाहर करना है।*

## कलकत्ता जर्नल अख़बार

### बुधवार, 8 जुलाई, 1857

हमारे पटना सूत्रों के हवाले से यह ख़बर मिली है कि अंग्रेज़ों के लायक़ अफ़सर डॉ. लायल की हत्या के आरोपी पीर अली नाम के बाग़ी के 21 साथियों को पेड़ पर लटकाकर फाँसी देने के बाद, कल 7 जुलाई को पीर अली को भी फाँसी दे दी गई है। याद रहे कि इन लोगों ने धर्म के पाक स्थल चर्च के पादरी पर हमला कर न सिर्फ़ कम्पनी बहादुर के ख़िलाफ़ बग़ावत की है बल्कि ईसाई धर्म को भी अपनी बग़ावत का निशाना बनाया है। इनको सख़्त से सख़्त कार्यवाही कर सबक सिखाना होगा। जिससे इसके बाद कोई दूसरा बाग़ी, बग़ावत करने की हिम्मत न करे।

*लॉन्ग लिव द क्वीन*

## पटना

7 जुलाई, 1857 को पूरे पटना शहर में अफ़वाहों का बाज़ार गर्म था। लोग डरे हुए फुसफुसा रहे थे। लोग पटना के कमिश्नर विलियम टेलर की कुटिलता और जल्लादी रवैये की बात करते नहीं थक रहे थे। धीरे-धीरे बाज़ार में यह ख़बर आम होने लगी कि कैसे पीर अली को कुटिलता से पकड़ विलियम टेलर ने उसे ज़िन्दगी का लालच देते हुए पूछा था, "तुम्हें छोड़ दिया जाए तो?"

पीर अली शान्त थे। और जब बोले तो ख़ैरात में मिलनेवाली ऐसी ज़िन्दगी को लेकर उनका नज़रिया एक बड़े सूफ़ी के नज़रिये से मिलता हुआ था—"कई बार ज़िन्दगी बचाना अच्छा होता है तो कई बार ज़िन्दगी गँवा देना। आपने हम सभी बाग़ियों को ख़त्म किया है लेकिन याद रखें, आप हमें पूरी तरह ख़त्म कभी नहीं कर पाएँगे, क्योंकि हम जैसे लोग आपके ख़िलाफ़ हज़ारों की तादाद में अभी उठ खड़े होने को तैयार हैं।"

पीर अली सामने दिखाई देती मौत को देखकर भी नहीं झुके, वे सूफ़ियों की तरह ज़िन्दगी निस्सार कर चले। पीर अली पीर अली...

धीरे-धीरे लोग एक-दूसरे से यह बात साझा कर सिसकने लगे। वे मन-ही-मन रोते रहे...ज़ार-ज़ार। कुछ देर में विलियम टेलर की कोठी से निकली ख़बरों पर की रुलाई गलियों और टोलों को पार कर लोदी कटरा मोहल्ले तक पहुँच गई।

## मुसव्विरख़ाना

मुसव्विरख़ाना में शंकर लाल अपने शागिर्दों के साथ नए चित्रों पर काम कर रहे थे। ख़दीजा बेगम अब एक सब्ज़ी बेचनेवाली का चित्र बना रही थीं। शंकर लाल ने उस चित्र को जब देखा तो उनको हँसी आ गई। ख़दीजा बेगम ने उस सब्ज़ीवाली की आँखें ठीक अपनी आँखों जैसी बना दी थीं। ढेर सारे सुरमे से भरी।

"ख़दीजा बेगम, कई चीज़ें ज़िन्दगी में सुन्दर लगती हैं इसका मतलब यह नहीं कि चित्र में भी लगें, इस पर थोड़ा ध्यान दीजिए।"

ख़दीजा बेगम ने बहुत ध्यान से अपने उस्ताद की बात सुनी और फिर हलके

से मुस्कुराकर बोलीं, "चित्र भी तो ज़िन्दगी है। आपके लिए। मेरे लिए। हम सबके लिए।"

शंकर लाल ने इस फ़लसफ़े पर इज़्ज़त से सर झुका लिया।

फिर जब शाम उतरने लगी और ख़दीजा बेगम कुछ नए आए शागिर्दों के साथ अपने घर के लिए जाने लगीं तो शंकर लाल ने उनसे पूछा,

"क्या रुकुनुद्दीन की कोई ख़बर है?"

"नहीं," ख़दीजा बेगम ने जवाब दिया।

"क्यों नहीं चौकीदार चाचा को भेजकर पता लगाया जाए? अब कई दिन हुए, उसे यहाँ आए हुए। विलियम भी नहीं आया इतने दिनों से।" ख़दीजा बेगम ने कहा।

"ठीक कहती हैं आप।"

शंकर लाल ने चौकीदार को आवाज़ लगाई और कहा,

"अभी कुछ देर हम यहाँ बैठेंगे, तब तक आप जाकर रुकुनुद्दीन का हाल ले आइए।"

चौकीदार को नहीं पता था, सड़कों पर आँसुओं का सैलाब कमिश्नर विलियम टेलर की कोठी से चलकर लोदी कटरा मोहल्ला पहुँच चुका था और उसमें सभी के डूब जाने का इन्तहाई इमकान था।

विलियम पिछले चार दिनों से मुसव्विरख़ाना न जाकर, बाज़ार चला जाता था इस वक़्त। अपने माशूक़ के लिए पाए का शोरबा लाने, जिससे रुक्नु की गिरी हुई तबीयत सँभल जाए। सबने उसे यही सलाह दी थी कि कुछ दिन इस शोरबे को पिलाने पर ताक़त लौट आएगी।

विलियम अब हर तरह की सलाह पर अमल कर अपने यार को वापस मुसव्विरख़ाना पहुँचा देना चाहता था। रुक्नु और वह मिलकर कितनी तस्वीरों पर काम करने की योजना बना चुके थे जिन्हें मुकम्मल करना बाक़ी था। और फिर उस्ताद शंकर लाल के सपनों को भी पूरा करना था। चीन वह अकेले कैसे जा सकता था? रुक्नु के बिना तो उसे साँस लेने में भी तकलीफ़ महसूस होती थी। धीरे से कमरे की साँकल हटा वह कमरे में पहुँचा और शोरबे की प्याली तिपाई पर रख, दबे पाँव, बिना शोर किए रुकुनुद्दीन के बिस्तर के निकट पहुँचा।

उसे देख रुकुनुद्दीन ने चादर मुँह के ऊपर ओढ़ ली। विलियम घबरा गया। वह कमरे में घुसा तो रुकुनुद्दीन ने चादर से ख़ुद को ढक लिया। क्यों? उसका

यार कहीं दोबारा अपने ख़ौफ़नाक ख़्वाबों की दुनिया में तो नहीं चला गया? बहुत मुलायमियत से उसकी मिज़ाजपुर्सी करनी होगी। उसने धीरे से बिस्तर पर अपनी जगह बनाई और प्यार से रुकुनुद्दीन के सर से चादर हटाता हुआ बोला—"रुक्नु! क्या हुआ? सब ठीक तो है?"

रुकुनुद्दीन ने चादर के हटते ही अपनी आँखें खोल दीं।

विलियम ने देखा वे आँसुओं से भरी थीं।

विलियम तड़प गया—"रुक्नु...मेरे रुक्नु...।"

रुक्नु ने मरने से पहले वाली एक हिचकी ली और उसके गले से अन्धे कुएँ में गिरती-सी आवाज़ आई,

"बाबा...बाबा कैनो बाबा...क्यों बाबा...सिराजुद्दौला को मारनेवाला यह इनसान इतनी मोहब्बत से भरा कैसे हुआ बाबा...?

"विलियम मेरे प्यारे विलियम...तुमने क्यों मारा सिराज को? मेरे बाबा को मछली बेचने पर मजबूर किया...मेरी दादी की मलमल लुट गई...मेरी माँ की तबाही के तुम क्यों हो ज़िम्मेदार? विलियम...आह विलियम...मेरे प्यारे विलियम...?"

जब तक विलियम कुछ समझ पाता, कुछ जवाब दे पाता चीते की फुर्ती के साथ रुकुनुद्दीन अपनी जगह से उठा और विलियम की छाती पर सवार हुआ। विलियम ने अपनी आँखें बन्द कर लीं। क्या रुक्नु इस वक़्त मोहब्बत ढूँढ़ रहा है? ओह उसे इसका ख़याल करना चाहिए था। भारी ग़लती हुई है उससे। रुक्नु मेरे प्यारे रुक्नु वह मोहब्बत की उम्मीद से भर बुदबुदाया...तभी उसे लगा कि कोई बड़ी अज़ीज़ सी चीज़, किसी बेहद अज़ीज़ हाथ से उसके कलेजे में धँसा दी गई। उसे एक मीठा सा कभी न ख़त्म होनेवाला दर्द अपनी आगोश में लेने लगा और वह हैरत से भर अपनी आँखें खोलकर देखने और समझने की कोशिश करने लगा कि उसके साथ हुआ क्या है?

"रुक्नु..." वह दर्द से छटपटाते हुए बोला, "रुक्नु...मेरी जान!"

और इस तरह एक आशिक़ ने एक फ़िरंगी की मोहब्बत से भरी जान बहुत मोहब्बत से उसके शरीर से निकाल ख़ून की तरह फ़र्श पर बहा दी।

विलियम की सफ़ेद अचकन के ऊपर अद्‌भुत चित्र आकार ले रहे थे। एक आशिक़ का जनाज़ा दूसरा आशिक़ बड़े शौक़ से तैयार कर रहा था। रुकुनुद्दीन के हाथ में चमकती कटार की मूठ थी। वही कटार जिसे किसी दिन दोनों ने फूल और पीतल के बर्तन बनानेवालों से चहककर ख़रीदा था। ठीक उसी को, उसी सुन्दर-सी कटार को विलियम की छाती में रुक्नु ने धँसा दिया था। विलियम की आँखें बन्द होकर जब एकबारगी खुलीं तो खुली की खुली रह गईं। एकदम खुली की खुली! रुक्नु का दिल ज़ोर से धड़का और विलियम की जान इस फानी दुनिया से छूट गई। जान जाते वक़्त भी विलियम के अंग-अंग में रुक्नु की मोहब्बत के

बड़े-बड़े हर्फ़ दर्ज थे।

रुकुनुद्दीन ने धीरे से विलियम के हाथ-पैरों को टटोला, उसके दिल की धड़कन को सुनने की कोशिश की और चीख़ने लगा,

"विलियम तुम्हारे शरीर से इस क़दर ख़ून क्यों बह रहा है? तुम बोलते क्यों नहीं? तुम्हारा दिल धड़कता क्यों नहीं? क्या तुम ही ग़लती से मेरे विलियम से, वह फ़िरंगी बन गए थे, वही जिसने सिराज को मारा, मेरे माँ-बाबा को तबाह किया?"

"उठो विलियम, अब मैं ठीक हूँ। चलो उस्ताद हमारी राह देख रहे होंगे। उस्ताद को तो जाना भी है कलकत्ता। कुछ ही दिनों पहले तो वे कह रहे थे, तुम्हारा बनाया चित्र ले वे कलकत्ते जाएँगे। सुना है चाँदपुर के राजा का जहाज़ 'सूर्य दरबार' चीन की यात्रा कर लौट रहा है। चलो हम भी चल पड़ें कलकत्ता। विलियम उठो।"

"कलकत्ता चलो। चलो कलकत्ता।"

शाम से रात हुई और फिर सुबह। फिर अगला दिन। फिर अगला।

विलियम की सफ़ेद अचकन पर लाल धब्बे सूखकर भूरे हो गए थे। कमरे में दुर्गन्ध फैल गई थी।

उस कमरे में अब जीवन का कोई आसार नहीं बचा था।

## कलकत्ता जर्नल अख़बार

## बुधवार, 2 अगस्त, 1857

इस अख़बार को पढ़नेवालों को याद होगी, अवध के नवाब वाजिद अली शाह की ख़बर। उस जैसा रसिया नवाब कहीं नहीं देखा गया है। देशी भगवानों की पूजा करता है और नाच-गाने से फ़ुरसत नहीं। अवाम की कोई परवाह नहीं। कम्पनी बहादुर के चीफ़ कमिश्नर सर हेनरी लॉरेंस ने उसकी ग़ैर ज़िम्मेदार हरकतों के मद्देनज़र उसे गिरफ़्तार कर कलकत्ता के मटियाबुर्ज़ इलाक़े में नज़रबन्द कर दिया था। इसके बाद सभी को लगा था कि अवध, अंग्रेज़ों के क़ाबिल शासन में ख़ूब तरक़्क़ी करेगा, लेकिन अख़बार दुख के साथ यह कह रहा है कि ऐसा नहीं हो सका है और अब हालात और मुश्किल हो गए हैं। वाजिद अली शाह के नाबालिग बेटे बिरजिस क़दर की आड़ लेकर अब वाजिद अली शाह की बीबी बेगम हज़रत महल बाग़ियों

के साथ मिलकर बग़ावत का ज़हर चारों ओर फैला रही है। सब पुरबियों को इकट्ठा कर रही है। ये लोग छिपकर कई अंग्रेज़ों की जान ले रहे हैं।

यह ख़तरनाक है। बेगम हज़रत महल की गिरफ़्तारी के लिए फ़रमान ज़ारी हो चुका है। कम्पनी बहादुर से उम्मीद है कि जल्दी-जल्दी नतीजे दिखलाए और बाग़ियों को गिरफ़्तार करे।

*लॉन्ग लिव द क्वीन*

## चाँदपुर

सुख और दुख उस गढ़ी में अजीब सी रस्साकशी में उलझे हुए थे। पार्वती देवी का कलेजा यह सब जानता था। उनका बढ़ता पूजा-पाठ उस झमेले से भागने की कायर-सी कोशिश थी। वे जानती थीं लेकिन कर भी क्या सकती थीं? लाचार थीं। उन्हें पलंग पर चढ़कर आराम करने और पति को ख़ुश करने के अलावा और कुछ करने की शिक्षा नहीं दी गई थी। चारों ओर से चुनौती थी। लेकिन वे अपने पति की कोई मदद नहीं कर सकती थीं। उन्हें कुछ नहीं आता था। न लिखना-पढना, न लड़ाई।

पलंग पर बैठे-बैठे वे ऊब गई थीं और अब राधा-किशन के प्रेम में डूबने की कोशिश कर रही थीं।

वे अपने राधा-किशन से रोज़ कहती थीं, "तुम दोनों की तरह प्रेम बना रहे हमारे सुमेर का।"

"हमारे सुमेर का परगासो से।"

"परगासो का सुमेर से।"

बड़े राजा की सुमेर सिंह को लेकर बढ़ती चिन्ता को भी वे समझती थीं। "कब मर्दाना बनेंगे ये?" उन्होंने पार्वती देवी से पूछा था और वो शर्मिन्दा हो चुप लगा गई थीं।

बड़े राजा को यह डर भी सताता रहता था कि किसी औरत के साथ कभी

ढंग से वे सो भी पाएँगे या नहीं? सन्तान पैदा कर पाएँगे या नहीं? गढ़ी के भविष्य की बेहिसाब चिन्ता थी बड़े राजा को।

लेकिन उस मामले में सुमेर उनकी सोच से उलट निकले। ऐसी रंगीन मिज़ाजी की आदत पड़ी कि बड़े राजा के दिल में दूसरा डर घर करने लगा कि किसी एक औरत को रानी का दर्जा भी दे पाएँगे या नहीं कभी? काश! कोई ऐसी औरत मिल जाती इन्हें जो थोड़ा ठहरकर जीना सिखा देती, तो उनकी चिन्ताएँ कुछ कम हो जातीं।

लेकिन जब ऐसी औरत आई इनकी ज़िन्दगी में तो किस तबके की निकली? किस जात की निकली? औरत चुनने में भी चूक गए सुमेर!

शुरू में तो मन करता था, सर क़लम कर दें उस नान-जात का लेकिन अब क्या करें बड़े राजा? कोई उपाय नहीं उनके पास। उसे ही तवज्जो देनी पड़ रही है। अपने नाज़ुक मिज़ाज वारिस से अब उसी औरत की मार्फ़त न सिर्फ़ राज-काज की बातें करनी पड़ रही हैं बल्कि कम्पनी बहादुर के ख़िलाफ़ रणनीति बनाने में भी वही पहल कर रही है। टोलों से और बाग़ियों से भी वही सब राजाओं को जोड़ रही है। छापामार लड़ाई के तरीक़े भी सिखा रही है गढ़ी के चौकीदारों और गाँववालों को।

मालकिन, मालिक का दुख महसूस करती है। मालिक के कैसे दिन आ गए कि उनकी दुर्दशा पर रोना आता है। सपनों में भी लुटता दीखता है सब कुछ। मालिक ने कितनी कोशिश की थी कि खदान बचा लें। जॉर्ज मार्लो नाम का अफ़सर था जो उलझ गया था उनसे और ज़िद पर अड़ गया था कि 'पूरी खदान लेकर रहूँगा।' बड़े राजा उससे जिरह करते रहे धैर्य से, डरकर हौसले से, समझौता करने के उद्द्देश्य से, आधा-आधा बाँट लेने का प्रस्ताव भी उन्होंने रखा था लेकिन वह अहंकारी नहीं माना। कहने लगा—"आज से खदानें कम्पनी बहादुर की मिल्कियत हैं..." और खदानें भी चली गईं।

बाहर से अजनबी...किस दम पर इस तरह की हिमाकत कर ले रहे हैं। मालिक दिन-रात कहते हैं—"दिल्ली का बादशाह बूढ़ा हो गया है...आह...ह: और कमज़ोर भी। वह भी सुनते हैं अपने सुमेर बाबू की तरह ही आशिक़ मिज़ाज है। एक आशिक़ मिज़ाज शायर बादशाह। लेकिन मुल्क के बादशाह को तो पत्थर दिल होना चाहिए था...फिर क्यों हुआ वह मुलायम-सा शायर? क्या दुर्गत हो गई मुग़ल बादशाहों के ख़ानदान की! दिल्ली का बादशाह न ख़ुद को बचा पा रहा है न अपनी रिआया को!"

मालकिन ने हाथ जोड़ अपने कृष्ण कन्हैया से कहा,

"यहीं बने रहना, गढ़ी छोड़ कहीं मत जाना, अगर राधा से तुम प्रेम कर सकते हो तो सुमेर-परगासो से क्यों नहीं? दोनों की जोड़ी आबाद रखना।"

"युद्ध हो तो हो इस गढ़ी पर आँच न आए।"

कृष्णा-कृष्णा!!

## चाँदपुर

चारों ओर रणभेरियों का संगीत गूँज रहा है। जहाँ एक ओर इश्तहार गाँव-गाँव बाँटा जा रहा है, वहीं हरकारे बाबू कुँवर सिंह का सन्देश चारों ओर फैला रहे हैं।

*सोने की क़लम हाथों में ले लिख परवाना भेजे का*
*जो टेकरी दाख़िल हुआ, जा डुमराओ दाख़िल हुआ*
*जो दलीपपुर दाख़िल हुआ, जा रामगढ़ दाख़िल हुआ*
*सुन तो बाबू मेरी बात, गोतिया भाई आप कहाते*
*मेरी मदद पर आओ काम, मैं अंग्रेज़ों से बिगड़ा हूँ*
*मेरी मदद पर आओ काम!*

पयामे-आज़ादी-क्रान्तिकारी अख़बार में नाना साहब के बाग़ी हमक़दम अज़ीमुल्लाह ख़ान का गीत छापकर हिन्दुस्तान के कोने-कोने में फैलाया जा रहा है।

चाँदपुर में इस गीत को, अब सारे टोले मिलकर गा रहे हैं। हिन्दुस्तान में मानो दो ही क़ौमें बची हैं अब, बाग़ी और ग़ैर बाग़ी।

लालटेन की रोशनी में गीत पढ़ा जा रहा और उसकी नक़ल सुमेर सिंह अपने अज़ीज़ फ़तेह अली ख़ान को भेज रहे हैं,

मेरे अज़ीज़,

*हम हैं इसके मालिक हिन्दुस्तान हमारा है*
*पाक वतन है क़ौम का जन्नत से भी प्यारा...*
*आया फ़िरंगी दूर से ऐसा मंतर मारा*
*लूटा दोनों हाथों से प्यारा वतन हमारा*
*आज शहीदों ने है तुमको अहलेवतन ललकारा*
*तोड़ो ग़ुलामी की ज़ंजीरें बरसाओ अंगारा*
*हिन्दू, मुसलमान, सिख हमारा भाई-भाई*
*यह है आज़ादी का झंडा इसे सलाम हमारा...*

हिन्दुस्तान का यह क़ौमी गीत बन चुका है। हम पूरी तरह तैयार हैं, ऐसा

परगासो बीबी कह रही हैं। चाँदपुर की ज़िम्मेदारी अब उनके ही सर है। मैं उनका सिपाही हूँ।

बड़े राजा, कुँवर सिंह की सेना की टुकड़ी के साथ निकल गए हैं। हम भी जल्द कूच करने की तैयारी में हैं।

अल्लाह हम सबको सलामत रखे, यह दुआ सबको लगे।

सुमेर सिंह
चाँदपुर

**रोज़नामचा**

**आसिन का दुख, 1857**

ज़िद करके बड़े राजा ने जहाज़ पर तो भिजवा दिया है। लेकिन मन कितना पसोपेश में है, मैं ही जानता हूँ।

मास्टर की बहुत इज़्ज़त करता हूँ। वह तो निहायत ख़ुशदिल और बेफ़िक्र इनसान बना रहता है।

जब चीन में जंग थी तब भी। आज देश में जंग है तब भी।

जहाज़ चलने पर मैंने उससे पूछा था—"मास्टर क्या इस बग़ावत के बाद फ़िरंगी अपने देश लौट जाएँगे?"

वह ठठाकर हँसा था, "अरे नोबाब, तुम कितनी बार अब इधर और उधर का सरहद पार कर लिया, क्या देखा, कभी फ़िरंगी लौटकर गया है? चीन पर कैसे क़ब्ज़ा जमाया, देखा? पूरा क़ौम उनके इशारे पर नाचता..., व्यापार का असली उस्ताद फ़िरंगी है...उससे हमारा कोई मुक़ाबला नहीं। हम तो देश का छोटा- मोटा चीज़ ले जाता...हाँ, बड़े राजा ने कुछ ज़िम्मेदारी दी है उसको तो पूरा कोरना होगा नोबाब... मैंने नहीं पूछा कौन सी ज़िम्मेदारी और कैसे कोरेगा पूरा? आख़िर क्यों पूछता भला, मुझे तो सारे सवालों के जवाब मालूम हैं।

"मुझे मालूम है ग़दर शुरू हो चुका है। मुझे मालूम है, हमें असलाह और बारूद ख़रीदने के लिए पैसों का इन्तज़ाम करना है। मुझे यह भी मालूम है कि मास्टर कभी चाँदपुर नहीं आता है। बड़े राजा उससे कलकत्ता आकर मिलते हैं। मुझे यह भी पक्के से पता है कि उनके मिलने का ठिकाना कलकत्ता का टाउन हॉल है।

"मन को ख़राब करने से क्या फ़ायदा?"

"जंग में सब जायज़ है।"

मास्टर कहता है, "जब चीन में रहो तो चीनी बन के रहो, जब देश आओ तो हिन्दुस्तानी बन जाओ। यही ज़िन्दगी का सबसे बड़ा फ़लसफ़ा है। हर हाल में जीना।"

इस बीच मैंने जो नया रास्ता तलाशा था जिससे हमारे सफ़र की मियाद महीना भर कम हो सकती थी उसी पर और तहक़ीक़ात करने में जुट गया। कुछ अक्षांश का हिसाब गड़बड़ हो रहा था। पानी की गहराई का माप भी ठीक-ठीक नहीं लगा पा रहा था, सो उसी में लग गया। इससे सुकून मिला। आख़िर नक़्शों के अन्दर ही मेरा जीवन बसता है। जानता हूँ अपनी खोज को इस वक़्त सबके सामने उजागर नहीं कर सकता हूँ। जंग के ख़त्म होने तक सब्र तो करना ही होगा।

सुमेर और परगासो की फ़िक्र सताती है।

ओ हज़रत कन्हैया, दोनों की देखभाल करना।

ज़िन्दा रहें दोनों। सही-सलामत बने रहें।

**फ़. अ. ख़ान**

# दूसरी किताब

*अजीब ख़्वाब था ताबीर क्या हुई उसकी*
*कि एक दरिया हवाओं के रुख़ पे बहता था।*

**—आशुफ़्ता चंगेज़ी**

## कलकत्ता जर्नल अख़बार

## सोमवार, 3 अगस्त, 1858

अवध के सूत्रों के हवाले से ख़बर मिली है कि बाग़ी रानी हज़रत महल अपने साथियों को लेकर नेपाल में जा छिपी है। यह बेहद अफ़सोसनाक है। हमने इस बीच लखनऊ रेजिडेंसी में पनाह लिए हुए अपने अंग्रेज़ भाई-बन्दों को लुटेरे, बदमाश, बाग़ियों के हाथ खो दिया है। ईश्वर उनकी आत्मा को शान्ति दे।

इन हौलनाक क़त्लों के लिए इन बाग़ियों को जितनी भी सज़ा दी जाए कम होगी।

इस बीच लंदन से ख़बर आई है कि ईस्ट इंडिया कम्पनी की स्वायत्तता को आधिकारिक रूप से ख़त्म कर, उसे ब्रिटिश राज के अन्दर विलीन कर दिया गया है। ब्रितानी संसद ने 2 अगस्त को बिल पारित कर यह निर्णय करवाया है। प्रधानमंत्री पाल्मार्सटन ने कहा है कि ईस्ट इंडिया कम्पनी अपने प्रशासनिक कामों में चूक गई है। तभी अंग्रेज़ों के हिन्दुस्तान में आने के सौ साल बाद बाग़ी घटनाएँ मुमकिन हुईं।

ईस्ट इंडिया कम्पनी ने इधर कुछ सालों में अपने को हिन्दुस्तानी राजाओं की तरह अय्याशी में लिप्त कर लिया है और व्यापार और प्रशासन में ढिलाई बरती है। यह नाक़ाबिले बर्दाश्त है और माफ़ी के क़ाबिल क़तई नहीं। हिन्दुस्तान हमारी महारानी के सर का ताज होगा। इसकी हमें ठीक से देखरेख करनी होगी। चौकसी बढ़ेगी। और शासन के लिए नए नियमों को लागू किया जाएगा।

यह अख़बार महारानी विक्टोरिया के साथ है।

*लॉन्ग लिव द क्वीन*

## रोज़नामचा

**भादों की अनमनी शाम, 1858**

आज कैसा सपना देखा! दो कबूतर आपस में चोंच मिला रहे हैं। यह समझ नहीं पाया कि मोहब्बत से या ग़ुस्से से।

उसके बाद नींद ही नहीं आई। सुबह जब बौद्ध मठ से मंत्रों की आवाज़ सुनाई पड़ी और आसमान घंटे के प्रहार से गूँज उठा तो मन की शान्ति के लिए मैं वहीं चला गया। अजीब नज़ारा था। छोटी पहाड़ी पर बने उस मठ में मुझे देश के दो भिक्षु दिखलाई पड़े। मैं परेशान तो था ही, उनके पास पहुँचा, वे मेरी भाषा सुन मुझे पहचान गए। मुझे देख अपने पास बुलाया और मुझसे मेरा हाल लिया। जाने क्या बात हुई कि मैं उन्हें देख रोने लग गया। उन्होंने पूछा—"क्या देश की याद आ रही है?" मैंने कहा, "नहीं, मैं अपनी मर्ज़ी से यहाँ आया हूँ।"

"वहाँ कौन है तुम्हारा?"

मैंने कहा, "कोई नहीं, यतीम हूँ।" इस पर वे मुस्कुरा दिए और बोले, "तब तो पूरा जहाँ तुम्हारा है! जाओ मोहब्बत करो और मोहब्बत पाओ।"

मैंने उनसे पूछा, "क्या आप अभी आए हैं देश से? क्या यहीं रहेंगे?"

"नहीं," उन्होंने कहा, "हम घुमंतू भिक्षु हैं और बुद्ध का सन्देश दुनिया में फैलाने के लिए कई वर्ष पहले देश छोड़ चुके हैं, ठीक अपने पूर्वजों की तरह। अब हम अफ़ग़ानिस्तान की ओर जा रहे हैं।" इतना कह वे मठ के अन्दरूनी हिस्से में कहीं ग़ायब हो गए।

मैंने सामने देखा, बुद्ध की मूर्ति के आगे ढेर सारे लोग सर झुकाए खड़े थे। अचानक उसी में से एक बुज़ुर्ग मेरी तरफ़ आया और अपनी छाती तक बढ़ गई दाढ़ी को सहलाता हुआ, मुझसे केंटन की भाषा में पूछने लगा, "क्या व्यापारी हो?"

"नहीं," मैंने झिझकते हुए कहा था, "नक़्शानवीस।"

"फिर तो बच जाओगे।" ऐसी रहस्यमयी बात बोल वह भी कहीं खो गया।

या अल्लाह मेरे देश का क्या हाल होगा?

ख़तरा उन पर भी नुमायाँ है। बहुत दिनों से कोई ख़बर नहीं आई।

मैं चाँदपुर के बारे में सोचता हुआ आगे बढ़ा तो सामने मोतिया नदी के किनारे दो चिड़ियाँ दिख गईं चोंच से चोंच लड़ाती हुईं। बिलकुल पिछली रात देखे गए सपने के कबूतरों के माफ़िक़। ये कौन से इशारे कायनात से मिल रहे हैं मुझे? मैं वहीं बैठ गया और चिड़ियों को देखने लगा। और उन्हें देखने में इतना डूब गया कि पता नहीं चला कि कब वही बूढ़ा जो मुझे मठ में मिला था, आकर मेरी पीठ थपथपा गया और केंटन की भाषा में बोला—"इन्हें मोहब्बत की चिड़िया कहते हैं। देखो आसमान में काले बादल मँडरा रहे हैं। बेमौसम है यह सब, समझ लो ख़ुदा का इशारा है, बुरे दिन आनेवाले हैं, लेकिन याद रखना बुरे दिनों में भी मोहब्बत करनेवाले मोहब्बत करते हैं और इस तरह मोहब्बत कभी मरती नहीं!"

मैं जब तक उसकी हैरतअंगेज़ मौजूदगी और बातों को समझ पाता वह अपनी लम्बी दाढ़ी और मोटी लम्बी लाठी के साथ चलता हुआ दूर चला गया।

यह सब क्या हुआ?

**फ़. अ. ख़ान**

## मुसव्विरख़ाना

मुसव्विरख़ाना भी कैसे गुज़रते वक़्त का बंधक हो चला था?

क्या वक़्त में इतनी ताक़त होती है कि वह रूहानी एहसासों का भी ख़ात्मा कर दे? क्या सब कुछ ख़ाक में मिलने को ही पैदा होता है? इनसान की ज़िन्दगी के बारे में तो यह बात लागू हो सकती थी लेकिन, क्या एक कला के मन्दिर के लिए भी यही बात लागू हो सकती है? कला तो नश्वर नहीं होती! उसे तो युगों और

पीढ़ियों तक ज़िन्दा रहना होता है। फिर यह वक़्त का कैसा अजीब फ़रमान था कि इस उजले मुसव्विरख़ाना पर ग्रहण लग रहा था?

शंकर लाल के दिल में एक खाई ने चुपके से अपनी जगह बना ली थी। उस खाई में एक-एक कर सब धँसते चले जा रहे हैं। उनका मुसव्विरख़ाना। उनके शागिर्द।

वे भी।

अभी तक नहीं धँसे तो जल्द धँसने की बेला आ पहुँची है। कैसा त्रासद है, अपने भीतर ही धँसते चले जाना।

उन्हें जंग, लड़ाई-झगड़े से क्या मतलब? उनकी कला को क्या मतलब? दिल्ली में कोई बादशाहत करे उन्हें उससे क्या? दिल्ली को बचाने से उनका क्या वास्ता? उन पर तो रंगों की बादशाहत चलती है। उनका ताज तो उनके शागिर्दों की बनाई कृतियाँ हैं। वे तो हर लम्हा उन्हें ही बनाने के ख़याल में गुम रहते हैं। उनके लिए कुँवर सिंह के अमर होने से ज़्यादा मूल्यवान चित्रों का अमर होना है। यह ख़ब्त है उनकी। बनी रहे यूँ ही। उन्हें अपनी यही दुनिया प्रिय है।

उनके लिए ख़दीजा बेगम, विलियम और रुकुनुद्दीन बराबर थे। उनके शागिर्द।

फ़क़त शागिर्द।

उम्दा कलाकार।

उन्हें ही तो पहुँचाना है दुनिया-भर में। न जाति, न धर्म, न सरहद की बेड़ियाँ थीं कला के लिए।

उनके लिए।

फ़िरंगी और देश के लोगों के बीच भयानक जंग छिड़ी है।

सब मार-काट में उलझे हैं।

फ़िरंगी सबको गोलियों से भून रहा है।

देश के लोग फ़िरंगियों के हलक में कटार उतार दे रहे हैं।

रुकुनुद्दीन ने विलियम के गले में कटार उतार दी।

क्या यह देशी और फ़िरंगी के बीच की लड़ाई थी?

यह हो ही कैसे सकता था?

दो कलाकार देशी और फ़िरंगी की जात में कैसे बाँटे जा सकते थे, ख़ासतौर से जब वे एक ही मुसव्विरख़ाने में तालीम पा रहे हों? वे तो गुरुभाई हुए!

या प्रेमी? हवाओं ने फुसफुसाकर उनके क़ानों तक यह बात पहुँचाई।

उन्हें इससे भी कोई उज्र न था। क्या फ़र्क़ पड़ता है यदि वे प्रेमी भी थे तो? इससे तो और वजह नहीं बनती किसी को हलाक करने की।

उफ़!

विलियम चला गया तो आज रुकुनुद्दीन भी तो मर ही गया न...ओह! दो बेशक़ीमती चित्रकार! फ़ना हो गए...

फ़िरंगियों की जेल में सींकचों में बँधा चीख़ता रहता है रुकुनुद्दीन बिना रुके।

"मेरे विलियम...मेरे प्यारे विलियम तुम्हारा ख़ून कैसे बहा? इतना ख़ून!! तुम बोलते क्यों नहीं? तुम कहाँ चले गए?"

जब-जब थानेदार उसकी चीख़ो-पुकार सुनता है उस पर चाबुक बरसती है। उसके चीख़ने के दिन भी अब कम बचे हैं। एक अंग्रेज़ की हत्या के जुर्म में उसकी फाँसी मुक़र्रर हो गई है। चन्द दिनों की बात है। देशी थानेदार उस पर चीख़ता है, "चिन्ता क्यों करते हो जल्दी ही अपने आशिक़ के पास होगे तुम...वहीं मिल लेना उससे और पूछ लेना सारी बातें...।"

लोग जो यह क़िस्सा सुनते हैं, हँसते हैं उस पर। कहते हैं ख़ंजर उतारते वक़्त यह ख़याल नहीं आया कि यह यार की गर्दन है...वहशी!

कुछ कहते हैं अच्छा ही हुआ, इस धरती से एक फ़िरंगी तो कम हो गया।

और कुछ—यह कलाकारों की दुनिया ही अजीब होती है... ख़ब्ती लोग सारे...इधर देश में मार-काट मची है इन्हें अपनी कला की पड़ी है!

थू...थू...बन्द हो ऐयाशी का यह अड्डा जल्द।

बन्द हो मुसव्विरख़ाना जल्द से जल्द...!!

## चाँदपुर

बरगद के पेड़ का तना ज़बरदस्त मोटा था। उसकी चूलें जटाओं की मानिन्द लहरा रही थीं। गाँव के बच्चे उस पर झूला डालते थे या यूँ ही उसे पकड़ एक सिरे से दूसरे तक झूल दुनिया नापते थे। उसी के पास वह कुआँ था जो मीठे पानी का कुआँ कहलाता था। सुमेर सिंह बचपन से बरगद की उन जटाओं को देख सोचा करता था कि एक दिन वह भी उन जटाओं को पकड़ झूल जाए और उस कुएँ का मीठा पानी चखकर देख ले। अपने मन के मीतों से यह बात उसने कई बार कही

थी और मीतों ने उस मज़े की कल्पना में ख़ूब मज़े भी लिये थे। लेकिन अपने दिल की हसरत को अंजाम देना आसान नहीं था। वह छोटा था और हुक्म बड़े राजा का चलता था और उस हुक्म में सुमेर सिंह को इन चीज़ों से दूर रहना लिखा था।

यह माहे रमज़ान है और चारों तरफ़ सब भूखे-प्यासे घूम रहे हैं। इसलिए नहीं कि इबादत का तक़ाज़ा है और माहे रमज़ान है बल्कि इसलिए कि इन सबकी दुनिया नोच-झपट कर छीन ली गई है। लोग न सिर्फ़ भूखे और प्यासे हैं बल्कि नंगे भी घूम रहे हैं। ऐसे में इबादत की किसे सुध? लोग झाड़ियों में दुबक रहे हैं, जंगलों में छिप रहे हैं, अपनी जलती झोंपड़ियों को जलता छोड़ भाग खड़े हो रहे हैं। गाँव के गाँव सिर्फ़ सर पर पाँव रखकर भाग रहे हैं। राह में उनको घोड़े पर सवार कम्पनी बहादुर की फ़ौजों की टुकड़ियाँ मिल रही हैं, जिनके हाथों में बन्दूकें और चाबुकें हैं। कोई कैसे जान बचाए? भागते हुए जो भी पकड़ में आते हैं वे उन्हें पकड़कर बाँध लेते हैं और उन्हें पेड़ों से लटकाते हुए फाँसी दे देते हैं या फिर अपनी बन्दूक से उनका सीना छलनी कर देते हैं। ऐसा करते वक़्त वे ज़ोर से चिल्लाते हैं और नफ़रत से भर थूक उगलते हैं, "बाग़ी तुम्हारा यही अंजाम है।"

चाँदपुर की गढ़ी में भी लोग दम साधे बैठे हैं। मालकिन की सेविकाएँ उनके तलुओं में तेल मल रही हैं। मालकिन का जी ज़ोर-ज़ोर से धड़क रहा है। मालकिन का दम उखड़ गया है। वैद्य को कौन इस जोखिम भरी बेला में बुलाकर लाए? घर की जड़ी-बूटियों और पारम्परिक समझदारी से सेविकाएँ खिला-पिला रही हैं। हवा-पानी दे रही हैं, दिला रही हैं। बड़े राजा, राजा डुमरी के साथ निकले हैं। एक टुकड़ी चाँदपुर के पास के जंगल में फ़िरंगियों के साथ मुठभेड़ में उलझी है।

पता नहीं...कहीं उसी में बड़े राजा न हों। बीच-बीच में तोप के गोलों और बन्दूक की आवाज़ हवा को छीलती हुई दिन के पहरों को अंग-भंग करती सुनाई देती है। सुना है कम्पनी बहादुर की सेना उसी तरह हावी हो रही है जिस तरह बाबू कुँवर सिंह की सेना पर हुई है। बाबू तो जंग जीतते जा रहे थे। फिर अचानक सब कैसे उलट-पलट हो गया? गढ़ी में और बातों का ठीक-ठीक पता लगना मुश्किल है। हाँ, यह ख़बर आ चुकी है कि घायल कुँवर सिंह ने गंगा पार करते वक़्त, गोली लगा अपना ज़ख़्मी दायाँ हाथ, अपने बाएँ हाथ से ख़ुद काटकर गंगाजी को अर्पण कर दिया। और लौटकर अपना जगदीशपुर जीत गए। लेकिन फिर घाव कहाँ भरा?

"घाव क्यों नहीं भरा ओ बाबू...ओ बाबू..." सेविकाएँ जाने कैसे इस बहादुरी पर उदास हो रो रही हैं। मालकिन नींद में डूब-उतरा रही हैं। अचानक उन्हें यह रोना-गाना डरा देता है।

"चुप रहो।" वे कमज़ोर आवाज़ में चिल्लाती हैं...और अँधेरे में झींगुर की भन-भन की तरह सेविकाएँ उन्हें बतलाती हैं...

"बाबू कुँवर सिंह जाने बचेंगे कि नहीं...अस्सी बरस के बाबू...बहादुर बाबू...।"

मालकिन दिल को पत्थर कर लेती हैं। उन्हें क्या करना इस आज़ादी-फाज़ादी से?

उन्हें क्या करना बाबू कुँवर सिंह के जीने और मरने से?

उन्हें तो यह गढ़ी और उसके मालिक की बुलंदी से मतलब है। उन्हें अपने प्राण पियारे से मतलब है।

उन्हें अपने कलेजे के टुकड़े की चिन्ता है।

हाय...परगासो के साथ वह भी जाने कहाँ भटक रहा होगा? मेरा नाज़ुक-सा पूत। मेरा सोना, मेरा बाबू...।

वो तो ज़िद ऐसी थी कि मालकिन को हार माननी पड़ी थी। परगासो चल पड़ी थी अपने टोले के लोगों की अगुआ बन और पीछे-पीछे चले सुमेर सिंह। आह... परगासो से मोहब्बत अलग बात थी...उस मोहब्बत से मालकिन को कोई उज्र नहीं था। उन्होंने तो उस मोहब्बत का स्वागत किया था। उस मोहब्बत में इतनी ताक़त थी कि सुमेर की धुएँ की दुनिया कुछ कम धुएँ वाली हो गई थी। वे ठीक से खाने लगे थे। गाँववालों के हालात जानने भी निकल पड़ते थे घोड़े पर सवार... हाँ, साथ में परगासो भी ज़रूर होती थी। लेकिन उससे क्या...? सुमेर सिंह के चेहरे की लौटती रौनक ने मालकिन को बड़ा फ़राख़दिल बना दिया था। उनके दिल का टुकड़ा जिए बस...ख़ूब-ख़ूब जिए...!

सुख में परगासो का साथ भली बात थी। लेकिन इस ख़तरे के माहौल में भी साथ देना?

ओह ओह...सलामत रहे मेरा पूत...।

जैसे-जैसे चिराग जलने लगे, गढ़ी में अन्देशे का सन्नाटा बढ़ने लगा। कोई ख़बर नज़दीक नहीं आती थी। कोई उम्मीद बर नहीं आती।

"अरे जाओ भाई..." उन्होंने हरिया को सुमेर सिंह के रिहायशी हिस्से से अपने पास बुला भेजा।

हरिया मालकिन के सामने एक गुम होते धब्बे की तरह बने रहने की नाकाम कोशिश करने लगा। वह खड़ा था या गिरा था यह जानना मुश्किल था।

मालकिन हलकान हुईं।

"हरिया...जाओ दुसाध टोला...जाओ, सुमेर सिंह और परगासो वहीं गए हैं। उनका पता लेकर आओ। अगर कोई हरकारा जंगलों से लौटता दिखे तो उससे बड़े राजा का हाल भी लेना।"

"लेकिन मालकिन"...हरिया रिरिआया, "गढ़ी के दरवाज़े के बाहर ही कुछ फ़िरंगी बन्दूकें ताने खड़े हुए हैं। हम बाहर कैसे निकलें? उनके हाथों में बारूदों से भरी बन्दूकें हैं।"

मालकिन को लगा अपनी जान की परवाह कर यह नौकर तो साफ़ गद्दारी की मिसाल पेश कर रहा है! जब गढ़ी पर ही आग की लपटें मँडरा रही हों तो इसकी जान की क्या क़ीमत? मालकिन को जाने क्यों आजकल अपने ठाकुर याद ही नहीं पड़ते थे। न ठाकुर याद पड़ते थे, न उनकी धार्मिक सुन्दर बातें याद आती थीं। उन्हें तो आजकल बस महाभारत की लड़ाई याद आती थी, जिसमें उनके ठाकुर जी ने राह दिखाई थी और कहा था, 'सब रिश्ते-नाते भूलकर युद्ध करो।' और आज उनके मालिक, उनका जाया और उसकी बहू सब उतर पड़े हैं मैदान में और युद्ध का बिगुल बजता ही जाता है। हिन्दू-मुसलमान सबके धर्म की लड़ाई हो गई है यह। और परगासो भी यही कहती है कि उसके लिए भी यह धर्म की ही लड़ाई है, भले ही वह हमारे देवताओं और पितरों को नहीं मानती। वह कहती है यह अपने टोले को आज़ाद करने की लड़ाई है। मालकिन नहीं समझती हैं, यह कैसी लड़ाई है। उन्होंने सिर्फ़ सुना है दुसाधों के टोलों के बारे में। चमारों के टोलों के बारे में। देखा कभी नहीं। हाँ, संस्कार शिक्षा में सीखा है, उनसे दूरी रखना...न उन्हें छूना न छुआना।

लेकिन परगासो ने तो इस सारी व्यवस्था को तोड़ दिया। तो अब वे क्या करें? लाचार हैं। एकदम लाचार। अजीब युद्ध है, किसी को अपना राजपाट बचाना है तो किसी को अपना वजूद। लेकिन उन्हें इन सबसे कोई मतलब नहीं। उन्हें तो बस अपने लोगों को बचाना है। अपने प्यारे लोगों को। अपने लख़्तेजिगर को। अपने खाविंद, अपने मालिक को और अपने लख़्तेजिगर की मोहब्बत को भी।

## 1858

कुँवर सिंह को तो फ़ौत नहीं होना था।

लेकिन हुए।

गीतों के बोलों को नहीं बदलना था लेकिन वे भी बदल गए।

26 अप्रैल को बाबू कुँवर सिंह इस दुनिया से कूच कर गए।

चारों ओर सन्नाटा पसर गया। जिस आज़ादी के उत्सव को मनाने की ज़ोरदार तैयारी में लोग अपनी आहुति दे रहे थे, वह अब एक कभी न ख़त्म होनेवाली शवयात्रा में बदल गया था और एक शोकगीत हवाओं में अनवरत रुदन की तरह घुलकर धरती को भिगोने लगा था। पुरबिया हलक़ों में गीतों के बोल यूँ बदल गए थे।

*बाबू कुँवर सिंह। तोहरे राज बिना*
*अब न रंगैबो केसरिया।*

अब क्या कभी कोई उत्सव मना पाएगा? क्या कुछ लोग बचे रहेंगे जो उत्सव मना पाएँगे? उन पनवाड़ियों का अब क्या होगा जो ढोल-मजीरे लेकर कुँवर सिंह की जीत को गाकर सुना रहे थे? जो आज़ादी बस आई-आई लग रही थी, अब और दूर-बहुत दूर चली गई थी। अब कौन बचा था जो लोगों को आगे बढ़ने का रास्ता दिखाता? पनवाड़ियों के ढोल-मजीरे क्या हमेशा के लिए अब चुप हो जाएँगे? दिल्ली से चलकर हिन्दुस्तान के पूरबी और पश्चिमी इलाक़ों में हार, गर्म लू की तरह सबको झुलसा चुकी थी।

हौसलों के पस्त होने का लम्बा मौसम फ़िज़ा में तारी हो चुका था।

**रोज़नामचा**

**भादों की पुरनम रात, 1858**

सुमेर के आए ख़त के बाद मेरा जवाब सुमेर तक नहीं पहुँचा लगता है। मास्टर ने ईस्ट इंडिया कम्पनी के जहाज़ों से जो पता किया है उससे लगता है, हालात अच्छे नहीं हैं।

लेकिन कितनी भी बड़ी जंग चल रही हो, गढ़ी में किसी को तो मिला होगा मेरा ख़त?

दिल बहुत हलकान हो रहा है। मास्टर कहता है, जहाज़ अभी कुछ दिन खड़ा रखना होगा यहीं, चीन में।

हर बार मास्टर की यह बात सुन मैं बेतरह ख़ुश होता हूँ, क्योंकि मैं अभी चीन को जानना चाहता हूँ, इसके अन्दर के इलाक़ों को घूमकर परखना चाहता हूँ, और अब तो मुझे ज़ुबाँ की भी दिक़्क़त नहीं, मैन्डरिन और केंटन की भाषा भी मुझे आने लगी है।

लेकिन इस बार जी कर रहा है कैसे जल्दी से जल्दी देश पहुँचूँ। मास्टर

कहता है कम्पनी वाले जहाज़ मालिक ख़ुश हैं कि अच्छा सबक मिला है बाग़ियों को। अब काले हिन्दुस्तानी सर ऊँचा कर चल नहीं पाएँगे कभी। मैं मास्टर की ओर देखता हूँ हैरत से, तुम भी तो हिन्दुस्तानी हो मास्टर?

वह लापरवाही से मेरी सवालिया निगाहों को झटक देता है और कहीं डूब जाता है। मैं देखता हूँ, उसकी आँखें बीरबहूटी की तरह लाल हैं और वह उदास नहीं ख़ुश भी नहीं, बस कहीं दूर किसी तीसरे घेरे में जा अटका है। थोड़ी देर बाद, वह मैन्डरिन में अपना बंगाली प्रेमगीत गाने लगता है, वही वाला जो वह अक्सर बंगाली में गाकर मुझे सुनाता आया है। माशूक़ा के पास लौट जाने की बात, हुगली नदी के बदले अब मोतिया है उसके गीत में और किनारे इन्तज़ार करती उसकी चीनी माशूक़ा उसके लिए कमल फूलों की माला लिये बैठी है।

मास्टर के आसपास कई चीनी इकट्ठे हो जाते हैं। सबको उसकी कहानी समझ में आती है। सब धीरे-धीरे उसे अपनी कहानी मानकर उदास हो जाते हैं। सब कहीं जाने के लिए आए थे, और सबको कहीं और चले जाना होता है। सबकी माशूक़ाएँ हिन्दुस्तान हो या चीन, इन जंगों के बीच अकेली उदास बैठी अपने आशिक़ों का इन्तज़ार करती रह जाती हैं।

सर पर छत, भरपेट खाना और आशिक़ के चुम्बन से भरे अच्छे दिनों के इन्तज़ार में बूढ़ी होती माशूक़ाओं को याद करते हुए मास्टर ने सभी को ख़ूब रुलाया उस दिन।

मुझे शक हुआ, मास्टर की ज़रूर एक से ज़्यादा माशूक़ाएँ होंगी, तभी मैन्डरिन में उसका बंगाली इश्क़िया गीत इतना सच्चा बन गया है।

चाय ने मुझे दीवाना बना रखा है। मैं उसके नशे में ही रहता हूँ।

मास्टर भी यह समझ गया है, वह अब मुझे किसी और नशे के लिए तंग नहीं करता है। कहता है, "नोबाब जैसा तेरी मर्ज़ी। बस ख़ुश रहा कर।"

मैं बारी-बारी सभी देवताओं के नाम लेता हूँ।

हे नान्हाई देवता, हे हज़रत कृष्ण, सबको सलामत रखना। चीन में और हिन्दुस्तान में।

सभी का बचे रहना ज़रूरी है।

अल्लाह हो गनी-अल्लाहो गनी।

**फ़. अ. ख़ान**

## कलकत्ता जर्नल अख़बार

### शुक्रवार, 20 नवम्बर, 1858

अंग्रेज़ी हुकूमत को बाग़ियों को पकड़ने में और जंग के ख़ात्मे की राह में बहुत अच्छी सफलताएँ मिली हैं।

बाग़ियों को हिन्दुस्तान के कोने-कोने से पकड़कर फाँसी दे दी गई है। झाँसी की रानी लक्ष्मीबाई को अंग्रेज़ सिपाहियों ने 18 जून को जंग के मैदान में ढेर कर दिया था। जगदीशपुर में बाग़ी कुँवर सिंह के फ़ौत होने के बाद उसके छोटे भाई बाग़ी अमरसिंह ने कमान सँभाल ली थी, लेकिन अब उसे भी हरा दिया गया है। याद रहे दिल्ली का बहादुरशाह ज़फ़र जो इन बाग़ियों का सरपरस्त बादशाह था, उसे पहले ही गिरफ़्तार कर लिया गया है और रंगून भेज दिया गया है। अवध में बाग़ियों की सरदार, बेगम हज़रत महल भी भागने पर मजबूर हो गई है और कहीं नेपाल में है। उसकी तलाश ज़ारी है...उसको भी जल्द ढूँढ़ कर सज़ा दी जाएगी।

बाग़ियों की कमर टूट चुकी है। अब वे ब्रिटिश राज और अंग्रेज़ों की मुख़ालिफ़त का ख़्वाब कभी नहीं देख पाएँगे। उनकी महारानी इंगलिस्तान की महारानी मलिका विक्टोरिया ही होंगी। वे उन्हीं के आगे सर झुकाएँगे।

आला तहज़ीब की महारानी, महारानी विक्टोरिया हमेशा ज़िन्दा रहे।

*लॉन्ग लिव द क्वीन!*

## चाँदपुर

फ़िरंगी का मुँह लाल है। यह लाली ग़रीबों को जान से मार देने के बाद उपजनेवाली लाली है। कभी-कभी सूर्य के मुक़ाबले खड़ी हो सूर्य को ललकारती है। फ़िरंगी घोड़े पर सवार है और उसकी बन्दूक से अभी भी बारूद की गर्मी भाप बन निकल रही है। उससे तीन फीट की दूरी पर एक लँगड़ी टाँग वाला शख़्स तुड़ा-मुड़ा, गिरा

पड़ा है। उस शख़्स की टाँग से ख़ून रिस रहा है। उसकी छाती से ख़ून फौवारे की शक्ल में निकल रहा है। यह जंग के बाद की एक काली सुबह है और चाँदपुर रियासत के बाँस के जंगल के बाहर अभी-अभी यह घटना घटी है।

फ़िरंगी के चेहरे पर एक मुस्कुराहट है। जंगल में छिपे हुए कुछ लोग उस मुस्कुराहट को देखकर शर्म से अपनी आँखें बन्द कर लेते हैं।

लेकिन उनके बीच का इकलौता बुज़ुर्ग जिसका नाम भीमा है, अपनी आँखें बन्द नहीं कर पाता है और खुली आँखों से रोने लगता है।

'फ़ाहिश...फ़ाहिश' वह नहीं, उसकी हिचकियाँ बोलती हैं—'एक लँगड़े बूढ़े को इस बेदर्दी से मार दिया।'

—'और उस पर इतनी ख़ुशी?'

—'यह कैसी लड़ाई है जंगल देवता?'

फ़िरंगी अपना मुँह पोंछते हुए वहाँ से विदा लेते हैं। उन्हें ठीक-ठीक गिना है उस बूढ़े जंगल देवता को पुकारनेवाले ने। वे सिर्फ़ दो थे और अन्दर जंगल में छिपे लोग थे पच्चीस, फिर भी...

—हार ही तो गए।

जंगल के बाहर इस बूढ़े सेवक की लाश है और जंगल के भीतर उसके मालिक की। बाँस के बनाए बिछौने पर लेटे हैं इस सेवक के मालिक, इस जंगल के मालिक। और जंगल के बाहर बारूद के गुबार और धूल की सेज पर लेटा है उनका सेवक।

'मालिक...मालिक' कहता दौड़ा चला आ रहा था पगला। मालकिन के आदेश का पालन करता। मालिक जो बाँस के झुरमुट में छिपे तैनात थे इन दोनों फ़िरंगियों पर निशाना साधे, फ़िरंगी को तो दिखलाई भी नहीं पड़े थे, पिछले अड़तालीस घंटे से। पिछले अड़तालीस घंटे से मालिक बिना खाए-पिए इसी जंगल में छिपे थे। फ़िरंगी की ताक में।

फ़िरंगी ढूँढ़-ढूँढ़ हार गया था। लेकिन वे उसे दिखलाई नहीं पड़े, कि ए सेवक तू क्यों दौड़ता हुआ चला आया...और मालिक...मालिक कह अपनी सेवा से उनकी जान ले गया? क्या कभी सोचा होगा तूने अपने इस सेवक मन में कि जो तू इस तरह अपने मालिक की जान ले लेगा तो नियति तुझसे कैसा न्याय करेगी? क्या नियति तुझे बख़्श देगी? मिली न सज़ा अपनी सेवादारी की...!

मालिक...और नौकर के भाग्य सेवा में एक हो गए।

बदनसीब। दोनों के दोनों।

भीमा और साथियों को बहुत रात हो गई बाँस के बिस्तर पर सोये मालिक को मालकिन के पास ले जाने में।

मालकिन साँझ की दीया-बत्ती में लगी थीं।

उनके ठाकुर दिन में दो बार स्नान करते थे। उनकी तरह।

उस घर में पहला दीया ठाकुर जी के सामने रोशन होता था उसके बाद ही गढ़ी की बारी आती थी।

शाम आज झुरझुरी भरी थी।

ठाकुर जी सिहर गए नहाते-नहाते।

मालकिन के हाथ से फिसलकर छिटक दूर जा गिरे। उनके कुछ अंग, भंग हो गए। मालकिन के हाथ से चाँदी का लोटा औंधा गिर पड़ा। गंगाजल लम्बी धार की शक्ल में बहते हुए आँगन को भिगोने लगा। साँझा दीया जलते-जलते रह गया।

ऐन उसी वक़्त, एक साथ दो लाशें घर के दरवाज़े पर रखी गईं।

बड़े राजा आँगन में तस्वीर की तरह बीचोबीच टाँक दिए गए। हरिया दरवाज़े पर लावारिस पड़ा रहा।

मातम का गीत सिर्फ़ फ़िरंगी सुन पाया और दौड़ा चला आया अपने बाँके घोड़े पर सवार।

"ये बाग़ी की लाश है।" वह चीख़ा और उसके डर से जंगल और गाँववाले जिन्होंने बहुत एहतराम से बड़े राजा को गंगाजल की धारा पर लिटाया था दुबक कर बैठ गए। मालकिन ने अपने घूँघट को और नीचे तान लिया।

वह जो वहशी फ़िरंगी चीख़ रहा था, उसे सब स्टीफैन्सन के नाम से जानते थे और वह चाँदपुर का थाना प्रभारी हुआ करता था। उसने अपने आदमियों को गरजकर आदेश दिया, "इस बाग़ी की लाश को उठाकर ले जाओ और घर के सामनेवाले पीपल के पेड़ पर लटका दो। सबक मिले सबको। जंग के बाद भी जंग करता था...गद्दार।"

आदेश का पालन हुआ। बड़े राजा की देह पीपल से झूल गई। स्टीफैन्सन के घोड़े से रौंद दिए गए हरिया की देह के टुकड़ों को कच्चे बाँस की शय्या के साथ बाँधकर गढ़ी के उस कोने में फूँक दिया गया जहाँ के कुएँ का शुद्ध, मीठा पानी गढ़ी के लोगों की प्यास बुझाता था।

चारों ओर की अफ़रातफ़री में मालकिन का घूँघट उनके गले की फाँसी बन उन्हें ख़ुद ही मार गया। मरने के पहले गले से एक दिल दहलानेवाली चीख़ निकली और वे गिर पड़ीं। मृत्युलोक में बड़ा अँधेरा था, उन्होंने वहाँ जाकर मालिक को खोजने की कोशिश की और अपने ठाकुर जी को पुकारने लगीं। लेकिन न कोई जवाब आया न ही कोई दिखलाई पड़ा। वे बेचैनी से तड़पने लगीं, हाथ-पैर फेंकने लगीं। मृत्युलोक से वापस लौट आईं। आँख खोलकर जो सबसे पहले देखा तो दरवाज़े पर का पीपल दिखलाई पड़ा। वहाँ उनके मालिक मिल गए। पीपल पर झूलते हुए।

झूलते हुए मालिक शूरवीर नहीं, एक भसक गई धरती का टुकड़ा लग रहे थे। और कुएँ के किनारे से आती दुर्गन्ध ने मालकिन की मतली को कभी न रुकने के कई बहाने दे दिए। वे पेट से पानी उगलते-उगलते फिर से बेदम हो गईं।

आख़िरकार एक खूँखार दुर्गन्ध और दृश्य में बँधी गढ़ी को आज़ाद किया परगासो ने। सुमेर सिंह भी थे उसके ठीक पीछे।

ओ शहज़ादे...क्या कभी आगे होने का जी नहीं करता तुम्हारा? एक मैना जिसका नाम इतिहास था पूछा करती थी, सुमेर से।

मैं कहाँ क़ाबिल मैना, परगासो है न...कहता शहज़ादा।

और घायल शहज़ादी ने अपने दर्द भुलाकर शहज़ादे की पेशानी को चूमते हुए कहा "मैं ज़रा मालकिन को सँभालूँ पहले, सुना है अचेत हुई जाती हैं बार-बार।"

अपने टोले के लोगों को बुलाकर बड़े राजा की लाश उतरवाई परगासो ने। फिर मालकिन की फाँसी, झटके से खोल दी। पहली बार सबके सामने पूरा घूँघट जो उतरा मालकिन का, तो दुनिया साफ़-साफ़ दिखलाई पड़ने लगी।

"परगासो मेरी धड़कन मेरी इज़्ज़त...पंडितों को बुलाकर मालिक का इज़्ज़त से क्रिया-करम कर दो।"

"नहीं मालकिन," परगासो ने बहुत ममता से कहा, "यह काम तो हम घर के लोगों को ही करना होगा। यदि गाँव के लोगों को बुलाया तो फ़िरंगी को शक हो जाएगा। रात के अँधेरे में हमें ही काम करना होगा।"

मालकिन ने अपनी सोने-चाँदी की साड़ी उठाई और अँधेरी रात में बड़े राजा को वहीं कुएँ पर उससे ढक दिया। फिर अपने जेवरों से जाकर मालिक को सजाया-धजाया। उनके पैरों को अपने आँसुओं से चूमा और अपनी आँखें बन्द कर अपनी कोठरी की ओर चल दीं।

सुमेर सिंह ने अपने पिता को अग्नि दी। परगासो ने उनके काँपते हाथों को सहारा दिया। माली चाचा ने ख़ूब जतन से लकड़ियाँ ठीक कीं। और सुबह होने से पहले कुएँ के पानी से जलती चिता बुझा दी गई।

जब उस दोपहर स्टीफैन्सन साहब के थाने से एक आदमी लाश की तस्दीक करने भेजा गया, तो उसने साहब को ख़बर दी, "लाश से बदबू आ रही है। कपड़े झूल रहे हैं। पगड़ी खुलकर मुँह पर ऐसे फैल गई है कि अब शक्ल दिखलाई नहीं पड़ती। कुछ दिनों में कंकाल दिखना निश्चित है।"

"वाह!" स्टीफैन्सन ने राहत की साँस ली।

इस इलाक़े का अन्तिम बाग़ी भी ख़त्म हुआ!

परगासो का रहस्य नहीं जानता था स्टीफैन्सन।

जो जानता भी तो कैसे पहुँचता उस तक?

जो पहुँच भी जाता तो क्या विश्वास कर पाता कि यह छरहरी-सी, लम्बा घूँघट काढ़े हुए जो बाँदी सरीखी औरत बैठी है, दरसल परगासो दुसाधन है।

दुसाधों की बाग़ी नेता।

गढ़ी की बाग़ी नेता।

चाँदपुर की बाग़ी नेता।

शीशम के जंगल में दो फ़िरंगियों को अपनी तलवार से ढेर कर देनेवाली बाग़ी नेता।

उनके हत्यारों की खोज में है स्टीफैन्सन।

वह शक करता है बेहिसाब, दुसाधों के टोले पर।

लेकिन उसे यक़ीन है कि वे सब राजा की रिआया थे और उन्हीं के आदेश पर इस जंग में कूदे थे। ख़ुद उनमें इतनी क़ुव्वत कहाँ कि बग़ावत का फ़ैसला कर लें? ढूँढ़ लेगा अगर कोई बाग़ी हुआ दुसाधों में तो।

फ़िलहाल तो बदला सध गया उसका।

ये नामाकूल भूरे!

बन्दरों की औलाद सारे!

शऊर नहीं! क़ाबिलियत नहीं!

तमद्दुन से गाफ़िल सारे!

असभ्य!

दूर-दराज़ और आसपास के इलाक़े जो मुसलसल जंग से थक और टूट चुके थे, खुसफुस यही बात दोहराते थे उलटी तरह से।

जल्लाद गोरे!

लाल बन्दर सारे!

जल्लाद बेहया!

तमद्दुन से गाफ़िल सारे!

चले आए हैं हमें शऊर सिखाने!

भिखारी ग़ुलाम बनाने!

यह जंग हार गए हम तो क्या?

इनके ख़िलाफ़ बग़ावत ज़ारी रहेगी।

## दिल्ली

बहादुर शाह ज़फ़र क्या सिर्फ़ एक बादशाह था जो अब अंग्रेज़ों की दी हुई पेंशन के रहमोकरम पर जी रहा था, इसीलिए उसका यूँ गिरफ़्तार हो देशनिकाला वाजिब करार दे दिया जाए? कहाँ फेंक दिया उस दिलदार शायर को इन नामाकूल अंग्रेज़ों ने? एक ही तो ख़्वाहिश थी उसकी अपने मुल्क में उसका जनाज़ा निकले और उसे दफ़्न यहीं किया जाए।

दिल्ली जो एक शहर हुआ करता था, अब वह नहीं है। सिर्फ़ बचे-खुचे बाग़ी यह कहते हैं। दिल्ली के अवाम ने इतना क़त्लेआम देख लिया कि वे अब कुछ कहने के क़ाबिल ना रहे।

कहाँ गए वे अजीमोतरीन शायर...जिनसे शायर बहादुर शाह का दरबार सजता था?

कौन पूछे है यह सवाल?

बल्लीमारान में बैठे हलवा बनाते दो नौकर बात कर रहे थे आपस में।

"गए थे परली गली में कि जानें क्या कहना है इस क़त्लेआम के बारे में उस मियाँ ग़ालिब का।"

"दरबार की ताबेदारी तो जाती रही, अब क्या इस दुनिया में फिर शेरो-शायरी के क़द्रदान पैदा होंगे?"

"अरे नौकर होकर नफ़ासत की बात करते हो?" दूसरा डरते हुए हँसा। क्या जाने कौन सुन रहा हो। उसकी आँखों में बादशाह के बेटों के कटे सर घूमते रहते थे। उसने उससे निकलनेवाली ख़ून की नदी को देखा था और डर अब उसके चारों ओर चक्कर लगाता था।

मियाँ हुक्का गुड़गुड़ाते कहने लगे, "क्या जानने आए हो मेरे पास? अपना काम ढंग से किया करो। अब हमें कौन पूछनेवाला बचा यहाँ जो हम किसी से शिकायत करते फिरें?" तुम तो जानते ही हो, सलाम-वलाम का जवाब कम ही दिया करते हैं, मगरूर हैं! लेकिन एक उम्दा शेर नज़र कर दिया हमें।"

"तुम्हें? मियाँ फेंका कम किया करो।"

"तो सुनो यह शेर पढ़ रहे थे जब मैं उनके घर से निकला। मैंने दीवार से कान लगा सुना था।"

*चिपक रहा है बदन पर लहू से पैराहन,*
*हमारी जेब को अब हाजत-ए-रफ़ू क्या है।*

दूसरा बन्दा यह सुन चुप हो गया और फिर नरमी से बोला, "शेर कितना सही है। मिर्ज़ा मगरूर नहीं, चिड़चिड़े हैं और निहायत ख़ब्ती, मैं उन्हें ख़ूब जानता हूँ। कई बार मुझे भेजा करते हैं ख़त देकर अपने भाई-बन्दों के लिए आगरा पैसे-रुपये अब कम हैं उनके पास। लेकिन काम के एवज़ में थोड़ी रक़म ज़रूर पकड़ा देते हैं हाथ में। उनकी भी मजबूरी है भाई, वज़ीफ़े बाँटनेवाले तो गए सब। पूरा मोहल्ला तो टूटे मकानों का ढेर नज़र आता है। अमीरों को भी खाने के लाले पड़े हैं...नाउम्मीदी बढ़ती जा रही है भाई!

"...अल्लाह रहम करे सबपे।"

तब तक अज़ान हो गई।

"भाई मियाँ देखो न, वह कौन सामने से आ रहा है? अब तो इशा की नमाज़ का वक़्त हुआ?"

दोनों नौकरों ने वजू किया और जामा मस्जिद जाने ही वाले थे, जब सामने से एक पंडित आ ठहरा उनके सामने।

"भाई मियाँ पानी पिला दो...आसपास की सारी दुकानें बन्द हैं, पानी भी कहीं नज़र नहीं आता।"

दोनों नौकरों ने उन्हें पानी पिलाया और हाल लेने लगे।

उसने बताया, वह पूरब देश से आया था। आया क्या था, भगाया गया था, किसी महफ़ूज़ ठिकाने की ओर। फ़िरंगी की नज़र पड़ जाती तो वहीं मौत के घाट उतार दिया जाता।

"दिल्ली शहर में घुसने के लिए तो अंग्रेज़ों ने टिकट लगवा दिया है, तुम यहाँ तक आए कैसे?"

"क्या बाग़ी हो?"

"नहीं," पंडित अपना जनेऊ ठीक करते हुए बोला, "पुजारी हूँ, पूरब में चाँदपुर रियासत है। वहीं, उसी के पास के मन्दिर में।"

"ताज्जुब है," उन्होंने कहा और अफ़सोस करने लगे, "ओह हो हो...पंडित तब तो तुम्हारा धर्म भ्रष्ट हुआ, हमारे हाथ का पानी पीकर...यह ठीक नहीं हुआ।"

"नहीं अब क्या ठीक और क्या बेठीक? आदत है इसकी हमें...।"

पंडित से उन्होंने नहीं पूछा, "कैसे आदत है यह तुम्हारी? यह बार-बार धर्म भ्रष्ट करवाने का जोखिम तुम क्यों उठाते हो? कितना अजीब वक़्त पेश हो गया है कि लोगों के लिए धर्म बचाना और धर्म गँवाना आम हो गया है।"

तभी मिर्ज़ा ग़ालिब के मकान से एक ख़ादिम दौड़ा चला आया...

"भाई मियाँ...भाई मियाँ..."

"यह ख़त सरकार ने भिजवाया है,...आप इसे आज ही लेकर निकल जाएँ, कल शाम तक ख़त पहुँच जाए तो बेहतर।"

"अरे मियाँ अभी तो मियाँ ग़ालिब की ही बात हो रही थी और देखो तुम उनका सन्देसा लिए दौड़े चले आए!...भाई कोई बात तो होगी ज़रूरी जिसे बतौर सनद महफ़ूज़ रखना होगा तुम्हारे सरकार को अपने दोस्त के पास। अब तो उनके प्यारे दोस्त मिर्ज़ा हरगोपाल हमें भी ठीक-ठीक पहचानने लगे हैं, देखते ही मिठाई-पानी ज़रूर पेश करते हैं और बेक़रारी से ख़त छीन लेते हैं, हमारे हाथों से।"

"चलो ठीक है मियाँ, इशा की नमाज़ के ख़त्म होते ही चल दूँगा।"

"सरकार ने आपके लिए खाना भी बँधवाकर भेजा है और ये कुछ पैसे भी..." रक़म देता हुआ ख़ादिम थोड़ा मायूस दिखा। अपने मालिक की बदहाली से अनजान नहीं था वह।

दुकान के सामने एक नीची चौकी पर सुस्ताता पंडित सारी बातें सुन रहा था। उसे नहीं मालूम था कि ये ग़ालिब क्या बला है। लेकिन उसके भीतर के मुख़बिर को ख़बर पकड़ने का इल्म था। पूरब देश में लगभग नाकेबन्दी सी थी। वह तो किसी तरह दिल्ली पहुँचा था छिपते-छिपाते। उम्मीद थी कोई ख़बर मिले जिसे लेकर चाँदपुर जाए। पूरब के सारे मोर्चे अब पीछे हट गए थे, बस चाँदपुर में परगासो बीबी ने अभी भी मोर्चा सँभाला हुआ था। बड़े राजा के मारे जाने के बावजूद, परगासो बीबी ने हार नहीं मानी थी। उन्हीं के काम की होगी ख़बर। अब इस ख़त को कैसे उड़ाया जाए? किसी तरह इसकी नक़ल कैसे बनाई जाए? वह इसी जुगत में लग गया। उसे इश्तहारों की नक़ल बनाने का बड़ा अनुभव था।

उसने मियाँ भाई से कहा, "आप आगरा तक जाएँगे? तो मैं आपके साथ चल लूँ? अकेले जाने में डर लगता है। कुछ दिन आगरा में रहकर आगे निकल जाऊँगा।"

ऐसे मासूम सवाल पर मियाँ भाई क्या जवाब देते? ख़ुश हो लिये और इशा की नमाज़ के बाद दो लोग आगरा के रास्ते पर चल दिए। कुछ दूर पैदल चलकर उन दोनों ने ताँगा कर लिया। ताँगे में बैठे-बैठे मियाँ भाई को झपकी आ गई। कुछ देर के लिए गाड़ीवान ने ताँगा रोक दिया और पेशाब करने उतर गया। इसी दौरान चौकन्ने पंडित ने मियाँ भाई के हाथ से ख़त ले लिया और उतरकर एक दुकान में जल रही लालटेन के नीचे बैठकर अपनी दवात क़लम से जल्दी-जल्दी नक़ल बना ली। लिफ़ाफ़े को मियाँ ग़ालिब ने एक रेशमी धागे से लपेट दिया था। उसे वैसे ही दोबारा लपेटकर पंडित ताँगे पर पहुँचा। उसे देखकर हैरत हुई कि मियाँ भाई अभी भी सोये हुए थे और गाड़ीवान तसल्ली से घोड़े को पानी पिला रहा था।

पंडित का मन किया अब वह यहीं से अपना रास्ता बदल ले। लखनऊ चला जाए और फिर वहीं से चाँदपुर। अब जब कुछ हाथ आ गया था तो देश पहुँचने की जल्दी भी बढ़ती जाती थी।

"ए भाई," उसने ख़त को सफ़ाई से अपनी जगह दोबारा रखते हुए कहा, "मैं सोचता हूँ, यहीं से रास्ता बदल लूँ...आगरा से फिर कई मील दूर उलटा जाना पड़ेगा, दिल्ली देख ली, दिल्ली की हालत देख ली। अब लौटना ही होगा। क़िस्मत में होगा तो बच ही जाएँगे। अब कितना डरकर जिएगा इनसान? आपने हमारा बहुत ध्यान रखा, अब चलते हैं।"

मियाँ भाई नींद से अकबकाये उठे और आँखें मलते हुए कुछ समझे और कुछ नहीं। सर डुलाते हुए बोले।

"सलामती से जाइएगा।"

"ख़ुदा हाफ़िज़।"

## चाँदपुर

"यह ऐलाने जंग है और रहेगी लोगो...!"

परगासो बीबी ने बचे-खुचे, थके-हारे टोले के लोगों और जंगल-देहात से आए मातमपुरसी में लगे लोगों को कहा।

उनकी आँखें फ़िरंगी के सितम की बदौलत, दीमक खाए दरख़्तों की खोहों सी ढनढना रही थीं। उनके शरीर थकन से भरे थे।

फिर भी परगासो उन्हें ज़िन्दा बने रहने को उकसा रही थी। अपने क्षत-विक्षत हाथों में तलवार और मन्द हो गई ज़ुबाँ से बग़ावत के शोले इस तरह बरसा रही थी मानो कुँवर सिंह के बाद, अमर सिंह के बाद, बड़े राजा के बाद और आनेवाली सन्तानों के बीच की ख़ाली जगह को भरने वही तैनात की गई थी। या तैनात हुई थी।

"हम बग़ावत ज़ारी रखेंगे।"

"यह हमारी धरती है।"

"हम इसे किसी को छीन लेने नहीं देंगे।"

"यह जंगे आज़ादी है।"

"लोगो, अपने हक़ों के लिए लड़ना ज़ारी रखो।"

लोग यह सब सुन दोबारा उठ खड़े हुए।

मालकिन सफ़ेद साड़ी में लिपटीं बिगुल बजाने लगीं। उनके छिन्न-विच्छिन्न हुए ठाकुर जी ने उन्हें यही आदेश दिया था।

सुमेर सिंह एक मोहक मुस्कान से भरे-पूरे अपने मन के मीतों को कह रहे थे, *मेरी प्यारी परगासो की बहादुरी का कोई जवाब नहीं।*

क़ब्र में लेटे पुरखों ने भी यही बात दोहराई।

उनके नाम जहाँगीर और नूरजहाँ बेजा नहीं रहे।

बस कोई ठीक से बात दर्ज नहीं कर पाया।

इतिहास नाम की मैना भी मन के मीतों की बैठक में शामिल हो गई और गाने लगी, नई धुन में नई इबारत, लेकिन वह भी इसे दर्ज करने से चूक गई।

वक़्त निहाल हुआ।

तारीख़ लेकिन निहाल होने से पहले आगे खिसक गई।

## मुसव्विरख़ाना

ख़दीजा बेगम ने आवाज़ लगाई—

"आइए मालिक एक कौर भात खा लीजिए। थोड़ा मछली का सालन भी है। मन को ठीक कीजिए।"

शंकर लाल तिपाई पर से उठते-उठते डगमगा गए।

किसी बात में मन नहीं लगता था।

मुसव्विरख़ाना बन्द होने की कगार पर था।

छावनी का प्रभाव मोहल्ले में बढ़ता जाता था। चारों ओर शको-शुबहे का माहौल पनपने लगा था। कोई किसी पर भरोसा नहीं करता था। बात सिर्फ़ विलियम और रुकुनुद्दीन की नहीं थी। अड़ोसी-पड़ोसी भी अब उनसे और एक-दूसरे से कटने लगे थे। उन्हें देख लोग अजीब बेचारगी के भाव से अपना सर लटका देते थे या आँखों ही आँखों में बददुआ देते थे।

मानो इस ख़राब समय के लिए वे ही ज़िम्मेदार हैं।

ऐसे अँधेरे समय में जाने कैसे यह फ़रिश्ता जान इनकी ज़िन्दगी में चली आई थी और मज़बूती से अपने दुपट्टे की छाँव कर इन्हें सारी मलामतों से बचाती फिरती थी। जब लगता था कि बस अब तो गिर ही गए अब न उठ पाएँगे, तभी आकर प्यार का फाहा चोटों पर रख देती थी।

"मेरे सरताज..."

उन्होंने उसे कई बार कहना चाहा, 'ऐसे दिल मत लगाओ ख़दीजा बेगम, दिल टूट गया है हमारा। और ऐसा सुना है कि टूटे दिल के साथ ज़्यादा जी नहीं पाते हैं लोग।' लेकिन वह ज़िद्दी नहीं मानती थी। जब आँख खुलती तो हाज़िर दिखती और आँख बन्द करते वक़्त भी हाज़िर।

सुबह का कोई वक़्त था, बेचैनी से घिर गए थे शंकर लाल। जी किया जाकर एक बार मुसव्विरख़ाना का हाल लिया जाए। जागते ही नज़र पायताने पड़ी ख़दीजा बेगम की ओर मुड़ी। उनका दिल मरहम से सुकून पा गया हो जैसे, वैसे ही राहत से भर वे बोले,

"ख़दीजा बेगम चलो मुसव्विरख़ाना, आज से फिर चित्र बनाने का काम शुरू करें।"

नया चित्र।

रंग-बिरंगा।

ख़ुशनुमा।

ख़दीजा बेगम यूँ लाज से भर गईं मानो उनके प्रथम मिलन की रात अचानक पेश हो गई हो और वह ठीक से श्रृंगार भी नहीं कर पाई हों।

उन्होंने धीरे से शंकर लाल की लम्बी-चौड़ी काया में अपने सुरमे से भरे नयनों के निशान से अनेक चित्र बना दिए।

वैसे चित्र न कोई ख़ुदा बना सकता था न कोई भगवान।

उस अनमोल चित्र की निशानी से अभी दुनिया बदली जानी थी। या यह भी तो हो सकता है कि दुनिया ही उस निशानी को बदल डालती।

## चाँदपुर

सुमेर सिंह को साँस फूलने की शिकायत रह रही थी कुछ दिनों से। बारूद का गर्दा हर ओर उड़ता रहता था। बारूद से भरे कई इलाक़ों में बहुत दिन रहे थे वे। जल्द हाँफने लगे थे और फिर कुछ भी ठीक नहीं लगता था। परगासो ने उन्हें कह दिया था बहुत प्यार-भरी सख़्ती से—"आप नहीं उठेंगे, आपकी परगासो को कुछ नहीं होगा, आपकी दी हुई हिम्मत से ही वह लड़ रही है।"

सुमेर ने बहुत हुज्जत नहीं की थी।

अब छापामार तरीक़े से जंग ज़ारी थी। सारे बड़े राजा लड़ाई हार गए थे और जो बचे थे वे सीधे जंग करने के बजाय छापामार लड़ाई में जुटे हुए थे।

मुख़बिर पुजारी दिल्ली से चलता हुआ ठीक सात दिनों बाद चाँदपुर पहुँचा था। गढ़ी के उजाड़ होने की कहानी को दीवारों पर की काई बयान कर रही थी। उसके दिल में एक हूक उठी और बड़े राजा याद आए जो उसके ख़ैरख़्वाह थे और अब इस गढ़ी में नहीं थे। क्या आज के बाद उसके भीतर का मुख़बिर मर जाएगा? या उसे मार देना होगा? वैसे भी जंग का क्या मतलब बचा है अब? जब बाग़ी दिल्ली हार गए हैं?

उसे हैरत हुई कि परगासो बीबी की ठसक बनी हुई थी। वह आदर से अपना सर झुकाकर बोला,

"दिल्ली के किसी ग़ालिब के ख़त की नक़ल लाया हूँ। ऐसा मालूम चला है इसमें दिल्ली का हाल बयाँ किया गया है।"

परगासो के पास कोई जेवर नहीं था, बस हाथ में दो अँगूठियाँ थीं। वे भी सुमेर की पहनाई हुईं। उसने एक पल की देर किए बिना, अपनी एक अँगूठी उतारी और पुजारी को पकड़ा दी।

"आप नहीं जानते, हम ख़बरों के लिए कितना तरस गए हैं। आप जा सकते हैं। प्रणाम।"

पुजारी लौटते वक़्त सोचता जा रहा था, आज उसे मिला यह सबसे क़ीमती इनाम। उसने उसे अपनी आँखों से लगाया और अपने मन्दिर की ओर चल पड़ा। आज से वह पुजारी ही रहेगा। अब कुछ भी करने की कोई दरकार नहीं।

वह अब ठाकुर की सेवा में अपनी ज़िन्दगी बसर कर देगा।

परगासो ने बड़े राजा की कुर्सी पर बैठते हुए ख़त की नक़ल को खोला।

*सात नवम्बर साले-हाल जुम्मे के दिन अबू ज़फ़र सिराजुद्दीन बहादुर शाह, क़ैदे-फ़िरंग-ओ-क़ैदे जिस्म से रिहा हो गए।*

*...पंजाबी कटरा, धोबी वाड़ा, रामजी गंज, सआदत ख़ान का कटरा, जनरैल की बीबी की हवेली, रामजी दास गोदाम वाले के मकानात, हवेली इनमें से किसी का भी पता नहीं मिलता है...क़िस्सा-ए मुख्तसर शहर सहरा हो गया था। अब जो कुएँ जाते रहे और पानी गौहर-ए-नायाब हो गया तो सहरा, सहरा-ए-कर्बला हो जाएगा। अल्लाह-अल्लाह दिल्ली न रही!...अब ये शहर नहीं है, कैंप है, छावनी है। न क़िला, न शहर, न बाज़ार, न नहर...न दिल में मेहरो-आज़र्म, न आँख में हया और शर्म। निजामुद्दीन ममनून कहाँ? जौक़ कहाँ? मोमिन ख़ाँ कहाँ? एक आज़ुर्दा सो ख़ामोश, दूसरा ग़ालिब वो बेख़ुद व मदहोश!*

*मिर्ज़ा ग़ालिब*

*बल्लीमारान, दिल्ली।*

पूरी गढ़ी में लालटेनों के धीमा कर देने की बेला आ पहुँची थी। दीवारों को पिछले कई सालों से रंग-रोगन की ज़रूरत थी। दीवारों पर ऐसा कालापन उग आया था जैसे छोड़ दिए घरों में भूतों ने डेरा डाल दिया हो। जिन कुर्सियों पर बड़े राजा बैठा करते थे उसके कपड़े अब चरकने लगे थे। परगासो ने ग़ौर से देखा, दीवार पर टँगी घड़ी पर इतनी धूल जम गई थी जैसे समय उसमें दफ़न हो गया हो। कमरे में अजीब-सी सीलन हमेशा के लिए बस गई थी।

परगासो के दिल में बहुत दिनों बाद एक कराह ने करवट ली। उसने ख़ुद से कहा,

'क्या वाक़ई सब लुट गया दुसाधन?'

यह ख़त लिखनेवाला कौन है जो अपने को मिर्ज़ा ग़ालिब कहता है और लुट गई दिल्ली के लिए रोता है? हमारे बादशाह के गुज़र जाने की ख़बर देकर रोता है? बादशाह गुज़र गए। जिसके भरोसे हम लड़ रहे थे वह गुज़र गया? हम पुरबिया तो यह जानते थे कि बादशाह दूर देश रंगून में हैं और जल्द वहीं से तैयारी कर लौटेंगे हमारी हिम्मत बढ़ाने।

बादशाह नहीं रहे! दिल्ली, दिल्ली नहीं रही!

बड़े राजा नहीं रहे। चाँदपुर—चाँदपुर नहीं रहा!

अँधेरी रात, पछुआ हवा के काँधे चढ़ आई और ख़त की नक़ल को खिड़की के बाहर उड़ा ले गई।

परगासो ने कमरे से बाहर जाकर ख़ूब तलाशने की कोशिश की लेकिन अँधियारा घना था और जुगनुओं ने भी रोशनी उधार देने से इनकार कर दिया था। लिहाज़ा कुछ भी हाथ नहीं आया।

भारी दिल और थकी ठसक से परगासो कमरे में आई।

देखा सुमेर सिंह अपने चेहरे पर शान्त भाव लिये हुए सो रहे हैं। उसे राहत महसूस हुई, मतलब आज तबीयत ठीक है सुमेर की...वह उनका माथा सहलाकर उनके बग़ल में लेट गई...

पलंग के सामने लगा आदमक़द आईना जो उनका हमराज़ हुआ करता था, हौले से सिर्फ़ मुस्कुराया। उसने परगासो को नहीं बताया कि सुमेर सिंह तो अभी सोये हैं, परगासो बीबी। अपने मन के मीतों से ढेर सारी बतियाँ करके और कल मिलने का पक्का वादा करके!

### पटना, 2001

समर्थ लाल ने अपनी गाड़ी निकाली और उसे क़दमकुआँ की भीड़ और चिल्ल-पों से निकालकर आर्ट कॉलेज की ओर चल पड़े। दोपहर उठान पर थी। ली-ना की आँखें चुँधिया गईं।

उसके देश से ज़्यादा भीड़ यहाँ नज़र आती है। चारों ओर लोग ही लोग। लेकिन आँकड़ों के अनुसार तो उसके देश में ज़्यादा लोग हैं। क्या लोग यहाँ सड़कों पर ही रहते हैं? कितनी ग़रीबी है...उफ़ कितनी लाचारी दिखती है लोगों के चेहरों पर। वहीं ओवरब्रिज के नीचे सो भी रहे हैं, खाना भी बना रहे हैं, वहीं एक दो-ढाई साल का बच्चा खड़े-खड़े पेशाब कर रहा है और वहीं एक बेसुध युवा दम्पती ऐसी अस्त-व्यस्त हालत में पड़ा हुआ है, जैसे तूफ़ान के गुज़र जाने के बाद शहर दिखलाई पड़ते हैं, नंगे और बेपर्द।

ली-ना को अपना देश ख़ास पसन्द नहीं लेकिन ऐसा मंज़र तो वहाँ कम दिखलाई पड़ता है।

"सर," उसने झिझकते हुए समर्थ लाल से पूछा, "इस देश में इतनी ग़रीबी क्यों है?"

समर्थ लाल के हाथों से यूँ ही हॉर्न दब गया। एक कर्कश-सी आवाज़ हुई और ली-ना चिहुँक गई।

क्या बताते इस कोमल-सी लड़की को इस देश की व्यथा-गाथा? कोई एक

पुख़्ता दलील हो तो दें। कैसे कहें चारित्रिक दोष है इस देश का। एअरपोर्ट से लेकर पटना शहर तक। ज़रा भी सिविक सेंस नहीं लोगों में। ग़रीबी, जहालत और मक्कारी तो जैसे नस-नस में भरी हुई है। सब सरकार को दोष देते हैं लेकिन वह भी तो बदलती रहती है फिर भी क्या कोई बदलाव देखा किसी ने?

काम से कतरानेवाले लोग।

मेहनत से कतरानेवाले लोग।

लफ़्फ़ाज़ी में मशगूल रहनेवाले लोग।

चारित्रिक पतन के शिकार लोग।

अपनी विरासत की अच्छी चीज़ों को मिट्टी में मिलानेवाले लोग।

अन्तिम बात मन-ही-मन सोचते हुए उनकी आँख भर आई।

पहले पिता के पितामह याद आए, फिर पिता।

इतनी नृशंसता कैसे बरत पाते हैं लोग?

जैसे पिता बरत पाए?

शंकर लाल जैसे बेजोड़ कलाकार के पोते सज्जन लाल ने मुसव्विरख़ाने के रख-रखाव की परवाह तो नहीं ही की बल्कि वहाँ बनी तस्वीरों को यूँ ही छोड़ दिया ख़त्म हो जाने के लिए। यदि सज्जन लाल के पिता अमर लाल का साथ नहीं मिला सज्जन लाल को तो शंकर लाल को भी अपने बेटे अमर लाल कहाँ मिले?

शंकर लाल और अमर लाल का भाग्य कैसे एक सूत्र से जुड़कर भी कभी नहीं जुड़ा। दोनों जीवन भर एक-दूसरे के लिए अनजान बने रहे। क्या इसीलिए अमर लाल उनका इन्तज़ार कर थक गए और उन्हीं के रास्ते चल पड़े? अनियत रास्ते पर!

सज्जन लाल मानते रहे जीवन-भर कि दोनों ने उनके साथ बहुत अन्याय किया। अपने पिता अमर लाल को लेकर वे बहुत नाराज़ नहीं हो पाते थे, क्योंकि वे उन्हें एक साधारण आदमी मानते थे, जिनके बस में न कला का हुनर था, न योद्धा के गुण। न ही वे पढ़ने-लिखने में कोई रुचि रखते थे। किसी तरह उन्होंने अक्षर ज्ञान प्राप्त किया और मोहल्ले के देवी मन्दिर में पूजा-पाठ का काम करने लगे। वहीं के पुजारी की बेटी सुन्दरी से पुजारी के दबाव में शादी की, जिसे निभा नहीं पाए और चल दिए आसाम, कामाख्या देवी की शरण में।

ख़ानदान की इस भगोड़ी परम्परा के जनक शंकर लाल ही थे, ऐसा सज्जन लाल मानते थे। वही महान शंकर लाल जो कला की दीवानगी निभाते-निभाते पता नहीं कहाँ गुम हो गए?

बेचारे अमर लाल। बेचारी सुन्दरी।

बेचारे पिता। बेचारी माँ।

पिता, जिनकी मन्दिर में बैठ मंत्रोच्चार करती छवि बसी है मन में और माँ सुन्दरी, जिन्हें कभी देखा ही नहीं सज्जन लाल ने। उनकी पैदाइश के वक़्त ही गुज़र गईं जो।

बड़े होते हुए सज्जन लाल के अन्दर अपने आसपास को देख ग़ुस्सा बढ़ता ही जाता था।

उनके दिल के हिस्से कभी खिले नहीं, स्याह क़लम से रँगे गए हमेशा।

कलाकार से नफ़रत, पिता के पिता से नफ़रत, अपने पितामह से नफ़रत सुलगती रही और लायक़ हो जाने के बावजूद उन्होंने अपने पितामह से बदला लिया। उनकी स्मृति में खूबी सूरत को ख़ूब रुलाया। कभी कोई क़द्र नहीं की उन चित्रों की।

अब तो पता भी नहीं लगता जाने कहाँ गुम हो गए होंगे कला के वे बेशक़ीमती नमूने? और जो किसी तरह बच गए थे उन्हें औने-पौने दामों में बेच दिया था सज्जन लाल ने अपने निकम्मे, जाहिल सलाहकारों की मदद से या फिर पुरानी गुदड़ी के टुकड़ों में बाँधकर कहीं पटक दिया था। और जब समर्थ लाल ने कला संकाय में प्रवेश लेने की अपनी स्वाभाविक निर्द्वंद्व-सी इच्छा प्रकट की तो वे समर्थ लाल से ऐसा बिगड़े थे कि उन्हें घर से ही निकाल दिया पिता ने, मानो वे कोई भयानक-सा अपराध करने जा रहे हों और उसकी सहमति माँग रहे हों।

वो तो अम्मा बेचारी जाने कहाँ से अपना पेट काटकर उनके लिए कपड़े-लत्ते और फल के इन्तज़ाम के पैसे जुटाती रहीं और दिन बेहद मुफ़लिसी से कुछ कम मुफ़लिसी के हो गए। बाद के वर्षों में बहुत पछताए थे पिता अपने निर्णय पर जब समर्थ लाल का देश के बेहतरीन आर्ट क्यूरेटर के रूप में नाम हो गया था और उनके साक्षात्कार टीवी पर दिखाए जाने लगे थे।

सब अम्मा ने बताया था उन्हें।

लेकिन दिल नहीं कहता था उनका, विश्वास करने को।

वो तो अपने ठीक ख़त्म हो जाने के पहले, जब पिता ने बुला भेजा था उन्हें तब समर्थ लाल को मानना पड़ा था कि अम्मा सच कहती रही थी इतने दिनों से।

लोदी कटरा मोहल्ले के उस जीर्ण-शीर्ण हो चुके घर में वे एक पतली गद्दी पर लेटे हुए थे चुपचाप। एकदम टूटे हुए।

हड्डियों का ढाँचा-भर, मानो उनकी क्रूरता उनका ही मांस चुग गई हो।

ओह!

समर्थ लाल को अपने पिता की यह दशा देख रुलाई आ गई थी...वे पायताने बैठ उनके तलवे सहलाने लगे थे। एकदम हौले से। बेहद मुलायमियत से। मानो अपने पिता को उनके भीतर की क्रूरता से मुक्त कर रहे हों।

एक हीलर।

एक पड़पोता एक पितामह!

पिता ने मृदु स्पर्श से आँखें खोलकर किसी दूर से आती आवाज़ में कहा था, "तुम हो शंकर लाल के असल वारिस। हो सके तो मेरे द्वारा डुबो दिए गए उनके नाम को दोबारा ज़िन्दा कर देना।"

"वे अद्‌भुत थे। तुम अद्‌भुत हो। मैं हाड़-मांस का पुतला...।"

"मेरे जाने का शोक मत करना...।"

"अपनी माँ को सँभालकर रखना। बहुत तरसी है तुम्हारे लिए, मैं उसका भी दोषी हूँ...।"

"अब अलविदा।"

पिता ने उसके बाद आँखें मूँद ली थीं लेकिन प्राण नहीं त्यागे थे। अपनी अचेतावस्था में शरीर के अनेक दुख काटे कई एक महीने मानो उनका तरीक़ा था समर्थ लाल से जुड़ने का। मन और शरीर दोनों के माध्यम से। स्पर्श ही वेदना मुक्ति का कारण बना समर्थ और पिता के लिए। हालाँकि पिता के बारे में क्या कहा जाता ठीक-ठीक? जाने अचेत अवस्था में उन स्पर्शों को पहचान पाते थे भी कि नहीं? लेकिन पिता अस्पताल नहीं गए। वहीं घर पर बने रहे अपनी सन्तान से एक टूट गए रिश्ते को रफू करते हुए। दिल पर टँके पैबन्द को एक सुन्दर आर्टवर्क में ढालते हुए। फिर जो दुख था, जो सन्ताप था वही कहीं अबूझ बन्धन के सुख में तब्दील हो गया और एक दिन ऐसी हिचकी उठी जिसने तीन लोक नाप दिए और जाने किस जहाँ में पिता चल दिए। सबको मुक्त कर मुक्त हो गए उनके पिता। शायद चल दिए, अपने पितामह, अपने पिता के पिता की गोद में बैठ साफ़ मन से अपनी सन्तान के क़िस्से सुनाने।

गोया ये बताने को, 'तुम दोनों के बीच मैं ही रहा एक दरकता पुल। लेकिन सोचो जो मैं न होता तो कौन जानता कि कला को बचाने के लिए उसके नष्ट होने की चिन्ता ज़रूरी है?'

तभी तो प्रकृति के इस नैसर्गिक दाँव-पेच के भीतर कुछ ऐसा हमेशा घटित हुआ जिसका जवाब देना किसी के बस की बात नहीं थी। ज़रूरी था उस बहते पानी का हिस्सा हो जाना एक बेख़बर लेकिन बाख़बर अन्दाज़ में। समर्थ लाल ने यही किया और ज़रा भी हतप्रभ नहीं हुए जब पिता के जाने के रोज़ ही पुरखे शंकर लाल आए थे उनके सपने में। अपने और मुसव्विरख़ाना में बने अपने शागिर्दों के चित्रों के साथ। ठीक वैसे, जैसे कोई खिलाड़ी जीतने पर अपनी ट्रॉफी हाथ में शान से पकड़े खड़ा रहता है अचल।

तस्वीर खिंचवाने की मुद्रा में चमकता हुआ।

वही चमक तो है जो आज उन्हें ली-ना जैसे विदेशी छात्रों को भी पटना क़लम के बारे में शोध करने को उत्प्रेरित करती है। दिल की गहराई में बैठी संगीता भी बड़ा संबल है। वरना उनके जैसे रूखे-सूखे इनसान के साथ शोख दिल संगीता को क्या मोहब्बत होती? उसने न सिर्फ़ उन्हें दिल का हाल दुरुस्त रखने में मदद की, बल्कि उन्हें बहुत ताक़त भी दी। संगीता का साथ इस तरह उन्हें भरपूर मिला वरना दुख और अभाव उन्हें टुकड़े-टुकड़े करने की पूरी क़ुव्वत रखते थे।

उन्होंने ली-ना को पटना म्यूज़ियम और ख़ुदाबख़्श लाइब्रेरी की तस्वीरें दिखला दीं अब आर्ट कॉलेज की बारी है।

आर्ट कॉलेज के हॉल क्रमांक 4 में कुछ पटना क़लम के चित्र टँगे हुए हैं। समर्थ लाल को नहीं पता वे यहाँ कैसे आए। कोई ख़रीदार था या कोई कला संग्राहक जिसने अपनी चीज़ें इस कॉलेज को भेंट कर दीं।

कला की कितनी दुर्दशा हुई है...!

जब आदमी युद्ध के ज़रिये अपनी सत्ता साबित करने पर तुल जाता है तो कला कैसे सिसकती है और कलाकारों की कैसे दुर्गति हो जाती है ये न सत्तानशीन सोचना चाहते हैं न दुनिया समझना चाहती है।

ली-ना भी गुम है। जाने क्या सोच रही है। कला की दुर्गति के बारे में या अपने मिशन के बारे में।

उफ़ कैसी क्रूर दुनिया है यह। पिता की तरह क्रूर। उनके अन्दर अफ़सोस करवट लेता है और वे कह उठते हैं अपने से ही, उन्होंने तो माफ़ कर दिया पिता को। ग्रंथि थी शायद मन में कोई, ऐसा मान लिया। काश पिता चित्रकार होते और अगर नहीं होते तो चित्रों से मोहब्बत करना जानते। काश पिता यह जानते कि चित्रों के भीतर एक कोमल दुनिया बसती है, जहाँ की पगडंडियों पर हौले से क़दम रखा जाता है। चित्रकार को हर क़तरा जो दिखलाई पड़ता है और जो नहीं भी दिखलाई पड़ता है उसमें अन्दरूनी रोशनी महसूस होती है। प्रकृति की हर बानगी में एक धड़कता दिल होता है जिसे ही चित्रकार जज़्ब कर महान कृतियाँ बनाता है। शंकर लाल ने शायद चित्रों और अपने शागिर्दों को ऐसे ही देखा होगा। काश कि समर्थ लाल अपने पिता के बाबा को देख पाए होते! काश कि उनके पिता ने उन्हें अपने पिता और उनके पिता के बारे में और बातें बताई होतीं। थोड़ा जान पाए थे वे, अपनी माँ की ज़ुबान से ही। एक बूढ़ी औरत की कहानी भी शामिल थी उसमें, जो लोदी कटरा मोहल्ले के पुराने घर के पास बनी मिट्टी की कोठरी में रहती थी।

माँ ने कहा था कभी, "वैसे सब उसे मोहल्ले में बौरही कहते थे। दिन-भर

अनाप-शनाप बकती रहती थी। लेकिन कभी-कभी जब होश में रहती थी तो तुम्हारे पिता को अपने पास इशारे से बुलाकर मिठाई खिलाती थी और अपनी छाती से लगाकर रोती जाती थी और कहती थी, 'अपने बाबा की विरासत आगे ले जाना बाबू। बहुत गुणी थे तुम्हारे बाबा। इतनी मोहब्बत से भरे, इतने बड़े दिलवाले...!'"

"माँ क्या तुमने यह सब अपनी आँखों से देखा है?" समर्थ लाल ने अपनी माँ से पूछा था रोमांचित हो।

"नहीं बाबू, कहाँ देख पाई मैं यह सब। मेरी शादी के समय तो वह इस दुनिया में ही नहीं रही थीं। यह सब तो मोहल्ले वालों ने बताया था मुझे।

"बाबू और फिर जो और जानने की कोशिश की, तो पैरों तले से ज़मीन खिसक गई थी हमारी। अन्याय सिर्फ़ बाहरी लोग नहीं करते बाबू, अपने भी करते हैं। और समय बाबू।...समय से बड़ा अन्यायी और कोई नहीं होता।"

और समर्थ लाल को फिर उचित समय का इन्तज़ार करना पड़ा था अन्याय का समूचा सिलसिला जानने के लिए। बताया था माँ ने सब कुछ, जब पिता गुज़र गए थे और माँ ख़ुद बिस्तर पर पड़ी, अलविदा कहने की बाट जोह रही थी।

# तीसरी किताब

*ख़ुदा करे कि खुले एक दिन ज़माने पर*
*मिरी कहानी जो इस्तिआरा ख़्वाब का है*

**—ख़ुर्शीद रब्बानी**

## कलकत्ता जर्नल अख़बार

## ख़ास परिशिष्ट; मंगलवार, 30 अक्टूबर, 1860

सूत्रों के हवाले से ख़बर मिली है कि चीन से अफ़ीम की दूसरी जंग के ख़ात्मे पर चीन और इंगलिस्तान-फ्रांस-अमरीकी सरकार के बीच जो बीजिंग सन्धि की गई है उसमें हिन्दुस्तानी व्यापार के लिए बड़ी सहूलियत मिल गई है। महारानी विक्टोरिया का शाही साम्राज्य अब हिन्दुस्तान से अफ़ीम का व्यापार क़ानूनी अधिकार से करा पाएगा। चीन की कोई रोक-टोक नहीं चलेगी।

इंगलिस्तान ने चीन को जंग के हालात पैदा करने के लिए वाजिब सज़ा दी है और चीन को मजबूर किया है कि वह 8 मिलियन चीनी ताएल चाँदी, इंगलिस्तान और फ्रांस को मुआवज़ा दे।

इसके साथ ही अब चीन धर्म की बिना पर अंग्रेज़ों के साथ तफ़रीक़ नहीं कर सकता है। ईसाई धर्म के प्रचार-प्रसार और गिरजा खोलने पर कोई रोक नहीं लगा सकता है।

हमारे इंगलिस्तान के सूत्र बता रहे हैं कि इस ख़बर से इंगलिस्तान की संसद में ख़ुशी की लहर दौड़ गई है। हालाँकि आपको याद होगा कि विलियम इवार्ट ग्लैडस्टोन ने प्रधानमंत्री पाल्मरस्टर्न की चीन सम्बन्धित नीतियों की सख़्त आलोचना की है। उन्होंने संसद में अपने भाषण में कहा है कि "अफ़ीम युद्ध एक ग़ैरबराबरी से लड़ा गया, बर्बर युद्ध रहा है और किसी भी तरीक़े से इसे वाजिब नहीं ठहराया जा सकता है।"

ग्लैडस्टोन के विरोधियों का कहना है कि ग्लैडस्टोन यह कहते वक़्त ईसाइयत का एक नैतिक पुतला बनने की कोशिश कर रहा था। सच तो यह है कि उसकी अपनी बहन हेलेन की मृत्यु इस अफ़ीम की लत की वजह से हुई थी जिसके लिए वह पाल्मरस्टर्न को दोष दे रहा था।

इधर अंग्रेज़ अधिकारी हिन्दुस्तान में अपनी दोहरी जीत पर ख़ुशियाँ मना रहे हैं। हिन्दुस्तानी और चीनी फ़ज़ीलत के सारे पाले गए भ्रम अब

ठीक से ध्वस्त हो गए हैं और महारानी की हुकूमत दिन दूनी रात चौगुनी तरक़्क़ी कर रही है।

*लॉन्ग लिव द क्वीन*

**फ़तेह अली ख़ान का ख़त, 1864**

*सुमेर मेरे अज़ीज़,*

*मेरा मोहब्बत भरा सलाम पहुँचे आपको।*

*नान्हाई देवता के मन्दिर से हर बार की तरह निकलकर यहाँ के गाँव पहुँचा हूँ। सामने ही कुछ लोग एक चूल्हा जलाकर कुछ पका रहे हैं। मैंने खाना माँगा है। लगभग आधे घंटे का वक़्त लगेगा। समुद्र से निकली घास के साथ किसी तरह का मांस पक रहा है। खाने में अब क्या है, पूछना बेवकूफ़ी है। ज़िन्दा रहना है, देश-दुनिया घूमना है तो जो मिले उसे ही खाना होगा। ज़िन्दा रहने के लिए तो सब जायज़ है। आप तो जानते ही हैं अब मैं गाय और सूअर का मांस सब खा लेता हूँ। लिखते हुए क़लम काँपती है मेरी, इसी मांस के मुँह में जाने के पीछे तो हिन्दुस्तान का हिन्दू और मुसलमान लोहा ले रहा था फ़िरंगियों से! और मैं यहाँ...?*

*फिर सोचता हूँ, व्यापारी का धर्म तो व्यापार होता है, जब ऐन जंग के बीच बड़े राजा ने कह दिया था कि हम जंग लड़ रहे हैं आप जाइए और व्यापार देखिए, जहाज़ अपना चलना रोके नहीं, तो फिर मैं कौन होता हूँ इन बातों पर सवाल उठानेवाला?...अल्लाह उन्हें जन्नत में सलामत रखे..., आपने और परगासो बीबी ने भी यही हुक्म दिया, इसीलिए आप सबको इतने मुश्किल हालात में छोड़कर चला आया।*

*आपकी तबीयत अब कैसी है? परगासो बीबी कैसी हैं? इतने दिनों तक जंग में जूझती रहीं!*

*यूँ ही कह रहा हूँ, इसीलिए कि कहना चाहता हूँ माफ़ी के साथ। परगासो बीबी को मैंने क्यों बताया कि यहाँ चीन में औरतें भी मर्दों के साथ कन्धे से कन्धा मिलाकर लड़ती हैं? अफ़सोस होता है। फिर सोचता हूँ सिर्फ़ मेरे यह बताने से ही तो वे जोश में न आई होंगी! वे शुरू से ही बहादुर रही होंगी तभी तो जंगे-आज़ादी में यूँ लड़ीं! हार के बावजूद वे नहीं हारतीं ऐसी बहादुर हैं वो... मेरा सलाम पहुँचे उनको।*

*अब अंग्रेज़ों का आतंक शायद पूरी दुनिया में फैल चुका है। अब यह सिर्फ़ देश की बात नहीं रही। यहाँ चीन में भी बहुत डर लगने लगा है। अंग्रेज़ यहाँ भी*

*हम देशी व्यापारियों से गाली-गलौज की भाषा में बात करते हैं। पता नहीं इतना ग़रूर क्यों हैं उन्हें? ठीक है हम जंग हार गए लेकिन...उन्हें इससे यह हक़ कैसे मिल गया कि वे हमारी आदतों, तहज़ीब और ज़बान की खिल्ली उड़ाएँ? उससे नफ़रत करें?*

*ख़ैर...*

*इस पर मिलने पर और बातें होंगी।*

*अब आपने कहा है तो व्यापार चलेगा ही, जब तक फ़तेह अली ख़ान और मास्टर आपके साथ हैं।*

*जल्द और ख़बर देता हूँ।*

*सब ख़ैरियत से रहें इसी दुआ के साथ यह ख़त बन्द करता हूँ।*

आपका अज़ीज़

**फ़. अ. ख़ान**

**रोज़नामचा**

**आसिन की सुन्दर दोपहर, 1868**

आज फिर मिली थी वह। आई थी अपने बच्चे के साथ, मछलियाँ बेचने। मुझ पर कुछ भरोसा करने लगी है। उसका बच्चा बहुत प्यारा है। मिची आँखों वाला गुड्डा। हमेशा अपनी माँ के किपाओ (चीनी पोशाक) के पीछे छिपा रहता है। उसकी माँ इस पकड़ से डगमगा जाती है कभी-कभी लेकिन परेशान नहीं होती। अपने बच्चे को हमेशा प्यार से देखती ही रहती है।

मैंने बच्चे से कहा है कि अगली बार आने पर मैं उसके लिए कुछ ख़ास लाऊँगा हिन्दुस्तान से।

उसकी माँ से मैंने पूछी है, उस चाय की बात जिसके पीने से रोग दूर होते हैं।

वह उदासी से कहती है, "पुरे। यू-नान की चाय है। मैं यूनान की पहाड़ियों में गई हूँ। मैं उस जगह को अच्छी तरह से जानती हूँ। मैं कोशिश

करूँगी कि आपके लिए किसी जाननेवाले से कहकर मँगवा दूँ।"

उसके इतना कह देने के बाद लम्बी परछाइयों-सी चुप्पी हमारे आसपास पसर गई थी जिसका मायने शायद यह था कि उसका माज़ी उसके साथ चलकर मुझ तक आ पहुँचा था और पूरी तरह खुल न पाने की सूरत में परछाईं बन गया था। जाने क्यों उसे जानने की नन्ही सी हसरत दिल के कोनों में पलने लगी है।

मैंने उसे हर दिन आकर मछली देने को कहा है। मुफ़लिस लगती है। मुफ़लिस और बेज़ार।

उसकी कुछ मदद कर पाऊँ तो ज़ियारत होगी।

सब पर अल्लाह का रहम बरसे।

**फ़. अ. ख़ान**

## केंटन—चीन

"तुम कहाँ से आए हो?"

"क्या कहीं से भाग के आए हो? पहले तो नहीं देखा इस इलाक़े में।"

एक सीधी खड़ी शिला-सी, कुछ चट्टानी चमक से भरी लड़की ने एक सुगठित बदन के चपल हिरण आँखों वाले लड़के से पूछा था।

लड़की का नाम यू-यान था।

"नहीं," लड़के ने उसी चपलता से जवाब दिया था जो उसके अंग-अंग से टपक रही थी और वह भागने की फ़िराक़ में लग गया था।

लड़के का नाम चांग था और अपने नाम के अनुरूप, हवा के मानिन्द वह कहीं बँधकर नहीं रह सकता था। उसके पिता ने उसका नाम यूँ ही नहीं रखा था। वह आज़ाद आत्मा लेकर पैदा हुआ था। आज़ाद ही रहा।

यू-यान और चांग मोतिया नदी जाने के रास्ते के जंगल में लकड़ी इकट्ठा करते हुए बरबस टकरा गए थे। यू-यान घर में चूल्हा जलाने के लिए यह काम कर रही थी और चांग जाने किसलिए?

"तुम भी क्या आग के लिए लकड़ी इकट्ठा कर रहे हो?"

"हाँ!" फिर चांग ने छोटा-सा जवाब दिया था—"आग ही है वह!"

"कौन?"

"जो हम करने जा रहे हैं। और अब मुझसे ज़्यादा बात मत करो। मुझे जल्दी है। मुझे अपनी बेकार की बातों में उलझाओ मत। मेरे पास वक़्त कम है।"

"अच्छा?" यू-यान को ग़ुस्सा आ गया, "अपने आप को क्या समझते हो तुम? मैं तो तुम्हें राहगीर समझ, जंगल में अकेला समझ, दो बातें कर रही हूँ नहीं तो मेरा तुमसे क्या वास्ता?"

"ठीक है।" चांग ने अब थोड़ा ग़ौर से लड़की को देखा। कितनी मुस्तैद और मज़बूत लगती है। सचमुच यह कुछ अलग क़िस्म की है। दूसरी लड़कियों से अलग। इसकी आँखों में आग है।

चांग ख़ुद एक आग में जल रहा था। वह आग इकट्ठा कर रहा था और कैसा संयोग कि इस लड़की की आँखों में भी वह आग देख पा रहा था। अचानक उसके दिल में एक लहर उठी। उसका मन किया इस लड़की को गोद में उठाकर जंगल में कहीं छिप जाए और कभी बाहर न निकले। इस आग को बचाना ज़रूरी है। इसी आग से तो माँचू सम्राट के महल जलाए जाएँगे और नई दुनिया बसाई जाएगी, जिसमें यह लड़की उसके बग़लगीर होकर चलेगी। उसी की तरह अपनी ज़मीन की मालिक होगी। तीर-कमान चलाएगी। खेती करेगी अपनी ज़मीन पर अपना ठिकाना बनाएगी। आहा होन्ग कितने सपने दिए हैं तुमने, उन सबमें शामिल होगी यह लड़की!

इसके बाद चांग गाने लगा होन्ग का गीत,

*मैं इस कायनात को अपने हाथों में सँभाल,*
*पाप को ख़त्म करूँगा,*
*सच्चे आचरण वालों को बचाऊँगा और बदहालों को बदहाली से निजात दिलवाऊँगा।*
*मेरी आँखें पश्चिम, उत्तर, नदी और पहाड़ से आगे की सीमाएँ देख रही हैं।*
*मेरी तलवार पूरब, दक्षिण और चाँद तक अपना जौहर दिखला रही है।*
*तलवार की यह ताक़त ईश्वर ने मुझे अता फरमाई है।*
*कविताएँ और किताबें इस बात की तस्दीक करती हैं,*
*कि ईश्वर के सामने याह्वेह क़ाबिले-तारीफ़ है।*
*दुनिया की रोशनी को ताइपिंग एक सूत्र में बाँधता है।*
*यही ताक़तवर हवा ख़ुशदिली से अब अगले हज़ार सालों तक फ़िज़ा में बहा करेगी।*

चांग की आवाज़ में चीर देनेवाली जवान तुर्शी थी। उस आवाज़ ने यू-यान के पैरों में नाचने की ललक को उगा दिया। न चाहते हुए भी वह अजनबी को सुन नाचने लगी। चांग उसे एकटक देखता रहा।

यह कोई अजनबी लड़की नहीं थी! यह तो उसका संगीत थी! उसकी आत्मा की मधुर आवाज़! ना...ना।...अब यह कहीं नहीं जा सकती। यही होगी मेरी शरीके-हयात। यही होगी हमारी बग़ावत की शरीके-हयात।

चांग के दिल की तरंग बग़ावत और इस लड़की को ले, जाने कैसे एकसार हो गई और वह वहीं धरती पर बैठ गया और लड़की से पूछने लगा दुनिया-जहान की बातें।

यू-यान को लड़का बहुत ख़ब्ती लगा लेकिन उसके बातचीत के इसरार को ठुकराया नहीं जा सकता था। वह नाचते, हँसते बैठ गई। धरती पर हाथ-पैर फैलाकर जैसे उसके शरीर को आराम की ज़रूरत है और आराम तो अब इस ख़ब्ती की बात सुनकर ही मिलेगा।

जब कई घंटों बाद यू-यान मछुआ टोली की ओर चली तो चांग, उसके साथ था और दोनों के क़दमों में ऐसी लय थी कि लगता था जैसे आज जंगल में कोई करिश्मा हुआ हो, जिसने दो अनजान लोगों को आजीवन एक जादुई धागे से बाँध दिया था।

"इतनी जल्दी फ़ैसला नहीं करते यू..."

यू-यान की प्यारी जुड़वाँ बहन मो-चाओ रो-रो कर कह रही थी।

"यह अजनबी है और बाग़ी भी। तुम इसके साथ इसकी हमनवा बनकर नहीं, बाग़ी बनकर रहोगी। सम्राट की सेना कितनी ताक़तवर है, क्या नहीं जानतीं तुम? मारी जाओगी...मारी जाओगी मेरी प्यारी बहन।"

यू-यान सिर्फ़ चट्टान जैसी दिखती नहीं थी। वह चट्टान ही थी।

उसने सिर्फ़ एक बात कही अपनी प्यारी बहन से,

"ऐसे भी तो यहाँ रहकर मर जाऊँगी। अगर भूख से नहीं तो सम्राट के नामुराद सिपाहियों की मार खाकर या उनकी हवस की शिकार बनकर। ऐसी मौत से तो लड़ मरना अच्छा है। मुझे चांग की ही पत्नी बनना है। मैं जाऊँगी ही इसके साथ अब सदा के लिए, मैंने तय कर लिया है।"

दुखियारे, माता-पिता सिर्फ़ सिसकते रहे।

चांग ने झुककर यू-यान के माता-पिता को प्रणाम किया और जाते वक़्त कहा,

"आप मेरे बुज़ुर्ग हुए आज से। मेरे भी माता-पिता। मैं आपकी बेटी का ख़याल रखूँगा। आप लोग निश्चिन्त रहें। यह अब मेरी है। आज से वह होन्ग की छाया में हो गई। होन्ग, ईसा मसीह का छोटा भाई है। आपने ज़रूर सुना होगा उसके बारे में। पूरा गुअन्क्शी और गुआंगडाँग जानता है। और अगर आप नहीं जानते तो सुनिए आदरणीय माता-पिता, सपने में ईसा मसीह ने होन्ग को आशीर्वाद दिया और कहा, 'तुम कभी मर नहीं सकते होन्ग। तीरो-तलवार भी तुम्हारा कुछ नहीं बिगाड़ सकते। जब तक तुम माँचू को इस देश से खदेड़कर नई दुनिया नहीं क़ायम कर लोगे तब तक तुम लड़ोगे, फिर तुम ही सम्राट होगे। कभी भी न मरनेवाले ईसा के भाई। हम उस महान अवतार के सेनानी हैं। हमें अपने अमर अवतार का साथ देना ही होगा। अमन-चैन क़ायम करने के

वास्ते। बराबरी के हक़ दिलाने के वास्ते हमें यह लड़ाई लड़नी ही होगी। आप लोग मन छोटा न करें, इस धर्मयुद्ध में हम ही जीतेंगे। यह तय है। यही ख़ुदा का फ़रमान भी है।"

मो-चाओ यह सब सुन और रोने लगी,

"तो क्या अब मेरी प्यारी यू-यान भी क्रिस्तान हो जाएगी, उन फ़िरंगियों की तरह जो मोतिया नदी के पार के तम्बुओं में रहते हैं? वे अजीबोग़रीब लोग? उनका अजीबोग़रीब रहन-सहन? ये हमारे देशवासी भी उन फ़िरंगियों की तरह क्यों हो गए? फ़िरंगियों का ऐसा बोलबाला कि हमारे देश के लोगों को भी विदेशी बना दिया अपनी तर्ज़ पर? उस्ताद कोंग्ज़ी का अब कोई बस नहीं? बहन क्या तुम उनकी शिक्षा भूल जाओगी? मैं क्यों कह रही हूँ कि तुम भूल जाओगी? तुम तो भूल चुकी हो। तुम तो तय कर चुकी हो कि अब हमें छोड़कर अनजान राहों पर चल पड़ोगी। आह...आह मेरी बहन यह अजनबी न सिर्फ़ तुम्हारे शरीर को हमसे जुदा कर रहा है...यह तो हमारी पीढ़ियों की विरासत से तुम्हें जुदा कर रहा है। हमारे कोंग्ज़ी की शिक्षा, ताओ सन्तों का आशीर्वाद और बुद्ध प्रचारकों की शान्ति, सबसे...सबसे। जुदा-जुदा।"

"हम मछुआ टोली के लोग हैं। आसपास के जंगल में भी बमुश्किल जाते हैं... तुम इसे ताज़िन्दगी जंगलों में रखोगे? युद्ध के मैदानों में रखोगे? ओह मेरी मोतिया नदी...ओह मेरे समुद्र द्वार क्या अब हमारी कोई सुनवाई नहीं होगी? तुम्हारी बेटी को क्या एक अजनबी तुमसे यूँ ही, तुम्हारे पास से उड़ा ले जाएगा?"

"आह...आहा सुनो गुहार ए पानी ए पानी के देवता।"

मो-चाओ बिलखती रही।

माँ-बाप पथराये खड़े रहे।

और यू-यान, चांग के साथ एक नई दुनिया बसाने चल पड़ी।

मोतिया का पानी एक बार भी दुख से भर नहीं उछला। समुद्र द्वार से फ़िरंगी व्यापारी, लगातार शान से आते दिखलाई पड़े और समुद्र की दुनिया अलहदा ढंग से आबाद होती रही। लेकिन उस दिन के बाद से यू-यान की दुनिया बदल गई और मो-चाओ की भी पहले सी कहाँ रही?

## दास्ताने रोगहर, केंटन—चीन

वह गूँगा था लेकिन सब समझता था। उसकी माँ बाज़ार में मछलियाँ बेचने जाती थी। मछलियाँ पकड़नेवाले बहुत सारे और लोग थे, जिनके पास वह जाता था टोकरी सर पर उठाए। टोकरी बाँस की खपच्चियों से बनी थी, जो उनकी फूस की झोंपड़ी को जोड़ने के काम आई थी। एक दिन बहुत तूफ़ानी हवा बही थी। समुद्र हुंकार उठा था। सारे लोग बेतहाशा भागने लगे थे। समुद्र से बहुत दूर। हवा की गर्जना ऐसी थी मानो काले आसमान से एक दैत्य नीचे उतर आने को आतुर था। वो जानता था दैत्य भयंकर होते हैं। समुद्री दैत्य और भी भयंकर। उसने समुद्री दैत्य की कई कहानियाँ सुनी थीं, लेकिन आसमानी दैत्य और ज़्यादा भयंकर होता है वह यह आज जान रहा था। बलुई मिट्टी में पैर धँसते जाते थे। वह माँ का हाथ पकड़े था लेकिन माँ जितना तेज़ भाग नहीं पा रहा था। वह ज़ोर-ज़ोर से रोने लगा था। लोग अपनी दोऊली (बाँस से बनी टोपी) को बड़ी मुश्किल से सँभाल रहे थे। दोनों हाथों से नीचे की ओर खींच रहे थे। कुछ लोगों की दोऊली को आसमानी दैत्य अपनी ओर खींच रहा था और वो उड़कर छतरियों की तरह आसमान में फैल गई थीं। फिर काला समुद्र सबको खा जाने के लिए अपना मुँह फाड़ दौड़ा चला आ रहा था। वो पीछे देखकर और ज़ोर से रोने लगा था। उसकी माँ ने उसे झटके के साथ खींचकर अपनी गोद में उठा लिया था और चुप कराती बोली थी—"मेरे दिल के टुकड़े, तू रोता क्यों है? हम जैसे लोगों को सब डराते हैं। महल में बैठा जन्नत का बेटा वह सुन्दर राजा भी और समुद्र में बैठा वह भयानक दैत्य भी। लेकिन सुन मेरे बच्चे, हम फिर भी नहीं डरते। मर जाते हैं लेकिन डरते नहीं। याद है न तुझे... अगर नहीं तो याद रख और कभी भूलना मत यह बात। तूने सब देखा तो है उन दिनों से सब कुछ, जब तू मेरे अन्दर मेरी धड़कन से अपनी धड़कन पाता था, उस वक़्त जब हम दोनों की साँस एक साथ चला करती थी, उस वक़्त जब तेरी सृष्टि मेरे अन्दर के पानी और हवा से निर्मित होती थी...याद कर।"

बच्चा रोते-रोते ही कुछ याद करने लगा। कई बार कही हुई माँ की बात या मन की तहों में बसी हुई कोई और बात। उसकी आँखें मुँदने लगीं। ऐसा लगा रुलाई उसके भीतर धँसकर उसके अन्दर काँटे बो रही है। उसे अन्धकार दिखलाई पड़ा। माँ के अन्दर एक अँधेरे कुएँ का अन्धकार जिसमें वह निरन्तर गिरता जा रहा है लेकिन डूब नहीं रहा। डूबने के बजाय तैर रहा है अबाध गति से। क्या माँ उसी

समय की बातें उसे याद दिलाना चाह रही है? लेकिन क्यों? वो भी इस वक़्त? क्या माँ नहीं समझ रही कि उसे कितना डर लग रहा है?

इतना डर कि उसके पैर ज़मीन से ऊपर उठ चुके हैं और वह तैरने की मुद्रा में आ ही रहा है।

माँ की सजगता बच्चे की साँसों के महीन धागों से जुड़ी हुई थी। बच्चे को यह बात मालूम न थी कि उसकी माँ इतनी सजग है। वह नहीं जानता था कि उसकी माँ एक लड़ाकू की तरह सजग है। माँ ने अपने बच्चे की मुद्रा देखी और बिजली की गति से उठाकर उसे छाती से चिपटा लिया और बेतहाशा दौड़ने लगी।

माँ दौड़ते हुए पीछे मुड़कर बीच-बीच में समुद्र को देख रही थी। समुद्र पीछे छूट रहा था लेकिन वह जानती थी कि समुद्र पीछे छूटकर भी उसके लिए कभी पीछे छूट नहीं सकता है। उसकी ज़िन्दगी तो समुद्र के इर्द-गिर्द ही रही है पैदाइश से।

पानी का वह अकूत फैलाव! जिससे जाने कितने लोगों ने ज़िन्दगी पाई और गँवाई। बच्चे की माँ के दिल में क़ैद थीं हज़ारों स्मृतियाँ। कितने ही दृश्य जो उसने मछुआ टोली में बड़े होते और अपने बच्चे को बड़ा करते देखे थे। पानी पर जहाज़ की घिर्र-घिर्र सी आवाज़, दूर से चिल्लाता कोई रोशनी वाला, और कोई नाविक छोटी-सी डोंगी पर सवार गीत गाता—गीतों में वह तरह-तरह से मछलियों को रिझाता, समुद्र को मनाता, देवता को धन्यवाद करता और मस्ती में चप्पू चलाता चलता। उस वक़्त लगता था, फूस और मिट्टी के घर से छलाँग लगाता हुआ वह समुद्र पर बसे डोंगी के अपने दूसरे घर में मज़े कर रहा है।

मछली फँसानेवाले बड़े जाल को अपनी पीठ पर लादे पिता...हँसते हुए समुद्र से निकलते दीखते जैसे आसमान से अभी बैगनी परदे को सरका, झाँक उठा हो सूरज। रौशन, ख़ुशदिल पिता। फिर दिखलाई पड़ती, पिता को देख अपने ढीले किपाओ (चीनी पोशाक) को सँभालती दौड़ती पिता की ओर उसकी माँ, उनका हाथ बँटाने। उस वक़्त माँ वही मछली वाली लगती जो पुरानी कहानियों के समय में जिन्ग बाओ तालाब किनारे रहती थी और जिसका सपना बरसों पहले किसी राजा ने एक रात यूँ ही देख लिया था। किपाओ पहने नाज़ुक-सी लड़की जो मछलियों का शिकार करती थी। हवा में उछलती, आसमान को चूमती और पानी से अठखेलियाँ करती। उसे ही सपना देखनेवाले राजा ने ढुँढ़वाया और उसके मिल जाने पर उससे शादी कर ली थी।

बहुत दिनों तक बच्चे की माँ उस कहानी पर यक़ीन करती रही लेकिन जब वह बड़ी होने लगी तो माँ की सुनाई कहानी के झूठे होने का सच उजागर होने लगा। सब धीरे-धीरे समझने लगे कि ज़िन्दगी में कहीं कभी भी कोई ऐसा, कहानियों वाला राजा नहीं होता था। उसे न बनाया जा सकता था न उसके सपने

देखे जा सकते थे। अगर कभी पीढ़ियों पहले हुआ भी करता था तो वह अब नहीं था। ऐसा राजा जो घूमते-फिरते मछुआ टोली आ जाता। खेतों में उठकर चल देता। ऐसा राजा कहीं नहीं होता था।

अब मछुआ टोली के लोगों को अपनी तबाहियों के साथ ही जीना होता था। राजा के आदमी अब सुन्दर किपाओ पहने किसी नाज़ुक लड़की को राजा की रानी बनाने के वास्ते ढूँढ़ने नहीं निकल पड़ते थे। समुद्र के पास तो ऐसी तलाश करने वे कभी नहीं आते थे। वे तो जब अब आते थे तो शिकंजा कसने, लूटने या ग़ुलाम खोजने।

उसे याद पड़ता है कैसे उसके अपने बचपन के दिनों में हमेशा ही कोई बच्चा समुद्र की फेनिल कलाबाज़ियों से आरास्ता, किसी दूर देश के जहाज़ से उतरते रंगीन और अजीबोग़रीब कपड़े पहने अजनबी नाक-नक़्श वालों को देख विस्मित दौड़ता चला आता था और सबको हाँफते हुए अचकचाते हुए सुनाता था—इस बार अजनबी लाल कपड़ों में आए! इस बार वे चमकीले अचकन पहनकर आए! इस बार वे बाँसुरी बजाते आए हैं! इस बार उनके साथ बच्चे भी आए हैं!

अजनबी नक़्श वाले लोगों का इन सालों में आना बढ़ गया था। सुना था वे हिन्दुस्तान नाम के किसी देश से आते थे। वे आकर मछुआ टोली के बराबर के मोहल्लों में ही ठिकाना बनाते थे। वहीं से व्यापारियों की सोहबत का भी अन्दाज़ा था उसे। कई बार चाय बनाकर और मछलियाँ भूनकर, बेचने गई थी वह व्यापारियों के गढ़ में। जहाज़ों के मस्तूल जब तट पर रहनेवालों को दिखलाई पड़ते थे तो वे सब जश्न मनाते थे, ख़ुशी से झूमते-गाते थे। दूर देश से आए मुसाफ़िर न सिर्फ़ अपने देशों से माल-असबाब लाते थे, बाज़ार में बेचने को, राजा को भेंट करने को बल्कि रंग और गन्ध भी लाते थे जिसमें दूर देश का जीवन होता था। एकदम रहस्य भरा। उसका जी ललचता था उन्हें देख। उसका टूटा मन सोचता था किसी दूर देश की यात्रा को। दूर देश के सुन्दर लोगों को देख वह अपने बच्चे को बार-बार रोमांच से भर देखती थी। कुछ स्पष्ट नहीं होता था उसकी कल्पनाओं में भी। वह जानती क्या थी उन दूर देशों के बारे में? लेकिन उसको एक इन्द्रधनुषी आकाश ज़रूर दिखलाई पड़ता था और बहुत सारा सूरज। बहुत सारी तितलियाँ। चिड़ियाँ। खिलखिलाते बच्चे और शान्ति। वह भोली थी। वह अनपढ़ थी। वह बहादुर थी। वह लड़ाकू फ़ौजों की लड़ाका रही थी। उसके पास युद्ध में लड़ने का कौशल था, लेकिन वह युद्ध चाहती नहीं थी। उसका मन बचपन से बड़े होने तक कई बार टूटा था। लेकिन युद्ध के मैदान पर जो उसका मन टूटा था उसकी कोई दवा अब यहाँ मौजूद नहीं थी। उसकी चोट गुम थी। लेकिन उसका घाव दिनोंदिन बढ़ता जाता था।

उसके घाव के भीतर उसके बचपने के बाद के वर्षों में दिनोंदिन झिल-झिल

होते दुबले-पतले माँ-बाप और तन्दुरुस्त चमकदार कूदती-फाँदती जुड़वाँ बहन भी दिखलाई पड़ती थी। उसे यह भी याद पड़ता है हमेशा ही, कैसे बचपन की रानी जैसी माँ का शरीर राजाओं की कहानी के झूठ साबित होते ही, नाज़ुक के बजाय बीमारू, हड़ियल लगने लगा था। उसके दाँत जो छोटे और चमकदार हुआ करते थे अब नुकीले और गालों के बाहर लगने लगे थे। पिता की छाती, पिचकी और पहाड़ों के धँस जाने जैसी जान पड़ती थी। एकदम बुरे नज़ारे-सी। ऐसे कमज़ोर रास्ते से नज़रें फेर मुसाफ़िर दूसरे रास्ते तलाशते हैं। वह भी तो चल दी थी एक नए रास्ते की ओर...।

लेकिन बहन, उसकी बहन, प्यारी बहन बहुत अलग थी सबसे। वह इतनी दिक़्क़तों के बावजूद कहीं से धसकी और बेरौनक नहीं लगती थी। वह ख़ुशदिल और भली थी। ऐसी ख़ुशदिल और भली कि सपनों के टूटने पर भी उन पर भरोसा जताती थी। सबके साथ हिल-मिलकर चलनेवाली, उसकी मीठी और प्यारी बहन। माँ-बाप के कहे में रहनेवाली। उनकी सेवा में ज़िन्दगी बिता देनेवाली। समय के साथ क़दमताल करनेवाली थी उसकी प्यारी बहन।

मिलकर दोनों बहनों ने रेत पर कितने घर बनाए और तोड़े थे। तूफ़ान तो कई बार आया उनकी ज़िन्दगी में। ऐसे ही तूफ़ानों के मंज़र सैकड़ों बार नुमायाँ होते थे और डराते थे। दोनों बहनें देखती थीं और बड़ी होती जाती थीं। बहन, जाने कभी घबराई या नहीं लेकिन उसने कभी बच्चे की माँ का हाथ छोड़ा नहीं।

हमेशा ही उसे ले उड़ी तूफ़ान की डरावनी आवाज़ों, आँखों में गड़ते रेतकणों और थरथराते पाँवों को लेकर नए जहान बनाने। पुराने पर नए, नए पर पुरानी इबारतें लिखते हुए बहन बनी रही, अपनी जगह पर अविचल, अविकल बहन—जिसे वह 'हौसला' कह, मन-ही-मन पुकारती थी।

मन-ही-मन वह चाहती थी बहन जैसी हो जाए। ख़ुशदिल और सबको माफ़ करनेवाली लेकिन वह बहन न हो पाई। बहन ने उसके साथ रहते हुए उसका हाथ न छोड़ा। लेकिन उसने छोड़ दिया सबको। उस छोटी-सी नाव में जाते माँ-बाप को समुद्र में ही अन्तिम बार देखा था उसने। जाने माँ-बाप लौटे नहीं? या वहीं नाव पर अपने दूसरे घर को बना लिया अपना पहला घर और समुद्र को ही मान लिया अपनी पहली धरती? शायद पानी ने ही दिया होगा उन्हें ज़्यादा अपनापन।

धरती की लड़ाई में ही सब मुब्तला हैं। उसने उसी में तो इतने घाव इकट्ठे किए। वह तो खिंचकर गई थी मिट्टी की सुगन्ध से सारे युद्धों में शामिल होने। वहाँ पता चला, मिट्टी की सुगन्ध से किसे सरोकार? मिट्टी की परवाह भी किसे? लेकिन मन में इतना ग़ुस्सा लिये वह ठीक से जी ही कहाँ पाई? मिट्टी में ही मिल गई। धरती पर पाँव नहीं उसके। वे धँस चुके हैं उसी की मिट्टी में। मन मिट्टी। पूरा मिट्टी। तन भी उसी गति जाएगा।

तूफ़ानों की बाबत उससे बेहतर कौन जानता है? उसने हर हाल में बचने का हुनर सीखा है। तभी आज यहाँ खड़ी है। एक नए तूफ़ान से बचने के लिए। वह जानती है उसे बचना होगा। उसे बचना होगा, अपने बच्चे के लिए। उसे बचाने के लिए बचना होगा। उसे बचाना है इस तूफ़ान से अलग एक नई इन्द्रधनुषी दुनिया के लिए। वह जिस तूफ़ान से बच रही थी उसी की तेज़ी से दौड़ती चली गई। उड़ती हुई। बचपन की तरह। माँ-बाप और जुड़वाँ बहन के संग। बहन...उसने ज़ोर से पुकारा। बहन हमें हौसलामन्द होना है! बहन...उसकी जो प्यारी बहन थी। सारे जहान से प्यारी। बहन...वह फिर ज़ोर से चिल्लाई। लेकिन उसे अपनी ही आवाज़ सुनाई नहीं पड़ी। तूफ़ान की चिल्लाहट के आगे उसकी आवाज़ क्या थी? बहन... हमें नहीं डरना है। हमें सही-सलामत पहुँचना है। नया ठिकाना बनाना है।

वह बहन...बहन के आगे हौसले से भरे आशय जोड़ बुदबुदाती भागती चली गई और तभी आकर रुकी जब मछुआ टोली का उसका अपना मोहल्ला नज़दीक आ गया।

उसका बच्चा उसकी छाती से गोह की तरह चिपका हुआ था। उसने धीरे-से अपने बच्चे को अपनी छाती से अलग किया। बच्चा अचेत-सा हुआ पड़ा था। उसने मछुआ टोली में फैले डर और अन्धकार को चीरते हुए आवाज़ लगाई,

"दोस्तो, अपने घर से बाहर निकलो थोड़ी देर को, मेरा घर अभी दूर है, बच्चे को थोड़ा चावल का पानी पिला दो, बेहोश हो गया है।"

टोली के लोग बड़ी मुश्किल से हाथ में देंग्लोंग (लालटेन) पकड़े अपने को तूफ़ान से बचाते हुए घर में बैठे थे। एक अनजान औरत के चिल्लाने को वे नज़रअन्दाज़ करना चाहते थे। आपदा में ख़ुद को बचाना ही बड़ी आफ़त थी, अनजान औरत की आवाज़ को अनसुना करने में ही भलाई थी।

घरों में खिड़कियाँ कम थीं। आँगन ही इन घरों की धुरी था जहाँ घर के सारे काम होते थे और घर के लोग वहीं जुटे रहते थे। आँगन के आर-पार कमरे थे, जिनमें कई परिवार पीढ़ियों से साथ रहते आए थे। वे इस समय से परे के किसी पिछले समय के ख़ुशहाल मछुआरे थे। ख़ुशहाल मछुआरे जो अब सिर्फ़ मछुआरे थे। ख़ुशहाल क़तई नहीं।

और अब तो वे सिर्फ़ मछुआरे भी नहीं रह गए थे। मछलियाँ पकड़ने आख़िर जाता कौन? बहुत कम जवान लोग बचे थे इन घरों में। उस पर भी मर्द तो बेहद कम थे। सब जाने कहाँ चले गए थे इस जगह से? हवा में ख़बर फैल रही थी कि यह जगह, यह धरती, पानी जिसे वे अपना मुल्क कहते आए थे बरसों से उनसे कटता जा रहा था या उसे कोई आसमानी ताक़त उसे उनसे काटकर अलग करती जा रही थी। मुल्क की सरहद कहीं दूर महलों के इर्द-गिर्द खिसकती जा रही थी। मुल्क सिमटकर कुछ लोगों के बीच साँसें लेने लगा था।

कुछ भी साफ़-साफ़ नज़र नहीं आता था। चारों ओर अफ़रा-तफ़री थी। ऐसे में उनकी सुध कौन लेता?

मछलियाँ पकड़नेवाले जालों में झोल पड़ता जा रहा था। रखे-रखे उनमें धूल और गर्द समा रही थी। छोटी नावें घर के सामने बँधी कभी सूखती थीं तो कभी उनकी लकड़ी अनोखे ढंग से फूलकर गद्देदार हो जाती थी। मौसम की मार और वाजिब इस्तेमाल बग़ैर वे अपने मूल से बिगड़ती जा रही थीं। कुरूप और दिल से उतरी नायिका की तरह, जिसका होना अब बस किसी पुराने अच्छे समय की याद का होना था। वे सारे पुराने वक़्त के ख़ुशहाल मछुआरे अब सहमे हुए बेकाम के मछुआरे थे। उनकी ज़िन्दगी कालचक्रों की मुहताज बनकर रह गई थी। वे अपने पिता सूर्य की ओर देखा करते थे बेबस हो 'आओ पिता हमें उबारो। हमें वापस ख़ुशहाल मछुआरा बना दो।' वे हमेशा असमंजस में ही साँस लेते थे क्योंकि उनके हुक्काम की शक्लें बदली हुई थीं। वे एक साथ माँचू राजाओं को कर दे रहे थे और होन्ग व्यापारियों को भी। उनका कोई आज़ाद वजूद नहीं बचा था। आजकल एक तीसरा राजा उनके सर पर मँडरा रहा था...सब उसे फ़िरंगी कहते थे। लाल कपड़े और लाल मुँहों वाला फ़िरंगी।

क़िस्सा कोताह यह कि यह कालचक्रों से हैरान हुए जाते मछुआरों का मोहल्ला था। डरे हुए मछुआरों का मोहल्ला था और इस तूफ़ानी रात ने उनके दिलों में हौल भर दिया था। वे सब अपने सर घुटनों के बीच दबाए बैठे थे। उन सबने छोटे बच्चों को अपनी छाती से चिपकाया हुआ था। बच्चों के दिल की धड़कन और उनके दिल की धड़कन एक हो गई थी। वे बहुत सारे न होकर अब एक हो गए थे और सभी की सलामती के लिए मन-ही-मन प्रार्थनाएँ बुदबुदा रहे थे।

ऐसे पच्चीस घर थे वहाँ, जहाँ कुछ नहीं तो सौ-डेढ़ सौ की आबादी होगी। तूफ़ान से बचती हुई दौड़ती हुई माँ वहीं पहुँची और रुक गई। माँ ने एक घर के बाहर भूल से छूट गई चटाई पर अपने बच्चे को लिटा दिया और ठंडी हवा और बारिश से बचाने के लिए उसे छेंककर उस पर अधलेटी हो गई। अब बारिश के थपेड़े कोड़े की तरह उसकी पीठ पर बरस रहे थे। ऐसा मालूम देता था। हवा में उसके मुलायम रेशमी बाल कहीं उड़कर दूर चले जाएँगे। सर ऊपर कर चिल्लाना बहुत मुश्किल था। तूफ़ान की एक खूँखार-सी आवाज़ भी थी। आग उगलती। उसके बीच माँ का चिल्लाना और अपनी आवाज़ को पहुँचाना एक नामुमकिन काम था... फिर भी बहादुर माँ चिल्लाती रही।

"दोस्तो बाहर आओ। मेरा बच्चा...।"

तभी मछुआ टोली के एक घर में बैठा एक बुज़ुर्ग अपनी लम्बी सफ़ेद दाढ़ी के कम होते बालों को महसूस करता बोला,

"ये आवाज़ मुझ तक कैसे पहुँची? इस भयानक दिन के ग़ुस्सैल गीत के बीच

एक ईश्वरीय पुकार?" उसने अपने देंग्लोंग पर आँख सिकोड़ी। कोई पहेली ख़ुदी है क्या इस देंग्लोंग की रोशनी में? ज़रूर होगी वरना मैं कैसे सुन पा रहा हूँ बार-बार...।

"अरे हाँ...," फिर वह आनन्द से भर चिल्लाया और अपने हाथ में पकड़ा देंग्लोंग लेकर उछला,

"यह किस बच्चे को बचाने के लिए कोई चिल्लाता है? यह कौन है? अररे हाँ...अररे हाँ पहेली खुल गई! बचाओ...इस बच्चे को बचाओ! यह बच्चा तो कोई बड़ा रोगहर है...यह बचेगा तो दुनिया बचेगी।"

"चलो...," वह और ज़ोर से चिल्लाया, "बच्चे को घर के अन्दर लाओ।"

बुज़ुर्ग की आवाज़ मछुआ टोली के लिए तूती की आवाज़ थी। जो जैसा था वैसे ही भेष और मन से अपना देंग्लोंग ले घर के दरवाज़े पर खड़ा होकर बच्चे की माँ को पुकारने लगा।

"आओ आओ...आओ, दुखी माँ अन्दर आओ, तुम्हारा बच्चा जिएगा। अभी हमारे घर में भात का पानी ठंडा नहीं हुआ है।"

माँ के कानों में यह बात बिजली की तेज़ी से पहुँची। माँ सिहर गई। उसने जल्दी से अपने बच्चे को छाती से चिपटाया और बिना दाएँ-बाएँ सोचे सामनेवाले घर की ओर भागी। घर के बाशिन्दों ने अपने देंग्लोंग की रोशनी बच्चे के चेहरे पर घुमा दी।

"अरे!"

"कितना सुन्दर है यह, तुम्हारा बेटा! आओ आओ अन्दर आओ।"

"तुम्हारा बच्चा ज़रूर बचेगा।"

## फ़तेह अली ख़ान का ख़त, 1870

**परगासो बीबी को मेरा सलाम पहुँचे।**

*बीबी,*

*सूरतेहाल यह है कि जहाज़ को अब बन्दरगाह पर खड़े कई दिन हो गए हैं। जब तक आपको यह ख़त मिलेगा, तब तक भी शायद माल उतर न पाए और बाज़ार न पहुँच पाए।*

*अब नफ़े-नुकसान की बात क्या सोचना? जहाज़ इन ज़लज़लों के बीच भी दक्षिण सागर में चलकर यहाँ तक आ गया यह शुक्राने की बात है।*

*सच तो यह है कि आपने हुक्म दिया तो मैं चला आया, वरना अब जी नहीं करता यहाँ आने का। गढ़ी के हालात देखते हुए... माफ़ी चाहूँगा जज़्बाती हो रहा हूँ।*

*केंटन के डेरे पर मास्टर पहुँच गया है और काग़ज़ी कार्यवाही में लगा है।*

*आप तो जानती ही हैं अब चीनी अफ़सरों से ज़्यादा अंग्रेज़ों को अपने व्यापार की बाबत मनाना पड़ता है, वरना वह जहाज़ से माल उतरने ही नहीं देते हैं।*

*आज मास्टर के लौटने की उम्मीद है। कल हम माल लेकर केंटन चले जाएँगे।*

*उम्मीद है सुमेर सिंह की तबीयत कुछ बेहतर होगी। इस बार चीन में उनकी बीमारी के लिए बहुत-सी जड़ी-बूटियाँ ढूँढ़ी हैं। सब लाने की कोशिश करूँगा और केंटन जाने पर उस औरत को ज़रूर ढूँढ़ने की कोशिश करूँगा जिसने पिछली बार बेशक़ीमती चाय चुपके से पकड़ाई थी। याद है मैंने आप दोनों से उसका ज़िक्र किया था। उसका एक छोटा मासूम-सा बच्चा है जो हर वक़्त उसके पीछे चलता है। ख़ैर...!*

*औरत वह चाय ताओ पुजारियों के मठ से लाई थी। ऐसा वह कहती थी। मुझे लगा कि मुझे वह ठग रही और अनाप-शनाप पैसे वसूलने के लिए ऐसा कह रही है लेकिन उस औरत ने मुझसे चाय के पैसे नहीं लिए। यह वही चाय है, जो मैंने आप लोगों को गढ़ी में पिलाई थी। बिलकुल ताओ पुजारियों के सलीक़े से।*

*मैं भटक रहा हूँ। दरअसल पुराने ख़ूबसूरत दिन याद आए!*

*कहते हैं यहाँ की जड़ी-बूटियाँ और चाय सारे रोगों का इलाज करने की ताक़त रखती हैं। सब लाऊँगा।*

*जल्द आगे का हाल लिखूँगा।*

*अल्लाह आपका निगेहबान बना रहे।*

**फ़. अ. ख़ान**

## मुसव्विरख़ाना

आज मुसव्विरख़ाने से सामान समेटा जा रहा है। शंकर लाल साहब ने चौकीदार को इत्तला दे दी है—अब वही इन कमरों की देखभाल करेगा। वे तो चले परदेस। इतनी बेशक़ीमती तस्वीरों को यहीं छोड़ा नहीं जा सकता है यूँ ही। वे उनमें से कुछ को चुनकर ले जा रहे हैं अपने साथ। चीन का सफ़र लम्बा है। फिर तस्वीरों का बाज़ार जाने कैसा हो? जाने कितने दिन लगें इन तस्वीरों के बिकने में? मुसव्विरख़ाना का

वजूद अब ख़तरे में है। कुछ पैसे आएँ तो काम को और बड़ा और बेहतर बनाया जाए। जिस चौकीदार को हमेशा आदेश दिया उसे आज भीगे मन से गले लगाकर विनती कर रहे हैं शंकर लाल, "ख़दीजा बेगम को भी तुम्हारे भरोसे छोड़े जा रहा हूँ। दोनों की हिफ़ाज़त करनी है तुम्हें।"

चौकीदार अपने ऊपर अचानक आई इतनी ज़िम्मेदारियों से भौचक है। वह फूट-फूट कर रोना चाहता है—किसकी नज़र लग गई इस मुसव्विरख़ाने को?

कौन जानता था ऐसा हादसा आसमान की तरह फटकर गिरेगा उन पर। विलियम और रुकुनुद्दीन की दोस्ती और मोहब्बत की मिसाल देते थे लोग... और...क्या मिला रुक्नु को इससे? सबको बर्बादी ही तो मिली...शागिर्द आने बन्द हुए सो हुए...अंग्रेज़ों ने भी शक करना शुरू कर दिया...अब इस कला के मन्दिर पर...उनकी नज़र में तो एक फ़िरंगी को मार दिया गया है न? वे तो शंकर लाल साहब को भी बाग़ी समझ उन पर नज़र रख रहे हैं न...

शंकर लाल ने अपनी प्रिया की दोनों हथेलियों को अपनी मुट्ठियों में क़ैद किया और अपने पास चौकी पर बिठा लिया। फिर प्यार से उसकी ठुड्डी ऊपर कर उसकी आँख में आँख डालकर कहा, "इन आँखों के सुरमे को बह मत जाने दीजिए ख़दीजा बेगम, ये हमारी जान है। अगर मुझे मुसव्विरख़ाना को बचाना है तो मुझे यहाँ से जाना ही होगा। अब फ़िरंगी मुझ पर शक करने लगे हैं। जो यहाँ हुआ वह ठीक नहीं हुआ... लेकिन अब हम क्या करें...रुकुनुद्दीन और विलियम के काम को यहीं बेकद्री से छोड़ नहीं सकते। हमें जाना ही होगा इन्हें इनका सम्मान दिलाने को। मैं नहीं हारा हूँ आप भी नहीं हारिए...आप तस्वीर बनाते रहिए...और यदि कोई शागिर्द सीखना चाहे तो उसे भी ज़रूर सिखाइए। मैं जल्द लौटूँगा...आपके पास। मुसव्विरख़ाना के पास।

ख़दीजा बेगम ने अपने सुरमे को बहने से रोक लिया। जान निकल गई उनकी ऐसा करने में, लेकिन अपने प्यारे जोगी के लिए उन्होंने अपनी जान गँवा दी और बहुत मोहब्बत और हौसले से लगीं उन्हें चूमने...जाने कब फिर चूम पाएँ इस तरह अपने उस्ताद को। धीरे-से उनकी लम्बी चोटी खुलकर आज़ाद हो गई। उनके होंठों पर लाली पुत गई और जिस्म कपड़ों से अलग हो इस क़दर हलका हो हवा में उड़ने लगा जैसे सेमल की रुई शाखों पर उड़ा करती है, ठीक धरती पर गिरने से पहले। जब सेमल के फाहे को अपनी आँखों से लगाकर रोने लगे शंकर लाल, तो रुई भी ख़ूब भीगी। और एक अनजाने ख़ुदा को याद कर दुआएँ पढ़ने लगी...जो ख़ास खाविंद की हिफ़ाज़त करने के लिए कहीं आसमान में तवील किया गया था। जो बराबर उन्हें देख रहा था और नसीब...नसीब फुसफुसाकर एक बेरहम हँसी हँस रहा था। ख़दीजा बेगम ने उस हँसी को नज़रअन्दाज़ किया और अपने भरोसे को डिगने नहीं दिया।

शंकर लाल के बाँधे हुए सामान में उसने खाने-पीने की अनगिनत चीज़ें बाँधी। चिवड़ा, लाई, तिल के लड्डू, सत्तू, अनरसा, बेसन के सेव और खाजा। फिर उन्होंने शंकर लाल को ताक़ीद की कि वे यह सब जहाज़ पर जाने के बाद ही खोलें...और फिर चीन में। कलकत्ते पहुँच कुछ और भी ख़रीदकर ले जाएँ। जैसे ख़स्ता कचौरी और समोसा...सुना है कलकत्ते का खाना बहुत अच्छा है।

शंकर लाल ने यह सब सुन उदासी से सर हिला दिया। इसको मेरे खाने की कितनी फ़िक्र है और मैं इसे यहाँ छोड़कर चला जा रहा हूँ बिना इसकी फ़िक्र किए कि यह इतने दिन कैसे रहेगी मेरे बिना। जल्द लौटना होगा पैसों का इन्तज़ाम कर। तभी तो इसके खाने-जीने का भी इन्तज़ाम हो पाएगा...शानदार इन्तज़ाम करना है इसके लिए। अपने मुसव्विरख़ाना के लिए।

यह कितनी बड़ी कलाकार है इसे ख़ुद ही नहीं मालूम। उन्होंने विलियम के सोनपुर मेले के बनाए चित्र और रुकुनुद्दीन के बनाए चित्र के साथ ख़दीजा बेगम के बनाए गंगा नदी के चित्र को भी रेशमी काग़ज़ के खोल में लपेटने के बाद एक चमड़े की पेटी में एहतियात से रख दिया। वे अपनी इस जाने-जिगर को उसके हिस्से की शोहरत दिलाने के वास्ते एकदम पाबन्द हैं। उन्हें इस क़दर प्यार करनेवाली को समाज सिर्फ़ उनकी बीवी समझकर भुला दे ये उन्हें मंज़ूर नहीं। ख़दीजा बेगम उनकी शागिर्द रही हैं एक ज़माने में लेकिन आज वे उनकी हमकदम हैं, उन्होंने ख़दीजा को भर आँख देखा...गुरूर से। कुछ ही दिनों की बात है, वे लौट आएँगे। मुसव्विरख़ाना की नई उस्ताद तब तक ख़दीजा बेगम ही रहेंगी और फिर उनके लौटने पर दो उस्ताद हो जाएँगे इस क़दीम मुसव्विरख़ाना के।

जिन औरतों को कला सीखने की प्यास है लेकिन जिन्हें समाज इसको सीखने की छूट नहीं देता ख़दीजा बेगम उन्हें कला की बानगियाँ सिखाएँगी। समाज गोला-बारूद से, ज़मीनों के क़ब्ज़े से तो नहीं बदलते...उन्हें कला बदलती है...उनका यह अटूट यक़ीन था। पैरों में चमरौधा जूता डालते वक़्त चुभा था ज़रा। उनकी आह ने ख़दीजा को बावला कर दिया, उसने उन्हें फिर इस मुस्तैदी से चूमा कि वे अनकही ताक़त से भर गए। उन्हें कभी इस तरह चूमना नहीं आया। वे दुनिया को क्या बतलाते कि ख़दीजा बेगम ने उन्हें क्या-क्या सिखलाया था और कैसे वे धीरे-धीरे उनकी भी उस्ताद हो चली थीं।

पटना से कलकत्ता को जानेवाली स्टीमर में बैठ वे चौकस हो गए थे। उनके पास बेशक़ीमती सामान था, जिसे दूर बैठा एक फ़िरंगी अजीब नज़रों से ताड़ रहा था। वे अपने सामान की हिफ़ाज़त में गुम हो गए।

इस दौरान गंगा नदी के घाट पर चादर से मुँह को ढाँपे हुए एक ठिंगने क़द की औरत जहाज़ का टिकट देनेवाले से बार-बार पूछ रही थी, "कलकत्ता कितनी देर बाद पहुँचेगा यह जहाज़?"

टिकट देनेवाले ने उससे खीजकर पूछा था, "जाना है या नहीं?" उसने नकार में सर हिला दिया था और कहा था बहुत सहजता से, "खाविंद गए हैं बस जानना है कब पहुँचेंगे?"

ख़दीजा बेगम ने इस तरह दूर जाते हुए स्टीमर पर बैठे शंकर लाल को विदा किया था और घर आकर बिना समय गँवाए मुसव्विरख़ाना की ओर चल दी थी। वहाँ चौकीदार दरवाज़े बन्द कर उदास बैठा था। उसने उसके कन्धे पर हाथ रख उसे होश दिलाया और आदेश दिया, "अभी तो दोपहर भी नहीं हुई चाचा, दरवाज़े क्यों बन्द कर दिए?" चौकीदार जैसे एक बुरे सपने से जागा हो वैसे ही हड़बड़ाकर उठा और दौड़कर उसने मुसव्विरख़ाने के दरवाज़े खोल दिए। उदासी हँसी में बदल गई और दो लोग मुसव्विरख़ाने की झाड़-पोंछ और व्यवस्था में ऐसे लग गए मानो कोई बारात आनेवाली है और उसका स्वागत होना ज़रूरी है।

"जाओ कुछ फूल तोड़ लाओ।" ख़दीजा बेगम ने चौकीदार को आदेश दिया।

"आज मुसव्विरख़ाने को सजाने की बेला है।"

## पटना, 2001

आर्ट कॉलेज को ऐसा नहीं होना चाहिए था लेकिन वह ऐसा ही हो गया था। टूटा-फूटा...दरका। पीला और कमज़ोर। जैसे कोई बीमार बूढ़ा, जिसके खाँसने के क्रम में गिरने का हरदम ख़तरा लगे।

सर...वह कहना चाहती है लेकिन कहती नहीं...उसके मन में इस जगह के लिए बहुत सम्मान है। सर के लिए बहुत सम्मान है। वह कन्फ्यूशिअस के देश से आई है जहाँ बड़ों का सम्मान एक नैतिक ज़िम्मेदारी है।

आगे-आगे ली-ना चल रही है पीछे से उसकी ओट बने समर्थ लाल। उनके दिल में करुणा है इस नाज़ुक-सी चीनी लड़की के लिए। कितनी मुश्किलात झेलकर यहाँ आई है। कितना अपमानित हुई है लेकिन इसकी हँसी क़ायम है। इसका हौसला नहीं पथराया। इसके दिल की पुकार बनी हुई है। इसकी खोज ज़ारी है। पता नहीं आज देख भी पाएगी या नहीं यहाँ की आर्ट गैलरी को।

"प्यारी ली-ना,"

कान में चिरपरिचित चहचहाट होती है। उसकी चिड़िया माँएँ उसके साथ चल रही हैं। वह कहाँ कभी अकेली होती है? कितने ही समन्दर पार कर ले। कितनी ही सरहदों पर खड़ी हो आसमान की ओर मुँह कर ले, चिड़िया माँएँ उसके देश

में निकलते उस नारंगी सूरज की तरह ही उठकर उसका ख़याल रखने लगती हैं। शाम को वे उसे शुभरात्रि बोलकर ही सोती हैं। आज भी इस इमारत में वे उसे अपने हौसले के शब्दों से थामे हुए हैं। वे कह रही हैं,

"तेरा मक़सद पूरा होगा। हमारा आशीर्वाद तेरे साथ है मुनिया।"

ली-ना के अन्दर उत्तेजना का क़ब्ज़ा हो रहा है। एक वायदे की याद ताज़ा हो रही है।

माँ माँ...

"एक कहानी सुनानी है," नानी ने अपनी नतनी को अपने घुटनों पर बैठाते हुए कहा था। ली-ना ने हाथ में पकड़ी गुड़िया दूर फेंक दी। उसे कहानी सुनना बहुत पसन्द था।

"यह कहानी मेरी नानी की है प्यारी बच्ची।"

"क्या नानी माँ की भी नानी होती है?" ली-ना की आँखें बड़ी हो गईं। यह कैसी हैरत-भरी बात नानी ने कह दी? क्या माँओं पर ही दुनिया टिकी हुई है?

"नानी," उसने अपनी तुतली आवाज़ में कहा।

"क्या माँ...माँ करके ही दुनिया बनी है?"

"हाँ," नानी माँ ने ऐसी ठोस आवाज़ में कहा कि बहती हवा रुक गई। दीवारों ने अपने दिलों में इस सच को चुन लिया और धरती ने ली-ना की नानी माँ के पैरों को अपनी छाती पर मज़बूती से थाम लिया।

"ली-ना इस बात को कभी मत भूलना।"

ली-ना हँसने लगी। एक मासूम खिलखिल हँसी। एक बहादुर बड़ी होती हुई हँसी। और नानी कहती रही।

"मेरी नानी, मो-चाओ की बहन थी यू-यान। नानी बताती थी बहुत बहादुर थी उसकी बहन। एक दिन एक लड़का आया और उसने ज़िद की कि वह उसके साथ जाना चाहती है।"

"क्यों, क्या वह उसका दोस्त था?"

"हाँ प्यारी बेटी, उसका दोस्त था वह।"

"नानी माँ तो क्या वह दोस्त के साथ खेलने गई?"

"हाँ बेटी वह गई। ख़तरनाक खेल खेलने। युद्ध के मैदान में। तीरो-तलवार से।"

"मेरी बच्ची तो बिलकुल नहीं डरी। बिलकुल भी नहीं। वह डरना जानती ही नहीं थी। बेटी, डर एक ऐसी बला है जो चाहोगी तो पास फटकेगी वरना तुम चाहो तो उसे फूँक मारकर उड़ा सकती हो।"

ली-ना को यह बात बहुत मज़ेदार लगी। वह इस पर ख़ूब हँसी और फिर बोली, "नानी माँ मैं भी बहादुर हूँ, मैं भी नहीं डरती। मैं भी डर को दूर भगा सकती

हूँ। बहुत दूर...फूँ...देखो देखो...अच्छा नानी माँ तुम आगे बोलो...तुम आगे बोलो न। फिर क्या हुआ?"

"फिर क्या हुआ...?"

नानी माँ लेकिन इस बीच याद की किसी गहरी गुफा में गुम हो गई।

इतनी दूर चली गई कि ली-ना को उसे झकझोर कर पास बुलाना पड़ा।

"नानीईईईई माँ...फिर क्या हुआ बोलो न!"

"हाँ...हाँ-हाँ," नानी माँ धीरे-धीरे चलती हुई वापस आई और कहने लगी,

"तू जब थोड़ी और बड़ी होगी, लिखने लायक़ तो मैं लिखवा दूँगी तुझे सारी बातें जिससे तू कभी न भूल पाए। ऐसे कुछ नाम, ऐसे कुछ लोग, ऐसी कुछ यादें जो तेरे साथ-साथ अगली पीढ़ियों तक जाएँगी और जिन्हें वक़्त दर्ज करेगा।"

ली-ना उस वक़्त सिर्फ़ सात साल की थी। उसे ज़्यादा कुछ समझ में नहीं आया। सिर्फ़ समझदार यादगारी में रहे तीन शब्दचित्र—माँ, बहादुरी और तीरो-तलवार का युद्ध।

उन्हें उसने अपने मन के काग़ज़ पर लिख लिया और फिर जैसे-जैसे और बड़ी होती गई इन्हीं में नई जानकारियाँ जोड़ती चली गई। वहीं से उभरकर आया था उसका पहला शोध ग्रन्थ—

'इक्कीसवीं सदी की ग्लोबल दुनिया में खो गई स्मृतियाँ'

कोई पूछता ली-ना से ये कर क्या रही हो तुम? यह ग्लोबल वग़ैरह क्या है? और लोग तो निरन्तर खोते हैं, परम्पराएँ खोती हैं, चीज़ें भी खो सकती हैं, लेकिन स्मृतियाँ? स्मृतियों का तो अडिग संसार होता है, वह तो दिमाग़ के तल में एक बार स्थापित होता है। वह खो कैसे सकता है भला?

तो क्या जवाब देती ली-ना?

बचपन में लौटकर जाती तो नानी माँ से की गई हुज्जत याद आती,

"नानी माँ...नानी माँ मैं तो तुम्हें हमेशा याद रखूँगी, लेकिन एक बात बताओ अगर यादें खो गईं तो क्या होगा?"

"ली-ना, मेरी बच्ची, यादों के हाथ-पाँव थोड़ी होते हैं, जो वे कहीं चली जाएँगी और खो जाएँगी? बाद में समझ में आया, हाथ-पाँव तो इनसानों के होते हैं, वे जो कहीं चले जाते हैं तो उनके साथ याद भी चली जाती है। तभी से बात कुछ-कुछ कुरेदती रही। जब भी किसी भूली-बिसरी इमारत पर नज़र ठिठक जाती तो रुककर उसकी स्मृतियाँ खँगाली जातीं। ली-ना की खोज हर वक़्त ज़ारी रहती।

"मैं खोज कर रही हूँ न...मुझे वक़्त दीजिए।" वह लोगों के सवाल करने पर सबको बेहद आराम से बताती। आराम जो उसके मिज़ाज का हिस्सा हो गया था क्योंकि उसके भीतर यही सच उगकर बड़ा हो गया था कि जल्दबाज़ी में अक्सर बहुत कुछ खो जाने का डर होता है। जैसे उसका बहुत कुछ खो गया था। जल्दी-

जल्दी में। बचपन में पिता, फिर माँ और फिर नानी माँ। क्या एक बच्चे के साथ ऐसा होना चाहिए था? क्या इतनी जल्दी उसका सब कुछ खो जाना चाहिए था? नहीं ना? इसीलिए अब वह चीज़ों को बचाने चली है...आराम-आराम से।

उसकी चीज़ों को बचाने की यह खोज ही तो है जो उसे इस क़दर यायावर बनाती है।

उस दिन नानी माँ जो स्मृति की गुफा में गई और लौटी, तो वह ख़ाली हाथ थी। "नानी माँ...फिर फिर..." करने के बाद भी नानी को कुछ याद नहीं आया था। अब लगता है नानी ने उस वक़्त बताना ज़रूरी नहीं समझा होगा शायद।

पड़ोसियों ने बताया था, "ली-ना, तुम्हारी नानी माँ को सदमा लगा है। उसकी स्मृतियाँ ही खो गई हैं।"

बीजिंग के तिआनमन स्क्वायर की घटना के बाद ही नानी माँ की स्मृति एक बार लौटी थी जब नानी माँ ने अपनी बेटी, ली-ना की माँ के कुचले हुए शरीर को देख कहा था,

"आख़िर ख़ून अपनी भाषा में ही बातचीत करता है। देखो न...तुम्हारी माँ, मेरी नानी की बहन का ही ख़ून लेकर पैदा हुई और मरी। यू-यान का ख़ून लेकर!

"ताइपिंग विद्रोह की भुला दी गई नायिका। यू-यान। चांग की बहादुर विधवा। युद्ध के मैदान में पैदा हुए एक बेटे की कोमल माँ। ओह...आज सब याद आ गए...भूले हुए सारे लोग याद आ गए...आह...आह मुनिया...मेरी प्यारी मुनिया... कैसे कहूँ तुझे...क्या कहूँ और क्या न कहूँ? मेरा तो कोई बचा नहीं था...कितना रोती थी नानी मो-चाओ, अपनी जुड़वाँ बहन यू-यान को याद करके, कहती थी, 'हम दोनों दो जिस्म एक जान थे!' सचमुच थे, क्योंकि देख न तेरी माँ पैदा तो मेरे शरीर के हिस्से से हुई लेकिन कैसे उसने योद्धा यू-यान का मिज़ाज पा लिया? ओह लड़कर मरी यह भी! मेरी नानी जीवन-भर अपनी जुड़वाँ बहन को याद करके रोती रही और अब मैं भी यही करूँगी, तू भी यही करेगी...तेरी माँ मर गई ली-ना, मेरी प्यारी बिटिया मर गई...अब हम दोनों क्या करेंगे...रोएँगे...ख़ूब रोएँगे...सिर्फ़ रोएँगे!"

"अरे हाँ मुनिया...सुन मेरी नानी की बहन का एक बेटा भी था। कुछ मछुआरों ने यू-यान को देखा था और मो-चाओ को ख़बर की थी, लेकिन जब तक मो-चाओ वहाँ तक पहुँचती, यू-यान वहाँ से गायब हो गई थी अपने उस बेटे के साथ। दोनों के मरने की कोई ख़बर कभी नहीं आई। एक ही तो था...मेरी माँ का भाई...जाने कहाँ रहा? क्या कोई ज़िन्दगी मिली उसे या वह भी बचपने में ही मर-खप गया...?"

"कोई नहीं बचा मुनिया...!"

"आ बैठकर रोएँ...आजा...आ।"

नानी माँ दीवानगी में क्या-क्या बकती रहीं, ली-ना को ज़्यादा समझ में नहीं आया लेकिन उसके ज़ेहन में कुछ नाम बस गए और यह हमेशा के लिए हुआ। माँ के जाने का सदमा मक़सद के चोले में छिप गया।

ली-ना ने चिल्लाकर कहा।

"नानी माँ सब नहीं मरे, मैं हूँ नानी माँ...मैं हूँ।" पानी के बुलबुले-सी उसकी कमज़ोर आवाज़ का नानी माँ की दीवानगी पर कोई असर नहीं हुआ। वह बड़बड़ाती रही बदस्तूर। ली-ना ने अपनी माँ की देह से आँखें फेर लीं और फिर नानी माँ को कहा, "तुम चिन्ता मत करो मैं तुम्हारी इन स्मृतियों को सहेजकर रखूँगी।"

नानी माँ हँसी थी एक बेहिस दीवानी हँसी,

"हाँ, तुम हो मुनिया। तुम तो हो, और हाँ, तुम तो मेरा काम करोगी ही, आओ मेरे साथ आओ। आओ आज मैं तुम्हें कुछ अपना बहुत प्यारा दे दूँ...आओ मुनिया।"

इसके बाद नानी माँ उसे अपने कमरे में ले गई थी जहाँ एक लाल बक्सा रखा था मझोले आकार का। उस पर लाख से सुन्दर चित्र बने हुए थे। सुन्दर फूलों के, किपाओ (पोशाक) पहने सुन्दर औरत के, जिसके चेहरे पर उम्मीद के फूल खिलते थे, नानी ने उसे देखते देखा और कहा था,

"ये मेरी नानी मो-चाओ जैसी लगती है...ये नानी की बहन यू-यान जैसी लगती है...देखो ये कैसे उम्मीद से देखती है...ये कह रही है...युग दर युग आनेवाली पीढ़ियों को मेरा अधूरा काम करना होगा...समझी मुनिया।"

ली-ना के कन्धे एक अनजाने बोझ से झुकने लगे...लेकिन फिर नानी माँ ने उसे दोनों कन्धे पकड़कर सीधा खड़ा कर दिया, "कल का क्या भरोसा...बेटी ले ये पकड़ और इसे अपने पास ख़ूब हिफ़ाज़त से रखना।" नानी ने यू-यान के दिल को निकालकर उसके हाथ में रख दिया। नानी ने अपना दिल भी निकालकर उसके हाथ में रख दिया। ली-ना ने देखा उसके बुज़ुर्गों का दिल एक काग़ज़ में कुछ रेखाओं के माध्यम से उकेर दिया गया था, जिसके पास कुछ शब्द लिखे थे।

ली-ना बहुत ठीक से नहीं समझी ये क्या है और चुपचाप उसे अपनी मुट्ठी में दबाकर आँगन में दौड़ती चली गई अपनी माँ से एक रहस्य साझा करने, जो उसकी माँ को भी नहीं पता था अब तक बहुत ठीक से और जिसे उसकी नानी माँ ने आज उसके हाथों में सौंप दिया था।

"यह ख़ानदान है मुनिया।"

"माँ देखो नानी माँ कहती है, उसने मुझे ख़ानदान दिया है। देखो-देखो नानी माँ कहती है उसने मुझे विरासत दी। माँ...माँ।"

लेकिन आँगन में कोई नहीं था। कोई भी नहीं। ठीक-ठाक माँ तो थी ही नहीं, दबी-कुचली, क्षत-विक्षत शरीर वाली माँ भी नहीं थी अब वहाँ। उसे उस दबे-कुचले रूप में लानेवाले सिपाही भी नहीं थे अब वहाँ। डरे हुए पड़ोसी भी नहीं थे अब वहाँ। सड़क पर भौंकते हुए लावारिस कुत्ते भी नहीं थे अब वहाँ। आसमान से चीख़ता-चिल्लाता सूरज भी नहीं था अब वहाँ।

कोई भी नहीं था अब वहाँ।

वो जब तक समझ पाती कि हुआ क्या है, सब गए कहाँ हैं, तब तक नानीमाँ पीछे आकर खड़ी हो गई और अपने गले से अजीब-अजीब आवाज़ें निकालने लगी। नानी माँ की इस अजीब आवाज़ सुन भी कोई नहीं आया उसे देखने। सिर्फ़ शाम के घने होते धुँधलके को चीरती अपने घरों को लौट रही चिड़ियाओं को उन दोनों का ख़याल आया और वे रुक गईं। उन्होंने ली-ना को घेर लिया और अपनी आवाज़ों में उससे बातें करने लगीं। उन्होंने नानी माँ को बहलाया और उससे बोलीं, "तुम्हारी स्मृतियाँ अब इस लड़की के पास रखी हैं। तुम चिन्ता मत करो, जाओ लौट जाओ अपनी दुनिया में...वहाँ तुम सुखी रहोगी।"

पता नहीं ऐसा क्यों लगा कि नानी माँ ने उनकी बातें सुन लीं और नानी लौट गई उस सुख की दुनिया में जहाँ ली-ना एक छोटी बच्ची थी, घर की छोटी बच्ची या पड़ोस की छोटी बच्ची या कहीं की छोटी बच्ची। नानी जिसका मतलब या फ़र्क़ नहीं समझ पाती थी। अब वह बच्ची उसके लिए सिर्फ़ एक प्यारी बच्ची थी। ऐसी प्यारी बच्ची जो खेलती थी, हँसती थी और रात होने पर उसके पास दुबक के सो जाती थी।

माँ के तिआनमन स्क्वायर से यूँ वापस लौटने और फिर हमेशा के लिए ग़ायब हो जानेवाला दिन, ली-ना के लिए नए जन्म का दिन था। एक बार फिर पैदा हुई ली-ना उस दिन, एक नई तरह से। उस दिन, आँगन में बैठ उन चिड़ियाओं ने गुज़र गई ली-ना की बहादुर माँ के लिए एक शोकगीत गाया और ली-ना को गोद ले लिया। जिसके बाद मौत के बाद होनेवाली सारी रस्में ख़त्म हो गई थीं और ज़िन्दगी फिर से शुरू हो गई थी।

## केंटन—चीन

अजीब-सी चुपचाप वाली हलचल, झाँक रही थी झिर्रियों से कमरे में।

बुज़ुर्ग अपनी घरघराती आवाज़ में बोल रहा था लगातार,

"तुम भी कितनी सुन्दर हो। लेकिन तुमसे तुम्हारा बच्चा अलग है। इसकी शक्ल नहीं मिलती तुमसे! च्च च्च...!"

"आहा! सुन्दर बच्चा! डर गया है।"

एकबारगी अपने हाथों से अपने शरीर का पानी झाड़ती माँ रुक गई, बोलनेवालों के चेहरों पर कौतुक देखा, फिर दुलार भी। उसने एक ठंडी साँस ली और कहा,

"हाँ, डर गया है मेरा बच्चा लेकिन कमज़ोर नहीं है। शक्ल मुझसे नहीं मिलती इसकी, अपने बाप पर गया है। बाप से मिलती है शक्ल। बाप कमज़ोर नहीं था इसका। यह भी कमज़ोर नहीं।" यह बोलते वक़्त उसके पतले होंठ एक पल को थर्राए थे। आँखों में गर्वीली चमक कौंधी थी। उस चमक के छिपे रहस्य को खोलना मेज़बानों के लिए मुमकिन नहीं था। वे आज रात की घटनाओं से चकित हो, बेआवाज़ क़दमों से मेहमान के लिए सहूलियतें जुटा रहे थे। वे अपने घर के सबसे बुज़ुर्ग का रास्ता भी देख रहे थे। बुज़ुर्ग की आवाज़ में निकले ज्ञान के मोती और निर्देशों के फूलों की सुन्दरता ने हमेशा से ही अन्धकार को चीरा था और नई रोशनी खिलाई थी। उन्हें अपने बुज़ुर्ग और सदियों के ज्ञान पर भरोसा था। अत्यधिक भरोसा। न होता तो क्या आज वे ज़िन्दा रह भी पाते?

आज भी ये जो दो अजनबी उनके यहाँ शरण लेने आए हैं उनकी देखभाल करने का ज़िम्मा बुज़ुर्ग ने उन्हें दिया है। वे भरसक उनकी देखभाल करेंगे।

"ओह हो!...ओ हो...डरो मत। चिन्ता मत करो। सब ठीक होगा। सब ठीक होगा।"

"बाप कहाँ है इसका?"

"बाप नहीं रहा इसका।"

इसके बाद श श श...ओह-ओह की धीमी आवाज़ों ने कमरे के माहौल को अपनी गिरफ़्त में ले लिया। एक आवश्यक चुप्पी के बीच माँ अपने बच्चे की देह, घर के लोगों द्वारा दिए गए कपड़ों से पोंछने लगी। आँगन के एक कोने में ठंडे होते लकड़ी के चूल्हे तक कोई पहुँचा और फूँक मार बुझती लौ को सुलगाने लगा। एक भभके के साथ आग उछली और अँधेरा रोशन हो गया। घर के लोगों ने खाना खा लिया था लेकिन रसोई अभी समेटी नहीं गई थी क्योंकि खाने और ठहरकर काम निपटाने के बीच तूफ़ान आ गया था। तब घर के सारे लोग आँगन से भाग कर अपने कमरों में छिप गए थे। अब यह नई बेचारगी। यह बेचारी औरत और उसका बच्चा! एक बिन बाप का बच्चा और उसकी दुखियारी माँ। वाक़ई नियति के खेल निराले थे और कालचक्रों के बीच फँसे हम इनसान कैसी कठपुतलियाँ! वे मन-ही-मन कहते जाते थे, सोचते जाते थे और नियति के हाथों कहीं खो गए घर के सदस्यों को याद कर मन-ही-मन रोते भी जाते थे।

इस बीच धीरे से माँ ने बच्चे को पोंछ उसे बैठाने की कोशिश की और उसके मुँह में लकड़ी के चम्मच से थोड़ा-थोड़ा भात का पानी डालने लगी। उस पानी में

ताज़ा मछली के टुकड़े भी तैर रहे थे। उसने कृतज्ञता से घर के लोगों की ओर नज़र दौड़ाई। उसे बच्चे को जिलाने का शुकराना अदा करना होगा। वह अपने बच्चे के मुँह में हरकत और आँखों के खुलने का इन्तज़ार करने लगी। घर का सबसे बड़ा बुज़ुर्ग, जो मछुआ टोली का सबसे बड़ा बुज़ुर्ग भी था देंग्लोंग की रोशनी में फिर किसी ईश्वरीय इबारत को ढूँढ़ने लगा। पितरों का कोई संकेत। इस घर में बसनेवाली आत्माओं की आवाज़। हमआहंगी की कोई लहक। कुछ तो होगा जो क़ुदरत ने इस बेबस को हमारे नज़दीक पहुँचाया है!

चारों ओर की हवा में एक रहस्य के सुलझने की आहट सुनाई पड़ने लगी। अपनी लाठी ठेकता हुआ वह बुज़ुर्ग दुखी माँ तक आया और अपनी लाठी पर झुका-झुका बोला,

"चिन्ता मत करो। यह बच्चा ज़रूर बच जाएगा। तुम कुछ अपने बारे में बताओ। इस तूफ़ानी रात में घर के बाहर अकेली क्या कर रही थीं? क्या कोई सहारा नहीं तुम्हारा? घर का कोई आदमी? ऐसे मुश्किल वक़्त में तुम्हें सब अकेला छोड़ कहाँ चले गए? बाक़ी घर के लोग कहाँ हैं?

माँ को लगा वह ठीक से कुछ देख नहीं पा रही है। सामने ये कौन है? कुछ दिखलाई नहीं पड़ता। ऐसा लगता है सवाल करनेवाली आवाज़ तो किसी इनसान की है लेकिन सामने कोई इनसान नहीं उसकी परछाईं दिखलाई पड़ रही है। क्या कोई इनसान अपनी परछाईं जितना पुराना हो सकता है? इतना पुराना, मानो दीवार पर बना कोंग्ज़ी उस्ताद (कन्फ्यूशिअस) का नक़्श। हज़ारों साल पुराना। क्या यह इनसान इस मछुआ टोली का कोंग्ज़ी उस्ताद ही है जो इस बुज़ुर्ग के चोले में मछुआ टोली का रक्षक बना हुआ है। क्या वह इस दुखी माँ का भी रक्षक हो पाएगा? इतनी मोहब्बत से घर के अन्दर बुलानेवाले क्या उसे घर बाहर कर देंगे उसकी बातें सुन? क्या उसकी जुड़वाँ बहन भी इस वक़्त परेशान हाल होगी? हर वक़्त दोनों की रूहानी साँसें तो एक-सी रहा करती थीं। तो फिर क्या इस वक़्त उसे भी कोई कोंग्ज़ी उस्ताद कहीं दिलासा दे रहा होगा? उसकी रक्षा कर रहा होगा?

उसकी जुड़वाँ बहन जो जाने कहाँ खो गई थी, बहुत ढूँढ़ने पर भी जो नहीं मिली कभी। समय बीता ही ऐसा, जैसे हत्यारे जानवर छाती को रौंदते चले गए हों। ऐसे में माँ-बाप भी क्या बचे होंगे? और बहन जब माँ-बाप को बचा नहीं पाई होगी तो ख़ुद कैसे बच पाई होगी? कहाँ होगी उसकी वह प्यारी बहन? आज इस तूफ़ान ने उसकी कैसे शिद्दत से याद दिलाई। ओह प्यारी बहन मैं सोचा करती हूँ, तमाम दुख-भरी बातों के बावजूद—क्या तुम ज़िन्दा हो? क्या तुम्हारी कोई रक्षा कर रहा होगा? या तुम किसी की रक्षा में जुटी हो? तुम क्या उत्तर की ओर चली गई हो बहन? किसी मठ में लोबान की ख़ुशबू फैलाने? शान्ति से मंत्र पढ़ने? लोगों को शान्ति और सुकून का पाठ पढ़ाने?

कन्फ्यूशियस—प्रिय कोंग्ज़ी, उस्ताद, स्वामी, मैं तो बचपन से तुम्हें मानती आई हूँ। माँ-बाप ने सिखाया था तुम ही हमारे रक्षक हो। मेरे और बहन के रक्षक।

नमस्कार तुम्हें! मैंने हमेशा अपने बुज़ुर्गों का आदर किया। अपने पितरों की जगह पर जाकर लोबान भी जलाया है। सभी के जीवन में शान्ति बनी रहे इस क़िस्म की अनेक प्रार्थनाएँ की हैं। लेकिन यह सब करते हुए अपने बड़े होने के समय में मैं इस बच्चे के बाप से इश्क़ करने लगी थी। इश्क़ जो मौत जितना हसीं और दिलकश था। एक-सी सम्त वाले, दो वजूद-ए-शै लेकिन कितने जुदा। दोनों का रोमांच मेरी झोली में गिरा है। तभी तो मरते वक़्त भी इसका बाप डरा नहीं, दुख से भर कातर नहीं हुआ। वह रोया भी नहीं। मुझे चूमते हुए मेरी बाँहों में गिर पड़ा था। इन्हीं हाथों में मरने से पहले एकबारगी ठहर, मुझे देखते हुए, उसने मुस्कुराकर विदा ली थी।

उसने कहा था मुझसे, "हम होन्ग की लड़ाई को आगे ले जाएँगे। हम अपने इर्द-गिर्द एक दैवीय दुनिया ज़रूर बसाएँगे। वह दुनिया जिसमें होन्ग, ईसा मसीह के कपड़े पहने हमें आशीर्वाद देगा। जहाँ औरत-मर्द बराबर होंगे। जहाँ कोई ग़रीब और भूखा-नंगा नहीं होगा। सिर्फ़ बन्दरगाह पर उतरनेवाले फ़िरंगी व्यापारियों के नहीं हैं, ईसा मसीह। उनका यह दावा भी अशोभनीय होगा। उन्होंने गिरजे इसलिए नहीं बनवाए कि ईसा मसीह सिर्फ़ उनके बने रहें। हमारे होन्ग के वेश में अब वे हमारे भी हैं। वही होन्ग हमारा देवता है। वह ईश्वर की सन्तान है। हमारा रक्षक। हमारा होन्ग। उसकी बात को चप्पे-चप्पे तक पहुँचाना होगा। लड़ना होगा, उस जल्लाद माँचू राजशाही के ख़िलाफ़। मरना होगा ईसा मसीह के कपड़े पहने उस उस्ताद होन्ग के लिए, जो अनश्वर है। जो मिट नहीं सकता। इस धरती पर जन्मता रहेगा हर बार नए बच्चों में, ईसा मसीह के कपड़े पहन।

"इसका बाप कहाँ है?"

वह सोते से जागी हो जैसी। बुज़ुर्ग को देख पथरा गई।

"कोई नहीं अब मेरा। बाप मर गया इसका।"

"ओह! कैसे मरा बताना चाहोगी?"

हज़ारों साल पुरानी आवाज़ में बुज़ुर्ग फिर बोला। मानो हलके-हलके से जगा रहा हो एक सुप्त होती जा रही संवेदना को। एक ख़त्म हो जा रही सभ्यता को। अपनी घरघराती पुरातन आवाज़ में।

"युद्ध के मैदान में!" पथराई माँ बोली।

बोलते वक़्त उसका निचला होंठ वैसे ही काँपा जैसे मोमबत्ती की कोई शालीन लौ।

बुज़ुर्ग ने उसके सर पर हाथ फेरा और कहा,

"बताओ सब कुछ। अपने मन से सब ख़ाली कर दो। मैंने देख लिया है तुम्हारे अन्दर की गुम हो गई ज़ुबाँ को। उसे ज़िन्दा कर दो बेटी। यही ख़ुदा का आदेश है। मुझे मिला है वह आदेश बेटी।" उसके बाद बुज़ुर्ग उसे ऐसे देखने लगा जैसे

एक अभिभूत बाप अपने नवजात बच्चे की पहली रुलाई सुन देखता है, आँखों में तरलता का समुन्दर बसाए हुए।

"क्या इसके बाप को मरते वक़्त तुमने देखा है अपनी इन आँखों से? क्या तुम भी वहीं थीं? क्या यह बच्चा भी वहीं...?" बुज़ुर्ग ने न जाने कितने सवाल एक साथ कर दिए।

"हाँ!"

माँ ने नीम बेहोशी से जागते हुए, बच्चे के बाप की सीख को याद करते हुए और फिर अपने बच्चे को मज़बूती से देखते हुए कहा, "यह भी वहीं था, इसने भी सब कुछ देखा है और सब कुछ देखकर यह उसी दिन से गूँगा हो गया।"

"ओह! क्या गूँगा है यह?"

"हाँ!"

माँ ने दया से नहीं गर्व से बोला।

कमरे में मौजूद लोगों को क़ुदरत की इस निर्मोही साज़िश पर हैरत हुई। इस दुखी माँ के साथ क्या-क्या घट गया है? क्यों? धिक्कार है! ऐसी साज़िश करने के लिए क़ुदरत को शर्म से मिट जाना चाहिए।

"ओह! ओह! ओह...कितना बड़ा था यह तब?"

"मेरे अन्दर था तब! ठीक नौ महीने पूरे किए थे इसने और दसवें महीने के पहले दिन हम पश्चिम की ओर जानेवाली सेना के साथ चल पड़े थे।"

इतना बोल माँ फिर खो गई। शून्य में निहारने लगी बिना पलक झपकाए। बुज़ुर्ग उसे ग़ौर से देख रहा था और अपनी सफ़ेद दाढ़ी के बालों पर हाथ फिराते हुए कुछ संयोगों के बारे में सोच रहा था। इस औरत के बच्चे को तो जिस वक़्त उसने देखा तक नहीं था उस वक़्त भी जाने कैसे उसे रूहानी अहसास की तरह इस बच्चे को बचाने का आदेश मिला था। उस्ताद कन्फ्यूशियस तुम्हारे आदेश अनुसार इनको घर में तो ले आया हूँ मैं, लेकिन अगर कहीं...!!

वह हतप्रभ था। मछुआ टोली में ही रहनेवाली यह औरत आज तक उसकी नज़रों से कैसे ओझल रही थी? और आज जब मिली तो कैसे? उसने ईश्वर को याद किया और मन-ही-मन कुछ बुदबुदाने लगा।

कुछ देर बाद घर के लोगों ने उस औरत को भी भात के पानी के साथ थोड़ी मछली खिला दी थी। उन्होंने उसके सामने आग से भरी सिगड़ी रख दी थी जिससे उसका भीगा शरीर कुछ सूख जाए। सिगड़ी के ताप की रोशनी में सब देखने लगे थे कि वह औरत ग़रीबी के बावजूद कैसी मज़बूत दिखती थी। बेख़ौफ़ और अरमानों से भरी। उसके दुबले शरीर में कैसी आभा थी। उसका बच्चा कितना प्यारा था—जैसे कोई फ़रिश्ता।

जैसे-जैसे उसका बच्चा जागता जा रहा था माँ के चेहरे पर लाल रंग उगता

जा रहा था, मानो सूरज की उगती लालिमा का जन्म इसी सख़्त ज़मीन पर हुआ था।

"ए माँ फिर क्या हुआ?" बुज़ुर्ग ने ऐसे पूछा जैसे वह अपने ईश्वर से पूछ रहा हो, किसी गुफ़्तगू में क़ैद एक अनजाने दृश्य के दरमियान।

माँ ने अपने पैर सिकोड़े और उन पर बैठ गई। एक तपस्विनी जैसी। युद्ध के मैदान में सचेत योद्धा जैसी। शान्त भी और चौकस भी। मानो उसने तय कर लिया हो कि वह इस मछुआ टोली के कोंग्ज़ी उस्ताद के सामने सब बयाँ कर देगी। फिर चाहे अंजाम जो भी हो।

"क्या आप सचमुच मेरी कहानी सुनना चाहते हैं?" उसने बहुत आदर से हाथ जोड़ पूछा।

बुज़ुर्ग ने सर हिला दिया सहमति में।

माँ ने दीवार पर उगती परछाइयों में देखा प्रिय कोंग्ज़ी का सर सहमति में हिलता जाता था बदस्तूर। उसे बचपन के दिन फिर याद आए। यहाँ की मछुआ टोली से अलग थी उसके बचपन की मछुआ टोली। तब देश में इतनी अफ़रा-तफ़री नहीं थी। माँ और बाप के साथ बहुत बार नाव पर चढ़कर मछली मारने जाती थी वह। बिना डरे। हौसले से भर। ख़ुशी से भर।

व्यापारियों को मछली और चाय खिलाने-पिलाने का काम उसी का था। व्यापारी उसे अपने देश से लाई चीज़ें उपहार में देते थे। एक बार हिन्दुस्तान के एक व्यापारी ने उसे एक खिलौना दिया था जिसके होंठों से बाँसुरी लगी थी। उसके सर पर मोर पंख बँधा हुआ था। वह उसे बहुत सुन्दर लगता था। लेकिन बच्चे के बाप के साथ जब वह घर बसाने चल दी थी तो वह खिलौना माँ-बाप के घर छूट गया था, बहुत सारी दूसरी चीज़ों के साथ। माँ-बाप के घर ही तो छूट गया था, उसका भोलापन और उसकी कोमलता भी।

उसे फिर बच्चे का बाप याद आया।

बच्चे का बाप बहुत सुन्दर था। उसका निशाना अचूक था। वह गुअंक्सी में पैदा हुआ था। उसके माँ-बाप छोटे ग़रीब किसान थे। बच्चे के बाप को अपने माँ-बाप की ज़िन्दगी पसन्द नहीं थी। उसे यूँ ही गाँव में रहते हुए 'सब ईश्वर की मर्ज़ी है,' कहना अच्छा नहीं लगता था। वह चुप और ख़ाली नहीं रह सकता था। उसका जी करता था वह पुरानी कहानियों के नायकों की तरह जंगलों में घूमे, निशाना साधने का रियाज़ करे, महल में सिपाही हो जाए या शाही परीक्षा में बैठ सफल हो अफ़सर बनकर राजशाही का कामकाज देखे और न जाने क्या-क्या...

उसी से पहले-पहल बच्चे की माँ ने होन्ग का नाम सुना था। होन्ग जो ईसा मसीह के छोटे भाई का अवतार बन इस धरती पर आया था। वही जो कहता था, पितरों की पूजा ही ज़िन्दगी का मक़सद नहीं। ग़ैरबराबरी के समाज में बराबरी लाने की कोशिश करना हर इनसान का धर्म है। उसके लिए माँचू राजाओं से लोहा लेना

होगा जो विदेशी हैं। क्रूर भी। उन्हें हटाना ही होगा इस धरती से। इस धरती को फिर सुन्दर बनाना होगा। अपने लोगों को राजा बनाना होगा। बच्चे के बाप ने कहा था—जब होन्ग हमारा राजा होगा, देखना सब ठीक हो जाएगा।

बच्चे की माँ ने अविश्वास से बच्चे के बाप को ताका था और एहतराम से पूछा था, "क्या तुमने उसे देखा है? क्या तुम उस देवता को जानते हो? क्या वह सचमुच हमारे दुख दूर कर देगा?"

बच्चे का बाप हिम्मत और विश्वास से बोला था, "यक़ीनन। वह सबके दुख दूर करेगा। मैं उसके साथ हूँ। हमेशा। वह मेरे साथ है हमेशा। वह सबके साथ है हमेशा क्योंकि वह ईसा मसीह का छोटा भाई है। वह ईश्वर का अवतार है। हम सब 'ईश्वर के उपासक' समाज को बनाएँगे और यह धरती फिर जन्नत बन जाएगी।" बच्चे के बाप की आवाज़ में सच की टंकार थी।

बच्चे के बाप को जंगल में मिला था होन्ग ज़ी क्वान। ग़रीबों, किसानों और बेरोज़गार युवाओं की सभा को नसीहत देते हुए। बच्चे का बाप जंगल में भटकता हुआ, निशाना लगाने का अभ्यास कर रहा था जब उसे हवा को चीरती एक सुन्दर आवाज़ सुनाई पड़ी। वह अभ्यास करते हुए रुक गया और आवाज़ की दिशा में चल पड़ा। जब उसे होन्ग दिखा तो वह चमत्कृत हो होन्ग के पास ही बैठ गया। वहीं, जहाँ और लोग भी सर झुकाए बैठे थे। वहीं जंगली घास पर उकड़ूँ। वहाँ बैठ उसने होन्ग की दिव्यता को महसूस किया था—'लगता था उससे एक तरंग निकल मुझ तक पहुँच रही है। वह अद्‌भुत क्षण था।' बच्चे के बाप ने बताया था, कभी किसी प्रेमिल क्षण में। और उसी दिन बच्चे की माँ को लगा था कि अपने प्रेमी को पाने के लिए, उसके और नज़दीक जाने के लिए उसे होन्ग को भी अपनाना होगा। होन्ग को भी बहुत प्यार करना होगा। बचपन के प्रिय कोंग्ज़ी को दिल के किसी कोने में दफ़न कर देना होगा। कोंग्ज़ी और ईसा मसीह साथ कैसे रह पाएँगे?

उसने अपने कोंग्ज़ी को दिल में कहीं छिपा लिया और होन्ग को अपनाने की कोशिश करने लगी। लेकिन बाद में जब वह होन्ग से मिली तो उसके चमत्कार में वह अपने आप बँध गई। उसने तीर-कमान चलाने में ऐसी क़ाबिलियत हासिल कर ली कि होन्ग दोनों पति-पत्नी को हमेशा अपने साथ रखने लगा। वे दोनों उसके भाग्यशाली टोटके हो चुके थे जो हर युद्ध में उसका साथ देने को प्रतिबद्ध थे।

ईश्वरपूजक समाज में राह चलते हुए सभी लोग शामिल होते जाते थे। वे सब उस अलौकिक ईश्वर की सत्ता की छत्रच्छाया में शरण पाने का ख़्वाब देख रहे थे जो उन्हें माँचू राजाओं की क्रूरता से बचाएगा। माँचू ने अपनी बेवकूफ़ी और बुजदिली से फ़िरंगियों को इस देश पर क़ब्ज़ा दे दिया था। समूची क़ौम अब ग़ुलाम हुई जा रही थी। एक बार होन्ग का शासन स्थापित हो जाएगा तो सारे दुखों से निजात मिल जाएगी। यही सोच सब आगे चलते जाते थे और कारवाँ बढ़ता जाता था।

अब नानकिंग से आगे जाना था।

सब उसी राह चलते जाते थे।

### परगासो का ख़त, 1870

*फ़तेह अली ख़ान जी, आपको हमारा प्रणाम।*

*आगे समाचार यह है कि चाँदपुर की हालत अच्छी नहीं। सूखे ने लगान की रक़म को और कम कर दिया है। सब हमसे ही क़र्ज़ा माँगने आ जाते हैं। हम उनसे क्या कहें? इस बार तो जहाज़ पर से भी अच्छी ख़बर नहीं आ रही है।*

*कितने दिन चल पाएगा व्यापार? अब इसकी फ़िक्र भी सताती है।*

*अंग्रेज़ों ने हमारे ऊपर ऐसा क़हर बरपा किया है कि देश तो देश हमारा घर-बार भी डावाँडोल हो गया। हमारे सरताज की तबीयत नहीं सुधरती। हम जंग तो हार गए पर हिम्मत नहीं हारना चाहते हैं।*

*क्या चीन से कोई ऐसी चीज़ लाई जा सकती है जो सुमेर को दोबारा अपने पैरों पर खड़ा कर दे? आप तो जानते हैं मैं देवता-पित्तर नहीं मानती, आप मानते हैं तो अपने ख़ुदा से माँग लीजिए सुमेर की तन्दुरुस्ती।*

*कोई करिश्मा हो जाए सुमेर लौट आएँ ज़िन्दगी की ओर।*

*पता चला है, जहाज़ महीने-भर बाद लंगर डालेगा। तब तक हम सब ख़ैरियत से रहें, बस इतना ही।*

*परगासो*

### केंटन—चीन

मछुआ टोली की साँस अटकी पड़ी थी।

आगे क्या हुआ?

एक रहस्य-रोमांच कथा सामने बयाँ हो रही थी। वे सब कई सौ साल पहले के इतिहास में समा गए थे। वहाँ एक आकाशगंगा दिखलाई पड़ रही थी जिसमें खड़े अनेक रहनुमा उनकी ओर ताक़ रहे थे। अगर एक ओर कोंग्ज़ी उस्ताद थे,

तो दूसरी ओर ताओ पुजारी और बौद्ध सन्त भी खड़े मुस्कुरा रहे थे। फिर आया होन्ग...ईसा मसीह के पीछे खड़ा, उनका छोटा भाई। सब एक साथ खड़े आशीर्वाद की वर्षा करते। अब साफ़ हो रहा था कि नीचे उन पर भरोसा करनेवाले खड़े थे। ज़िन्दगी की पेचीदगियों में उलझे हैरान, परेशान हज़ारों इनसान, अपनी-अपनी जंगों में मुब्तला।

तुम सब एक हो, जैसे हम सब एक हैं...!

मछुआ टोली के बुज़ुर्ग के कान में यह दूसरा आकाशीय सन्देश पहुँचा।

वह मुराक़बा की अवस्था में पहुँच गया।

इस बीच बच्चे की माँ की कहानी ज़ारी थी।

"यह उन दिनों की बात है जब होन्ग ने नई सेना बनाई थी। होन्ग ज़ी-क्वान को जानते हैं आप? नाम सुना है न उसका?"

बुज़ुर्ग का शरीर तन गया। उसकी लाठी स्थिर हो गई। कमरे में साँस लेने की आवाज़ भी आनी बन्द हो गई। कमरे के बाहर हवा बहना भूल गई। तूफ़ान किसी पथरीली ज़मीन में गड़ गया।

बच्चे की माँ इन सबसे बेपरवाह अपनी कहानी कहती जाती थी।

"हम नानकिंग से आगे के क़िले फ़तह करने के लिए निकल पड़े थे। हम सेना के साथ पैदल चलते जाते थे। इसका बाप आगे था, वह होन्ग के बाएँ चल रहा था। हम इसके बाप के पीछे। जब मुझे अचानक लगा यह मेरा बच्चा कह रहा है 'माँ मैं अब तुम्हारे साथ चलना चाहता हूँ आँखें खोल। यहाँ बहुत अँधेरा है। माँ मुझे उजाला दिखाओ!' मैंने इसके बाप से कहा, थोड़ा रुको, यह तुमसे कुछ कहना चाहता है, लेकिन इसका बाप नहीं सुन पाया। वह होन्ग के बाएँ मुस्तैदी से चल रहा था। उसका ध्यान दुश्मन की सेना पर था। वह कम ही समय में इतना कुशल योद्धा हो गया था कि आसपास के सारे गाँवों में उसकी शोहरत फैल गई थी। वह होन्ग के साथ, मिलकर सारी रणनीतियाँ तैयार करता था। उसी ने हमारे संगठन का मसौदा तैयार किया था और औरतों और मर्दों को बराबर हक़ देने की बात कही थी। उसी ने ये प्रस्ताव भी रखा था कि ज़मीन पर किसी एक इनसान की मिल्कियत नहीं होगी, ज़मीन सबकी होगी।

"इसका बाप, मेरा प्यारा चांग, होन्ग का साया था! होन्ग को बचाने की ज़िम्मेवारी उसी की थी। रास्ते में पहाड़ियों के पीछे छिपे दुश्मन ने होन्ग पर निशाना साधा था। उसी वक़्त चांग, होन्ग के सामने जा खड़ा हुआ और दुश्मन का ज़हर से भरा तीर होन्ग की बजाय उसकी छाती को बींध गया। फिर भी वह गिरा नहीं, दुश्मन पर तीर छोड़ता रहा, तब तक, जब तक होन्ग को बाक़ी लोग आकर बचाकर नहीं ले गए। मैंने अपने प्यारे चांग के गिरने पर उसके शरीर से तीर निकाले थे। पूरे उन्नीस थे। दुश्मन की ताक़त का अन्दाज़ा था उसे, फिर भी मेरा बहादुर चांग

उनसे लड़ता रहा। दुश्मन को जानते हैं न आप?"

बच्चे की माँ ने बुज़ुर्ग की आँखों में ख़ुद को समझा देने की आशा से देखा।

बुज़ुर्ग अब भी कुछ बुदबुदा रहा था। कुछ जो सुनाई पड़ा वह यह था 'दुनिया का चक्र है। कभी कोई ऊपर तो कोई नीचे लेकिन ईश्वरीय राज को हटाना तो भले मानुसों का काम नहीं। कोंग्ज़ी आह कोंग्ज़ी राह दिखाओ। तुम्हारे हुक्म पर मैंने इनको शरण दी। फिर तुमने ऐसा हुक्म क्यों दिया कि ग़लत काम करनेवाले मेरे घर आएँ? ग़लत है यह तो। मौला! ये कौन लोग आ गए मेरे घर? राजसत्ता को चुनौती देनेवाले?'

'बाग़ी? ये बाग़ी हैं! ये बाग़ी हैं! ये बाग़ी हैं—फिर तू इन्हें मेरे नज़दीक क्यों लाया? ओह! ये किस शशोपंज में डाल दिया तूने?' फिर उसको लगा कोंग्ज़ी ने इस अविचल माहौल में फुसफुसाते हुए कहा हो उससे, 'लाचार का न्याय माँगना ग़लत कैसे हो सकता है? यह तपस्विनी है मठ में रहनेवाली योगिनियों की तरह की तपस्विनी। पहचान इसे।'

यह सुन बुज़ुर्ग के अन्दर कोमल बयार बह उठी। उसका मन आभार से रोने का हुआ।

कमरे में बैठे सारे लोग भी जाने कैसे फुसफुसाहटों की भाषा समझ गए और सामने बैठी योगिनी की ही मुद्रा में बैठकर बुज़ुर्ग की बातों का अर्थ समझने की कोशिश में लग गए। उन सबके सर झुके हुए थे उसी आदर से जैसे मठ में बैठे हुए अनुयायियों के हुआ करते हैं। उनके टोले में एक बुज़ुर्ग की वही हस्ती थी जो मठ के पुजारी की होती है। बुज़ुर्ग उन्हें, पानी और हवा, मछली और नाव के सम्बन्ध और उनके रहस्यों की बातें बताता था। वह उस पुरानी ज़मीन से नई पीढ़ियों को जोड़ता था जिसके ख़त्म होने की धमक पलट-पलट कर हर युग में होती थी। और अब तो ख़तरा भी बढ़ गया था। अब ख़तरा पैदा करनेवाले सिर्फ़ बाहरी राजा नहीं थे, बल्कि फ़िरंगी भी थे। जिनके बारे में कोंग्ज़ी उस्ताद भी चुप रहता था।

उस टोले में अब उस बुज़ुर्ग की उम्र का कोई बाक़ी नहीं बचा था। सब फ़ना हो गए थे। अब घरवाले भी भूल गए थे कि बुज़ुर्ग कितने वर्षों से जी रहा था। वे मानते थे कि जिस तरह से धरती पर एक के बाद एक अलग राजवंश ईश्वर के आदेश से राज करते थे, उसी तरह उनके घर के ये बुज़ुर्ग एक ही शरीर में ईश्वर की बातों को सबको समझाने के लिए, बरस-दर-बरस जिए जाते थे। हो सकता है बुज़ुर्ग की उम्र सैकड़ों बरस की रही हो! कौन जाने? कोई जानना चाहता भी नहीं था। सब चाहते थे बुज़ुर्ग उन्हें नेकनीयत सलाह देते रहें और उनके जीवन की मुश्किलों को आसान बनाते रहें। वहाँ बैठे हुए लोगों को यह भरोसा था कि दुखी माँ को यदि बुज़ुर्ग ने आवाज़ देकर घर के अन्दर बुलाया

है, तो बाहर फैले अन्धकार की तरह उसके दिल के अन्दर के अन्धकार को भी वे ज़रूर दूर करेंगे।

सब इन्तज़ार में बैठ गए और मछुआ टोली में ही रह रही लेकिन अब तक अनजान रही औरत पर सितम की दास्ताँ के सफ़हे खुलने लगे।

"तुम बाग़ी हो?" बड़ी तरलता से बुज़ुर्ग ने दुखी माँ से पूछा।

"नहीं!" उसने दर्प से जवाब दिया, "हम ही हैं असली हक़दार इस धरती के, इस मिट्टी के, इस हवा के, इस पानी के। वह माँचू राजा नहीं। उसने हमसे सब ज़बरदस्ती छीना है और अपना बना लिया है।"

"यह सब तुमसे किसने कहा?"

"इसके बाप ने। होन्ग ने...और दक्षिण में रहनेवाले हर उस इनसान ने जिसने माँचू का शासन सहा है। हम छोटी उम्र से माँचू राजाओं की नापाक करतूतों को जानते हैं। हमने सहा है। हमारे माँ-बाप ने सहा है। उनके माँ-बाप ने सहा है। इसीलिए हम अपनी दुनिया बसाना चाहते थे, जहाँ होन्ग का राज होता, जहाँ शान्ति और प्रेम की बरसात होती। जहाँ सबके लिए बराबरी के अवसर होते और जहाँ हमारा ख़ुदाबाप ईसा होता।"

बुज़ुर्ग के हाथों से लाठी छूटकर बड़े शोर के साथ लकड़ी के फ़र्श पर गिरी। यह घने आश्चर्य की बात थी। लकड़ी पर लकड़ी गिरकर शोर पैदा कर रही थी? बुज़ुर्ग ने सुना उसकी दैवीय लाठी ज़ोर से चिल्लाई थी,

कुफ्र!!!! यह कुफ्र है!!

बुज़ुर्ग ने अपनी दाढ़ी के बालों पर फिर हाथ फेरा और सोचा ये कुफ्र कैसे हो सकता है? ये हलकान माँ और ये गूँगा बच्चा ईश्वर के ख़िलाफ़ कैसे हो सकते हैं? ये तो एकदम निरीह दीखते हैं। दया के पात्र।

लेकिन हाँ बाग़ी तो फिर भी हैं?

बुज़ुर्ग के जीवन में सीधे-सादे पुरखों के बनाए जीवन के हवाले थे। देवताओं के आदेश थे जो उस पर तारी होते थे और कहीं से भी, कभी भी यह शिक्षा उस तक पहुँचाई नहीं गई थी कि जो कोंग्ज़ी की व्यवस्था से अलग होकर जीवन जीते हैं, जो बाग़ी कहलाते हैं, उनके प्रति किस तरह से पेश आना चाहिए? जो कुछ थोड़ा-बहुत समझ में आया वह यही कि बाग़ियों को आश्रय नहीं देना चाहिए और हमदर्दी तो क़तई नहीं।

फिर इस औरत और इसके बच्चे के लिए मन में ये कैसी माया जगती जा रही है? क्या अब वह बहुत बुज़ुर्ग हो गया है और ईश्वरीय सन्देशों को समझने में ग़लती कर रहा है? उसे औरत की मदद की पुकार सुन क्यों लगा कि ईश्वर ही

उससे कह रहा है 'बच्चे को बचा लो!'

सचमुच यह औरत तो दूर किसी मठ से आई हुई कोई तपस्विनी लगती है और इसका बच्चा निरा फ़रिश्ता! उनसे कोई मुँह कैसे मोड़ सकता है? क्या कोई भलामानुष इस अँधियारी रात में, खूँखार तूफ़ान और चाबुक बारिश में दो असहाय लोगों को मौत का निवाला बनने के लिए छोड़ सकता है? नहीं न?

प्यारे कोंग्ज़ी ने तो कभी नहीं कहा क्रूर हो जाने को! वो जो देवता घर के सामनेवाले कमरे के आले में जगह घेरे बैठा है, वह जो आसमान का देवता है, दूसरे आले में जो धरती की देवी बैठी हैं, जिन्हें मैं रोज़ लोबान दिखाता हूँ उन्होंने भी कान में आकर नहीं कहा ये बाग़ी हैं, इनकी जगह इस घर में नहीं है।

बुज़ुर्ग देख रहा है, घर के लोग उसे ही देख रहे हैं, उसका ही निर्णय था इनको घर के अन्दर लाना। भूखे को खाना देना, ऊष्मा-भरा माहौल देना, दो बोल प्यार के बोलना, पीढ़ियों से उनके ख़ून में दौड़ रहा है। बुज़ुर्ग ने अपनी दाढ़ी फिर खुजाई और समझ गया वह ग़लत नहीं। उसने अपने परिवार के लोगों को आश्वस्ति से देखा और बच्चे की माँ को प्रोत्साहन से। किसी बग़ावत की पापी किरदार नहीं हो, ए बच्चे की माँ तुम!!!!

"आज रात यहीं रहो, कल अपने ठिकाने पर चली जाना।"

माँ का बच्चा, बन्दर के बच्चे की तरह उसकी छाती से चिपक गया था। घर के सब लोगों ने मिलकर माँ और बच्चे के लिए बिस्तरे का इन्तज़ाम किया। और एक-एक कर अपने देंग्लोंग की बत्ती धीमी करने लगे और नींद की राहत भरी आगोश में समाने लगे। बच्चे की माँ भी अपने बच्चे को चिपकाकर सो गई।

मोहल्ले का बुज़ुर्ग अलबत्ता अपने कोंग्ज़ी उस्ताद से बात करता रहा रात भर। और आगे आनेवाली पीढ़ियों के लिए नए फ़लसफ़ों को गढ़ता रहा।

'फ़लसफ़े ऐसे होने चहिए' कोंग्ज़ी उस्ताद उसे समझा रहे थे 'जिसमें प्रेम का बोलबाला हो।'

'याद रखना, अपने हक़ के लिए आवाज़ उठानेवाले बाग़ी हो सकते हैं, लेकिन पापी नहीं।'

बुज़ुर्ग ने जब मुराक़बा से जागकर अपनी आँख खोली तो सूरज की रोशनी बहुत साफ़ होकर दुनिया को रास्ता दिखा रही थी।

बच्चे की माँ सर झुकाकर उनका शुकराना अदा कर रही थी और अपने ठिकाने पर जाने के लिए तैयार थी।

"तुम भी दुनिया को नई राह दिखाना, प्यारे बच्चे।" बुज़ुर्ग ने बच्चे के बाल सहलाए और उन्हें विदा किया।

बिसात पर जुगनू

## रोज़नामचा

### चैत की परेशान सुबह, 1871

परगासो बीबी का ख़त दिल तोड़नेवाला था। अब सुमेर मेरे खतों का जवाब देने लायक़ भी नहीं रहे। जिस धुन्ध की दुनिया से परगासो बीबी उन्हें खींच लाई थीं, दोबारा डॉक्टर उन्हें वहीं ले गया है। परगासो बीबी बड़े राजा के साथी डॉक्टर को भी सुमेर को दिखला लाई हैं।

पिछली बार मैं भी साथ था। डॉक्टर टाउन हॉल से निकलकर आया था और उसका रवैया बहुत दोस्ताना नहीं रह गया था। शायद अपने अंग्रेज़ दोस्तों के सामने वह सुमेर सिंह से बात भी नहीं करना चाहता था क्योंकि उसे डर था, कोई अंग्रेज़ अफ़सर सुमेर सिंह को शहीद दिग्विजय सिंह के बेटे के रूप में न पहचान ले। शहीदों को वे गद्दार बाग़ी कहते थे। डॉक्टर की अपनी ज़िन्दगी, बाग़ियों से बहुत अलग थी। जो सुमेर धड़ल्ले से टाउन हॉल में चले जाते थे अपने पिता के साथ या फिर अकेले भी, उन्हें टाउन हॉल के दरवाज़े से लौटा दिया गया और डॉक्टर के घर जाकर दवाख़ाने में इन्तज़ार करने को कहा गया था। सुमेर इस अपमान का मतलब समझने की स्थिति में नहीं थे लेकिन परगासो बीबी समझ गई थीं। मुझे भी ग़ुस्सा आया था, लेकिन परगासो बीबी ने कहा था—फ़तेह अली ख़ान, ग़ुस्सा थूक दीजिए, गरज हमारी है।

डॉक्टर ने कहा था, "सुमेर को गहरा सदमा पहुँचा है और उन्हें अफ़ीम से बनी दवा देकर सुलाने की कोशिश करनी होगी। वरना वे अपने भीतर की दुनिया में ही फँसकर रह जाएँगे और कभी नहीं निकल पाएँगे।"

मैं इलाज के इस तरीक़े को सुन दहल गया था, लेकिन परगासो बीबी ने इसे भी एक लड़ाई माना था और उसे जीतने की तैयारी में लग गई थीं। उन दिनों के बाद से आज पहली बार लगा है कि परगासो बीबी कुछ ज़्यादा परेशान हैं।

क्या सोचूँ? क्या कर दूँ ऐसा कि सुमेर ख़ुश हो अपनी धुँधली दुनिया से परगासो बीबी की ज़िन्दा दुनिया में लौट जाए।

अल्लाह रहम। हज़रत कृष्ण कहाँ हो तुम?

**फ़. अ. ख़ान**

## केंटन—चीन

शमियन में फ्रांसीसियों ने बड़ा गिरजा बना लिया था।

मोहतरमा लॉर्ड्स का बुत गिरजा के बाहरी आँगन में लोहे के दरवाज़े के पास स्थापित कर दिया गया था। जो लोग गिरजा के अन्दर जाकर प्रार्थना नहीं करने की हैसियत रखते थे वे ज़्यादातर ग़रीब चीनी थे, जिन्होंने एक बार कभी ईसाई धर्म अपनाने की कोशिश की थी। ईसा मसीह के भाई होन्ग के चमत्कारी अवतार में भरोसा कर वे बाहर से ही मोहतरमा लॉर्ड्स के बुत को देख सर नवा देते थे।

मछली बेचनेवाली वह चीनी औरत जो फ़तेह अली ख़ान को रोज़ मछली खिलाने का वादा कर चुकी थी, कभी-कभी अपने बच्चे को गिरजा दिखाने ले जाती थी।

उसे हिन्दुस्तान से आया व्यापारी भला लगने लगा था। वह उस पर भरोसा करने लगी थी। उसने अपने कुछ जाननेवालों से उस व्यापारी के लिए *पुरे* चाय लाने के लिए भी कह दिया था।

उसे यह सब करते हुए अच्छा लग रहा था। अन्दर ताक़त मिलती थी जब व्यापारी उसे इज़्ज़त से देखता था और उसके बच्चे को ख़ूब दुलारता था। अब वह मछली खिलाने के बाद उस व्यापारी से कुछ बात भी कर लेती थी।

"तुम्हारा बच्चा बहुत प्यारा है, क्या किसी दिन मैं इसकी तस्वीर बना सकता हूँ?" फ़तेह अली ख़ान ने बच्चे के साथ खेलते हुए एक दिन कहा था।

औरत हँसी थी।

फिर थोड़ा इतराते हुए बोली थी,

"मालिक, एक नहीं दो तस्वीरें बनानी होंगी।"

"वो क्यों?" फ़तेह अली ख़ान कुछ चकराते हुए बोले थे।

"ज़ाहिर है एक आपको चाहिए, लेकिन एक मैं भी तो रखना चाहूँगी!"

"ओह!" फ़तेह अली ख़ान को औरत का यूँ अपना हक़ माँगना बहुत अच्छा लगा।

"ज़रूर," वह फ़राखदिली से बोले थे।

"अच्छा यदि परहेज़ न हो तो अपना और इस बच्चे का नाम तो बताओ।"

"मालिक परहेज़ करने की क्या बात है, हम तो भागे और भगाए हुए लोग हैं। हमारा नाम कहीं सरकारी पन्नों में दर्ज नहीं है। सिर्फ़ माता-पिता या बहन की स्मृति में दर्ज होगा...बाक़ी कोई नहीं जानता हमें!" एक नि:श्वास से उसने यह बात कही और फिर अपने निचले होंठ को अपने सुन्दर दाँतों के बीच फँसाकर बोली, "मैं यू-यान कहलाती हूँ और यह मेरा बेटा चिन है। गूँगा है! एक हक़ीम ने देखकर कहा था, "शायद किसी सदमे की वजह से ऐसा हुआ है, जिससे यह चुप हो गया है। वैसे यह कभी भी बोल सकता है...कभी भी...! ऐसा हक़ीम भी बोलते हैं और मेरा दिल भी।"

फ़तेह अली ख़ान ने देखा, वह एक अनवरत इन्तज़ार की भाषा में बोल रही थी। उनकी अचानक ममता उमड़ आई और उन्होंने उसे अपनी जेब में रखे सारे चीनी सिक्के निकालकर दे दिए।

यू-यान हतप्रभ रह गई।

"लेकिन अभी चाय तो मिली नहीं है, और मछली के लिए ये ज़्यादा पैसे हैं।"

फ़तेह अली ख़ान ने कलेजे के भीतर किसी बेलाग उतर आए एहसास को मुश्किल से दबाते हुए कहा, "यह तस्वीर बनाने का समय देने के लिए है।"

यू-यान कुछ समझी और कुछ नहीं समझी। उसका बेटा अलबत्ता अपनी मिची आँखों और सफ़ेद दाँतों को दिखाते हुए ख़ूब हँसा, जैसे एक नई अनदेखी दुनिया का रहस्य उसे रोमांचित कर रहा हो।

## कैंटन—चीन

नसीब बड़ी चीज़ है। यह मेरा नसीब ही तो है जो मैं आज आपसे मिली। और यह क्या नसीब नहीं कि मैं अपने घोंसले से उड़ी अपने सखा के साथ एक नई दुनिया बसाने जिसमें सिर्फ़ मोहब्बत होती और यहाँ पहुँच गई। मेरा सखा...मेरा चांग।...

बोलते वक़्त सिर्फ़ एक बार उसके होंठ कँपकँपाए और फिर वह वैसी ही ताना हुई बाँस का छप्पर हो गई जिससे उसका घर छवाया गया था। बेक़ल बरसात और झुलसाती धूप को अपने ऊपर झेलने को तैयार। इतनी बहादुर कि उसकी आँखों से एक दिव्य चमक फूटती। उसके पास बने रहने का एक ही तरीक़ा था...उसकी बहादुरी के बराबर बहादुर हो जीना। उससे उसी बहादुरी से बात करना। उससे सिर्फ़ मछली-भात और चाय की बात नहीं करना क्योंकि वह तो उसका रोज़गार था और वह उसे निहायत नफ़ीस ढंग से अंजाम देती थी, लेकिन बहादुरी उसकी फ़ितरत थी। जब कभी वह साँझ-सबेरे बैठती थी फ़ुर्सत से अपने घर के आँगन में धूप सेंकती या हवा खाती या कुछ सोचती-सी तब उससे बात की जा सकती थी। इतिहास की बात। होन्ग की ईमानदार कोशिशों की बात। उसके ईसा मसीह के भाई होने की बात। होन्ग के कभी न मरने की बात और फिर अचानक उसके घायल हो मर जाने की बात।

"वह मर नहीं सकता था...वह तो इस पृथ्वी पर वरदानस्वरूप जन्मा था। इस पृथ्वी का ईश्वर, ईसा मसीह का छोटा भाई...वह मर नहीं सकता था...जो उसके साथ थे वे भी मर नहीं सकते थे...फिर भी वह मर गया, होन्ग मर गया मालिक, और फिर चांग भी मर गया! चांग मेरा प्रेमी...इस बच्चे का बाप!"

"मैं ऐसे किसी ईश्वर को नहीं मानता।" फ़तेह अली ख़ान ने धीरे से कहा था।

"इसलिए बहादुर यू-यान मैं नहीं मानता कि हम इस दुनिया में कभी न मरने के लिए पैदा होते हैं। सबको मरना ही है। इसीलिए होन्ग ज़ी-क्वान का मरना हैरत की बात नहीं, यू-यान। हाँ, चांग का ऐसे मर जाने का दुख है मुझे। यह बच्चा...!"

उन्होंने प्यार से उस बच्चे के गाल सहलाए, "इसके पिता के न रहने का दुख है मुझे...लेकिन जिस जंग में वह सिपाही लड़ने पहुँचा था उसमें से बचकर निकल आना एक करिश्मा ही होता। तुम्हारा इस नए पैदा हुए बच्चे के साथ बचकर जंग के मैदान से लौटना और फिर दोबारा जीना, सर उठाकर जीना यू-यान, बड़ी बात है।"

फ़तेह अली ख़ान अपना सर झुकाकर यू-यान के लिए बाक़ायदा इज़्ज़त का इज़हार करते हैं। और इसके साथ ही उनके ज़ेहन में परगासो बीबी कौंध कर हलचल पैदा करती हैं। देश की बातें हलक में कुछ फँसा देती हैं।

वे यू-यान के सामने अपनी अचकन की लहरियों को ठीक करते हुए उस मुलायम दरी पर ख़ूब आराम से बैठ जाते हैं जिसे यू-यान ने उनके स्वागत में बिछाया है और जो शायद उसके पास की अकेली ऐश्वर्य से भरी चीज़ है।

"बीबी"...वे केंटन की ज़ुबान में अपने देश के इतिहास को बताते हैं।

यू-यान काग़ज़ निकालती है। उसे अक्षर ज्ञान भी है। उसे इस हिन्दुस्तानी की बातें रिझाती हैं। उसे अच्छा लगता है जानकर कि इस नदी के पार...इस दक्षिणी समुद्र के रास्ते से होकर एक ऐसे देश में जाया जा सकता है जहाँ लोग अलग होकर

भी उनकी तरह हैं। उसने मन-ही-मन कई बार जानने की कोशिश की है—क्या वहाँ के लोग फ़तेह अली ख़ान की तरह अजनबी होकर भी अजनबी नहीं होते? क्या वे सब इतने ही उदार और भले दिलवाले होते हैं? उसे कभी इस शख़्स से डर क्यों नहीं लगा? कभी उसे इससे कोई दूरी क्यों महसूस नहीं हुई? अपने दुख और सुख बाँटते हुए कोई परायापन क्यों नहीं लगा?

"हमारे देश का भी यही सच है। मेरे जहाज़ 'सूर्य दरबार' के मालिक बड़े राजा हमारे देश के एक बहादुर राजा का साथ देते हुए फ़ौत हुए अपनी ज़मीन बचाने के वास्ते। उस राजा का नाम कुँवर सिंह था। एक कविता है यू-यान, रुको, मैं उसका अर्थ केंटनी ज़ुबान में बतलाता हूँ,

"जो फ़ौत हुए कुँवर सिंह तो अब हम क्या करें? नहीं मना सकते उत्सव, तीज-त्योहार कोई। हमारी पगड़ी के रंग और शान दोनों चले गए।"

"अरे!" चौंकी यू-यान, "होन्ग के जाने के बाद तो ऐसा ही हमें भी लगा था... उसके सारे अनुयायियों को...उसके सिपाहियों को...कि अब हम आगे कुछ नहीं कर पाएँगे। कोई त्योहार नहीं मना पाएँगे।"

"हाँ, वही तो मैं कह रहा हूँ तुम्हें, कुँवर सिंह के बारे में भी यही कहा जाता था कि वे भी न तीर से मरनेवाले थे न तलवार से, फिर भी...उनकी ज़िन्दगी ख़त्म हुई! और वे गए तो गए हमारे मालिक को भी जाना पड़ा।"

गले में एक हिचकी तेज़ी से कूदकर दम घोंटने लगी, फ़तेह अली ख़ान का।

"मेरा मुल्क भी सुन्दर है यू-यान। बहुत गर्मजोशी से भरा और सुन्दर। लेकिन अब वहाँ डर के बीज बो दिए गए हैं और कायर पौध पैदा हो रही है। पंगु और कायर, जो सिर्फ़ पिट्ठूगिरी करने को अपना फ़र्ज़ समझती है। मैं तुम्हारी बहुत इज़्ज़त करता हूँ यू-यान, इसलिए कि मैंने अपनी गढ़ी में अपने अज़ीज़ों को बग़ावत करते देखा है। उन्हें अन्तिम दम तक लड़ते हुए देखा है। हमारी गढ़ी की परगासो बीबी ने बहुत कुछ खो दिया जंग में। लेकिन उनके चेहरे पर शिकन तक नहीं आती। जैसे तुम्हारे चेहरे पर भी नहीं आती।"

यू-यान, फ़तेह अली ख़ान की इन जज़्बाती बातों को सुन मुस्कुराई। उसका दिल इस अजनबी की फ़राखदिली पर लुट गया।

"अच्छा कहा आपने। मेरा मान किया। अपनी परगासो बीबी का मान किया। लेकिन हज़ारों जो फ़ौत हुए उन्हीं के बीच में से जो कुछ लोग बच गए, उन्हीं में से हम दो हैं। हम महज़ दो औरतें हैं। हम गिनती की संख्या हैं बस। हारे हुए लोगों में शुमार। बच गई दो औरतें! फ़ौत औरतें हों या मर्द, बात एक ही है मालिक। जान तो सबमें एक-सी ही होती है, ना?

"नहीं..." फ़तेह अली ख़ान ने नकार में सर हिलाया।

यह बात मामूली बातों से जुदा है।

## रोज़नामचा

**बैशाख की शाम, 1872**

मैं कैसे बदल दूँ इबारतें? कैसे बताऊँ दुनिया को कि मुल्क में एक परगासो बीबी होती हैं और चीन में एक यू-यान बीबी। दोनों की ज़मीन कितनी अलहदा लेकिन फ़ितरत कितनी एक-सी। ये बहादुर औरतें जंग में कितना कुछ हार गई हैं, लेकिन फिर भी मुल्क की बेहतरी की चिन्ता करती हैं।

मैं इनकी तरह क्यों फ़िक्र नहीं कर पाता हूँ? मेरे लिए मुल्क के मायने क्यों नहीं, जबकि सरहदों की ज़ुबान मुझसे बेहतर कोई नहीं जानता?

क्या मैं यतीम रहा इसीलिए?

क्या मैं कायर हूँ?

शायद हाँ। मैं जंग नहीं लड़ना चाहता। मुझमें वह वाला हौसला नहीं। फिर मेरे अन्दर आख़िर है क्या?

हैरान हूँ। परेशान हूँ।

और इन बहादुर औरतों के आगे मेरा सर झुका है।

काश मैं दोनों के लिए कुछ कर पाता।

काश!

**फ़. अ. ख़ान**

## कलकत्ता

शंकर लाल को पता ही नहीं चला कि जब वे कलकत्ता पहुँचे तो पीछे क्या-क्या छोड़ आए थे। उन्होंने स्टीमर से उतरने पर सबसे पहले विलियम के क़िले (फोर्ट विलियम) पर कुछ परिचित चेहरे खोजने की कोशिश की। वहीं किसी ने बताया, आप टाउन हॉल जाइए। वहाँ आपको चाँदपुर रियासत के जहाज़ 'सूर्य दरबार' की ख़बर ज़रूर मिल जाएगी।

शंकर लाल ने बहुत एहतियात से अपना सामान सँभाला और हाथ रिक्शा कर टाउन हॉल पहुँचे। उनकी पोशाक देख कोई भी उन्हें बंगाल का भद्र पुरुष ही समझता क्योंकि वे बंगाली भद्र पुरुष जैसे ही लग रहे थे। ऐसे लोगों की कलकत्ता के अवाम में भारी इज़्ज़त थी। आते-जाते लोग उन्हें झुककर सलाम कर रहे थे। यह देख मन से कुछ घबराहट बिला गई उनके लेकिन जैसे ही वे टाउन हॉल के सामने पहुँचे तो उन्हें एक भीड़ दिखलाई पड़ी। भीड़ में ज़्यादा संख्या सिपाहियों की थी जिन्हें देख वे फिर घबरा गए और अपने सामान को ले आशंकित होने लगे। तभी दो अंग्रेज़ सिपाही अपनी बन्दूकों समेत उनके पास पहुँचे और उन्हें घेर लिया।

"कौन है?"

शंकर लाल को अपने बेशक़ीमती चित्रों पर ख़तरा मँडराता दिखा...वे बुरी तरह लटपटा गए और अंग्रेज़ी में बोले,

"मैं शंकर लाल हूँ। चित्रकार हूँ। पटना से आया हूँ। पटना में हमारा मुसव्विरख़ाना है।"

सिपाहियों को शायद कुछ भी पल्ले नहीं पड़ा।

"ये कैसा सामान है? इसमें क्या है?" सिपाहियों ने बन्दूकों की नोकों से चित्रों को टटोलना शुरू किया। शंकर लाल को लगा उनके दिल पर कोई बरछी चला रहा है।

वे चीख़े, "ये चित्र हैं। ये...मेरी सन्तानें हैं...मेरी सन्तानों की सन्तानें हैं!"

सिपाही थमक गए। उनके चेहरे भावशून्य हो गए। उन्होंने अपनी बन्दूकें दिखाकर शंकर लाल को टाउन हॉल के अन्दर जाने का आदेश दिया।

शंकर लाल की साँस धौंकनी की तरह चल रही थी और सर चकरा रहा था जब वे टाउन हॉल के अन्दर पहुँचे।

## केंटन—चीन

कई महीने लगे फ़तेह अली ख़ान को बच्चे का चित्र बनाने में। बच्चा कई बार भाग जाता था और कई बार रोने लगता था।

फ़तेह अली ख़ान के पास कलकत्ते से लाई हुई देसी छेने से बनी मिठाई थी। उसी की रिश्वत देने पर बच्चा ख़ुश हो तस्वीर बनाने देता था। पहली तस्वीर में

बच्चा मुश्किल से मुस्कुराता दिखता था, और इत्तेफ़ाक़ से दूसरी तस्वीर में बच्चा ख़ुशदिली से मुस्कुरा रहा था। दोनों तस्वीरों के इस बारीक़ फ़र्क़ को दो ही लोग ठीक-ठीक समझ सकते थे। फ़तेह अली-खान और यू-यान।

"मुझे असली तस्वीर चाहिए।" वह ख़ुश होकर अड़ गई थी।

फ़तेह अली ख़ान ने बहुत इसरार किया था, "यू-यान, मेरा अज़ीज़ बहुत बीमार है, परगासो बीबी ने ज़िद की है कि मैं कुछ ऐसी नायाब चीज़ उन्हें ले जाकर दूँ, जिससे उन पर थोड़ी रौनक चढ़े। मेरी मुश्किल समझो। मुझे बच्चे की असल हँसी दे दो। वह मेरे अज़ीज़ की आत्मा को ज़रूर रोशन करेगी।"

यह सुन यू-यान चुप हो गई थी और उसने पूछा था, "क्या सचमुच?"

"हाँ।" फ़तेह अली ख़ान असीम आशा से भर बोले थे।

"तो फिर ठीक है, ले जाइए।" उसने अपने बेटे को पकड़कर अपनी छाती में भींच लिया था, जैसे फ़तेह अली ख़ान बेटे की तस्वीर को नहीं, बेटे को ही हिन्दुस्तान ले जा रहे हों।

फ़तेह अली ख़ान ने यू-यान को ऐसा क़र्ज़ देने पर शुक्र अदा किया और बच्चे को पास बुलाया,

"चिन।"

बच्चा दौड़ा चला आया और उनकी गोदी में दुबक गया। यू-यान की आँख भर आई।

'दुनिया बदल रही है, चांग! तुम्हारे बिना क्या दुनिया को इसी तरह बदलना होगा?'

## मुसव्विरख़ाना

ख़दीजा बेगम ने मुसव्विरख़ाना में जाकर आवाज़ लगाई—"चाचा।"

चौकीदार दौड़ा चला आया।

"चाचा आज जी अच्छा नहीं लग रहा है। मुसव्विरख़ाना देखिएगा। किसी को लौट जाने को ना कहिएगा। कोई उस्ताद के बारे में पूछे तो ज़रूर कह दीजिएगा उस्ताद का हाल। उस्ताद चीन पहुँच चुके हैं। ख़बर आई है। कुछ ही महीनों में लौटेंगे हिन्दुस्तान। हम घर पर जाकर थोड़ा आराम करते हैं।"

चौकीदार ने कातरता से सर हिला दिया।

पिछले आठ महीनों से रोज़ ख़दीजा बेगम मुसव्विरख़ाना आती हैं, शागिर्दों का इन्तज़ार करती हैं, अपने किसी नए चित्र पर घंटा-दो घंटा काम करती हैं और फिर उसे मुसव्विरख़ाना खुला रखने की ताक़ीद कर लौट जाती हैं, एक लम्बे इन्तज़ार में और कड़ियाँ जोड़ने।

ख़दीजा बेगम की तबीयत ख़राब रहती है। चौकीदार उनके नैहर वालों को इत्तला कर चुका है, "दिन पूरे होने को हैं, कब जचगी हो जाए, पता नहीं। मालिक को गए ठीक नौ महीने हो गए हैं। अपना ख़याल नहीं रखतीं। मुसव्विरख़ाना को ले पागल हुई जा रही हैं।"

नैहर वालों ने ख़दीजा बेगम को कहा, "आओ कुछ दिन हमारे संग रह लो।" ख़दीजा बेगम ने इनकार कर दिया। और अपने नैहर वालों को कहा—वे ही चले आया करें उनके मोहल्ले। गर बीच में उस्ताद आ गए तो क्या कहेंगे 'ख़दीजा बेगम तुमने मुसव्विरख़ाना, किसके हवाले छोड़ दिया? ख़दीजा बेगम क्या तुमने मेरी जान कहीं रेहन रख दी है?' क्या कहेंगी ख़दीजा बेगम इस पर? जवाब देते बनेगा क्या?

सो ख़दीजा बेगम वहीं रहीं। उसी कमरे में, जहाँ से मुसव्विरख़ाना बस छलाँग-भर की दूरी पर था।

और जब ख़दीजा बेगम ने एक चाँद से बेटे को जन्म दिया तो शंकर लाल को गए हुए 10 महीने हो गए थे और उन्हें वाक़ई पता नहीं था कि वे पीछे क्या-क्या छोड़ आए हैं। ख़दीजा ने बहुत फ़ख्र से अपने चाँद से बेटे का नाम अमर लाल रखा और उम्मीद की कि शंकर लाल चीन से जल्द लौटकर आएँगे और अपने वारिस को मुसव्विरख़ाना ले जाकर, कला की बारीक़ियाँ सिखलाएँगे।

## पटना, 2001

ली-ना ने जो उम्मीद की थी उससे कहीं ज़्यादा वक़्त आर्ट कॉलेज में रखे हुए चित्रों को देखने की इजाज़त पाने में लग रहा था...।

समर्थ लाल उसे बता नहीं पा रहे थे कि इस देश में कितनी लालफीताशाही है, कितनी धाँधली और चोर बाज़ारी।

"बहुत दिन ग़ुलाम रहने से यह सब हो जाता है! एक ग़ैरज़रूरी चालाकी सबके ज़ेहन में ऐसे समा गई है कि क्या किया जाए। अब आज काम नहीं हो पाएगा। कल किसी को फ़ोन कर आएँगे...।"

"जी सर।" वह बहुत प्यार और शान्ति से बोली।

"हम भी ग़ुलाम ही थे। अब भी हैं शायद।"

"हम भी हैं शायद।"

इस पर फिर दोनों राहत से भरी हँसी हँसे और समर्थ लाल ने गंगा नदी की ओर गाड़ी मोड़ दी।

लोदी कटरा मोहल्ला दोबारा अपने वक़्त को याद कर जी उठा।

## मुसव्विरख़ाना

चौकीदार ऐलानिया आवाज़ में बकता रहता है....ख़दीजा बेगम भड़क उठती हैं।

"चाचा तुम शागिर्दों को भगा रहे हो। अपने मालिक के आदेश भूल गए?"

"ख़दीजा बेगम, तुम अपना और बच्चे का ख़याल रखो। मालिक के पैसे ख़त्म हो जाएँगे तो क्या करोगी? मालिक का इन्तज़ार कब तक करोगी?"

"चाचा पागल तो नहीं हो गए तुम? मालिक के जो हर माह में आनेवाले ख़त हैं, उनसे कैसे इनकार कर दूँ? मालिक को अभी लौटने का जहाज़ नहीं मिल रहा है। जैसे ही मिलेगा—आएँगे। और आकर अपने मुसव्विरख़ाना को देखना चाहेंगे। उस वक़्त क्या जवाब दोगे मालिक को तुम? क्या ऐसे ही फ़ितूरी की तरह बकोगे कि मालिक मुसव्विरख़ाना बन्द हो गया है।"

चौकीदार को इस तरह डपटकर ख़दीजा बेगम अपने नैहर चल दीं। वहाँ उनकी चचेरी बहन रहीमन बाज़ार में सब्ज़ी बेचने जाने के लिए तैयार मिली। उसके पास ही सात साल का अमर कुछ खेल रहा था, अजीबोग़रीब मिट्टी के पुतले बनाता।

"चलो बाज़ी जल्दी चलो, वरना बाज़ार उठ जाएगा।"

"अमर क्या तुमने कोई चित्र बनाया इस बीच? यह मिट्टी के बुत बनाकर क्या कर रहे हो?"

"खेल रहा हूँ!" अमर शोख़ी से चिल्लाया।

ख़दीजा बेगम ने जल्दी-जल्दी सब्ज़ी का टोकरा सर पर सँभाला और अपनी बहन के साथ चल दीं बाज़ार सब्ज़ी बेचने। अमर भी उठकर एक काग़ज़ को मुट्ठी में दबाए चल दिया उनके पीछे। लेकिन फिर रुक गया बीच रास्ते में ही एक देवी

मन्दिर के सामने, जहाँ पूजा चल रही थी और जिसे मन्दिर का पुजारी अपनी बेटी के साथ सम्पन्न कर रहा था। अमर को वह दृश्य इतना मनमोहक लगा कि उसने अपनी माँ ख़दीजा बेगम के हाथ में वह मुड़ा-तुड़ा काग़ज़ जल्दी से थमा दिया और मन्दिर के अन्दर चला गया।

ख़दीजा बेगम ने सर पर टोकरी रखे-रखे ही उत्सुकता से काग़ज़ सीधा किया और देखा, काग़ज़ पर किसी गहरी चीज़ से गोदे हुए निशान थे। उसमें उनके प्यारे बेटे ने कोई चित्र तो क्या, किसी चित्र की शुरुआती लकीर खींचने तक की कोशिश नहीं की थी। उनका दिल इतने दिनों से सब समझते हुए भी जो ना समझना चाह रहा था, वह आज उन्हें एकाएक समझ में आ गया। उनका चाँद कभी चित्रकार नहीं बन सकता है।

जब शंकर लाल लौटेंगे तो देखेंगे कि उनका बेटा चित्र से ज़्यादा पूजा-पाठ में मन लगाता है। और यह अच्छी बात तो है लेकिन क्या चित्रकारी जितनी अच्छी बात है?

मन्दिर से अब ज़ोर-जोर से आरती गाने की आवाज़ आ रही थी। ख़दीजा बेगम अपने चन्दा बेटा की आवाज़ हज़ारों की भीड़ के बीच भी सुन लेने की क़ुव्वत रखती थीं। बेटा, देवी माँ को ऊँचे मधुर स्वर में पुकार कर संसार से पाप का अन्त करने की गुहार लगा रहा था।

## लोदी कटरा मोहल्ला पटना, 2001

गाड़ी एक ओर खड़ी कर समर्थ लाल पैदल चलने लगे गलियों में। सिर्फ़ माचिस के डिब्बों से घर नज़र आए उन्हें। ली-ना उनके पीछे-पीछे लगभग दौड़ रही थी। उसने देखा, सर की पेशानी पर एक जाला-सा बनने लगा था। उसमें दुख घर बना रहा था और ग़ुस्सा घुसपैठ करने की कोशिश में था।

"तुम देखना चाहती थी न...देखो। यही वह मोहल्ला है जहाँ मुसव्विरख़ाना हुआ करता था। क्या आज इस मोहल्ले को देख तुम्हें कभी लग सकता है कि यहाँ कला का इतना बड़ा केंद्र हुआ करता था? मुझे मालूम है तुम्हें विश्वास नहीं होगा, रुको-रुको मैं इस चायखाने के बुज़ुर्ग से पूछता हूँ। बुज़ुर्गों की स्मृति में तो सब बातें रहती हैं न...रुको पूछता हूँ!"

समर्थ लाल का पारा ऊँचा होता जा रहा था। पूरा शरीर घायल योद्धा समान भहरा रहा था। आवाज़ का ऊँचा होना ख़तरनाक था। ली-ना को घबराहट होने लगी। अफ़सोस भी। क्यों ज़ाहिर की उसने यहाँ आने की ऐसी इच्छा?

चायखाने पर बैठा, कुल्हड़ से चाय सुड़कता बुज़ुर्ग समर्थ लाल के सवाल पूछने पर, पहले तो इत्मीनान से चाय सुड़कता रहा जैसे जवाब देना एक फालतू काम हो, फिर बोला, "एक सक्सेना साहब रहते हैं गली के मुहाने पर, वे बताते हैं उनका कुछ ताल्लुक़ रहा है, यहाँ के पुराने लोगों से। आप वहीं पता कर लीजिए। हमारे देखते तो ऐसा कोई महल रहा नहीं इस इलाक़े में। और साहब ये तस्वीर वग़ैरह की बात तो कभी सुनी भी नहीं। दो रोटी का जुगाड़ किसी तरह हो जाए तो ग़नीमत...बाक़ी क्या जानें।"

ली-ना को दुनिया डूबती-सी लगी। जिस कला के बारे में समर्थ लाल इतना जानते हैं, जिसकी ही मार्फ़त वह यहाँ अपना कोई बहुत ज़रूरी हिस्सा तलाशने आई है, वह कहीं काल के गर्त में डूब गया है क्या? यह कैसा दुर्योग्य है!

इस बीच समर्थ लाल कहीं खो गए। फिर जब वे बोले तो बड़े संयत हो बोले, "देखा, यह है कला की दुर्दशा इस देश में। अब इस बेचारे ग़रीब को भी क्या दोष दिया जाए। इसके लिए पेट के मसले तो कला के मसले से बड़े होंगे ही न? जिस सक्सेना साहब की बात कर रहा है, मैं उनसे कई बार मिला हूँ। वे पुरानी चीज़ों को इकट्ठा करने का शौक़ रखते हैं। कहते रहे हैं बार-बार कि मुसव्विरख़ाना की एक दीवार बची थी उनके बचपने में, जिस पर लोगों ने क़ब्ज़ा कर लिया और यह माचिस के डिब्बे-सा घर बना लिया। आओ तुम्हारी तसल्ली के लिए वह भी दिखाता हूँ।"

धूप कड़ी होती जा रही थी। ली-ना का नाज़ुक शरीर कुम्हलाता जा रहा था। फिर भी उसकी ज़िद के आगे हार की बातों का कोई मतलब नहीं था। 'चीन से इतनी दूर जो तुम ढूँढ़ने आई हो, उसे लिये बिना कैसे चली जाओगी ली-ना?' चिड़िया माँओं का कान में कलरव ज़ारी था।

वह समर्थ लाल के पीछे फिर दौड़ने लगी।

एक टाट के परदे वाली जगह पर समर्थ लाल रुक गए। पर्दे के अन्दर कुछ आवाज़ों का शोर था। कुछ लोग परदे के बाहर आ रहे थे हाथों में प्लास्टिक की थैली पकड़े।

"यह क्या है? यह कौन-सी जगह है?" ली-ना हतप्रभ थी।

"ली-ना यह बूचड़ख़ाना है। लोग यहाँ से गोश्त ख़रीदकर ले जा रहे हैं प्लास्टिक की थैलियों में। हाँ, यह टूटी-फूटी सी कोठरी वही जगह है, जहाँ मेरे पिता की दादी, शंकर लाल की पत्नी, ख़दीजा बेगम ने अपनी अन्तिम साँसें ली थीं। मेरे पिता ने उन्हें यहीं मरने के लिए छोड़ दिया था। जबकि वे बहुत बीमार थीं और उनका दिल टूटा था। मेरी माँ ने बताया था कि अपने अन्तिम दिनों में वे अपना होश भी खो बैठी थीं। उनके बेटे, मेरे पिता के पिता अमर लाल, मेरे पिता को एक मन्दिर के पुजारी के भरोसे छोड़ चले गए थे। वह पुजारी मेरे पिता के नाना

थे। मेरे पिता के पिता, शंकर लाल और ख़दीजा बेगम के बेटे, पिता की पैदाइश के कुछ ही दिनों बाद आसाम चले गए थे...आसाम एक राज्य है पूर्वोत्तर का। वहीं एक बहुत प्रसिद्ध तंत्र का मन्दिर है—कामाख्या देवी का मन्दिर—वहीं चले गए थे अमर लाल। मेरे पिता के पिता।

"ऐसा सुना है कि वे बचपन से ही धार्मिक थे। उनकी माँ ख़दीजा बेगम ने बहुत कोशिश की थी, उन्हें चित्रकार बनाने की। उनकी माँ के पास जीने की आस के रूप में बस वह मुसव्विरख़ाना ही था जो उनके उस्ताद उन्हें सौंपकर गए थे। इसीलिए वे चाहती थीं कि आगे आनेवाली पीढ़ियाँ उस कला के प्रति ज़िम्मेदार बनी रहें। लेकिन सबसे पहले उन्हीं के बेटे ने इस परम्परा से बग़ावत कर दी। उन्होंने वहीं गंगा घाट पर बने एक देवी मन्दिर के पुजारी की बेटी से शादी कर ली और मेरे पिता सज्जन लाल पैदा हुए।"

"ओह!"

ली-ना पूछना चाहती थी कि आगे क्या हुआ? लेकिन पूछ नहीं सकी।

उसे कला की सिपाही ख़दीजा बेगम के संघर्षों को याद कर बहुत रोना आने लगा। उसने आदर से झुककर, हाथ जोड़कर बूचड़ख़ाने को वैसे ही सम्मान प्रकट किया जैसे बुद्ध की मूर्ति के सामने करती और फिर तेज़ी से अपनी गाड़ी की ओर लौटते समर्थ लाल के पीछे हो ली।

## फ़तेह अली ख़ान का ख़त

*यह ख़त सुमेर सिंह के लिए, 1872*

*मेरे प्यारे सुमेर और परगासो बीबी को मेरा सलाम पहुँचे।*

*जल्द हिन्दुस्तान की वापसी है।*

*चाँदपुर की आनेवाली मुलाक़ात के लिए बेचैन हूँ। मास्टर से ख़बर मिल गई होगी। इस बार व्यापार मन्दा रहा है। लेकिन हम हिम्मत नहीं हारेंगे, मास्टर हमेशा ऐसा ही कहता है। मुझे उसकी बातों पर यक़ीन है। आप दोनों भी रखिएगा। इम्तिहान की घड़ियाँ, किसकी ज़िन्दगी में नहीं आतीं? लेकिन हम हिम्मत हार नहीं सकते न? आप दोनों ने यही कहकर 'सूर्य दरबार' को अब तक चलाए रखा है। हम इसी रवायत को ज़ारी रखेंगे।*

*सब सलामत है और रहेगा। इस ख़त के साथ एक ख़ूबसूरत चीनी बच्चे की तस्वीर भी भेज रहा हूँ, जो मैंने अपने हाथों से बनाई है। आप कहते थे न चीन की ख़ूबसूरत चीज़ें लेकर आओ...मैं समझता हूँ, यह बच्चा उस ख़ूबसूरती की*

बानगी है जो चीन को आपके सामने खोलता है। मैंने अपने बचपन के शहर की कला-शैली पटनाक़लम की तर्ज़ पर यह तस्वीर बनाई है। तस्वीर का बच्चा, उस मछली बेचनेवाली का बच्चा है जो अपनी माँ के साथ सुबह-सुबह मेरे डेरे पर ताज़ा मछलियाँ बेचने आती है। माँ बहुत सुन्दर है लेकिन बच्चा...क्या कहूँ... बयाँ नहीं कर सकता।...दोनों को मेरी ज़ुबान कम आती है, लेकिन आप तो जानते ही हैं कि मैं उनकी ज़ुबान बोल लेता हूँ और उन्हें अपनी बातें समझा देता हूँ। माँ के साथ कुछ ज़्यादती हुई है शायद। लेकिन वह बताती नहीं। कोई ज़िक्र नहीं करती। बस मुझे अपनी मछलियाँ बेचने के बाद वह अपने बच्चे की उँगली पकड़ चल देती है। जब कभी मैं बच्चे को कलकत्ता से मोल ली, रस से भरी, छेने की गोल मिठाई पकड़ाता हूँ तो वह मुझे ऐसे अचरज से देखता है मानो मैंने उसे खेलने के लिए जाने कैसी लचीली सफ़ेद रबर की गेंद दे दी है। वह बच्चा उसे हाथ में ले निगाहें इधर-उधर करता है और जब उसके हाथों के ज़रा से दबाव से गेंद से रस टपकता है, तो वह उस रस को चाट लेता है और फिर उसकी आँखों का अचरज ख़ुशी में बदल जाता है। वह पल अनमोल होता है। यह तस्वीर उसी पल की है। उसकी तस्वीर बनाने के लिए मुझे कई दिन उसे मिठाइयाँ खिलानी पड़ी हैं।

इस तस्वीर को देखकर वह मिठास और उन मिची हुई आँखों की ख़ुशी ज़रूर ही आपकी आँखों में उतर जाएगी।

मेरे अज़ीज़ आप तो जानते ही हैं कि मैं जब पटना में रहा करता था तो मेरी दिली ख़्वाहिश थी कि मैं तस्वीर बनाना सीखूँ। यतीमख़ाने की बग़ल में ही था वह मुअज़्ज़िज़ मुसव्विरख़ाना जहाँ फ़िरंगी भी तालीम पाने आते थे। लेकिन मैं वह ख़ुशक़िस्मत न हुआ। मेरे हालात इस बात की इजाज़त नहीं देते थे। लिहाज़ा मैंने ख़ुद ही कोशिश की। यहाँ चीन में ख़ाली वक़्त में इसी ख़ब्त को अंजाम दिया करता हूँ।

ख़त कितना लम्बा हो गया।

आज आपका यह नक़्शानवीस रेखाओं के बजाय कैसे तस्वीरों की बात करने लगा? भटक गया हूँ। जाने कैसे? जाने क्यों? यह बच्चा मुझे अपने बचपन की याद दिला गया। एक हमनवा महरूमी की याद दिला गया और मुझे भटका गया।

मुआफ़ी चाहूँगा। फ़िलहाल इतना ही। ख़त के जवाब का मुन्तज़िर रहूँगा।

मेरा ख़ुदा आपको आबाद रखे।

आपका ख़ुदा मुझे याद रखे।

जल्द मुलाक़ात होगी।

**फ़. अ. ख़ान/कैंटन**

# कैंटन—चीन

फ़तेह अली ख़ान ने कुछ लिखा और मिटा दिया। फिर लिखा और फिर मिटा दिया। फिर लिखा और काग़ज़ के टुकड़े कर दिए। फिर क़लम उठाई और उसे मेज़ पर पटककर सर पर लाचारी से हाथ सजा दिए। किससे कहें दिल का हाल? देश के लोगों की ख़बरों से जी हलकान हुआ पड़ा है उनसे कैसे कहें यहाँ चीन के लोगों के बारे में सुनने को।

एक बच्चा है प्यारा-सा।

एक बच्चा है मासूम।

बच्चे की एक माँ है।

भोली और दुखी।

दोनों मिलकर उन्हें घर से दूर एक घर होने का एहसास दिलाते हैं।

कभी-कभी बच्चे की माँ अपने बच्चे को उनके तम्बू में सुलाकर चली जाती है।

कभी-कभी उनकी ख़ानाबदोशी एक हसरत में तब्दील हो जाती है, और वे सोच में पड़ जाते हैं यहीं रुक जाएँ अब। इसी बच्चे की माँ के साथ और इस बच्चे को अपनी छाती में भर लें हमेशा के लिए। फिर यह बच्चा उसके बाद, कभी न डरे। यह बच्चा हँसे। बेख़ौफ़ हँसे उसके बाद। वे हँसी से हिलगते उसके शरीर को देखें देर तक और इसकी माँ के माथे पर मुलायम बोसा रख दें। फिर तीनों मिलकर गुज़रते जाएँ समय के हिंडोले पर सवार।

लेकिन यह हसरत परवान चढ़ने से पहले ही टूटकर बिखर जाती। उन्हें याद आता अपना यतीमख़ाना, पटना शहर, चाँदपुर रियासत, बड़े राजा और सखा सुमेर सिंह।

उन्हें सखा को ठगने का मन नहीं करता कि—छोड़ दें ऐसे भोले इनसान को मझधार में।

ख़ासतौर से जब गढ़ी के हालात अब पहले से बदल गए हैं।

तोहफ़े में इस मासूम का चित्र बनाकर जो भेजा था उन्होंने तो बाद तक उनके चेहरे कैसे खिल-खिल उठते थे चित्र देख। उनके गढ़ी लौटकर जाने पर वे कहते नहीं थकते थे।

"यह बच्चा तो कितना प्यारा है! फ़तेह अली ख़ान।" वे किलकते रहते थे।

बीमार, लेटे हुए सुमेर के शरीर में हरकत का देखना, उनका उठकर ख़ुशी से बार-बार सुमेर को कहना,

"कितनी नायाब चीज़ भेजी है फ़तेह अली ख़ान आपने। देखिए मैं अब चलता-फिरता हूँ...इस तस्वीर को निहारने, बैठकख़ाने तक चला जाता हूँ।"

परगासो का सुमेर का यह उत्साह देख भीग जाना और कहना, "फ़तेह अली ख़ान उम्मीद के ज़िन्दा रहने के लिए, यह बहाना कितना सुन्दर नज़र आता है!"

ऐसा लगता था जैसे उन दोनों के अन्दर का बच्चा...उनके अन्दर की ख़्वाहिश का एक बच्चा, उनकी गोद में उछलकर बैठ गया था और वे उसे देखते नहीं अघा रहे थे।

उनके शरीर के तनाव को फ़तेह अली ख़ान महसूस कर रहे थे। यह एक ख़ुशख़बरी के आगमन की प्रतीक्षा का तनाव था और इसे बनाए रखने में ही सभी के जीवन का राग छिपा था। फ़तेह अली ख़ान उस राग को उनके लिए छिपाकर, बचाकर, चुराकर लाने की ज़िम्मेदारी ख़ुद को सुपुर्द कर चुके थे। उनका अपना वजूद इन्हीं सब मंशाओं से बना था। इस तरह वे अपने को ही हौसलामन्द रखते थे।

ज़िन्दा रखते थे।

**कैंटन—चीन**

"आओ, मालिक उसने काँपती आवाज़ में कहा था। आज बड़ी मुश्किल से व्यापारियों के मोहल्ले से निकलना हो पाया है।"

"तुम इतने दिन आईं क्यों नहीं?"

फ़तेह अली ख़ान ने उस औरत के दरवाज़े के बाहर से ही पूछा था।

तब तक उसका बच्चा दौड़ता हुआ आया था और मुस्कुराकर उसे घर के अन्दर आने को कहने लगा था। फ़तेह अली का संकोच उनकी चुप्पी में तब्दील हो गया था और वे देर तक असमंजस में खड़े रहते, अगर अन्दर से आवाज़ नहीं आती। वे अब उस ज़ुबाँ को समझते थे जिसमें बहुत कमज़ोर लेकिन मोहब्बत से भर कहा गया था, "बेटा मालिक को अन्दर ले आओ।"

कैंटोनी ज़ुबान में ये बात कितनी शीरीं मालूम हुईं।

## कलकत्ता जर्नल अख़बार

## बुधवार, 15 अक्टूबर, 1873

सूत्रों के हवाले से पता चला है कि अमेरिका में अब चीनी नूडल्स की बहार है। बहुत सारे चीनी अमेरिकी जहाज़ों से रेलवे लाइन बिछाने के लिए कैलिफ़ोर्निया ले जाए गए थे। लेकिन वहाँ पहुँचकर वे सारे रेलवे के काम तक महदूद नहीं रहे। अब वे चीनी खाने को अमेरिकावासियों को खिला-खिला कर अपना मुरीद बना रहे हैं। अभी तक तो ताइपिंग विद्रोह में हारे मर्द ही अमेरिका जाने का रास्ता ढूँढ़ रहे थे, लेकिन अब वे अपने लिए दुल्हनें भी ला रहे हैं और अमेरिकी ज़मीन पर 'पीला ख़तरा' नाम से मशहूर ये चीनी अब रुकनेवाले नहीं।

और आख़िर क्यों न हों? ये न सिर्फ़ मज़दूरी करते हैं बल्कि खाना भी उतना ही लज़ीज़ बनाते हैं।

यह हुई न दिलचस्प बात, अमेरिकी सीनेटर भी अब इस बात की तस्दीक करने लगे हैं। हालाँकि पिछले कुछ सालों से चीनियों को देश का नागरिक न बनाया जाए, ऐसे बिल संसद में लाए जा रहे हैं। लेकिन इससे अब क्या फ़र्क़ पड़ेगा। अब तो चीनी वहाँ के बाशिन्दे हो ही गए और रोज़ नई तादाद अमेरिका पहुँच रही है।

*लॉन्ग लिव द क्वीन!*

### फ़तेह अली ख़ान का ख़त, 1873

*प्यारे सुमेर सिंह,*

*सबसे पहले सलाम फ़रमाता हूँ। फिर कुछ हाल कहता हूँ।*

*ख़त लिख रहा हूँ ठीक मोतिया नदी के किनारे से। ख़बरों को तसल्ली से पढ़िएगा।*

*मेरे चारों ओर नदी में कमल के फूल खिल रहे हैं। ऊपर से देखने पर पानी एकदम चुप है। जैसे वह इन फूलों का बिस्तर हो और इन्हें दुलार से आराम करने को कह रहा है। लेकिन दूर से कुछ आवाज़ें सुनाई पड़ रही हैं जो कानों को नहीं सुहाती हैं। मेरे ठीक पीछे एक लम्बी-चौड़ी क़िलेनुमा इमारत खड़ी हो गई है। ये हमारे देश में फ़िरंगियों की बनवाई इमारत जैसी ही इमारत है। एक-दो फ़िरंगियों को अभी भी देख रहा हूँ उसके अन्दर और बाहर आते-जाते। कुछ घोड़ों के पैरों की आवाज़ भी कान में पड़ रही है। चारों ओर फ़िरंगी और फ्रांसीसी हैं। कल तक एक-दूसरे को देखना नहीं चाहते थे। व्यापार में कट्टर दुश्मन बने हुए थे लेकिन*

आज साथ-साथ हो गए हैं। पूरी तरह से। हाथों में लम्बी बन्दूकें हैं, चलनेवाली गाड़ियाँ हैं जिनमें बारूद भरा हुआ है और वे तोपों का काम करती हैं। हवा में उनके बूटों की ख़ौफ़नाक सरसराहट है। मोतिया पर खिले कमल की ख़ूबसूरती के आगे हवा सब कुछ कुचलती चलती है। हैरतअंगेज़ मंज़र है और यह बयाँ करते वक़्त मेरे रोंगटे खड़े होते जा रहे हैं। डर मछली की तरह तैरता हुआ सबको तेज़ी से दबोच रहा है और सच कहूँ तो महसूस कर रहा हूँ कि मोतिया के चुप पानी के अन्दर हिला देनेवाली हलचल है। चीनी कुछ कह नहीं रहे, बस देख रहे हैं।

मैं भी सोच रहा हूँ कि अब यहाँ ज़्यादा दिन रहना ठीक न होगा। जाने कब, फ़िरंगी हम जैसे लोगों पर भी आवाजाही की बन्दिशें लागू कर दें। फिर न व्यापार होगा न जान की ख़ैर रहेगी। कल ही उस बच्चे के घर जाना हुआ मेरा। वही तस्वीर वाला बच्चा। वही बच्चा जिसकी तस्वीर पिछली बार भिजवाई थी आपको। वही बच्चा जिसकी तस्वीर देख आपकी आँखें खुलती हैं। उसी बच्चे की माँ ने बुलवाया था। बच्चे की माँ बहुत बीमार है। 1864 की माँचू राजा के ख़िलाफ़ वाली जंग में वह शामिल थी। उसी दौरान किसी तीर का टुकड़ा रह गया था उसके बाएँ कन्धे में। शायद अन्दर ही अन्दर कुछ न ठीक होनेवाला ज़ख़्म हो गया है उसे। आजकल बड़ी मिन्नत करती है मिलने पर कि मैं उसके बच्चे को यहाँ से हिन्दुस्तान ले जाऊँ और हिन्दुस्तान में ही इसकी परवरिश करूँ। मैं उसे दिलासा देता हूँ कि जल्द ही मैं यह कर दूँगा, लेकिन अभी यहाँ के हालात ठीक नहीं। ख़तरा बढ़ा हुआ है। कोई चीनी अफ़सर देख लेगा तो मुझे गिरफ़्तार कर लेगा बच्चे की तस्करी के जुर्म में। सख़्ती बढ़ गई है और फ़िरंगी का बोलबाला भी। चीनी अब हम जैसों पर भी शक करने लगे हैं। बहुत एहतियात बरतना होगा।

आप चीन माँगते थे न हमेशा मुझसे। कहते रहे हमेशा—'फ़तेह अली ख़ान चीन का टुकड़ा ही ले आओ।' तो ला रहा हूँ हुज़ूर इस ख़त के आप तक पहुँचने के ठीक एक माह बाद चीन के दिल का टुकड़ा आपके पास होगा। चीन ही समझ लीजिए उसे। ख़ालिस चीन का दिल है वह। चीन का लख़्ते जिगर।

मैं जानता हूँ आप झूम जाएँगे इस ख़बर पर।

लेकिन मेरे हुज़ूर, हमें बच्चे को बहुत सँभालकर रखना होगा। वो नाज़ुक और मुलायम है। बिन माँ-बाप का बच्चा। एक गूँगा बच्चा। एक प्यारा बच्चा। दिल से मानेंगे तो आपका होगा। आपका बच्चा। आपका वारिस। आपका प्यारा बच्चा।

सलामत रहें हुज़ूर, और मेरे जल्द कलकत्ता के बन्दरगाह पर लंगर डालने की राह देखें।

आपका ख़ादिम

**फ़. अ. ख़ान**

## केंटन—चीन

यू-यान के टोले में अक्सर अब तरह-तरह की गोरी चमड़ी वाले घुसे चले आते हैं। "टोले के सारे लोग आदर से सर झुका लेते हैं," यू-यान ने दर्द से भरे हुए फिर कहा था, "लेकिन मैं जानती हूँ यह सिर्फ़ आदर नहीं है। यह डर है मालिक डर। मछुआ टोली की बदहाली किसी से छिपी नहीं है।"

यू-यान कहती है वहाँ मर्द तो अब दिखाई देना बन्द हो चुके हैं। ऐसे में गोरी चमड़ी वालों का मछुआ टोली में झुंड बनाकर आना अनोखी बात नहीं थी। पहले भी लोग आते रहे हैं और चीनियों को अपने मुल्क ले जाते रहे हैं। लेकिन इस बार कुछ अलग ही माजरा लगा। यू-यान कहती है, "आनेवाले कह रहे थे कि वे सबको अमेरिका ले जाने आए हैं जहाँ बहुत पैसा मिल रहा है।"

फ़तेह अली ख़ान ने ग़ौर से सुना था और दर्ज किया था अपने दिमाग़ में। यू-यान की फ़िक्रों और डर को बख़ूबी भाँप रहे हैं वो, लेकिन फिर भी उनके भीतर की आवाज़ कहती है—अभी जल्दी नहीं करनी चाहिए। लेकिन क्या कायनात के खेल के दरमियान वे अपनी कोई अलहदा हस्ती रखते हैं? कोई फ़ैसलाकुन ताक़त है उनके पास जो कायनात की मर्ज़ी से बड़ी ताक़त है? क़तई नहीं...इसी का मुज़ाहिरा हो गया जल्द।

अचानक ही आए थे वे झुंड बनाकर उस दिन। ऊँचे, लम्बे, गोरे। चालाक आँखों वाले चपल गोरे। और उनकी ओर से बोलने लगा मोहल्ले का बुज़ुर्ग, वे उसे ही घेरे खड़े थे। वह डर नहीं रहा था बोलते हुए। वह कभी भी नहीं डरता था, बस कोंग्ज़ी उस्ताद के आदेशों का पालन करता था। आज भी उसने वही किया। अमेरिका में रेल बिछाई जा रही है। बहुत रोज़गार है वहाँ। औरतों और बच्चों को भी ले जाने में ये अमेरिकी गोरे दिलचस्पी दिखा रहे हैं। सब सोच-समझ बुज़ुर्ग ने सबके बीच खड़े होकर ऐलान किया—"जो जाना चाहें, जाएँ। कोई ज़बरदस्ती नहीं है। कोंग्ज़ी उस्ताद का आदेश है कि देश बचाने से ज़्यादा ज़िन्दगी बचाना ज़रूरी है। कोंग्ज़ी उस्ताद की बातों को देश-दुनिया में लेकर जाएँ। इससे न सिर्फ़ ताक़त मिलेगी बल्कि दुनिया भी जानेगी कि कोंग्ज़ी उस्ताद के देश के लोग कितनी मालियत से भरे हैं। उनकी बनावट में कितनी ख़ूबियाँ हैं। भगवान बुद्ध के प्रेम और

शान्ति की बात हमेशा याद रखिएगा और मत भूलिएगा हमारे सारे देवताओं की बात। वे सबकी रक्षा करेंगे। जो जहाँ जाएगा वहीं देवता आ-आ कर उसकी रक्षा करेंगे। ज़िन्दगी का बचना ज़रूरी है...जाओ लोगो, वहाँ...वहाँ जाओ जहाँ ज़िन्दा रह सको।"

यह सब देख सुन, यू-यान ने अपने चिन को पीछे छिपा लिया। उसका कन्धा चूँकि अब और ज़्यादा दुखता था लिहाज़ा उसकी घायल हालात के मद्देनज़र, गोरी चमड़ी वाले उसे ले जाना घाटे का सौदा मानेंगे, यह वह समझ रही थी। लेकिन एक बच्चा उनके लिए बहुमूल्य होगा। वह ऐसा धन होगा, जिसके बड़े होने पर उससे बहुत काम लिया जा सकेगा, ऐसी मंशा दिनोंदिन बढ़ती जा रही थी। यू-यान यह बात बख़ूबी समझ रही थी।

वह धीरे-धीरे इकट्ठा भीड़ से जुदा होने लगी। उसे अपने बच्चे को ज़िन्दगी भर की ग़ुलामी से बचाना था और साथ ही साथ उसे एक ख़ुशहाल ज़िन्दगी भी देनी थी। उसके पास ज़्यादा वक़्त नहीं था।

उसके यूँ खिसकने को कोई भाँप नहीं पाया सिवाय टोले के बुज़ुर्ग के। उसकी लाठी वैसे ही उसके हाथ में खड़ी थी जैसे उस तूफ़ानी रात में खड़ी थी। जिस रोज़ वह बुज़ुर्ग के घर की अचानक ही मेहमान हो गई थी। बुज़ुर्ग की दाढ़ी के बाल एक पताका की मानिन्द फहरा रहे थे। उसकी आँखों में बैठा कोंग्ज़ी उस्ताद बच्चे और उसकी माँ को देखकर बोला था, "रोगहर।"

और यू-यान इशारा पा भाग गई थी। चीते की चपलता से। अपने दुखते कन्धे के बावजूद। हवा की तरह। तेज़। बहुत तेज़।

और भागते हुए तभी रुकी थी, जब वह फ़तेह अली ख़ान के डेरे पर पहुँची थी।

"मालिक वक़्त आ पहुँचा है। अब अगर-मगर का वक़्त भी नहीं बचा। न किसी तैयारी का। अभी...अभी...आज ही इस काम को अंजाम देना होगा।"

जब तक फ़तेह अली ख़ान मामले की नज़ाकत समझ पाते और यू-यान को सँभालकर बैठाते यू-यान दोबारा खड़े-खड़े ही उत्तेजना से ज़ोर-ज़ोर से बोलने लगी, "मालिक मैं आज आपको अपनी जान सौंप रही हूँ। इसी बार अपने देश लौटते वक़्त, इसे यहाँ से लेते जाइए वरना इसे या तो राजा के आदमी मार देंगे या अंग्रेज़ इसे अफ़ीम का आदी बना देंगे या अमेरिकी इसे हमेशा के लिए अपने देश ले जाएँगे।"

"आप अभी इसे यहीं अपने पास रखिए। मैं इसका सामान ले आती हूँ।"

फिर रुककर बहुत कातर हो बोली, "मुझे आपके अलावा किसी पर भरोसा नहीं। इसका आपके पास होना वैसा ही मेरे लिए, जैसा इसका अपने बाप के पास होना...आप...इसके लिए ज़रूरी सामान जुटा लेंगे और इसकी हिफ़ाज़त करेंगे ऐसा मेरा मन कई दिनों से कह रहा है, और अब इसमें दुविधा ही नहीं बची। यह आपका है। मेरे से भी ज़्यादा आपका।"

फ़तेह अली ख़ान को लगा उनका कलेजा किसी ने ढेर सारे बारूद से छलनी कर दिया है। उन्होंने बच्चे को अपनी गोद में समेट लिया। अपनी चौड़ी छाती में धँसा लिया उसे और उसका बाप होना कुबूल कर लिया। बच्चे ने भी कोई उज्र नहीं किया, अपनी मंज़ूरी दे दी। जैसे वह भी इन्तज़ार में था।

ज़ाहिर था, बच्चे को ले जाने का काम फ़तेह अली ख़ान अकेले तो नहीं कर सकते थे। उन्हें मास्टर को इसमें राज़दार बनाना ही होगा जिससे जहाज़ पर के सफ़र के लिए दोनों मिलकर बच्चे की सलामती के इन्तज़ामात करें... क्या पता इन बुरे दिनों में जहाज़ पर ही का कोई कारिन्दा मुख़बिर हो जाए और बच्चे को ग़ैरक़ानूनी तौर पर हिन्दुस्तान ले जाने की बात इनाम-इक़राम पाने के लालच में चीनी या अंग्रेज़ अधिकारियों को कह दे। इसके बाद क्या पता, अधिकारी क्या करें ग़ुस्से में, सज़ा देते हुए जहाज़ को कहीं ज़मींदोज़ न कर दिया जाए यहीं।

अगले दिन जहाज़ पर मास्टर से मशविरा कर जब तैयारी की गई तो फ़तेह अली ख़ान ने देखा यू-यान बहुत ख़ुश नज़र आती थी। उसके तिकोने चिबुक पर एक हँसी का टुकड़ा मोहब्बत की मज़बूती से चिपक गया था—कितनी सुन्दर हो यू-यान तुम! फ़तेह अली ख़ान के दिल से पुकार उठी थी। मैं उम्मीद करता हूँ कि मैं तुम्हारे बारे में ऐसा सोचता हूँ, तुम यह बात समझती होगी। फ़तेह अली ख़ान मन-ही-मन इस बात को दुहराते रहे कई बार।

मशविरे के बाद, बच्चे को उसी ख़ास कमरे में रखना तय किया गया था जिसे सिर्फ़ मास्टर और फ़तेह अली ख़ान खोल सकते थे। यू-यान को वह कमरा दिखा दिया गया। यू-यान और ख़ुश हुई। उसने मास्टर और फ़तेह अली ख़ान को झुककर सलाम किया और अपने बेटे को गोद में लेकर उसके कान में कुछ-कुछ कहने लगी, देर तक।

बच्चा खिलखिलाता रहा।

और इस तरह यू-यान ने अपने बच्चे चिन को बहादुरी का सबक़ पढ़ा, बहुत बहादुरी से जहाज़ पर छिपाकर विदा किया।

उस रोज़ यू-यान का बच्चा चिन अपनी माँ से बिछड़ते वक़्त बिलकुल ही नहीं रोया। हँसते-हँसते अपनी माँ को बन्दरगाह से जहाज़ के छूटने तक निहारता रहा।

वह तो अगले दिन सुबह जब फ़तेह अली ख़ान उसका हाल लेने उस ख़ास कमरे में गए जहाँ उसे एहतियात से छिपाया गया था, तब उन्हें देखकर वह ख़ूब रोया और रोते-रोते अचानक ही बोलने लगा।

"बाबा...बाबा...!"

फ़तेह अली ख़ान को काटो तो ख़ून नहीं। वह हैरत से बच्चे को ताक़ते रहे। यह गूँगा बच्चा तो बोल रहा है! यह क़ुदरत का करिश्मा नहीं तो और क्या था कि एक सदमे ने बच्चे की आवाज़ छीन ली तो दूसरे ने उसे आवाज़ बख़्श दी! फ़तेह अली ख़ान ने रोते हुए चिन को सीने से लगा लिया और छिपते-छिपाते उसे अपने कमरे में ले आए। बच्चा थोड़ी देर तक उन्हें अपलक ताकता रहा, मानो अपनी माँ की दी हुई हिदायत का स्मरण कर रहा हो, फिर थककर दोबारा उनके ही बिस्तर पर सो गया। उसके सोने के बाद घंटों तक फ़तेह अली ख़ान भी उसे एकटक देखते रहे थे और अपने नए-नए बाप होने के अज़ीम एहसास को जज़्ब करते रहे थे।

जहाज़, कई सौ मील दक्षिणी समन्दर में चीन से आगे जानेवाली देश की राह पर चल चुका था और अब केंटन की समुद्री सरहद पहुँच से बाहर हो चुकी थी। लौटकर बच्चे की आवाज़ की ख़ुशी को यू-यान से बाँटना हरगिज़ सम्भव नहीं था। तक़दीर के फ़लसफ़े में वे शुरू से यक़ीन करते आए थे। और अब तक़दीर के खेलों पर कोई शुबहा नहीं रहा था उन्हें। कैसी तक़दीर थी उनकी? इस बच्चे की? इसकी माँ की? और क्यों थी ऐसी निराली? हर सवाल से परे? जवाब से महरूम? बिलकुल इन दो मुख़्तलिफ़ देशों की तक़दीर की तरह! इनका क्या कोई अख़्तियार था गोरों के सामने? और नहीं था तो क्यों नहीं था? काश, इन सवालों के जवाब होते उनके पास तो ज़िन्दगी जो बीत रही है कुछ तो आसान हो जाती।

ख़त में तो उन्होंने सुमेर सिंह और परगासो बीबी को लिखा था कि वे एक गूँगा बच्चा ला रहे हैं उनके लिए। चीन का एक गूँगा टुकड़ा। लेकिन अब तो यह सच रहा ही नहीं। अब तो वे एक बोलनेवाली जान ले जा रहे हैं चाँदपुर जिसके मुँह में ज़ुबान है। जिसके गले से शक्कर आवाज़ निकलती है। जो केंटन की भाषा बोलता है और कुछ लफ़्ज़ हिन्दुस्तानी भी। ज़रूर उसकी माँ ने बार-बार यही सिखाया होगा उसे। तभी तो इतने साफ़ अन्दाज़ में वह बोला था...बाबा...बा...

वे अब ले जा रहे हैं हिन्दुस्तान से चीन का एक टुकड़ा।

ज़िन्दा, बोलनेवाला दिल का टुकड़ा।

मास्टर को अपने कमरे में बुलाकर उन्होंने समझा दिया कि बच्चा बहुत डर गया है और यही बेहतर होगा कि वे उसे छिपाकर अपने साथ ही रखें।

मास्टर का दिल भी भर आया था, बच्चे को देख। ठिठोली करनेवाला मास्टर आज संजीदा हो बोल रहा था, "नोबान वो तुम पर कितना भरोसा करती है। दूसरे देश की होकर भी। इधर तो अपने देश में भी लोग भरोसा नहीं करते...इतना सारा।"

इसके बाद मास्टर डेक पर चला गया था और अपना वही पुराना बंगाली गीत गाने लगा था,

*मैं लौटकर आऊँगा मेरी रानी, तुम मेरा इन्तज़ार करना...*

फ़तेह अली ख़ान ने अपने रोज़नामचे को जब खोला तो पाया था कि मास्टर के गीत से एक आँसू निकलकर पहले उनकी आँखों में समाया था फिर उनके काग़ज़ पर तपाक से गिर पड़ा था। उन्होंने आँसू के उस मोती को वहीं बने रहने दिया था।

ताकि कुछ बातों की सनद रहे।

## चाँदपुर

गढ़ी अपने ख़स्ताहाल में भी आख़िरकार गढ़ी ही थी। उसे दीपों, गेंदे की फूल-मालाओं और रंगीन काग़ज़ की पट्टियों से ख़ूब सजाया गया था। दीवार पर की काई को जितना हटाया जा सकता था, हटाया गया था। शीशम की लकड़ी के दरवाज़ों को ख़ूब चमकाया गया था। ग़दर के लगभग 15 सालों बाद गढ़ी में कोई ख़ुशख़बरी आई थी।

जब फ़तेह अली ख़ान का टमटम गढ़ी के दरवाज़े पर लगा तो अचानक नौबत और पुपुही बज उठी। फ़तेह अली ख़ान ने चौंककर अपने अगल-बगल देखा और देखकर इत्मीनान से भर गए कि उनके साथ-साथ जो मिची आँखों वाला प्यारा बच्चा चल रहा था वह बिलकुल नहीं घबराया था और बहुत दिलेरी से अपनी नई दुनिया में क़दम रख रहा था। दरवाज़े पर सुमेर सिंह और परगासो बीबी खड़े थे हाथों में माला पकड़े हुए। जब तक फ़तेह अली ख़ान ठीक से सलाम करते मालाएँ उनके और बच्चे के गले में डाल दी गई थीं और गुलाब के ख़ुशबूदार फूलों की बारिश होने लगी थी।

सुमेर सिंह का बच्चे को देख उपजा आह्लाद पूरी गढ़ी को रोशन कर रहा था। और परगासो बीबी का आँचल यूँ ही नहीं भीगा जाता था। बरसों से संचित ममता आँखों के रास्ते नमक बन बह रही थी। जब उन्होंने बच्चे को अपनी छाती से लगाया तो बच्चे को परिचित नमक का स्वाद मिला और वह निहायत महफ़ूज़ महसूस करते हुए परगासो की गोदी में दुबक गया।

फ़तेह अली ख़ान ने उस रात दो लोगों को दिल से शुकराना अता किया—अल्लाह परवरदिगार का और केंटन शहर में छूट गई बच्चे की माँ यू-यान का।

## कलकत्ता जर्नल अख़बार

## सोमवार, 13 अप्रैल, 1874

सूत्रों से पता चला है कि हिन्दुस्तानी रियासतों के चीन जानेवाले सारे जहाज़ अब अंग्रेज़ सरकार के अधीन होंगे। इन जहाज़ों की देखरेख का ज़िम्मा रियासतों का होगा और व्यापार के लिए उनसे शर्तें तय की जाएँगी। शर्तों के करार के बाद ही उन्हें व्यापार की इजाज़त दी जाएगी। ख़बर थी कि रियासतें चोरी से चाय और अफ़ीम के अदला-बदली वाले व्यापार में मुब्तला थीं। यह क़ानून के ख़िलाफ़ है।

चाँदपुर रियासत का जहाज़ सूर्य दरबार उन जहाज़ों में से एक है जो लगान न अदा करने की सूरत पर बन्दरगाह में खड़ा है। ग़ौरतलब है कि चाँदपुर रियासत बाग़ियों की रियासत है। चाँदपुर के राजा, कम्पनी बहादुर पर हमला करते हुए पकड़े गए थे और उन्हें इसकी सज़ा मिली थी। अब उस रियासत के लोगों की यह हैसियत नहीं कि वे अपने जहाज़ को चला सकें। सरकारी सूत्र बता रहे हैं कि अब सूर्य दरबार और उसकी तरह के बन्दरगाह  पर खड़े बहुत सारे जहाज़ों की नीलामी होगी।

*लॉन्ग लिव द क्वीन!*

## मुसव्विरख़ाना

ख़दीजा बेगम के घुटने दुखते थे। आँखें रह-रह कर पथरा जाती थीं। कम चलने से और बिस्तर पर पड़े रहने से उनका वजन बहुत बढ़ चुका था। रोज़मर्रा के काम भी बमुश्किल कर पाती थीं। वे खाँसती ज़्यादा थीं और बोलती बहुत कम। उनकी चचेरी बहन ने ही उन्हें एक सुबह आकर ख़बर दी थी कि दियारा के पास वाले देवी मन्दिर के पंडित की बेटी सुन्दरी, एक चाँद-सा बेटा पैदा करते ही गुज़र गई थी।

ख़दीजा बेगम ठीक से तड़प भी नहीं पाई थीं कि उन्हें खाँसी उठ गई।

"आहा, आहा...ये क़िस्मत मुझे जाने और कैसे रंग दिखलाएगी? क्या ले चलोगी मुझे वहाँ? ना-ना अब यह ख़बर सुन घर में बैठी कैसे रह सकती हूँ। फ़र्ज़ बनता है मेरा बहन, अपनी बहू की ग़मी में शामिल होने का। फिर पोते को भी तो देखना ज़रूरी है। ए बहन चल अपने पोते को देख लूँ ज़रा।" उत्साहित हो, किसी तरह शरीर को घसीट बिस्तर से उठने लगीं तो अपने पैरों पर नज़र पड़ी। पैरों की ओर देखा और हठात् सिहर गईं। यह सोच उठ रही थीं कि पैरों में पड़ी पाजेब नेग में दे देंगी अपने पोते की मुँह दिखाई में, लेकिन ये क्या...पैरों की पाजेब तो ग़ायब है।

"मेरी पाजेब...मेरी पाजेब...कहाँ गई...कहाँ गई?"

"अरे बाजी," बहन झल्लाई, "दे तो दी थी पिछली बार अपनी बहू सुन्दरी को तुमने मुँह दिखाई में। याद नहीं? जब बेटा ब्याह कर लाया था तुमसे मिलवाने।"

"हाँ याद आया।" वे थककर लेट गईं।

फिर ध्यान आया कान में पड़ी चाँदी की बालियों का।

बची हैं अभी।

"सुन बहन," अपने कान उतावली में खींचती-सी बोलीं, "यही देना होगा अब बच्चे को, अब जो हैं सो यही। चल...चल मुझे तैयार कर। जल्दी कर।"

"बाजी तुम भी न...क्या करती हो? अभी ग़मी हुई है वहाँ। तुम्हें अपने पोते की पड़ी है। लोग सुनेंगे तो क्या कहेंगे? तुम्हारा लड़का वैसे ही तुमसे दूर छिटकता है, अब और दूर कर दोगी उसे।"

यह सुन ख़दीजा बेगम का मुँह उदास चन्दा हो झूल गया। आजकल तरतीब से सोच भी नहीं पाती थीं वे।

"कुछ दिन बाद दे देना बाजी। हो सकता है बेटा ले आए उसे तुम्हें दिखाने ख़ुद ही। इन्तज़ार करो न। थोड़ा सब्र करो बाजी। जो वो नहीं आया, तो कौन दूर है, मैं ही ले चलूँगी। अब तुम्हारा पोता पंडित का नाती भी तो है। बेटे के बाप की चले न चले पंडित की तो चलेगी ही। वैसे पंडित तो भला आदमी है बाजी, तुम्हारा हालचाल हमेशा लेता रहता है।"

"हाँ, ठीक कहती हो रहीमन।" ख़दीजा बेगम राज़ी हो गईं। अन्दर कैसे टीसती थी ललक, पोते को देखने की, लेकिन ज़ब्त कर बैठ गईं। रहीमन की बात सुन, सोचा ख़दीजा बेगम ने, मुझ कुँजड़न से तो वही कुल-ख़ानदान भला। जिए मेरा लाल और उसका लाल। उनके मन में एक प्रार्थना उठी, आज तक तो कोई रोज़ा-नमाज़ किया नहीं, अब एक दुआ करती हूँ, अगर तू कहीं है अल्लाह-मौला तो मेरे ख़ानदान के इस चराग़ को एक चित्रकार ही बनाना। उसे अपने दादा के नक़्शेक़दम पर चलना सिखाना। बिन माँ का बच्चा हुआ तो क्या, अभी उसकी दादी ज़िन्दा है। उसके नाना, उसका बाप और उसकी दादी मिलकर पाल लेंगे उसे। मौला, जब तक उँगलियों में दम है तब तक तो ज़रूर कूँची पकड़ना सिखला सकती हूँ

अपने पोते को। सिखाऊँगी। यह अपने दादा का नाम ज़रूर रोशन करेगा एक दिन।

"ए बहन रहीमन, उस ओर जाना तो पूछ आना ज़रा मेरे पोते का नाम? मैं भी तो सुनूँ क्या रखा है लोगों ने मेरे होनहार का नाम।"

"ठीक है," चचेरी बहन रहीमन ने कमरे में धूल खाती बेतरतीबी से पड़ी तस्वीरों को उदासी से देखा और ख़दीजा बेगम के माज़ी को याद किया। उस शानो-शौक़त को भी याद किया जिसके दम पर एक ज़माने की रहगुज़र थी। ख़ुदा न ख़ास्ता यदि ख़दीजा बेगम को कुछ हो गया तो उस ज़माने की शान को बयाँ करती इन तस्वीरों का क्या होगा? उसने गहरी चिन्ता से भरकर कहा, "बाजी इन तस्वीरों को बेच दो या किसी अमीर उमरा के यहाँ रखवा दो।"

यह सुन ख़दीजा बेगम एकदम बिफर गईं।

'क्या कहती है रहीमन, उस्ताद जब लौटकर आएँगे तो क्या कहेंगे? मुसव्विरख़ाना को तो नहीं बचा पाए लेकिन उसकी यह दीवार और उसकी ओट और यह कोठरी सब तो बचे हैं न? इन तस्वीरों को यहीं रखा जाएगा, मेरी आँखों के सामने। ये यहीं रहेंगी मेरी हिफ़ाज़त में जब तक उस्ताद लौट नहीं आते...अरे...रे...रे देखो बताना भूल गई। उनका ख़त कुछ दिनों पहले ही आया है। लिखते हैं...वे जल्द वापस लौट रहे हैं।"

रहीमन को बाजी की इस मासूमियत पर हुमचकर रुलाई आई, लेकिन उसने ज़ब्त किया और एक लोटे में पानी भर बाजी के सामने खड़ी हो गई। पानी को दम किया और बाजी की सलामती की दुआ पढ़ने लगी।

## पटना, 2001

समर्थ लाल की टेबल पर बैठकर ली-ना अपने लैपटॉप पर काम करने लगी। शाम का वक़्त था। संगीता उसके लिए चाय बना लाई थी। समर्थ लाल बाहर किसी से मिलने गए थे।

"ली-ना, लो इंडियन चाय।" कह संगीता ख़ूब हँसी।

ली-ना को उनकी हँसी में पूरी कायनात की ख़ुशदिली दिखी। उसने उन्हें ज़ोर से गले लगा लिया।

"शुक्रिया।"

"अरे इसमें कैसा शुक्रिया? चाय के लिए तो हम इंडियन हमेशा तैयार रहते हैं। और सोच के देखो तो चाय इस देश में आई तो तुम्हारे यहाँ से ही, हाँ, हमने इसका इंडियाकरण कर दिया है। हा हा हा...।"

"चाय के साथ और भी बहुत कुछ आया इंडिया में चीन से।" बोल अचानक कहीं खो गई ली-ना।

संगीता कुछ समझी कुछ का अन्दाज़ लगाने लगी।

"तुम्हारी थीसिस का विषय बहुत मज़ेदार है, ली-ना।"

"हाँ। स्मृतियाँ मेरी ताक़त हैं और शायद सबकी ही होती हैं। बस कोई अपनी इस ताक़त को पहचान लेता है और पृथ्वी को सहेजने की मुहिम में लग जाता है और कोई ज़िन्दगी के रोज़गारों में ऐसा उलझता है कि सब कुछ बिसरा देता है।"

"ठीक कहती हो ली-ना।" कहते हुए समर्थ लाल कमरे में घुसे।

उनको इस बच्ची से बहुत प्रेरणा मिलती थी। यह कोंग्ज़ी के देश से आई थी, बुद्ध को प्यार करती थी और पृथ्वी को बचाने की बात करती थी। इसके घर में रहने से कितनी रौनक है। ऐसे बच्चों के रहने से पृथ्वी के घर में अपने आप रौनक आ जाया करती है।

उनके पिता के बाबा भी ऐसा ही मानते थे। उनके लिए उनकी कलाकृतियाँ ही सन्तानें थीं। उन्हीं से रौनक बनी रही उनकी और ख़दीजा बेगम की। अन्त-अन्त तक।

संगीता धीरे से समर्थ लाल की बग़ल में बैठकर उनका हाथ अपने हाथ में लेकर सहलाने लगी। उसे अन्देशा था कि समर्थ लाल अब दोबारा पुरानी बातों की सुरंग में रोशनी लेकर पहुँच जाएँगे। संगीता जानती थी सुरंग में जाना बहुत ज़रूरी है। संगीता यह भी जानती थी कि अँधियारे को रोशनी दिखाना भी उतना ही ज़रूरी है। इससे दुनिया एक बेहतर रहने की जगह बनती है...हमें अपना इतिहास कितना भी तकलीफ़देह क्यों न लगे, वह भविष्य की राह तो दिखलाता ही है।

जैसा संगीता सोच रही थी, वैसा ही हुआ। समर्थ लाल ने अपने इतिहास के छलनी हिस्से को ली-ना के सामने खोलकर सेहतयाबी की साझा तलाश शुरू कर दी।

**रोज़नामचा**

**फाल्गुन के रंगों और सुगन्धों से सजी शाम, 1875**

यू-यान जैसी बहादुर माँएँ कम होती हैं। मैं उसका क़र्ज़ कभी नहीं चुका पाऊँगा। ए क़लम तू यह दर्ज कर सुनहरी हर्फ़ों में कि इस यू-यान के

आगे मैं वैसे ही सर नवाता हूँ, जैसे अपने ख़ुदा के आगे।

चिन सिर्फ़ यू-यान का लड़का नहीं। चीन का लख़्तेजिगर भी है जिसे मैं ले आया हूँ। बहुत हिफ़ाज़त से उसे रखने का अज्म कर चुका हूँ और उसे ताज़िन्दगी निभाऊँगा।

यह रोज़नामचा मेरी वसीयत है, यह चिन का हुआ। कभी मेरे न रहने के बाद बेटे चिन तुम इस रोज़नामचे को पढ़कर अपने बारे में और अपनी चीनी माँ के बारे में और जानने की कोशिश करोगे तो जान जाओगे। यदि तुम्हें उसकी दरकार नहीं रही, तो इस रोज़नामचे को किसी किताबघर या किसी अजायबघर में रखवा देना जिससे आनेवाली नस्लें, नस्लों के बनने की सच्ची कहानी जान सकें। हम सब इत्तिहाद से बने हैं। हम सबमें एक-दूसरे का कोई न कोई हिस्सा है। इनसान इस सच से रू-ब-रू हो जाए तो नक़्शों में बनी सरहदों के बावजूद न कहीं जंग होगी न कोई नफ़रत और लालच की इन्तेहाई दास्तान। इनसान यह जान लेगा तो यह भी जान लेगा कि अमन और मोहब्बत ही असल सम्त हैं बाक़ी सब मायाजाल हैं।

चिन मेरे प्यारे...

**फ़. अ. ख़ान**

## पटना, 2001

समर्थ लाल का चेहरा टेबल लैंप की रोशनी में दुख की लकीरों का पोर्ट्रेट लग रहा है। ली-ना ग़ौर से देख रही है और लकीरों की कहानी को समझने की कोशिश कर रही है।

"पिता बताते थे ली-ना कि जिस घर में उनका जन्म हुआ, वह मन्दिर जैसा था। उन्होंने अपनी माँ को नहीं देखा। उनके पैदा होते ही गुज़र गई थीं बेचारी। घर ली-ना का मन्दिर जैसा नहीं था। मन्दिर के पीछे बने हुए दो कमरों को ही घर कहते थे...घर मन्दिर ही था समझो। माँ, पिता और नाना सब पुजारी। एकदम विधिवत् पुजारी। सारे संस्कार पुजारी वाले। फिर आया स्कूल और साथ आया द्वन्द्व। शिक्षा और पूजा का द्वन्द्व! सपनों और रास्तों का द्वन्द्व। उनका सपना अंग्रेज़ी शिक्षा के साथ एक ऊँची सरकारी नौकरी, जिसका रास्ता पूजा से होकर नहीं जाता था। वहीं से उनके मन में अपने पिता के पिता के लिए नाराज़गी पलने लगी, जो धीरे-धीरे नफ़रत में तब्दील हो गई।

"उनका तर्क था—यदि पिता के पिता उन्हें यूँ छोड़कर चीन चले नहीं गए होते तो उनके पिता को एक सामान्य ज़िन्दगी तो ज़रूर नसीब होती और वे यूँ पूजा-पाठ

में नहीं पड़ते। एक सामान्य ज़िन्दगी बेहतर होती है एक ऊँचा कलाकार होने से। एक ऐसी ज़िन्दगी जिसमें सामान्य लोग पढ़ते-लिखते हैं और सामान्य-सी गृहस्थी जीते हैं। उन्हें अपने पिता से लगभग न के बराबर शिकायत थी। कहते थे, 'मेरे पिता बड़े भोले थे। लोगों की बातों में आसानी से आ जानेवाले। क्योंकि उनके पिता उनका संबल नहीं बन सके कभी भी...क्या करते बेचारे पिता!'"

ऐसा लगा कई पीढ़ियों के पिता बेचारे हो गए।

सबको उनकी बेचारगी के लिए श्रद्धांजलि दी गई और समर्थ लाल उदासी से चुप होकर चित्रों से भरे अपने कमरे में चले गए। अपने पिता के पितामह को फिर एक बार सराहने। अपने पिता सज्जन लाल के कटु बोलों के लिए शंकर लाल से माफ़ी माँगने। उनकी कला पर फिर से अपना प्यार वारने।

शाम रोमानी होने के बजाय भारी हो चली थी। संगीता ने उस भारीपन को काटने के लिए प्रस्ताव रखा कि वे सब कहीं घूमने क्यों नहीं चलते, कुछ नहीं तो कहीं से आइसक्रीम ही खाकर आया जाए...यूँ ही कुछ गलियाँ खड़काई जाएँ।

ली-ना तैयार हो गई। अब उसका भी मन अधीर होने लगा था। उसकी थीसिस का काम अच्छा चल रहा था, लेकिन अभी भी कुछ रेखाएँ थीं जो जुड़ नहीं पाई थीं। अभी भी कुछ रहस्य उसकी नींद के बीच आकर बेचैन नाच किया करते थे और वह अपने को समझाती नहीं थकती थी कि भले ही लोग उसे अकेला समझें, लेकिन उसके लिए तो सारी दुनिया अपनी थी। यह देश आज से नहीं है उसके ख़ून में, इसीलिए नाउम्मीद होने की कोई बात नहीं थी। उसे अपने सवालों के जवाब मिलने शुरू हो गए थे।

ठेले पर से आइसक्रीम ख़रीदकर खाते वक़्त ली-ना अपने मेजबानों से मोहब्बत की क़समें मन-ही-मन खा रही थी और समर्थ लाल मन-ही-मन दोबारा लोदी कटरा मोहल्ले पहुँच चुके थे।

## मुसव्विरख़ाना

ख़दीजा बेगम कुछ राहत महसूस कर रही थीं। आज तबीयत कुछ बेहतर मालूम दे रही थी। उन्होंने तय किया कि वे अपने पोते को देखने आज ज़रूर जाएँगी।

उनका पोता अब स्कूल जाता था।

वे मुँह-हाथ धोकर, अपने बाल सहेजकर अपने कपड़ों को ठीक-ठाक कर घर के बाहर निकलीं और चार क़दम चलकर वहीं अपने घर की बाहरी सीढ़ियों पर बैठ गईं। उनका दम बेतरह फूलने लगा और हँफनी होने लगी। अपनी बेबसी पर उन्हें रुलाई आने लगी। वे चुपचाप वहीं बैठ सिसकने लगीं, जब उन्होंने देखा कि सामने से एक प्यारा-सा थोड़ा सँवलाया सुन्दर बच्चा, स्कूल की पोशाक पहन उनके सामने से गुज़र रहा है। वे उसे पहचान कर तुरन्त अपनी रुलाई और अपना दर्द भूल गईं।

"ए राजा बेटा, यहाँ आइए तो ज़रा।"

बच्चा ठिठक गया और उस अनजान बूढ़ी औरत को देख अजीब महसूस करने लगा। वह औरत उसे जाने क्यों बड़ी आकर्षक लगती थी। उसकी लम्बी चोटी जो पूरी तरह सफ़ेद थी, लम्बी सन की रस्सी जैसी लगती थी। उसकी आँखों में कभी डाला गया सुरमा आज भी झलकने पर चौंकाता था और अपने पास बुलाता था।

बच्चा उसके नज़दीक पहुँचा तो औरत ने उसे अपनी छाती में इतने दुलार से छिपा लिया कि बच्चे का दम घुटने लगा। वह बिन माँ का बच्चा था और उसे आज तक किसी भी औरत का ऐसा प्यार नसीब नहीं हुआ था। वह चीख़कर अलग हो गया और सरपट दौड़कर अपने स्कूल जा पहुँचा।

घर लौटकर उस रात उसने अपने नाना को यह बात बताई थी। नाना ने कहा था, "बौरही है औरत, दूर रहना उससे। और कुछ खाने को दे तो कभी मत खाना। ऐसे लोग मासूम बच्चों को अपने बस में करने के लिए ऐसा करते हैं।"

"बस में कर ये क्या करते हैं?"

"बस में कर ये लोग सबको बकरा बना देते हैं और एक दिन उसे मारकर खा जाते हैं!"

यह सुन बच्चे के मन में भयंकर डर बैठ गया जिससे उसकी आँखें हमेशा के लिए खुली की खुली रह गईं और वह फिर उन्हें कभी आश्वस्त हो बन्द नहीं कर पाया।

ख़दीजा बेगम ने रहीमन के आने पर बहुत शान से कहा था, "क्या हुआ जो मेरा लड़का मुझसे मिले बिना कामाख्या चला गया। मेरा पोता तो मेरे पास है और वह मुझसे बहुत मोहब्बत करता है। मैंने कहा था न रहीमन, पुजारी भला आदमी है। अपनी लड़की को खोने के बाद भी अपने नाती की अच्छी परवरिश कर रहा है। देख लेना एक दिन मेरा यही पोता इस मुसव्विरख़ाने को फिर से ज़िन्दा कर देगा।"

रहीमन ने ख़दीजा के सर पर मुलायमियत से हाथ फेरा और बुदबुदाई,

"तीन पीढ़ियों के झूठ का बोझा लेकर कब तक जियोगी बाजी? इससे तो अच्छा है मर जाओ! निगोड़े, अभागे, मर्द सारे, तुम्हारी ही ज़िन्दगी में आए। एक से एक दगाबाज़ सब।"

ख़दीजा बेगम बहन के दुलार-भरे स्पर्श से सँभल गईं और कुछ दिन और जीने की दौड़ में शामिल हो गईं। ज़िन्दगी इन्तज़ार का ही तो सबब है।

बहादुर ख़दीजा बेगम।

शंकर लाल की हमक़दम ख़दीजा बेगम।

अमर लाल की माँ ख़दीजा बेगम।

सज्जन लाल की दादी ख़दीजा बेगम।

चित्रकार ख़दीजा बेगम।

उस्ताद ख़दीजा बेगम।

कमरे में बेतरतीबी से रखी गई मुसव्विरख़ाना की हर तस्वीर ने ख़दीजा बेगम को चुमकारा, पुचकारा, दुलारा और कहा, "हम भगोड़े मर्दों की क्या जानें? हमारे लिए तो तुम ही माँ और तुम ही बाप।"

ख़दीजा बेगम ज़िन्दाबाद!

## चाँदपुर

नाबाद परकोटे जो किलकारियों से आबाद हुए, उस नई सुबह का इन्तज़ार करने लगे जब गढ़ी के भाग्य फिर से ऐश्वर्य से भर जाएँगे।

गढ़ी की दीवारें अब कान्हा...कान्हा की पुकार से गूँजती थीं।

'कान्हा ये...कान्हा वो...कान्हा किधर गया...कान्हा इधर आओ...कान्हा तुम्हारी मिठाई...कान्हा बाबा पुकार रहे हैं। कान्हा-कान्हा बाबा याद कर रहे हैं...कान्हा माँ इन्तज़ार में कब से खड़ी है...कान्हा...कान्हा...! धमाचौकड़ी, उछलकूद, रोना, हँसना और रूठना ज़िन्दगी जीने का एक तरीक़ा हो सकता है, गढ़ी को पहली बार समझ में आया। गढ़ी एक ऐसी बच्चा गाड़ी में तब्दील हो गई जहाँ वक़्त और उस वक़्त के ज़िन्दा किरदार उस बच्चा गाड़ी की ख़ुशी-ख़ुशी टहलक़दमी कर चाकरी करने लगे थे।

सुमेर सिंह के मन के मीतों ने अपनी निस्तेज आँखों से घर को बच्चा गाड़ी बनते देखा तो सुमेर को गले लगाकर रोते हुए कहने लगे, *बधाई...बधाई...मीत। बधाई...तुम पिता के रूप में कितने सुन्दर दिखते हो!*

सुमेर सिंह को 'चिन कान्हा सिंह' ने बदल दिया था। वे अब बिस्तर से उठकर भरसक कोशिश करते थे कि उसके आगे-पीछे रहें। अब कान्हा ही था इस गढ़ी का वारिस। तेज़ी से भसकती गढ़ी का वारिस चिन।

उनका लाड़ला कान्हा।

फ़तेह अली ख़ान जिसकी शान में अपने यतीमख़ाने के उस्ताद का सिखाया गीत गाते नहीं थकते थे,

ओह हज़रत कान्हा।

मालकिन की ठाकुरबाड़ी जिससे आबाद रहती थी।

मालकिन जो अब नहीं रहीं यह देखने को कि उनकी ठाकुरबाड़ी का कान्हा तो ठुमुक-ठुमुक चलता हुआ आ चुका है गढ़ी में दौड़ने और बाबा-बाबा, माँ-माँ की आवाज़ से गढ़ी में मधुर शोर बिखेरने!

सचमुच यह कान्हा बोलता भी था!

मालकिन के ठाकुरबाड़ी के कान्हा की तरह चुप नहीं रहता था।

केंटन की मछुआ टोली के चिन की तरह गूँगा नहीं था।

उस्ताद आने लगे थे कान्हा को तालीम देने। "कान्हा का दिमाग़ आला है," वे कहते नहीं थकते थे। "यह कोई बड़ी तालीम हासिल करेगा।"

"कान्हा तो डॉक्टर बनेगा।" ऐसी माँ परगासो की ख़्वाहिश थी।

जाने क्यों यह ख़्वाहिश थी।

लेकिन थी।

इतनी ज़िद से भरी ख़्वाहिश थी कि एक दिन सुबह उठकर परगासो ने फ़तेह अली ख़ान को बुलवाया और कहा—"आप तो जानते हैं हम कोई वहम नहीं करते। लेकिन कल रात हमारे सपने में एक लम्बी सफ़ेद दाढ़ी वाले बुज़ुर्ग आए थे और उन्होंने कान्हा के सर पर प्यार से हाथ फेरकर कहा, 'यह तो रोगहर है।'"

"हमें लगता है हमारी ख़्वाहिश ने हमें यह सपना दिखाया है। जाने कौन बूढ़-पुरनिया पूर्वज थे। अब आप पटना में डेरे की खोज करें और कान्हा को लेकर रहें वहाँ। हम भी आया करेंगे कभी-कभी। ममता से आगे कान्हा का मुस्तक़बिल है। उसे सँवारने के लिए हमें उससे जुदाई भी मंज़ूर है।

फ़तेह अली ख़ान ठगे से रह गए थे, परगासो बीबी का सपना सुन। परगासो बीबी के मंसूबे सुन।

उन्हें मछुआ टोली याद आई।

उन्हें यू-यान याद आई।

उन्हें मछुआ टोली के बुज़ुर्ग याद आए।

उन्होंने सभी लोगों की ख़्वाहिशों और आसीस के बोलों को कान्हा की पढ़ाई पर लुटा दिया।

# मुसव्विरख़ाना

ख़दीजा बेगम की हालत बिगड़ती जा रही थी। रहीमन भी थक रही थी। कुछ अपने हालात से, कुछ सब्ज़ी न बिकने की परेशानियों से, तंगी से और कुछ ख़दीजा बेगम की देखभाल से।

"पार नहीं लगता अब, चलो दवाख़ाना किसी हक़ीम को दिखला दो।"

"पागल तो नहीं हो गई रहीमन। इसी बीच उस्ताद आ गए तो?"

रहीमन के पास इस दीवानगी का कोई इलाज नहीं था।

लेकिन अब बदबू से उसकी नाक फटती थी। इन्तज़ार इस कोठरी में सड़कर इतना बजबजा गया था।

उसने तय किया कि वह बाजी के पोते को एक दिन स्कूल जाते वक़्त पकड़ेगी और उलाहना ज़रूर देगी कि बाप तो तेरा भाग गया असम और दादा चीन अब बचा तू, क्या तुझे अपनी बीमार दादी के लिए माया नहीं लगती? आ और उसका हाल ले। बड़ा हो गया है अब तू।

रहीमन लेकिन ऐसा नहीं कर पाई।

दादी का पोता, हर रोज़ अपने विरसे की दौलत के सामने से गुज़रता हुआ बड़ा हो गया। एक गुम्मे, नाराज़ इनसान में बदल गया। और जब बाद में कई राज़ खुले तो उन राज़ों ने पोते सज्जन लाल के दिल में कोई तरलता पैदा न कर उलटे इतनी आक्रामकता भर दी कि मोहल्ले के लोगों के बीच में उनकी आक्रामकता सरकारी मुलाज़िम की बनक के रूप में मशहूर हो गई। लोग कहने लगे कि सज्जन लाल एक बड़े आदमी हैं। एक सरकारी अधिकारी। अंग्रेज़ों के साथ काम करनेवाले। उन्हीं की तरह कड़े। उनसे दूरी बनाकर रखने में ही भलाई है।

गरूर मशहूर हुआ उनका जिसके पीछे दरअसल कुंठा बैठी जीभ दिखा रही थी। जल्द उन्होंने मोहल्ला बदलने की ठानी।

और इस तरह मुसव्विरख़ाना की बची-खुची दीवार पर उगा सब्ज़ा काही से ज़्यादा काही हो गया। दरारें और गहरी हो गईं। मिट्टी झड़कर कमरे की तस्वीरों को ढकने लगी। ख़दीजा बेगम इन्तज़ार में छोटी होने लगीं। उनका फूला शरीर सिकुड़ने लगा। इतना कि लगता था एक हड्डियों के ढाँचे से बनी गोदी में खेलनेवाली गुड़िया, बिस्तरे पर पड़ी है।

ख़राब होती, धूल-धूसरित होती तस्वीरें अलबत्ता रात को उनके कान में ज़िन्दा ढंग से फुसफुसाती रहतीं,

ख़दीजा बेगम चित्रकार।

ख़दीजा बेगम उस्ताद।

ख़दीजा बेगम ज़िन्दाबाद!

और सचमुच इस बदहाली के बाद भी, ख़दीजा बेगम ज़िन्दा रहीं।

ज़िन्दा रहीं तब तक, जब तक शंकर लाल की ख़बर नहीं आ गई!

और रहीमन की ग़लीज़ ज़ुबान ज़िल्लत से कटकर गिर नहीं गई।

## पटना, 1883

फ़तेह अली ख़ान ने लोदी कटरा मोहल्ले में ही डेरा तय किया। उनका लगाव इस मोहल्ले से था। उन्होंने चिन को अपने बचपन का यतीमख़ाना, मदरसा और 'माँ मरियम की छाँव में' वाला फ़िरंगी स्कूल भी दिखाया जहाँ से उन्होंने नक़्शानवीस होने की शागिर्दी की थी।

फ़तेह अली ख़ान बाबा ने चिन को उसके बचपन और उसकी माँ के बारे में भी ठीक-ठीक बताया। उन्होंने उससे वादा लिया था कि अगर कभी मन भर आए और याद सताए तो मेरे इस दुनिया से फ़ना होने के बाद चिन तुम मेरे रोज़नामचे को पढ़ने के हक़दार होगे, सो उसे ज़रूर पढ़ना। चिन अब ख़ूब अच्छी हिन्दुस्तानी बोलता और लिखता था। फ़ारसी बाबा फ़तेह अली ख़ान ने सिखा दी थी और अंग्रेज़ी और थोड़ी फ्रेंच बाबा सुमेर सिंह ने।

अब आगे की पढ़ाई के लिए पटना आना ज़रूरी था।

वे लेकर आए चिन को। जैसे इक चिड़िया अपने अंडों को सेती है वैसे ही उसकी परवरिश में न्योछावर।

फ़तेह अली ख़ान ने चिन का दाख़िला वहाँ के नए बने मेडिकल कॉलेज में करवा दिया। चिन को कॉलेज के नज़दीक कमरा भी मिल गया और एक बावर्ची भी। वह आसपास रहनेवाले कई लड़कों का खाना बनाने का काम करता था।

पहले-पहल साथ पढ़नेवाले लड़कों ने चिन को विदेशी समझा फिर जल्द समझ गए चिन दरअसल कान्हा सिंह है, चाँदपुर रियासत का वारिस। इसके बाद वे उससे बहुत एहतराम से पेश आने लगे और चिन की मिची आँखों के बारे में सवाल करना उन्होंने बन्द कर दिया।

"रियासतों में सब जायज़ है।" वे हँसकर रायशुमारी करते थे। चिन लेकिन बहुत ख़ुश था। बहुत-बहुत ख़ुश।

चिन को पहुँचाकर जो फ़तेह अली ख़ान लौटे तो गढ़ी उदास हुई पड़ी थी। सुमेर सिंह दोबारा बिस्तर से जा लगे थे। बुढ़ापा, बीमारी और हताशा ने गढ़ी में रहनेवाले सभी किरदारों पर अपना मंतर मार दिया था और वक़्त दाँत निपोरे महाभारत के पांडवों की तरह उनकी इच्छा-मृत्यु का इन्तज़ार कर रहा था।

## कलकत्ता जर्नल अख़बार

## मंगलवार, 29 दिसम्बर, 1885

कल 28 दिसम्बर, 1885 को इंडियन नेशनल कांग्रेस की नींव डाल दी गई है। गोकुलदास तेजपाल संस्कृत कॉलेज में इसकी पहली प्रस्तावना रखी गई है। यह गर्व की बात है कि इस मंच को हिन्दुस्तानियों के लिए तैयार करने में अंग्रेज़ों ने बतौर मदद बहुत कुछ किया है। अवकाशप्राप्त अंग्रेज़ अफ़सर श्री ए.ओ. ह्यूम इसके संस्थापक हैं। यह मंच पढ़े-लिखे लोगों में राजनीतिक और नागरिक मुद्दों पर बातचीत करने का हौसला जगाएगा। वे हिन्दुस्तानी जो इंगलिस्तान के मनुष्यता और सभ्यता के परिष्कार के सपनों से वाक़िफ़ हैं और उनसे रज़ा रखते हैं, उनके लिए भी यह मंच खुला है।

इसके पहले अधिवेशन में 72 लोग शामिल हुए हैं। कलकत्ता के श्री व्योमेश चन्दर बनर्जी इसके राष्ट्राध्यक्ष चुने गए हैं।

यह कलकत्तावासियों के लिए ख़ुशी की ख़बर है।

*लॉन्ग लिव द क्वीन!*

## पटना, 1885

वह नामी बनने की राह पर है। पटना के रईस उसके पास दौड़े चले आते हैं। वह कहना चाहता है कि वह अभी इतना पारंगत नहीं हुआ है। अभी तो वह पढ़ रहा है। अभी कुछ दिन और लगेंगे उसे। ठीक से इलाज करना सीखने में। लेकिन लोग

नहीं मानते। उसे अपनी माँओं का ख़याल आता है। एक जो चीन में छूट गई, दूसरी जो उसे आज भी पाल रही है इतनी मोहब्बत से। उसी ने उसे इस राह धकेला...

वह उसे प्यारी परगासो माँ कहता है।

वह खिल-खिल हँसती है।

मेरा बच्चा डॉक्टर होगा।

वह बहुत बहादुर माँ है। उसकी चीनी माँ यू-यान जैसी ही बहादुर। बड़े बाबा फ़तेह अली ख़ान ने उसे सब बताया हुआ है। उसका नसीब है तो है...अच्छा-सा नसीब कि उसकी दो माँएँ हैं। दोनों बहादुर। दोनों ने अपनी-अपनी जगहों से लड़ाइयाँ लड़ीं। दोनों ने कितना कुछ खोया लेकिन हिम्मत नहीं खोयी।

जब वह चीन से चला था तो गूँगा था। एकदम गूँगा।

माँ यू-यान कहती थी, "जंग के मैदान में पैदा हुआ है तू। जंग के शोर ने तेरी आवाज़ छीन ली। तू सदमा लेकर पैदा हुआ।"

'माँ...मैं तुझे नहीं भूला। तेरी किसी बात को नहीं भूला।" सोचता है चिन।

'काश, तू देख पाती माँ कि मैं अब बोल पाता हूँ। मैं केंटन की भाषा भूल गया हूँ लेकिन मैं हिन्दुस्तानी बोलता हूँ।'

"और बोल-बोल कर पढ़ता हूँ। मैंने सबका इलाज़ करने की शपथ ली है।"

"मुझे मालूम है तू यह देखती तो समझ जाती, अब किसी सदमे का कोई असर नहीं मुझ पर सिवाय..."

"तेरी याद की कौंध हमेशा ज़िन्दा रहती है।"

## चाँदपुर

परगासो ने अपने बेटे को रुक्का भेजा है—'आ जाओ लख़्ते-जिगर तुम्हारे बाबा की तबीयत ठीक नहीं।'

चिन ने अपने कॉलेज में छुट्टी की अर्जी दे दी और चाँदपुर जाने की तैयारी कर ली। मेडिकल कॉलेज की सीढ़ियों से उतरते हुए एकबारगी उसका मन धक से रह गया...आ पाऊँगा न मैं लौटकर यहाँ?

बाबा बीमार हैं, कहीं चाँदपुर में ही रहने की बात न कह दे माँ?

...बाबा की बची-खुची जागीरदारी का सवाल न उठा दे माँ?

...चिन ने मन-ही-मन सोचा और आशंकित हुआ। अभी तो दो-एक बरस की और पढ़ाई बाक़ी है...और इस पढ़ाई में दिल लगता है उसका। अभी तो पढ़ाई पूरी नहीं हुई है और मोहल्ले के लोग आकर उससे अपनी बीमारियों की वजह पूछने लगे हैं। दवा कौन-सी खाएँ, इसकी सलाह लेने लगे हैं। उसे अच्छा लगता है ऐसे लोगों की मदद करना... फ़तेह अली ख़ान बाबा कहते हैं, उसके भीतर उसके देश के देवताओं का आशीर्वाद पनप रहा है...वे बतलाते हैं—तुम्हारे देश में तुम्हारा कोंग्ज़ी उस्ताद सदियों से सबको मोहब्बत करना सिखाता आया है।

चिन को परगासो माँ ने ही एक देसी नाम भी दे दिया है—कान्हा। वे उसे कान्हा ही कहकर पुकारती हैं। कान्हा की तस्वीर देखी है उसने। कान्हा के बारे में बचपन से सुनता भी आया है वह, उसकी माँ यू-यान ने बताया था कभी कि यू-यान के बचपन के दिनों में कोई व्यापारी एक मोर-पंख पहने बाँसुरी बजाते मिट्टी के खिलौने को लाया था और उन्हें पकड़ा चल दिया था कहीं। माँ यू-यान और मौसी मो-चाओ उससे दिन-भर खेला करती थीं। माँ से कहानी सुनते वक़्त नन्हा चिन नहीं जानता था कि एक दिन वह उसी कान्हा के देश में पहुँच जाएगा और उस देश में उसे कान्हा कहकर पुकारा भी जाएगा।

चाँदपुर पहुँचते-पहुँचते उसे सुबह हो गई। बीच में गाड़ीवान ने शायद एक-दो बार रुककर घोड़े को पानी भी पिलाया था। चिन को झपकी आ गई थी। उसने अनेक बार ऐसी यात्राएँ की थीं, लेकिन उसे कभी इस तरह फ़िक्र ने नहीं घेरा था। वह अपनी फ़िक्रों को ले शर्मिन्दा भी हो रहा था। लेकिन मन को कोई भी ख़याल सुकून नहीं पहुँचा रहा था।

## चाँदपुर

सुमेर सिंह ने अपनी आँखें धीमे से खोलीं। ऐसा लगता था सामने मकड़ियों ने जाल बुन रखा है। सिर्फ़ जाले नज़र आ रहे थे। आज बहुत दिनों बाद उसे अपने मन के मीत दोबारा याद आए। उन्हें हुलसकर पुकारना चाहा, लेकिन बड़ी कातर-सी

आवाज़ घिर्र-घिर्र की शक्ल में गले से निकली। वह चौंक गया। चुस्ती के साथ उठकर बैठना चाहा लेकिन शरीर हिला तक नहीं। मीतो ये क्या हो रहा है? मीतो के बाल खिचड़ी हो गए थे। कोई लँगड़ाता था, कोई कान आगे कर सुनने की कोशिश करता था, कोई आँख में सफ़ेद मोतियाबिन्द की दुहाई दे रहा था और कोई बोल ही नहीं पा रहा था।

मीतो...

वे सब उदासी से मुस्कुराए।

सुमेर सिंह ने कहा—पुरानी दुनिया से चले क्यों आए तुम लोग? क्यों लौट आए?

मीतो ने कुछ नहीं कहा बस सुमेर सिंह की ओर इशारा करते रहे मानो कह रहे हों यही जवाब तुमसे चाहिए।

*देखो न अब तुम, तुम नहीं लगते। हमसे क्या पूछते हो? वक़्त ने फ़ासला बढ़ा दिया। दुनिया ही बदल दी हम सबकी। अब अपने इन्हीं टूटे-फूटे वजूदों से उम्र काटनी होगी। करें तो क्या करें?*

"परगासो..."

वह दौड़ी चली आई।

"क्या हुआ? किसी चीज़ की दरकार है क्या?"

"हाँ, ज़रा आईना लाओ मुझे कुछ दिख नहीं रहा।"

परगासो ने अपने होंठ भींच लिये, मज़बूत बने रहने के लिए मुँह देखनेवाला छोटा आईना उठा लाई। फिर धीरे-से एक हाथ सुमेर सिंह की पीठ के पीछे रखा और उन्हें सहारा देकर उठा लिया। "देखिए...देखिए, हुज़ूर आप अभी भी कितने सुन्दर दीखते हैं। मन से तन से...।"

सुमेर सिंह ने फिर से आँख खोलने की कोशिश की और आईने को देखा। वहाँ अब कोई जाला नहीं था बस गड्डमड्ड होती तस्वीरें थीं। आपस में गुत्थमगुत्था जो दरअसल मन के मीतों की अभी देखी तस्वीरें थीं। सब सुमेर सिंह में समाई हुई। सब कुछ बदल गया वाला सच अब न कभी बदल पाएगा वाले सच में समाने लगा। इतने दिनों बाद एक-एक कर सारी हताशाएँ आईने में किसी बारूदी विस्फोट जैसी फटती रहीं और आईना चटकता रहा।

"कुछ नहीं दिखता..." उसने इतनी ठंडी निस्पृह आवाज़ में बोला कि परगासो का दिल बैठ गया।

वह दौड़कर गई और पुराने मटके में रखे पानी से मलमल के एक कपड़े को भिगो लाई और उससे सुमेर की आँखें पोंछने लगी। सुमेर उसके नर्म स्पर्श से चिहुँककर उठ गया। और सब कुछ अब साफ़ दिखाई पड़ने लगा। सामने उसकी परगासो खड़ी थी। एक कबूतर की तरह, डरी-डराई सी, जिसे सुमेर सिंह ने अपने बचपन में मारना सीखा था।

## बिसात पर जुगनू

"मैं...तुम्हें नहीं मार सकता।" वह बदहवासी से चिल्ला उठा था।

परगासो चुपचाप उसके सर को अपनी गोद में धरती हुई उसका माथा सहलाने लगी थी...

"आप ने तो मुझे बचाया है, आप मुझे कैसे मार सकते हैं?"

इस पर सुमेर चुप हो गया था और परगासो का हाथ पकड़ रोने लगा था।

"देखो, तुम्हारे हाथ से उँगलियाँ ग़ायब हैं...कहाँ गई उँगलियाँ...?"

परगासो ने रूमाल से बँधे हाथ को देखा था और शीशम के उन जंगलों में पहुँच गई थी जहाँ कुछ ही साल पहले वह अपने टोले के लोगों को ले जंगल चली गई थी, फ़िरंगी सिपाहियों की टुकड़ी का पीछा करते। बीस लोगों की टोली ने उम्मीद नहीं की थी कि जंगल में धोखा हो जाएगा। मुख़बिर ने बताया था कि चार फ़िरंगी जंगल की ओर जाते देखे गए हैं। वह यह छिपा गया था कि चालीस लोग और जंगल में पहले से ही थे। वे सब तैयार थे। परगासो का दबे पाँव एक लाल चोगे के ऊपर तलवार से हमला करना और ठीक उसके बग़ल से एक बारूदी शोले का उठना और उसकी हथेली से तीन उँगलियों का ख़ून की बौछार उड़ाते कहीं जंगल की मिट्टी में दफ़न हो जाना एक साथ हुआ। पीछे परगासो की ओट बने सुमेर सिंह ने इस दृश्य को ठीक-ठीक ऐसे ही घटते देखा और अपने घोड़े को पीछे हाँकते हुए, सरपट दौड़ाते हुए जंगल से बाहर हो गया। गढ़ी पहुँच इतना चिल्लाया कि उसके गले से ख़ून आने लगा, "बचाओ कोई बचाओ, परगासो रानी को।"

लेकिन बचाने कौन जाता? जाता कौन बचाने? कोई बचा था क्या उस सूनी हो गई गढ़ी में? न सिपाही, न सेवादार। न नौकर न चाकर। बड़े राजा भी तो नहीं थे। मालकिन अपने ठाकुर जी की ही तरह पत्थर हो ठाकुर जी से बतियाती रहती थीं। उनको बड़े राजा के जाने के बाद सुनाई देना बन्द हो गया था। वे वाक़ई बहरी हो गई थीं। पीछे कहीं तम्बाकू के कश लगाते परगासो के माली चाचा ने अचेत होकर गिर गए सुमेर सिंह को उठाया था और उन्हें उनके पलंग पर लिटाया था।

परगासो लौटी थी उस दिन जंगल से किसी तरह। टोले की नौजवान औरत ने उसे किसी तरह बचते हुए बचाया था और जंगल से निकाला था। उस दिन घर लौटने पर परगासो ने पाया था कि न सिर्फ़ उसके हाथ से उँगलियाँ छिन गई थीं बल्कि उसका साथी सुमेर भी अपने जीते जी ही उससे दूर चला गया था। एक अँधेरी दुनिया में जहाँ शर्मिन्दगी की फिसलन-भरी काई थी। जिस पर उठकर खड़ा होना किसी नरमदिल इनसान के बस की बात नहीं थी। सुमेर को वह कितनी मुश्किल से उस धुएँ की दुनिया से खींचकर लाई थी और आज फिर वह लौटकर वापस एक उससे मिलती-जुलती दुनिया में पहुँच गया था जहाँ कमबख़्त सफ़ेद ज़हर का

सुकून भी नहीं था। माली चाचा और मालकिन ने उसके हाथ की पट्टी की थी और उस रात गढ़ी की दीवारें भी सुबकती हुई एक-दूसरे में सिमटकर कई दिनों के लिए लापता हो गई थीं।

आ जाओ ए रोगहर, ए मेरे बेटे अपने बाप का हाल लो, उसे ठीक कर दो।

आज इतने सालों बाद फिर सुमेर की याद लौटी तो उसी सदमे के साथ। वह अपनी प्यारी परगासो रानी को बचा नहीं पाया था। परगासो से मिलने के बाद उसकी दुनिया सिर्फ़ और सिर्फ़ परगासो के इर्द-गिर्द सज गई थी और उसने यह मान लिया था कि परगासो का साथ एक नई दुनिया का साथ था। वह दुनिया जो हक़, बराबरी और आज़ादी की नींव पर रखी जाएगी। वहाँ सिर्फ़ मोहब्बत का राज होगा। सिर्फ़ मोहब्बत का।

लेकिन वह भाग आया था परगासो के हाथ से ख़ून बहता देख। बचपन से उसे बहता ख़ून सर्द कर देता था। बड़े राजा चाहकर भी उससे परिन्दे नहीं मरवा पाए। सुमेर को चक्कर आता ही था, हर वक़्त, हरदम ख़ून देखने पर। उसने तो सपने में भी नहीं सोचा था कि वह कभी परगासो का बहता ख़ून देखेगा।

कोई उसकी परगासो का ख़ून कैसे बहा सकता था...?

फ़िरंगी ने सारे ज़ुल्मों के साथ इस ज़ुल्म को भी क्या ख़ूब अंजाम दिया।

सुमेर फिर हिचकोले लगाने लगा उस दिन, ख़ून, बचपन और फ़िरंगियों की धुन्ध के बीच।

**रोज़नामचा**

**ए माघ बख़्श दो ज़रा, 1885**

ये ठंडक मुझे खाए जाती है। दरो-दीवार पर के सब्ज़े अब ख़ूबसूरत नहीं लगते। बदी की दस्तक नहीं यहाँ तो बदी का भूचाल आया था। चारों ओर दरारों की शहनाई बजती सुनाई देती है। आवाज़ें इतनी सख़्त हैं कि

कलेजे को चीर दें। मैं भी उम्रदराज़ हुआ। आज आँसू भी कमबख़्त जम गए हैं कहीं। हमारा लख़्ते जिगर शायद आकर उन्हें बहना सिखा दे। शायद कुछ करिश्मा हो जाए। शायद ये शानदार महल, एक टूटे-फूटे मुजस्सिमे से बेहतर हो जान-माल से भर जाए।

ये जो सर्दी की चादर ओढ़े घास का मैदान दिखलाई पड़ रहा है, वहीं से ख़ुदाबन्द बड़े राजा अपने घोड़े पर सरपट भागे चले आएँ। उनके पीछे एक चमकीले घोड़े पर सवार सलामत टाँगों वाला चुस्त हरिया अपनी महफ़ूज़ बाँहों में मासूम सुमेर को सँभाले हुए चला आए। उनके पीछे तस्वीरों से निकलकर परगासो बीबी चली आए। फिर मालकिन भी फूलों की डलिया हाथ में थामे हुए अपने ठाकुर जी को चढ़ाने की तैयारी में चली आएँ। सब सूर्य की पहली किरण बन रोशनी को एक-दूसरे से बाँटते हुए, करिश्माई उजास फैलाते हुए चले आएँ। और बन जाए दोबारा यह गढ़ी, एक ख़ुशहाल गढ़ी।

यूँ ज़िन्दगी का धड़कना ख़त्म कैसे हुआ इस गढ़ी में?
ओह लख़्ते जिगर! ऐसा क्यों हुआ कि सब ख़त्म हो गया?
अब तुम तो आओ।
आओ...आ भी जाओ।
अपने बाप के लिए।

**फ़. अ. ख़ान**

## पटना, 2001

ली-ना के बैग में एक ऐसा जादू छिपाकर रखा गया है जिसे देखकर समर्थ लाल और संगीता का चौंकना लाज़िमी होगा। लिहाज़ा वह अभी चुप है। वह तय नहीं कर पाई है कि वह किस वक़्त उस छिपे हुए राज़ को पहले समर्थ लाल और फिर दुनिया के सामने खोलेगी।

उसे शंका हो रही है कि कहीं समर्थ लाल उसे एक चालाक और मतलबपरस्त लड़की न समझ लें। और गर भावनाओं का सौदागर समझ लिया तो कितनी गड़बड़ हो जाएगी।

उसने अपने पुरखों को याद किया।

नानी माँ यह सब तुम्हारे लिए।

माँ यह सब तुम्हारी तरह हक़ की लड़ाई लड़ने के लिए।

ओ नानी माँ की नानी मो-चाओ, यह तुम्हारे लिए।

और ए मो-चाओ की बहन यू-यान यह सबसे ज़्यादा तुम्हारे लिए।

ताइपिंग विद्रोह की नायिका यू-यान यह सब कुछ तुम्हारे लिए।

इतने लोगों के लिए, यदि यह सब कुछ है, इतने लोगों के सुख और शान्ति के लिए है, तो वह गुज़र गए पुरखों की शान्ति के लिए ही तो है।

तब यह छल नहीं हो सकता। समझ जाएँगे समर्थ लाल और संगीता।

ली-ना इनके साथ सपने में भी छल नहीं कर सकती है।

इन्होंने तो उसे घर से दूर एक प्यारा घर दिया है।

वह उनके दिए प्यार के बदले सिर्फ़ प्यार ही कर सकती है। ए छल...तुम्हारी कोई गुंजाइश नहीं यहाँ, उलटे पैर भाग जाओ यहाँ से।

## चाँदपुर

चिन ने सुमेर सिंह की नब्ज़ देखी और माँ से कहा, "माँ, मुझे मालूम है तुम्हें अच्छा नहीं लगेगा लेकिन बाबा की हालत अच्छी नहीं। इन्हें सुलाने की कोशिश करनी होगी। फिर हालत यदि सुधरी तो पटना ले चलेंगे।"

सब लोग सुमेर को घेरकर खड़े हैं।

सुमेर एक बार आँख खोलता है और ख़ुशी से चीख़ उठता है...

"अरे मुझे तो सब दिखाई दे रहा है।"

"अरे मेरे दिल के टुकड़े कान्हा, तुम भी आ गए हो। आओ बेटा, ज़रा गले लग जाओ। अरे मेरे अज़ीज़ फ़तेह अली, बताओ 'सूर्य दरबार' का क्या हाल है? तुम बूढ़े लग रहे हो। ख़याल रखो। परगासो मेरी रानी, तुमने फ़िरंगियों को इस देश से खदेड़ दिया न...? हम जानते थे यह काम कोई और करे न करे, तुम ज़रूर करके दिखाओगी। क्या सबने खाना खा लिया? खा लीजिए आप लोग, हम तो खा चुके। अब नींद आ रही है हम सोएँगे।

सबको सुमेर सिंह की इस बहक की आदत थी। सबने इन्तज़ार किया। चिन ने उन्हें नींद की सूई लगाई और सब अपनी जगहों पर आराम करने चले गए।

परगासो बस वहीं बनी रही। सुमेर का माथा सहलाते जैसे बरसों पहले सहलाया करती थी।

रात का जाने कौन-सा पहर था जिसमें अचानक परगासो ने देखा, सुमेर पलंग पर उसकी बग़ल में नहीं है। वह दौड़ती हुई इधर से उधर करने लगी। कहीं तो मिले सुमेर। इस वक़्त कहाँ जा सकता है? अचानक उसे बाहर से आवाज़ आने लगी। कुछ चिल्लाने की, फिर सुबकने की। वह दौड़कर आवाज़ की राह में गई। रात घनी थी। झींगुर बोल रहा था। चाँद आसमान से चौकसी करने का नाटक कर रहा था। लेकिन उसकी रोशनी तो इतनी मेहराई पीली थी कि क्या ख़ाक चौकसी हो पाती?

सुमेर सिंह की सिर्फ़ एक झलक दिखलाई पड़ी परगासो को, मिट्टी में सने गिरते-उठते कुएँ की ओर बदहवास भागते। जब तक वह उसके नज़दीक पहुँचती सुमेर सिंह ने पानी के अन्दर अपने मन के मीतों का अक्स देख लिया था। वे सब वहीं जमे थे और उसे बार-बार बुला रहे थे। परगासो को जो सुनाई दिया वह यह था,

"परगासो बहुत बहादुर है, उसने फ़िरंगियों को भगा दिया है। अब सब ठीक है। हम आ रहे हैं। मीतो हम आपके पास आ रहे हैं...हाँ...हाँ...हम आ रहे हैं।"

छपाक! छपाक!! छपाक!!!

"सुमेर!"

परगासो की इस आवाज़ ने गढ़ी की चूलें हिला दीं और उसके बाद गढ़ी वहाँ से कहाँ लापता हो गई किसी को कुछ मालूम ही नहीं चला।

एकदम पता ही नहीं चला कि वह गढ़ी गई कहाँ?

कहते हैं गढ़ी नक़्शे से ही पूरी तरह ग़ायब हो गई!

## मुसव्विरख़ाना

जब अंग्रेज़ पुलिस अफ़सरों ने बचे हुए मुसव्विरख़ाना की दीवार और उससे लगी कोठरी को अपने क़ब्ज़े में लिया तब वहाँ से नज़दीक ही एक देवी मन्दिर के परिसर में रहनेवाले श्री सज्जन लाल, वल्द लापता अमर लाल वल्द मृत शंकर

लाल को पता चला कि उस जगह पर रहनेवाली सन-सी सफ़ेद चोटी वाली, आँखों में सुरमा लगानेवाली, बचपन में मिठाई का लालच देकर पास बुलानेवाली औरत दरअसल उनकी दादी थीं।

ऐसा पुलिस बता रही थी कि अब सज्जन लाल कई सौ चित्रों, मुसव्विरख़ाना की दीवार और उससे लगी दो कोठरियों के मालिक हो गए हैं।

पुलिस के अफ़सर ने बताया कि ऐसा लगता था जैसे उस कोठरी में रहनेवाली कोई ख़दीजा बेगम पटना क़लम शैली की उम्दा उस्ताद थीं। उनका पता एक ख़त से मिला था जो शंकर लाल नाम के शख़्स के कपड़ों से बरामद किया गया था। जब शंकर लाल नाम के शख़्स को कलकत्ता के टाउन हॉल में गिरफ़्तार किया गया था और कलकत्ता के विलियम के क़िले में आजीवन क़ैद की सज़ा दी गई थी, उस वक़्त मुलजिम शंकर लाल बहुमूल्य चित्रों की चोरी कर उन्हें चीन के किसी जहाज़ में तस्करी करने की मंशा से ले जाने की तैयारी में था। पुलिस ने उसे रँगे हाथों गिरफ़्तार किया था। अंग्रेज़ सरकार चूँकि न्याय की परम्परा को इस देश में भी क़ायम करना चाहती है, इसीलिए शंकर लाल के जेल में दम तोड़ने के बाद उसके बचे हुए सामान को उसके परिवार तक पहुँचाने का आदेश हुआ है।

"यहाँ आने पर हमें यह लाश मिली तो हमने तफ़्तीश की और उसी के दौरान लोगों ने आपका पता दिया। कहा कि आप उनके रिश्तेदार लगते हैं।"

"आप तस्दीक करें, क्या मुलजिम शंकर लाल आपके रिश्तेदार लगते थे?"

"जी लगते थे।"

"क्या लगते थे वे आपके?"

"पितामह लगते थे। मेरे पिता के पिता।"

"उनका यह ख़त, पत्नी ख़दीजा बेगम के नाम है। आप उसे पढ़ें और हमें बताएँ क्या इसमें लिखी बातों से इस जगह का कोई ताल्लुक है?"

सज्जन लाल ने काँपते हाथों से ख़त खोला और थरथराती ज़ुबान से उसे धीमे-धीमे पढ़ा,

*मेरी प्राण प्यारी ख़दीजा बेगम।*

*मुझे माफ़ कर देना। न चाहते हुए भी तुमसे छल हो गया है।*

*मैं चीन पहुँच नहीं सका हूँ। उसके पहले ही किसी ग़लतफ़हमी के तहत मुझे गिरफ़्तार कर लिया गया है।*

*मैं यहीं कलकत्ता जेल में हूँ। अगर इजाज़त मिली तो जल्द वकील के लिए पैरवी करूँगा।*

*मुझ पर बहुत सख़्त पाबन्दी है। इस ख़त को लिखने के लिए भी बहुत मिन्नत करनी पड़ी है। अधिकारियों ने कहा है कि ख़त तुम तक ज़रूर पहुँचाएँगे। इन्होंने मुझे तस्कर समझा है। इसीलिए मैंने इसमें अपने मुसव्विरख़ाना का पूरा पता और*

*पटना क़लम के चित्रों के बारे में भी अलग से तफ़सील दी है। ये ख़त लेकर जब ये अफ़सरान तुम तक पहुँचेंगे तो तुम बिलकुल मत घबराना और इन्हें सब कुछ ठीक-ठीक दिखा और समझा देना। इससे सारी बातें साफ़ हो जाएँगी और मुझे रिहा होने में मदद मिलेगी। और उम्मीद करता हूँ कि जैसे ही इनकी ग़लतफ़हमी दूर होगी, मैं आज़ाद हो जाऊँगा।*

*इस बीच मेरी होनहार शागिर्द और मेरी प्यारी उस्ताद, मुसव्विरख़ाना का ख़याल रखना।*

*कला में ही हम दोनों का जीवन है। वही हमारी प्राणशक्ति है। कला ही सबको जोड़ती है। हर एक दिल को दूसरे दिल से।*

*इसके अलावा सब कुछ बेमानी है!*

तुम्हारा शौहर

शंकर लाल

चित्रकार, पटना क़लम

क़ायदे से तो इस ख़त को पढ़ कोई भी विचलित हो जाता और जो सुन रहा था और देख रहा था हुआ भी, ख़ुद सज्जन लाल की शिराओं में दौड़नेवाला ख़ून भी उछल-उछलकर उनके माथे के टुकड़े करने पर आमादा हुआ जाता था। वे अंग्रेज़ अफ़सरों के साथ सांख्यिकी प्रतिष्ठान में काम करते थे। उन्होंने पुलिस अफ़सरों से अंग्रेज़ी में बात कर अपने अंग्रेज़ अफ़सरों का हवाला दिया और इसी बिना पर पुलिस ने उन पर विश्वास किया और जल्द इस पेचीदा मसले का निपटारा कर दिया था।

सज्जन लाल ने भी मुसव्विरख़ाना के अस्थि-पंजरों को जल्द ठिकाने लगा दिया। दीवार से लगी कोठरियाँ आनन-फानन ही गोश्त का व्यापार करनेवाले को बेच दीं। वहाँ रखी तस्वीरों को उठाकर किराये के एक गोदाम में पटक दिया, ख़त को अपनी सुरक्षा के लिए एक तिजोरी में बन्द कर दिया और अपने अंग्रेज़ दफ़्तर में मन लगाकर काम करने लगे। संख्याओं में कुछ भी अतिरेक नहीं था। जो था सामने था। संख्याएँ इस लिहाज़ से बहुत सुकून देती थीं। संख्याओं का कोई माज़ी नहीं होता था।

सज्जन लाल ख़ुद भी एक संख्या में तब्दील हो गए थे। बिना माज़ी की संख्या में और अब वे सिर्फ़ वही होकर जीना चाहते थे।

वे संख्या हो गए। लावण्य, लालित्य, रस और कहानियों से परे।

एकाकी और बेचैन अन्दर से।

एकाकी और ख़ूब सन्तुलित ऊपर से।

सज्जन लाल। मुसव्विरख़ाना के वारिस।

लावारिस मुसव्विरख़ाना का अन्तिम संस्कार करनेवाले एक लाचार इनसान!

जिनसे धोखा ही तो किया था पिछली पीढ़ियों के सारे पुरखों ने।
धिक्कार था उन पर!

## कलकत्ता जर्नल अख़बार

## बृहस्पतिवार, 20 सितम्बर, 1906

सूत्रों के हवाले से पता चला है कि एक निहायत युवा बैरिस्टर जिसका नाम मोहनदास करमचन्द गांधी है। ट्रांसवाल साउथ अफ्रीका में एशियाटिक रजिस्ट्रेशन एक्ट के ख़िलाफ़ लोगों को भड़काकर सत्याग्रह करवा रहा है। ख़बर है कि लोग उसकी बातों से बहुत प्रभावित हुए हैं।

यह भी ख़बर है कि कांग्रेस के नेता गोपाल कृष्ण गोखले को साउथ अफ्रीका भेजकर गांधी को हिन्दुस्तान लौटने के लिए कहा जाएगा।

गांधी को हिन्दुस्तानी नेता, एक उभरते करिश्माई नेता की तरह देख रहे हैं। देखें गोपाल कृष्ण गोखले की क़वायद सफल होती है या नहीं।

*लॉन्ग लिव द किंग!*

**रोज़नामचा**

**जेठ की गर्मी, 1906**

जेठ की दुपहरी ने माहौल को इस क़दर लम्बा और गर्म कर दिया है कि मन बेचैन हो रहा है। आज इस क़दर गर्म हवाएँ चलती हैं, जो न सिर्फ़ बेरौनक हैं और भारी, बल्कि बचपन में मेरे यतीमख़ाने में टँगी दोजख की तस्वीर की याद दिलाती हैं। आज से चालीस साल पहले का रोज़नामचा पलटकर देखता हूँ तो याद आता है कि आज ही के रोज़ से मेरी जहाज़ पर की नई ज़िन्दगी शुरू हुई थी।

लेकिन अब पता नहीं कभी जहाज़ पर चढ़ भी पाऊँगा या नहीं। उम्र हुई मेरी और काम भी पूरा हुआ मेरा। जिस जहाज़ 'सूर्य दरबार' पर इतने दिन नौकर रहा अब वह फ़िरंगियों की अमानत है। वे तो चाहते थे कि मैं उस जहाज़ पर बना रहूँ लेकिन जिन फ़िरंगियों ने मेरे मालिक को तबाह किया उस पर बने रहना क्या नमक से गद्दारी नहीं होती?

जिस मालिक ने मुझे सब कुछ दिया उस मालिक के चले जाने के बाद मेरा क्या बचा? उसके ख़ानदान की हिफ़ाज़त के अलावा न कोई काम न कोई ख़याल। हाँ, एक बार चीन जाने की ख़्वाहिश ज़रूर बची है। सिर्फ़ एक बार...

उस मजलूम औरत यू-यान को देखने की ख़्वाहिश। जाने ज़िन्दा भी है या मर गई...यह जानने की ख़्वाहिश...

अपने मासूम बच्चे को कितने भरोसे और प्यार से सौंप दिया उसने मुझे। और यह प्यारा बच्चा भी कैसे बेधड़क हो चला आया मेरे संग।

...ए चीनी औरत...ए प्यारी औरत मुल्कों की दूरियों और सरहदों से आज़ाद औरत, तूने बहादुरी की कितनी मिसालें पेश की हैं। तू तो आग का फूल है जो हमेशा जलता रहेगा मेरे दिल में।

आऊँगा एक दिन ज़रूर। भले ही मेरी इस सफ़ेद दाढ़ी के बाल और सफ़ेद हो जाएँ...भले ही मेरी खाल लटकने लगे...भले ही मेरी झुर्रियों की रस्सी बट जाए और तू मुझे पहचानने से इनकार कर दे।

मैं आऊँगा...तुझसे मिलने आऊँगा...तेरा हाल लेने आऊँगा।

**फ़. अ. ख़ान**

## कलकत्ता जर्नल अख़बार

## 30 दिसम्बर, 1906

सूत्रों के हवाले से पता चला है कि कलकत्ता कांग्रेस के अधिवेशन में जो बातें हुई हैं, उससे लग रहा है कि हिन्दुस्तानी अवाम फिर से अन्दर ही अन्दर कुछ नए आन्दोलनों के बारे में सोच रही है। कांग्रेस के सदर दादाभाई नौरोजी ने अपने भाषण में कहा है कि हिन्दुस्तान को ब्रितानी सरकार से स्वशासन का अधिकार चाहिए। स्वदेशी और बहिष्कार को कांग्रेस का पूरा समर्थन है और बंगाल के विभाजन की कांग्रेस निन्दा करती है। ब्रिटिश सरकार के

लिए यह नई चुनौती साबित होनेवाली है।

लंदन में बैठी संसद को इसे कांग्रेस की गपशप न समझ, बतौर धमकी लेना होगा।

*लॉन्ग लिव द किंग!*

## पटना, 1910

डॉ. चिन के पटना डेरे में परगासो बीबी बैठी बतिया रही हैं एक जर्जर बूढ़े इनसान से। यह सन् 1910 है और फाल्गुन फाल्गुन सा नहीं लग रहा है इस बरस। हड्डियों को गलानेवाली ठंड टलने का नाम ही नहीं ले रही है।

हवा में अब चाँदपुर की तरह गाये जानेवाले फाल्गुन गीत नहीं महकते। फ़तेह अली ख़ान ने उस दिन अपनी बेसुरी आवाज़ में चिन और परगासो बीबी के सामने गीत गाने की कोशिश की तो घर के मुलाज़िम तक लोट-पोट हो गए। गीत तो सुन्दर था, बाद में मुलाज़िमों ने ख़ूब उठाया उसे 'जब फाल्गुन रंग झमकते हों, तब देख बहारें होली की...' फ़तेह अली ख़ान कहते रहे, "अरे मेरे उस्ताद ने सिखाया था, नज़ीर अकबराबादी का है..." लेकिन उस शोर में कौन उनकी बात सुन रहा था? सब होली का इन्तज़ार कर रहे थे और फ़तेह अली ख़ान अपने बचपन के इन्तज़ार के दिनों को याद कर रहे थे। वह पटना जो उनसे छूटा था, वह छूटा ही रहा। चिन के डेरे का पटना वह पटना नहीं जिससे वे वाक़िफ़ थे, वह कब का पीछे छूट गया। अब लगता है फिर छूटेगा जल्द ही शायद।

होली खेले जाने के आसार दिखलाई नहीं पड़ते।

इसी बीच परगासो बीबी उनकी यादों की तासीर में नया रंग घोलते हुए कहती हैं, "फ़तेह अली ख़ान, क्या आप भी मानते हैं कि फ़िरंगी कभी इस देश से नहीं जाएगा? क्या हम हमेशा के लिए ग़ुलाम हो गए?"

फ़तेह अली ख़ान चौंक जाते हैं। होली के त्योहार के बीच भी बीबी किसी दूसरे त्योहार के बारे में सोच रही हैं! "नहीं बीबी। मैं ऐसा नहीं मानता...हम अपने वक़्त में तो शायद इन्हें जाता हुआ न देख पाएँ, लेकिन कोई भी मुल्क कितने बरस ग़ुलाम रह सकता है? आज़ादी की चाह तो सबमें होती है। देखिएगा यह मुल्क एक दिन ज़रूर आज़ाद होगा।"

परगासो बीबी के आगे अख़बार पसरा हुआ है। ख़बरों का अख़बार। कांग्रेस के नेता अब अपनी आवाज़ पुरजोर ढंग से उठा रहे हैं। अंग्रेज़ों से सवाल-जवाब कर रहे हैं। स्वदेशी की बात हो रही है। शासन में भागीदारी की भी। फ़तेह अली ख़ान भी नहीं समझ रहे कि शायद जल्द ही, हमारे देखते-देखते ही यह हो जाए।

अख़बारों में छपी ख़बरों के पीछे की ख़बरों पर ध्यान देना ज़रूरी है, फ़तेह अली नहीं समझते यह बात। परगासो समझती है। एक ज़माने में यही करते थे, ग़दर में शामिल उसकी तरह के लोग।

ये उम्मीदों के मौसम हैं जो फिर फ़िज़ा में रंग घोल रहे हैं। यह भी होली है। मेरे मन के रंगों की होली।

उसका मन है कि वह कांग्रेस के पटना के दफ़्तर में जाकर एक कोने में कहीं बैठकर देखे, और इन्तज़ार करे आज़ादी का। और गर आज़ादी सामने से चलती हुई आए तो वह उठकर उसका इस्तेक़बाल करे और फिर वहीं अपनी साँसों को विदा कर दे। उसने चिन को यह सब बताया है। चिन उसकी बातों को सुन हलके से मुस्कुराया था और उसका हाथ अपने हाथ में ले उसने वादा किया था, वह उसे एक दिन ज़रूर ले जाएगा कांग्रेस के दफ़्तर और मिलवाएगा पटना के कांग्रेसी नेताओं से।

कान्हा सिंह से इलाज करवाने भी आते हैं कई नेता। उनमें से मज़हरुल हक़ से उसकी अच्छी पहचान है। भले आदमी हैं। कान्हा सिंह ने उन्हें अपनी माँ के बारे में बताया है।

चिन ने जब घर लौटकर यह बात परगासो को बताई तो वह शरमा गई। अपनी हाथों की कटी हुई उँगलियों की ओर देखा, सुमेर सिंह को याद किया, कुँवर सिंह याद आए और वह मन-ही-मन बोली, 'बाबूजी आपके जाने के बाद कैसे दुख से भरे हम गाते थे—अब न रंगइबो केसरिया।'

'एक ज़माना गुज़र गया उसके बाद। लेकिन कोई अपने दुख में डूबकर मर नहीं गया। देखिए न, अब तक जीती हूँ उम्मीद से भर।'

'नया बिगुल बज उठा है। उसकी आवाज़ किसी को सुनाई पड़े या न पड़े, मुझे सुनाई देती है।'

**रोज़नामचा**

**लोदी कटरा मोहल्ला फाल्गुन, 1910**

अब उँगलियाँ नहीं चलतीं मेरी। लेकिन आज परगासो बीबी की बात से मन बेचैन हो गया है। परगासो बीबी इतना कुछ खोने के बाद भी हिन्दुस्तान

से अंग्रेज़ों को खदेड़ दिए जाने का ख़्वाब देखती हैं? वे आज़ादी के गाने भूली नहीं।

कितनी बहादुर औरत हैं। बहादुर नस्लों की ज़िन्दगी सिर्फ़ ज़द्दोजहद में गुज़रती है। और फिर भी ये नस्लें अपनी ज़िद पर क़ायम रहती हैं। काश कि गढ़ी बची होती। काश कि परगासो बीबी उसे सँभालती रहतीं। काश, सुमेर यूँ न दुनिया से गए होते। इतने सारे काश के बावजूद परगासो बीबी बुलंद हैं।

उनके ख़्वाबों की ताबीर हो।
हे हज़रत कृष्ण, तुम इनके जीते जी इनकी मुराद पूरी करो।
हिन्दुस्तान को आज़ाद करवा दो।

**फ़. अ. ख़ान**

## पटना, 1910

हालाँकि फाल्गुन का महीना था और होली नज़दीक थी फिर भी उस दिन कड़ाके की सर्दी थी, जब डॉ. कान्हा सिंह ने अपने बूढ़े बाबा को सुबह उठने के बाद हर रोज़ की तरह सलाम कहा लेकिन हर रोज़ की तरह उसे 'जीते रहिये' का जवाब नहीं मिला।

कान्हा सिंह डॉक्टर था। उसने बाबा का हाथ अपने हाथ में ले नब्ज़ टटोली। फिर उसने बन्द आँखों को खोलने की कोशिश की और अन्त में बाबा की छाती में अपना सर गड़ा दिया, धड़कन का अन्दाज़ा करने के लिए। जब उसे अपने मुआयने के नतीजे का हासिल समझ में आ गया तो उसने मोहब्बत से अपने बाबा की पेशानी चूमी और अपनी बहादुर माँ यू-यान को याद किया। माँ की याद एक आँसू के क़तरे की शक्ल में बाबा के माथे पर गिरी और उसे लगा बाबा की रूह आसमान में सफ़ेद कपड़े पहन उसी पल सुकून से उड़ गई। उसे यक़ीन था उसके फ़तेह अली बाबा को जन्नत ही नसीब होगी।

फ़तेह अली ख़ान ने मरने से पहले अपने पूरे होशोहवास में अपना रोज़नामचा और चिन की बनाई तस्वीर को चिन को सौंप दिया था...

चिन का बाबा, प्यारा बाबा, अपनी औलाद के हाथों फिर यूँ दफ़न हुआ।

ठीक उतने ही मान-जान से, जैसे कान्हा सिंह ने अपने दूसरे बाबा, बाबू सुमेर सिंह को अग्नि दी थी, चाँदपुर में।

चिन ने बाद में परगासो को कहा था, "माँ, मैं कितने नसीब वाला हूँ। मेरी दो माँएँ, और तीन पिता हुए।"

परगासो बीबी ने इस पर चिन की नज़र उतारी थी और कहा था, "जुग-जुग जियो मेरे लाल।"

चिन ने अपने दवाख़ाने का नाम 'परगासो दवाख़ाना' रखा था।

पटना में रहनेवाले बुज़ुर्गवार उस परगासो दवाख़ाने का ज़िक्र बहुत इज़्ज़त से करते थे। कहते थे, "डॉक्टर कान्हा सिंह था तो चाँदपुर रियासत का वारिस लेकिन उसका कोई वारिस नहीं हुआ। उसने शादी नहीं की और अपनी सारी चीज़ें दान कर दीं। बुढ़ापे में वह साधु-सन्तों की तरह लगने लगा था। उसकी सफ़ेद दाढ़ी ज़मीन छूती थी और वह आलथी-पालथी मार मंत्र पढ़ता रहता था। अजीब था, पर अच्छा था। मरीजों से बहुत प्यार से पेश आता था। उसके हाथों में बहुत शिफ़ा थी। उसके दरवाज़े जानेवाला हर रोगी ठीक हो जाता था।"

*सन् 1910 में ग्रेगोरियन कैलेंडर का एक दशक पूरा हुआ, तो विक्रम संवत् कुछ आगे भाग गया था। दोनों चाँद को अपना देवता माने बैठे थे।*

*चाँद भी अजीब खिलाड़ी था। दोनों को एक ही बात मैन्डरिन में और हिन्दुस्तानी में कहता था।*

*और इस तरह एक-दूसरे को बरतते-बरतते दोनों एक हो गए।*

## कलकत्ता जर्नल अख़बार

## शुक्रवार, 30 दिसम्बर, 1910, सम्पादक का पन्ना

सूत्रों के हवाले से पता चला है कि इलाहाबाद में हुए कांग्रेस के अधिवेशन में युवा बैरिस्टर मोहम्मद अली जिन्ना ने ब्रितानी सरकार के इस फ़ैसले का विरोध किया है कि हिन्दू और मुसलमानों के लिए अलग चुनावी हलक़े बनाए जाएँगे। इससे हिन्दू और मुसलमानों के आपसी ताल्लुक़ात पर बुरा असर पड़ेगा।

ब्रितानी सरकार एक तो हिन्दुस्तानियों को शासन व्यवस्था में शामिल

कर रही है उस पर इन नेताओं की माँगें बढ़ती जा रही हैं। यह देखना होगा कि ब्रिटिश संसद इस विषय में क्या राय रखती है। ब्रिटिश प्रधानमंत्री हर्बर्ट हेनरी ऐसक्विथ जो आरामपरस्त प्रधानमंत्री का रुतबा पा चुके हैं, का इस मसले पर रवैया देखना भी दिलचस्प होगा...

हिन्दुस्तान यूँ ही उलझा रहेगा हिन्दू-मुसलमान के मुद्दे पर लगता है। जिस आज़ादी की माँग को हिन्दुस्तानी बीच-बीच में 1857 से उठाते रहे हैं, उसे लेकर ये करेंगे क्या? आपस में तो सुलह-सफ़ाई से रहते नहीं। या तो धर्म नहीं तो जाति के झगड़े यहाँ चलते ही रहते हैं। कभी सुलझते नहीं। ऐसे में ये क्या ख़ुद देश चला पाएँगे?

अख़बार जानता है कि उसके पाठकों में बहुत हिन्दुस्तानी भी अब शामिल हैं लेकिन फिर भी कलकत्ता जर्नल यह सवाल पूरी ज़िम्मेदारी से, तमद्दुन की तरक़्क़ी के लिए उठा रहा है?

सोचनेवाली बात है।

*लॉन्ग लिव द किंग!*

### पटना, 2001

ली-ना का दिल धक्-धक् कर रहा है। आज पटना में उसका अन्तिम दिन है फिर उसे अपने देश उड़ जाना है। समर्थ लाल ने म्यूज़ियम, ख़ुदाबख़्श लाइब्रेरी और अपने घर पर रखी सारी तस्वीरें दिखा दी हैं। वह निराश हो गई है। उसके मतलब की चीज़ कहीं नहीं है। अब आर्ट कॉलेज इकलौती बची हुई जगह है, जहाँ उसकी उम्मीद टिकी हुई है।

इस बार समर्थ लाल ने आर्ट कॉलेज के प्रिंसिपल से बात कर ली है। उन्होंने सारी तस्वीरें दिखाने का वादा किया है। समर्थ लाल के साथ आज संगीता भी उसके साथ आई है। वे लोग उसके आगे-आगे चल रहे हैं। उसने उनके पीछे चलते हुए, मन-ही-मन एक प्रार्थना की है।

अपनी सफलता के लिए एक छोटी-सी, नन्ही-सी मासूम प्रार्थना।

प्रिंसिपल साहब बहुत मन से चित्र दिखा रहे हैं। समर्थ लाल उसे उत्साह से अपने आगे चलने को कह देते हैं। वह रुक-रुक कर ग़ौर से चित्र देख रही है।

तम्बाकूफ़रोश...बैलगाड़ी पर सवार दुल्हन...ताजिया उठाए लोग, सोनपुर

के मेले में घोड़े ख़रीदता एक चीनी है, सिराजुद्दौला का जुलूस है जिसमें एक दुबला-पतला नौजवान रंगीन काग़ज़ की छोटी झंडी पकड़े हुए है, नौजवान की आँखें धँसी हुई हैं, सर झुका हुआ है, फिर पटना का गोलघर है और उसी के बग़ल के चित्र में हरहराती गंगा नदी है। प्रिंसिपल इस चित्र पर रुककर बताते हैं,

"यह ख़दीजा बेगम नाम की कलाकार का बनाया चित्र है। उस दौर में कुछ औरतों का भी ज़िक्र मिलता है, जिन्होंने इस कला को अपनाया था।" प्रिंसिपल शायद बताना चाह रहे हैं कि देख लीजिए चीनी महोदया हम इतने भी पिछड़े नहीं। समर्थ लाल की आँखों में एक दुख की बदली बरसने को आतुर दिखती है। संगीता जानती है सब कुछ। अब ली-ना भी। ली-ना अपनी बेचैनी के बावजूद ख़दीजा बेगम के चित्र को झुककर प्रणाम करती है। इस पर समर्थ लाल का मन और भीग जाता है। वे भी मन-ही-मन प्रणाम करते हैं।

प्रणाम गुरु माँ!

"और यह देखिए—चीनी बच्चे का चित्र," प्रिंसिपल फिर बतलाते हैं, "यह एक नौसिखिये का बनाया चित्र मालूम देता है और, शायद उस कलाकार का बनाया यह एक ही चित्र है जो मौजूद है। इसमें साफ़ तौर पर कला की बारीक़ी मिसिंग है।" यह सुनते ही ऐसा लगता है ली-ना को, जैसे कमरा घूम गया है और उसका गला सूखकर काँटा हो गया है।

समर्थ लाल और संगीता उसे चिन्ता से देखते हैं, जब उसकी क्षीण आवाज़ को सुनते हैं,

"नहीं, इस नौसिखिये कलाकार ने ऐसा ही एक और चित्र बनाया था जो केंटन के संग्रहालय में मौजूद है। चित्र 1872 का है। उसका प्रिंट है मेरे पास..."

"अच्छा यह तो अद्भुत बात है मैडम, आपने पहले क्यों नहीं बताया?" प्रिंसिपल ने शिकायती लहज़े में कहा।

आर्ट कॉलेज में हवा बहना भूल गई। दीवारों में पुरखों की आवाज़ें सरसराने लगीं। समर्थ लाल को जाने क्यों धक्का लगा। संगीता ने हौले से उनकी हथेली थाम ली। सच साहस के साथ स्वीकृत हुआ। कुछ अनुत्तरित बातों की मन-ही-मन फ़ेहरिस्त तैयार हुई, जिसे फ़िलवक़्त सीने के अन्दर भींचकर रखना था।

सूरज अपनी रोशनी नियत समय पर ही तस्लीम करता है।

समर्थ लाल और संगीता ने भी अपनी चुप्पी तोड़ी।

"ली-ना क्या इस तस्वीर का तुम्हारी थीसिस से भी ताल्लुक़ है? क्या इसे ही तलाश रही थीं तुम?"

"हाँ।" ली-ना के गले में बगूले उठ रहे हैं। वह बेहद ख़ुश होना चाहती है, लेकिन दुख उसके दिल पर धमाचौकड़ी मचा रहा है अधिकार से।

"सर, क्या मैं इसकी तस्वीर खींच सकती हूँ?"

"देखिए वैसे तो यह अलाउड नहीं है, लेकिन चलिए मैं आपको स्पेशल परमिशन देता हूँ।" प्रिंसिपल दरियादिल हो उठे। इस सिरफिरी चीनी लड़की को कुछ यहाँ मिल गया से ज़्यादा वे उसे कुछ दे रहे हैं का छोटा अहंकार परवान चढ़ा।

ली-ना ने संयत हो तस्वीर उतारी और बाक़ी तस्वीरें देखने आगे बढ़ गई।

तभी प्रिंसिपल बोले, "वैसे आपका प्रोजेक्ट क्या है? अगर इस तस्वीर के बारे में और जानना है तो कुछ और मदद कर सकता हूँ।"

वे तीनों रुक गए। समर्थ लाल ने पूछा, "क्या? कैसे?"

"जब तस्वीरें देख लें तो मेरे दफ़्तर में आएँ, कुछ चाय-नाश्ता किया जाए। यह तस्वीर एक प्राइवेट कलेक्टर ने हमें दी है। पटना के एक मशहूर डॉक्टर थे डॉ. कान्हा सिंह। उन्होंने ही यह तस्वीर दी है हमें और इस तस्वीर के साथ एक डायरी भी, जिसे आप देख सकती हैं। कोई फ़तेह अली ख़ान हुए हैं, जिन्होंने ये तस्वीर बनाई है। उन्हीं का रोज़नामचा है जिसमें इस तस्वीर का ब्योरा भी है...हम किसी को वैसे पढ़वाते नहीं हैं। एक काँच के बक्से के अन्दर सुरक्षा कारणों से रख दिया है उसे। सन् 1910 में उसमें अन्तिम एंट्री की गई है। शायद उसके बाद नहीं रहे लिखनेवाले। आप देखेंगे तो अक्षर देख दंग रह जाएँगे! क्या कैलीग्राफी है साहब! एकदम उम्दा आर्ट वर्क है।"

"घूमकर आइए, फिर दिखाता हूँ आपको।"

ली-ना को अब लग रहा है उत्तेजना और उससे पैदा होते अम्ल के असर से उलटी हो जाएगी। वह पूछना चाहती है, प्रिंसिपल साहब से—'क्या आप नहीं जानते कि जिस डॉक्टर ने आपको यह तस्वीर दी है, यह तस्वीर उन्हीं की है? क्या आप नहीं समझ रहे कि जिसे आप कान्हा सिंह कह रहे हैं वह एक चीनी शख़्स है, जिसका नाम है चिन? केंटन में लगी उसकी तस्वीर पर लिखा है—चिन की हँसी।'

इसी से जानती हूँ मैं उसका नाम।

मैं यह भी जानती हूँ कि वह मेरी नानी माँ की नानी की बहन का बेटा है।

वह मेरी नानी माँ की नानी मो-चाओ की बहन यू-यान का बेटा है।

मैंने अपने इस पुरखे की कहानी रटी हुई है।

बस आज उससे ठीक से मिल पहली बार रही हूँ।

संगीता को उसकी हालत अच्छी नहीं लगी इसीलिए उसने कहा, "ली-ना, चलो अब कमरे में प्रिंसिपल साहब के पास। पानी पी लो थोड़ा। फिर घर चलें।"

"नहीं-नहीं, मैं ठीक हूँ। घर क्यों। अभी नहीं। अभी मैं वह डायरी देखना चाहूँगी।"

"चलो ठीक है।" समर्थ लाल ने संगीता को इशारा किया, किसी खोज में दीवानी हुई जा रही है, खोजने दो इसे। आख़िर इंडिया आई ही इसीलिए है।

प्रिंसिपल के कमरे में चमड़े से मढ़ा हुआ एक रोज़नामचा है जो फ़ारसी में लिखा गया है। एक छात्र को प्रिंसिपल साहब बुलाते हैं, जो फ़ारसी पढ़ना जानता है।

ली-ना उससे इसरार करती है, "प्लीज़ जहाँ-जहाँ चिन और कान्हा सिंह के बारे में लिखा है वह हिस्सा पढ़कर समझा दीजिए।"

छात्र ढूँढ़ लेता है। हर उस पन्ने को जिसमें चिन और कान्हा सिंह लिखा गया है। हर पन्ने पर शीर्षक है और तारीख़ भी।

1873...यू-यान हँसते हुए चिन को जहाज़ पर बिठाकर विदा करती है।

चिन का नया नाम गढ़ी में कान्हा सिंह रखा गया है...

देखो यू-यान अब तुम्हारा चिन हिन्दुस्तान में डॉक्टर बन गया है...

याद करता हूँ तो लगता है कि चिन की माँ यू-यान और बाप चांग की कहानी भी किसी मिथक कथा जैसी ही है...यू-यान की जुड़वाँ बहन मो-चाओ भी कहीं ज़िन्दा ज़रूर होगी...

यू-यान सलामत रहे, किसी दिन आऊँगा तुमसे मिलने ओ बहादुर औरत...!

यह रोज़नामचा चिन कान्हा सिंह के लिए!

1910—

सब सुन ली-ना डायरी को अपने हाथों में उठा लेती है और प्यार से सहलाती है जैसे अपने पुरखों की अस्थियाँ सँभाल रही हो। उसके बाद उसकी चाल में चुस्ती आ जाती है। वह अपने बैग से निकालकर एक छोटी-सी काँच की बनी बुद्ध की मूर्ति प्रिंसिपल साहब को आदर से, धन्यवाद देते हुए पकड़ा देती है और कहती है हँसते हुए, "दुनिया ऐसी ही होती है...आप ही के बुद्ध थे, हमने उन्हें अपना बनाया। कुछ विरासतें साझी होती हैं। उनके लिए इस समूची कायनात का शुक्रिया।"

उसके बाद वह संगीता का हाथ थाम चल देती है, समर्थ लाल से ज़िद करते हुए कि "आइसक्रीम तो खिलानी ही पड़ेगी। हम खाएँगे।"

संगीता दो शफ़्फ़ाफ़ दिलों की धड़कनों से उस आँच का अनुमान ठीक-ठीक लगा पा रही है, जिससे पुरखों की स्मृतियाँ हमेशा ज़िन्दा रहेंगी। यह कड़ी की तरह दो जुनूनी लोगों से होती हुई, देश-विदेश में बढ़ती जाएगी। इस तरह का ख़याल उसे रोमांचित कर देता है और वह पीछे बैठी ली-ना को चोरी से देखती है।

ली-ना ने उस बच्चे की तरह राहत से आँखें मूँद ली हैं जिसका होम वर्क पूरा हो गया है।

घर पहुँचकर ली-ना बहुत ताक़त से भरा महसूस करती है। रात के खाने के बाद समर्थ लाल और संगीता को बिठाती है प्यार से अपने पास और अपना बैग उठा लाती है।

सबसे पहले वह चीन से लाई बेहतरीन प्यालियों के सेट में, चीन की सबसे उम्दा चाय पिलाने की तैयारी करती है और दोनों मेज़बानों को पीने का सही तरीक़ा समझाती है—“पहले पानी गर्म कर उसमें चाय की पत्तियों को डालना है। फिर उसी चाय के पानी से नन्ही प्यालियों को धोना है और फिर इतनी देर तक पगी हुई ताज़ी चाय, प्यालियों में डाल घूँट भर-भर कर पी जाना है।”

लाल दम्पती उसके जाने के ठीक एक दिन पहले के इस कौतुक को देख, उल्लास से भर रहे हैं। यह कैसी अन्तरंगता हो गई है इस नाज़ुक-सी प्यारी लड़की से!

फिर ख़ूब खिलखिलाते हुए ली-ना बताती है, जैसे परियों की कथा बाँच रही हो, “मैंने आज अपनी नानी माँ से किया वादा पूरा किया। मैंने चिन को खोज निकाला। आपको नहीं पता इस वक़्त मैं कितना हलका महसूस कर रही हूँ। मैं पिछले तीन साल से इस कोशिश में लगी हुई थी और आज...” वह एक दिव्य मुस्कुराहट से खिल जाती है।

फिर अपने बैग से वह चिन के उस चित्र के प्रिंट को निकालती है, जिसे केंटन के म्यूज़ियम में तीन साल पहले उसने टँगा देखा था और सोच में पड़ गई थी कि बहुत सारे बेहतरीन, चीनी, अंग्रेज़, फ्रांसीसी और अमेरिकन चित्रकारों के बीच, एक हिन्दुस्तानी गुमनाम चित्रकार का सादा-सा चित्र यहाँ क्या कर रहा है? चित्र पर तारीख़ भी अफ़ीम युद्ध और ताइपिंग विद्रोह के बाद की लग रही है, वही जब अंग्रेजों का दोनों देशों पर ज़ोर चलता था और...!

“चित्र देखते ही मेरे मन में घुमड़ते कुछ रहस्य बाहर आने को तैयार होने लगे। उसके बाद से ही मेरी खोज शुरू हुई...।” वह तफ़सील से सब कुछ दोनों को बताने लगी थी।

संगीता और समर्थ लाल उसकी बातें मंत्रमुग्ध हो सुन रहे थे।

बातें सुन, समर्थ लाल को दोबारा पिता सज्जन लाल की याद आई।

मुसव्विरख़ाना की दुर्गति की बातें भी बहुत याद आने लगीं।

मन कच्चा होने लगा।

लेकिन फिर अचानक याद आ गई शंकर लाल की कही हुई बात, वही बात जो उन्होंने अपनी पत्नी ख़दीजा बेगम को कलकत्ता में अपनी गिरफ़्तारी के बाद लिखी थी—‘कला हमको जोड़ती है। वही हमें प्राणशक्ति देती है।’

आज ली-ना की दीवानगी ने यह साबित कर दिया है।

शंकर लाल आपको प्रणाम।

ख़दीजा बेगम, आपको प्रणाम।

फ़तेह अली ख़ान, आपको भी प्रणाम।

आपने एक ऐसा सूत्र दिया आनेवाली पुश्तों को, जिसने रिश्तों की कई परतों को धूप से उजाले में साफ़ किया।

"तुम दोबारा आओगी न ली-ना? दो सालों से हुआ परिचय तुम्हारे इस प्रोजेक्ट के बाद ख़त्म तो नहीं हो जाएगा ना?"

हमेशा हँसनेवाली संगीता भावुक होने लगी थी। समर्थ लाल ने उसका हाथ अपने हाथ में ले लिया। ऐसा लगा शंकर लाल ने ख़दीजा बेगम का हाथ अपने हाथ में ले लिया हो।

ली-ना यह देख मोहक ढंग से मुस्कुराई। संगीता ने उसे प्यार से चूम लिया। उसने ली-ना की विदाई के वक़्त भेंट देने के लिए एक भागलपुरी सिल्क का कुरते का कपड़ा मँगवाकर रखा था। उसे बहुत प्यार से उसके हाथों में पकड़ाकर बोली, "अब उस दौर की दूरियाँ नहीं, ली-ना। अब लोग आसानी से खो नहीं सकते। हम हमेशा टच में रहेंगे। जब तुम्हारी थीसिस पूरी होगी तो हम केंटन आएँगे। तुम्हें डिग्री लेते हुए देखना हमारे लिए कितने आनन्द की बात होगी।"

"ठीक?"

"हाँ।"

ली-ना ने जन्नत जानेवाली सीढ़ियों पर पुरखों को आनन्द से चढ़ते देखा और मुस्कुराकर कहा,

"आप मेरी माँ जैसी ही हैं, मैं आपसे अलग कैसे हो सकती हूँ?"

## दिल्ली, 2001

2 मार्च, 2001 के रोज़, इन्दिरा गांधी इंटरनेशनल हवाई अड्डे पर कम भीड़ थी। ली-ना चेक इन कर बहुत आराम से अपने लिए एक जगह तलाश कर बैठ गई थी। ली-ना बार-बार यू-यान के बेटे की दोनों एक-सी तस्वीरों का मिलान करते नहीं थक रही थी। ऐसा लगता था सामने एक खेल पसर गया है। 'फ़र्क़ ढूँढ़ो तो जानूँ!' दोनों तस्वीरों में बहुत बारीक़ फ़र्क़ था। बार-बार देखने पर ही समझ में आता था। मुस्कुराहट की रेखाओं का फ़र्क़ था वह। एक में मुस्कुराहट बनाई गई थी और एक में उमगती-सी ख़ुद पैदा हुई थी। उसने इसे कलाकार की चूक नहीं, मर्ज़ी माना। और दूर देश हिन्दुस्तान के अदना से शहर पटना में बरसों से चली आ रही अपने पूर्वज की डॉक्टरी शोहरत को, अभिमान से भर याद किया। फिर

वह इठला-इठला कर हवाई अड्डे पर ऐसे टहलने लगी जैसे एक नाज़ुक-सी हँसिनी पानी पर तैरती है।

'नानी माँ, यू-यान का बेटा कितना ख़ूबसूरत था।' उसने मन-ही-मन कई बार दोहराया।

'नानी माँ, यू-यान के बेटे का एक हिन्दुस्तानी नाम भी था...मज़ेदार सा, 'कान्हा सिंह।' उसने दोबारा मन-ही-मन कहा और मन-ही-मन ख़ूब हँसी।

'नानी माँ, मैंने तुम्हारा वादा पूरा किया ना...' उसने मन-ही-मन नानी से कई बार पूछा।

फिर उसने मनमौजी ढंग की कुछ ख़रीदारी की। कुछ इत्र, कुछ चाँदी की बनी कानबालियाँ, कांजीवरम सिल्क का स्कार्फ़ और स्टोल। सारे ख़रीदे सामान को अपने बैग में रखा और एक रेस्टोरेंट में बैठकर खाने लगी। रेस्टोरेंट में बैठे सब लोग बातचीत में मशगूल थे। जब उसने अपनी नज़र घुमाकर और मुआयना किया तो देखा कि रेस्टोरेंट में बैठे कुछ लोग वहाँ लगे टेलीविज़न के बड़े स्क्रीन पर नज़रें टिकाए ख़बरें देख रहे थे। उन्हें टेलीविज़न देखता देख उसकी नज़र भी बेसाख़्ता टेलीविज़न पर चली गई।

अचानक ख़बरें देखते ही, ख़बरें देखनेवाले बहुत सारे लोगों की तरह वह भी एक ख़बर देख एकदम काठ हो गई। उसने देखा न्यूज़ रिपोर्टर बार-बार एक ही बात दोहरा रही थी और एक ही ख़बर की क्लिप बार-बार दिखला रही थी।

'अफ़ग़ानिस्तान से डरावनी ख़बरें आ रही हैं। बामियान घाटी की पहाड़ियों में बनी विशालकाय बुद्ध मूर्तियों को बम से उड़ा दिया गया है। छठवीं शताब्दी की ये मूर्तियाँ गांधार शैली का बेहतरीन नमूना थीं। बामियान बौद्ध धर्म के तीर्थ स्थल का दर्जा रखता था—और पर्यटकों के बीच भी बहुत लोकप्रिय था।' रेस्टोरेंट में बैठे लोग यह ख़बर देख आतंकित हो रहे थे। उनके चेहरे लाल-गुलाबी हुए जा रहे थे, कुछ के पीले निचुड़े हुए भी दिखलाई देने लगे थे। अंग्रेज़, अमेरिकी, यूरोपियन, जापानी और चीनी। सभी के सभी। यहाँ तक कि कुछ अफ़ग़ानी भी, जो वहाँ मौजूद थे, अवाक् दिख रहे थे।

यह सबका सकता था।

सब सदमे में डूब रहे थे।

ली-ना को ख़बरें देख याद आने लगी बामियान के ऊँचे खड़े, बुद्ध द्वय के लिए लिखी गई जापान की रानी मिचिको की कविता, जिसे ली-ना ने अपनी थीसिस में भी इस्तेमाल किया था...

*वहाँ बामियान में*
*ललाई लिये हुए चाँद के नीचे*
*पत्थर के दो बुद्ध हैं*
*उनके पवित्र चेहरे भंग हो गए हैं तनिक*
*लेकिन फिर भी कितनी शान से खड़े हैं वे...!*

ओह! अब रानी मिचिको कैसे लिखेगी इस कविता के बाद एक और दूसरी कविता, यूँ प्रेम से खड़े बुद्ध द्वय की शान में? या लिखेगी अब नष्ट हो गए बुद्ध का स्यापा करते? ऐसा क्यों होता है कि जो भी शान्ति की बात करता है वह ख़ूनी मौत मरता है? और बाद में हम उसके लिए स्यापा करते दिखाई देते हैं?

हर उस दूसरे से इस क़दर नफ़रत क्यों पालते हैं हम, जिसे न हम ठीक से जानते हैं न समझ पाते हैं? जैसे बुद्ध की ये मूर्तियाँ, जाने किस ख़ूनी ख़्वाब की भेंट चढ़ गईं?

जैसे जिस देश की मिट्टी पर खड़ी हो ली-ना तुम, उसी देश का एक दुबला मज़बूत शख़्स, जिसे समूची दुनिया के लोग जानते हैं। चीन में भी जानते हैं सब जिसे ली-ना, नाम—महात्मा गांधी, कैसे ख़ूनी ख़्वाब की भेंट चढ़ गया?

जैसे बीजिंग में मारी गई तुम्हारी माँ ली-ना, देखने गई कितना सुन्दर ख़्वाब लेकिन किसी और ख़ूनी ख़्वाब की भेंट चढ़ गई!

क्या सारे ख़्वाब यूँ ही किसी अनजाने क्षितिज में ढल जाने को अभिशप्त होते हैं? वह ख़ुद से बात करते हुए गहरी सोच में डूब गई।

ऐसे ही वक़्त में तो चिड़िया माँएँ आकर उसके कान में सन्देश दिया करती हैं, और उसकी उँगली थाम उसे डूबती परछाइयों की ज़द से बाहर निकाल रोशनियों के नए घेरे में ला खड़ा करती हैं।

वही हुआ!

अचानक इन्दिरा गांधी अन्तर्राष्ट्रीय हवाई अड्डे पर मौजूद लोगों ने देखा हज़ारों की तादाद में तरह-तरह की चिड़ियाँ भीतर आ गई हैं और गोल-गोल चक्कर लगाने लगी हैं। उन्होंने फिर वहाँ बैठी एक चीनी लड़की को घेर लिया है और उसके कन्धे, उसकी बाँहों, उसके पैरों और सर पर बैठकर चहचहाने लगी हैं।

लोग कौतुक से भर देख रहे हैं। चीनी लड़की इस अचानक हुए हमले से बिलकुल घबराई नज़र नहीं आ रही है। उलटे ख़ूब खिलखिलाकर चिड़ियाओं का स्वागत कर रही है।

लोग नहीं जानते थे वह चीनी लड़की—ली-ना थी और ये हज़ारों चिड़ियाँ थीं लड़की की अपनी चिड़िया माँएँ।

चिड़िया माँएँ अब अपनी बेटी को बोसा दे रही थीं और उसे वही गीत सुना रही थीं जो बेटी की माँ ने तिआनमन स्क्वायर पर टैंक के सामने गाया था और शहीद हो गई थी...।

फिर ये हज़ार माँएँ कहने लगीं ली-ना से चन्द और बातें अपनी मीठी ज़ुबान में।

"कितना अद्‌भुत रहा होगा वह रास्ता जिसे रेशम मार्ग कहा जाता था कभी ली-ना? और चीन, हिन्दुस्तान, अफ़ग़ानिस्तान सब उससे जुड़े हुए थे। यह ग्लोबल होती हुई दुनिया उस वक़्त भी यूँ ही मिली-जुली थी। हमारी तरह ही लोग भी यूँ ही उड़ा करते थे। इस देश से उस देश। पानी और मिट्टी के रास्ते। उसे कैसे बिसरा रहे हैं लोग आज? देखो न भूल गए हैं, भटक गए हैं लोग। सरहदों को पाट कर ही तो। नदियों और समुद्रों के पार के रास्तों को तलाशा गया, पहाड़ों और पत्थरों के बीच नए रास्तों को बनाया गया।"

सचमुच ली-ना ने सोचा—'कितने बरस पहले उसी रास्ते से गए होंगे थेरा महंत, कारीगर को ले या ख़ुद कारीगर संन्यासी बन, हिन्दुस्तान से, चीन से और कुछ जापान से भी शायद। फिर बनाई होंगी ये मूर्तियाँ बामियान में प्रेम और शान्ति का सन्देश देने के वास्ते। ठीक उसी तरह जैसे वह देकर आई है समर्थ लाल सर को चीन से लाई जेड पत्थर की मिनिएचर बुद्ध मूर्ति। ठीक वैसी ही जैसी समर्थ लाल सर के घर के सामने क़दमकुआँ पटना में लगी है, एक काले पत्थर से बनी बुद्ध मूर्ति।

पद्‌मासन में बैठे बुद्ध।

इंडिया में बुद्ध। चीन में बुद्ध।

एक से बुद्ध। प्यार करनेवाले बुद्ध। प्यारे बुद्ध।

प्रेम और भाईबन्दगी की अद्‌भुत मिसालें!

चिड़िया माँओं ने कहा, 'समझीं ली-ना बिटिया?'

ली-ना ने कहा, 'हाँ।'

चिड़िया माँओं ने फिर कहा, 'दुनिया कितनी भोली है ली-ना, इतना भी नहीं समझती!'

ली-ना ने फिर कहा, 'हाँ।'

और ऐसा कहते-सुनते ही, उसके दिल में एक गर्म, मीठा-सा दरिया टूट-टूट कर बहने लगा। उसे मोतिया नदी याद आई। वह सराबोर होने लगी, उसका दुनिया पर मोहब्बत लुटाने का जी किया।

उसने झट अपनी डायरी निकाली और लिखा—अगला पड़ाव, बिला शक-अफ़ग़ानिस्तान।

इस दरमियान एयरपोर्ट पर मौजूद लोगों का अचम्भा ख़त्म होने का नाम ही नहीं लेता था।

लोगों ने देखा और बुत बन गए।

समय में जड़।

बेज़ुबान।

जिस तिलिस्माती ढंग से हज़ारों चिड़ियाँ अन्दर घुसी थीं और उस चीनी लड़की के इर्द-गिर्द चक्कर लगाने लगी थीं, उसी तिलिस्माती ढंग से अब वे बाहर की ओर उड़ती चली जा रही थीं।

वापस।

हज़ारों की तादाद में!

# आभार

इस किताब के लिए कुछ लोगों का विशेष शुक्रिया देना बेहद ज़रूरी है।

राजकमल प्रकाशन समूह के एडिटर दोस्त सत्यानन्द निरुपम का तहे-दिल से शुक्रिया, जिन्होंने किताब के शुरुआती दिनों से (2016 से) बहुत सारे वाट्सएपी फूलों और सुन्दर प्रेरक बातों से मेरे आलस्य को तोड़ा और परेशानियों के बीच मनोबल बढ़ाए रखा। प्रिय दोस्त, गीताश्री और प्रत्यक्षा का शुक्रिया जिन्होंने किताब लिखे जाने के दौरान बार-बार प्यार और मनुहार से उपन्यास पूरा करने का उलाहना-पुलाहना दिया। उपन्यास लिख लेने के बाद अपने-अपने उपन्यासों को एक-दूसरे से शेयर करने के दौरान बेहद महत्त्वपूर्ण इनसाइट्स देने के लिए चन्दन पांडेय का बहुत-बहुत शुक्रिया। 'उपन्यास कब आएगा,' यह पूछने वाले सारे शुभचिन्तकों का भी बहुत शुक्रिया। वे यह प्यार-भरा दबाव नहीं बनाते तो यह उपन्यास शाया नहीं होता। आदरणीय मंज़ूर जी के प्यार और हौसलाअफ़ज़ाई के लिए शुक्रिया शब्द छोटा पड़ेगा फिर भी, उनका शुक्रिया। हृषिकेश सुलभ जी का स्नेह असीम रहा और मछली-भात के स्वाद के साथ अपने-अपने उपन्यासों का रसपान और लहेजी की अन्तर्जगत वाली यात्रा ने बहुत विश्वास पैदा किया और उपन्यास आगे बढ़ा, उनका शुक्रिया। और अन्त में अपने परिवार का भी शुक्रिया, जिन्होंने 'लिखो और कुछ मत करो' कह, ऐसा जोश जगाया कि उपन्यास पूरा होना ही था। पंकज राग, —माँ कुमुद शुक्ल, बेटी नीलाशी और बेटे आरोहन का बहुत सारे इनपुट्स देने के लिए बहुत-बहुत प्यार भरा शुक्रिया।

❂❂❂

# वंश वृक्ष-1

## पुरबिया अग्निकुल राजपूत-1576

**गाँव-चाँदपुर**

↓

बाबू सुरजन सिंह + सीता देवी

↓

बाबू दिग्विजय सिंह (1805-1857) + पार्वती देवी (1804-1867)

↓

बाबू सुमेर सिंह (1825-1885) + परगासो (1830-1910)

↓

चिन उर्फ़ कान्हा सिंह

(1864-1955)

# वंश वृक्ष-2

## मुसव्विरख़ाना

**पटना**

शंकर लाल (1815—) + ख़दीजा बेगम (1822-1906)

अमर लाल (1868-1930) + सुन्दरी (1868-1885)

सज्जन लाल (1885-1965) + नारायणी (1897-1977)

समर्थ लाल (1936—) + संगीता (1941—)

# वंश वृक्ष-3

## चीन

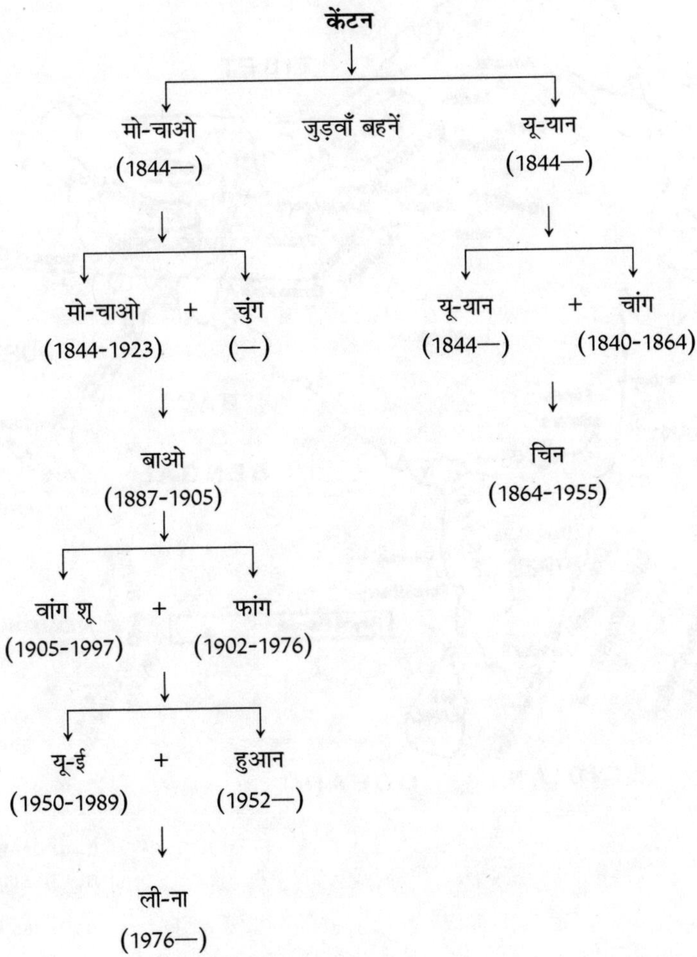
कैंटन
मो-चाओ
(1844—)
जुड़वाँ बहनें
यू-यान
(1844—)
मो-चाओ
(1844-1923)
+
चुंग
(—)
यू-यान
(1844—)
+
चांग
(1840-1864)
बाओ
(1887-1905)
चिन
(1864-1955)
वांग शू
(1905-1997)
+
फांग
(1902-1976)
यू-ई
(1950-1989)
+
हुआन
(1952—)
ली-ना
(1976—)

**भारत**

**1857 में**

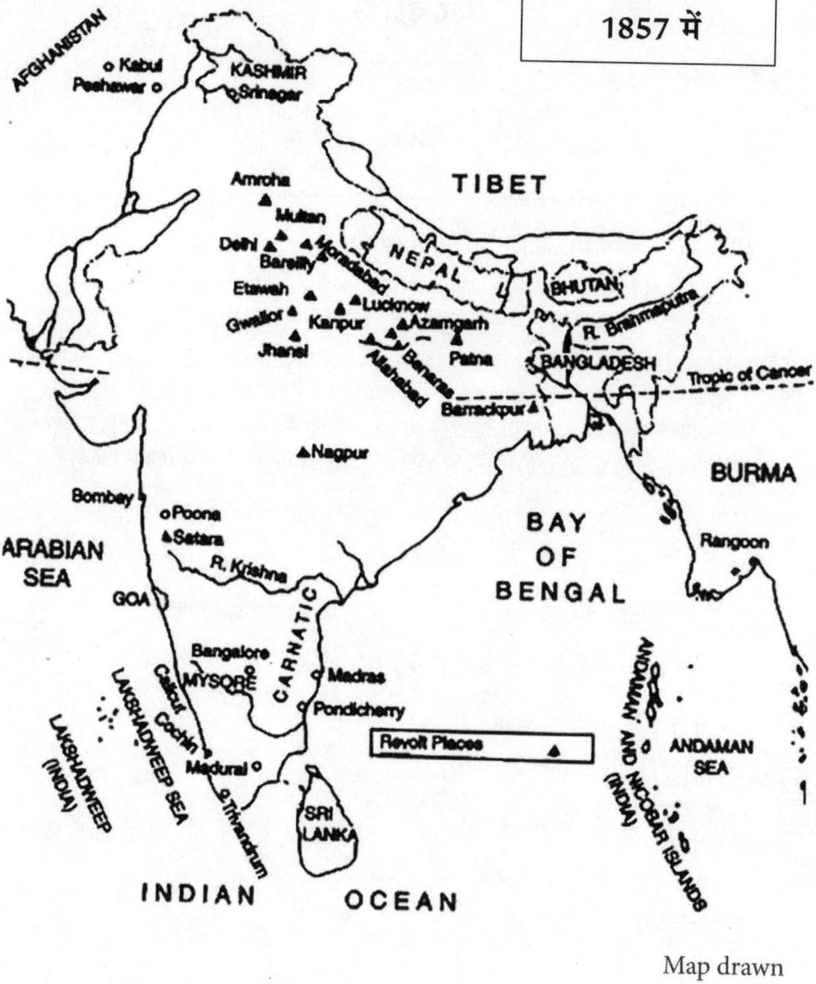


Map drawn
not to scale

Map drawn
not to scale

## चीनी ताइपे : 1853-1864

# दक्षिण चीन सागर

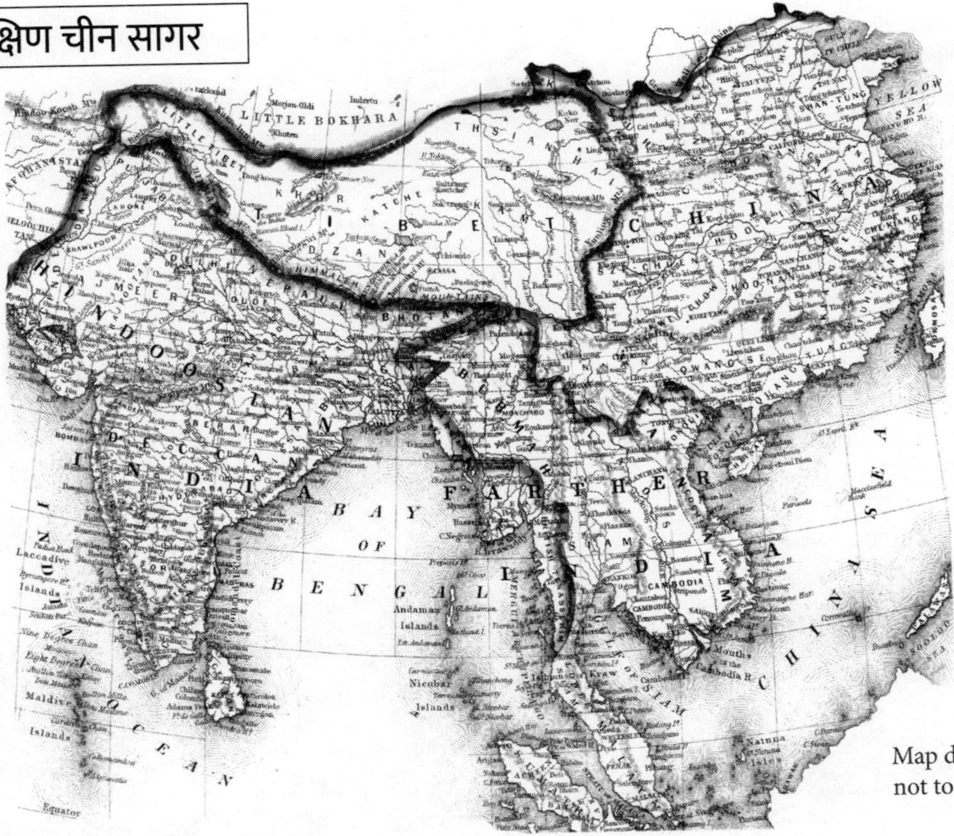


Map drawn
not to scale